suhrkamp taschenbuch 3056

Gyula Krúdy erzählt von der »schönen alten Welt« der k.u.k. Monarchie und dem zumeist vermögenslosen oder verschuldeten Adel. Der ewig hoffnungslos verliebte Kázmér Rezeda flüchtet in die Traumwelt »Kartenspiel und Rennplatzwetten, Glück und Glücklosigkeit, lüsterne Greise und Susannen im Bade«. Der Roman ist ein ironischer und bitterer Abschied von »jener Krankheit, die man Jugend nennt« (Endre Ady), ein faszinierendes Zeit- und Sittengemälde einer untergegangenen Epoche, die der Autor wie folgt beschreibt: »Herzeleid und mörderische Bitternis; winzige Freuden und zynisch empfundener Gram, Seufzer; Spaziergänge im Walde, Schauspielerinnen, echte und falsche Kurtisanen, Familienmütter und Schulmädchen, verkommene Subjekte und verhökerte Frauen ... gedämpfte Worte, vergessen geglaubte Erinnerungen, Qualen, über die wir heute lächeln, die Nichtigkeiten wahr gewordener Träume und Hoffnungen.«

Gyula Krúdy wurde am 21. Oktober 1878 in Nyiregyháza geboren, er starb am 12. Mai 1933 in Budapest.

Gyula Krúdy

Die rote Postkutsche

Roman

Aus dem Ungarischen von
György Sebestyén
Mit einem Nachwort von
Mihály Szegedy-Maszak

Suhrkamp

Titel der erstmals 1913 erschienenen ungarischen Originalausgabe:
A vörös postakocsi.
Das Nachwort von Mihaly Szegedy-Maszak wurde für diese Ausgabe geschrieben und aus dem Ungarischen von Angelika Máté übersetzt.
Der Verlag dankt für die Unterstützung durch
»Frankfurt '99, Gemeinnützige GmbH«, Budapest.
Umschlagfoto: Max Galli/Look

suhrkamp taschenbuch 3056
Erste Auflage 1999

Satz: MZ-Verlagsdruckerei GmbH, Memmingen
Druck: Nomos Verlagsgesellschaft, Baden-Baden
Printed in Germany
Umschlag nach Entwürfen von
Willy Fleckhaus und Rolf Staudt

1 2 3 4 5 6 – 04 03 02 01 00 99

Die rote Postkutsche

Sie schwand; die Muse kehrte wieder,
Der Schleier fiel von meinem Blick.
Ich ruf befreit die alten Lieder
Und die Gefühle mir zurück.
Mein Herz ist still, derweil ich schreibe,
Die Feder malt zum Zeitvertreibe
Kein Köpfchen, keine Füßchen mehr,
Wie sonst, um meine Strophen her.
Kein Funke kann die Asche zünden,
Der Seufzer starb, ich traure nur,
Und bald wird auch die letzte Spur
Der einst'gen Seelenstürme schwinden.

Aus »Eugen Onegin«

Brief an József Kiss

Lieber Herr Redakteur,

Sie fragen, was das Thema meines neuen Romans sein wird, den ich für »Die Woche« schreibe. Alles, was mir lieb ist, und alles, wovon ich bisher nicht geschrieben habe, nicht hatte schreiben dürfen; Dinge, die seit Jahrzehnten in mir leben, von denen man aber aus Gründen des Taktes nicht hatte schreiben können, denn manche Leute waren noch am Leben, manche Wunden waren noch offen; Gedanken, die in der nächtlichen Einsamkeit eines halbwegs eremitenhaft lebenden Jünglings gedeihen, im Morgengrauen, wenn man im Kaffeehaus bereits anfängt, Ordnung zu machen; Visionen, die sich auf der Straße ereignen, auf einem Ball, im Theater, während wir halb verborgen hinter einer Säule stehen; menschliche Gesichter, Gestalten und Stimmen, bekannte und unbekannte, die an uns vorbeihuschen; das Stelldichein von Dummen und Gescheiten, die Versammlung von Dieben und Geldfälschern; ein weißer Rabe ist der ehrliche Mann inmitten der Damen und Herren, die mit Schmuck und Moral Handel treiben; der Pester Markt, von einem Fenster aus betrachtet. Unbekleidet verkehren die Herren und die Damen, der hinkende Teufel blickt durch die Dächer, recht hatten die Toten, als sie aus der Stadt geflohen waren. Vielleicht werden die hier folgenden Zeilen die Bekenntnisse eines Menschen sein, dessen Seele krank ist, oder Monologe eines Mannes längst vergangener Zeiten, der einen altmodischen Frack und eine lange Weste trug, als er mit der Postkutsche in Pest ankam, ohne dann im »Greif« Unterkunft zu finden. Inzwischen spielt jemand Cello in einem verlassenen Haus, ein nächtliches Lied, und Wildgänse schreien irgendwo am sternübersäten Himmel der Märznacht. Qualen der Herzen und mörderische Verzweiflung; kleine Freuden und in Zynismus ertränkter großer Kummer und Seufzer; Spaziergänge im Wald; Schauspielerinnen, echte und falsche Kurtisanen, Familienmütter und Schülerinnen; verkommene Männer, verkaufte Frauen; und Kinder, die im Kaffeehaus aufwachsen; leise ausgesprochene Worte, halbvergessene Erinnerungen, Leiden, die wir heute belächeln; die Wertlosigkeit von Träumen, aus denen Wirklichkeit wurde, und Hoffnungen, die verschwunden sind; vorzeitig ergraute Haare; Aufschrecken im Bett, im dunklen Zimmer; milde Selbstmordpläne; düstere Gedanken über Mord, Raub und Rache; Warten auf den Tod, ihn herbeiwünschen noch vor Sonnenaufgang; das Erwachen der Lampen am Abend, wenn die Frauen ins Theater gehen und die Strahlen der Glühlampen an weißen Hälsen und an glänzenden Schuhabsätzen funkeln; Kartenspiel, Pferderennen, Glück und Unglück; wollüstige Greise und badende Susannen; echte Liebe ... nein, diese wird es in meinem Büchlein vielleicht doch nicht geben, denn die Geschichte spielt ja in einer Großstadt, in der man nur in der unteren Volksschicht zu lieben und zu singen pflegt. Jene Liebe, von der Puschkin gesungen hatte, ist in unserer Stadt nicht in Mode. In den kleinen Hotels, Absteigquartieren, in Zimmern, die gleich aus dem Toreingang zu betreten sind, in gewissen Häusern wird ungefähr der ganze Liebesverkehr der Stadt abgewickelt, und jede Erscheinung der Liebe, die darüber hinausgeht, gilt als Überraschung. »Ich verstehe nicht, wie sich Männer verheiraten können, wo doch ich die einzige anständige Frau von Budapest bin«, sagte einmal während eines nächtlichen Verhörs jene immer noch hübsche kleine Dame, die sich von der Liebe zurückgezogen hatte, nicht aber vom Gewerbe, Liebe zu säen und zu ernten. Ihr Blick schweifte über Budapest wie über den eigenen Landbesitz, und aus ihrem Kalender hatte sie alle Heiligen außer der heiligen Hermandad gestrichen. »Seltsam, daß die Frauen immer noch auf geeignete Männer stoßen, die sie mit ihrer Liebe uneigennützig auszeichnen können!« sagte dieselbe Dame, als sie gegen Weihnachten von einer wirklichen Liebe hörte. In der Tat trifft man in Buda auf Mietsdroschken, deren Fenster verhängt sind, Frauen trinken Gift, Männer springen in die Donau, aber geschieht all dies wirklich aus Liebe?

Lieber Herr Redakteur, ich danke Ihnen sehr, daß Sie mich ermächtigt haben, für »Die Woche« einen Roman nach eigener Lust und Laune zu schreiben. Während meiner Laufbahn als Schriftsteller haben mich meine Verleger bisher mittelbar oder unmittelbar, aber stets über ihren eigenen Geschmack oder über den ihres Publikums unterrichtet; sie hatten es gern, wenn die Frauen Masken trugen und die Männer Frack; sie hatten den Wunsch, daß ich das städtische und das dörfliche Publikum bis zu einem gewissen Maß respektieren möge, daß ich so lange suchen solle, bis ich genügend ehrliche Finder verlorener Gegenstände als Romanhelden aufspüren würde und als Heldinnen lauter Damen, die mit jenem mittelalterlichen Schloß nicht geschmückt sind, für die jedoch nicht nur der Autor, sondern auch der Leser seine Hand ins Feuer halten könnte. Wäre das wirklich das Ziel der Literatur? Ich danke dem Herrn Redakteur nochmals, daß er mir bei der Auswahl meiner Helden und Heldinnen freie Hand gelassen hat und daß er nicht darauf besteht, daß die Handlung so glaubhaft und wahrscheinlich sein soll, wie es das Publikum durch das Wirken der Schriftsteller gewohnt ist. Es könnte sein, daß sich mein kindlicher Zorn, mit dem ich jetzt diese Spielzeugpuppen eine nach der anderen auspacke, während der Niederschrift dieses Romans mildern und daß mir das Aussprechen von gewissen Dingen, von denen jeder weiß und niemand redet, ziellos und unbequem erscheinen wird. Und vielleicht sind es die Pester Frauen und Männer gar nicht wert, daß man ihnen böse ist. Ein Pester Roman! Was kann man über Pest schreiben? Eine ordinäre Laune ist es, wie die Tierquälerei. Wir versuchen es trotzdem. In der Einsamkeit, die ich für das Romanschreiben gewählt habe, wirken die Menschen vielleicht interessanter, als wenn man unter ihnen lebt. Jedenfalls löse ich jetzt ein Billett für die Postkutsche und fahre nach Budapest. In der Stadt, in der ich jeden kenne, werde ich gewiß ein Quartier finden, wo man mir meine Lust zum Erzählen nicht stiehlt.

In Budapest
am Dreikönigstag 1913

Ihr Verehrer und Anhänger
Gyula Krúdy

I
Ein Frühlingssonntag in Buda

So um den Palmsonntag herum machten sich in der Pattantyús-Straße zwei neue Wohnparteien bemerkbar, zwei Frauen, Schauspielerinnen aus der Provinz, die sich in Pest niedergelassen hatten, da sie in der Provinz durch keinerlei Verträge gebunden waren.

Die Pattantyús-Straße war aus dem alten Pest übergeblieben, inmitten der Innenstadt, so als hätten sich die Slowaken in der Richtung geirrt und die vier Häuser, aus denen die Gasse bestand, zufällig stehenlassen. Alte Pester Bürgerhäuser drängten sich hier aneinander, enge und tiefe Höfe, die sich bei Abenddämmerung in die weite Ferne erstreckten. Über die abgenutzten Pflastersteine flossen unsichtbare Wasser, und die löwenköpfige Regenrinne hatte bereits vor einem halben Jahrhundert den Dienst quittiert. Unter dem Torbogen dröhnten geheimnisvoll die buckligen Steine, so als hätte sich unter ihnen ein Gewimmel unterirdischer Bewohner angesiedelt; und obwohl sie lieber zusammengefallen wäre, streckte sich die Stiege mutig, wenn auch schwankend, in die Höhe. Mit einem Wort, die Häuser waren alt und schäbig; gewiß wohnen alte Leute hinter den schmalen Fenstern, Spieluhren musizieren, und die Frauen werden schwindsüchtig zwischen den schimmligen Mauern. Nicht in jeder Wohnung gibt es eine Wasserleitung, und man muß lange nach dem Hausmeister rufen, bevor er das Gaslicht anzündet. Die Türen und Fenster weinen gern, wenn draußen der Wind weht. Vielleicht hat man in diesem Haus jemanden ermordet und seinen Leichnam eingemauert, alles ist möglich. Im alten Pest ist so etwas oft vorgekommen. In welcher Wohnung mag wohl der erwürgte serbische Viehhändler lauschen?

Die Schauspielerinnen richteten sich im Haus Nummer drei ein, im ersten Stockwerk, da es ein zweites nicht gab. Eines ihrer Zimmer ging auf den Hof, das andere auf die Straße, zwischen den beiden gab es eine Küche, eine Kammer von der Größe eines Sarges, in der sich die Wohnpartei erhängen konnte. Die beiden hielten sich eine Putzfrau, die bereits am frühen Nachmittag wegging, sie schlossen keine Bekanntschaften, empfingen keine Gäste und verließen ihre Wohnung nur selten.

Klára Horváth war vom dramatischen Fach, Szilvia Fátyol von der Operette. In Kaposvár und in Makó waren beide bereits ziemlich erfolgreich gewesen. Fräulein Horváth ist in *Monna Vanna* aufgefallen, Szilvia in den Stücken *Der Irre* und *Held János*. Dennoch hatte der Direktor die Verträge nicht erneuert, denn Fräulein Szilvia war ein auf geradezu skandalöse Art schönes und liebenswürdiges Geschöpf, aber auch nicht mehr, während Klára Horváth weder schön war noch liebenswürdig, bloß ungemein stolz darauf, daß ihr Onkel irgendeinmal im Ministerium einen höheren Posten bekleidet hatte. Doch erwies sich auch sie als unnahbar. Die beiden Frauen lebten bereits seit Jahren beisammen, sie hatten schon als Elevinnen aufeinander aufgepaßt und waren seither nicht auseinandergegangen. Nie hatte es Fräulein Fátyol zu einem anständigen Provinzapplaus gebracht, obwohl sie so feine seidene Höschen und Strümpfe trug wie niemand sonst im Ensemble. Ihre Schuhe trug sie nie länger als eine Woche. Dann wanderten sie zu einem Pester Schuster zurück. Dort wurden sie bereits von einem alten Herrn erwartet, dem der Schuster die getragenen Schuhe mit fürstlichem Gewinn verkaufte. Denn möglich war es, daß die melancholischen Augen des Fräulein Szilvia, in denen manchmal Tränen standen, ihre komische kleine Nase, die bei Lachen oder Weinen gleich rosafarben anlief, daß die kleinen Ohren und die wohlriechenden braunen Haare nicht jedem gefielen, doch gegen die Füße konnte man wirklich keinen Einspruch erheben. Die waren genau so, wie es sich die fachkundigen alten Herren vorstellen oder die übrigen Schwärmer, die einem hübschen Schuh auf der Straße stundenlang folgen und auf dem Korridor des Hotels zur nächtlichen Stunde das wohlgeformte weibliche Schuhzeug in wilder Liebe umarmen.

Vielleicht hatte Fräulein Szilvia in jener Zeit die schönsten Füße von ganz Ungarn, bloß war das erst nur wenigen bekannt. (Der Schuster und der geheimnisvolle alte Herr zählten nicht mit.) Mit entschlossener Eifersucht blickte Klára in die Augen der Männer, die den beiden Damen während ihrer abendlichen Spaziergänge auf dem Donaukai von Buda mehr selten als oft nachstiegen.

Klára hatte graue Augen, rötlichbraunes Haar, einen verträumten Gang und blickte stets ein wenig gekränkt vor sich hin, als hätte man sie beleidigt oder als wollte man es gerade tun. Die fleischige Nase und das volle Kinn, das rotbraune Haar, das sich am Hals und neben den Ohren seltsam kräuselte, so daß es mitunter an einen Schleier erinnerte, dann die melancholisch schaukelnden Hüften, das blau-weiß gestreifte Tuch, in dem sie abends zum Krämer hinunterzulaufen pflegte, ihr praller Busen und der Hals, der angesichts der engen Bluse nur allzuleicht Falten zeigte: all dies machte sie einer Jüdin ähnlich. Wenn sie sich vergaß, sprach sie durch die Nase, machte den Mund zu sehr auf, netzte sich die Lippen und zwinkerte mit den blonden Wimpern. Zuweilen waren ihre Lider vom nächtlichen Weinen gerötet, und sie hielt die Pfandscheine immer so prächtig in Ordnung, daß sie stets wußte, welcher gerade verkauft werden konnte.

Während der Spaziergänge auf dem Donaukai in Buda, unter den großen Platanen, hielt sie sich am Arm der Szilvia fest und bedachte die Kavaliere von Buda mit spöttischen Bemerkungen. Kahlköpfige Männer, die Monokel trugen, beschimpfte sie schadenfroh, die Beamten, die in ausgesessenen Hosen daherschritten, taten ihr leid, und über die Offiziere konnte sie bloß lachen.

»Nur ein einziges Mal in meinem ganzen Leben möchte ich einen Menschen sehen, der einen feingeformten Kopf hat, einen Mann, der nicht nur mit der Hilfe eines geschickten Friseurs und einstudierter Theaterfinessen interessant wirkt, sondern als feiner und exquisiter Mensch geboren ist, als edler Charakter! Einen Herrn aus dem Mittelalter möchte ich kennen oder einen alten Künstler. Einen Florentiner Edelmann, der denken und fühlen kann wie Dante. Oder einen Journalisten, der ein Herr sein müßte wie ein Doge von Venedig. Solchen Männern möchte ich mich hingeben. Schließlich und endlich bin ich nun vierundzwanzig Jahre alt. Es ist an der Zeit, mit dem Liebesleben zu beginnen«, sagte in tiefem Ernst Fräulein Horváth und machte sich nichts daraus, wenn das Publikum von Buda, das im Zwielicht auf den Bänken herumsaß, von ihren Wünschen erfuhr.

Leidenschaftlich blickte sie mit ihren aschgrauen Augen um sich, denn immerhin hätten Szilvias Schuhe wiederum einige überflüssige Kavaliere anlocken können, dann setzte sie mit einer gewissen Entrüstung das oft wiederholte alte Lied fort: »Ein russisches Studentenfräulein hätte ich sein müssen! Warum bin ich denn in Kőbánya geboren . . .! In jenem Land gibt es noch Männer. Gorkis Geliebte hätte ich sein können oder die Geliebte eines Nihilisten! Mein Gott, was für ganze, vollkommene Menschen doch in Rußland leben. Sogar die alten Romanfiguren aus den Büchern Turgenjews oder Oblomow, alle verdienen es, daß sich eine

Frau in sie verliebt. Ihr seltsames verträumtes Leben, ihre unendlichen schneebedeckten Felder, ihre Eisenbahnzüge, die, ohne jemals zu halten, über Gebiete rasen, die so groß sind wie ganz Ungarn, die Troikas, die Kirchen mit den Zwiebeltürmen ... Mein Gott, in so einem Land hätte ich mit dem Liebesleben längst angefangen. Schon aus medizinischen Gründen ist es für eine vierundzwanzigjährige Frau nicht richtig, unberührt herumzulaufen. Wozu denn sollen die vielen Männer der Stadt gut sein! Mein Gott, wenn ich mir einen von ihnen nur auswählen könnte!«

Ein Kavalier, der weiße Hosen und gelbe Schuhe trug, ging an den beiden Schauspielerinnen langsam vorbei. Fräulein Horváth maß ihn voll kalter Verachtung.

»Pester Ladenschwengel«, murmelte sie. »Den Frauen von Buda schnüffelt er nach. Obwohl man auf dem ganzen Korso kaum eine Dame sieht.«

Darin hatte Fräulein Horváth recht.

Die Leute in Buda verlassen vor Ostern nur selten ihre Häuser. Wer weiß, was die Frühlingsmode mit sich bringen würde, und die Winterkleidung ist bereits ein wenig abgenützt. Hie und da eilt eine Lehrerin mit breiten Schritten und im kurzen Rock über den Korso; die von Regenwasser durchtränkten winterlichen Hüte marschieren beinahe verzweifelt dahin, als hätten sie viel gelitten. Im Schneematsch sind die Schuhe schäbig geworden. Nur wenn jemand tagsüber in Pest gewesen ist, im Büro oder in den Geschäften, bringt er einige Frische, Eleganz und geschäftige Fröhlichkeit mit sich. Die kleinen Hutmacherinnen haben ein neues Lächeln gelernt, sie probieren es zuerst auf dem Dampfer, der zwischen den beiden Ufern verkehrt, dann auf dem Korso, ein Lächeln, das sie vom Gesicht jenes feinen Pester Dämchens kopiert haben, das vor dem Laden vorbeigegangen war. Professoren führen ihre Bücher vorbei, und in der Nähe des Hotels, auf der Bank, sitzt eine schwarzverschleierte Dame, scheinbar in den Anblick der Donau versunken, in Wirklichkeit voll geheimer Erwartung.

Oft beobachteten die beiden Schauspielerinnen aus irgendeinem Versteck die von Pest nach Buda geflüchteten Liebespaare, die Wagenfahrten unternahmen, im Hotel verschwanden und nachher wieder fortgingen. Vor dem Brückenkopf stieg dann die Dame in den Omnibus, und während das Gefährt über die Brücke rumpelte, blickte sie ein wenig überrascht auf die Brücke und auf die Leute. Als wäre alles mit einemmal sehr eigentümlich, die Schiffsschornsteine, aus denen schwarzer Rauch quoll, die emporstrebenden und dann wieder hinabfallenden Brückenketten, die große Donau, die in einer fernen Biegung verschwand, die zum Trocknen gelegte Frauenwäsche auf den Getreideschiffen aus der Batschka. Als hätte es vorher das alles gar nicht gegeben! Auf der Pester Seite vergaß die Dame wieder das Ganze, richtete ihren Schleier, hatte ein frisches Lächeln um den Mund und einen neuen Frühling in den Augen ...

Der Herr stieg in die Elektrische, bat mit der Stimme eines Selbstmörders um eine Streckenkarte, worauf ihm der Schaffner zu bedenken gab, daß sie nur bis zum Brückenkopf gälte und also keineswegs genüge. »Zum Teufel mit ihnen allen!« sagt der Herr und steigt wieder aus, um sich in einen Fiaker zu setzen. Die Droschke holpert dahin, der blinde Gaul will mit jedem Automobil karambolieren, die Zügel zucken so eintönig wie die Pappelblätter auf einem Dorffriedhof, der Herr putzt sich die Nase, wischt sich die Augen, betrachtet seine Hände, beriecht sie, zündet sich endlich eine Zigarette oder eine Zigarre an und lehnt sich so gleichgültig zurück, als wären ihm die vergangenen Ereignisse aus dem Gedächtnis geglitten. Wundern würde er sich nur, könnte er bei dem Pester Brückenkopf seine Dame zufällig vor die Augen bekommen, wie sie mit elastischen, verführerischen Schritten dahineilt, an der Straßenecke einen Veilchenstrauß kauft und vor dem Schaufenster eines Ladens für Säuglingswäsche den Blick fachmännisch über die ausgelegte Ware gleiten läßt.

»Mein Gott«, sagte bei solcher Gelegenheit Fräulein Horváth ziemlich laut hinter dem Rücken der Dame, »hat sie auch nicht vergessen, die Bartwichse abzuwaschen?«

Binnen kurzer Zeit begann man sich auf dem Korso von Buda vor den beiden Schauspielerinnen in acht zu nehmen. Die Kavaliere, die aus dem Ministerium oder aus irgendeinem anderen Büro kamen und in der Frühlingsluft auf dem Donaukai Station machten, um mit einer Sicherheit, wie sie christlichen Herrschaften zusteht, nachdenklich Umschau zu halten, obwohl ihr Heim nicht mehr weit war, wo eine lüsterne und unzufriedene, fluchende oder von geheimem Haß besessene, immerfort heulende oder täglich zu verwegenen Taten bereite Beamtengattin voll Schadenfreude oder unterdrücktem Zorn auf sie wartete – solche Kavaliere gingen nie ohne ein Wort der Verachtung oder einen hämischen Blick an den beiden Fräulein vorbei, die wegen ihrer prahlerischen Art, ihrer

Unnahbarkeit und ihres spöttischen und herablassenden Benehmens bereits in ganz Buda bekannt waren.

Alte Sektionsräte wollten wissen, ob sie über die scharfzüngigen Mädchen geeignete Nachrichten erhalten könnten. Sogar das Werben des frechsten Kavaliers von Buda, des glattrasierten Konzeptionsbeamten Mákosi, wurde von den beiden Mädchen abgewiesen. Fräulein Horváth versprach Mákosi eine Ohrfeige, worauf der Konzeptionsbeamte mit der Polizei drohte.

»Ich winke dem Wachmann und lasse Sie einliefern!« sagte Mákosi, der zu dieser Zeit der erste Don Juan jenseits der Brücken war.

Fräulein Horváth war völlig verblüfft, ihre Kaltblütigkeit schien verflogen zu sein, Mákosi hatte sich bereits wieder ein freundliches Lächeln zugelegt, als Fräulein Szilvia (die ja an solchen Guerillakämpfen kaum teilzunehmen pflegte) leise den Satz sprach. »Wir schreiben einen Leserbrief im ›Tag‹!«

Unter den Besuchern des Korsos von Buda werden sich gewiß noch viele an den hochaufgeschossenen hübschen jungen Journalisten mit den blauen Augen und dem verwegenen Gesicht erinnern, der am nächsten Tag auf dem Korso erschien und den beiden Damen in größerer Entfernung folgte. Auf Bitten der Frauen von Buda schritt Mákosi wieder zur Tat, um die zugereisten Weiber aus Buda zu vertreiben, woraufhin Fräulein Horváth dem lästigen Kavalier tatsächlich ins Gesicht schlug. Der Wachmann kam, der Journalist machte eifrig Notizen, bis zum Abend war in den stillen Gassen von Buda »Der Tag« vergriffen, und die Damen des Korsos, die wegen der geschmackvollen Hütchen, der einfachen Toiletten und wegen der feinen Schönheit der Schauspielerinnen viel zu leiden hatten, bereiteten dem Konzeptionsbeamten Mákosi eine innige Feier. Die Gattin des Sektionsrates, eine Frau mit männlichen Zügen, veranstaltete eine Jause, die Gemahlin des Rauchfangkehrers gab ein Abendessen, in dessen Verlauf die fesche Schornsteinfegersfrau (Herrin mehrerer Häuser) beinahe öffentlich gelobte, daß sie sich der Schulden Mákosis annehmen würde, im Gesangverein gab es eine Soiree, bei der die Fräulein von Buda dem Konzeptionsbeamten als Zeichen der Zuneigung einen mit ihren Unterschriften geschmückten Fächer überreichten. Der Held wurde allseitig gefeiert, weil er die frechen Pester Judenmädchen vertilgt hatte.

In der Tat blieben die beiden kleinen Schwalben von nun an der

Promenade unter dem Gellért-Berg und dem Donaukai fern. Die abenteuerlustigen Frauen wurden von niemandem mehr heimlich beobachtet, und niemand machte spöttische Bemerkungen in der abendlichen Dämmerung, während auf den Bänken dürstende, verlassene Frauen saßen, die den Kavalieren mit glänzenden Blikken folgten, und unter den kleinen Tischen des Gartencafés die Beine mächtig arbeiteten. Alles war wieder beim alten. Niemand muß auf Fräulein Horváth Rücksicht nehmen, jeder kann getrost in weißen Hosen herumgehen, und die Kavaliere dürfen die dahinwelkende Gemahlin des Rauchfangkehrers in der stillen Hoffnung auf ein Abendessen weiterhin ruhig hofieren. Die Platanen seufzen mitunter, Schiffe tuten, die Sonne geht hinter den Bergen unter, Katzen jagen einander auf den Dächern der alten Häuser, die Bürgersfrau darf in aller Seelenruhe von Mákosis gelben Schuhen träumen, und in den kleinen Gärten können am Abend die Fräulein still auf ihren Anbeter warten; das spöttische und scharfe Gelächter der Pester Judenmädchen ertönt nicht mehr.

Klára und Szilvia wagten sich auf der Pattantyús-Straße nicht mehr nach Buda hinüber, wo sie ihre hübschesten Abende verbracht hatten. Klára schnitt aus Papier verschiedene Figuren aus, Männer und Frauen. Mit dem Buntstift zeichnete sie den Männern Bärte und Schnurrbärtchen, den Frauen große Augen und offene Münder. Beim Abendessen stellte sie die Figuren auf den Tisch und spielte mit ihnen Korso in Buda. Der Betrunkene schwankte, die liebeshungrige betagte Dame hinkte, kleine Hunde liefen umher, der dicke Rat ging mit erhobenem Spazierstock durch die Menge. Ernst, mit einem gewissen Rachegefühl, dachte Klára an Buda, an die seltsamen Häuser, aus denen seltsame Menschen auf die Straße treten, an die Beamten (in ihren verbeulten Hosen) und an die armen Offiziere, die unter den wilden Kastanien zwecklos mit dem Säbel rasseln.

»Es ist ganz entschieden gescheiter, daß wir aus diesem Viertel fortgegangen sind. Nichts wäre aus uns geworden. Es roch nach Ruß und Moder, und Krecsányi pflegt ohnehin nicht auf dem Korso spazierenzugehen.« So tröstete sie Szilvia, die nach der Art der Mädchen aus der Provinz mit den fernen Tönen einer Militärkapelle gern im Takt schritt, über den Sternen, die aus der Donau emporglänzten, in Träumereien versank, manchmal an den König Matthias dachte, der gewiß vorbeigekommen war; und vielleicht trat oben in der Burg, im Gewirr kleiner Gassen, mitternachts ein alter König aus der Mauer der Bastei, in goldenem Helm.

Die Zeit, in der die Wohnungsmiete bezahlt werden mußte, rückte näher, besorgt zählte Klára die Tage.

»Eigentlich könntest du der Tante schreiben«, sagte sie an einem Abend zu Szilvia.

»Was machen wir mit ihr in Pest, wir sind ja jetzt bei keiner Theatertruppe?« antwortete Szilvia. »Für unsere schönen Augen gibt uns die Tante nichts, und Dancsfalvi und Kürtös sind nicht da.«

Die Tante war ein kroatisches Weib aus der Gegend der Drau; jung war sie Witwe geworden, und daheim ging sie in Stiefeln und kurzer Pelzjacke umher. Szilvia Fátyol war ihre Nichte, und die Dame aus dem Dorf schwärmte für das Theater. Man erzählte sich, daß sie daheim ihren Arbeitern die Haut über die Ohren zog und im Wald stets eine scharf geladene Waffe bei sich trug, um über jedes einzelne Blatt wachen zu können, aber für das Theater brachte sie gerne Opfer. Das geschah etwa folgendermaßen: Als Szilvia noch Schauspielerin in der Provinz war, bat sie den Direktor, er möge in der nächsten Woche dieses oder jenes Ausstattungsstück aufs Programm setzen. In gelben Stiefeln, im Husarenpelz, die hohen Mützen mit Federbüschen geschmückt, traten die Schauspieler säbelrasselnd auf die Bühne, die Schauspielerinnen waren lauter patriotische Damen von Welt, es gab bengalisches Feuer, man redete in Jamben, und vielleicht saß sogar der Souffleur gestiefelt und mit Sporen ausgerüstet in seinem Kasten.

Szilvia lud die Tante zum Besuch dieser eigentümlichen Abende ein, und die verwitwete Frau Urbanovics legte sich ihre dicken Goldketten und mächtigen Juwelen an, kleidete sich in schwere Seide, steckte sich den beachtlichen Geldbeutel in den Busen und fuhr von der Drau nach Ungarn, um über die Schnur zu hauen.

Das Haar kohlrabenschwarz, Feuerflackern im Blick, die Wangen rot bemalt, traf die südslawische Witwe ein. Die ganze Schauspielertruppe wartete bereits auf sie, die ausgehungerten Schauspieler rasierten sich, und der Direktor vermietete sogar die eigene Loge. Nach der Vorstellung gab es in der Gastwirtschaft ein Abendessen, wobei die verwitwete Frau Urbanovics die Rechnung bezahlte und sich vom Zigeuner allerlei Lieder spielen ließ. Während des Abendessens verliebte sie sich gewöhnlich in einen der Schauspieler, den befahl sie neben sich, stopfte und tränkte ihn und belohnte ihn oft auch noch mit Geld. Die Liebe der schwarzen, wolfshungrigen Dame dauerte zwei Tage oder drei, das Ensemble aß und trank in der Wirtschaft auf Kosten des Kroatenweibes, und Szilvia kam während der Trinkgelage zu einem hübschen Sümmchen, denn wegen ihrer Unschuld wurde sie von der Tante sehr geliebt. Ein paar Schmuckstücke als Erinnerung hinterlassend, beruhigt und mit blassem Gesicht verließ die Wölfin wieder die Stadt, um in ihren Wäldern an der Drau weiterhin die abgefallenen Äste zu bewachen.

»Auch in Pest werden wir für sie schon Unterhaltung finden, überlasse das nur mir«, sagte Klára. »Die Alte wird schon zu ihrem Wirbel kommen, und wir nehmen ihr dann das Geld weg.«

Also setzte sich Szilvia hin, schrieb einen Brief, und drei Tage später traf die verwitwete Frau Urbanovics tatsächlich ein. Sie war mit derartigen Brunnenketten behängt, als wollte sie sich mindestens einen Monat lang in Ungarn unterhalten. Quartier genommen hatte sie im »Weißen Schiff«, dessen Wirt ihr engerer Landsmann war, und von einem Dienstmann ließ sie sich dann in die Pattantyús-Straße führen. Zornig, beinahe gewalttätig, schrie sie ihre Nichte an: »In eine abscheuliche Stadt habt ihr mich gelockt, das kann man wohl sagen. Kein einziges stattliches Stück Mann habe ich auf der Straße gesehen, es laufen nur lauter kränkliche Komödianten herum. Die Frauen tragen ihre Brüste auf der Taille, dafür sind sie hinten flach wie ein Brett.«

In ihrem weißen Reiseumhang ging das mächtige Weib in der kleinen Wohnung mit schweren, dröhnenden Schritten auf und ab, als wollte sie ganz Budapest gleich zertreten.

Klára wußte, wie man mit der wilden Witwe zu reden hatte.

»Vergeblich hätte hier Miklós Zrínyi nach einem würdigen Heer gesucht.«

»Zríni!« erwiderte die Dame voller Verachtung. »In der ganzen Welt hat es nur einen einzigen Zríni gegeben, einen Schauspieler namens Kürtös in Kaposvár. Als er ›Jesus! Jesus!‹ schrie, stockte mir das Herz. Was ist aus diesem Jungen nur geworden?«

Szilvia wurde lebhaft, sie stand sogar auf.

»Er ist hier in Pest. Ich habe ihn unlängst auf der Straße getroffen.«

»Sehr richtig so«, erwiderte die Tante zufrieden und legte den Mantel ab. Sie sah sich in der kleinen Wohnung um.

»Armselig wohnt ihr. Es scheint, als hättet ihr euch immer noch nicht dem Teufel verkauft. Sollte ich nur einmal etwas Schlimmes über euch hören, dann kenne ich euch nicht mehr! Allerdings kommt die Post zu mir, in den Wald, nur jeden dritten Tag. Zeig dich, Szilvia!«

Sie zog das Mädchen zu sich, vor dem Fenster untersuchte sie gründlich seine Augen, beroch ihm den Mund, betastete seine Hüften, kramte zwischen seinen Kleidern, endlich schlug sie ihm freundlich auf den Rücken.

»Du bist in Ordnung. Irgendeinmal werde ich dir den wilden Gutsherrn von der Drau mitbringen. Er besitzt fünftausend Joch Wald und rast auf einem zweirädrigen Leiterwagen in den Bergen herum wie ein Irrer. Er ist stark wie ein Bär, zu Fuß geht er auf Eberjagd in seiner Wildnis. Er fürchtet sich nicht einmal vor den Wölfen, bloß vor den Frauen. Aber dein Porträt, das mit den kurzen Hosen, trägt er über dem Herzen.«

»Wann bringt die Tante den wilden Gutsherrn mit?« fragte Szilvia.

»Geduld. Vorläufig ist Herr György noch mein Freund, ich kann ja nicht allein bleiben in dieser wilden Gegend. Wir haben Telefon – eine großartige Erfindung! –, damit reden wir am Abend miteinander vom einen Ufer der Drau zum anderen. Und du, Rote? Komm nur her. Den Roten glaube ich nicht.«

Nicht ohne Zögern unterwarf sich Fräulein Horváth der Untersuchung.

»Aha!« rief Frau Urbanovics, die offenbar etwas Schlimmes witterte. »Schau mir in die Augen!«

Dann wurde sie auch mit Klára fertig und schüttelte nachdenklich den Kopf.

»Du bist reif, Kleine, ich wage dich nicht mehr zurückzuhalten. Heirate, oder suche dir einen anständigen Liebhaber.«

»Könnte ich nur einen finden. Es gibt keinen Mann nach meinem Geschmack.«

»Da hast du recht. Die Frauen sind alle schöner geworden, die Männer werden immer häßlicher. Krumm sind sie und verkümmert. Mein Großvater war noch so groß wie ein Baum. Mein Vater war stämmig, er hatte aber breite Schultern wie ein Berg. Heutzutage tragen die Männer Augengläser, kratzen sich den Bart vom Gesicht, lassen sich das Haar abscheren, und dabei gibt es nichts Schöneres auf der Welt als einen buschigen, bärtigen, harten Männerkopf! Wäre ich der Staat, dann würde ich alle Kinder für ein

Jahr in die Wälder schicken, in die Wildnis, zwischen die Berge. Dann hätten wir wieder einmal eine Generation frischer, starker, mutiger Männer. Mit dem jungen Wolf soll das Kind ringen, auf den Baum soll es klettern, bis zum Adlerhorst. Ich bin leider schon fünfzig, ich werde kein Kind mehr haben. Hätte ich eines, würde ich es täglich in der zugefrorenen Drau baden.«

Klára stöberte zwischen den Theateranzeigen in der Zeitung. Die Ansichten der Frau Urbanovics waren ihr bekannt.

Szilvia lehnte nachdenklich auf dem Kanapee, und da sie Sängerin war, kam sie manchmal auf verrückte Gedanken.

»Sagen Sie, Tante, warum möchten Sie nicht, daß ich mich einmal verliebe?« fragte sie mit träumerischer Stimme. »Sie dürfen es und wir nicht?«

Die Kroatin wurde blutrot.

»Ich bin fünfzig, habe ich gesagt, ich darf alles. Ich habe Wälder, Weiden, Juwelen, mir befiehlt niemand in der Welt. Aber was bist denn du? Ein bettelarmes Mädchen. Nichts hast du. Glaubst du, daß du eine Stimme hast? Daß du eine gute Schauspielerin bist? Zum Teufel! Eine unschuldige schöne junge Frau bist du, das ist dein ganzes Vermögen. Und wenn es mit deiner Unschuld vorbei ist, kannst du dich in einen Winkel setzen und plärren. Die Männer wollen dich nicht mehr, oder sie wollen dich anders als heutzutage. Diese kleine unsichtbare Linie, die dich von mir und von den übrigen Frauen trennt, könnte für dich noch ein Schatz sein. Unter Umständen mag es wiederum auch so wertlos bleiben wie ein weggeworfenes Stück Zigarettenpapier. Aber man sollte es für alle Fälle behalten, denn die Männer sind sehr heikel in solchen Dingen!«

Der reißende Redestrom mußte aufgehalten werden, also legte Klára ihre Arme um die gewaltigen Schultern der Tante.

»Ich habe ihn gefunden. Mihály Kürtös spielt im Stadtwäldchen. Sollen wir ihn zum Abendessen einladen?«

»Selbstverständlich«, antwortete Frau Urbanovics und wandte sich wieder an Szilvia.

»Schon deine Mutter ist wahnsinnig gewesen, deshalb auch wurde sie von deinem Vater davongejagt. In irgendeinem Krankenhaus ist sie dann gestorben, in der Provinz. Das weißt du nicht mehr, denn da habe bereits ich dich erzogen. Aus deinem Vater wurde ein Saufbruder, ein Wandermusikant, er trug dunkle Augengläser und spielte nachts Klavier, bis er am Wegrand erfror.

Auch das weißt du nicht, weil ich aufpaßte, daß du es nicht erfährst. Ich dagegen habe meinem Mann als liebe Aufmerksamkeit meine Unschuld gegeben, und auch treu bin ich ihm gewesen, solange er noch lebte. Mein Mann mußte sich meinetwegen keineswegs schämen, obwohl ich ja schön war, jung. Dabei war er alt. Aber ich gab den Männern nur Tritte, wie es eine wild aufgewachsene Stute mit den Wölfen tut. Eine einzige Waffe hat man, wenn man eine Frau ist: seine Unschuld und seine Treue. Alles andere kommt erst nachher. Genug mit der Predigt, wo finden wir diesen Schauspielerjungen?«

Klára hielt der Tante die Zeitung hin. Frau Urbanovics suchte in ihrer Tasche nach der Brille, setzte sie sich sorgfältig auf und las dann kopfschüttelnd und mit freudiger Miene, daß M. Kürtös an diesem Abend im Stadtwäldchen spielte, und zwar gerade in den *Märtyrern von Szigetvár.*

»Ist das Theater auch schön?« fragte sie nach einer gewissen Pause.

»Wunderschön«, erwiderte Klára.

»Dann ziehe ich das Seidenkleid an. Nehmt eine Loge nahe der Bühne. Dieses Haarfärben hat meine Augen ruiniert. Weiß der Kuckuck, was man in die Farbe mischt, vielleicht Quecksilber. Meine Augen werden immer schwächer. Aber als grauhaariges altes Weib kann ich doch nicht in Erscheinung treten, wenn ich es bisher ausgehalten habe!«

Szilvia lehnte ihren Kopf in die Hand und blickte nachdenklich vor sich hin.

»Was soll dieses Schmollen? Du kennst die Männer nicht, aber ich hatte mehr als genug. Der Mann taugt nur zu zweierlei Verwendungen. Entweder soll man ihn heiraten und voll Liebe und Güte und Hingabe treu bei ihm bleiben, bis er seine Augen schließt und selbst in der letzten Minute keinen anderen Gedanken hat als ›mein liebes, gutes Weib!‹; oder man soll ihn sich für einen Tag oder für eine Stunde holen, dann hinauswerfen, das Zimmer lüften und sich gründlich waschen. Die Lumpigkeit der Männer wird einzig und allein von der Gemeinheit der Frauen noch übertroffen.«

Sie zog ein Bündel Banknoten aus dem Portemonnaie, strich über jede einzelne, wie man es auf dem Markt tut, beim Viehkauf, wenn man genau wissen will, ob der eine oder andere Schein nicht falsch ist, dann zählte sie das Papiergeld auf den Tisch.

»Ich weiß, ihr habt es nötig. Es ist besser, wenn ich es gebe, als wenn es euch irgendein nichtsnutziger Mann verspricht und dann nicht gibt. Ich verlange dafür weiter nichts, als daß ihr euch anständig benehmt, ehrenhaft und unschuldig. Abends hole ich euch mit dem Wagen ab.«

Klára legte die Banknoten in den Schrank.

»Nicht wahr, wir haben uns in der Alten nicht getäuscht?« fragte sie in einem Singsangton. »Mein Gott, wie gut wäre es, reich zu sein und zu reisen, aber weit, den wirklichen Mann zu besuchen, den schönsten, den besten, den gescheitesten. Oder vielleicht müßte er das alles auch nicht sein, er wäre nur fein wie ein antiker Ring, edel wie Dantes Gedichte und mutig wie ein Dolch aus Toledo. Einen kühnen Jüngling aus dem Mittelalter möchte ich auferstehen lassen, einen jungen Papst oder nur einen Kardinal, den Feldherrn eines Söldnerheeres oder einen Raubritter, der mir daheim am Feuer Gedichte vorliest und dabei kühlen Rotwein trinkt, Schluck für Schluck, aus einem goldenen Kelch. Nie hätte er einen unedlen Gedanken über mich, er würde mir mit seinen feinen weißen Fingern, die mit Goldringen geschmückt sind, das Haar streicheln, mit den Worten so sparsam umgehen, als wären sie Geschenke, und wenn er nur soviel sagte: ›Du Rote!‹, wüßte ich bereits, woran er gerade denkt. Mein Gott, werde ich denn jemals den Mann finden, für den es sich sogar zu verrotten lohnt!«

Szilvia setzte sich an den Flügel.

»Meine Mutter hatte ihn wahrscheinlich gefunden, wenn sie meinen Vater betrogen hat ...«

»Was war dein Vater?«

»Ich glaube, Theatermusikant«, erwiderte Szilvia, und beide wurden plötzlich still. Vielleicht fragten sich beide in Gedanken, was wohl an einem Theatermusikanten liebenswert wäre.

Szilvia hämmerte den Walzer aus *Rip van Winkle* auf dem Flügel, ließ ihre Stimme manchmal anschwellen, dann sprang sie auf und umarmte ihre Freundin, die mit der Vorbereitung gewisser kleiner Spitzenstücke beschäftigt war.

»Klára, ich bin furchtbar unglücklich!« rief sie.

Die Künstlerin aus dem dramatischen Fach lachte.

»Wir werden wieder zum Theater gehen, irgendwohin, dann kommt alles in Ordnung.«

»Es gibt bestimmt nicht noch einmal zwei so verrückte Mädchen auf der Welt wie uns beide. Ich habe in meinem Leben schon so oft geliebt, und immer befahl ich meinem Herzen zu schweigen.«

»Mein Gott, wenn ich nur ein einziges Mal lieben könnte!« antwortete Klára. Ihr Blick war heiter. »Was kümmerten mich dann die Reden dieser alten Hetäre Frau Urbanovics! Oder was morgen oder übermorgen geschehen würde!«

»Du hast Visionen. Du wartest auf nichts anderes, als daß der päpstliche Kanzler Fürst Borghese seine dreihundert Jahre alte Gruft verläßt und im vollen Ornat hier an die Tür klopft.«

»Oder wenigstens ein Rendezvous gibt in der kleinen Konditorei in Buda, in der sich die Pester Schlampen mit dem Infanterieleutnant oder mit dem Anwaltslehrling zu treffen pflegen. Dorthin könnte ich nur einem wirklichen Kardinal zuliebe gehen.«

»Du bist immer schon ein wenig größenwahnsinnig gewesen, Klára. Gespottet hat man über dich im Theater mehr als genug.«

Die rothaarige Naive warf den Kopf hoch, wie ein Roß.

»Jawohl, in dieser gottverdammten saublöden Bude in der drekkigen Provinz! Hätte ich mich vielleicht irgendeinem Marktschreier von Komödianten hingeben sollen?«

Szilvia lachte. Immer lachte sie, wenn Klára fluchte. Sie verstand sich vortrefflich auf das Fluchen.

Für einen Moment sahen sie einander mit der alten Heiterkeit in die Augen. Szilvia war aber in ungeduldiger Stimmung. Der Besuch der Tante hatte sie rebellisch gemacht.

»Die Liebe fragt nicht, ob er Kapellmeister ist oder Papst. Du hast es ja leicht. Du nähst dir die Kleider selbst ...«

»Weil ich nähen gelernt habe, als die anderen aus der Theaterschule mit Kavalieren herumspazierten.«

»Niemand kann so gut waschen und bügeln wie du.«

»Das ist leicht. Man muß bei Morgengrauen aufstehen.«

»Du hast einen tiefen Schlaf.«

»Wie eine Köchin.«

»Du bist das ordentlichste, anständigste Mädchen. Was aber soll ich anfangen, die ich nichts kann als ein wenig singen – und nicht einmal das, hat ja die Tante gesagt –, und außerdem bin ich schwach und blutarm, deshalb wird meine Nase rot, wenn ich lache, ich habe kein Vertrauen zu mir, weil ich in der Nacht Herzklopfen bekomme und Angst habe, wenn es dunkel wird. Ich bin zwanzig und habe vielleicht bereits zehnmal geliebt. Ich kann allein nicht leben, ohne Liebe, ohne Mann.«

»Und wen hast du denn geliebt?« fragte mit gutgelaunter Überlegenheit die Schauspielerin vom dramatischen Fach, während sie nach dem Bügeleisen suchte, um die zerknitterten Spitzen zu glätten.

Szilvia setzte sich auf den Klavierstuhl und preßte die Arme an ihren Kopf, als wollte sie sich selbst umarmen.

»Nachts könnte ich davon besser erzählen, denn nachts werden sie in meinem Kopf alle lebendig. Sie besuchen mich, streicheln mich, mancher setzt sich auf den Rand meines Bettes, der Husar klopft ans Fenster, der andere Husar holt die Zigeunerkapelle herbei, durch die Winternacht; Cseres, unser Inspizient, den ich sogar in seiner Wohnung besucht habe, wohnte draußen am Rande der Stadt, neben einem Kuhstall, vorne gab es ein Wirtshaus, »Zur Weißen Rose‹, und das Kassiermädchen hatte früher im Zimmer von Cseres gewohnt; deshalb roch die Luft noch nach schlechtem Parfüm und nach schmutziger Wäsche, und mein Schuh stieß an eine Schachtel voll Karmin, mit dem die Choristinnen ihren Mund bemalen: und vielleicht habe ich Cseres nur deshalb nicht nachgegeben, obwohl er sonst ein schöner Junge war und traurig. Von da an nannte er mich nur ›Schlampe‹.«

»Und die anderen?« fragte Fräulein Klára, über die Spitzen gebeugt.

»Der Husar hat mich zu sich in die Kaserne gerufen, denn zu mir konnte er nicht kommen. Ich wohnte bei einer jüdischen Familie, sie führte ein heiliges Leben. Die Familie schlief im Hausflur, und das Fenster war vergittert. Zwei Sterne hat er gehabt, glaube ich ... Er hatte braune Haare und große Augen, er machte immer so feine Schritte und war überhaupt ein eleganter junger Mann, mit einem weißen Fleck an der Stirn, denn er hatte sich einmal wegen einer Schauspielerin duelliert. Ach, wie ich ihn geliebt habe, nachts wartete ich immer auf ihn, einmal gab es ein schreckliches Schneetreiben, und die Hunde heulten, als witterten sie einen Wolf, und das in einer Großstadt in der Tiefebene. Ich öffnete das Fenster, und die Kälte der frischen Winternacht strömte ins kleine Zimmer. Ein längst vergangener Weihnachtsabend fiel mir ein, an den ich mich kaum mehr erinnern konnte, mein Vater saß am Tisch vor einer großen Flasche Wein, aus einer Tonpfeife mit langem Stiel blies er den Rauch, ich stand mit meiner Mutter am Fenster, auf der Straße war jemand gerade vorübergegangen. ›Mach doch das Fenster zu!‹ sagte mein Vater, und das ist alles, woran ich mich erinnern kann. Als hätte er in seinem ganzen Leben nur deshalb gelebt, als hätte er nur soviel gesagt: ›Mach das Fenster zu!‹ Während ich Nacht für Nacht auf den Husar wartete, hinter dem Fenster, fragte ich mich oft, ob mein Vater, wenn er noch lebte, wenn er jetzt am Tisch säße, vor der viereckigen Flasche, ob er wiederum dasselbe sagen würde?«

»Vermutlich.«

»Dann kam der Husar. Es gab tiefen Schnee, aber seine Sporen klingelten trotzdem, als würde ein kleiner Engel mit einer silbernen Glocke vor ihm her fliegen. Schon reichte ich meine Hände durch das Fenstergitter, und er beugte sich wortlos über sie. Sein Schnurrbart war voll flockigem Schnee, aber seine Lippen waren heiß. Dann streckte er seine Hände durch das Gitter und streichelte mich, wo er mich nur berühren konnte. Ob er auch etwas gesagt hat, daran kann ich mich nicht mehr erinnern, nur sein Mund roch nach Wein, aber auch das war sehr lieb. Ich habe mich oft sehr erkältet, am nächsten Tag war ich dann heiser, aber ich war sehr, sehr glücklich.«

»Und ich? Wo mochte ich da gewesen sein?«

»Du? Du hast tief geschlafen, unter der Daunendecke, und auf dein Gesicht hatte ich ein Tuch geworfen, denn ich wollte nicht, daß du aufwachst wegen der kalten Luft. Er war ein blauer Husar und wollte immer, daß ich in die Kaserne ginge!«

Klára bügelte und lachte dabei.

»Nicht wahr, das war bei der Familie Klein, wo wir unter roten und blauen Daunendecken schliefen, die so groß waren, daß sie unsere Nasenspitzen beinahe zudeckten? Ich träumte von einem Berg von Hirsebrei, und ich konnte mich unmöglich durch den ganzen Berg fressen. Zu Weihnachten kaufte ich Bleisoldaten und stellte sie aufs Fensterbrett, aber ein Soldat fehlte nachher. Dabei waren diese Kleins ehrliche Leute.«

»Mein Husar hatte ihn mitgenommen. Zur Erinnerung.«

Klára hob die Spitze (sie sollte abends ihre Schultern bedecken) und untersuchte das Gewebe Knoten um Knoten, denn immerhin mochte es irgendwo einen Fehler haben.

»Also«, murmelte sie, »meinen Bleisoldaten?«

»Er nahm ihn mit. Wem er gehört, fragte er gar nicht.«

»Nie hatte ich eine Puppe gehabt oder eine kleine Nähmaschine. Damals zu Weihnachten habe ich mich mit einer Schachtel Bleisoldaten überrascht. Ich hatte mit den kleinen Helden viel Spaß. Der Kapitän hatte eine rote Nase.«

»Wie meine Nase, nicht wahr?« fragte plötzlich Szilvia und warf einen hinterlistigen Blick auf ihre Freundin.

Klára antwortete nicht. Sie summte etwas und beugte sich über das Bügeleisen.

Einen Augenblick betrachtete Szilvia schweigend ihre Freundin. Eine Kuckucksuhr tickte im Zimmer ziemlich laut. Die Uhr hatte die beiden Mädchen auf all ihren Wanderwegen begleitet. Nachts hatten sie sich an das Ticken gewöhnt, und wie oft hefteten sich hoffnungsvolle Blicke auf die Zeiger: daß man noch wenigstens zehn Minuten faulenzen könnte im Bett, vor den Proben am Morgen. Mit röchelndem Husten passierte das Uhrwerk seine kleinen Stationen, die Viertelstunden. Bei der Ziffer XII sprang aber ein Kuckuck durch die kleine Tür hinaus, verbeugte sich bedächtig und salutierte den Damen wie irgendein kleiner Bahnhofsvorstand an einer winzig kleinen Station des endlosen Lebens. Aber immer mußte man ins Theater, und das Dienstmädchen trug dabei den Kleiderkorb mit, voll duftiger Dinge, mit einem frischen weißen Tuch bedeckt. Die bläuliche Abenddämmerung hatte sich auf den schneebedeckten Straßen bereits niedergelassen, das Eis unter den Brücken war noch stahlgrau, und die Jungen glitten auf ihren Schlittschuhen so schnell vorwärts oder im Kreis, als fürchteten sie sich vor dem Mond, der über der hohen Uferböschung wanderte, hinter dem Gebüsch halb versteckt. Weißen Fetzen gleich hing der Schnee an den Zweigen. In der Mitte eines großen unbebauten Feldes stand das Theater der Kleinstadt, bei großer Kälte mochten hier vielleicht sogar Wölfe streunen. In der anderen Stadt befand sich das Theater wiederum in einem Teil der städtischen Redoute, und die Schauspielerinnen eilten samt Dienstmädchen und Kleiderkörben über den schmalen Korso. An der Ecke wurden unter einem Schirm Kastanien gebraten, und wenn man den runden Deckel vom Rost hob, verbreitete sich der Kastaniengeruch in der engen Straße, in der ein Buchhändler wunderschöne englische Kalender zur Schau gehängt hatte, die von der ganzen Stadt bestaunt wurden. Rotbefrackt ritten die Herren auf die Fuchsjagd, zwischen den Schnörkeln der Monatsnamen reisten die Romanhelden des Herrn Dickens in einer Postkutsche, jeder konnte den durch seinen mächtigen Appetit allseits bekannten Herrn Pickwick an seinen Frackflügeln erkennen, ebenso Herrn Weller, und das

Wirtshaus nannte sich »Gasthaus zur Perle«. Während unsere Schauspielerinnen an den in blauen Samt gebetteten Diamanten des Juweliers gleichgültig vorbeigingen und selbst auf die blühende Palme in der Blumenhandlung nur einen verstohlenen Blick warfen, blieben sie vor dem Bücherladen stehen. Auf den Schatullen, die sich für das Aufheben von Briefen eignen, sprang Mylady über die Hecke, oder Mylords Farben wehten über einem alten schottischen Schloß. Einmal prangte ein herbstlicher Wald auf einer Schatulle, vollgeladen mit Krähen.

»Erinnerst du dich«, sagte Szilvia, »wie viele Krähen wir gesehen haben in nur zwei Wochen?«

»Ein trauriger Herbstabend mußte es gewesen sein, auf einem verlassenen Herrschaftsgut, der Besitzer hatte sich aus Liebeskummer auf den Weg gemacht, um ruhelos umherzuwandern, und im Herrenhaus wohnten nur mehr Krähen«, erwiderte Klára leise mit verständnisvollem Lächeln, als würde sie im vorhinein die Fortsetzung der ausgesprochenen Worte kennen, die zweite Hälfte jedes nur bis zur Hälfte geträumten Traumes.

Das Salutieren des kleinen Bahnhofsvorstandes trieb die beiden jetzt zu nichts mehr an. Für andere Leute begannen in der städtischen Redoute die Gasflammen zu leuchten, in ihren breiten gläsernen Glocken, die an Champagnerkelche erinnerten, und in der Tiefe stimmten die Musiker ihre Instrumente, während im Zwielicht des Zuschauerraumes nur die weißen Häubchen der Billeteusen leuchteten. Auf den grauen Brettern der Bühne kniet der Requisiteur, leuchtet mit Kerzen, die nicht größer sind als ein Fingerhut, und malt Königsbilder in den Thronsaal. Stürmisch öffnet und schließt der Theaterdiener die Eisentüren der Garderobe, denn er muß den Komödianten Bier bringen, weiße Westen oder Lackschuhe.

»Ich hätte es mir gleich denken sollen ... Die Kleins waren ja sehr ehrliche Leute«, sagte Klára nach einer guten Weile, immer noch in Gedanken versunken. »Du hättest deinen eigenen Bleisoldaten hergeben sollen, nicht meinen.«

Szilvia warf einen empörten Blick auf ihre Freundin, als wäre sie roh aus Träumereien gerissen worden. Sie wollte schon sagen, daß sie seit Jahren alles, was sie nur hatte, schwesterlich teilte, doch war Szilvia ein zärtliches und feines Geschöpf. Gewiß hatte Kláras Großvater einen ziemlich hohen Rang im Ministerium bekleidet, und ihr Vater war nichts als ein Nachtwächter in Máriapócs. Wer weiß, wer weiß, wie Klára seinerzeit in der Theaterschule überhaupt hatte Aufnahme finden können!

Szilvia setzte sich an den Flügel, lehnte den Kopf zurück, und unter ihren Fingern ertönte der Walzer aus dem *Königsfang*, während ihre Gedanken weiterhin das Gestern bereisten, eine Zeit, in der sie (jetzt glaubte sie es) glücklich gewesen war, so glücklich, wie sie es nie mehr sein würde.

... Einen Umhang besaß sie, aus blauem Samt, der bis an die Fersen reichte, und in diesem Kleidungsstück eroberte sie die ganze Stadt. Vornehm wehten die Straußenfedern ihres Hutes im Spiegel der Blumenhandlung, kleine Schneeflocken glitzerten am Schleier und an den Schultern. Nebel begann zu rieseln, und die Laternenlichter zogen sich in die Mitte blauer Glaskugeln zurück, schmeichlerisch salutierten auf dem Korso die langen eleganten Offiziere, unter ihnen der Rittmeister mit dem schießpulverfarbenen Gesicht und der Kadett in seiner hohen Kappe. »Wir kommen zur Vorstellung!« riefen sie Szilvia nach.

Mein Gott, wie unglücklich ich doch bin, dachte sie und legte ihren vor Kummer schweren Kopf auf den Deckel des Flügels.

»Deine Tante ist da!« sagte Klára mit kalter Stimme hinter ihrem Rücken. (Der Bleisoldat war immer noch nicht vergessen.) »Zieh dich an. Wir gehen ins Theater. Schau, mit was für einer Kutsche die Frau Urbanovics gekommen ist!«

Der eleganteste Fiaker des Gisella-Platzes war in die Pattantyús-Straße eingebogen. Auf dem hellgrauen Mantel des Burschen gab es große Perlmuttknöpfe, die Schweife seiner Pferde waren kurz geschoren, und geschickt warf er die gelbgewürfelte Decke auf die Rücken der Tiere. Kristallen glänzten die Wagenlaternen. Die Tante kletterte derart keuchend die Stiege empor, daß die Mädchen beim Öffnen der Tür äußerst besorgt waren.

»Was ist geschehen?« fragte Szilvia.

»Nichts«, antwortete Frau Urbanovics, obwohl sie so stark geschnürt war, daß sie sich nicht einmal setzen konnte. Ihr Gesicht war karminrot bemalt, wundervoll glänzten ihre Augen, im gelben Seidenkleid blühte eine frische Teerose, und die Ohrgehänge waren groß wie Nüsse.

»Modisch ist es ganz bestimmt nicht mehr«, sagte sie vor dem Spiegel, »denn wer hat heutzutage dreitausend Forint für Ohrgehänge? Die Mode hat sich nach dem Geschmack der armen Leute gerichtet, die kein Geld haben, und so kann sich jedermann Ohrringe kaufen: aus winzigen Diamanten werden die Gehänge gemacht. Ich bin eine Frau aus der Provinz«, fügte sie hochmütig hinzu, »eine richtige Bauernfrau bin ich. Die Mode der Pester Beamtenfrauen ist mir nicht bekannt.«

Klára bewunderte die Tante von allen Seiten, obwohl sie den schweren Schmuck wirklich verabscheute. (Am liebsten hätte sie eine sehr fein geschmiedete Goldkette unter ihrem Hemd getragen, vielleicht aus lauter Schlüsseln des heiligen Petrus zusammengefügt, an der Kette ein flaches Medaillon mit geprägten, kaum sichtbaren Verzierungen und im Medaillon selbst das Porträt eines feinen blonden Mannes in rotem Anzug, der rosige Wangen hatte und blaue Augen. Sie wünschte sich keinen anderen Schmuck.)

Frau Urbanovics deutete auf ihr dichtes schwarzes Haar.

»Alles echt. Ich trage keine falschen Haare. Nur die verdorbenen Frauen ergänzen mehr schlecht als recht ihre Haare mit allerlei fremdem Haar, das vielleicht vom Kopf eines gefallenen Mädchens stammt, das im Spital gestorben ist. Allerdings färbe ich mir das Haar, denn ich will noch kein altes Weib sein. Habe ich nicht recht?«

»Sie haben recht, Tante«, erwiderte Klára, die dabei war, Szilvia beim Schließen der Haken und Knöpfchen behilflich zu sein, flink und lautlos, wie eine Garderobenfrau. Im allgemeinen ziehen sich Schauspielerinnen sehr rasch an; bevor die Tante mit dem Ausmalen der Vorteile ihrer glatten Schläfen hätte beginnen können, schlüpfte Szilvia bereits in die schwanenfederne Pracht ihres Theaterboleros.

Frau Urbanovics betrachtete ihre Nichte vom Scheitel bis zur Sohle.

»Schöne Beine hast du!« sagte sie endlich.

»Die schönsten Beine von ganz Ungarn«, sagte Klára wie nebenbei. »Das weiß jeder.«

Der Bursche mit den Perlmuttknöpfen senkte vor den Damen den Hut bis zum Boden. Beim Einsteigen half er geschickt, dann sprang er auf den Bock und lenkte die Pferde der Andrássy-Straße zu.

Die Fiakerfahrt hatte auf das Gemüt der Damen eine eindeutig gute Wirkung.

Klára, die ihr rotbraunes Haar mit Reispuder bestreut hatte, hielt ihre tiefen grauen Augen längere Zeit geschlossen, als dächte sie noch immer über den Bleisoldaten nach, doch kam sie im Lichterglanz der Andrássy-Straße plötzlich zu sich und blickte mit spöttisch verzogenem Mund auf das abendliche Treiben hinab.

»Tante, Sie wissen gar nicht, wie viele elegante Damen hier herumspazieren, die keine Ahnung haben, wo sie übernachten werden.«

»Das weiß ich. Die Pester Frauen sind verdorben.«

»Und diese gutgelaunten, sorgfältig rasierten Herren hier denken vielleicht gerade an Raubmord oder Einbruch.«

»Von hundert Männern müßten neunundneunzig erschossen werden, wenn man in der Welt wieder Ordnung schaffen wollte«, antwortete eifrig Frau Urbanonvics.

Auf der äußeren Andrássy-Straße, jenseits der Rotunde, wo der Straßenlärm nicht mehr so groß war, ertönte plötzlich mächtiges Peitschenknallen und Pferdegetrappel. Der Kutscher riß seine Pferde zur Seite.

Sechs prächtig geschirrte Braunfüchse näherten sich in rasendem Trab und zogen mit wehendem Schweif am Fiaker vorbei. Ein Groom in weißen Hosen und Samtmütze ritt auf dem Handpferd, beinahe wie auf einem Balkon saß der Kutscher im gleißenden Licht der Wagenlaternen auf dem Giebel der riesigen rotbemalten Postkutsche. Englische Lords mochten so aus Wales nach London gereist sein, einst, als es noch keine Eisenbahn gegeben hatte. Feierlich drehten sich die Räder, und mit steifen Gesichtern standen die Lakaien auf den Trittbrettern. Die Equipage war innen gelb und weiß ausgeschlagen, und auf dem hinteren Sitz saß ernsthaft und verwegen ein Herr mit Tatarenkopf und schütterem schwarzem Bart. Seine Augen, die bis dahin zu blinzeln schienen, flammten angesichts der vorbeiziehenden Schauspielerinnen jählings auf, wie elektrische Lampen.

Die Dame, die mit gelangweiltem Gleichmut an seiner Seite saß, trug einen Pelzmantel und einen runden kleinen Hut mit kurzem Schleier. Rotblond war sie, wie die Engländerinnen, ihre Augen waren veilchenfarben, und sie erinnerte an gewisse Pastellbilder, wie sie in schottischen Jagdschlössern hängen.

Der Blick des schwarzbärtigen Tatarenkhans wurde im Wagen der Damen als Sensation empfunden.

Frau Urbanovics hielt sich dann auch nicht sehr zurück. Sie klopfte mit ihrem Ringfinger, worauf sich der Kutscher zurückwandte.

»Wem gehört dieser rote Wagen?«

»Dem gnädigen Herrn Alvinczi.«

»Weiterfahren!« sagte sie unwillig, da sie nun auch nicht klüger war als vorher.

Szilvia beugte sich etwas später zu Klára.

»Die mit den Veilchenaugen kennen wir«, sagte sie leise. »In der Schule hat Lotti Stümmer solche Augen gehabt.«

Klára winkte verächtlich ab.

»Manche unserer Schulkolleginnen haben es so weit gebracht, daß sie sogar Kassiererinnen wurden, in einem Nachtcafé.«

2

Die Schauspielerin und ihr Bein

Die alte Sommerarena im Stadtwäldchen war aus Holz gewesen, und Zsigmond Feld hatte sein Etablissement gern Theater genannt. Sommerarena war der Name dieser Bude, und zur Abendzeit im Sommer waren die Fenster geöffnet, so daß die Leute aus der ganzen Umgebung hierherkamen, um unter den großen Bäumen herumzustehen und den Klängen der Theatermusik zu lauschen.

Eine schöne Welt war das gewesen. Gewiß denken viele von uns voll Rührung an die Arena im Stadtwäldchen, an unsere Jugend, an diese schöne Insel, die im Meer spurlos verschwunden ist. Junge, rebellische Journalisten, die auf dem Gebiet der Theaterkunst bereits auf Sardou schworen, auf Dumas und auf Gergely Csiky, trafen sich während des Sommers in Felds Arena oder in der Umgebung der Anstalt. Die ernstere Jugend, die bei konservativen oder klerikalen Blättern »am salzlosen Brot der Publizistik nagte«, ging meistens nach Buda und trug die Farben der dortigen Operettensängerinnen. Der Tarlatanrock des Fräulein Bárdos löste jenseits des Tunnels sehr beachtliche Bewegungen aus, während der untersetzte Herr Németh im Tenor schmetterte, um in den Träumen der Bürgerfräulein von Buda erscheinen zu dürfen. Die Dame Hadrik vertrat im dramatischen Fach die neue Richtung, wobei sie ihren schönen traurigen Blick ständig auf den Eingang heftete, denn jederzeit konnte der dicke »Herr Doktor« eintreten, um am nächsten Tag seinen erlösenden Artikel zu verfassen. Fräulein

Flóra Fái sprang in ihrem herrlichen Trikot wie die rosafarbene Heiterkeit in Person auf die Bühne, das fleischgewordene perlende Lachen von pausbäckigen Amoretten, und zwischen dem zweiten und dem dritten Akt kam die Schülerschaft des Gymnasiums völlig blaß aus den Büschen des Horváth-Parkes hervor. Feierlich, mit feinsinnigen Gebärden, stets gerührt, hielt sich der weißhaarige Krecsányi in der Halle auf, wie ein altenglischer Meister der Schauspielkunst, der Shakespeare noch am Hofe der Königin Anna gespielt hat. Also das war der Platz, an dem einst jene ernsthaftere Jugend aufwuchs, die sich später in der Politik zu den Überzeugungen des Ferenc Deák bekannte, in der Journalistik das Wirtschaftsressort liebte oder die Soziologie, in der juristischen Laufbahn eine Vorliebe für gutes Einkommen hatte, gern Bankinstitute und Kaffeehäuser der Innenstadt besuchte und den häßlichen Töchtern einflußreicher Leute hofierte. Der eine oder andere kam ins Ministerium und hat es vielleicht zum Konzeptionsadjunkten gebracht, weil er seinem Chef täglich in den Mantel half.

Kehren wir lieber zu den liebenswürdigen Rebellen zurück, zu den lärmenden Judenkindern mit den roten Nelken im Knopfloch, zu den langhaarigen Zeitungsvolontären, die jeden, den sie persönlich nicht kannten, schon aus Prinzip einen Schuft nannten und der armen Mary Csongory wild applaudierten, nur weil sie fein und traurig lächelte und jungfernhaft weiße Strumpfbänder trug wie eine Novizin. Verrückte und schnurrige französische Operetten und burleske Komödien hatten hier Erfolg, die von lähmender Dummheit waren und die Jugend trotzdem amüsierten. C. Sziklai tanzte in Frauenkleidern, und die Schauspielerinnen, diese jungen, rosigen, stumpfnäsig lächelnden kleinen Lämmchen, trugen gern enge Höschen auf der Bühne, ob sie dazu Anlaß hatten oder nicht. Der Hof war voll Zigarettenrauch und Orangenduft. Mit den langen Schritten heiliger Priesterinnen eilte Irén Feld durch die Gegend. Ihr Gesicht war wie eine Kamee. Das Drama war in entfernte Winkel gezogen, und vor Eintritt der Regenzeit konnte man in *Nora* nicht auftreten. Bereits früh im Mai suchten sich die Paare ihre Plätze aus unter dem Vordach der Arena. Verträge mit einem Ensemble, das zur Winterzeit in einem steinernen Theater spielte, versprachen die jungen Herren Journalisten den Mädchen, die die Schwelle der Hausmeisterwohnung erst gestern überschritten hatten oder aus dem Stadtwäldchen gekommen waren, wo sie unter den Bäumen an staubigen Sonntagabenden Blumen oder Wasser verkauften und vielleicht gerade das erste Mal liebten. Der graue Zylinder des Herrn Redakteur Báttaszéki erschien pünktlich in der Abenddämmerung, denn er war bekannt dafür, daß er sich in der Arena *Charleys Tante* fünfzigmal, *Sami Goldstein* sechzigmal und *Kapitän Dreibein* unzählige Male angesehen hatte. Mit ausgezeichneter Liebenswürdigkeit empfing die Direktion des Theaters ihren edlen Freund, der wahrscheinlich auch tagsüber im Zuschauerraum geblieben wäre, hätte man dort nur rauchen und Bier trinken können. Unter diesem Vorwand auch blieb der wohlgelaunte Redakteur mitunter für die Dauer von höchstens zwei Akten den Vorstellungen in der Arena fern, um geheimen Leidenschaften, Frauen, langen und mit Champagner begossenen Diners zu frönen, wobei die Theaterdirektion bis zum heutigen Tag der Überzeugung ist, daß der Herr im grauen Zylinder nur durch die Vorstellungen so gerührt und hilfsbereit war. Die weiblichen Poeten vertrat im Theater Gizy Király, und ihr edel modellierter Kopf drückte stets antiken Kummer aus, auch bei *Charleys Tante*.

(Mit derartigen Dingen unterhielt sich seinerzeit auch das junge Journalistenvolk. In den Redaktionen war es Brauch, nach dem Wechsel der Jahreszeiten entweder Klári Küry oder die Provinznachtigallen der leichten Sommernächte anzubeten. Dem Studenten von Oxford wird vor Beginn seiner Studien ein buntes Band auf die Mütze genäht, das seine Herkunft und seinen Rang anzeigen soll; der Pester Journalist legte sein Bekenntnis ab, indem er in seiner Zeitung über die herrliche Klári ein begeistertes oder düsteres Gottesurteil hielt. Von da an trug er ein Abzeichen, und Doktor Béldi konnte an heißen Theaterabenden zufrieden sein, wenn er seine Heere inspizierte. Sie waren groß. Die Burg von Buda hätten sie einnehmen können. Jene andere Schar, die am Trillern der Frau Aranka Hegyi hing, war zwar kleiner, doch tat sie ihren Dienst mit tieferer Inbrunst. Der wunderbare Béla Ágai stand dem Wachtrupp vor, vielleicht war er seither gar nicht mehr im Theater gewesen! Mein Gott, wohin seid ihr verschwunden, mühlsteingroße Blumensträuße, Stürme und Schlachten, heilige Schwärmereien, Überzeugungen, Religionen! Es gibt in Indien genügend Menschen, die Buddha verehren, doch wird die Küry von weitaus mehr Leuten angebetet. Sie tritt auf die Bühne hinaus, und ihr Lächeln, das immer neu ist und zauberhaft, strömt einer warmen Blutwelle gleich über die abgenützten Fauteuils im Zuschauerraum.)

Sommer löste den Winter ab, auf Frau K. K. folgten die Lerchen von Buda und die des Stadtwäldchens. Die Phalanx des Volkstheaters wurde dezimiert, schrumpfte gewaltig zusammen, und auch die Dichterin Santanello wechselte die Farbe, obwohl sie gerade noch bereit war, für das Volkstheater eine Operette zu schreiben. Der Fiaker von Sándor Bródy stand ziemlich oft vor dem »Politischen Kannegießer«, und die Damen aus dem Ensemble von Temesvár tranken die aufreizende Bowle, zu allem bereit, denn selbst im Nationaltheater spielte niemand. Nicht einmal das »blonde Wunder«. Es war Sommer, man war verliebt, auch der echte Dichter ging ins Sommertheater, um *Rip van Winkle* zuzuhören, und nach der Vorstellung kreiste Lisbeths Walzer wie berauscht über den Köpfen. Und wie gut rochen die Akazien! Und die Gassen waren dunkel ... In der Lógody-Straße spielte jemand um Mitternacht hinter einem dunklen Fenster Mandoline. Es war Brauch, die Schauspielerinnen von Buda unter dieses Fenster zu führen und ihnen gerade hier mitzuteilen, was sie ohnehin schon wußten ... Der tollkühne László Beöthy ist noch ein einfacher Kavalier (aber gefürchteter Redakteur) in der Gegend der Theatergarderoben, wo der Feuerwehrhauptmann seine Hand mit dem Gleichmut eines asketischen Mönches auf dem Wasserhahn ruhen läßt. Andor Miklós, der ungarische Pulitzer, schreibt unter dem Namen Armand lyrische Gedichte, und die strengen Kritiker sagen dem jungen Troubadour eine große Zukunft voraus. Ob er seither Gedichte geschrieben hat?

Und die jungen Herren Journalisten, die keinen Namen hatten! Ohne eine Schauspielerin zur Geliebten zu haben, konnte wirklich niemand ein solider und ernst zu nehmender Mitarbeiter der Presse sein. War es eine Seuche? Eine Mode? In der Schublade, in der heutzutage der Journalistenlehrling seine englische Grammatik hält, lagen Bilder von Schauspielerinnen. Jene Generation verstand sich auf Theaterintrigen besser als auf die Reportage; es war leichter, die Operetten des Konti vom ersten Takt bis zum letzten nachzusummen, als Interviews zu machen. Niemand hätte es geglaubt, daß am Grenzrain bereits eine neue Generation steht, die nicht für Schauspielerinnen schwärmt, dafür aber alles im Gepäck hat, was man in Cambridge und in Oxford weiß, und dazu noch das Diplom der Sorbonne und die großartige Begabung der Dichter: fabelhafte junge Journalisten, die plötzlich, von begnadetem Schwung getrieben, anfangen, in Budapest die besten Zeitungen der Welt zu schreiben, Leute wie Kéri, Simon Kemény, Lakatos, Miklós Lázár. Man könnte unsere Zeit auch Schauspielerinnen-Dämmerung nennen. Meines Wissens ist es heute nicht mehr Mode, sich wegen einer Schauspielerin zu duellieren. Im Saal des trefflichen Fechtmeisters Fodor ist noch niemand mit dem Namen Fedák auf den erstarrenden Lippen gestorben. Die Säbel ruhen, die Federn arbeiten. Anstatt von Frau Aranka Fodor zu träumen, sinnt die allerjüngste Generation völlig unrichtigerweise über Japan nach, wohin man eine Studienreise machen müßte!

Es war Mai, das künstlerische Personal sowie die Hilfskräfte hatten unter den alten Espen des Stadtwäldchens längst Hochzeit gehalten, das Dröhnen der Pauke war bis zur Stefánia-Straße zu hören, wo sich die Verliebten den Maigeruch gegenseitig von den Lippen saugten. Wunderbar glänzten die Lampen im Theater, früh hatte die Saison begonnen, einem jungen hübschen Blumenmädchen gleich irrte der Frühling in der Gegend der Arena umher, und im Stadtwäldchen beheimatete Vagabunden schleppten vor der Abendvorstellung die aus Weidenruten geflochtenen Körbe der Schauspielerinnen von der Wohnung in die Theatergarderobe. Dem Stubenmädchen des Fräulein Csongory machten drei Hutschenschleuderer den Hof. Das wird noch ein schlechtes Ende nehmen. Mit blutunterlaufenen Augen maßen einander die Burschen, während jeder dabei war, den Korb an sich zu reißen. Oft ließ der alte Magnat in der Einserloge sein silbernes Haupt sehen, während auf der anderen Seite der berühmte Adonis, der durch seine schönen Pferde und seine goldene Kutsche bekannte Ritter, seinen Feldstecher den stürmischen Bühnenereignissen zuwandte. Die Journalisten hatten bereits Platz genommen, und in den mittleren Reihen gluckste schon das hinterlistige Lachen jener Schauspielerinnen, die an diesem Abend bei der Vorstellung nicht mitzuwirken hatten. Der mit einer Perücke versehene Dirigent wandte den Rücken der Bühne zu, während er mit seinen Mannen die Zwischenmusik erledigte (man spielte etwas aus *Gasparone*), der Mann mit der Baßgeige schlürfte insgeheim an seinem Bier, und ein junger Musikant mit Brille las bereits das dritte Mal einen zerknüllten Brief. Wer mochte nur den Brief geschrieben haben? Berichtete er von Freuden oder von Unglück?

Prachtvoll gekleidet, vollbusig, lehnte sich Frau Urbanovics in ihrer Loge nach vorn. Szilvia seufzte: »Mein Gott, wenn es sein müßte, würde ich sogar hier spielen, aber die Csongory reserviert sich alle Rollen!«, während Fräulein Horváth aus reiner Gewohnheit dem Feuerwehrmann, der hinter den Logen stand, melancholische, naive oder dramatische Blicke zuwarf und sehr zufrieden war, als der Feuerwehrmann begann, von einem Fuß auf den anderen zu treten.

»Am liebsten ist mir der vierte Akt«, sagte Frau Urbanovics, mit dem Schälen einer Orange beschäftigt, »wenn der Ausbruch stattfindet und dreimal ›Jesus!‹ geschrien wird.«

Fräulein Horváth nickte verständnisvoll.

»Ich kann ebenfalls nicht verstehen, warum der alte Feld auch die anderen Akte spielen läßt. Den Ausbruch und das bengalische Feuer müßte man viermal wiederholen.«

Vor den Logenbrüstungen, wo die raschelnden rosa Theaterzettel, die kleinen, Jungfrauenbrüsten ähnlichen Orangen, die mit bunten Blumensträußen geschmückten goldenen Pralinenschachteln, die weißen Handschuhe lagen, wohlriechend, wie aus der Innenseite von Frauenarmen verfertigt, und Fächer aus Marabufedern, wie wehende Federbüsche von Pferden, die einen an Liebe gestorbenen Mann zu Grabe tragen, wo sich allerlei Düfte vermischten, wo sich gutgebürstete und mit Puder bestreute Damenfrisuren, im Abendlicht erhitzt wirkende Frauengesichter, glänzende Augen und frische weiße Blusen versammelten, schritt ein großgewachsener, dunkelgekleideter junger Mann entlang. Er hatte braunes Haar, Nußaugen und einen gestutzten Schnurrbart im bleichen Gesicht. Seinen Hut hielt er in der Hand, und vor Klára senkte er ehrerbietig den Kopf.

Klára war aber gerade mit etwas anderem beschäftigt, sie bemerkte den Gruß nicht, denn auf den Brettern übte eben die dramatische Künstlerin des Theaters ihren Beruf aus.

»Diese Ujhelyi kenne ich«, sagte sie, ohne den Blick von der Bühne zu nehmen, so wie Schauspielerinnen im Parkett ihre Freundinnen auf der Bühne zu kritisieren pflegen, wobei sich der Mund kaum bewegt. »Nie hat sie ihre Rolle gewußt, und natürlich weiß sie den Text auch jetzt nicht, denn sie denkt fortwährend nur an Männer. Im dramatischen Fach ist sie die verliebteste Schauspielerin. Schon in der Schule hat sie immer mit den alten Professoren kokettiert. Ujházi küßte sie die Hand, Gál verschlang sie beinahe mit dem Blick, obwohl Gál sie nicht sonderlich gemocht hatte, er hielt sie für minder begabt. Die Jászai hat ihr einmal gesagt: ›Fräulein, nur Stubenmädchen spielen wie Sie, lassen Sie sich in einen Haushalt vermitteln.‹ Aber dieser Person war nicht zu helfen. Von der Handelsschule ist sie zu uns auf die Akademie gekommen. Diese Mädchen beginnen schon in der Handelsschule frech zu werden. Sie verstand sich auf Kurzschrift, und in Kurzschrift hatte sie den Jungen Briefe geschrieben. Ich liebe dich, ich liebe dich: jedem schrieb sie dasselbe, so daß am Ende alle Jungen auf der Akademie die Schriftzeichen kannten. Man erzählte sich, sie hätte gegen frische Wäsche eine Abneigung. Auch jetzt sehen die Changeantstrümpfe des Fräuleins sehr verdächtig aus, umsonst versucht sie, die Jászai nachzumachen.«

All dies sagte Klára sehr schnell, als diskutierte sie mit sich selbst. Bekanntlich ist das Suggerieren im Theater immer wirkungsvoll, so bemerkte sie dann jenen traurigen Ritter, der sie vorher gegrüßt hatte, und erwiderte den Gruß sehr lebhaft.

»Wer ist das?« fragte Frau Urbanovics, deren Aufmerksamkeit nichts entgehen konnte.

»Rezeda, der Redakteur«, erwiderte Klára und begann sogleich ein heftiges Gefecht der Blicke mit dem trübsinnigen Herrn, der sein Haar zur Seite gebürstet und seinen Kopf zur Seite geneigt trug, als wäre er an einem Abend im Herbst vor dem Kaminfeuer beim Verbrennen der Requisiten einer vergangenen Liebe, von Briefen, Haarlocken, kleiner Seidenfalbeln und vielleicht auch Strumpfbändern, in Träumerei verfallen und hielte seinen Kopf immer noch so wie damals, als er die brennenden Briefe von Frauenhand betrachtete. »Was hat der in Pest zu suchen?« setzte die dramatische Naive das Gespräch mit ihren weißen Handschuhen fort.

»Ich bin nur neugierig«, sagte plötzlich Frau Urbanovics in scharfem Ton, »warum du uns deine Bekannten nicht vorstellst. Leute, die du kennst, dürfen wir ja wohl auch kennenlernen.«

Klára hob den aschfarbenen Blick, und ein lebhaftes Lächeln lief über ihr Gesicht, wie Sonnenlicht durch ein Fenster strömt, wenn die Läden geöffnet werden.

»Herr Rezeda war in Debrecen Journalist und ein Verehrer von mir. An dieser Tatsache finde ich nichts Besonderes.«

Doch winkte sie da bereits mit den Augen dem ansonsten mit Traumbildern der Vergangenheit und Wolken eines verschwundenen Frühlings beschäftigten Herrn, der daraufhin augenblicklich seinen Platz verließ und mit langen, schamvollen Schritten in die Loge schlenderte, so als müßte er ständig erröten, nur weil er einen halben Kopf größer war als die übrigen normalen Menschen und weil er lange Schritte machte, obwohl er wußte, daß in der Tanzschule ein Schritt nicht länger sein durfte als sechzig Zentimeter.

Die Witwe von der Drau schüttelte mächtig die Hand des Redakteurs und ließ dabei ihren forschenden Blick gewohnheitsmäßig über die Westenknöpfe des gerade vorgestellten Mannes gleiten.

»Rezeda«, sagte sie, »das ist eine wohlriechende Blume. Die Blume der Mädchen in der Provinz. Als ich noch ein träumerisches Mädchen war, gab es in meinem kleinen Garten viele Reseden und Malven.«

»Ein begabter Poet!« sagte Klára mit blitzenden Augen.

Szilvia betrachtete Herrn Rezeda von der Seite her, als wollte sie seine Haare oder Zähne zählen. Ihre komische kleine Nase lief in aller Stille rot an, und sie atmete derart leise, als sähe sie einem außerordentlichen Ereignis zu oder als wollte sie im Halbschlaf die Fortsetzung eines Traumes beobachten.

»Auch mich hat Herr Rezeda immer gelobt. Im *Rip* schrieb er über mich, daß meine Stimme wie ein Landgut im Banat sei, auf dem goldener Weizen wächst«, sagte Szilvia leise, die Worte zergliedernd, als fühlte sie die Bedeutung der Dinge selbst. »Und niemals hatte er in Debrecen eine Gelegenheit gefunden, mir vorgestellt zu werden. Warum nicht?«

»Ach!« sagte der Journalist. »Wozu denn?« Seine Stimme klang wie der Ton einer Geige, an der eine Saite locker geworden ist. Als wäre er vom vielen überflüssigen Reden völlig erschöpft. Es lohnt sich ja nicht zu sprechen: Zu wem? Worüber? Es zählen ja ohnehin nicht die Worte, sondern die Taten.

Seinen kindlich milden Blick, in dem vielleicht das Bild eines Baches zitterte, der zwischen zwerghaften Trauerweiden und einsamen Gärten, unter verlassenen kleinen Brücken in der Oktoberdämmerung verstohlen aus der Stadt floß, hob er inzwischen von Szilvias zartgewölbter Brust bis an ihren Hals, um vom feinen, vorspringenden Kinn und vom Hals, der an den Hals einer edlen englischen Lady alter Zeiten gemahnte, so viel zu sehen, wie er nur wollte.

»Wozu?« sagte Szilvia, und Verwunderung klang in ihrer Stimme. »Damit Sie in Ihren Vergleichen nicht immer nur über Schauspielerinnen früherer Zeiten sinnen! ... Ich kann mich an Ihre Werke genau erinnern, in denen Sie behaupten, daß im *Gas-*

senjungen seit Frau Szalkai niemand etwas getaugt hätte. Sie schrieben, Frau Tiszai, geborene Ilonka Ellinger, wäre in der *Fledermaus* unerreichbar gewesen, und dabei schwärmte die ganze Stadt für Zelma Margó. Mein Herr, ich kenne alle Ihre Werke.«

»Fräulein«, antwortete Rezeda so gefühlvoll wie der Soldat am Heiligen Grab in der Nacht der Auferstehung, denn er wünschte zynisch und sogar spöttisch zu sein, »die Muse der Operette hatte die Provinz das letzte Mal in jener Zeit besucht, in der sich die molligen Sängerinnen ihrer weißen Hosen noch nicht schämten. Damals war es noch Mode, daß die Schauspielerinnen ihr Haar mit Puder bestreuten; schwarze Strümpfe, ausgeschnittene Lackschuhe und ein weißer Unterrock, den sie in der Nacht eigenhändig auswuschen, bis er schneeweiß war: diese Art Eleganz war es, die man von einer Schauspielerin in der Provinz gewöhnlich forderte. Ja! Frau Tiszai erinnerte an ein kleines Vogelnest, kugelrund geflochten aus langen Grashalmen, wie sie im Spätsommer wachsen.«

Und da hob Herr Rezeda seinen Blick vollends und sah kurz und spähend in Szilvias betaute Augen, die in ihrer echten Melancholie ewig nur eines zu fragen schienen: Wie unglücklich bin ich, mich liebt keiner, auch Sie lieben mich nicht, nicht wahr?

Der Redakteur ließ einen zischenden Ton ertönen: »Don Quijote war ich! . . . Prutj-prutj.«

Er machte mit dem Mund ein knallendes Geräusch, worauf ihm Klára mit den Handschuhen auf die Schulter schlug.

»Was ist das für eine ekelhafte Gewohnheit?« fragte sie tatenhaft ernst.

»Pardon, ich dachte, die Damen kennen die neueste Pester Mode bereits, Prutj-prutj. Entschuldigung. Prutj-prutj.«

So sprach Herr Rezeda und lächelte hinterlistig, als amüsierte er sich insgeheim darüber, daß ihn die Damen in dieser Minute für einen ordinären Kerl hielten, obwohl er ja . . . Er wandte den Blick zufällig zu Szilvia Fátyol, als wäre er unter Umständen auch auf ihre Meinung neugierig. Mit zäher, hartnäckiger Traurigkeit sah ihn die Sängerin an, wie man ein Bild anstarrt, in der Hoffnung, es könnte irgendwann lebendig werden.

»Prutj«, sagte Rezeda bekümmert, als wollte er sagen: Morgen früh werde ich ein schöner Toter sein, denn nachts unternehme ich etwas, um dann ein schöner Toter sein zu können; Fräulein, kommen Sie zu meinem Begräbnis?

»Sagen Sie, Lieber, wieso, zum Teufel, sind Sie eigentlich da?« fragte nun Klára mit hoheitsvoller Stimme, als wüßte sie ohnehin, daß sie dem Herrn nur winken müßte, und schon würde er kopfüber in die Donau springen.

Wahrhaftig sehr gerührt, wandte sich Herr Rezeda an das Mädchen mit dem rotbraunen Haar, so als greife er nach einer sehr zarten, sehr lieben, kleinen unglücklichen Erinnerung, nach einer Revolverkugel oder nach einem Frauenporträt.

»Ich wohne in Pest.«

»Ach, Sie sind also nicht mehr Redakteur?«

»Ich redigiere eben in Pest, wenn Sie erlauben. Ich habe sogar drei Wochenblätter.«

»Wunderbar«, sagte Szilvia. »Ein Pressefürst.«

»Nur Prinz, meine Herrin«, antwortete Herr Rezeda mit zweifelhafter Ehrerbietung.

»Und welche sind denn diese lieben Blätter?« fuhr Szilvia fort.

Rezeda zwinkerte mit dem einen Auge, als erzählte er den besten Witz Europas.

»Das eine heißt ›Der gute Weinhändler‹.«

Szilvia schlug die Hände zusammen.

»Unerhört!«

Jetzt schloß Herr Rezeda das andere Auge.

»Das andere hat den Titel ›Zeitung der Christen‹. Und das dritte ...«

Der Redakteur machte nun beide Augen zu, als fürchtete er sich selbst vor den Verheerungen seiner Witzbombe.

»Mein drittes Blatt ist ›Die Laterne‹.«

Fräulein Horváth hatte über Herrn Rezeda einige Kenntnisse, und so sah sie sich gezwungen, ein wenig zu nicken.

»Es handelt sich natürlich um das Organ der Laternenanzünder.«

»Keineswegs. Es ist mein Blatt, eine revolutionäre Zeitung, ich selbst schreibe sie vom ersten Wort bis zum letzten«, erwiderte der Redakteur mit tückischem Lachen. »Es ist die lustigste Zeitung der Welt, aber sie wird nur von zukünftigen Selbstmördern gelesen. Das Motto lautet: ›Sterben ist besser als leben!‹ Ist das nicht lustig?«

Frau Urbanovics drehte sich um.

»Kinder, amüsiert euch leiser. Wir werden von der Bühne schon beobachtet.«

»Wir haben für unsere Loge bezahlt, obwohl ja Feld auch Prozente gegeben hätte, wie es Schauspielerinnen zusteht«, antwortete beleidigt und sehr schnell Fräulein Horváth. »Diese Kuh kann man in ihrer Rolle gar nicht stören, sie weiß ihren Text ja sowieso nicht.«

Einige Minuten schwiegen sie in der Loge trotzdem. Herr Rezeda lächelte in sich versunken, als lachte er über sich selbst, über diese komische Figur, die sich morgen oder übermorgen ganz gewiß erhängen würde . . .

»Die Laterne«, sagte Klára zerstreut. »Schreiben Sie auch über Schauspielerinnen?«

»Ja natürlich. Die Schauspielerinnen haben meine Zeitung gern.«

»So ist das also! Wir haben die alten Prinzipien aus der Provinz doch noch nicht vergessen. Wertvoller als der schönste Blumenstrauß ist eine kleine angenehme Lüge in der Presse. Spielen Sie auch in der Hauptstadt hinter den Theaterkulissen den Hahn, Herr Redakteur?«

Herr Rezeda lachte so seltsam, als wäre er bereits seit langer Zeit eine Leiche und schwämme mitten in der Donau in Gesellschaft eines schwarzen Fisches. Lange begleitet von diesem Fisch, so lange, bis der Tote weich wurde.

»Allerdings«, begann er und strich sich eine krause Locke aus der Stirn, »allerdings glaube ich nicht, daß ich in den Kreisen der Schauspielkunst in allzu großer Beliebtheit schwelgen würde. Oder wimmeln oder mich in Beliebtheit herumwälzen . . .«

»Rezeda, in der Provinz waren Sie ein ernster, sanfter, trauriger und verträumter junger Mann. Im Theater saßen Sie mit durchgeistigtem Gesicht, wie ein Poet.«

»Wenn Sie spielten.«

»Sie trugen einen Gehrock.«

»In der Provinz redigiert man eben im Gehrock.«

»Vormittags auf dem Korso besprachen Sie die Theatersachen mit dem Bürgermeister.«

»Ich besprach mit ihm, wie herrlich Sie in *Nora* gespielt haben.«

»Sie hatten auch einen Backenbart.«

»Mein Gott!« seufzte jetzt unerwartet Szilvia und blickte rasch auf die Bühne.

»Was schreiben Sie also in der ›Laterne‹ über die Schauspielerinnen?« fragte Klára.

»Über die brave und ehrenhafte Künstlerin, die auf den Brettern die patriotische Dame von Welt spielt, erkühnte ich mich in der letzten Nummer meines Blattes zu berichten, wie ihr Mund riecht.«

»Ach, wunderbar. Ein Revolverjournalist ist aus Ihnen geworden.«

»Ein Petroleur, ein Dynamitard: wie Sie befehlen. In meiner kleinen Winkelzeitung halte ich die Liebhaber und zahlenden Gäste der Schauspielerinnen in Evidenz, das Wandern des Mondes, und Vor- und Zunamen gebe ich den Kindern, die der schwarze Schiffer über das große Wasser in jenes Land gebracht hat, in dem all die leben, die bereits ein Recht und beinahe schon Gelegenheit hatten, diese irdische Lebensform wenigstens zu kosten.«

Fräulein Horváth schüttelte den Kopf.

»Schade, daß Sie die Dichtkunst verlassen haben. Gewiß trägt Ihre Muse keine saubere Wäsche.«

»Meine Muse, Gnädigste, geht barfuß herum, die Arme. Aus Strohblumen ist ihr Kranz, und Pyromanie ist ihre Krankheit.«

Die Vorstellung war zu Ende, da und dort wurde geklatscht, der in Zivil gekleidete Portier öffnete die Tür zur Halle.

Die Damen sammelten ihre Siebensachen zusammen. Klára war Frau Urbanovics behilflich, während Herr Rezeda den Bolero aus Schwanenfedern, wie er nur von Schauspielerinnen in der Provinz und von Prinzessinnen getragen wird, über Szilvias Schultern legte. Mit ihrer kleinen Hand, die warm war wie das Polster einer Braut, drückte sie unter dem Mantel die Hand des Journalisten.

»Schicken Sie mir ›Die Laterne‹!« sagte sie flüsternd, als teilte sie ein sehr großes Geheimnis mit.

Dann fragte sie laut: »Halten Sie mit uns mit?«

»Wir essen im ›Weißen Schiff‹ zu Abend. Das habt ihr doch Kürtös geschrieben?« sagte plötzlich Frau Urbanovics, deren Gesicht echte Ergriffenheit zeigte, als verließe sie nicht das Theater, sondern das Begräbnis ihres Geliebten.

Ein Kavalier in grauem Zylinder stand vor der Arena. Eine frische Blume stak im Knopfloch seiner grauen Redingote, auf seinem Gesicht glänzte ein Lächeln; er war dabei, eine Abendgesellschaft anzuheuern.

»Ordentliche Leute essen bei Vadkerti«, sagte er laut, da man im Theater in dieser Saison zu Vadkerti »ging«.

»Leider müssen wir ins ›Weiße Schiff‹!« sagte Frau Urbanovics, halb dem Herrn im Zylinder zugewandt, als wollte sie sich entschuldigen, denn wegen Kürtös und ihrer Nichte fühlte sie sich dem Theater ein wenig verpflichtet.

Der glanzvolle Jüngling zuckte mit den Achseln, als verstünde er die betagte Dame nicht. In dieser Minute erschienen zwei kleine Schauspielerinnen im Zwielicht, wie hungrige Spatzen, die mit mattem Blick, ohne Abendessen, nach Hause spazieren.

»Mädchen, ihr seid meine Gäste!« rief plötzlich der nächtliche Regenbogen. »Ich habe in der türkischen Lotterie gewonnen.«

Herr Rezeda begleitete die Damen zu ihrer Kutsche.

»Wer war der herrliche Graf?« fragte Frau Urbanovics, die auf alles neugierig war. (Sie wollte ihre Zeit nicht vergeblich in der Hauptstadt verbringen.)

»Er ist kein Graf, wenn auch beinahe. Herr Báttaszéki ist der Beschützer der kleinen Schauspielerinnen«, sagte ein wenig ehrerbietig Herr Rezeda. »Er trinkt jeden Tag französischen Champagner.«

»Also, wir erwarten Sie, Herr Redakteur!« rief Klára gutgelaunt aus dem Wagen, da man im modischen Fiaker zu viert keinen Platz hatte.

Frau Urbanovics winkte gnädig, wie eine Königin, und lehnte sich zurück.

Wunderschön tönte die Musik, Zigeuner aus der Nyírség spielten auf, und Spiegel glänzten an den Wänden. Gasflammen flakkerten an einem alten Luster, und auf den Boden hatte man rote Teppiche gebreitet.

»Das Gasthaus in Kaposvár ist schöner. Der ›Hirsch‹«, sagte geringschätzig Frau Urbanovics. »Gastwirt!«

Kürtös, der Schauspieler, war sogleich zur Stelle, bloß die Schminke hatte er sich vom Gesicht waschen müssen, ein anspruchsloser Mann mit braunem Haar und ziemlich unverfrorenem Blick, der überhaupt nichts konnte außer »Jesus!« schreien.

Auch der Redakteur traf ein, er schaute über den Schauspieler hinweg und gab auch auf jede andere Art zu erkennen, daß er dessen Anwesenheit nicht zur Kenntnis nahm. Der Schauspieler war zuerst rot geworden, dann kümmerte er sich nicht weiter um seine Zurücksetzung und widmete sich der Unterhaltung der Tante.

»Erinnern Sie sich, gnädige Frau, an Dancsházi? An den Charakterdarsteller Dancsházi?«

»Ich erinnere mich nicht«, antwortete Frau Urbanovics, die gutes Essen über alles liebte.

»Also wissen Sie, was geschehen ist? Er ist wahnsinnig geworden. Er sagte darüber vorher keinem Menschen ein Wort, und dann wurde er plötzlich wahnsinnig. Ist das nicht herrlich?«

Liebenswürdig nickte die Tante ihrem Günstling zu, um dann in der Pause zwischen zwei Braten die Brotkrumen zusammenzukneten.

»Schade«, sagte sie seufzend, »daß die ungarische Tracht aus der Mode gekommen ist. Die Männer wären ganz anders, würden sie im blumigen Zrínyi-Dolman am Tisch Platz nehmen.«

Wortlos saß der Redakteur neben den beiden Schauspielerinnen. Szilvia dachte wohl an irgendwelche trüben Angelegenheiten, und Klára eiferte der Tante nach. Immer wurde Herr Rezeda traurig, wenn man ein Weinglas vor ihn stellte. Er hatte die Gewohnheit, wortlos und beharrlich, enorm viel zu trinken. Feierlich nahm er den Wein in den Mund, nicht ohne vorher Farbe und Geruch zu untersuchen. Von den Mineralwässern durften nur »weibliche« zum Wein gemischt werden. »Margit« und »Ilona« standen bei Herrn Rezeda bereits seit Jahren in Gunst. Obwohl er noch nicht ganz dreißig war.

»Wissen Sie, wer im Ungarland die schönsten Beine hat?« fragte Klára auf einmal den wortlosen Redakteur.

»Sie.«

»Ach was! Szilvia.«

Herr Rezeda lüftete das Tischtuch.

»Sehen wir nach«, sagte er. »Ziehen Sie den Rock hoch, Künstlerin. Ich schreibe es dann in der ›Laterne‹.«

Szilvia gehorchte.

Ihre feinen Knöchel, von den Seidenstrümpfen mit geradezu sensationeller Liebe bedeckt, die kleinen Lackschuhe mit den zierlichen Maschen waren die Besichtigung in der Tat wert. Wenn nur die mindeste Fachkenntnis vorhanden ist, haben die Beine immer schon ihre Wirkung getan.

Die Nase Szilvias wurde rosig, während sie neugierig auf die Worte des Herrn Rezeda wartete.

»Sehr geschickt«, sagte bedächtig der Redakteur, »und ich kann der Tatsache nur zustimmen, daß sich die Beine oberhalb der Knöchel, gegen die Mitte, zu wölben beginnen. Gnädigste könnte danach vielleicht zu den molligen Damen gehören.«

»Bitte«, unterbrach ihn Klára, »nur die Tante hat das Recht, von pikanten Dingen zu reden.«

»Ich tu ja leider auch nichts als reden«, sagte der Redakteur, der zusehends munterer wurde, »denn ich bin eigentlich noch niemals durch das Fenster ins Zimmer einer Schauspielerin gesprungen, obwohl das in der Provinz, wo man scharfe Hunde hält, so Brauch ist.«

»Diesen Brauch kennen wir nicht, mein Herr«, sagte mit einigem Selbstgefühl Szilvia.

»Pardon für meine Gewagtheiten . . .! Früher einmal, vor Napoleons Feldzügen, als ich noch die Lokalpresse vertrat, habe ich manche Theaternachrichten erfahren, ob ich es wollte oder nicht. Im Sommer, aber auch in der Winterzeit ist keine Nacht vergangen, in der die Damen des Ensembles das Ständchen hätten vermissen müssen! Es ist wirklich nicht schwer, ein Fensterschloß zu lokkern, die Zigeuner gehen allmählich fort, nehmen die Baßgeige mit, als wäre sie ihr toter Gefährte, und die Geigen wundern sich in ihren Säcken immerfort, daß sie von ihren betrunkenen Musikanten nicht verloren werden, damit sie dann allein den Heimweg finden mögen. Die Gelegenheit zum Einstoßen des Fensters ist wirklich da! Feucht, grau wie die Frühlingsgewässer streift das traumleichte Dämmerlicht zwischen den Akazien, und im Zimmer weht vom Bett irgendeines Fräulein Macskavári oder Kutyaházi Parfümduft und nächtlicher Geruch. ›Bist du es, Henrik?‹ erklingt die müde Frage. ›Nein, ich bin Pista!‹ Ach, daß ich bei solchen Gelegenheiten niemals sagen konnte, daß ich der Redakteur Rezeda sei.«

»Was nicht war, kann noch werden!« erwiderte Klára.

»Halten Sie mich nicht hin, meine Herrin! In Debrecen und in Várad habe ich für Gnädigste mehr als genügend den Don Quijote gespielt. Ich trat ins Kaffeehaus, und die Leute begrüßten mich damit: ›Wir wissen schon, Fräulein Horváth ist die beste dramatische Naive in ganz Europa!‹ In der Konditorei boten mir die Fräulein Eierlikör an, obwohl sie mir früher andere, männlichere Schnäpse eingeschenkt hatten. ›Wir wissen schon . . .‹, sagten sie mit trockenem Lächeln, denn von einem täglichen Gast konnten sie mit Recht erwarten, daß er sich wegen eines Fräuleins des Hauses im Volkspark erhängt. Die Schaufenster, die Firmenschilder, die strolchenden Hunde, alle ›wußten es schon‹. Ich floh in den Wald. Der älteste Pappelbaum beugte sich zu meinem Ohr: ›Wir wissen schon, daß Fräulein Horváth . . .‹ Nichts tickte meine Taschenuhr dasselbe. Ich spannte den Hahn meiner Pistole. Zum Teufel, er wußte es bereits. Nie mehr im Leben werden Sie einen so treuen Vasallen finden können, Mylady.«

»Ich hoffe, Sie wollen mich auch in Pest nicht verlassen, Sire?« fragte Klára, betonte jedes Wort nachdrücklich und blickte mit ihren grauen Augen tief, eindringlich und dann demütig auf Herrn Rezeda.

»Das ist noch ein Rätsel. Mein Name ist Rätsler, Doktor Samuel Rätsler. Fragen Sie mich, Herzogin, nicht nach Dingen, die nicht von mir abhängen. Versprechen Sie zum Beispiel für jeden Tag irgendein kleines Geschenk, wie es der Kartenspieler Alvinczi mit Clarence Montmorency getan hat.«

Frau Urbanovics horchte auf, obwohl es sie nicht wenig Mühe kostete, ihre Augen dem hypotisierenden Blick des Schauspielers zu entreißen. (Was der Künstler hypnotisiert, ist die Halskette, dachte Rezeda.)

»Der Besitzer der roten Postkutsche?« fragte das kroatische Prachtweib. »Er ist ein sehr interessanter, trefflicher Herr«, fügte sie mit ergebener Anerkennung hinzu, als gäbe es jemanden in der Gesellschaft, der am frühen Morgen an Alvinczis Tür poltert, um ihm den Ausspruch der Frau Urbanovics zu erzählen.

»Jawohl, Alvinczi ist wirklich eine sehr interessante Figur!« antwortete Herr Rezeda. »Ein großer Jäger. Er jagt Herzen.«

Mit einer gewissen Eifersucht, die Stirn gefurcht, beobachtete der Schauspieler die plötzlich erwachten Interessen der *cœurdame*. Er nickte spöttisch Herrn Rezeda zu.

»Auch du, Kamerad?« fragte er halblaut, als hätte er den Redakteur bei einer beschämenden Tat ertappt. Er krümmte verächtlich den Mund und sah sich um, als suchte er nach einer anderen Gesellschaft.

Rezeda rächte sich kaum; er warf nur auf die künstlich gelockten Haarsträhnen einen Blick, und Jesus! Dachte er dreimal nacheinander.

»Hört, hört!« rief die Tante und drückte ihren Busen an den Tisch.

»Diese alte Wildsau«, sagte Herr Rezeda leise zu Fräulein Klára, »sie glaubt, auch ich bin nur hier, daß sie mein Nachtmahl bezahlt.«

»Bereits seit langem wollte ich Alvinczi kennenlernen!« sagte mit Nachdruck Frau Urbanovics, so als träfe sie mit dem berühmten Mann mindestens jeden Morgen beim Ausgang zusammen.

»Er ist ein großer Charakter. Ich würde ihn kein Geld kosten wie seine anderen Frauenbekanntschaften.«

»Du fünfhundertjährige alte Hexe, du schäbiger roter Unterrock!« murmelte Herr Rezeda.

Endlich kehrte Klára ihren nachdenklichen Blick hervor, der an die Abenddämmerung im Frühling erinnerte, in einer Gegend voll bewaldeter Hügel, während über den langgestreckten Wiesen der Ebene ein leichter Nebel schwimmt wie der Traum der Felder.

»Rezeda, benehmen Sie sich nicht häßlich. Reden Sie über Alvinczi.«

»Gern, wenn der Schauspieler den Platz wechselt. Der junge Mann soll nicht glauben, daß ich zu ihm spreche.«

Klára erledigte die Sache sogleich.

»Kürtös, setz dich an die linke Seite der gnädigen Frau.«

»Warum?« fragte spöttisch Kürtös. »Geht die Tischordnung vielleicht nach dem Rang?«

Ohne zu schlucken, in einem Zug, leerte der Redakteur sein bauchiges Glas.

»Sehen Sie, auch das habe ich in der Provinz gelernt. Die Pester können nicht so trinken«, murmelte er und heftete seinen bekümmerten Blick auf Fräulein Horváth. »Jetzt bin ich auch noch ein Trinker, deshalb mögen mich die Frauen nicht.«

»Ich könnte keinen Mann lieben, der einen kalten Mund hat«, sagte beschwichtigend Klára.

»Sehr richtig«, erwiderte vom oberen Ende des Tisches die kroatische Witwe. »Der Mann muß trinken, Pfeife rauchen, Karten spielen. Wer noch niemals im Leben betrunken war, ist gar kein wirklicher Mann. Ob vom Wein betrunken oder von der Liebe, ist gleich.«

»Von der Liebe?« fragte Rezeda laut, und leise fügte er hinzu: »Verbrennen sollte man dich, alter Ranzen.«

3

In Indien war die Ernte schlecht

Der Besitzer der roten Postkutsche, Eduárd Alvinczi, konnte auf einen der ältesten Stammbäume Ungarns zurückblicken. In Budapest gab es keinen stolzeren Mann als Alvinczi de genere Gút-Keled, Sproß großer Paladine, Nachkomme eines Bans von Temesvár, den noch Ludwig der Große mit dieser Würde belehnt hatte. Stolz war Alvinczi darauf, daß sein Urahne bei der Landnahme der Ungarn die Feder eines Stammesfürsten an der Kappe getragen hatte, und auch darauf war er stolz, daß er auf Grund seiner Abstammung Anrecht auf die Königskrone gehabt hätte, vorausgesetzt, die Nation würde sich wieder einmal auf dem Rákos-Feld zur Königswahl zusammenfinden. Die Hohenzollern hüteten noch Ziegen, als die Söhne des Geschlechtes derer von Gút-Keled bereits Burgvögte waren und Bans. Historiker in Moskau waren sogar der Ansicht, daß der Stammesfürst Gút-Keled offenbar jener Königsfamilie entstammte, die weit im Osten geherrscht hatte, in der Gegend des Don, als noch die ganze Nation im Sattel gesessen hatte. (Als Zeichen seiner Zufriedenheit wollte Alvinczi dem Professor eine Rinderherde nach Moskau schicken; die Hirten trafen bereits Vorbereitungen für die Reise, denn sie hätten den ganzen langen Weg reitend zurücklegen müssen, doch kam der launische Alvinczi dann auf eine andere Idee. Er bestellte bei der Firma Diaz Hermanos y Co., Habana, hundert Zigarren, die besten und teuersten Zigarren der Welt, und schickte sie dem Professor in Begleitung eines Briefes auf goldumrandetem Papier.) In seinen jungen Jahren ruderte Eduárd Alvinczi natürlich in Oxford, anschließend kam er auf die österreichisch-ungarische Botschaft in Paris. Seine Erhebung zum Kämmerer erfolgte, nachdem Alvinczi dreiunddreißig Ahnen hatte aufmarschieren lassen, obwohl auch weniger genügt hätten. Dreiunddreißig alte Bannerherren und Burgvögte gingen ins Hofmeisteramt nach Wien, um dafür zu sorgen, daß der Pariser Attaché seinen Frack mit den beiden Knöpfen der Kämmerer schmücken dürfe. (In seinen Träumen sah Herr Alvinczi wahrscheinlich Miklós, den Ban von Temesvár, wie er mit seinem Streitkolben ans Burgtor pochte. »Wir sind nicht gekommen, um zu bitten, sondern um unser Recht zu fordern!«) In Rom verliebte sich eine wunderschöne italienische Gräfin in den Enkel der Tatarenkhane, doch erwies sich die Liebe als schlechter Talisman, und Alvinczi verlor im Adelsklub in einer einzigen Nacht jene hunderttausend Forint, die seine majestätische Mutter in ihrem nach Lavendel duftenden Schrank für den Fall bereithielt, daß in der Familie etwas schiefginge. Die wunderbare Frau ließ keine Träne fallen. In größter Ruhe sandte sie die hunderttausend Forint ihrem Sohn zu, dabei war das in der damaligen Zeit ein ungeheures Vermögen: drei Komitate hätte man damit kaufen können. »Mein Sohn, jetzt haben wir kein Geld mehr.« Mehr schrieb sie nicht. Anstelle der Hand der italienischen Gräfin ergriff Alvinczi also wieder seinen indischen Götzen, den er stets bei sich führte, und ließ sich nach Sankt Petersburg versetzen. Amor folgte aber den Spuren des jungen Diplomaten, und eine schöne, traurige russische Tänzerin warf auf unseren träumerischen Eduárd ein Auge. Auch vom französischen Botschafter wurde die Tänzerin angebetet, Sekundanten trafen einander im Traveller's Club, und die Herren duellierten sich auch gleich im Traveller's, nur ihre Seidenhemden ließen sie sich vorher noch aus ihren Wohnungen holen. Vom Kosaken des Kasinos wurden die Floretts scharf geschliffen und im Feuer erhärtet. Unter lustigem Gebimmel der Glöckchen jagte die Tänzerin in ihrem Schlitten die Straße Alexander Newskijs entlang zur Oper, und vielleicht bohrte sich Alvinczis Degen im selben Augenblick in die Brust des französischen Botschafters, drei Fingerbreit über dem Herzen. Roter Blutstrahl, erbleichendes Gesicht, einknikkende Knie, und im Saal des vornehmen Klubs begann von der Stirn des französischen Botschafters das Nordlicht des Todes zu leuchten. Der Expreßzug nach Nizza fuhr eine Stunde später ab, und drei Werst von Petersburg entfernt deckten die Diener der Eisenbahngesellschaft in ihren braunen Livreen die Tische zum Souper. Alvinczi speiste reichlich und mit gutem Appetit, schlief anschließend ruhig im Abteil des *sleeping-cars* und konnte es gar nicht erwarten, seine Diplomatenpapiere in Wien am Ballhausplatz zurückzuerstatten. Er kehrte nach Hause zurück, nach Budapest, vom Diplomatenleben hatte er genug. Im alten Gasthof »Zum Goldenen Adler« nahm er Quartier, wo er bereits während seiner Studentenzeit gewohnt hatte: damals in nur einem Zimmer und jetzt in zweien, denn auch sein Bursche mußte Platz haben für die Nacht, um seinen Herrn abends ausziehen zu können, ihn dekken, ihm gute Nacht zu wünschen, nicht ohne vorher seine Hände und Füße abgerieben zu haben, genauso wie daheim in Ungh, im Haus der Ahnen, wo der Boden, die Felder und der Bach noch seit der Zeit der Landnahme im Besitz der Alvinczi geblieben waren. In Ungh rauschen die struppigen Wälder, Kuruzen früherer Zeiten halten sich in ihnen versteckt, alte Honvéds schleichen im Unterholz, wie Gespenster stehen in der Landschaft die schneebedeckten Berge an der Grenze ... Es ist wirklich sehr zu bedauern, daß man im »Goldenen Adler« keinen Dorfhund halten konnte, einen Komondor zum Beispiel, der für Eduárd Alvinczi nachts hätte bellen können.

(Als der treffliche Redakteur der »Laterne« bei diesem Teil seiner Erzählung angelangt war, seufzte Fräulein Klára Horváth kaum vernehmbar: »Mein Gott.«)

Szilveszter, der alte Schriftsteller, meldete sich einige Tage später im »Goldenen Adler«.

Szilveszter war so alt, daß er seinen Namen mit dem Gänsekiel noch Sylvester schrieb und auf nichts stolzer war als auf den Umhang, den ihm der Selbstmörder Sándor Balázs hinterlassen hatte. Auf dem Gang erwischte er zuerst den Diener János, der angesichts seiner kleinadeligen Herkunft ebenso hochmütig war wie Alvinczi in Anbetracht seiner Verwandtschaft mit Ilona Zrinyi.

»Ist der Fürst wach?«

»Hüsteln Sie nur vor der Tür. Den gnädigen Herrn erkennen wir an seinem Hüsteln.«

Szilveszter hüstelte, woraufhin von drinnen ein müdes, gleichmütiges »Na« erklang, das aber dem Besitzer der Stimme so große Mühe zu kosten schien, als hätte er eine ganze Rede gehalten.

»Sire, ich bin gekommen, um guten Morgen zu wünschen«, sagte Szilveszter.

Alvinczi saß am Bettrand – seitdem er Petersburg verlassen hatte, saß er immer am Bettrand –, in rotem Garibaldi-Hemd und im Seidenkaftan, wie er von orientalischen Herren getragen wird. Er hatte einen runden weißen Hut auf dem Kopf, unter dem seine Augen aufmerksam, aber in gewisser Hinsicht melancholisch hervorblickten. Der Reiter der Ebene hat so einen Blick, wenn er in die nebelverhüllte Ferne schaut. Alvinczi schaute gen Osten, wo sein Urahne König gewesen war. Französische Zeitungen lagen vor seinen Füßen. Szilveszter hob den *Gil Blas* auf.

»Heute abend wird bei Madame Louise eine Szene vorgeführt, die *Gil Blas* heißt. Ich habe sie geschrieben.«

Gelangweilt sah der Fürst auf seine Pantoffeln aus Saffianleder hinab.

»Eine kleine Szene«, wiederholte Szilveszter. »Sie ist sehr kurz«, fügte er später hinzu.

Alvinczi hob den Kopf. Er streifte Szilveszter mit einem stolzen Blick.

»Und?«

»Sire! Sei mir nicht böse. Ich möchte, daß du sie dir ansiehst.«

Alvinczi stand auf, zuckte die Achseln, ging quer durch das Zimmer und schaute nachdenklich in das Feuer des Porzellanofens.

Mit lebhafter Röte leuchteten die Flammen aus dem Schneeweiß des Porzellans hervor. Alvinczi hob ein paar Holzscheite auf, die er aus den Wäldern von Ungh hatte kommen lassen, und warf sie aufs Feuer. Mit dem gleichen Holz hatten bereits seine Ahnen geheizt. Er rieb sich die sehr feinen, aber kräftigen Hände. Er betrachtete seine schlanken Finger, die lieber einen Säbelgriff umschlossen oder Zügel hielten als die Hand einer Frau. Dann nahm er aus der Tasche des Seidenumhanges einige Goldmünzen hervor. Er legte sich die Goldstücke auf die flache Hand und sagte dann leise und gelangweilt: »Die Engländer sind die solideste Nation. Ihr *beef* ist genausogut wie ihr Geld. Die englische Goldmünze ist die beste Münze. Sie ist ihren Nennwert auch wirklich wert. Da hast du sie, Szilveszter, untersuche sie nur.«

Er reichte dem alten Schriftsteller einige mit dem Porträt der Königin Viktoria geschmückte Taler, die Szilveszter mit der Geschicklichkeit eines Eskamoteurs sogleich irgendwo in der Gegend seiner roten Weste verschwinden ließ.

»Gil Blas!« sagte er rasch anstelle eines Dankes, da Alvinczi seine Geschenke zurücknahm, wenn man sich für sie bedankte.

»Wir werden sehen. Wenn ich nichts anderes zu tun habe, werde ich bei Madame vorbeikommen.«

»Es wird ein glänzender Abend sein, Sire. Eine Soiree.«

»Was kümmert mich das! Verwende keine Fremdwörter, wo wir auch gute ungarische Wörter haben. Wenn es mit der Nation nicht vorwärtsgeht, dann nur deshalb, weil sie solche Schriftsteller hat. Zur Zeit meines Onkels, des Dichters Jeromos Alvinczi, wurde auf die Reinheit der Sprache viel Sorge verwandt. Übergib jedenfalls meine Grüße unserer alten Freundin, der trefflichen Frau Lujza.«

Der Schriftsteller, dessen Gesicht kaum weniger rot war als seine Weste, rückte den Umhang zurecht wie eine Tänzerin ihren Schleier. (Stets trug er einen Umhang, den Umhang des Sándor Balázs. Einst hatte Alfred Musset so einen Umhang gehabt.)

Alvinczi hob einen kleinen weißen Korb vom Boden. Er war voll Südfrüchte.

»Die habe ich heute aus Neapel bekommen. Unsere Freundin kennt den Wert erlesener Bissen!« sagte er und lächelte dabei eigentümlich, wie ein großer orientalischer Herr die törichten Wünsche der Frauen zu belächeln pflegt. (Überhaupt erinnerte Alvinczis Zimmer an einen Antiquitätenladen. Mit der bemalten Seite zur Wand gelehnt, standen hier viele Ölbilder, die der Fürst an gewissen Zeichen alle gleich erkannte. Alte Säbel gab es, Pistolen, asiatische Teppiche und indische Götzenbilder. Ein kleines Silberkreuz hing über der Schlafstelle, die beinahe so einfach war wie ein Feldbett: Marie Antoinette hatte auf dieses Kreuz ihren letzten Kuß gehaucht. Die kleine Pistole auf dem Nachtkasten war so kurz und stämmig wie der Kopf einer Bulldogge. Ein altes, kleines Gebetbuch lag daneben, aus dem im Mittelalter eine französische Prinzessin gebetet hatte. Bleich waren die Buchstaben geworden, nur die Initialen glühten in edler flandrischer Röte, und hellbraun waren die ausgebleichten Schriftzüge auf der ersten Seite, als hätte man sie einst mit Blut gemalt: *Noël 1557. Henri.* Flügel und Damhirsch, das Wappen der Montmorencys, waren in den feinen Einband geprägt. Auch Pastellbilder berühmter Jockeis und Rennpferde gab es im Zimmer, wie sie nur von englischen Herren gekauft werden, die sich für Pferde beinahe so heftig begeistern wie Lord Derby selbst. Aus der Schublade des Nachtkastens glänzte zwischen *billets doux* und weggeworfenen kleinen Briefen das Gelb der Goldmünzen hervor. Ein Rosenkranz lag irgendwo, der noch durch die Finger der Katharina von Medici geglitten war, und daneben ein länglicher indischer Götze, einen männlichen Körperteil darstellend, dessen häßlicher roter Kopf mit breitem Grinsen in die Welt blickte. Ein Kriegerspeer hing an der Wand, den noch irgendein Alvinczi dem Pascha von Temesvár entwunden hatte, und auf dem Tisch lagen Telegramme und Briefe aus allen Teilen der Welt. Tagsüber pflegte der Fürst meistens auf dem Bettrand zu sitzen, doch wußte er von allem, was in der Welt vor sich ging. Während der Jahre, die er an den verschiedenen Botschaften verbracht hatte, war er mit vielen Leuten bekannt geworden, die nun zum Teil seine guten Freunde waren.)

Bevor Szilveszter, den Korb unter dem Umhang, das Zimmer hätte verlassen können, wurde Alvinczi plötzlich ungemein lebendig. Er sprang auf und nahm ein langes Kuvert vom Tisch.

»Einen Moment, Szilveszter, ich gebe dir noch etwas. Etwas, was vorläufig noch ein Geheimnis ist. Im englischen Kolonialministerium wird gerade jetzt der Ernteertrag von Indien errechnet. Also in Indien war die Ernte in diesem Jahr schlecht. Die Meldung wird erst in der nächsten Woche offiziell veröffentlicht. Du kennst sie bereits. Verkaufe dein Geheimnis.«

Dann ließ er den Brief aus der Hand fallen, setzte sich müde aufs Bett und sah lange in die winterliche Dämmerung. Ein trüber Zug erschien um seine schmalen Lippen.

»Es ist schon Abend!« sagte er leise, denn er bemerkte gar nicht, daß Szilveszter das Zimmer bereits verlassen hatte.

Voll militärischem Ernst trat der Bursche ein.

»Was gibt es, János?«

»Ziehen wir uns an, gnädiger Herr. Ich habe im Kasino bereits das Abendessen bestellt.«

Alvinczi streckte träge das Bein von sich und lehnte sich zurück, als wollte er das Anziehen hinauszögern.

»Was haben wir für heute bestellt, János?«

»Eisgekühlte Melone, polnische Suppe, Truthahn und Rindfleisch mit Sauce. Den Salat wird der gnädige Herr selbst zubereiten. Frau Boldva bäckt Hobelspäne.«

»Hobelspäne! Erinnern Sie sich, János, zu Hause, in Ungh, gab es im Haus meines Großvaters eine alte Küchenmagd. Großartige Hobelspäne hat sie gebacken. Gut haben die Alten gegessen!«

»Auf der ganzen Welt wird in Ungh am besten gekocht«, sagte János voll ernster Überzeugung. »Wie oft haben wir in Rom schlecht zu Mittag gegessen, bevor uns die alte Gnädige die Frau Ripka nachgeschickt hat.«

Alvinczi wurde nachdenklich.

»Sagen Sie, Kerék, was ist aus Frau Ripka eigentlich geworden?«

»Ihr Mann ist gestorben, und dann heiratete sie den Kutscher der alten Herrschaften aus Bajnóc.«

Der Fürst blickte in die Vergangenheit.

Mitten im Zimmer stellte der Bursche die Gummiwanne auf, dann holte er warmes Wasser. Die Beine nach türkischer Art gekreuzt, saß Alvinczi auf dem Bett. Plötzlich sprang er auf und schrieb mit langen, dürren Buchstaben irgendeinen Gedanken in ein Buch, eine Jahreszahl war es und ein Name. Dann erlaubte er dem Burschen, daß er ihn anziehe.

Im Vergrößerungsspiegel untersuchte er gründlich seine Augen und sein Gesicht, ließ ein paar Tropfen Heugeruch auf die Seide seines Smokings fallen, rückte die Füße in den gutgeformten Schuhen zurecht, nahm vom Bett Portemonnaie und Zeitung und stopfte sich beides in die Taschen, so daß der Smoking aufquoll. Den kurzen, aus dem Holz eines Kornelbaumes verfertigten, mit Eisen gefüllten Spazierstock nahm er in die Hand, dann steckte er eine Bouteille Champagner unter den Arm, die so alt und edel aussah wie das Meßbuch einer Abtei. Die Bouteille stammte aus dem Keller des Prinzen von Wales. In das Zigarrenetui, das beinahe so groß war wie eine Reisetasche, legte er aus verschiedenen Schachteln Zigarren, sorgfältig, wie der Apotheker sein Wundermittel mischt. Die mit Kardinalgürtel geschmückten und mit der Unterschrift des kubanischen Präsidenten versehenen Wunderzigarren lagen in den Kistchen in derartiger Fülle herum, als wäre Herr Alvinczi der erste Tabakproduzent von Habana gewesen. »Alvinczis Zigarre«. Das war in Budapest ein Begriff. Es war die teuerste, die beste, die edelste Zigarre.

Nach den Banketts im Kasino lassen die Journalisten und die Herzöge die Zigarren gewöhnlich in ihren Taschen verschwinden. Feine und liebe Erinnerungen sind diese kleinen Stangen aus Tabak an die Mahle des Herrn von Alvinczi, und man pflegt sie genauso aufzubewahren wie die versteinerten Muscheln von Tihany, die man Ziegenklauen nennt. Zuweilen werden die Zigarren weitergereicht, dem Hausarzt, dem Kritiker oder dem Richter ... In einem Glasrohr verlötet, wanderte einmal eine Zigarre Alvinczis ungefähr zwei Jahre lang durch Budapest, bis sie ein betrunkener Tänzer, ein Neger, endlich verrauchte. Das Vermögen der Stadt wurde kleiner.

Dem Erzherzog, der nach dem Mittagessen versäumt hatte, die Beute mitzunehmen, steckte der Diener János die Havanna-Stange in die Tasche des Waffenrockes.

»Was ist das?« fragte erschrocken der kaiserliche Soldat.

János Kerék half ihm voll gutem Willen in den Offiziersmantel.

»Man behalte es nur gnädigst. Zu Hause kann man es gut brauchen.«

... Danach raffte Alvinczi einen Haufen unbeantworteter Briefe auf, streifte ein Gummiband über das Bündel und steckte es in die Innentasche. Nachts, auf dem Sofa des Kasinos, halb liegend (nachdem er zur Begleichung der Rechnung gewohnheitsmäßig einen Tausendforintschein gewechselt und der Lakai das Kleingeld auf dem Silbertablett zurückgebracht hatte), zieht Herr Alvinczi seine Zeitungen und Briefe hervor. Das breite, mit Leder bespannte Kanapee ist voller Briefe und Telegramme. Mit seinem goldenen Bleistift schreibt er Bemerkungen in die Ecken der Briefe, Anweisungen für Szilveszter, für die Antwort, die am nächsten Tag verfaßt werden soll. Die Nacht ist lang, und aus diesem Grund steckt Alvinczi auch das Buch Carlyles unter den Arm. Jenen Band, in dem von der Nacht der Lanzen und vom Aufstand der Frauen berichtet wird.

»Sollte ich erst in der Früh nach Hause kommen, János, bekommen Sie fünfzig Pengö!« sagte er launig, wie es einem großen Herrn zusteht, und die Stubenmädchen übernehmen die Herrschaft über das Zimmer, das nach Zigarren, warmem Wasser und Heu riecht, wie es wohl in jenem Kabinett gerochen hat, in dem der Herzog von Richelieu mit dem Studium wichtiger Staatsakten beschäftigt war. Mit ihrer weißen Schürze und ihrer sanften weiblichen Frisur kommt die Zimmerfrau herbei, lautlos sind ihre Schritte auf dem roten Teppich. »Küßdiehand«, sagt sie und verschwindet mit ihren leise klingenden Schlüsseln.

Der Fürst bleibt stehen, er lächelt – vielleicht hatte bei Daudet der Papst in Avignon den leichtfüßigen Frauen der Provence genauso nachgelächelt – und sagt dann müde: »János, fünf Goldmünzen bekommen Sie von mir, wenn Sie diese Heilige verführen! Fünf Viktoria-Pfunde!«

So spricht er zum Diener, der ihn mit der Weinflasche begleitet.

Noch einen Augenblick höchster Lebendigkeit, den Glanz eines hinreißenden Lächelns in den Augen.

»Szilveszter«, fügt er mit müder, aber schon etwas klangvoller Stimme hinzu, »Herr Szilveszter bekommt für dasselbe zehn Goldmünzen. Sie können es ihm ausrichten.«

Er nimmt Platz in der nach Zigarrenrauch und Parfüm riechenden Kutsche, die mit den langbeinigen russischen Pferden den ganzen Tag hindurch vor dem Gasthaus herumgestanden hat, als begebe er sich auf eine sehr lange Reise. Er hüllt sich in den Mantel und zieht sich den weichen Hut in die Stirn. Neben seinen Füßen steht die Weinflasche, aus der beim Abendessen gelbe Luftblasen ins Kristallglas gegossen werden.

»Gute Nacht, János.«

Die Tür der Kutsche wird geschlossen. Mit langen Schritten traben die Pferde zum Kasino, das vom »Goldenen Adler« fünfzig Schritt entfernt liegt.

(»Mein Gott!« sagte wieder Fräulein Horváth und legte sich die Hände auf die Stirn, als hätte sie Fieber.)

Mit Herren aus der Provinz trank Szilveszter im »Goldenen Adler« in dieser Nacht. Radics musizierte, und das Fest dauerte in heftigem Tempo bis Mitternacht. (Der alte Herr in der roten Weste hatte für Tändeleien mit Frauen weitaus weniger übrig als für ein handfestes Gelage, für verschiedene Feiern, die nach einem poetischen Beginn ausgelassen wurden und wild.) Madame Louise, die auch Donna Juana genannt werden konnte (den Namen »Kameliendame« trug sie vielleicht ebenfalls), sammelte in ihrem Schloß Schauspieler und Schriftsteller um sich, wenn ihr das von ihren gewöhnlichen Besuchern, den Grafen und Herzögen, erlaubt wurde. Bei den literarischen Soireen stellte sich heraus, daß Donna Juana eine geniale Schauspielerin war, die ganze kleine Akte selbst spielen konnte. Aus einem alten romantischen Roman war sie herausgetreten ... Wir werden noch mehr über die »Kameliendame« erzählen, jetzt nur so viel, daß sie die zwei Männerrollen der Szene *Gil Blas* samt der einen Frauenrolle allein vortrug, worauf im Namen der Gäste der Schriftsteller Ödön Salamon in der Sprache des Sarcey über die Kunst der Hausfrau eine Rede hielt. Da hatte Herr Szilveszter bereits das Weite gesucht, denn es war ihm zu Ohren gekommen, daß Dapsy, Oberstuhlrichter im Komitat Pest, die Zigeuner im »Goldenen Adler« musizieren ließ. Wilder Schneesturm brauste über die Innenstadt, erschrocken tanzten die Gasflammen, und das Barbierschild rasselte wie die eisernen Fensterläden der (feindlichen) Druckerei Heckenast, wenn früher einmal die Herren Kálmán Lisznyai und László Beöthy mit ihren Stöcken anpochten. Szilveszter hüllte sich in den Umhang des Sándor Balázs, atmete die Kälte des Schneetreibens tief ein, und auf diese Weise gelang es ihm tatsächlich, die Abendgesellschaft zu vergessen, samt Parfüms und Kamelien, samt all den heutigen Schriftstellern, die Fräcke trugen und Tee tranken. Er schob seinen kleinen runden Hut zur Seite und besann sich vor dem Eingang zum »Goldenen Adler« bereits auf den Text eines alten und ziemlich wilden Liedes aus dem Komitat Pest ... (Deshalb auch hatte das Fest lange gedauert.)

Mittag war vorüber, als sich Szilveszter bei seinem Freund, Gönner und Lehnsherrn meldete, demütig wie ein Leibeigener.

»Sire, ich habe in der Nacht mehr als nötig getrunken!«

Der Fürst stand vor dem Ofen und rauchte in einer langen Zigarrenspitze bedächtig und ernsthaft seine Zigarre. Der dickflüssige, bräunlichweiße Rauch und der exotische Duft der Pflanze ferner Inseln füllte das Zimmer. In den Rauchschwaden konnte man spanische Plantagenbesitzer sehen in breitkrempigen Hüten, grüne Tabakfelder und schwarze Frauen, gerade lief der Dreimaster aus dem Hafen aus. Wind blähte die weißen Segel, und das Schiff flog mit seinen blauverzierten Zigarrenkisten über die Meere. (In seltsamen Kistchen gelangen die Produkte ferner Länder zu uns. Wer hätte die eigentümlichen Figuren auf der Tee- oder Feigenschachtel noch nicht betrachtet? Als brächten die Güter phantastischer Welten auch die fremdartigen Gebräuche der fernen Länder mit sich. Der chinesische Drache und die Geishas von Japan, der Kaffee von Kuba, der in den Häfen duftet, und die auf Kamelrücken transportierten asiatischen Teppiche, alle reizen einen dazu, daheim im Zimmer an lange Reisen zu denken.)

Umständlich zog der Fürst an seiner Zigarre. Der winterliche Sonnenschein sickerte durch die Fenster des Gasthofes und ließ das rote Seidenhemd und die goldbestickte Weste glänzen.

»Betrunkene Menschen mag ich nicht!« sagte er verächtlich. »Dagegen ließ mich in der Nacht die schlechte Ernte in Indien nicht zur Ruhe kommen. Das ist eine sehr wichtige Sache, Szilveszter. Die Mängel in der Korn- und Schatzkammer der Briten werden nicht nur die Lords und die Bierbrauer zu spüren bekommen, sondern auch die europäischen Kaufleute. Man könnte sagen, die ganze Welt interessiert sich dafür, wie viele Tonnen Reis in Bombay eingeschifft werden ... Am Vormittag hatte die Sonne geschienen, und ich machte in der Stadt einen kurzen Spaziergang. Ich habe jemanden gesehen ... Ein seltsames Mädchen mit Veilchenaugen, als wollte sie den Frühling verkünden.«

Sogleich schlug Szilveszter seinen Umhang zur Seite.

»Ich werde Madame sofort benachrichtigen. Man muß die Veilchenäugige herbeischaffen. Ein Befehl von Euer Gnaden.«

Alvinczi blickte in den Rauch.

»Nein«, sagte er zögernd. »Sie gehört nicht unter die zarten Hände unserer Freundin. Sie ist etwas anderes, etwas Außerordentliches. Sie ist wie ein Pastellbild, von dem edlen Pinsel eines englischen Meisters gemalt. Sie ist die Zartheit und die Anmut in Person, die Schlankheit und die Kraft. Sie ist äußerst fein gebaut! Wäre ich ihr in Wales begegnet, in der Gesellschaft meiner Freunde nach der Hetzjagd, in der Halle eines Schlosses aus der Zeit der Königin Anna, dann hätte ich mich über den Anblick vielleicht weniger gewundert. Ihr rotblondes Haar glänzt in gewisser

Hinsicht so wie der Sonnenschein, wenn er an Sommertagen auf die Weizenfelder fällt. Ich muß schon sagen«, fügte Alvinczi hinzu, »ich verehre das Fräulein ganz außerordentlich.«

Der alte Dichter war aufgeregt, wie es sich bei ähnlichen Anlässen für jeden guten Freund schickt.

»Ich schreibe ein Gedicht über sie.«

»Nein. Sie ist nicht dazu da«, antwortete leise Alvinczi. »So jung ist sie wie der März, der sich kaum angekündigt hat, und trotzdem erinnert sie einen, wenn man an ihre Gesichtsfarbe zurückdenkt, an alten Schmuck. An seltsame Steine und an jenes rosafarben glühende Gold, aus dem auch die Krone Ludwigs des Heiligen gearbeitet ist. Oder an einen sommerlichen Morgen in den Alpen, wo die unberührten Gipfel mit ihrem rötlichen Schnee rund um den Horizont stehen, blau ist unten der runde See, und rote Maiglöckchen blühen im Wald.«

»Ein wahres Gedicht!« rief Szilveszter.

Alvinczi winkte ab.

»Nein. Diese Dame eignet sich nicht für deine Feder, Szilveszter. Schreib du nur Rollen für Madame Louise und Trinklieder an den Stuhlrichter Dapsy. Mein Ahne, Miklós III., war zur Zeit König Ludwigs Generalgouverneur von Neapel. Ich habe den Eindruck, daß sich das Fräulein noch am ehesten als Königin von Neapel eignen würde . . . Es ist Hexerei! Seitdem ich sie gesehen habe, kann ich sie nicht vergessen.«

»Wie heißt sie?« fragte Szilveszter.

»Clarence . . . Ich nenne sie wenigstens so, seitdem ich ihr auf der Straße in einiger Entfernung gefolgt bin. Sie war in Begleitung einer alten Dame und verschwand dann in der Mikádó-Straße. Schade, daß wir nicht im Mittelalter leben, in Madrid, wo mir in meiner gegenwärtigen Lage einige im Fechten geübte Freunde an die Hand gehen würden. In der Dunkelheit der Nacht bliebe die Sänfte stehen, und rasch würde ich Clarence ihrem Gefolge entreißen. Inzwischen hielten meine Freunde die Mannen der heiligen Hermandad mit guten toledanischen Klingen in Schach.«

»Sire, die Zunge unserer Freundin, der Madame, wirkt weitaus geschickter als die beste Klinge aus Toledo. Viele frische Blumen des Frühlings sind bereits mit ihrer Hilfe in den Armen von Herren gelandet, deren Köpfe die Farbe des Winters trugen.«

»Ich bin noch jung, Szilveszter. Und ich hielte es für unwürdig, den Blütenstaub, den Honig und den Duft dieses unerwarteten Abenteuers mit einer Handvoll Gold abzustreifen. Szilveszter, ich verehre Fräulein Clarence viel mehr, als du es überhaupt erfassen könntest. Jawohl. Ich verehre sie. Das ist der richtige Ausdruck. Ich wäre zum Beispiel sehr glücklich, könnte ich für ihre Erziehung und ihre Zukunft sorgen.«

»Ich glaube, das wird sich machen lassen, Sire!«

Am nächsten Tag irrte Szilveszter in den Bergen von Buda umher. Auf dem Johannisberg hatte er einen großen Stein unter einem Busch, wo er sich zu heilen pflegte. Im Gras liegend, hielt er seelisches Purgatorium, beschlief seine Muse und hob das Ergebnis der Fruchtbarkeit auf unzähligen kleinen Papierfetzen auf, mit denen die Tasche des Dichters voll war. Nach der Eremitenzeit auf dem Johannisberg kehrte er verjüngt und innerlich beinahe rein unter die Menschen zurück: er würde nicht mehr trinken, nicht mehr würfeln, anstelle der Trinklieder würde er einen langen historischen Roman schreiben und außerdem in Buda eine kleine Zeitung gründen, die sich der lokalen Interessen anzunehmen hätte, was in einem Jahr ebenfalls achthundert liebe Pengö einbringen würde. Er schob sich den runden Hut aufs Ohr und kam pfeifend vom Berg herunter.

Von nun an werde ich den Krämer mit Inseratenquittungen bezahlen, dachte er, während die Idee des Blattes von Buda in seinem Kopf aufblühte.

Erst drei Tage später klopfte er im »Goldenen Adler« an.

»Der hochgeborene Herr?« fragte er den Diener.

»Bereits angezogen.«

Zum Ausgehen bereit, stand der Fürst im Zimmer. Ein stilles Lächeln spielte um seine Lippen.

»Szilveszter«, sagte er mit sanfter Stimme, »wenn du Lust hast, kannst du mit mir kommen.«

Vor dem Büro eines alten Notars stiegen sie aus der Kutsche. Das Schild des Notars war so alt, als hätte es bereits in der Türkenzeit an der Wand gehangen.

In dem engen und schmalen Büro, wo die Schränke immer größer und dicker wurden, die aufgedunsenen Schreibtische und Regale eine geradezu biblische Üppigkeit verbreiteten, als wären alle mit Stempelmarken versehenen Papiere des Landes hier aufgestapelt worden, in dem Sarg- und Kerzengeruch der Testamente blieb für die Kanzlisten nicht einmal so viel Platz übrig, daß sie ihre

Knochen mit einem gewissen Quantum Fleisch bescheiden umhüllen konnten.

Der Notar dagegen war ein dicker und bebrillter Mann. In früheren Zeiten hatte er im »Kemnitzer« öfters Kegel gespielt, und also erkannte er Szilveszter sogleich.

»Ich bin zum Philister geworden«, sagte der alte Schriftsteller, um dem Notar zuvorzukommen.

Ein Herr im schwarzen Gehrock, der einen leicht ergrauten und nach spanischer Art gestutzten Bart trug wie ein Präsident der Veteranen (über die man damals gerade Witze machte in Pest), und eine Frau mit verschrecktem Blick und im malvenfarbenen Rock saßen auf dem Rohrgeflecht der Sitzbank, auf jenem Teil wenigstens, der von der ungeheuerlichen Masse der Schriften noch nicht endgültig besetzt war.

Der Gesichtsausdruck der Bürgerfrauen ist bei Begräbnissen, bei Hochzeiten und sogar bei der Unterschrift wichtiger Kaufverträge ungefähr der gleiche. Man kann nie wissen, ob sie gleich zu weinen beginnen oder zu lachen, denn beides ist möglich. Der Mann mit dem spanischen Bart dagegen begrüßte Alvinczi mit tiefer und kräftiger Stimme und so feierlich wie ein Kirchenvorsteher: »Guten Tag, hochgeborener Herr.«

Daraufhin nahm er wieder Platz, strich sich über den Bart, knöpfte seinen Gehrock auf und wieder zu, als zerbräche er sich den Kopf darüber, weshalb nur er sich für den feierlichen Anlaß nicht den Veteranensäbel um die Hüfte geschnallt hatte.

Neben dem Schreibtisch, auf dem Stuhl, der in der Mitte stand, hatte, in einem Hütchen mit lilafarbenem Schleier, in einem feinen und einfachen Kleidchen, die in Handschuhe gehüllten Hände auf dem Schoß, Clarence Platz genommen. Mit ihren veilchenblauen Augen, dem goldroten Haar, dem schön geschwungenen Fuß, der feinen Haltung erinnerte sie an eine Prinzessin, die aus bloßem Zufall zum Notar verschlagen worden war, um den Kontrakt mit ihren Untermietern zu signieren.

Sogleich küßte ihr Szilveszter die Hand, während Alvinczi ehrerbietig den Kopf neigte. Einen Augenblick herrschte Stille. Die Bürgerfrau zog ihr Taschentuch hervor.

Mit großer Geschwindigkeit las der dicke Notar: »Erschienen sind in meinem Büro Péter Stümmer und seine Gattin, beide wohnhaft im I. Bezirk (Buda, Burg) . . . minderjährige Lotti Stümmer, Elevin der Schauspielschule . . . Zum andern Eduárd Alvinczi (de genere Gút-Keled), k.u.k. Kämmerer, Gutsbesitzer ...«

Szilveszter schwindelte es, und er lehnte sich an die Wand.

Das notarielle Schreiben enthielt nichts anderes, als daß Alvinczi, der Enkel orientalischer Könige, vom heutigen Tag an das Fräulein Lotti Stümmer als seine Verlobte betrachte, für ihre Erziehung und Zukunft sorge, ihren Eltern eine Jahresapanage zusichere, die dafür verpflichtet sind, ihre Tochter in Unschuld und Ehrenhaftigkeit zu erziehen ... Ihrem Wunsch gemäß wird das Fräulein die Bühnenlaufbahn betreten ...

Die Unterschriften folgten.

Noch niemals hatte Szilveszter so zittrige Buchstaben aufs Papier gekritzelt wie bei dieser Gelegenheit.

Alvinczi trat zu seiner Verlobten und küßte ihr die Hand.

»Vergessen Sie also nicht, Clarence, daß Sie meine Verlobte sind.«

»Ich werde es nicht vergessen«, erwiderte eine leise Stimme.

Alvinczi versenkte die Hand in seiner Tasche und zog dann das kleine Gebetbuch der Montmorencys hervor, jenes Büchlein mit dem Wappen, in dem Flügel zu sehen waren und der Damhirsch. Längst waren die französischen Prinzessinnen, die aus diesem Buch ihre Gebete lasen, zu Levkojen geworden.

»Hier, mein Verlobungsgeschenk.«

Den beiden Alten reichte der hohe Herr die Hand.

»Herr Stümmer, erziehen Sie Ihr Kind in Reinheit und Redlichkeit. Ich werde Sie manchmal besuchen. Gehen wir, Szilveszter.«

Im »Goldenen Adler« hüllte er sich wieder in den orientalischen Kaftan. Er stocherte das Feuer im weißen Ofen an und rieb fröstelnd die Hände aneinander. Dann wurde er nachdenklich und begann zu reden, mit einer Stimme, wie man im Traum mit einem Traumbild spricht.

»Oft mußte ich daran denken, daß ich niemanden habe. Ziellos lebe ich und vergeblich. Die Politik ekelt mich an, die Gesellschaft habe ich auch nicht gerade gern, ich liebe es, allein zu sein. Jetzt werde ich wenigstens jemanden haben, mit dem ich hin und wieder plaudern kann. Jemanden, dessen Schicksal an mein Schicksal gebunden ist. Es könnte sein, daß in den veilchenblauen Augen der Clarence mein guter Glücksstern glänzt! Ich werde sie französisch und englisch unterrichten lassen. Schöne und gute Bücher werde ich ihr zum Lesen geben. Vielleicht werde ich an diesem kleinen

Mädchen einmal noch viel Freude haben. Jedenfalls verspricht die ganze Sache lustig zu werden. Morgen beginnen wir mit dem Wachdienst. Szilveszter, du wirst Clarence in aller Heimlichkeit täglich von Buda nach Pest und von Pest nach Buda begleiten, aber auf keinen Fall darf sie es bemerken. Du wirst auf sie aufpassen wie auf die eigenen Augen.«

»Jawohl, Sire.«

Eine Stunde später stürzte der Diener János ins Zimmer.

»Euer Gnaden, der Seemann ist da.«

»Was für ein Seemann?«

»Dieser Offizier. Der Marineoffizier.«

»Ein Rindvieh sind Sie. Es handelt sich wohl um den Herrn Schiffskapitän.«

»Also doch ein Seemann, wenn er auf dem Wasser herumfährt«, antwortete János mit einem Achselzucken.

Stets verneigte sich der pensionierte Schiffskapitän vor Alvinczi mit der allergrößten Rührung. Sein Gnadenlohn wurde durch die Goldmünzen des Fürsten reichlich ergänzt. Er hatte einen Schnurrbart, wie ihn deutsche Raubritter trugen. Spitz bohrte sich sein Bart in die Luft.

»Kapitän«, begann Alvinczi, »ich habe Sie als verläßlichen Mann kennengelernt. Szilveszter, mein Geheimsekretär, benimmt sich seit Tagen seltsam. Bitte beobachten Sie Szilveszter, und erstatten Sie mir Meldung.«

Der Seefahrer schlug die Hacken zusammen und entfernte sich, im Besitz einiger guter Goldpfunde.

János drang wieder ins Zimmer.

»Beliebte es zu läuten?«

»János, der Seemann muß beobachtet werden. Ich will wissen, was er den ganzen Tag treibt.«

»So wird es geschehen, Euer Gnaden.«

Gegen Abend blieb Alvinczis Kutsche vor dem geheimnisvollen Schlößchen der Madame Louise stehen.

Im Schatten des breiten Dachsimses, in einer alten Gasse der Innenstadt halb verborgen, stand das Haus. Mit rosafarbenem Tüll waren die Fenster verhängt, hinter denen im elektrischen Licht japanische Bäumchen blühten. Als Alvinczi aus dem Wagen stieg, öffnete sich das Tor, leise, wie auf ein geheimes Zeichen.

Ein empfindsames Gesicht, sanfte und melancholische Augen hatte die in weiße Seide gekleidete elegante Dame, die Alvinczi mit einer tiefen Verbeugung empfing wie einen Fürsten.

»Womit kann ich Herrn Monte Christo dienlich sein?«

(In diesem Haus hatte jeder Besucher einen Decknamen. Nie wurde der wirkliche Name, den nur die Herrin des Hauses kannte, vor der Dienerschaft oder vor den Gästen ausgesprochen).

»Meine liebe Freundin Lujza«, sagte Herr Alvinczi, indem er auf dem Diwan Platz nahm, wo nachmittags einer der reichsten Bannerherren Ungarns zu dösen pflegte, denn wirklich gut schlafen konnte er nur hier, während Frau Louise aus der »Kleinen Zeitung« die Titel der neuesten Nachrichten vorlas und der Herzog die Neuigkeiten mit Kommentaren begleitete, bis er einnickte, woraufhin Louise auch seine Rolle übernahm, indem sie etwa folgendes sagte: »›Näherin verbrannt.‹ Der Teufel will von ihr hören, warum hat sie nicht aufgepaßt, die Dirne . . .«

»Verfügen Sie über mich!« erwiderte voll demütiger Rührung die Madame, denn niemand kannte die Menschen so gut wie sie; dann schloß sie sorgfältig die weißen Flügeltüren, die links und rechts in jene kleinen Salons führten, in denen auf geblümten Polstern meistens Könige, Kardinäle und Botschafter saßen.

»Meine liebe Freundin Louise«, begann Alvinczi in tiefem Ernst, und seltsame Ergriffenheit erschien auf seinem blassen gelblichen Gesicht. »Von Kindheit an dient mir mein Leibdiener János Kerék. Ich habe wichtige Gründe, zu erfahren, was mein Leibdiener János Kerék zu treiben pflegt. Ich bitte um ein Glas Wasser!«

Auf einem Silbertablett tischte Madame das Wasser auf. Dann blickte sie aufmerksam vor sich hin, wobei sei mit zwei Fingern die Unterlippe berührte.

Alvinczi legte einen Haufen Viktoria-Münzen auf das Silbertablett, wie sie ihm gerade in die Hand gekommen waren, um sich anschließend bequem und zufrieden vom Diwan zu erheben, dessen Polsterung Frau Louise eigenhändig bestickt hatte.

. . . Fräulein Horváth, die bisher verträumt gelauscht hatte, griff nach der Hand des Redakteurs.

»Sagen Sie, wer ist diese Madame Louise? Pflegt man sie zu besuchen? Ich werde sie besuchen.«

Herr Rezeda zuckte die Achseln.

»Ich glaube nicht, daß Sie es täten. Vielleicht würde Sie Madame gar nicht empfangen. Sie läßt unbekannte Leute gewöhnlich nicht ins Haus.«

»Und könnten Sie mich empfehlen?« fragte Klára mit demütigem Blick.

Dieses eine Mal schüttelte Herr Rezeda den Kopf.

»Madame Louise ist eine sehr amüsante Dame, aber die Frauen pflegen sich nicht damit zu rühmen, daß sie ihr Haus besuchen. Ich denke dabei freilich nur an Frauen, die irgendeinmal noch heiraten möchten.«

»Seltsam«, murmelte Klára nachdenklich.

Das Orchester im Restaurant schien erkannt zu haben, daß Frau Urbanovics mitunter eine großzügige Gönnerin war und dem Zigeunerprimás vielleicht sogar ihr goldenes Armband zuwarf, wenn er sich aufs Fiedeln verstand; die Musikanten taten ihr Bestes. Kellner, Kutscher von Mietsdroschken, Musikanten scheinen eine eigene Sprache zu haben. Manchmal verraten sie etwas mit einer einzigen Handbewegung. Wie die Bettler und Diebe, die mit zwei quer übereinandergelegten Strohhalmen auf einem Grenzstein ganze Städte charakterisieren. Der Zigeunerprimás widmete seine Musik nur mehr der dicken Goldkette am Handgelenk der Frau Urbanovics. Verschiedene Lieder jagten einander, schwärmerische und sinnliche, verrückte amerikanische Schlager und kleine französische Melodien. Das Kroatenweib hob nicht einmal den Blick, trotzdem blieben die Zigeuner standhaft. Hinter dem Zimbalspieler, in der Ecke, begann der zweite Geiger endlich probeweise die Töne des *Valse de Moscou* zu fiedeln, ein Mann mit gefärbtem Schnurrbart und hervorquellenden Augen, der völlig erschöpft aussah, als hätte er seit Generationen jede Nacht schlaflos verbracht. (Vielleicht wachte bereits sein Ahne am Lager des Fürsten Rákóczi, die Flöte an den Lippen.)

Frau Urbanovics hob wahrhaftig den Kopf und sah zu den Zigeunern hinüber.

Lange hatte sie den Walzer nicht mehr gehört. Ulanen lagen damals in Fehérvár. Es gab einen Offiziersball. Der Kapitän hieß Henrik.

Der alte Walzer machte auch die Fräulein träumerisch. Es ist Winter, klingelnd jagen die Schlitten über die verschneiten Moskauer Straßen, hie und da glänzt der goldene Knopf eines Kirchturmes aus dem Schnee hervor, und unendlich verträumt sind die stahlgrauen Augen der Frauen, die unter Pelzdecken aus Silberfuchs in den Schlitten sitzen. Gerade wird der blutende Puschkin von seinem Duell nach Hause getragen ... Oder der französische Botschafter ... Der Tatarenkhan Eduárd Alvinczi besteigt vor der Botschaft seinen Schlitten, um sich zum Bahnhof fahren zu lassen, und im Schneetreiben verschwinden die wilden Pferde mit wehenden Schweifen. Die prächtigen braunen Waggons des Expreßzuges auf dem Bahnhof schwimmen bereits im Glanz elektrischer Lichter, und die Abteile füllen sich mit dem Duft wohlriechender Lederkoffer.

Nicht schwer zu erraten, daß es Klára Horváth war, Künstlerin im dramatischen Fach, die all dies bei den Tönen des *Valse de Moscou* dachte.

Persönlich trug Herr Rezeda einige Tage später »Die Laterne« in die Wohnung der beiden Schauspielerinnen in der Pattantyús-Straße. Szilvia bemerkte den Redakteur, als er noch auf der Straße war, und wartete dann auf ihn im schmalen Vorzimmer, in dem überhaupt nichts Platz hatte außer dem Bild einer Hirschjagd an der Wand. Die Kleiderhaken waren so hoch angebracht, als hätten die Hüte durch das obere Fenster gern auf die Straße gesehen. Eigentlich hatten die Schauspielerinnen niemals Besuch.

Szilvia trug einen roten Leinenschlafrock mit weißen Tupfen, nackt waren ihr Hals und ihre Arme, mit einer einzigen Windung war ihr Haar zu einem Knoten gesteckt, und frischer Duft strömte aus ihrem Busen. Beinahe lauschend blickten die kleinen Lackschuhe unter dem Rocksaum hervor.

»Haben Sie es mitgebracht?« fragte mit sehr warmer Stimme die Operettensängerin. »Ist es schon erschienen – mein Bein?«

»Glaubt Gnädigste vielleicht, daß mein Blatt täglich erscheint? Keineswegs. Es kommt wöchentlich heraus, und auch das nicht immer. Vielleicht in der nächsten Nummer werde ich über das Bein der Gnädigsten ein paar Gedankenblitze unterbringen können, wenn wir dann überhaupt noch erscheinen werden.«

»Jedenfalls vielen Dank«, antwortete Szilvia und umarmte Herrn Rezeda beinahe, als dieser ihr die Hand auf die Schulter legte. Ihre frische Wange, die nach Jugend und Gesundheit roch, wie zur Zeit der Morgendämmerung eine Rose nach Tau riecht, berührte gleichsam zufällig das trübe Gesicht des Redakteurs ... Dem Blick der nachdenklichen Mädchenaugen folgend, die scheinbar mit fernen Träumen beschäftigt waren, schaute der Mann wieder auf die kleinen Schuhe, auf die mit Goldpfeilen geschmückten, durchbrochenen Strümpfe und vermerkte die Tatsache, daß Fräulein Szilvia auf festen Beinen stand, die unter dem Schlafrock ein wenig gespreizt waren.

»Ich weiß, ich weiß«, sagte lachend Herr Rezeda. »Sie haben sehr hübsche Beine!«

»›Die Laterne‹«, sagte Szilvia, jeden einzelnen Buchstaben betonend, als wollte sie jedem der Schriftzeichen ihre Ehre erweisen. Dann nahm sie die Zeitung und schmiß sie auf den Schrank.

Fräulein Horváth flickte Wäsche, Szilvia rief ihr über die Schulter des Redakteurs zu: »Versteck die Hosen, Klára!«

Im ersten Schreck steckte Klára ein paar weiße Kleidungsstücke unter ihren Rock, dann nahm sie sie wieder hervor.

»Szilvia, du bist ja verrückt. Herr Rezeda ist auf unsere Hosen gar nicht neugierig, genug Hosen hat er schon gesehen. Und außerdem sind diese da genauso, wie sie auch von ordentlichen Bürgersfrauen getragen werden oder von den Schülerinnen in der höheren Mädchenschule ... Spitzen gibt es auf keiner, denn sie sind ja nicht dazu gemacht, daß man sie jemals sieht, wenn wir sie tragen.«

Herr Rezeda drang aber sehr lebhaft vorwärts, was sonst keineswegs seine Gewohnheit war, und nahm dann das fragliche Wäschestück mit großem Interesse in die Hand.

»Wunderbar, Wäsche mit Spitzen finde ich schon längst abscheulich. Nach so etwas habe ich mich gesehnt, wo es kleine runde Löcher gibt und mit Rot und Blau bestickte kleine Blätter. Und an der Taille muß das Band mit einer Masche befestigt werden.«

Woraufhin Klára das Kleidungsstück doch noch aus den Händen des Redakteurs nahm.

Herr Rezeda zerzauste sich das Haar und warf seinen Hut zu Boden, wie ein Student bei einem Maifest.

»Schauspielerinnen daheim! Mein Gott, wie heftig hatte ich es mir früher einmal gewünscht, in der Wohnung von Schauspielerinnen erscheinen zu dürfen! Ich schwärmte für sie damals noch so, als wären sie Damen längst vergangener Zeiten, in Seide gebundene Pastellbilder, die man über dem Herzen trägt, längst verklungene Melodien eines Spinetts, verträumte Künstlerfrauen, die entschwunden sind, wie Frau Déri, ja, als wären sie alle so, ohne Ausnahme. Wo ist das Tagebuch mit Goldrand, in dem sie Blumen pressen, Briefe und Locken aufheben? Wo sind die Gedichtbände,

Kisfaludys Sagenschatz in roten Bänden, mit Goldkränzen geschmückt und mit dem Namenszug einer verstorbenen Gräfin? Seidenschuhe, die dünne Sohlen haben; weißbestrumpfte Beine, an denen unter den Knien und oberhalb der fülligen Waden Atlasbänder flattern; ein Rock, mit großen Blumen bemalt, der, um die Taille gebunden, einen teuren Schatz birgt, wie eine gläserne Glocke über den seltenen Pflanzen des Gartens; der kleine Hut, unter dem Kinn mit einem rosaroten Band befestigt, wogende Locken, lauter Schlangen gleich; schwelgerische große Augen, zärtliche gefärbte Gesichter; eine abgenützte Reisekiste, ein paar vertrocknete Kränze und verblichene alte Theaterzettel: so habe ich mir einst die Schauspielerin vorgestellt. Was ist von dem alten Pastellbild erhalten geblieben?«

Klára nahm den Zwirn zwischen die Zähne. Sie deutete auf die Nähmaschine.

»Dort pflege ich zu nähen.«

Szilvia klappte den Deckel ihres Flügels auf. Ein Hirt und eine Hirtin sahen weiß belockt aus der rosafarbenen Medaille. Die flinken weißen Finger liefen über die Tastatur.

»Hier pflege ich zu träumen.«

Aber Herr Rezeda ließ sich nicht aus der Stimmung bringen, auf die er sich anscheinend schon seit langem gefreut hatte.

»Die Schauspielerin ist ein seltsames Geschöpf, meine Damen. Jede Schauspielerin kann zur Göttin werden oder zur Romanheldin. Sogar die alte Frau Locsarek, die berühmte Komikerin, konnte seltsam und großartig erscheinen, wenn sie sich ihr grünes Tuch um die Schultern legte. Dabei war es bloß ein grünes Tuch ... Diese fremdartigen Farben der Stoffe und die eigentümlich geschnittenen Kleider, Umhänge, Hüte und Federn, die man anscheinend extra für Schauspielerinnen fabriziert: haben sie denn einen anderen Sinn als den einen, daß Schauspielerinnen auch in ihrer Kleidung interessanter sein sollen als die zivilen Frauen? Die von Schminke gezeichneten Gesichter und die verschiedenen Schleier, Tülle, Maschen, die die Schauspielerin an ihrem Körper unterbringt: sie sind auch nur dazu da, um die Männer verrückt zu machen. Und nun braucht man nur ein wenig Phantasie, um sich die heiligen Schwärmereien vorzustellen, die heißgeliebten Rollen, die langen Nächte, die über das Textbuch gebeugt verbracht werden, die Kämpfe und Leiden, das Wandern, die Entbehrungen, die Lieben und die schönen Erinnerungen, die ja im Leben einer jeden

Schauspielerin vorkommen . . . Die Schauspielerinnen sind die interessantesten Frauen der Welt. Sie sind die Waisenmädchen des lieben Gottes.«

»Die Milchfrau verweigert oft den Kredit. Und dem Krämer muß man hofieren.«

Aber Szilvia wandte ihre glänzenden Augen und ihr errötendes Gesicht begeistert Herrn Rezeda zu. Sie schlug auf die Tasten und sang gefühlvoll das Liebeslied aus *Hoffmanns Erzählungen*.

Die Musik tönte noch, als Klára leise die Frage stellte: »Also, was wird aus unserem Freund? Aus dem Grafen von Monte Christo? Wann endlich werde ich das Glück haben, ihn kennenzulernen?«

»Wollen Sie das wirklich?« murmelte Herr Rezeda, und sein Gesicht verfinsterte sich.

Klára streichelte den Kopf des Redakteurs und sagte beinahe mütterlich: »Kennen Sie mich immer noch nicht, mein Liebster? Glauben Sie, daß man mich verführen kann, wenn ich es nicht will? Daß Herrn Monte Christo so etwas gelingen würde? Oder überhaupt irgend jemandem? Wenn ich irgendwann einmal einem Mann gehören werde, dann werde ich Ihnen gehören, Kázmér.«

Kázmér Rezeda war ein Mann von nahezu dreißig Jahren, und während dieser Zeit war er schon in durchlöcherten Schuhen herumgegangen, hatte aber auch zwölf Paar Reithosen auf einmal besessen, denn er war damals zu einer Erbschaft von tausend Pengő gekommen. Er hatte also im Leben bereits mehr versucht als die Durchschnittsmenschen. Und trotzdem . . . Weibliche List hat schon viel weisere Männer ins Netz gezogen. Unter Kláras streichelnder Hand wurde der Herausgeber der »Laterne« rot.

»Also: heute abend«, sagte er schnell und entschlossen. »Madame Louise gibt eine Soiree, und ich habe die Erlaubnis, Gnädigste bei diesem Abendfest einzuführen.«

Fräulein Horváth stand auf und küßte Herrn Rezeda rasch auf die Stirn; er aber blickte traurig zu Boden.

»Es ist genauso, als verkaufte ich Sie in Marokko auf dem Markt.«

»Macht nichts.«

»Unheil, Sorgen und Unruhe werden kommen, ich werfe Glut auf den stillen Herd, der Ihre Seele ist. Sie werden verkommen. Nach oben oder nach unten: es geht auf dasselbe hinaus. Vielleicht wird eine Gräfin aus Ihnen, vielleicht ein Mädchen der Straße.«

Darauf antwortete Fräulein Horváth überhaupt nicht mehr. Sie öffnete beide Türen des Kleiderschrankes zugleich.

Szilvia war blaß. Sie preßte die Lippen aufeinander.

»Zieh das blaue Samtkostüm an, in dem du in *Fedora* gespielt hast«, sagte sie später leise.

Eine Zeitlang beobachtete Herr Rezeda, wie sich Klára für den Abend nervös und voll Freude fertigmachte, und nickte dabei immer wieder traurig. Ein spöttisches Lächeln lag auf seinem Gesicht, dann begann er leise zu lachen, aber so, als sägte man ihm gerade die Füße ab. Er machte eine heitere Bewegung und rief dabei mit zitternder Stimme: »Und der alte Unterrock? Ist ihm Pest langweilig geworden?«

Zweimal sogar mußte er die Frage wiederholen, bis er eine Antwort bekam.

»Frau Urbanovics hat Kürtös zur Jagd eingeladen, an die Drau«, erwiderte Szilvia feierlich.

»Zur Eberjagd!« rief Klára dazwischen.

4

Das freundlichste Haus von Pest

Madame Louise war Schriftstellerin. Sie schrieb Gedichte, Erzählungen (alle, die wir ihren Salon besuchten, können wir uns noch an die *Anemonen* erinnern), eine Madame Sévigné war sie in ihren prächtigen Briefen, die sie an Schriftsteller und Künstler richtete (mitunter über zwölf Seiten lang, stets mit weiblicher Anmut und dichterischem Schwung verfaßt), ein anderes Mal war sie wiederum George Sand und ging im Männerhut und in Reitstiefeln auf den Maskenball in die Redoute, während sie bei sich zu Hause Madame Pompadour war – doch leider lebte zu dieser Zeit der gute Ludwig nicht mehr.

Madame Louise (in Wirklichkeit: Vilma Srottis) war die letzte romantische Frau von Pest. Geboren wurde sie in Westungarn, in einem kleinen Dorf, wo ihr Großvater auf seinen Stand als Reichsritter und auf sein Teleskop stolz war, ihre Mutter aus dem Hause floh, um – *à la romantique* – Schauspielerin zu werden, während ihr Vater irgendwo in einer fernen Garnison in Böhmen dem Kaiser diente. Großpapa beobachtete fortwährend die Sterne, oder er hielt sein Wappen in Ordnung, Vilma raufte mit den Bauernkindern, oder sie las in der Laube aus *Corinna*, so wurde sie sechzehn, lernte Französisch, auf der Harfe zu spielen, zu singen; ein ausgedienter Husar, den ihr Vater heimgeschickt hatte, brachte ihr das Reiten bei; im Februar wurde eine Abteilung Ulanen ins Dorf verlegt, und als es Mai wurde, ließ sich Vilma vom Rittmeister aus dem großväterlichen Haus entführen. Und danach war sie Blumenverkäuferin in Pest.

Alte Romane wurden etwa in dieser Art geschrieben, und wir sollten den Schriftstellern glauben, daß es solche Frauen wirklich gegeben hat, solche Menschen, Harfen, Lauben, Mainächte, fliehende Fräulein. Heutzutage klingt das bereits so wie das Surren der springenden Saite eines altertümlichen Spinetts auf dem Dachboden, draußen ist Mitternacht und Mondlicht, schwankend durchqueren herrliche Frauen längst vergangener Zeiten den alten Garten, und der Schloßturm glänzt in der Nacht.

Vielleicht waren die früheren Frauen wirklich anders als die heutigen. Einige von ihnen werden von der Erinnerung in einem Heiligenschrein aufbewahrt, als hätten die Männer überhaupt nichts anderes getan, als immerfort vor den Altar zu treten, um solche Frauen anzubeten, deren Haare und Münder niemals einen aufreizenden Geruch haben konnten. Andere wiederum – und die großartige Madame unter ihnen – irrten über eine höchst abenteuerliche Laufbahn. Daran tragen auch die Schriftsteller Schuld und auch die Geschichte. Frauen, die im Goldkelch herumsaßen (von der ausgedehnten Familie geliebt, von Mann und Kindern angebetet), lasen die Arbeiten der Schriftsteller, auch die Geschichte, und lächelten still über all die Torheiten. Die Frauen vom Schlag der Frau Louise hingegen zerbrachen sich den Kopf darüber, wie man das Leben der Madame Pompadour wiederholen könnte. Alte Frauen reden immer noch reichlich über die windigen Fluchtgeschichten der »Wiener Tänzerin«, und alle leichtfertigen Geschöpfe der Welt werden von der »Kameliendame« zum Weinen gebracht. Das Schicksal des Alfred Musset und der hinkende Lord machen die Romantik nur noch üppiger: wirklich kein Wunder, wenn die aufs romantische Spiel versessenen Frauen das Vaterhaus leichten Herzens verlassen. Sehr ehrbare alte Damen sitzen heutzutage vor dem Ofen, die früher einmal nichts auf der Welt so sehr sich gewünscht hatten, als »Kameliendame« zu sein.

Mit einem Wort, Madame verkaufte Blumen in einem kleinen Laden auf dem Serviten-Platz, aber abends schrieb und las sie Romane. Außerdem wechselte sie täglich lange Briefe mit Fritz, dem Ulanenoffizier (welcher Gewohnheit sie bis ans Ende treu blieb). Madame war schön, sie war jung – wie wir es in den Werken der Dichter lesen können –, sie war die schönste Frau von ganz Pest. Eine edle Gestalt wie ein junger Hirsch, das braune Haar reichte ihr bis an die Knie und erinnerte an ein Zelt; glitzernd, rein und gefühlvoll waren ihre Augen, klein ihre Füße, und ein Kind hätte ihre Taille umarmen können; eine trübe Wehmut lag um ihre Stirn und veredelte ihre Züge, so daß ihr Gesicht an das Bild der heiligen Muttergottes von Kasan erinnerte. Damals besuchten die Grafen und Herzöge noch persönlich die Blumenläden, denn sie waren romantische Menschen. Als Madame das zweite Mal »zu Fall« kam – wie romanhaft klang das einmal früher! –, geriet sie unter die Obhut eines Grafen, der einen antiken Charakter hatte, sehr katholisch war und von sehr edler Gesinnung und außerdem von der Nation und vom Wiener Hof als bedeutsamer Staatsmann betrachtet wurde, der demnächst zur Macht kommen würde.

Der edle Graf nahm alles im Leben ernst.

Vor allem hielt er die Religion in Ehren. Ludwig der Heilige und seine Ritter hätten vom Grafen Ferdinánd lernen können. Die heilige Kirche hatte kein treueres Kind als ihn. Echte, emporstrebende, innige Andacht klang in seiner Stimme, wenn er vom Himmel und seinen Heiligen sprach.

»Louise, sei religiös«, sagte er voll schwärmerischer Gläubigkeit. »Die Religion ist alles. So viele Wunden kann dir das Leben gar nicht zufügen, als daß die Religion sie nicht heilen könnte. Und immer kannst du damit rechnen, daß sie dir deine Sünden vergibt.«

Zweitens verehrte Ferdinánd seinen Vater, einen kaiserlichen Minister im Ruhestand.

»Solange mein Vater am Leben ist, darf niemand erfahren, daß wir einander kennen. Sei treu und redlich. Ich sorge für deine Zukunft.«

An dritter Stelle wohnten Kaiser und Nation im Herzen des antiken Magnaten. Über diese sprach er aber zu Louise nur selten, da er sie für derart schwere Angelegenheiten noch nicht reif genug hielt. Von der Politik und vom Wirken im öffentlichen Leben ermüdet, klopfte er an die Tür der kleinen Wohnung, die er für Louise gemietet hatte, und lehnte den Kopf in den Schoß der Frau.

»Sprich zu mir über deine Kindheit«, sagte er.

Von Liebe, wilden Umarmungen oder von Orgien, wie sie sich hinter den Seidenvorhängen solcher Mätressenwohnungen zu ereignen pflegen, was ja die natürlichste Sache der Welt ist, konnte kaum die Rede sein. Stets stand der Graf so edel und vornehm vor Louise wie eine Marmorsäule auf der Akropolis, und seine Erhabenheit und hehre Gesinnung weckten in der Kameliendame die Andacht jener heiligen Frauen, die scheinbar ohne irgendeinen Grund die Wallfahrtsorte aufsuchen, um vor dem Bild des heiligen Georg niederzuknien.

Der Kreuzritter war Madames Glück. Dem heiligen Mann war es zu verdanken, daß Louise im Treiben der Stadt nicht verkam und auch nachher noch viele Jahre hindurch beinahe edelsinnig dachte, obwohl sie nur eine Mätresse war und nichts anderes.

Schade, daß die gewürzten Speisen und der allem nachschnüffelnde Klatsch nicht erlaubten, daß Frau Louise ihr Leben als heilige Frau beschloß. Der edle Graf vertiefte sich allzusehr in die Politik, er nahm die Ideen ernster als die Wirklichkeit und erschien immer seltener im kleinen Nest, in dem ein antikes Kreuz an der Wand hing und unter dem Polster ein Rosenkranz lag wie im Zimmer einer katholischen Herzogin. Gerade in jener Zeit mußte sich die Religion mancher Übel erwehren, der Ritter des heiligen Ludwig focht für die Kirche Wochen und Monate lang auf dem Kampfplatz. Die Semiten, die ihr gelbes Gewand erst vor kurzem abgelegt hatten, wollten über das Recht hinaus, Geld zu verleihen, neue Rechte. Die im Wind verstreute Asche des Johannes Hus und des Hieronymus Savonarola war zu neuem Leben erwacht, und im Unterhaus schlugen die Heiducken des Fürsten Gábor Bethlen auf den Tisch, denn auch sie forderten Freiheit für die Söhne des Sem. Von morgens bis abends steckte der Graf im Panzer, kämpfte wie Tankred gegen die Feinde der Kirche, er hatte nächtliche Visionen über den Untergang von Krone und Nation. »Bete!« schrieb er in allen seinen Briefen der kleinen verlassenen Louise, die er in Begleitung einer hochgebildeten, aber verarmten Baronin alsbald auf Reisen schickte, ins Ausland, denn fast schon waren die im semitischen Dienst stehenden Mannen der Feder, diese mit vergifteten Pfeilen bewaffneten jungen Kämpfer, bis ans kleine Nest vorgedrungen, um den edlen Tankred bei dieser rosafarbenen Bastion anzugreifen.

Am Mittagstisch des »Bayerischen Hofes« – im verträumten München – lernte Louise zwei ungarische Magnaten kennen. Die Herren waren Freunde des Grafen und nahmen die Freundin ihres Freundes selbstverständlich in Schutz.

Man schickte seine Freundin niemals allein, aber auch unter weiblicher Aufsicht nicht ins Ausland, man schickte sie nicht einmal in die nächste Straße.

Die Ehefrau ist ein glitzernder Ordensstern auf dem Diplomatenfrack, ihr Verschwinden wird rasch bemerkt. Aber die Geliebte ist nur ein hübsches Joujou an der Uhrkette, und lange können wir umhergehen, ohne daran zu denken, wo wir es verloren haben.

Die beiden guten Freunde öffneten dann Louise die Augen. Ein wenig noch geblendet, sah sie die große Welt, die glänzenden Abende der Oper, die feenhafte Pracht der Pariser Bälle, die mit Baderäumen ausgestatteten Appartements der Grand Hotels und das berauschende Treiben im Casino von Monte Carlo. Schnell verkehren die Expreßzüge auf den wichtigsten Eisenbahnlinien Europas, noch schneller wuchsen aber der Verstand und die Gedankenwelt der Louise. Die große Welt – die ihr bisher nur aus Romanen bekannt war – verwandelte das trutzige, dickköpfige, aber vor allem rechtschaffene Mädchen aus Westungarn in eine Dame, die genießen wollte und glänzen in einer Pracht aus Seide, Samt und Juwelen. Da sie in guter Gesellschaft war, hatte sie das Glück, Seine Durchlaucht König Milan kennenzulernen, und anläßlich der Rennen in Nizza konnte sie einem wirklichen amerikanischen Millionär, einem Bier-Kaiser, ihre Visitenkarte überreichen, daß er sie, vielleicht bei einem Besuch in Pest, finden könne: »Louise de Péczely«.

Und die ganze Zeit hindurch führte sie täglich ihr Reisetagebuch und schrieb außerdem noch unendlich lange Briefe an Ferdinánd nach Budapest und an Fritz.

Der edle Ferdinánd mußte bereits zu gewissen ersparten Geldern greifen, um Frau Louise die ausreichenden und erwünschten Summen nachzusenden. Dennoch hatte er zu den Ereignissen nur eine einzige Bemerkung: »Liebe, Du hast in Paris zu beten vergessen, deshalb verloren wir zu Hause die Schlacht.«

Ach, während ihrer Reisen im Ausland betete Louise in der Tat nicht. Den Rosenkranz hatte sie versehentlich daheim gelassen, obwohl er einst durch die Finger einer wirklichen Fürstin Metternich geglitten war.

Der galante Alvinczi (damals Attaché in Paris) gab zu Ehren der Freundin des Grafen Ferdinánd ein Diner, das selbst im Diplomatenklub Aufsehen erregte. Bei den Rennen in Longchamps umringte bereits eine Schar ungarischer Aristokraten die Freundin unseres armen Ferdinánd, der zu Hause so todesmutig für Thron und Kirche kämpfte ...

»Ich schwöre, daß ich dich nicht betrogen habe«, sagte Louise mit ernstem und feuchtem Blick zu dem Grafen, nachdem sie endlich wieder nach Budapest heimgekehrt war.

Ferdinánd küßte sie auf die Stirn.

»Ich habe gehört, daß du dich gut amüsiert hast, und das genügt mir!«

... Was war es, das diese außerordentliche Frau in Paris wie in Budapest in den Mittelpunkt der Gesellschaft stellte? War irgendein früherer Srottis einmal vielleicht bis an den Hof von Ludwig XIV. gelangt, hatte sie vielleicht einfach nur Glück gehabt, wie es jene bedauernswerten Frauen zu sagen pflegen, die ihr Schmetterlingsdasein im selben schlechten Unterrock beenden, in dem sie ihre Laufbahn angefangen haben? Die großartigen Frauen werden von den Männern bewundert, und sie überlegen nicht weiter, wo das Geheimnis dieses Zaubers liegen mag, der bereits zur Zeit der Ninon de Lenclos aus manchen weiblichen Persönlichkeiten gestrahlt hatte.

Jene Soiree, zu der Herr Rezeda die Klára mit sich nahm, wurde zu Ehren von Künstlerinnen und Schriftstellern veranstaltet. (Im allgemeinen liebte Frau Louise nur Herzöge und Dichter, während sie andere Männer kaum als Menschen betrachtete.)

Die Hausfrau war in sehr leichte, mit kleinen Blumenkränzen geschmückte Seide gekleidet, sie trug kein Mieder, und anstelle eines Schmuckes hatte sie sich bloß eine rote Rose ins Haar gesteckt, um den familiären Charakter des Festes auch auf diese Weise zu betonen. Mit den Jahren ist sie etwas voller geworden, und ein paar kleine, Vogelkrallen ähnliche Zeichen waren an ihren Schläfen entstanden, seitdem der arme Ferdinánd sie verlassen hatte, um endlich jene Herzogin zum Altar zu führen, die einer uralten katholischen Familie entstammte und ihm bereits in der Wiege angelobt worden war. Nur die Stirn der Louise glänzte unschuldig und traurig, wie die Stirne eines kleinen Mädchens, das ihrem weihnachtlichen Spielzeug nachtrauerte.

»Willkommen in meiner Hütte«, sagte sie gutgelaunt zu Klára, als kennte sie das Mädchen seit langem. »Heute gibt es ein dörfliches Fest, wir trinken Bauernweine ... Komm, Szilveszter, ich will dich vorstellen.«

Herr Rezeda berührte Kláras Schulter.

»Alvinczis Geheimsekretär!«

Szilveszter hatte für das Fest zwar den Umhang des Sándor Balázs abgelegt, dafür trug er aber eine rote, mit einer Borte geschmückte Hausmütze, und zwischen den Zähnen hielt er eine kurze Pfeife. Er war gerade dabei, ein Gedicht dem kleinen Béla Bonifácz vorzulesen, der, hinter seinem Zwicker hervorblinzelnd, der Ode zuhörte, die an einen alten Stein des Johannisberges gerichtet war:

»Und der Stein sagt zu dir:
Ich bin dein Grabesstein,
Unter wilden Rosen
Wirst du begraben sein ...«

Szilveszter stand auf, verbeugte sich vor Fräulein Horváth, da er Frauen gegenüber immer sehr höflich war, und küßte ihr die Hand.

»Wenn ich jünger wäre, könnte ich über Sie ein Gedicht schreiben. Aber ich bin bereits ein alter Bursche, und Béla Bonifácz ist mein Freund.«

Ein kleiner dunkler Mann war Bonifácz, mit zotteligem Bart und buschigem Haar; er erinnerte an den heiligen Nihilisten, wie er in den Träumen russischer Studentenfräulein mitunter erscheint. Dagegen waren seine Augen so sanft und melancholisch wie die eines Kindes, das fortwährend an seine tote Mutter denkt.

»Herr Wanderer«, sagte Frau Louise zu dem kleinen Nihilisten. »Das schöne Fräulein setze ich zu Ihnen. Bei bäuerlichen Soireen pflege ich selbst die Küche zu beaufsichtigen. Und auch die Gäste wollen empfangen werden, wenn es sie schon hierher verschlägt.«

Ihr gutgelauntes, volles Lachen, ihre Stimme, die üppig klang wie die eines Chores, füllte den kleinen Salon, in dem ein goldener Reiher den Korb für die Visitenkarten hielt, ein Geschenk des Prinzen von Wales. In ihrem leichten Kleid, in ihren kleinen Schuhen, die an Pantoffeln erinnerten, schwirrte Louise so flink hin und her, als hätte sie ihr Dorf und das uralte Haus niemals verlassen.

»Auch Eierspeise soll es geben«, rief Szilveszter, »denn meine Zähne sind nicht mehr die besten.«

»Es wird auch Eierspeise geben, lieber Herr Schwager. Auch dem Schah von Persien habe ich immer Eierspeise gemacht, wenn ich das Glück hatte, ihn in meinem Haus zu haben.«

Szilveszter winkte ab.

»Was? Der Schah von Persien? Der weiß neuerdings auch schon, wie eine gute Eierspeise zu schmecken hat? In Máriabesnyő wohnte eine gewisse Frau Németh, Schankwirtin von Beruf ... Als ich noch ein Rechtspraktikant war, bin ich ihr sehr oft nachgestiegen.«

In weißer Haube und mit lächelndem Gesicht kam das ältliche Stubenmädchen, das aussah, als diente es in einem alten Herrenhaus in der Provinz, wo die Töchter die Obliegenheiten ihrer Mütter in aller Stille zu übernehmen pflegen. Die Flasche voll roten Weines hatte einen langen Hals. Der goldene Vogel des Prinzen von Wales wurde in die Ecke gestellt.

»Ist der Wein aus Westungarn?« rief Szilveszter.

»Aus unserem Dorf. Aus dem Heimatdorf der gnädigen Frau«, antwortete das Stubenmädchen.

»Dann müssen wir davon trinken!« sagte Szilveszter und schenkte mit wohlgelaunter Miene alle Gläser voll.

»Auf Ihre Gesundheit, schönes Fräulein!«

Klára wäre keine echte Schauspielerin gewesen, hätte sie sich nicht sogleich der Stimmung angepaßt. Sie lachte, sie stieß an, sie trank. Mit einem Gesicht, das vom Küchenfeuer noch rot war, eilte Madame Louise herbei. Sie berührte ein Weinglas mit den Lippen.

»Heute hauen wir über die Stränge! Gleich wird das Essen fertig. Auch Iwan Iljitsch, mein Hausfeind, schlurft schon unten herum.«

Szilveszter heftete den Blick mit Wohlgefallen auf die schöne Louise, als wäre er ein alter Onkel, der seine Nichte betrachtet.

»So ist es gut, liebe Frau Schwägerin. Der Teufel hole die persischen Könige und die englischen Herzöge. Der ungarische Poet und der ungarische Husar sind die ersten Männer auf der Welt. Erinnern Sie sich noch, wie gut wir damals, im kleinen Wirtshaus in Buda, mit dem armen Sándor Balázs getrunken haben?«

»Sogar die Visite des deutschen Gesandten habe ich deshalb versäumt!«

Inzwischen sah sich Klára im kleinen Salon um, in dem die Könige und Botschafter zu verkehren pflegten. Weder hier noch in anderen Teilen des Hauses fand sich auch nur die Spur eines raffinierten, die Sinne aufpeitschenden Geschmackes, obwohl in den Romanen so etwas immer wieder geschrieben stand. Die Zimmer waren nicht einmal herrschaftlich, sondern bloß mit bürgerlicher Bequemlichkeit eingerichtet. Der eine Salon war ein Lob auf den Biedermeiergeschmack, der andere kündete vom Rokoko. Ein breiter Tisch aus Nußholz stand im Eßzimmer in der Nähe eines alten Gläserschrankes, wie auf dem Dorf im Haus eines Herrn, der die Möbel des Großvaters in Ehren hält. Nur Porträts gab es in solcher Menge hier, wie sie sonst nur im Atelier eines Photographen zu sehen sind. Lauter Männer. Die Aufschriften, die wohl auf den untersten Teilen der Bilder zu finden gewesen wären, wurden von den Rahmen diskret verdeckt. Aber auch so konnte Klára auf einem Bild Edward, den König der Briten, erkennen. Etwas weiter weg hing ein Bischof mit feinem Gesicht, in seiner Nähe verweilten junge und alte Magnaten, in Masken irgendeines Kostümfestes. Am Ehrenplatz hing ein Kranz, mit den Nationalfarben geschmückt. Es war ein Geschenk der Jugend von Kőbánya an Madame Louise, überreicht anläßlich ihres Auftrittes bei einer Liebhabervorstellung.

Anderswo war die Wand wiederum mit den Bildern der Hausfrau bedeckt. Louise im Sattel, Louise im Reitkostüm, mit einem kecken kleinen Zylinder, dann im einfachen Kleidchen, wie ein junges Mädchen, Blümchen in der Hand, etwas weiter ließ sie gerade den Theaterbolero von den runden Schultern gleiten. Louise in Trauer, Louise als spanische Tänzerin, Louise im Schleppkleid, mit einem Fächer, der ein Vermögen wert ist. Hier steht sie als kleine Bürgersfrau in der Mode der achtziger Jahre, dort liest sie ein Buch, anderswo sitzt sie am Schreibtisch, stützt den Kopf in die Hand und schreibt ganz gewiß an den *Anemonen*.

In alten Salons, in denen die weiblichen Mitglieder der Familie das Aufräumen jeden Morgen selbst besorgen, worauf das Zimmer wieder geschlossen wird, in der Provinz, werden die alten Daguerreotypien mit einer derart ängstlichen Sorgfalt aufbewahrt; Väter, Großväter, Verwandte, Herren und Damen in Nationaltracht zeigen sich den späteren Generationen, »Phot: Jeney« steht in der Ecke, und in einer Haube aus Perlen und im breiten, geblümten Rock sieht uns unsere Großmutter über vierzig Jahre hinweg ins Gesicht.

Über dem breiten Bett der Frau Louise gab es nur ein einziges kleines Bild. Das Porträt im ovalen Goldrahmen zeigte einen blassen alten Herrn. Die Honvéd-Kappe trug er schneidig aufs Ohr geschoben.

Das Bild eines jungen Herrn und eines jungen Mädchens stand auf dem Nachtkasten.

»Meinen Sohn sehen Sie sich an?« rief Frau Louise, als sie wieder ins Zimmer trat. »Mein Sohn und seine Braut. Er ist schon mein zweiter Sohn, der heiratet. Ich erziehe sie, bis sie groß werden, dann gehen sie weg. Alle verlassen mich. Männer sind das Undankbarste, was es gibt.«

»Es sind nicht ihre wirklichen Söhne!« warf der väterliche Szilveszter erklärend ein.

»Das ist gleichgültig. Ich liebe sie, als wären sie mein eigenes Blut. Besonders dieser Marci war mir sehr ans Herz gewachsen. Kaum drei Jahre alt ist er gewesen, als sein Vater, Rittmeister Szentléleki, vom Pferd gepurzelt war. Das Kind hatte er mir testamentarisch hinterlassen, wir waren ja gute Freunde. Ein halbes Jahr hatte es vielleicht gedauert, bis ich dem Kind und der Mutter auf die Spur gekommen bin, in einem Orpheum in Galizien. Dann habe ich Marci großgezogen. Seine Mutter hat ihn in zwanzig Jahren nur ein einziges Mal gesehen. Sie heiratete einen Moskauer Lederfabrikanten. Sie hatte andere Sorgen als den Sohn des Szentléleki. Seither habe ich aber wieder einen neuen Sohn, Szilveszter. Per Post wurde er mir zugeschickt, aus Paris, von einer meiner armen Freundinnen. Sie hat es ja schwer. Aber diesen Sohn lasse ich auf dem Dorf erziehen. Irgendwann einmal werde ich alt, und dann gibt es wenigstens jemanden, der mein Anwesen übernehmen kann. Jetzt aber gehen wir essen! Iwan Iljitsch hat Hunger.«

In der Tat saß Iwan Iljitsch bereits im Eßzimmer, ein Herr mit krummer Nase, hinterlistigem Blick und grauem Haar, der das Messer vom Tisch genommen hatte, um es an seinem Taschenmesser zu schärfen.

»Immer sind die Messer stumpf, Louise!« sagte er vorwurfsvoll.

»Soll ich mir vielleicht scharfe Messer halten, damit Sie mich erstechen, wenn Sie böse sind?« erwiderte lachend Louise. »Er würde es tun, bei Gott, er würde mich erstechen. Iwan Iljitsch ist ein sehr gefährlicher Mensch«, sagte die Hausfrau zu Klára. Iwan Iljitsch ließ den Kopf traurig hängen. Wie ein kranker Vogel saß er am Ende des Tisches.

»Herr Iljitsch ist ein Romanheld«, fuhr Frau Louise fort, denn sie hatte dieses Thema sichtlich gern. »Seinen Namen habe ich aus einem russischen Roman gewählt. Seit zwanzig Jahren ist er beim Mittagessen mein Tischgenosse und am Nachmittag beim Kartenspiel mein Partner. Gott hüte mich davor, ein Rekontra zu gewinnen! Mit dem Taschenmesser würde mich Iwan Iljitsch erdolchen! ... Sie altes Schwein! Waren wir in der Nacht wieder einmal betrunken?«

Iwan Iljitsch machte eine kindische Grimasse.

»Zange! Sie Beißzange, Sie!« sagte er, schenkte sich das Glas voll, begann sich aber schon vorher zu räuspern. »Brr! Wein aus dem Dorf der Madame. Wieder werde ich eine Woche lang schlechte Laune haben.«

Aber den Wein goß er sich in den Hals und schluckte nicht einmal dabei. Dann schnitt er rasch ein gequältes Gesicht, als hätte er gerade in Kren gebissen.

Er stützte den Kopf in die Hände und blickte drohend und spöttisch auf die Tür, so als wüßte er im vorhinein, daß man lauter Speisen auftischen würde, die er nicht mochte.

»Und so geht das bereits seit zwanzig Jahren!« fuhr Frau Louise fort, denn sie konnte anscheinend gar nicht aufhören, von dem kleinen Mann zu erzählen, der mit einem Waschbären große Ähnlichkeit hatte. »Jedesmal zu Mittag will er mich wegen des Essens verprügeln. Meine Dienstboten glauben bereits, daß er mein Bräutigam sei oder daß wir vielleicht insgeheim sogar geheiratet haben. Dabei wird mein Mann, wenn ich einmal einen haben werde, ein zweiter Erzengel Gabriel sein! Sagen Sie, Schwager, wissen Sie keinen Mann für mich? Allmählich beginne ich mich zu langweilen. Ein Mann muß ins Haus.«

Iwan Iljitsch lachte spöttisch.

»Wer hätte schon den Mut, gerade Sie zu heiraten? Bereits am ersten Tag würden Sie ihn unter den Tisch jagen!«

»Wenn er so ein Angsthase wäre wie Sie.«

Béla Bonifácz hatte schon drei Glas Wein getrunken und aß nach der Hühnersuppe nicht mehr weiter.

»Der große Fehler war«, sagte er mit seltsam erhobener Stimme, »daß es mir nicht gelungen ist, das Hentzi-Denkmal in die Luft zu jagen. Wäre es mir nur gelungen! Alles wäre heute anders. Vielleicht gäbe es sogar auch noch meine Zeitung.«

»Was bedrückt Sie, Herr Wanderer?« rief die Hausfrau. »Über Sie hat Károly Eötvös den Roman geschrieben: *Der ewige Wanderer.*«

Wie zu heftigem Streit bereit, sprang Bonifácz auf und richtete sich die Brille.

»Wie denn auch nicht? Ich muß ja dauernd unterwegs sein, um mich verstecken zu können. Dreimal habe ich wegen Majestätsbeleidigung gesessen, sechsmal wegen Pressevergehens. Unzählige Male hat man mir wegen Aufruhrs den Prozeß gemacht. Und dann soll man noch so ein Pech haben! Es ist mir nicht gelungen, dieses Denkmal zu sprengen!«

Sein Gesicht wurde feurig, zerzaust hing ihm das Haar ins Gesicht, und die Flamme der Apostel glänzte in seinen Augen. »Nichts wird aus diesem Land, solange man hier nicht die Republik ausruft.«

Ein neuer Gast traf ein, was den Vortrag des nihilistischen Dichters unterbrach. Eine ausgediente Künstlerin schwebte durch die Tür, Lenke Bártfai, die übrigens die Kleider und Schuhe der Frau Louise zu tragen pflegte. Ihr Gewand war mit einer Turnüre geschmückt, obwohl so etwas seit Jahrzehnten nicht mehr Mode war. Nach einer feierlichen Verneigung vor der gesamten Gesellschaft küßte die Künstlerin Gesicht und Hände der Hausfrau.

»Entschuldige, Liebe, aber ich wollte das Haus nicht kompromittieren . . . In der Váci-Straße begann mich ein Herr zu verfolgen. Er trug einen Zylinder. Ich wollte nicht, daß er mich in gerade diesem Haus verschwinden sieht. Denn was würde er dann über dich denken müssen?« flötete die Künstlerin. Ihr Gesicht war vom starken Schminken ziegelrot, und mit ihren seltsamen Rüschen, Locken und Maschen sah sie so aus, als wäre sie gerade vom Jahrmarkt der Provinzschauspieler gekommen, wie er vor einem halben Jahrhundert in der Nähe des Hotels Pannonia regelmäßig veranstaltet worden war. Mit lebhafter Entrüstung fuhr sie fort: »Bitte, ich habe nichts dagegen: ein anderes Mal . . . Aber gerade heute, wo ich zu einer Soiree geladen bin? . . . Nein. Das war unmöglich. Entschuldige, meine Liebe.«

Iljitsch kicherte am Ende des Tisches. Lenke Bártfai zog die Augenbrauen bis an den Haaransatz empor.

»Herr Hofnarr! Oder Herr Hofmarschall, will ich sagen, merken Sie sich, daß die Bártfai niemals lügt.«

Von stürmischem Husten befallen, verschluckte Iwan Iljitsch den Inhalt seines Weinglases.

»In welchem Theater haben Sie sich gemeldet, meine Liebe?« Der neue Gast wandte sich Klára zu. »Bei Komjáthy? Ich kenne ihn. Er war ein guter Schauspieler, aber als Direktor . . . Nicht bei ihm? Bei Krecsányi? Der alte Ignác ist ein altmodischer Mensch. Schäkspier, immer Schäkspier. Oder Verdi. Man muß bei ihm zugrunde gehen.«

Da Béla Bonifácz vor einer breiteren Öffentlichkeit nicht mehr reden konnte, sprach er zu Herrn Rezeda, seinem Tischnachbarn, und erzählte ihm rhetorisch, wenn auch ziemlich leise, über seine Leiden, die er in weinlosem Zustand tief zu verschweigen pflegte. Bonifácz war ein seltsames Mißverständnis des ungarischen Lebens. Er nahm die Dinge ernst. Angefangen hatte er als Poet, und seine dramatische Dichtung *Jesus* wird einst noch aus den Archiven eines Museums ausgegraben werden, doch dann waren Istóczy gekommen und Verhovay, der arme Bonifácz vergaß *Jesus* völlig und wurde zum Journalisten der extremen Linken. Sein winzig kleines Vermögen war durch Zeitungsgründungen verschluckt worden. Wo wohnte er? Welche Landschaften durchstreifte er? Zehn oder fünfzehn Jahre hindurch beehrte er immer wieder seine alten Freunde mit seinem Besuch, um sich fünfzig und gelegentlich auch nur zwanzig Kreuzer auszuborgen, wobei er dieser Summe zuliebe die ganze Stadt zu Fuß durchquerte.

Die Gesellschaft geriet in gehobene Stimmung. Die nach dörflicher Art bereiteten Speisen mundeten den zumeist aus der Provinz stammenden Gästen prächtig.

»Ich werde den *Gil Blas* spielen!« rief plötzlich Frau Louise. »Lenke, hilf mir beim Anziehen.«

»Bravo!« sagte Szilveszter, und es klang wie ein Beschluß. »Und du, Béla, hör endlich auf mit dem Hentzi-Denkmal.«

Mit flinken Schritten verschwand die Madame im Nebenzimmer, von wo sie alsbald zurückkehrte, als Pariser Grisette verkleidet. Sie hatte bloß ihren Rock hochgesteckt, ein kleines Tuch über die Schultern geworfen und eine Hutschachtel in die Hand genommen.

Doch bevor die Vorstellung hätte anfangen können, traf mit erschrockenem Gesicht das grauhaarige Stubenmädchen ein.

»Schon wieder ist der alte Szentpéteri gestorben«, sagte sie mit ehrlicher Anteilnahme und reichte ihrer Herrin einen Brief. Szilveszter, der Autor des *Gil Blas*, der auf seinem Stuhl seit einiger Zeit jene Stellung eingenommen hatte wie die Theaterdichter, wenn sie der Aufführung ihres eigenen Stückes zusehen, murmelte verärgert: »Der alte Poet ist zur ungelegensten Zeit gestorben. Auch mir schickt er immer dann seinen Partezettel, wenn ich keinen Heller habe.«

Mit traurigem Gesicht las Madame Louise den Brief. (Die Traurigkeit stand ihr besser als das Lachen.)

»Für einen Sarg wird gesammelt, für Kränze ... Ich habe den Alten bereits dreimal aufgebahrt gesehen. Seine Nase habe ich gekitzelt, und nicht einmal daraufhin hat er sich gerührt. Sechs kleine Kinder hat er zu Hause, wie hätte er sich auch rühren können. Schick den Menschen herein, Julis!«

Sie trat zum Schrank und nahm Geld heraus.

Ein in Weingeruch gehüllter Hausmeister kam durch die Tür.

»Sie sind es, Onkel Krecsák?« sagte Frau Louise gemütlich. »Hier haben Sie zehn Forint, aber daß Sie das Geld unterwegs ja nicht vertrinken! Ich lasse den alten Herrn Dichter grüßen.«

»Beginnen wir!« sagte Szilveszter ungeduldig.

Sich nach der Art der Grisetten schaukelnd, begann Frau Louise im Zimmer auf und ab zu gehen, als spaziere sie auf einer Pariser Straße. Sie wartet auf den Omnibus. Der Wagen nähert sich bereits ...

»Notre Dame?« fragte die kleine Grisette.

Jetzt ertönte plötzlich Geigenspiel im Haus, irgendwo, in einem entfernten Zimmer. Es klang, als stimmte jemand sein Instrument.

»Der Gyokó!« sagte Iwan Iljitsch am Ende des Tisches. Er schielte bereits. »Man hat sein Abendessen vergessen.«

»Ruhe!« rief Frau Louise und eilte, bis an den Hals errötend, aus dem Zimmer.

Szilveszter seufzte: »Nie kann es die arme Frau zu Ende spielen ... Man läßt ihr keine Ruhe.«

Herr Rezeda schenkte Iwan Iljitsch das Glas voll.

»Wer ist dieser Gyokó?« fragte er, heimtückisch lächelnd.

Der Hofmarschall legte die Hand auf den Mund, aber nachdem er das Glas in einem Zug geleert hatte, begann er sich geradezu mit seinem Wissen zu brüsten.

»Wen geht das etwas an? Beißzange ist eine reiche, unabhängige

Frau, sie tut, wozu sie Lust hat. Sie hat Wertpapiere, vom Grafen hat sie eine Lebensrente. Weshalb sollte sie sich keinen Gyokó halten? Gyokó ist der verfolgte Honvéd, der sich auf seinem Zimmer aufhalten muß, wenn Gäste im Haus sind.«

Fräulein Horváth lächelte trübsinnig und flüsterte Herrn Rezeda ins Ohr: »Ich glaube, wir hätten auch zu Hause bleiben können. Dieser Gesellschaft zuliebe hätte ich mein blaues Samtkleid wirklich nicht anziehen müssen. Ich sitze hier wie eine Ritterin am Hof der Margit von Navarra vor der Falkenbeize. Und auf Alvinczi warte ich vergeblich.«

»Er steht hinter Ihnen wie der Satan«, antwortete Herr Rezeda leise, mit einer spöttischen Grimasse.

Mit gelangweiltem, vergrämtem Blick, den Hut in der Hand und im Wintermantel stand Alvinczi in der Tür. Sein Gesicht war vielleicht noch gelber als sonst, und jedes Barthaar hing ihm einzeln vom Gesicht. Er hätte sich als Vogelscheuche verdingen können, auf den Ebenen Asiens, wo der Nordwind Dschal heißt. Er schien unendlich zu frieren, als wäre er aus fernen Gegenden durch schreckliches Unwetter hierhergereist, während der kalte Regen von der Seite her und von hinten gegen die Bastmatten des Wagens schlug . . . Den Kragen des Wintermantels hatte er hochgeklappt, so als wollte er die Soutane eines Kardinals verbergen, in der er gegen Abend nach der Art alter Kirchenfürsten in der Innenstadt auf Abenteuer ging. Er verbeugte sich gleichmütig, während er sehr darauf bedacht war, daß die mit Moos und Spinnengewebe über und über bedeckte Weinflasche nicht unter seinem Arm wegrutschte. Er war seltsam schüchtern, als er sich unerwartet einer Gesellschaft gegenübersah, in einem Haus, in dem er sonst als ein König inkognito empfangen wurde. Tagsüber pflegte die Hausmeisterin hinter ihm das Tor zu schließen. Aus blinzelnden Augen streifte sein Blick über die Tischrunde.

Herr Szilveszter wäre vor Schreck beinahe unter den Tisch gekrochen. Der kleine Bonifácz aber hob sein Glas und rief mit wohlgelaunter Kinderstimme: »Willkommen, Euer Gnaden! Es lebe der asiatische Fürst! Bitte Platz zu nehmen.«

Mit Gewalt faßte der kleingewachsene Nihilist den gelben Khan am Arm und führte ihn an den Tisch. Wegen des Hutes und der Weinflasche konnte sich Alvinczi kaum gegen den Angriff verteidigen. Zwei Schritt weiter vom Tisch setzte er sich, und da es in der Gesellschaft nur eine einzige Dame gab (denn die Madame und

Lenke waren abwesend), wandte er sich sogleich zu Fräulein Horváth.

»Es tut mit leid, die lustige Gesellschaft gestört zu haben ... Bitte unterhalten Sie sich nur weiter.«

Bescheiden, beinahe ehrerbietig verneigte er sich vor Klára, als entschuldigte er sich bei einer Fürstin Esterházy. Seine Stimme war so sanft und feierlich wie die eines heiligen Ritters, und Andacht lag in seinem Blick. (Als Junggeselle fand er alle Frauen ein wenig seltsam, und er verehrte sie aufrichtig, wie es Männer tun, die ihre Mütter sehr lieben.)

Unterdessen kam Szilveszter zu sich und eilte dem Fürsten zu Hilfe. Er wollte Alvinczi vor allem von seinem Hut befreien, doch erhielt er als Antwort nur einen kalten Blick. Als wäre es die Schuld Szilveszters gewesen, daß sich der Khan so plötzlich mitten in einer Gesellschaft fand.

Madame Louise rannte außer Atem ins Zimmer. Man hörte gerade noch das kräftige Wort, mit dem sie das ungeschickte Stubenmädchen gezüchtigt hatte.

»Sire«, sagte sie. »Verzeihung. Wahrhaftig, wenn ich gewußt hätte ...«

Alvinczi lächelte bereits gutgelaunt. Er warf Louise einen überlegenen Blick zu.

»Ich bin eingedrungen und habe mich dabei nicht einmal vorgestellt. Ich bitte um Ihre Hilfe, gnädige Frau!«

»Herr Monte Christo, Fräulein Németh, Herr Tulipán ... Was soll das, Schwager, träumen Sie?« sagte rasch Madame Louise. »Und der Herr Nihilist, aber ihn kennt ja Euer Gnaden bereits. Er war es, der für die Rennpferde von Euer Gnaden ein gewisses Gras geschickt hat, das Hunnenherz heißt. Er schickte es von den Wiesen Asiens. Mit diesem Gras sind die Pferde jener Ungarn groß geworden, die bei der Landnahme dabei waren, und bis an die Berge von Ungh reichte das Futter der Urheimat unter dem Sattelknopf«, sprach Frau Louise mit rhetorischem Schwung, denn als gute Schauspielerin wußte sie, wie die Wörter zu betonen waren.

Graf Monte Christo nickte aber nur müde und warf auf das errötende Gesicht des Fräulein Horváth einen flüchtigen Blick. (Als begeisterte sich das Fräulein für das Hunnenherz so sehr!)

»Wie ich sehe, hat die verehrte Gesellschaft schon gespeist«, sagte endlich Alvinczi mit großem Ernst und zog die mit Spinnengewebe bedeckte Flasche unter dem Arm hervor. »Mit Wein werde vielleicht ich dienen dürfen. Es ist ein sehr guter Wein. Er stammt aus den Kellern einer alten französischen Abtei. Ich glaube, er wurde auf den Hügeln von Avignon gekeltert, wo irgendwann einmal der Wein der Päpste gewachsen ist, der Chateauneuf ... Man sieht, hier bezeugt der Abt mit seiner Handschrift, daß der Wein authentisch ist. Und das Siegel ist unversehrt. Trinken Sie ihn auf die Gesundheit der schönen Frauen.«

Alvinczi war bereits aufgestanden, still neigte er den Kopf und schlenderte dann mit weichen, faulen Schritten aus dem Zimmer. Madame Louise begleitete ihn bis zur Tür. Feiner Havanna-Duft war im Zimmer zurückgeblieben. Lange betrachtete Fräulein Horváth das geheiligte Blut der Hügel von Avignon im Kristallglas, ohne dabei etwas zu sagen ... Herr Rezeda lachte leise.

»Mein Gott«, sagte später die Madame zu Szilveszter. »Ich habe es satt bekommen, mich wegen jedem meiner Liebhaber zu erschießen. Die kleine Pistolenkugel ist bereits an meinem Herzen vorbeigehuscht, und wochenlang hat der Tod an meinem Bett gesessen, in spitzer Mütze und im runden Umhang, wie eine venezianische Maske. Weil ich den Mut hatte zu lieben. Und weil ich verlassen wurde.«

Mit einer leichten, natürlichen Bewegung öffnete sie an der Brust das Seidenkleid. Wahrhaftig hatte die Bleikugel ihre Spur im weißen Fleisch hinterlassen, eine kleine Vertiefung, doch war die von mancherlei Üppigkeiten fein verborgene Narbe gewiß kein schrecklicher Anblick. Ein äußerst angenehmer und nobler Kavalier wäre der Tod, arbeitete er stets mit Händen, die in Handschuhen stecken, so wie der Herr Chirurg Paulovics, der die Pistolenkugeln wieder herauszuziehen pflegt aus den Männern, die einander oder sich selbst wegen einer Frau erschießen.

»Ein schöner Schuß«, sagte Herr Rezeda sachkundig, als wären die Pistolenkugeln seine persönlichen Freunde.

Tränen schlichen sich in Madames braune Augen, wie es zuweilen geschieht, wenn man gerade irgendein schönes und sentimentales Lied gehört hat.

»Es ist zehn Jahre her. Es war ein Winterabend. Ich war allein zu Hause. Und plötzlich begann ich mich nach Elemér zu sehnen, aus vollem Herzen. Ich glaube, in meinem ganzen Leben habe ich Elemér am meisten, am wahrsten geliebt, obwohl wir in den zwei Jahren, während Elemér in Paris studiert hat, auf der Sorbonne, nur Briefe gewechselt haben, die lang waren und voll Gefühl. Wir schrieben uns täglich. Kein Wunder also, wenn ich aus dem Nachtkasten die kleine Pistole hervorzog, mich aufs Bett legte und das kleine Eisen ans Herz preßte ... Ich fühlte nichts, ich wurde nur auf einmal glücklich. Nicht einmal den Knall habe ich gehört, und auch den Geruch des Schießpulvers habe ich nicht gespürt. Als hätte sich ein Traum über mich gebreitet, sah ich auf einmal wie durch ein Fenster die Hatvani-Straße, die Kalap-Straße, den Sebestyén-Platz, die ganze Innenstadt. Und plötzlich sah ich sogar den närrischen Sándor Grósz vor mir, obwohl ich mit ihm in meinem Leben nur zwei oder drei Walzer getanzt hatte. Er saß im Café Krone, im ›Nest‹, wie der Winkel der Kartenspieler heißt, dann sprang er auf: ›Kinder, die Lujza hat sich erschossen!‹ Und von einem Kaffeehaus ins andere, von Straße zu Straße fliegt die Nachricht: ›Lujza Péczely hat sich in die Brust geschossen!‹ In den winkeligen, engen Gassen der Innenstadt verbreitet sich die Nachricht so schnell, wie der Wind weht, und plötzlich füllt sich das Zimmer mit Ärzten, mit guten Freunden und guten Bekannten, nur er allein ist nicht da, er ist weit weg, in Paris ... Und ich lächelte glückselig alle an, die sich um mein Bett drängten. Seht ihr: das ist der wirkliche letzte Akt der *Kameliendame*, er ist anders, als ihn Dumas *fils* niedergeschrieben hat. Meine Dienstboten weinten um mich herum, die ganze Nacht durch. Schon immer hatte ich alte Dienstboten. Meine Amme, die Tochter und die Enkelin meiner Amme lebten in meinem Haus. Mein Stubenmädchen Milka war zwanzig Jahre lang bei mir, und den Hausmeister hatte ich noch aus dem Haus mitgebracht, in dem ich früher gewohnt hatte. Sie weinten laut oder weinten still vor sich hin, und ich konnte zu ihnen nichts sagen, denn aus meinem Mund kam Blut. Aber meine alte Amme verstand meinen Blick. Sie legte mir Elemérs Photographie in die rechte Hand. Und zu meiner Linken lag jener alte Schädel, der einmal, in vergangenen Zeiten, bei einem nächtlichen Ritt vor die Hufe meines Pferdes gerollt war, auf der Landstraße, in der Nähe eines kleinen Friedhofes am Dorf ... So lag ich während der ganzen Nacht. In der Früh, kaum hatte es angefangen zu dämmern, brachte man die Zeitung: die Kameliendame, die berühmte Lujza Péczely, hat Selbstmord verübt ... Und ein großer Schriftsteller schrieb über mich im ›Ungarischen Tagesanzeiger‹ ein Feuilleton.«

Iwan Iljitsch, der sich bisher in Gesellschaft der Weinbouteillen im Eßzimmer aufgehalten hatte, sagte etwas lallend durch die offene Tür. »Haben Sie mich in der Geschichte vollkommen vergessen? Wer berichtete in der kleinen illustrierten Zeitung über den wirklichen Grund Ihres Selbstmordes? Wer hat in Pest die Wahrheit gekannt?«

»Schweigen Sie, altes Weinfaß. Was haben Sie schon geschrieben? Wegen meines materiellen Unglücks habe ich die Waffe gehoben, auf der Börse habe ich alles verloren: genau das haben Sie geschrieben. Obwohl ich nur verliebt war.«

Gerührt schüttelte Herr Szilveszter den Kopf. Nein, von der romantischen Madame Louise war es nicht anzunehmen, daß sie wegen materieller Sorgen die Waffe gehoben hatte. Sie war dazu viel zu edel!

Wie zwei Sterne glänzten die Augen des Fräulein Horváth.

Mein Gott, einmal im Leben könnte auch sie noch zur Selbstmörderin werden ...! Im Hintergrund weinte Lenke Bártfai leise, aber die Tränen wollten ihr nicht kommen. Es klang wie unterdrücktes Kichern.

»Madame, Sie sind eine wunderbare Frau«, wiederholte sie. »Ich bete Sie an, Madame.«

Frau Louise lächelte müde, sie legte zwei Finger an die Lippen, als würde sie an längst vergangene Dinge denken und in der Geschichte den Fehler suchen.

»Die Pistole habe ich noch in England gekauft, die Lage des Herzens habe ich mir in einem medizinischen Buch genau angesehen, auch meine Hand hat nicht gezittert: trotzdem bin ich am Leben geblieben. Und wie viele Qualen wäre ich losgeworden, wenn ich damals gestorben wäre! Ich hätte mich nie mehr in irgend jemandem getäuscht. Iwan Iljitsch hätte der Teufel geholt. Wo würde er jetzt wegen des Mittagessens murren?«

»Und für wen würde der Musikant auf der Geige spielen?« rief Iwan Iljitsch spöttisch aus dem Nebenzimmer.

Frau Louise wurde immer ärgerlicher.

»Sie Gauner! Sie wissen es am besten, daß ich den Sohn meiner verstorbenen Freundin erziehe, in einem kleinen Zimmer, das auf den Hof geht. Ich lasse ihn auf der Akademie zum Künstler ausbilden. Das Kind ist manchmal nervös, denn es darf meine Räume nicht betreten, wenn ich Gäste habe. Sagen Sie, Herr Szilveszter, hat es denn ein sechzehnjähriger Bursche nötig, hier allerlei Dinge zu sehen, die ihn vielleicht nachdenklich machen?«

Statt eine Antwort zu geben, erhob sich Szilveszter, um Iwan Iljitsch zu züchtigen, der immer noch schallend lachte. Aber Frau Louise hielt ihn zurück.

»Lassen Sie, Herr Schwager, gegen Mitternacht weiß er schon nie, was er zusammenredet! Ich werde endlich wirklich heiraten, um einen Mann ins Haus zu bekommen, der Iwan Iljitsch kleinkriegt. Ich werde mit ihm nicht mehr fertig. Er ist mir über den Kopf gewachsen. Jeden Tag warte ich darauf, daß er mir eine Ohrfeige gibt, mir oder meinen Dienstboten! Ein schrecklicher Mensch.«

Echte Tränen funkelten in Madames Augen. Die Männer – Szilveszter, Herr Rezeda und der nihilistische Dichter – blickten zornig auf den behaarten Herrn, der im Nebenzimmer schmauste. (Gegen Mitternacht mußte Iwan Iljitsch immer essen. Ob er im Kaffeehaus war oder bei Madame; um Mitternacht war er hungrig.)

Iwan Iljitsch nahm ein Glas und füllte es bis zum Rand mit Wein. Er richtete die Serviette, die er sich um den Hals gebunden hatte, und verbeugte sich feierlich vor der Gesellschaft im Salon.

»Hoch sollen sie leben, die Verlobten der Beißzange! Alle dreißig Verlobten!«

Madame Louise konnte nichts anderes tun, als über den komischen kleinen Menschen zu lachen.

»Schweigen Sie, alter Gauner.«

Dann wandte sie sich vertraulich und wehmütig zum alten Szilveszter.

»Zu irgend etwas ist auch Iwan Iljitsch gut. Ich hatte in den letzten zehn Jahren mindestens dreißig Verlobte. Iwan Iljitsch hat alle ausgekundschaftet, denn als Spion ist er großartig; er hat ihr wahres Wesen kennengelernt und jede Einzelheit ausgeforscht, um dann zu beweisen, daß mich alle nur meines Geldes wegen heiraten wollten ... Mein Gott, ich verdiene doch nicht, daß auf Herzöge und Könige, die mir die Hand küßten, ein Dorfnotar folgt, um an mir seinen Hosenriemen auszuprobieren!«

Fräulein Horváth, die sich während der Soiree bereits öfter verabschiedet hatte, stand nun endgültig auf.

»Es ist schon spät!«

Madame Louise trat an sie heran, tat so, als wollte sie nur eine Falte des Kragens richten, und flüsterte der Schauspielerin ins Ohr: »Einen Augenblick ... Wer dieses Fräulein mit den schönen Augen sei, hat Monte Christo gefragt!«

Dann wandte sich Madame um, als hätte sie nichts gesagt.

Mit langen Schritten ging Herr Rezeda neben Fräulein Horváth über die dunklen Straßen der Innenstadt. Der Redakteur war sehr verbittert, denn er sah, daß Klára vor sich hin träumte.

»Also, hat der Abend die Mühe gelohnt?« fragte er spöttisch. »Wäre es nicht besser gewesen, zu dritt mit Szilvia nach Buda zu gehen und in irgendeinem kleinen Wirtshaus Fisch zu essen; oder in die Josefstadt, in ein leeres Café, wo man illustrierte Zeitungen lesen kann? Ich muß schon sagen, ich habe mich sehr schlecht gefühlt.«

»Das verstehen Sie nicht, Herr Rezeda«, erwiderte Fräulein Horváth. »Immerhin ist es das Tor zur großen Welt ... In meinem Leben ist das Schloß der Madame etwas wie eine Bahnstation an der Grenze. Zurückgeblieben sind hinter meinem Zug die Langeweile, die Armut, die Sorge, die eintönig verrinnenden Tage. Ich glaube daran, daß es von nun an nur Heiterkeit gibt, Glanz und Pracht, das Hotel in Kairo, die Reise nach Bombay, die große Pariser Oper und Kleider von Paquin ... Vielleicht werde ich auch Schmuck haben. Und ich verspreche Ihnen, daß ich immer nur antiken Schmuck tragen werde. Mein Gott ...!« sagte Fräulein Horváth und fuhr nach einer kurzen Pause fort: »Das Wunderschöne an der Madame ist ja, daß sie so einfach und ungezwungen ist, als wäre sie eine Frau aus dem Dorf. Dabei spricht sie ganz gewiß auch die Sprache eines König Milan. Und mit einem Bischof kann sie ebenfalls plaudern. Mein Gott, was mochte sie nur dem Prinzen von Wales gesagt haben, als sie ihn in ihrem Salon empfing?! Das ist es, was ich von ihr lernen möchte.«

Das Gelächter des Herrn Rezeda war so scharf, als würde er sich selbst ins Herz stechen.

»Ach, sind Sie auf die Kameliendame vielleicht neidisch geworden, Mylady? Dabei erzählte sie nichts, wofür man sie hätte beneiden können ...«

»Gerade deshalb! Über die Wunder ihres Lebens, über die Tage, die geglänzt hatten, als wären sie Goldfasane gewesen, sprach sie kein Wort ... Hätte sie nur eines ihrer Abenteuer erwähnt, und wenn es auch nur das mit dem englischen Botschafter gewesen wäre, ich hätte sie verabscheut!« antwortete sehr energisch Fräulein Horváth und zog am Knopf der Klingel, der im alten Haus in der Pattantyús-Straße die Form eines Löwenkopfes hatte.

5
Die rote Postkutsche erscheint

Fräulein Horváth flickte nachdenklich die alte Wäsche, was sie immer tat, wenn sie Kummer hatte, als Herr Rezeda in der kleinen Wohnung der Schauspielerinnen erschien und Klára und Szilvia Veilchensträuße überreichte, aber mit einer derart verächtlichen Bewegung, als hätte er die Blumen zufällig auf der Straße gefunden.

»Gibt es etwas Neues?« fragte er und biß sich wehmütig in die Lippe, denn er hatte den Haufen abgenützter Wäsche erblickt. (Er wußte, daß so etwas Unheil bedeutete.)

Szilvia legte die Hand auf die Schulter des Herrn Redakteurs.

»Wir sind gestern im Theater gewesen. Im Puppentheater. Der Welschmann ließ seine Puppen fröhlich hüpfen, und im Hintergrund der Bühne gab es Häuser, klein wie Kinderspielzeug, und ihre Fenster haben wunderschön geleuchtet. Es sah aus, als wären die Häuser mit verschneitem Pelz verbrämt ... Es war ein sehr lustiger Abend«, sagte Szilvia mit ernster und bedachter Stimme, da Herr Rezeda über ihr Bein in der »Laterne« immer noch nichts geschrieben hatte.

Eine Zeitlang arbeitete Klára schweigsam mit der Nadel, als streiften ihre Gedanken irgendwo weit in der Ferne. (Übrigens könnte es nur der liebe Gott sagen, woran die Frauen beim Nähen denken! Wenn sie Kinderkleider flicken; oder die Hemden ihrer Männer reparieren; oder für ihre Enkelkinder Strümpfe stopfen: gewiß denken sie jedesmal an etwas anderes. Sobald die Frauen ihr fünfzehntes Lebensjahr vollendet haben, tun sie unter dem Vorwand, daß sie flicken und nähen müßten, vielleicht das gleiche, was Männer tun, wenn sie nachts allein im Kaffeehaus sitzen und auf die Marmortische allerlei Figuren zeichnen.) Dann hob sie den Blick. Ihre Augen waren jetzt so groß wie die von Herzkranken.

»Den Wein der Päpste von Avignon möchte ich noch einmal trinken, Herr Rezeda!« sagte sie leise.

Der träumerische Redakteur verstand die zarte Anspielung. Er begann laut zu lachen, als hätte Klára etwas sehr Lustiges gesagt.

»Die alten Päpste sind bereits alle gestorben, und vielleicht ist in Avignon niemals Wein gewachsen, vielleicht wurde die Lüge nur

Ihnen zu Ehren erfunden. Jemand hatte es wohl verraten, daß Gnädigste eine große Vorliebe für hochstehende Kirchenfürsten hat, für weißgekleidete Päpste mit zartroten Gesichtern und für rotgekleidete Kardinäle . . .«

»Wirklich, dieser Wein hat dieselbe Farbe gehabt wie die Tracht der Kardinäle. Und der Geschmack! Sicherlich hatte man alte Hirtenringe in die Fässer gelegt . . . Herr Rezeda, ich möchte den herrlichen Grafen Monte Christo noch einmal sehen!«

Der Redakteur hielt einen kleinen Zigarettenstumpf im Mund, der ihm bereits die Lippen verbrannte. Er schnitt also komische Grimassen und fing die brennende Zigarette mit der Hand auf.

»Wie Sie befehlen«, sagte er und rieb dabei seinen verbrannten Mund. »Ich wäre ungeheuer glücklich, wenn Herr Alvinczi euer ehrenvolles Schwärmen endlich bemerkte. Als feiner Herr, der er ja ist, würde er sich zum gnädigen Fräulein auch noch herablassen, für ein paar Stunden wenigstens. Er ist der erste Kavalier in Ungarn, stets erfüllt er gern die Wünsche der Frauen, sogar der Fürstin Esterházy macht er manchmal liebenswürdig Geschenke. Und die alten Gräfinnen im Magnatenviertel bekommen nur mehr von ihm Blumensträuße. Er ist es, der zu jedem aufmerksam ist, liebenswürdig, verbindlich, wie ein mittelalterlicher Fürst. Ich nehme an, daß er auch unsere Bekannte, Lenke Bártfai, mit Monatsgeldern unterstützt, obwohl bloß einer seiner verstorbenen Freunde, der arme Richard W., mit der verblühten Schauspielerin einigermaßen zu tun hatte.«

»Wunderbar«, sagte Fräulein Horváth völlig ernst. »Ich schätze ihn mit jedem Tag mehr. Obwohl wir noch kein Wort miteinander geredet haben. Und das letzte Mal, als er in seiner Kutsche saß, in der Hatvani-Straße, hat er mich nicht einmal bemerkt.«

»Sie spionieren ihm also schon nach!« rief Herr Rezeda und schlug die Hände zusammen wie ein Clown. »Bei meiner Seele, Herzogin, das alte Sprichwort hat recht: der Mann muß nur ein wenig schöner sein als der Teufel. Alvinczi ist kein schöner Mann.«

»Das verstehen Sie nicht, Herr Rezeda! Ich glaube, Miklós Zrínyi mochte irgendwie so ausgesehen haben . . .«

»Gnädigste, Sie sind eine Schülerin der Frau Urbanovics. Aber das ist jetzt schon egal. Ziehen Sie sich an, ich bin ja insgeheim ohnehin mit dem Gedanken gekommen, daß ich Sie mitnehme an einen Ort, wo Sie den angebeteten Alvinczi wiedersehen können. Ich bin wie ein Narr aus dem Mittelalter. Ohne Geißelhiebe fühle ich mich nicht wohl. Gehen wir.«

Szilvia, die bisher mit Orangenkernen auf dem Teller verschiedene Figuren ausgelegt hatte, sagte mit der traurigen Stimme einer ewig Verzichtenden: »Und ich muß schon wieder zu Hause bleiben?«

»Warum, du kannst ja mitkommen!« sagte trocken Klára, halb abgewandt, und warf dabei einen verstohlenen Blick auf Herrn Rezeda.

Eine Zeitlang sortierte Szilvia noch die Orangenkerne, dann erhob sie sich vom Tisch.

»Ich weiß, Klára, daß du dich darüber nicht freust, aber ich komme trotzdem mit. Ich will nicht, daß du am Ende noch eine Dummheit machst. Herr Rezeda, drehen Sie sich zum Fenster, wir ziehen uns an.«

Das Anziehen dauerte lange, da die Damen einander diesmal, ganz gegen ihre Gewohnheit, nicht halfen.

»Es wird gut sein, wenn Sie auch Überschuhe nehmen«, sagte plötzlich Herr Rezeda, »draußen auf den Feldern schmilzt noch der Schnee.«

»Wohin gehen wir denn?« riefen beide Schauspielerinnen zugleich.

»Dorthin, wo sich jetzt Eduárd Alvinczi aufhält. Nach Buda-Zár.«

Von zwei Seiten bestürmten die Mädchen den Redakteur, aber er verteidigte sich lachend. (Und nur eines seiner Augen blinzelte beinahe böse.)

»Sie müssen sich nicht allzusehr fürchten, Buda-Zár ist ein kleines Dorf in den Bergen. Alvinczi hat dort ein Sommerhaus. An diesem Tag hält er sich dort auf, nur einmal im Jahr, und immer nur einen Tag. Vom Morgen bis zum Abend. Am dritten März. Das Wetter ist ziemlich gut. Ich glaube, ein kleiner Spaziergang in den Bergen von Buda wird auch der Gesundheit nützlich sein.«

»Ich pflege nicht spazierenzugehen, Herr Rezeda«, murmelte Klára leicht verärgert.

Das Gesicht des Herrn Rezeda war so eigentümlich, daß er mit der einen Hälfte weinen konnte und mit der anderen lachen. Er wandte die lachende Hälfte Klára zu.

»Sie werden sich sehr gut unterhalten, Mylady. Sie wissen ja, in meinem ganzen Leben versuchte ich dafür zu sorgen, daß Sie sich wohl fühlen.«

Jenseits der Brücken stiegen sie in die Pferdebahn.

Damals verkehrten in den Bergen von Buda noch lange Wagen, die nach Riesenkipferln rochen und nach Bier. Nur selten blies der Kutscher in sein Horn, und lange hielt man bei der Station, die nach dem nahe gelegenen Wirtshaus »Fee Ilona« hieß. Man mußte auf den Wagen warten, der aus der anderen Richtung kam, und die Passagiere drängten alle in die Schenke. Der Schaffner versuchte ein paar Würfe auf der Kegelbahn, die gerade repariert wurde, während der Kutscher bereits zu Lasten seiner Sommerrechnung trank. Die Luft war voll Sonnenlicht und Frühlingsheiterkeit. Beinahe blaugrau waren die Bäume mit ihrem spärlichen Laub, und ein kleiner scheckiger Hund lief munter über den Waldweg.

»Es ist Frühling!« sagte Szilvia und bohrte mit der Spitze ihres Schirmes zahlreiche kleine Löcher ins weiche Erdreich.

Fräulein Horváth beobachtete ein wenig argwöhnisch das Janusgesicht des Herrn Rezeda.

»Ist das Schloß des Grafen Monte Christo noch weit?« fragte sie.

»Gleich werden wir dort sein«, erwiderte der geheimnisvolle Herr.

Die Pferdebahn war von oben angekommen. Wie von der Fahrt ermüdet, blieb der lange Wagen vor der »Fee Ilona« stehen.

»Wieviel Liebe, Glück, Kummer, Freude ziehen diese kleinen Pferde im Sommer«, meinte Herr Rezeda, »wenn die Wagen Liebespaare befördern! In den Bergen von Buda, im Juni, am Sonntagnachmittag im Gras herumzuliegen, einem jungen Mädchen Treue bis ans Grab vorzulügen, und aus der Ferne klingen die Töne eines Leierkastens, und die Kleine hatte man aus dem strengen Elternhaus zu diesem Ausflug verlockt! Bier trinken im ›Grünen Jäger‹ und allerlei Blumen nach Hause bringen! Wer es nicht versucht hat, weiß gar nicht, was das heißt: leben! In meiner Studentenzeit, in Pest, habe ich alle Damen, die ich nur kannte, in die Berge von Buda gelockt!«

»Genug damit«, sagte Fräulein Horváth. »Ein guterzogenes Mädchen liegt nicht im Wald herum!«

»Natürlich tut sie es. An Sommertagen, Sonntag nachmittags, ist vieles möglich, woran man im Winter nicht denkt. Nur im Freien ist die Liebe schön. Erinnern Sie sich an Frau Borcsi, an die

Komikerin? Sogar im Winter, wenn der Schnee bis an die Hüften reichte, ging sie mit den jungen Choristen nur auf dem Friedhof von Debrecen spazieren!«

Von der Endstation der Pferdebahn ging die kleine Gesellschaft eine Viertelstunde zu Fuß, dann legte Herr Rezeda seine Hand plötzlich auf den Mund.

»Seien wir still, meine Damen. Der französische Roman kann beginnen.«

Vom Waldweg einen Steinwurf entfernt, stand ein altes Sommerhaus; die großen Bäume hatten es lange verdeckt, nur das moosbedeckte Schindeldach war über den Wipfeln zu sehen gewesen, spitz und dennoch verträumt, wie auf einer alten Zeichnung. Voll welker Blätter des vergangenen Jahres war der Graben, und die Rosenstöcke im Garten trugen noch ihre braunen Strohpelze. Die großen Bäume umstanden das Haus nachdenklich und so stumm, als warteten sie insgeheim nur auf den Abend, um sich dann aus dieser Gegend davonzumachen. Der Garten war mit einem hohen Lattenzaun umgeben, und das Sommerhaus wirkte beinahe verlassen, geheimnisvoll, hinter den Pflanzen wie in einem Versteck gelegen. An einem Sommermorgen, an dem die Tautropfen vielleicht klingeln, um das Kommen der Sonne zu melden, kann hier das Aufwachen herrlich sein. Aber gewiß ist die Nacht unaussprechbar beklemmend! Wie Geheimnisse aus dem Jenseits irren der Wind, der Regen, der Sturm um das verlassene Haus. Vielleicht schleichen sich wilde Tiere aus den Bergen hervor und liegen dann um das Haus herum auf der Lauer. Üble Figuren rütteln an den Türklinken, an den Riegeln der Fenster. Mit Gespensterschritten geht der Regen über das Dach, und wenn an die sorgfältig verschlossenen Fensterläden die Äste pochen, werden sie vielleicht vom Todesengel geschüttelt. Wie beruhigend muß in solchen Nächten ein treuer, mutiger Hund sein und eine gute Waffe! Aber können sie denn etwas ausrichten gegenüber den Geheimnissen der Nacht?

Jetzt schwebte noch die Sonne hinter den Wäldern, und goldene Streifen stahlen sich zwischen blauen Bäumen hindurch in den verlassenen Garten.

Auf einmal ertönte Rascheln im Gras und das Knacken dünner Zweige auf dem Gartenpfad, jählings durchbrachen die Geräusche die Stille. Das Herz stockte ihnen. Als müsse etwas Außergewöhnliches vor sich gehen, und zwar jetzt gleich. Mord, wilde

Tiere oder geheimnisvolle Waldgeister ... Fräulein Horváth preßte die Hand auf das Herz ... Auf dem Gartenweg, im Licht, erschien plötzlich die Gestalt eines Mannes im Frack. Er trug einen Zylinder, und seine Schleife war weiß. Sein Gesicht war im Tageslicht so blaß wie Pergament: wie uraltes Pergament, das in einem alten Archiv von einem hinkenden Bibliothekar bewacht wird. Einen schwarzen Bart hatte der Mann, und sein müder, beinahe trübsinniger Blick irrte träumerisch über das Gartengebüsch.

Im Brautkleid, mit langem weißem Schleier, einen Orangenblütenkranz im goldblonden Haar, ein Gebetbuch in den Händen, die in überlangen Handschuhen steckten, schritt eine Frauengestalt an seiner Rechten.

Wortlos gingen die beiden nebeneinander auf dem Gartenweg zwischen lilafarbenen Büschen und fröstelnden Rosenstöcken, als wären sie zwei Tote, die gerade aufgewacht und aus der Gruft des kleinen Schlosses emporgestiegen waren, um ihren Nachmittagsspaziergang zu verrichten.

Bald verschwand der weiße Brautschleier bei einer Biegung des Weges.

Herr Rezeda griff fürsorglich nach dem Arm von Fräulein Horváth, die am ganzen Körper zitterte. Er sagte nichts, führte sie nur vom Sommerhaus weg.

Szilvia folgte ihrer Freundin, obwohl sie dabei immer wieder auf die geheimnisvolle Behausung zurückblickte.

Eine gute Weile gingen sie, ohne ein Wort zu sagen.

»Mein Gott, was war das?« fragte Fräulein Horváth und wischte sich die Stirn ab.

Herr Rezeda antwortete nicht. Szilvia bohrte die Spitze ihres Sonnenschirmes immer wieder verträumt in den Boden.

In der »Fee Ilona« nahmen sie am Fenster Platz. Herr Rezeda bestellte Glühwein, denn am Nachmittag begann es bereits kühl zu werden, und nach dem Spaziergang im Wald waren die Damen ziemlich durchgefroren.

Sie schlürften noch am Wein, als draußen lautes Peitschenknallen ertönte.

Mit wehenden Schweifen zogen vier feurige Rosse eine rotbemalte Kutsche vorbei, die in vieler Hinsicht jenen Postkutschen ähnlich sah, in denen man früher einmal in Ungarn gereist war. Die Rolläden an den Fenstern waren halb niedergelassen, und der alte Kutscher in seiner Postillonmütze hieb vor dem Wirtshaus auf seine Pferde ein. Unter großem Geratter verschwanden die mächtigen Räder mit der roten Postkustche in der Frühlingsdämmerung.

»Alvinczi!« sagte Klára beinahe ängstlich.

Herr Rezeda lächelte spöttisch.

»Ach, Sie haben ihn also im Frack nicht erkannt? Vielleicht haben Sie auch das Fräulein Montmorency unter ihrem Schleier nicht gesehen?«

»Ja, sie war es. Die Tänzerin der Großen Oper«, sagte jetzt Szilvia und rührte ihren Wein um. »Vergeblich hat das Fräulein ihr Glück im Drama und im Singen gesucht, also versucht sie es jetzt mit dem Tanzen! Vielleicht hat sie damit mehr Glück.«

»Mein Gott, was soll aber der seltsame Spaziergang im Wald bedeuten? Im Frack? Im Brautkleid? Wäre es möglich, daß unsere Bekannten wahnsinnig sind?« rief Fräulein Horváth.

»Die Sache ist sehr einfach. Während des Sommers wohnen die alten Montmorencys, also Papa und Mama Stümmer, in der Villa, die Alvinczi ihnen geschenkt hat. Im Winter, oder fast noch im Winter, im März, feiert Alvinczi mit dem Fräulein den Jahrestag seiner Verlobung. Auch so darf die Dame glücklich sein. Denn aus dieser Sache wird schwerlich eine Ehe«, antwortete Herr Rezeda und wollte dabei sehr überlegen lächeln.

Lange noch blickte Fräulein Horváth aus dem Fenster der »Fee Ilona« ins blasse Blau der Landstraße, als wartete sie darauf, daß die rote Postkutsche zurückkehre – um sie abzuholen.

»Gehen wir«, sagte Herr Rezeda verdrossen. »Das Fest ist schon zu Ende.«

Fräulein Horváth beschäftigte sich mit ihren Handschuhknöpfen.

»Mein Gott, wenn man einmal auch mich im Brautkleid spazierenführen würde, auf den Wegen eines alten Gartens ... Die Wände des Schlosses sind wahrscheinlich auch mit Bildern der Ahnen geschmückt. Ist wohl die Montmorency in ihrem weißen Kleid vor den Ahnherren und Ahnfrauen stehengeblieben? Hat sie das alte Kreuz geküßt, das der Mutter ihres Verlobten gehörte? Kann sie mit den alten Möbeln plaudern, und spielt sie denn am Jahrestag ihrer Verlobung den Hochzeitsmarsch aus *Lohengrin* auf dem alten Flügel, der in der Ecke steht? Betet sie vor einem alten Heiligenbild, das die längst verschwundenen Frauen der Familie immer wieder voll Inbrunst angeblickt hatten, und zieht sie die uralte Spieluhr auf, die zum einsamen Bechern eines alten Herren früherer Zeiten mit Begleitmusik gedient hatte . . . ? Nein. Lotti zieht die Uhr nicht auf. Aber ich würde nicht vergessen, die Uhr aufzuziehen.«

So sprach Fräulein Horváth und verließ das Wirtshaus zur »Fee Ilona« mit den traurigen Schritten entschwundener schöner Damen. Und in der Pferdebahn blickte sie, während sie Platz nahm, mit einem stolzen Lächeln über die Schulter des Herrn Rezeda hinweg.

»Ich hätte die alte Uhr aufgezogen«, beteuerte sie und lächelte trübsinnig.

Herr Rezeda zuckte die Achseln und antwortete, wobei er beinahe weinte: »Gnädigste reden genauso wie eine hysterische Pester Jüdin, die nach einer romantischen Opernvorstellung in Liebe entflammt ist . . .«

6

Der letzte Nihilist

Béla Bonifácz, Journalist und Bevollmächtigter Dantons und Robespierres in der Verwaltung der Donauprovinzen, konnte eines Tages nur unter den größten Schwierigkeiten von Buda nach Pest gelangen.

Damals wohnte er in den Bergen, im schmelzenden Schnee und in den scharfen Märzwinden, zu einer Zeit, in der das Wetter nicht nur darangeht, die toten Körper der im winterlichen Wald verendeten kleinen Vögel vor den jungen Damen zu verbergen, die weiße Füße haben und nach Veilchen riechen, vor den Damen des Frühlings, sondern auch unter den Menschen Ordnung schafft und Sauberkeit. Die vom Winter mit schwerer Krankheit Geschlagenen, deren Unruhe mit jedem Schneesturm nur noch wuchs, die verfaulenden Lungen, erschöpften Herzen, vom Krebs befallenen Mägen und das am Fieber der Liebe krankende Blut beginnen im lebensfrohen Frühlingswind zu arbeiten, mit großer Kraft, wie die Pilze, die nun den Balken, der lange schon in der Nähe des Mühldammes herumlag, endlich vertilgen. Die Särge werden auf den Friedhof getragen, die Stuben gelüftet, und die zurückgebliebenen schäbigen Mäntel, abgewetzten Hosen und welken Hüte werden von den Lebenden begutachtet, denn der Trödler wartet bereits. Irgendwo draußen, am Ende der Stadt, fleht der arme Bettler manchmal sogar um ein Paar Schuhe, denn die allmächtige Natur könnte den Schwerkranken endlich aus dem Weg räumen. Dabei möchte der mit Krebs geschlagene Greis, der sich nur mehr in Gedanken mit den Formen seiner Krankenschwester beschäftigt, das schweißgetränkte Bett ebensowenig verlassen wie die junge Hofdame, die erst vor kurzem das Glück hatte, die Aufmerksamkeit Seiner Exzellenz des Herzogs auf sich zu lenken. Einen langen Spaziergang macht der Tod zur Frühlingszeit durch seine Provinzen, um die Wiesen und Felder für die schönen Blumen des herannahenden Sommers mit Leichen zu düngen.

Unter den Friedhöfen, tief in der Erde, gibt es gewiß Kanäle, und die schönen Augen der Herzoginnen, die Busen der Straßenmädchen, die Gehirne der Gelehrten und die Herzen der Dichter verströmen auf ferne Wiesen, auf Gärten, verwandeln sich in schöne Blüten, in Sommerblumen oder in wilde Rosen. Heute berührst du noch den Nacken deiner schönen Geliebten mit den Lippen, vor Erregung zitternd, greift deine Hand nach der körperwarmen Wäsche, und morgen leben alle diese herzerregenden Dinge in Form von Rapunzeln weiter, im Küchengarten eines Bauern von Rákospalota, und der Salat wird vom feinen und schwärmerischen Frigyes Glück nach den Weisungen des Brillat-Savarin auf den Tisch gebracht. Du ißt den Salat (mit genießerischem Gaumen und zu gutem Fleisch), während deine Blicke sich bereits über die lebendigen Formen neuer Frauen tasten, unter frischen Kleidern nach weiblichen Körperteilen suchen, die vielleicht anders sind als alle anderen, und nur der bittere Schnaps erinnert dich an deine gestorbene und verdorbene Geliebte.

Solche Gedanken können jedem einfallen, doch versuchte der Nihilist Béla Bonifácz am Zollwächter des Tunnels unter dem Vorwand inniger Vertiefung in gerade diesen Gegenstand vorbeizuhuschen, bekleidet mit einem kurzen braunen Umhang, den selbst eine Vogelscheuche in der Batschka nur mit der größten Selbstüberwindung hätte tragen können.

Der Wächter war aber wachsam und richtete an Béla Bonifácz die schroffe Aufforderung, Zoll zu zahlen.

Der Dichter zuckte die Achseln und kehrte um. Wie töricht die Leute doch sind! Wenn er Geld gehabt hätte, wäre es ihm ja gar nicht eingefallen, die Feldhütte am Johannisberg zu verlassen. Gerade der Mangel an Geld hatte zur Folge, daß der Poet von Buda nach Pest mußte, zu seinem Freund Szilveszter, der ihm vielleicht ein, zwei Forint, unter Umständen dreiundzwanzig Kreuzer borgen konnte.

(Nach seinen Berechnungen konnte er nämlich den heutigen Tag mit dreiundzwanzig Kreuzern überleben.)

Die Wächter an der Schranke sahen genauso böse auf Béla Bonifácz, wie ihre Standesgenossen einst auf Michael Kohlhaas, Roßhändler von Kohlhaasenbrück, gesehen hatten am Ufer der Elbe und dadurch Heereszüge, Todesfälle, Unglücke und den Fürsten auch noch Sorgen verursachten, wie es im Buch des Heinrich von Kleist Wort für Wort zu lesen ist. Zollbeamte waren immer schon strenge Leute gewesen, und auch diesmal handelten sie höchst unüberlegt, als sie sich dem Herrn Béla Bonifácz gegenüber an das kalte und unmenschliche Gesetz hielten. Eigentümlich ist es, nicht wahr, daß jemand, ein denkender Mensch und vielleicht auch nicht der unbegabteste in der Hauptstadt, den Tunnel nicht durchqueren kann, nur weil er vergessen hat, zwei Stück Kupfer einzustecken? Die Kinder reicher Leute rasen in Equipagen und ungehindert unter dem Sankt-Gellért-Berg dahin und auf den Krisztina-Ring zu, und in der Gegend der Stadtmeierei läßt der aufmerksame Kutscher seine Pferde nur mehr langsam traben und öffnet das Fenster des Wagens, so daß ein Hauch Frühling hineinweht auf die Sprößlinge der Leute, die mit Käse handeln oder mit Schnaps. Alte Frauen und aufgequollene alte Herren, in deren Verdauungskanälen der schreckliche Krebs auf und ab geht, heimtükkisch, um jugendliche Sünden heimzuzahlen, Blutschande zu rächen oder leckere Mittagessen, bei denen der französische Koch die Abfälle von Schwalben und von anderen Tieren, die Mägen von Singvögeln mit pikanter Sauce aufgetischt hatte, sie alle atmen die Luft der Berge von Buda ein, sobald sie die feuchte Höhle des Tunnels hinter sich gelassen haben. »Natur!«, »Romantik!«, »Liebe!« rufen die zarten Mädchen der Frau Oesterreicher, wenn sie zwischen den seltsamen Häusern von Buda und über das Feld des Martinovits fahren, um ihre Gesichter nicht nur mit Karmin, sondern mit Frühlingsluft gefärbt der armen Männerwelt anbieten zu können, den ausländischen Agenten und den Pester Modejünglingen, die im Harem der Magyar-Straße die Liebe immer von neuem erfinden. Unter allen Pester Kanälen wird ganz gewiß jener am meisten verachtet, der unter der Innenstadt fließt. Vielleicht hebt sogar der buschige, zottige Komondor, der hinter dem mit Gemüse beladenen Leiterwagen des Schwaben herläuft, das Hinterbein, wenn er Pester Männer erblickt. Die Liebe des Schwabenhundes verletzt nicht die Gesetze der edlen Natur.

Béla Bonifácz wurde also vom Zoll vertrieben, und rund um das Herz des Nihilisten war das Blut plötzlich so warm wie der Golfstrom in den kalten Meeren. »Ich habe recht! Immer habe ich recht! Wenn ich die Bombe werfe, habe ich recht . . .!« sagten die Wellen des Blutes, während er mit der Glückseligkeit der Märtyrer den Burghügel emporkletterte, um mangels zweier Kreuzer auf diese Weise von Buda nach Pest zu gelangen.

Er hatte da bereits seit zwei Tagen nichts gegessen . . .

Die Pester Reise des Béla Bonifácz brachte nicht den mindesten Erfolg. Sein Freund und Gönner, Herr Szilveszter, hatte den Fürsten auf den Rennplatz begleitet, wo Herr Alvinczi an diesem Frühlingsnachmittag Bier trank, eine silbern und golden schimmernde alte Krawatte um den Hals, einen blauen Hut auf dem Kopf, während die Fohlen, die unruhigen und wilden Hengste, die träumerischen und edlen Stuten über die grüne Wiese galoppierten und Herr Szilveszter nach dem sechsten Glas Bier seinen Unmut über Lord Derby und Elemér Batthyányi offen aussprach, da er beim Kampfspiel der rennenden Pferde nichts gewonnen hatte. Unterdessen lief Béla Bonifácz im Zickzack quer durch Pest. Sein Umhang flatterte. (Arme Bänkelsänger mochten solche Umhänge getragen haben, in Eperjes, in Lőcse und unter den polnischen Herren, deren rote Stiefel zum Tanz stets bereit waren, wenn von der Landstraße ein wandernder Student eintrat, um drei Strophen zu singen und damit für diesen Tag wieder etwas Brot zu verdienen.) Schon wurde es Abend, Béla Bonifácz hatte niemanden getroffen, der ihn wenigstens zu einem Glas Wein eingeladen hätte, er war aber in der Váci-Straße gewesen, um den Ort zu besichtigen, an dem er die Dynamitbombe verstecken würde – oder vielleicht Ekrasit! – und die Schwefelschnur anzünden am Nachmittag um sechs. Dann nahm er seinen Weg in die Richtung der Eisenbahnverbindungsbrücke, um ohne Geld wieder nach Buda zu gelangen, und als die Stadt hinter dem unglückseligen kleinen Menschen – der vier Meilen in der vagen Hoffnung gegangen war, am Tisch des Szilveszter ein wenig Wein zu finden – allmählich zurückblieb, war die fiebrige Wut verschwunden, schlaff hingen die zerzausten langen Strähnen des Haares und der zottige Bart, matt und ruhig wurden hinter dem Zwicker die Augen, und Béla Bonifácz dachte nicht mehr an Bomben, sondern an Christus, wie es die Armen tun, nachdem sie von allen Menschen endgültig verlassen worden sind.

Der von Nazareth half ihm dann über die Eisenbahnverbindungsbrücke und gab ihm sogar Kraft genug, den Johannisberg emporzuklettern, wo er in einer verlassenen Feldhütte hatte überwintern können, ohne dafür zu bezahlen.

Unten in der Stadt begann es bereits dunkel zu werden, nur die Türme glänzten. Auf dem Berg war es aber noch hell.

Vor der Feldhütte gab es einen Baumstrunk, und eine schwarzgekleidete Dame wartete dort auf Béla Bonifácz.

Dideri-Dir war es, Dichterin, geschiedene Frau eines Anwaltes irgendwoher aus Siebenbürgen. Während eines Streifzuges durch die Provinz hatte Béla Bonifácz ihre Bekanntschaft gemacht, er hatte die Anwaltsfrau in Poetik unterrichtet, hatte ihr Gedichte vorgelesen und lange melancholische Märchen aufgetischt, in denen von Herzen die Rede war, von Liebe und Dichtung; zwei Tage später war er von der Wanderlust wieder befallen worden, er hatte sich davongemacht, vorher hatte er aber noch seiner Schülerin zur Heilung ihrer kranken Seele einige Dichter verordnet: den trüben und im Glanz goldener Spinnengewebe leuchtenden Reviczky, dann Tompa, dessen Ton an das Läuten der Abendglocken erinnerte, und die *Frühlingsfluten* des Iwan Turgenjew . . .

»Aber auch Bunin und Baburin dürfen Sie nicht vergessen, liebe gnädige Frau. Und Ihre Seele wird ganz bestimmt heilen«, sagte Belá und befestigte am Hals die Schnalle des Umhangs, als tobte draußen der Sturm.

»Und dann?« fragte die Frau, deren Haar bereits ein wenig grau war, wobei sie mit herzkrankem Blick vor sich hin sah.

»Das übrige werde ich noch schreiben!«

So kam es, daß Béla Bonifácz dann mit Dideri-Dir wirklich ein paar Briefe wechselte. (Damals wählten sich die Dichterinnen solche Künstlernamen, denn Aurora oder Violetta galten bereits als unmodisch. Auch das alte Gebetbuch haben die katholischen Frauen aus der Hand gelegt, als die Baronin Orczy ein neues Gebetbuch verfaßte. So werden die Frauen moderner!) Dideri-Dir hatte Verse geschickt, Werke, die seit dem Besuch des Dichters entstanden waren. Für die Post hatte Béla Bonifácz immer Geld, wenn er auf Damenbriefe antworten mußte.

»Wieso sind Sie hergekommen?« fragte Béla Bonifácz streng. »Habe ich nicht gesagt, daß Sie sich vor Pest in acht nehmen sollen? Ein sehr verdorbener Ort. Die Frauen werden verführt.«

Auf dem Berg schliefen wohl bereits die Büsche und Bäume, und auch die großen Steine und moosbedeckten Stämme mußten eingenickt sein, denn nach den Worten des Béla Bonifácz ertönte kein Lachen.

Die Frau griff nach der Hand des Nihilisten.

»Ich bin Ihnen nicht böse, daß Sie nicht in Ihrem Palast wohnen, auf der Andrássy-Straße, wie Sie es bei Ihrem Besuch erzählt haben.«

Béla zuckte die Achseln.

»Aus Gesundheitsgründen bin ich auf den Berg gezogen.«

»Wohin ich erst nach dreitägigem Herumirren gefunden habe.«

»Wären Sie zu Hause geblieben, gnädige Frau, Pest färbt die Seele schwarz. Hier gibt es keine Dichter. Die wenigen, die es gibt, sitzen nachts im Café Beliczay und hofieren den nächtlichen Mädchen. Sie werden das Café Beliczay hoffentlich nicht besuchen wollen?«

»Aber ja, ja«, antwortete die Herzkranke. »Ich möchte den jungen Endre Ady aus der Nähe sehen. Ach, vieles habe ich erfahren, seitdem Sie mich verlassen hatten. Ich habe mit jemandem Briefe gewechselt, mit einer Frau, und sie schrieb mir alles über die Dichter, die in ihren Versen den Aufstand des Lebens verkünden, den Leserinnen eine große, heilige Renaissance der Liebe versprechen und nachts Bier trinken und im Konzertcafé die Waisenmädchen der Frau Jolán unterstützen ... Ach, mein Gott, wäre ich nur jünger!«

»Dann würden Sie bei Jolán als Waisenmädchen eintreten?«

»Bitte, lieber Herr Bonifácz, führen Sie mich in die Lokale, in denen die Dichter ihre Nächte verbringen. Ich brenne vor Sehnsucht, sie aus nächster Nähe zu sehen.«

Der Nihilist schüttelte langsam den Kopf.

»Sie klopfen an der falschen Tür, gnädige Frau! Die jungen Herren Schriftsteller und Poeten sind mir nicht mehr bekannt. Mit meiner Zeit ist es vorbei. Aladár Benedek mit dem Löwenhaupt ist der letzte Lyriker, den zu kennen ich das Glück habe. Der zart ergraute Bart hat bei den Damen der Josefstadt noch mit sechzig Jahren Erfolg. Oder, wenn Sie befehlen, kann ich Ihnen Imre Gáspár vorstellen, jeden Nachmittag erholt er sich auf der Kegelbahn, in einem niedrigen Haus der József-Gasse, nachdem er den ganzen

Tag Briefe geschrieben hat, an Diözesanbischöfe und jüdische Großhändler, wobei seine runden Augengläser wunderbar durchgeistigt geglänzt haben. Die kleine Feder sammelt all ihre Kraft und Phantasie, die winzigen Buchstaben strömen in biblischer Fülle, und nicht selten kommen dabei Zeilen aus *Manfred* oder aus *Onegin* zum Vorschein ... Mit weniger als zehn Briefen macht sich der alte Dienstmann Stecz niemals auf den Weg. Er verteilt sie in verschiedenen Vierteln der Stadt, und bis es über der Josefstadt Abend wird, kehrt der alte Dienstmann mit seiner roten Mütze geheimnisvoll zur Kegelbahn zurück. Oder Sie können den Romanautor längst vergangener Zeiten kennenlernen, Gyula Erdélyi, der zu seinem weißen Haar eine rote Weste trägt, für seinen Roman *Der arme Dezső* vom ›Pester Anzeiger‹ zwanzig Forint bekommen hat und heutzutage nichts mehr schreibt außer Oden an die Rennpferde des Miklós Szemere, denn über Menschen lohnt es sich nicht mehr zu singen, mit Verlaub ... Sie können László Seffer kennenlernen oder Adorján Szeles. Alle sind sie ausgezeichnete, ernsthafte Männer. Sogar dem Herausgeber der ›Zeitung der Gastwirte‹ kann ich Sie vorstellen, der nach Mineralwasser riecht und nach Wachskerzen; bei dem Begräbnis von Kossuth hat er die Fakkel gehalten und trägt seither die übriggebliebenen Wachsstücke bei sich. Lajos Csete, der Vater des dicken Ádám Pokrócz, trinkt seinen tausendsten Gespritzten im Gasthaus Ligeti, während Béla Jaskula Virág in der Prater-Straße die ›Hauptstädtischen Blätter‹ redigiert, aus den hohen Fenstern die Passanten beobachtet und jeden, der ein Mäzen sein könnte, träumerisch anblickt. Sie alle sind halb heilige, halb wahnsinnige, manchmal auch arme und sündige Menschen vergangener Zeiten, die für alle ihre Sünden längst gebüßt haben, aber trotzdem niemals genügend Mut haben, um aus den kleinen Wirtshäusern der Josefstadt hervorzukommen. Sie sind sonderbare Mischungen von Edelsinn und Zärtlichkeit. Chatterton, der englische Poet, ist manchmal ihr Idealbild, der an Hunger gestorben ist, oder Gyula Reviczky, der im Bett einer Klinik zugrunde gehen mußte ... Dann wiederum beten sie Robespierre an und Danton. Sie halten sich an das Gesetz der Nationalversammlung von 1849, wie es in Debrecen, in der großen Kirche der Kalvinisten, verkündet worden war ... Und es gibt keine bessere Gesellschaft auf der Welt als Béla Pongrátz, den von Gott und von den Menschen verlassenen, armen kleinen Dichter, der in den Jahren der größten Armut und Not, von heiligem Schwärmen erfüllt, so edel und rein geblieben ist wie die alten Goldmünzen, die aus dem tiefen Brunnen einer Burg ans Tageslicht gebracht werden und das Bild eines jungen, mit Eichenlaub bekränzten Kaisers zeigen ... Während seiner traurigen, einsamen Wanderungen erscheint der jüngere Görgei, der Sohn des Generals, oft an jenen Orten, an denen arme Dichter hausen, auf dem Dachboden, in alten Kellern, in elenden Untermietzimmern, wo sogar der Wirt seine Miete schuldig bleibt. Immer ist der jüngere Görgei unterwegs, unruhig irrt er zwischen Pest und Buda umher, wie er einst in England, südlich von London, auf jenen Landstraßen zu sehen war, die in Englands Blumengarten führen. Er beruhigt sich nur, wenn er sich ab und zu ins stille Haus auf der Leopoldwiese zurückzieht, in das Heim der verfinsterten Geister. Er genießt das Recht, einmal in der Woche auszugehen, bei welcher Gelegenheit er in Gesellschaft der Gräfin O.B. das Theater besuchen darf, meistens ein klassisches Stück, das der jüngere Görgei als junger Mann in Paris oder in London bereits gesehen hat, und nach der Vorstellung ißt er mit der Gräfin zu Abend. Die schlauen Ärzte haben das gut ausgeheckt. In Damengesellschaft trinkt Herr Görgei niemals, dagegen versucht er, ein junger, witziger und hochgebildeter Kavalier zu sein. Er erzählt der Gräfin O.B. über die Bildergalerie der englischen Könige, über das wunderbare British Museum und über Haydns Musik, die in religiösen englischen Häusern viele Anhänger hat. Bereits lange vor Mitternacht kehrt er heim in das stille Haus und begleitet dabei auch die Gräfin, denn sie ist ja ebenfalls krank ... Das also sind meine Freunde, gnädige Frau. In diesen Kreis kann ich Sie gern einführen.«

Dideri-Dir, die Dichterin, war (wie Frauen gemeinhin) dem Mond, der in Turmeshöhe schwebt, viel mehr zugetan als den erblassenden Sternen am westlichen Himmel.

»Man muß sich neue Freunde verschaffen, Béla«, sagte sie vor der Feldhütte und erhob sich vom Baumstrunk. »Die Leute, von denen Sie geredet haben, sind gewiß eisgraue, düstere, einsame alte Männer, die Grillen haben und den Frauen aus dem Weg gehen. Von Greisen hatte ich an der Seite meines Mannes mehr als genug ... Ich sehne mich nach der Freundschaft junger Männer mit glänzenden Augen, deren Stern im Aufgehen ist und denen ich mich anschließen kann. Ich will Erfolg haben, weil ich fühle, daß ich begabt bin. Unter den Leuten, die Sie erwähnt haben, ist ja kein einziger, der noch eine Zeitung hätte ...!«

»Die Revue ›Lese!‹ ist schon eingegangen«, antwortete Béla Bonifácz traurig.

Andächtig beobachtete die grauhaarige Dame den Himmel über dem Johannisberg. Die ersten Sterne des Abends glitzerten schon.

»Ich möchte verliebt sein ... Noch einmal verliebt sein, denn lange werde ich nicht mehr leben. Verliebt in Endre Ady oder in Béla Révész, in Viktor Cholnoky oder in Károly Lovik ... in einen jungen Schriftsteller, der am Anfang seiner Laufbahn steht, wie George Sand in Alfred Musset verliebt war ... Maria Baschkirtschew möchte ich sein. Ach, an den emporschwebenden Duft königlicher Gärten muß das erinnern: gemeinsam immer höher zu steigen auf der Leiter des Ruhmes. An dem einen Tag bringen die Zeitungen das Gedicht der Dideri-Dir, am anderen das Lied meines schönen Geliebten, meines lieben Alfred. Und zuweilen können unsere Namen in den Spalten der ›Woche‹ auch nebeneinander erscheinen. Nein, lieber Béla Bonifácz, ich bin aus den Bergen von Siebenbürgen nicht hergekommen, um dann vor der kleinen Kegelbahn in der Josefstadt mit dem alten Imre Gáspár Bier zu trinken!«

»Sie sind eine Streberin!«

»Mag sein ... In der Loge will ich sitzen im Nationaltheater, und Frack sollen die Schriftsteller tragen, wenn sie mich zwischen zwei Akten besuchen kommen. Vielleicht eröffne ich einen Salon, vielleicht werde ich *jours* geben, und die Redakteure werden mir die Hand küssen ... Ich erlaube Ihnen, daß Sie mich ab und zu besuchen, wenn ich keine Gäste habe.«

Danach küßte Dideri-Dir den Nihilisten auf die Stirn und entfernte sich mit theatralischen Schritten aus der Gegend der Feldhütte.

Bonifácz blickte ihr lange nach und murmelte dann leise in seinen grauen Bart hinein: »Du wirst noch zurückkehren zu mir, meine arme Tochter!«

Zwei Wochen später kamen die zwei Töchter der Dideri-Dir zu Herrn Bonifácz auf Besuch.

Sie mochten sechzehn oder siebzehn sein und waren weder schön noch häßlich. Olga schwärmte für Literatur, Gizi für die Kunst.

»Onkel Béla, unsere Mutter ist wahnsinnig geworden. Die ganze Nacht treibt sie sich in den Kaffeehäusern herum, mit struppigen jungen Dichtern und mit Journalisten, die keine sind ... Wir schämen uns sehr. Wir wollen nicht in Pest bleiben.«

»Gehen Sie nach Hause zu Ihrem Vater.«

»Unser Vater lebt mit einem Dienstmädchen. Wir haben beschlossen, daß wir aus Ungarn wegreisen. Tanzen können wir. Olga singt französische Lieder mit Harfenbegleitung. Wir sind hübsch und jung. Gestern haben wir uns mit dem Agenten geeinigt. Wir gehen nach Rußland und werden Künstlerinnen. Bitte, kommen Sie mit uns. Als unser Vater oder als unser alter Freund ...«

»Meine Kleinen«, rief schmerzvoll Béla Bonifácz. »Ihr werdet zugrunde gehen, verbrennen, sterben. In einem Spital werdet ihr auf dem Sterbebett liegen, wie früher einmal die Tänzerinnen, die man nur die Wengerka genannt hat.«

»Kommen Sie mit uns und lassen Sie uns nicht zugrunde gehen!« erwiderten die Töchter der Dideri-Dir. »Hier haben Sie sowieso nichts zu tun. Sie bewachen eine Feldhütte.«

Béla Bonifácz dachte nach.

»Irgend etwas zu tun habe ich immerhin ... Ich muß wöchentlich einen Artikel schreiben für die ›Zeitung der Gastwirte‹. Literatur ist ein schreckliches Gift. Die Bürger und Bürgerinnen werden blutkrank, wenn sie es kosten. Alle Schriftsteller sind Betrüger. Sie ernennen ihre Sache zum königlichen Handwerk, zur ruhmreichsten Beschäftigung. Obwohl ja niemand die Literatur nur im mindesten braucht. Die Menschen wären viel glücklicher, wenn es keine Literatur gäbe. Das große, wunderbare Leben hat mit den kleinen, grauen Buchstaben nichts zu tun. Seit Jahrhunderten vergiften die Schriftsteller, wie ein Geheimbund, die Seelen der Menschen, nur um damit ihr Brot verdienen zu können. Ihre Märchen, ihre Lieder sind da, um in den Seelen Unruhe und Verwirrung zu stiften. Und wenn in eine Familie das süße Gift der Literatur eingedrungen ist, dann folgt darauf das Unglück. Die Frauen der Schriftsteller sind alle unglücklich. Die sechzehnjährige Tochter meines Freundes Szilveszter hat sich erhängt. Und siehe da, euch verläßt eure Mutter, weil man ihr nachts im Kaffeehaus Gedichte vorträgt ...«

»Kommen Sie mit uns?« fragten die Mädchen.

»Ich gehe mit euch, meine armen Kleinen. Euch lasse ich nicht dem Wahnsinn opfern, den man Literatur nennt. Im grünen Alkohol oder in den unnatürlichen Begierden der Nerven, dann wiederum im lichterlohen Brennen des Blutes wohnt der Irrsinn, der den Namen Literatur trägt. Wir reisen weg aus diesem Land, in dem man halbverrückte Anwaltsfrauen frei herumlaufen läßt – unter dem Vorwand, sie dienten der Literatur.«

Gizi, die von den beiden die Praktischere war, musterte Bonifácz gründlich.

»Vor allem gehen wir zum Schneider, Onkel Béla!« sagte sie und nahm das struppige Männchen am Arm ...

... Zwei Jahre lang fuhr Béla Bonifácz mit den Töchtern der Dideri-Dir kreuz und quer durch Rußland. Die Mädchen tanzten sich schöne Kleider und ein wenig Geld zusammen, zwischen Moskau und Petersburg und entlang der großen sibirischen Eisenbahnlinie, wo die Kosakenoffiziere der Garnisonen das erste Orpheum von Warschau beinahe tobend empfingen.

Auf einer Bahnstation, fern in Asien, wurde ihnen dann alles gestohlen. Ihr Geld, ihre Kleiderkisten, ihr Schmuck. Viele tausend Werst von der ungarischen Grenze entfernt, auf einer halb zugeschneiten sibirischen Bahnstation, an der nur einmal in der Woche ein Zug hielt, zwischen mongolischen Roßdieben und halbwilden russischen Offizieren, ohne ein einziges Geldstück, ohne Kleider und Proviant standen sie da, die tanzenden Töchter der Dideri-Dir und Béla Bonifácz, der Dichter.

7

Wienerinnen in Pest

In Pest war damals Mai.

Über die bestens erbaute Bahnstrecke, von einer Lokomotive mit niedrigem Schornstein gezogen, traf auf dem Pester Bahnhof der Schnellzug aus Wien unter derart wichtigtuerischem Keuchen ein, als wollte er es mindestens seinem vornehmen Verwandten, dem Petersburg-Nizza-Expreß, gleichtun – schon bleiben die langen Pullmanwagen stehen, und aus den elektrisch beleuchteten Abteilen, die mit Seide beschlagen und mit Gold verziert sind, klettern russische Großfürsten, polnische Wojewoden und tschechische Fabrikantenmillionäre –, der Schnellzug aus Wien traf also ein, im Mai, bis zum Bersten voll, denn er brachte den Abschaum der Wiener Kaffeehäuser nach Pest, verdächtige Existenzen und besonders unanständige Frauenspersonen.

Es war der Tag des Pferderennens in Pest.

Lebendig gewordene Typen aus dem Polizeibericht springen von den prächtigen Waggons. Auffallend elegant gekleidete Sportsmen, die während der Wintermonate im Zuschauerraum des Ronacher nach irgendwelchen Einkünften suchen, sich bei Anbruch der Morgendämmerung in ein Kartenspieler-Café zurückziehen und unter Umständen mit einer alten Blumenfrau gemeinsam hausen, Geldvermittler und Zuhälter mit verwegenen Gesichtern, seltsame Schnurrbärte, Frisuren und Krawatten, wie sie nur von Wiener Tagedieben kultiviert werden, rote Visagen, weiße Gamaschen und riesige Feldstecher in gelben Futteralen. Mit völliger Sicherheit treten die ausgeschnittenen Lackschuhe und die hohen Absätze der orangefarbenen Schnürschuhe auf den Pester Asphalt. Ein Ring steckt auf dem kleinen Finger, und Wörter aus dem Verbrecherjargon schmücken den Lerchenfelder Dialekt. Klugheit und geistige Überlegenheit sind in Wiener Kaffeehäusern erlernt worden, mit frechem Spott streifen die Blicke über die Kerepsi-Straße.

Die Frauen sind noch eigentümlicher; sie haben eine Vorliebe für weiße Blusen und glatte Röcke. Die runden Girardi-Hüte und die mit großen Federn dekorierten Rembrandt-Kappen passen ausgezeichnet auf die Köpfe. Ihr blondbraunes Haar ist straff frisiert, und ihre Wangen sind rötlich, als hätten sie sich das Gesicht soeben mit kaltem Wasser gewaschen. Sie haben blaue Augen und in rosafarbenen Mündern weiße Zähne. Sie werden früh dick. Zwanglos nehmen die sportsladies das Hofieren jedes gutgekleideten Mannes entgegen, ihr Geliebter ist vielleicht im Café Habsburg Markör, und nach Pest gekommen sind sie nur, um zu gewinnen.

Solange die »Blaue Katze« und der »Flora-Saal« noch die beiden vornehmsten Budapester Etablissements waren (und Károly Somossy eines der schönsten Orpheen der Welt noch nicht errichtet hatte), vollführte der Wiener Frauentyp wahrhaftige Kunststücke. Später wurde dann Budapest auf einmal von diesen Damen verlassen, die milchfarbene Busen hatten, während die Farbe ihrer Wangen an das zarte Rosa der Ferkel erinnerte, Damen, die nur Bier oder französischen Champagner tranken, Männer herzlos und kalt ausplünderten und während der Umarmung an Max dachten, den Fiakerkutscher. Nur in den Konzertcafés der Király-Straße (in denen Edward VII. den Csárdás erlernt hatte, als er noch Prinz von Wales gewesen war) sind ein paar alte, aber fesch angezogene Exemplare zurückgeblieben, denen es nicht gelungen war, in Budapest Karriere zu machen.

Cecília Carola hielt sich nachts im Café Beliczay auf, wo die Grafen und Barone im Frack erschienen, Onkel Blau in Hemdsärmeln Billard spielte, wobei er meistens Lazarovics zum Gegner hatte, den Nabob, dem die treuen Geldverleiher Hartmann und Lefkovics Tag und Nacht Schritt für Schritt folgten, den Sekt des jungen Millionärs reichlich genießend. Laut tönte in der Pester Nacht der Walzer aus dem *Frauenbataillon* von Kmoch und Reiner, getanzt auf der Orpheumbühne von achtzig schönen Fräulein im Trikot. In der Uniform eines Husarenoffiziers dirigierte Cecília Carola (Idol jüdischer Börsenmakler und jugendlicher Grafen) die prächtige Truppe. Aus Nagyvárad schickte man einen Extrazug, um das Bataillon herbeizuholen, im »Schwarzen Adler« hätte die Vorstellung stattfinden sollen, und vielleicht waren die Häuser der Stadt schon beflaggt worden, als das Telegramm aus Turin eintraf: Kossuth ist tot ... Cecília, deren dichtes langes Haar bis an die Fersen reichte, konnte die Leute von Nagyvárad nicht endgültig rasend machen, denn die Vorstellung unterblieb. Die Damen Küry und Fedák mögen große Primadonnen sein, doch lösen sie im Publikum keineswegs jene heftige Begeisterung aus, wie sie sogar in einem ziemlich naiven Zeitalter die Cecília in ganz Pest begleitete. Fragt nur die alten Herren, die nach Amerika übersiedelten Geldvermittler, die verarmten Kavaliere und Ferenc Rajna, wie das gewesen ist, als Cecília Carola im *Frauenbataillon* die Nationalfarben entfaltete! Das Nachtleben in Pest war noch halb deutsch, aber es applaudierte und tobte, die Fiakerkutscher vor dem Orpheum brüllten dreifaches Hoch, und klingelnd tönte die Musik ... Was war schöner? Das *Frauenbataillon* oder die heute so modernen *Welken Blätter*? Oh, die früheren Dirigenten waren schüchtern gewesen. Wird jemand einmal die Geschichte von Budapest aufzeichnen, so wird er über die Gestalten des Károly Somossy und der Cecília Carola viel schreiben müssen. Sie haben die Stadt das Drahn gelehrt. Gewiß wird in Budapest auch heute noch französischer Champagner getrunken, denn diese Ware wird immer Käufer finden, solange es auf dieser Welt reiche Gourmets und liederliche Frauen gibt. Aber damals, im Mai, zur Zeit des Pferderennens, wenn die Carola im Café Beliczay ihren schwarzbestrumpften Fuß auf den Marmortisch legt und Diogenes Blau mit der Ergebenheit eines schwärmenden Ritters aus dem Lackschuh der Diva Sekt trinkt; Elemér Batthyányi und Miklós Szemere sind noch junge Herren; Munczy trägt einen großen grauen Bart und spielt französische Lieder, und Herr Somossy sitzt am Tisch seiner Gäste; der lustige und einfallsreiche Lantos eröffnet das erste elegante Restaurant von Pest, in dessen Küche das Feuer bis zum frühen Morgen brennt, und man kann für wenig Geld über die Schnur hauen (woran der unternehmungslustige Herr sogleich zugrunde geht, vergeblich kocht er die Hühnersuppe nach dem Rezept des Brillat-Savarin); findige Gastwirte gründen billige Wirtshäuser, die erst nach Mitternacht öffnen; im »Friedhof« unterhalten sich morgens um zehn die ausgedienten Mitglieder der *jeunesse dorée* über Gesänge, die Strasser in der Art der Pferdehirten zum besten gibt, und die Krausersche Runde läßt sich ein Faß Bier auf den Tisch stellen; modisch ist es, gegen Mittag im Mai mit Herrn Mónis schnellen Gäulen in ein Wirtshaus zu fahren, ins Stadtwäldchen, und den Pianisten aus dem Bett zu ziehen (inzwischen träumen Kutscher, Pferde und Beschirrung vom Wiener Prater); der rote Friedmann trägt einen mit Sternen geschmückten Gürtel und ernennt mit Szekula gemeinsam Pest zur Weltstadt, indem die beiden so schnell, wie es sonst nur in San Francisco geschieht, Vergnügungslokale bauen, um Negertänzer und internationale Künstler in Pest zu versammeln; »Burg Alt-Buda!« sagen die Leute, und der bloße Namen dieses Etablissements genügt, um in der Phantasie alle Pracht von Orient und Okzident erscheinen zu lassen; die Halbwelt verläßt ihre Verstecke, wie Frühlingsblumen überfluten die geheim liebenden Frauen alle Plätze und verdrängen die zerstreuten Frauen früherer Zeiten (mit ihren Adressen und Namen hatte der Kapitän Kapy, Freund, Beschützer und Gourmet der Frauen, Anverwandter des englischen Königs, ein ganzes Notizbuch gefüllt, und in seiner Bibliothek ist das kleine, in Maroquinleder gebundene Bändchen gewiß noch zu finden, in dem mit goldenem Bleistift geschrieben steht, unter welcher Adresse Mici Svarc vor zwanzig Jahren gewohnt hat); der Papa Fritz wiederum kocht Bohnensuppe in der Pál-Vasvári-Straße, und in seinem »Lokal« tanzen am Vormittag Kutscher, Herren aus dem Kasino und nächtliche Mädchen um das Klavier des schwindsüchtigen Breitner, der in seinen Liedern die unanständigen und liederlichen Worte schauervoll variiert, während in der schwarzen Höhle seines aufgerissenen Mundes die Dunkelheit eines offenen Grabes gähnt und seine Lunge am Höhepunkt des

Festes oft zu bluten beginnt (inzwischen warten auf ihn eine kranke Frau und ein krankes Kind zu Hause); in der Zeit der wirklichen Zechbrüder und der passionierten Trinker, der Herren, die im Rausch das Leben suchten, der Wiener Mädchen, die in ihrer Verkommenheit beinahe nur mehr Tiere waren, in der Zeit, als Fifi ihren ausgebrochenen Schneidezahn mit einem Stück Wachs ersetzte, die närrische Grete sich tobend das Kleid zerriß und Mizzi jeden Morgen mit dem Wunsch erwachte, sich sogleich umzubringen: in dieser Zeit nahmen im fernen Land der Franken die Herren Roeder und Pomery gründlich Kenntnis davon, daß in Pest Mai war und Pferderennen. Im flüssigen Gold von den Hügeln der Champagne hatte die rothaarige Millionärstochter Flóra Freystädtler ihre Liebhaber gebadet, die Kutscher waren oder Schauspieler, und erst nachher nahm sie ihr Hofieren entgegen. Durch die Heldenzeit Pester Lotterlebens, durch die Nächte, in denen für Champagner, Blumen, Musik ganze Vermögen vertan wurden, gellt das schrille Jauchzen und laute Kreischen der berauschten Wienerinnen.

Orpheum!

Wie warm, melodisch, beinahe berückend hatte dieses Wort geklungen, als wir noch junge Kavaliere waren! Wir sahen Tänzerinnen und Herzoginnen, weiß glänzten die Hemden der Herren, Blumenduft und rosafarbenes elektrisches Licht überflutete den prachtvollen Saal; der Großfürst Wladimir sitzt in der Loge, die französische Soubrette auf dem Podium trägt einen kurzen Rock, die kahlen Kellner haben verlebte Gesichter und servieren in Champagnerkübeln den Wein französischer Gärten mit gemessenen Bewegungen, wie Leichenbestatter, und vom Orchester her klingt und singt zauberhafte Orpheummusik. Die große Welt, Paris und Nizza, ist für einen Abend zu Besuch gekommen. Dann ist Cecília fortgegangen, und auch die übrigen sind verschwunden. Die eine oder andere hat eine Tabaktrafik oder einen Modistinnenladen auf der Ringstraße in Wien und bringt ihre Erinnerungen nur im Mai nach Pest zurück, zu den Pferderennen im Frühling, die man früher Feste genannt hat.

Bei solcher Gelegenheit schreiben die Zeitungen, die vornehme Gesellschaft des Auslandes sei in Budapest eingetroffen.

Fräulein Horváth war noch niemals beim Pferderennen gewesen; als kleines Mädchen hatte sie auf der Sugár-Straße den mächtigen Jagdwagen des Géza Andrássy gesehen, Wahrmanns leichten

Fiaker, der rote Räder hatte und für den Kavalier eigens aus Wien herbeigeschafft worden war, während der Vierspänner Blaskovics gehörte. Ungarns vornehme Welt jagte innerhalb von zehn, fünfzehn Minuten an den staunenden Blicken vorbei. Der hinkende Redakteur Neszményi trug einen mächtigen Backenbart und benahm sich, als wäre er der Oberspielleiter des Lebens, er beugte sich lebhaft vor und begrüßte jeden seiner Bekannten mit der Krücke. Die Fiakerkutscher trieben ihre Pferde mit derartiger Freude an, als hätte draußen beim Rennen jeder gewonnen. Im frischen Wind flatterten die Schleier der Frauen, und die Männer zupften ihre Pepitahosen an den Knien ein wenig hoch. Glanzvolle, schöne große Welt!

Frau Urbanovics hatte die Damen in der Pattantyús-Straße mit weiterer Unterstützung versehen, und die ganze Beredsamkeit des unglückseligen Herrn Rezeda war vergeblich. Nachdem die Schauspielerinnen zu neuen Frühlingskleidern gekommen waren (Fräulein Horváth hatte sich ein Kostüm schneidern lassen aus Pepitastoff, mit einem Mäntelchen, das hinten in der Form eines Schwalbenschwanzes endete, während Szilvia eine jungmädchenhafte Toilette gewählt hatte, aus blau und weiß getupfter Seide genäht), riefen sie am erstbesten Tag, an dem es ein Rennen gab, eine Droschke herbei.

»Meine Damen, nur Kassiererinnen aus Nachtcafés und die Nachtfalter der Halbwelt pflegen wochentags zum Turf zu gehen«, sagte Herr Rezeda wie ein Weiser.

Aber die Schauspielerinnen winkten nur und lachten.

»Wenn Sie sich schämen, mit uns zu kommen, dann kommen Sie eben nicht«, sagte Klára scharf.

Der trübsinnige Herr fügte sich seinem Schicksal.

»Bei meiner Ehre!« murmelte er. »Ich fühle mich schon wie ein Zuhälter. Ich trage meine Damen auf den Markt.«

Die beiden Fräulein waren natürlich vor allem auf die Gräfinnen neugierig. Herr Rezeda zeigte ihnen ein paar Magnatenfrauen, die er vom Sehen kannte. Durch eine rote Schnur vom übrigen Volk getrennt, saßen die jungen Gräfinnen in ihren Armsesseln wie lauter Pastellbilder. Mit ihren wunderbar zarten Wangen, mit ihren feinen Kleidern, Tüchlein und Schuhen erinnerten sie an Treibhauspflanzen. Woher nehmen wohl die Gräfinnen ihre Hüte, die sich in der Form und im Geschmack von den Hüten der Bürgersfrauen immer so sehr unterscheiden? Näht der Handschuhmacher der Komtesse vielleicht extra Handschuhe? Und sind die in der Atmosphäre verschlossener Paläste, inmitten von Kunstwerken, Bildern und asiatischen Teppichen sorglos heranwachsenden Damen wirklich anders als die übrigen Frauen der Schöpfung? Woher haben sie jene rosafarbenen Spitzen an ihren Unterkleidern und die Bänder an ihren Schuhen, wieso sind die Wellen in ihrem Haar so frisch und der Glanz ihrer Augen so eigentümlich, daß ihn selbst die reichste jüdische Dame nicht nachahmen kann? Wäre es möglich, daß die Elastizität ihrer Körper – und das auch im höheren Alter – wirklich das Ergebnis einer jahrhundertealten verfeinerten Blutmischung ist? Blaues Blut! sagten die alten Romanautoren. Und der bürgerliche Herr muß seufzen, wenn er daran denkt, daß er die Frauen, die blaues Blut in den Adern haben, niemals näher kennenlernen würde.

Als sie sich wieder einmal umwandten (da die Fräulein ständig herumspazierten, um ja nichts zu versäumen), tauchte auf dem Rasen Alvinczi auf, schwarzbärtig, mit einem weißen Hut. Er näherte sich mit faulen, beinahe gelangweilten Schritten und ließ dabei das Fernglas von seinem Arm baumeln.

»Gehen wir!« sagte Herr Rezeda nervös.

Fräulein Horváth blieb aber stehen und blickte Alvinczi mit jenem Lächeln in die Augen, das nur auf den Gesichtern erfahrener Kurtisanen oder völlig unschuldiger Frauen zu erscheinen pflegt, wenn sie ihre Aufregung unbedingt verbergen wollen.

Alvinczi sah die Dame verwirrt an, so als suchte er nach etwas in seinen Erinnerungen.

»Guten Tag, Alvinczi!«, sagte Fräulein Horváth und zwinkerte dabei sehr heiter. »Nicht wahr, Sie wissen nicht mehr, wer ich bin? Aber ich habe Sie nicht vergessen!«

(Herr Rezeda dachte, er müsse vor Scham versinken.)

Der asiatische Khan hob die Hand, die im weißen Handschuh steckte, und lüftete den Hut.

»Habe die Ehre«, sagte er ohne jede Überzeugung und warf Herrn Rezeda einen flüchtigen fragenden Blick zu.

Herr Rezeda zuckte die Achseln und murmelte beiläufig zwischen den Zähnen: »Bei Frau Louise . . . Bei der Soiree . . .«

Alvinczi lächelte trocken. Er zog sein Taschentuch hervor und hüstelte so bitter, als wäre er magenkrank.

»Ja . . . Kann ich Ihnen mit einem guten Tip dienen . . .«, fuhr er fort, rasch und mit der größten Liebenswürdigkeit. »Vermutlich werden die Damen gewinnen wollen, obwohl Sie, wenn Sie auf mich hören, keineswegs wetten sollen. Beim Pferderennen kann man nicht gewinnen. Natürlich sollen die Damen trotzdem an den Zerstreuungen des Spieles teilnehmen, und ich kann vielleicht mit ein paar Tickets dienlich sein ... Wenn Sie es mir gestatten ... Auf Wiedersehen. Ich muß mich beeilen, gleich wird gestartet.«

Er hob den Hut und setzte ihn gleich wieder auf, berührte oberflächlich die Hand des Fräulein Horváth und verschwand auf der Stiege, die zum Buchmacher führte. Ehrerbietig öffnete sich die Menge. Es gab niemanden, der mit größeren Einsätzen spielte als Alvinczi. Im Reich des Pferderennens war er König.

Das Gesicht des Herrn Rezeda war dunkelrot, als er Fräulein Horváth am Arm nahm.

»Teuerste«, begann er mit einer Stimme, die leise war vor Erregung, »Sie benehmen sich wie irgendein Fräulein vom Dorf. Glauben Sie, Sie sind in Kisvárda, wo jeder Schusterlehrling die ganze Theatertruppe kennt und natürlich auch die Naive? Wir sind in Pest, Teuerste, wo es nicht üblich ist, die Männer anzureden.«

»Alvinczi hat sich wirklich sehr ungezogen benommen«, sagte Klára ernst. »Ich war dumm, ich gebe es zu. In meinen Gedanken habe ich mich mit dem seltsamen Mann viel beschäftigt, und ich hielt es für ganz natürlich, daß er mich gleich erkennen würde ... Verzeihen Sie mir, Herr Rezeda.«

Aber Herr Rezeda verzieh nicht.

»Schauen Sie sich um auf dem Rasen«, fuhr er streng fort. »Sehen Sie diese vielen Frauen in auffallenden Hüten und komischen Kleidern, sehen Sie die entschlossenen Gesichter? Alle sind nur dazu da, um Alvinczi kennenzulernen oder einen anderen Mann mit einem ähnlichen Geldbeutel. Und sogar diese wagen niemanden anzusprechen.«

»Was für ein Esel bin ich gewesen«, murmelte Klára verbittert, beinahe in Tränen.

Ein scharfes Klingelzeichen ertönte.

Der ältliche Herr, der sich durch die Menge einen Weg zur Gesellschaft bahnte, trug eine rote Weste. Sein Bart war weiß, er hatte einen kecken Hut und einen braunen Umhang und winkte mit einem verwitterten Spazierstock.

»Meine Gnädigste!«

Szilveszter war es, Alvinczis Geheimsekretär.

Aus dem Bündel brauner Tickets zog er einige hervor und drückte sie Fräulein Horváth in die Hand.

»Wie geht es Ihnen, Onkel Szilveszter?« fragte Klára, etwas besänftigt.

»Ich habe es eilig. Sehr eilig. Ich muß noch der Gräfin X. Tickets geben und der Baronin B. und der Witwe des Herrn Abrándi. Und das Rennen hat schon angefangen.«

»Warum haben Sie das angenommen?« fragte Herr Rezeda düster.

»Zehn Forint. Dreimal zehn Forint. Auf Nummer sechs. Schauen Sie schnell nach, Herr Rezeda, was ist Nummer sechs?«

»Alvinczis Pferd. Ignác.«

Aufgeregt betrachtete Fräulein Horváth die Kartonstücke.

Wildes Geschrei erfüllte auf einmal das Feld. Als wären Tausende von Menschen plötzlich wahnsinnig geworden. Sie sprangen auf Tische und Stühle. Sie riefen Pferdenamen. Die Augen weiteten sich. Schrill schrien die Frauen.

»Von hier aus sehen wir vom Rennen sowieso nichts«, sagte Herr Rezeda. »Drehen Sie sich um, meine Damen. Herr Alvinczi sitzt auf der Tribüne. Wir werden an seinem Gesicht sehen, ob Ignác gewinnt oder nicht.«

Auf dem für Mitglieder des Jockey-Clubs reservierten Platz saß Herr Alvinczi, und gewiß hatte er eines der besten Ferngläser der Welt vor den Augen, durch das er die rennenden Pferde beobachtete.

Steif lehnte er sich zurück. Voll Erwartung.

Plötzlich beugte er sich vor, als könnte er mit einer energischen Bewegung zum Ergebnis des Rennens beitragen.

Seine Hände, die den Gucker hielten, waren beinahe steif geworden vor Spannung, während er die Pferde beobachtete, die nun über die letzten Meter liefen.

Dann nahm er den Gucker von den Augen.

Ein glückliches, kindlich glückliches, triumphierendes Lächeln erschien auf dem dunklen, traurigen Gesicht, als klingelte ein Weihnachtsengel über den Rasen . . . Hände wurden Alvinczi entgegengestreckt.

»Ignác!« schrien tausend Kehlen.

»Wir haben gewonnen!« rief selbstvergessen und dem Weinen nahe Fräulein Horváth. »Ignác. Lieber Ignác.«

»Hol's der Teufel!« brummte Herr Rezeda.

Als das siegreiche Roß vorbeigeführt wurde, rannte Fräulein Horváth ans weiße Geländer. Weiße Handschuhe trug sie an den Händen, die sie, dem kleinen Brandfuchs zugewandt, immer wieder zusammenschlug.

»Ignác!« sagte sie sanft und verliebt.

... Wie sehr auch Fräulein Horváth bemüht war, Alvinczi an diesem Nachmittag nochmals zu treffen, es gelang ihr nicht mehr ...

»Warum ist Alvinczi verschwunden?« fragte Fräulein Horváth, während sie nach Hause gingen, müde und mit Staub bedeckt.

Mürrisch ließ Herr Rezeda den Kopf hängen.

»Fräulein, merken Sie sich eines: ein Mensch, der vor Dankbarkeit vergeht, ist das unbequemste Geschöpf. Man kann mit ihm nichts anfangen. Übrigens ist es ein alter Aberglaube von Alvinczi, unter seinen armen Freunden und Bekannten Tickets verteilen zu lassen, wenn er mit einer größeren Summe auf ein Pferd setzt. Er hat auch Bekannte, für die er zu gleicher Zeit auf ein anderes Pferd setzt als er selbst. Wir müßten uns freuen, daß er uns zu den Bekannten zählt, die Glück bringen.«

»Ein wunderbarer Mensch.«

»Und noch wunderbarer ist, daß, während er der Gnädigsten auf diese Weise zu zweihundert Forint verhalf (daß Sie den Sieg aus dem Himmel beten, wie die alten Magnatenfrauen, die er unterstützt und die am Vormittag vor dem Rennen in die Kirche der Franziskaner gehen, um für Alvinczis Glück zu beten), er selbst mit dem Sieg von Ignác beinahe hunderttausend Forint eingenommen hat. Ich weiß das von einem Bekannten, der mit den Dingen vertraut ist. Daher kommt Alvinczis Vermögen, das man für unerschöpflich hält. Deshalb nennt man ihn Monte Christo.«

Klára schlug die Hände zusammen.

»Ich bete ihn an«, sagte sie.

8

Die Träume und die Karten

Es war Frühling, und in der Pattantyús-Straße las Herr Rezeda nachmittags den Damen Gedichte und Romane vor.

Bereits seit langem hatte es sich der Redakteur Rezeda in seinen Bemühungen um die Frauen zur Methode gemacht, Dichter um ihre Hilfe zu bitten. Seine Liebesaffären (die Zirkusreiterin der Truppe Henry, das Konditorfräulein in einer alten Konditorei in der Provinz, in der malvenfarbene Vorhänge vor den Fenstern wehten und die Likörflaschen Vignetten hatten, auf denen Blumenkörbe zu sehen waren, dann die Kaufmannswitwe, die herzkrank war und in deren Augen sich die Sehnsucht nach dem Tod zuweilen wunderlich spiegeln konnte) verdankte er meistens den Gedichten Byrons oder Puschkins. Wie ein Biedermeierjüngling hatte er immer ein fein gebundenes Gedichtbuch in der Tasche, und wenn er mit den Damen endlich unter vier Augen war, las er ihnen wild und hastig oder sanft und träumerisch die einschlägigen Strophen ins Ohr. Die Frauen erlaubten ihm manchmal, daß er ihre Hände küßte, zuweilen strichen sie ihm leicht über die Stirn, nannten ihn lieber Rezeda, benützten das Gedichtbuch zum Pressen ihrer Blumen, dann entließen sie den Redakteur, der mit hängendem Kopf durch die Straßen schlenderte und dabei an den Selbstmörder Heinrich von Kleist dachte. So waren die Liebschaften des Herrn Rezeda, und selbst bei der Kaufmannswitwe ist es ihm nicht gelungen, bis ans Schlafzimmer vorzudringen, obwohl diese eine dickliche Frau war, mit dichtem blondem Haar, langen Wimpern und mit Augenbrauen, die einander berührten, also ein orientalischer Traum. Herr Rezeda erinnerte sich nur an die Masche eines blaßlila Seidenbandes, das an den wunderschönen Beinen anstelle eines gewöhnlichen Strumpfbandes die Strümpfe befestigt hielt, und als Erinnerung bekam er ein kleines Taschentuch, das er zu Hause unter das Polster steckte. Bei näherer Untersuchung des Privatlebens von Herrn Rezeda müssen wir den Eindruck gewinnen, daß sich die Frauen im letzten Akt vom verträumten und trübsinnigen Jüngling abwandten. Nie ist es ihm gelungen, den Kuß auf jene Stelle des weiblichen Nackens zu placieren, an welcher die Berührung der Lippen selbst die heiligste Nonne in den Wahnsinn treiben kann. Seine Finger drangen nur bis an die Hände vor, und er schämte sich beinahe hinter dem Rükken der Frauen, wenn sie bei regnerischem Wetter ihre Fußknöchel zeigten. Die Kaufmannswitwe – um die dicke kleine Frau das letzte Mal zu erwähnen – hatte an einem Nachmittag im Sommer, im Blumengarten, überhaupt nichts an als einen dünnen Schlafrock, und das Sonnenlicht zeigte die Schattenflecke mancher sonst verborgener Formen ziemlich deutlich. Herr Rezeda bekam Herzklopfen, während er sich nach dem Namen der Blumen erkundigte, und nicht um die Welt hätte er die Augen ganz zu öffnen gewagt. Die kleine Frau suchte zwei- oder dreimal die von Sonnenstrahlen gut beleuchteten Stellen ihres Gartens auf, ließ den Wind unter den dünnen Stoff wehen und hob im kurzärmeligen Schlafrock die Arme ziemlich oft, denn sie fand immer wieder etwas an ihrem Haarknoten zu richten, während die Ärmel fast bis an die Schulter zurückrutschten ... »Und wie heißt diese blaue da, die an ein Gedicht von Richepin erinnert, gnädige Frau?«

Kein Wunder also, wenn Herr Rezeda (der nachts in seinem Bett der entschlossenste Blaubart war, alle Frauen, die er nur kannte, nackt auszog und sie sogar auch noch auf den Hals küßte, mit Küssen, die halbe Bisse waren) am Frühlingsnachmittag, in der Pattantyús-Straße, in der kleinen Wohnung, in der sich der Duft der beiden jungen Frauen mit dem Duft der Topfblumen vermischte und das Diwanpolster nach Frauenhaar roch, wo die weiblichen Träume beinahe verlegen unter der Bettdecke hervorkrochen und aus den in der Früh getragenen kleinen Pantoffeln, aus den Falten der Handtücher, aus den Kämmen und aus den weichen, flaumigen Schultertüchern der gute Geruch zweier zum Lieben berufener junger Frauen herbeiströmte: wenn Herr Rezeda also aus den Gedichten des hinkenden Lords las und wenn ein ganzer, zum Feiern des Lebens bestimmter Mainachmittag in Erinnerungen an Lermontows *Ein Held unserer Zeit* verrann.

»Morgen bringe ich den Boccaccio mit«, drohte Herr Rezeda gewöhnlich am Abend, während er schmerzlich lächelte. »Vielleicht werden die Fratres von Florenz und die leichtblütigen Frauenzimmer ihre Wirkung auf die Damen nicht verfehlen.«

»Bringen Sie ihn nur, Lieber«, antwortete Szilvia träumerisch.

Aber Herr Rezeda wagte nicht, das schönste Buch der Welt mitzubringen. Vielleicht war er um die Moral der Schauspielerinnen besorgt ...

Ein anderes Mal kam er im engen Vorzimmer Szilvia plötzlich so nahe, daß er unter dem leichten Kleid die zart gewölbten und warmen Teile des Mädchenkörpers spüren konnte. Mit ihren betauten braunen Augen, die halb Juden- und halb Zigeuneraugen waren, sah Szilvia ruhig auf den jungen Mann.

»Entschuldigung«, flüsterte Herr Rezeda. »Es war nicht meine Absicht ...«

Aber in derselben Nacht (als er allein war) zog er Szilvia sogar die Strümpfe aus und berechnete nach der Dichte und der Feinheit des Haares alle Feinheiten, die er am Körper des Mädchens hätte finden können.

Wieder war es Nachmittag, und die Topfblumen im Fenster streckten ihre Blätter der Sonne entgegen, und der Flieder ließ seine weißen Blütenblätter beben, so wie das gen Himmel geschickte Gebet einer Jungfrau zittert unter dem Gewölbe einer Kathedrale im Weihrauch. Ins dichte schwarze Haar der Szilvia, das voll krauser Schnecken war, wie das Haar einer spanischen Señora, hatte das Sonnenlicht kleine feurige Pfeile gelegt, die in der Nähe des Fensters oder des Flügels einige Haare aufglänzen ließen. Während sie kaum hörbar ein trauriges ungarisches Lied pfiff, schienen am zarten Flaum ihres im Ausschnitt gut sichtbaren Halses und am kleinen blauschwarzen Hauch eines Schnurrbarts spaßhaft-traurige Gedanken Platz zu nehmen. Herr Rezeda las aus den *Aufzeichnungen eines Jägers* von Turgenjew und hob die wehmütige Geschichte des Hamlet aus dem Kreis Schtschigri hervor, während er beim Umblättern von Szilvia auf Klára blickte, als wäre er selbst jener nächtliche Gast, Wassilij Wassiljewitsch, der sich nur darüber freut, daß er den höchsten Grad der Unglückseligkeit erreicht hat.

Szilvia hörte mit dem Pfeifen auf.

»Wie lange wird das noch so dauern?« fragte sie, aber sie sah dabei weder Herrn Rezeda an noch Klára.

Klára (sie flickte wieder einmal Wäsche) zuckte die Achseln, ohne aufzublicken, und Herr Rezeda las weiter bis zum Punkt. Dann klappte er das Buch zu.

»Haben Sie etwas gefragt, Szilvia?« fragte er und neigte sich höflich nach vorn.

Szilvia seufzte.

»Oh, es ist nichts. Ich hätte ja auch gar nichts fragen können, denn niemand der Anwesenden könnte mir antworten ... Ich möchte wissen, weshalb ich hier bin, in der Pattantyús-Straße, und was mich davor zurückhält, einen Vertrag zu unterschreiben und wieder Schauspielerin zu werden in der Provinz? Als wir nach Pest zogen, glaubten wir, jetzt käme das wunderbare, lustige, große Leben. Ich wenigstens glaubte insgeheim immer, daß etwas Außergewöhnliches geschehen würde, wenn ich, eine nicht alltägliche Schönheit, ein begabtes, kluges und gutes Geschöpf, mich in Pest niederließe. Und dann geschieht nichts. Ein Tag vergeht nach dem anderen. Morgens scheint die Sonne in mein Bett, aber ich stehe nicht auf ... Ich fürchte mich vor dem Aufstehen, denn ich weiß, daß wieder ein langweiliger, langer Tag beginnt. Solange ich liege, glaube ich, daß nach dem Aufstehen doch noch etwas geschehen würde, eine unerwartete, außergewöhnliche Sache ... Irgend jemand würde kommen ... Oder ich würde nur einen Brief bekommen, über den ich mich freuen würde. Oder Herr Rezeda würde am Nachmittag einen Band Gedichte mitbringen, unter denen ich jenen einen Vers finden könnte, nach dem ich mich mein ganzes Leben gesehnt habe, aus dem ich aber nicht mehr eine Zeile weiß ... Ein Junge namens Medve hat ihn aufgesagt, auf dem Kalvarien-Platz, und ich bin damals fünfzehn gewesen. Seither habe ich Medve nicht mehr gesehen, und wie ich auch nachdenke, der Vers will mir nicht einfallen. Manchmal glaube ich, daß ich verhext bin und daß ich den Zauber nur brechen kann, wenn mir dieses Gedicht, das ich vor so langer Zeit gehört habe, wieder einfällt und ich es wieder vorsage, wenigstens im Herzen, wie damals, auf dem Kalvarien-Platz ...«

»Was für ein Gedicht mag das wohl sein?« fragte Herr Rezeda. Er wurde sehr ernst.

Schmerzlich schüttelte Szilvia den Kopf.

»Ich weiß es nicht. Nicht einmal im Traum fällt es mir ein, obwohl mir manchmal in der Nacht, vielleicht nur im Halbschlaf, Dinge aus der Kindheit in den Sinn kommen, an die ich mich nicht mehr erinnert habe. Wie ein Bild, wie ein Lied erscheint plötzlich irgend etwas, wie eine Fußspur. Vor ein paar Tagen ist mir der karierte Rock eines baumlangen Mannes eingefallen, der den Leierkasten drehte und immer wieder auf unserem Hof musiziert hatte. Damals waren wir nach Pest gezogen – an meine Mutter kann ich mich nicht mehr erinnern, nur an meinen Vater, wie er die kurze Zigarre in der Mitte sorgfältig in zwei Teile schnitt, denn auf diese Weise blieb ihm noch eine Zigarre. Aber das Gedicht, das Medve aufgesagt hatte, wird mir nie mehr einfallen.«

»Wer war Medve?« fuhr in seinen Nachforschungen der höfliche Herr Rezeda fort.

»Nicht einmal das weiß ich«, murmelte Szilvia verzweifelt.

»Eine kleine Konditorei, wo wir Kaffee mit Schlagobers getrunken haben, im Käfig gab es eine Amsel, die französische Zeitung ›Frou Frou‹ hing am Kleiderhaken, und Medve war da. Das ist alles, woran ich mich sicher erinnern kann. Nicht einmal seine Augen sehe ich vor mir, als wäre er so weit weggegangen wie aus meinem Leben das Glück. Ich glaube, wenn mir das Gedicht wieder einfallen und wenn ich Medve finden würde, dann könnte ich wiederum so glücklich sein wie mit fünfzehn.«

»Sie Arme«, sagte voll Anteilnahme Herr Rezeda. »Ich werde auf die Suche gehen nach Medve.«

Szilvias feine bläuliche Nase wurde vor Zorn ein wenig rot.

»Herr Rezeda, Sie sind ein so guter Junge, daß es beinahe schon ein Skandal ist.«

Fräulein Horváth lachte leise auf.

»Ich glaube, einen Medve hat es niemals gegeben. Du hast von ihm einmal nur so geträumt. Als ich jung war, träumte ich so oft von einem Leutnant, daß ich manchmal das Gefühl hatte, ich sei nicht mehr unberührt. Und in Wirklichkeit habe ich den Leutnant niemals gesehen, der mich jede Nacht im blauen Husarenrock und in Lackstiefeln besuchte. Haben Sie niemals von Mädchen geträumt, Rezeda?«

Mit seiner weißen Hand winkte der feine Jüngling milde ab. »Von Ihnen beiden!« sagte er in bitterem Hohn. »Zwei angetraute Frauen habe ich jede Nacht. Sie beide.«

Verzweifelt stützte Szilvia das Kinn in die Hand.

»Jede Frau ist irgendeinmal glücklich gewesen. Die eine war deshalb glücklich, weil sie unglücklich werden konnte, die andere hütete in ihrem Herzen das Bild eines Mannes, der irgendwann einmal kommen würde, die dritte wartete darauf, daß man sie heiratete ... Ich warte auf nichts und glaube an nichts. Vor einiger Zeit stand einmal ein slowakischer Linnenhändler auf unserem Hof. Damals dachte ich, daß ich viel glücklicher wäre, wenn mich dieser Linnenhändler heiraten könnte. Er hatte schöne weiße Hosen an.«

Herr Rezeda lachte leise, Fräulein Horváth laut.

»Du, Klára, lach nicht«, sagte vorwurfsvoll Szilvia, »denn eine glücklichere Frau hat es in dieser Welt noch niemals gegeben als dich. Daß jemand in eine Unmöglichkeit, in Eduárd Alvinczi, verliebt sein soll! Es fehlte wirklich nur, daß du auch noch betest für ihn vor dem Einschlafen.«

Die Stirn des Fräulein Horváth wurde rot.

»Du kannst wirklich nicht wissen, für wen ich bete.«

»Du pflegst gar nicht zu beten.«

Fräulein Horváth legte die Flickarbeit zur Seite.

»Immer ... Nachts im Bett verschränke ich die Finger über meinem Herzen, und die Augen mache ich zu, denn das Licht der Gaslaternen leuchtet ja von der Straße herein, aber ich will nichts sehen. Und ich flüstere immer nur das eine: Mein Gott, mein Christus, liebe Maria! Erlaubt, daß ich in meinem ganzen Leben so glücklich bin wie jetzt. Niemals soll ich verliebter sein. Niemals soll ich jemand anderen lieben als den Mann, den ich kaum vor die Augen bekomme. Niemals soll ich ihm gehören, und niemals soll er meine Hand halten! Er soll mich nicht sehen, er soll gar nicht denken an mich ... Was ich möchte, ist nur, daß ich ihn immer lieben kann, daß ich niemals enttäuscht werde, daß ich genauso fühlen soll wie eine Nonne, die ihren Ritter, den heiligen Georg, ewig und unheilbar liebt. Ist es nicht besser und schöner so, als täglich zu raufen mit einem betrunkenen Mann oder mit einem versoffenen Liebhaber?«

Szilvia schüttelte hartnäckig den Kopf.

»Die Frau unseres Souffleurs, die Frau Péteri, war die glücklichste Frau, die ich jemals gesehen habe, dabei war ihr Mann jeden Tag beschwipst, und am Nachmittag ging er ins öffentliche Haus, um seine Pfeife zu rauchen und Stücke abzuschreiben. Fortwährend haben sie gerauft und gehungert, immer waren sie bitter arm ...! Und die Frau war trotzdem glücklich, denn sie konnte am Bettrand sitzen, wenn Péteri schlief, konnte seinen Atemzügen lauschen. Es ist also vollkommen egal, ob eine Frau einen Grafen liebt oder einen slowakischen Linnenhändler!«

»Weil der Souffleur ihr einreden konnte, dieser Närrin, dieser guten Seele, daß er nicht zu den Weibern geht, sondern daß er sich bloß nach der seltsamen Atmosphäre eines öffentlichen Hauses sehnt, wie ein Süchtiger eben Opium braucht. Daß er die Rollen nur in einem Lokal richtig abschreiben könnte, in dem nachts betrunkene Männer tanzen und der Klavierspieler die Tasten so lange schlägt, bis das Klavier krank wird. Manchmal nahm der Souffleur auch noch seinen zehnjährigen Sohn mit, und der Junge lag dann auf dem Teppich und las Märchenbücher. Männer wie Péteri müßte man totschlagen!« sagte Klára streng. »Niemand aus der Truppe hat mit ihm nur ein Wort gesprochen. Ob er immer noch jeden Tag in die Jeruzsálem-Gasse geht?«

»Ganz bestimmt«, antwortete Herr Rezeda munter, denn er hatte an der Geschichte Gefallen gefunden. »Zu Hause tut ihm der

Kopf und der Rücken weh, und seine Augen schmerzen, wie es bei solchen Schuften zu sein pflegt. Er stöhnt und klagt so lange, bis die Frau von sich aus sagt: Geh schon, Papa . . . aber komm nicht zu spät nach Hause!«

»Es gibt also keinerlei Unterschied zwischen Alvinczi und dem Souffleur Péteri«, murmelte Szilvia verbittert. »Auch Kláras Ideal läuft fremden Röcken nach.«

Fräulein Horváth lachte zuerst, später wurde sie aber ernst.

»Laß du nur mein Herz in Ruh, Kleine!« sagte sie gerührt. »Es macht mich wirklich glücklich, daß ich mich endlich auf meine Art verlieben konnte. Ich bin genauso wie die Frauen, die ein Leben lang Strümpfe stricken und all ihre Sehnsucht, ihre Gedanken und Träume in Strickmaschinen verwandeln. Und nie hören sie mit dem Stricken auf, um ins Nachbarhaus hinüberzugehen, wo der angebetete Mann Pfeife raucht oder Wein trinkt.«

Leise war der kleine Streit vorübergegangen, so wie die Wellenringe vom Wasserspiegel eines Teiches verschwinden. Herr Rezeda nahm das Buch auf, um von dem wunderbaren Tschertofanow und seinem Freund zu lesen, als vor dem Haus ein Wagen hielt und von der Stiege her die Soldatenstimme der Frau Urbanovics ertönte.

Die kroatische Witwe sah blühender aus als je. Flatternd folgten ihr die Flügel ihres grauen rohseidenen Umhanges. An ihrem Hut steckten drei Goldfasanenfedern.

»Nur für einen Tag, für eine kurze Stunde bin ich nach Pest gekommen, meine Kinder. Zu Hause, an der Drau, bauen wir gerade eine Sägemühle, vom Morgen bis zum Abend muß ich dabeisein, sonst stiehlt man mir die Augen aus dem Kopf . . . Aber Frau Tórics muß ich trotzdem besuchen.«

Schmeichelnd streichelten die beiden Schauspielerinnen den Umhang der reichen Dame.

»Wie schön die Tante ist!«

»Redet kein dummes Zeug. Mein Hut ist vom vorigen Jahr, auch mein Kleid ist vom vorigen Jahr. Bäuerinnen wie ich müssen die letzte Mode nicht kennen. Der Unterschied zwischen mir und den Pester Beamtenfrauen liegt darin, daß ich immer nur die besten und die teuersten Sachen kaufe. So kommt es, daß bei mir ein Paar Handschuhe jahrelang tadellos bleibt. Denn ich kaufe zwölf Paar Handschuhe auf einmal. Aber los, gehen wir zu Frau Tórics, ich will mit dem Abendzug nach Hause fahren.«

»Wer ist diese Frau Tórics?«

»Fragt nur nicht so viel. Was über sie zu sagen war, hat mir mein Nachbar, mein Miklós Zríni, schon erzählt, mit dem ich abends telefonisch plaudere, von einem Ufer der Drau zum anderen. Große Sorgen hat er im Frühling gehabt, dieser mein Nachbar. Das Holzgeschäft stockte, die Banken kündigten den Kredit, die Anwälte redeten von Versteigerung, und mein Nachbar blickte völlig verzweifelt den Dingen entgegen, obwohl er ja ein anständiger Mensch ist und außerdem auch noch verläßlich wie eine Schweizer Uhr. In unserer Gegend machen die Kaufleute manchmal ohne jeden Grund Bankrott. Das Geschäft bleibt stehen wie ein Stück Felsen im Fluß. Viel Wasser muß in der Save fließen, um den Stein wegzuschwemmen. Auch die Bauern, die aus dem Sand der Save Gold waschen, bemühen sich manchmal vergeblich, nicht ein Körnchen bleibt in ihren Sieben stecken. Ein anderes Mal wird der Fluß plötzlich wahnsinnig und bringt haufenweise Gold aus den Bergen. Unsere Kaufleute wissen schon, daß sie nichts tun können, selbst wenn sie sich auf den Kopf stellen würden. Man muß warten, bis der Schüttelfrost vergeht ... Unter Umständen muß man eben ruhig zugrunde gehen, wenn es das Schicksal einmal so gewollt hat. Also, mein Nachbar wandte sich in seiner großen Bedrängnis an eine Quacksalberin in Buda, an die Frau Tórics. Als katholischer Christ konnte er nicht den Rabbi von Sadagorien um Rat bitten, er mußte sich mit der Quacksalberin begnügen. Sie wechselten ein paar Briefe, dann fuhr mein Nachbar heimlich nach Pest und besuchte die Kräuterfrau. Was geschehen ist, weiß ich nicht. Mein Nachbar läßt nicht mehr den Kopf hängen, sondern wird plötzlich wieder munter, er bekommt Geld von der Nordbank, geht seinen vernachlässigten Geschäften nach, und bereits im Mai ist alles in Ordnung. Er fühlt sich seither pudelwohl. Nicht einmal die Leber tut ihm mehr weh, obwohl sie ihn früher oft gequält hat.«

Frau Urbanovics redete feurig und bemerkte dabei gar nicht, daß die beiden Fräulein Toilette gemacht hatten und fertig waren zum Weggehen.

»Ich bin mit einem großen Wagen gekommen, mit einem Viersitzer, wir haben alle Platz«, sagte die Witwe und drückte Herrn Rezeda den Hut auf den Kopf.

Die Quacksalberin wohnte in einem Winkel von Buda, den man mit der Kutsche nicht mehr erreichen konnte. Auf dem Abhang eines Hügels, in einem steilen Gäßchen, in einem Haus, das vielleicht noch unter der Türkenherrschaft erbaut worden war, hinter einem geschlossenen Tor, jenseits eines winzigen Ganges, in einem Zimmer mit verhängten Fenstern, saß Frau Tórics. Sie trug das Haar nach hinten gekämmt, und ihre ruhigen Augen blickten aus einem glatten, rötlichen Gesicht – früher mochte sie einmal sogar schön gewesen sein. Mit der Zunge befeuchtete sie die Lippen, bevor sie zu sprechen begann.

»Nicht wahr, die Dame will meinen Rat in einer geschäftlichen Angelegenheit?« fragte sie, nachdem sie mit ihren schwarzen klugen Augen für eine Sekunde aufgeblickt hatte. »Bitte Platz zu nehmen, hier neben mir, die anderen müssen nicht hören, was ich zu sagen habe.«

Voll Erwartung, ein wenig aufgeregt, setzte sich Frau Urbanovics zur Quacksalberin, die den Gast ruhig und ernst betrachtete.

»Wo drückt uns der Schuh?« fragte sie mit leiser Stimme, als kennte sie Frau Urbanovics bereits seit langem. »Sind Sie verliebt?«

»Auch das«, erwiderte die Witwe verwirrt. »Aber das Geschäft ist wichtiger. Ich weiß nicht, was geschehen wird, ich weiß nicht, wie es sein wird. Eine Unmenge Geld habe ich in ein gewisses Geschäft gesteckt, und jetzt kann ich nachts nicht schlafen.«

Gleichmütig schüttelte die Quacksalberin den Kopf.

»Sie sind verliebt. So etwas kann ja passieren, ich bitte Sie. Man soll sich deshalb nur nicht schämen, auch weißhaarige Gräfinnen kommen manchmal her mit ihren schweren Sorgen. Das letztemal ist eine Großmama dagewesen. Sie hat sich in einen Schulkollegen ihres Enkels verliebt. Man muß deshalb doch nicht den Kopf hängenlassen. Wir alle sind Menschen. Und dann, die Liebe fragt nicht danach, wie alt jemand ist. Sie geht einem manchmal sogar in die Kirche nach, überrascht einen beim Beten, im Traum oder bei Dingen, die andere Leute wirklich nichts angehen ... Die gnädige Frau soll sich nur nicht schämen. Sehr große Pester Damen pflegen hierherzukommen. In diesem Haus haben schon viele ihr Glück gefunden.«

Die Quacksalberin redete ruhig, ohne die Stimme zu heben oder eine Pause zu machen, während der forschende Blick ihrer schwarzen Augen bereits auf den Schauspielerinnen und auf Herrn Rezeda ruhte.

»Also sagen Sie, was wird geschehen?« fragte Frau Urbanovics.

»Mich soll die gnädige Frau nicht danach fragen, denn ich bin keine Wahrsagerin. Die Wahrsagerinnen lügen alle, sie leben davon, daß die Leute das närrische Gerede glauben. Ich kann nur so viel sagen, wie man es nach den Erfahrungen eines langen Lebens sagen kann, kein Wort mehr. Sie sollen immer nur auf Ihr Herz hören, dann werden Sie stets Glück haben, in allen Angelegenheiten. Sie sind eine wohlhabende Frau, entziehen Sie sich nicht jener Sache, die unser Herz und unser Körper genauso braucht wie das tägliche Brot. Eine fleißige, tätige, gute Frau sind Sie. Eine gesunde Frau, eine vollblütige Frau. Entziehen Sie sich nur nichts, was Sie brauchen, dann werden Sie in allen Dingen Glück haben. Mehr kann ich Ihnen nicht sagen. Na, ihr Fräuleins! Blondes Fräulein, kommen Sie nur näher!«

Frau Urbanovics hätte noch gern dies und jenes gefragt, aber Frau Tórics schaute bereits auf Klára, die sich mit einer gewissen Ergriffenheit niederließ, nachdem Frau Urbanovics den Platz zögernd geräumt hatte. Frau Tórics warf einen flüchtigen Blick auf das Mädchen.

»Sie wollen wissen, ob Sie jemals dem Mann gehören werden, den Sie lieben. Deshalb sind Sie zu mir gekommen.«

»Nein«, antwortete Klára. »Ich weiß, daß ich ihm niemals gehören werde.«

»Widersprechen Sie nur nicht, kleine Gnädigste. Die Frau Tórics kann man nicht betrügen. Oft kommen Mädchen zu mir, die so heilig sind, daß sie sich nicht allein auf die Straße wagen, dabei wohnt der Teufel in ihren Herzen. Keine Angst, auch Sie sind nicht besser als die übrigen. Ganz bestimmt würden Sie sich jenem gewissen Mann hingeben, ohne daran zu denken, was morgen geschieht und übermorgen ... Aber denken Sie lieber nicht daran. Nie werden Sie dem Mann gehören, den Sie lieben. Am besten ist, Sie schlagen sich die ganze Sache aus dem Kopf. Sie sind noch jung, Sie sind ein schönes Mädchen, und der Mann, der Sie wirklich liebt, der an nichts anderes denken kann als an Sie, ist gar nicht so weit. Lieben Sie ihn, dann werden Sie in der Liebe das Glück finden. Schönes schwarzes Fräulein. Für Sie schaue ich in die Karten.«

Aus der Tischlade zog sie ein Spiel Karten hervor. Die Blätter waren bleich und beinahe rund vom vielen Benützen, als hätte aus ihnen noch die Lenormand die Zukunft gelesen. Sie ließ Szilvia abheben und sah dann nachdenklich auf die aufgeschlagenen Karten. Dann klappte sie den Kartenstoß zusammen, mischte wieder, ließ nochmals abheben und begann dann von links nach rechts die verwaschenen Figuren auf dem Tisch auszulegen. Lächelnd betrachtete Szilvia die seltsamen kleinen Bilder, die der Reihe nach eine Sanduhr und eine Tänzerin, den Tod und einen alten Mann darstellten. Richtige Zauberkarten waren es.

»Hier steht«, murmelte nachdenklich Frau Tórics, »hier steht die ganze Sache, und sehr nahe. Komisch. Es sieht so aus, als würden Sie noch heute, noch vor Sonnenuntergang, die Person treffen, in deren Hand Ihre Zukunft liegt und Ihr Glück. Fräulein, ich kann Ihnen nichts anderes sagen als das, was die Karten zeigen. Binnen sehr kurzer Zeit werden Sie sehr glücklich sein, jemand denkt sehr stark an Sie, und er ist schon unterwegs ... Er fährt bereits, er kommt, bald ist er da.«

Flink sammelte sie die Karten ein, als hätten die geheimnisvollen Figuren bereits viel zuviel verraten. Langsam und schweigend verschnürte sie das Päckchen mit einer langen Schnur. Sie schloß die Lade und blickte ein wenig überrascht auf, als wunderte sie sich darüber, daß ihre Gäste immer noch im Zimmer waren.

Ohne ein Wort zu sagen, gingen die Pester, nachdem Frau Urbanovics eine Banknote auf den Tisch gelegt hatte. Frau Tórics berührte den Schein nicht, bedankte sich nicht, nickte mit dem Kopf und saß regungslos auf ihrem Platz.

Stumm wandelte die Gesellschaft durch das enge Gäßchen hinunter, das von so alten Häusern gesäumt war, als stünden sie in einer Sage. Alle schienen über die Worte der Quacksalberin nachzudenken. Nur Herr Rezeda lachte, aber so leise, daß man es nicht hören konnte.

Eine alte Konditorei gab es auf einem Platz, der so klein war, daß für den baufälligen Brunnen gerade Raum blieb. Sie tranken zur Jause Kaffee mit Schlagobers und aßen Gugelhupf. Zerstreut wanderte Szilvias Blick über die Wände.

»Irgendeinmal bin ich in dieser Konditorei schon gewesen«, sagte sie, »aber ich weiß nicht mehr, wann das war. Diese gelbe Seide an den Stühlen war damals noch nicht so abgenützt, und der Kaffee war besser.«

»Ein berühmter Konditor ist der einmal in Buda gewesen. Leute von Pest kamen meistens hierher, Verliebte, zu einem Rendezvous«, murmelte Herr Rezeda. »Liebe hat hier gewohnt, in den alten Spiegel haben glückliche Gesichter geblickt. Wie faltig mögen heute die heiteren Gesichter von damals sein, wie lebensmüde, und über den glänzenden Augen liegt wahrscheinlich etwas wie Spinnengewebe. Auch die kleine Konditorei ist abgenützt, wie ein Gästebuch, in dem alle Seiten vollgeschrieben wurden. Es ist Abend geworden, die Liebespaare sind nach Hause gegangen, nach Pest, nachdem sie auf den gelben Seidenstühlen gesessen hatten, um einander so viele Nichtigkeiten und so viel Herrliches zu sagen, und in der kleinen Konditorei wurde das Licht gelöscht! So ist es eben im Leben.«

»Nur den Käfig mit der Amsel sehe ich nirgends!« träumte Szilvia weiter. »Und auch das ›Frou Frou‹ hing irgendwo hier, mit seinen aufgeputzten Pariser Damen und mit den Kavalieren im Frack.«

In der Ecke saß ein schwarzgekleideter junger Mann hinter einer Zeitung. Jetzt wurde sein gewelltes Haar sichtbar, sein rasiertes Gesicht. Er trug eine glitzernde Brille und wandte seine blasse, zu Leidenschaften bereite Stirn aufmerksam der Gesellschaft zu.

Einen Augenblick betrachtete Szilvia den blassen Jüngling, wortlos, gerührt, beinahe in Tränen. Dann lachte sie geheimnisvoll und sehr kurz und winkte ihrem Nachbarn glücklich zu.

»Medve!« rief sie. »Was suchst du hier, Medve?«

Der junge Mann wurde rot. Er stand auf.

»Ich sehe dich schon lange an, aber ich hatte nicht den Mut, dich anzusprechen!« sagte Medve mit milder und schüchterner Stimme. »Seit unserer letzten Begegnung bist du noch schöner geworden.«

»Und wie du dich verändert hast! Aber nicht zu deinem Nachteil.«

Als sich der Jüngling vorstellte, erfuhren sie, daß sie das Glück hatten, die Bekanntschaft des Herrn Dirigenten Medve zu machen.

Ein sehr ernsthafter, schweigsamer junger Mann war der Dirigent. Szilvia dagegen schwatzte schnell und fröhlich.

»Gerade heute nachmittag haben wir über dich gesprochen. Erinnerst du dich, einmal sind wir in die Konditorei gegangen ... Wie geht es dir? Was machst du? Wo überall bist du gewesen, seitdem ich dich nicht gesehen habe?«

Medve antwortete auf all die Fragen kaum, denn er war ein sehr stiller junger Mann. Nur in seinen Augen lag Verwunderung, und ab und zu strich er sich über das Haar.

»Medve, lieber Medve!« sagte Szilvia.

Gegen Abend, als sie nach Hause gingen, wandte sich Herr Rezeda zu Szilvia.

»Also, meine Dame, ist Ihnen das Gedicht eingefallen, das alte Gedicht?« fragte er spöttisch.

Die Schauspielerin lachte leise, und es klang wie Taubengurren.

»Ja. Aber ich sage es niemandem.«

9

Sie schwand; die Muse kehrte wieder,
Der Schleier fiel von meinem Blick.
Ich ruf befreit die alten Lieder
Und die Gefühle mir zurück.
Mein Herz ist still, derweil ich schreibe,
Die Feder malt zum Zeitvertreibe
Kein Köpfchen, keine Füßchen mehr,
Wie sonst, um meine Strophen her.
Kein Funke kann die Asche zünden,
Der Seufzer starb, ich traure nur,
Und bald wird auch die letzte Spur
Der einst'gen Seelenstürme schwinden.

Aus »Eugen Onegin«

Herr Rezeda wohnte in Buda, in der Burg, und wenn er nachts heimwärts spazierte, sah er oft Könige alter Zeiten, wie sie aus der Steinmauer traten. Wohlerzogen zog Rezeda seinen Hut vor Matthias, der wie ein Schreiber gekleidet war, und vor dem düsteren, schwarzbärtigen Sigismund und stand dann mit geneigtem Kopf vor der Bastei, so lange, bis die Geister der alten Könige irgendwo in der Burgmauer wieder verschwunden waren, Schattengestalten, aus dem Nebel herbstlicher Nächte gewoben, aus dem bleichen Silber des Mondes, aus dumpf widerhallenden Glockenschlägen altertümlicher Turmuhren. Ein anderes Mal wiederum blieb er mitten in einer in tiefem Schlaf liegenden Gasse stehen und lauschte, denn er glaubte Töne eines ausgelassenen Festes zu hören, die aus der Erde kamen, aus den Kellern der Burg. Unten, in der Tiefe, unter dem Gewölbe der Kasematten, spielte jemand auf der Schnabelflöte, erzene Weingefäße wurden aneinandergeschlagen, und die rauhen Stimmen trinkender Männer klangen ungefähr so wie der Gesang von Soldaten in einem ratternden Zug, der in den Krieg fährt. Welchem König mochten die Helden gedient haben, die wohl wegen des Saufgelages im Keller der Burg am Tisch sitzen geblieben waren, während die Kellertür von außen geschlossen wurde, das Gewölbe des Eingangs einstürzte und den Weg für alle Zeiten verschloß ...? In der stummen Nacht huschten am träumerischen Jünglich ab und zu Kammerjungfern des Hofes vorbei; tief hatten sie sich die Kapuzen in die Gesichter gezogen, und ihre Schritte waren lautlos wie im Friedhof der Wind. Manche trugen Schuhe, deren Absätze vergoldet waren. Die Umhänge streiften Herrn Rezeda an der Schulter, trotzdem blieb er stets ritterlich und erlaubte sich niemals, den zu nächtlicher Stunde geisternden Damen nachzuspionieren. Geheimnisvoll trugen die mit goldenen Absätzen geschmückten kleinen Schuhe ihre Herrinnen über die winkeligen Gassen der Burg zu irgendeinem alten Haus, in dem der viele hundert Jahre alte Ritter ganz gewiß schon wartete.

Vielleicht hatte sich unser trübsinniger Held nur deshalb im Burgviertel eingemietet, weil er darauf bedacht war, daß sich seine nächtlichen Spaziergänge von denen der Pester Jünglinge unterschieden. Herr Rezeda mochte die Geheimnisse und die Nacht.

Ein fröhlicher und lebenslustiger junger Mann war er früher gewesen, in den Städten auf der Ebene und im Oberland, wo er seine rasch verflogene Jugend verbracht hatte. Im Méze-Garten, in Késmárk, trank er Bier wie die anderen, sang gemeinsam mit ihnen das Lied der Studenten, trug einen weißen englischen Helm, leichte Stiefel mit erhöhten Absätzen und einen Spazierstock (dessen Griff er sich an die Tasche hängte). Er war in Hermina Stolcz verliebt, denn jeder Schüler in Késmárk war in Hermina Stolcz verliebt, und für eben diese Dame trug er auch sein erstes Duell aus, im verlassenen Tanzpavillon des Volksgartens, bei welcher Gelegenheit die beiden halbnackten Jünglinge krumme und todbringende Säbel schwangen, alte Waffen aus der Zeit des Fürsten Imre Thököly. Über dem schrecklichen Sausen der Säbel wachte die Gottheit der Jugend, und bloß ein Fingerhut voll Blut blieb auf dem Boden des Pavillons zurück, auf dem vor nicht allzu langer Zeit noch die weißen Schuhe der Hermina Stolcz zur Musik einer Polonaise mit flatternden Seidenbändern getanzt hatten. Der Zweikampf blieb aber kein Geheimnis, und unser siegreicher Held kam nicht einmal dazu, seinen Lohn von Hermina entgegenzunehmen (in Form eines koketten Lächelns, eines warmen Händedrukkes oder einer geküßten Blume), als der strenge Lehrkörper die beiden Duellanten auch schon aus dem Lyzeum entfernte. Lange begleiteten Herminas blaue Augen den Herrn Rezeda, und er hörte ihr fröhliches Lachen durch das Geratter der Eisenbahnräder, obwohl er bis dahin noch keinen nennenswerten Dichter gelesen hatte außer Horaz.

In der Stadt auf der Ebene stand das Gymnasium zwischen grünen Bäumen und erinnerte mit seinen Spitzbogenfenstern und offenen Arkaden mehr an ein heiteres Jagdschloß als an die Halle der Wissenschaft. Die jüngeren Professoren fuhren mit den älteren Schülern gemeinsam in den nahen Badeort, um ein wenig über die Schnur zu hauen. Für Pista Gró, den Zeichenlehrer und Dichter, hätte jeder Schüler gerne das Leben geopfert. Herr Rezeda beteiligte sich zwar an den Trinkgelagen und an den Wettrennen der Gigs, trank auch mit den Zigeunern Brüderschaft, erschien aber niemals unter irgendwelchen Fenstern, um bei einem Ständchen dabeizusein. Trübsinnig, voll rätselhaftem Weltschmerz schlenderte er in den Straßen der kleinen Stadt umher wie ein verkleideter Prinz aus dem Land der traurigen Träume. Von dem heldenhaften Duell, das zwischen den Mauern des alten Késmárk stattgefunden hatte, erzählte er niemandem, doch trafen alsbald Briefe aus dem Oberland ein, und Rezedas Sünde wurde allgemein bekannt. Und dieselbe Tat, die nach oberländischer Weltauffassung die Laufbahn eines hoffnungsvollen Jünglings um ein Haar abgebrochen hätte, machte aus unserem Helden in der Tiefebene, in der Gegend der Tisza, einen vielgefeierten jungen Mann. Nachdem der Professor für ungarische Geschichte, Pál Porubszky, seinen glänzenden Vortrag über die Jagellonen beendet hatte (er redete, wie es nur die früheren Professoren verstanden, in den Schulen der Provinz, in denen die harten Ungarn aufwuchsen), ließ er durchblicken, daß es nicht nur in der Geschichte Helden gäbe, sondern auch in dem um uns brandenden Leben ... (Ebenfalls Pál Porubszky war es, diesmal Professor für ungarische Literatur, der später einmal zur wunderschönen Lebensgeschichte des Gardistenleutnants Bessenyei noch hinzufügte, es gäbe auch heutzutage Dichter, deren Talent sich in unserer nächsten Nähe entwickelt, alle sind wir Zeugen ihrer Entfaltung ... Und auch dieser Held war Herr Rezeda, denn er wollte die Laufbahn eines Dichters einschlagen, nachdem er in der Liebe enttäuscht worden war. So wurde die Jugend von den damaligen Professoren erzogen!)

Der schwermütige, traurige Jüngling, der so gut gewachsen und so schneidig war wie ein Recke aus der Zeit der Maria Theresia, streifte gerne in den schütteren Wäldern und zwischen den Gärten umher, und sein Gesicht erhellte sich nur, wenn er im verlassenen Morgó-Friedhof oder im Haselgebüsch des Bujdos-Waldes zufällig ein Liebespaar belauern konnte. In der Stadt waren die Damen und Herren genauso verliebt wie in anderen Städten, man opferte hier der Liebe sogar noch etwas inniger, denn es war Brauch, den Mädchen zu vergeben, wenn ihnen etwas zugestoßen war.

Seltsam war diese Stadt. Aus der Verschmelzung von Ungarn und Slawen, aus Umarmungen, die Söhne und Töchter zweier Völker vereinten, ist die Bewohnerschaft hervorgegangen. Prunkliebende, stolze Tirpáken kutschierten ihre Vierspänner zwischen den sandigen Hügeln; die Frauen trugen ihre seidenen Gewänder so prachtvoll, als wären sie Hofdamen des Königs Swatopluk gewesen; wohlgestalt, tapfer, nüchtern und sparsam waren die Männer und so unbeugsam, als gehörten auch sie einem Menschenschlag an, der vom Don hierhergezogen war. Russische Kirchen standen auf den Hügeln, in denen man nach dem griechisch-katholischen Ritus sang wie früher oben in den Bergen von Ungh und Bereg, und die Mädchen waren genauso blond und träumerisch wie ihre Lieder. Zur Religion Martin Luthers bekannten sich die Tirpáken, im Glauben der Heiligen Jungfrau lebten und starben die Ungarn. Unter den Zwiebeltürmen der Juden trugen die jungen Männer bereits Reitstiefel, gingen mit Reitgerten umher und wußten, wie man auf die Stirn des Zigeuners Benczi einen Hunderter zu kleben hat, aber ihre Frauen waren noch genauso, als wären sie gerade aus dem Ghetto von Lemberg gekommen, sie traten nur selten auf die Straße, und wenn eine irgendwo erschien, wurden die Männer von ihrem bloßen Anblick verrückt. Wunderschöne jüdische Frauen! In den Augen der Tabaktrafikantin kannst du den Sternenhimmel von Andalusien erblicken, und die Apothekersfrau ist so träumerisch und so still, als wäre sie aus Tausendundeiner Nacht hervorgetreten. Blond und kraus sind die Locken der Doktorsfrau; ihre dichten Augenbrauen, der Flaum an ihrem Hals und das Tuch, das sie sich um die Schultern wirft, wenn sie ins Nachbarhaus hinüberläuft, das alles erinnert dich an die Glockenschläge des Jagellonenturmes in Krakau, die über die Häuser der Juden hinwegschweben.

Während seiner Wanderungen lernte Herr Rezeda eines Tages Berta kennen, die junge Frau des Tierarztes, die so schön war wie Esther und so tugendhaft wie Susanne. Berta fand das ohne Klage ertragene einsame Leben des trübsinnigen Jünglings ergreifend; in ihrer Mädchenzeit hatte sie ein Jahr in einer Pester Frauenschule verbracht, und vielleicht interessierte sie auch der sechzehnjährige frühreife junge Mann, der sich mit dem Säbel der Türkenbesieger für ein Fräulein von Késmárk geschlagen hatte . . . Eine Dame von Welt war Berta in der Stadt der Tirpáken, den Stoff für ihre Kleider ließ sie aus dem Pariser *Bon Marché* kommen, die französischen Absätze ihrer Schuhe lobten das Handwerk Pester Schuster, und Melancholie lag auf ihrem blassen feinen Gesicht, als streiften ihre Gedanken irgendwo in der Ferne, wodurch Berta das Schaufenster des neueröffneten Geschäftes Brüder Ruzsonyi, Modewaren, gar nicht wahrnehmen würde. Sie kannte französische Wörter, die sie geschickt in ihre Sätze flocht, und ihr Lieblingsdichter war Maupassant. Dabei mußte man sich in der Leihbibliothek der Stadt, die von dem schiefgewachsenen und sommersprossigen Fräulein Rosenzweig geführt wurde, den *Bluthund* oder *Rocambole* einige Wochen im voraus reservieren lassen. Berta hatte »Die Woche« und die »Pariser Modeblätter« abonniert. Und in ihrer Pester Mädchenzeit war sie mit Jenő Heltai bekannt geworden. Sie war also gebildet, und wenn sie zu Mittag auf dem Korso ohne Begleitung spazierenging, rümpften die christlichen und jüdischen Damen die Nasen. Tschaikowskis Romanze spielte sie einwandfrei auf dem Klavier, und abends dachte sie an die Pester Oper, wo sie einmal das Ballett *Wiener Walzer* gesehen hatte. Ihre Nägel waren glänzend und rein wie die einer französischen Herzogin, und vielleicht führte sie sogar ein Tagebuch – aber das tat sie wohl nur, um die Damen der Stadt ein wenig zu ärgern. Aus Gründen des Sportes pflegte sie lange Spaziergänge zu machen in der Umgebung der Stadt, wobei in der Tasche des langen Umhanges eine kleine Pistole steckte, deren Griff mit Perlmutt geschmückt war, und das gelbgebundene französische Buch in ihren Händen niemals fehlte.

Herr Rezeda begleitete sie während ihrer langen Spaziergänge und trottete meistens schweigsam neben der strengen kleinen Frau her, deren Schuhe auf dem Fußpfad winzige Spuren hinterließen. Wer Herrn Rezeda aus dieser Zeit näher kennt, darf mit ziemlicher

Sicherheit behaupten, daß der altkluge Jüngling während der Spaziergänge in den Wäldern und zwischen den Gärten an der Seite der feinen Dame romantische Gedanken hatte, die sich mit Hermina Stolcz beschäftigten, obwohl in seinem Herzen außer Gedichten des Schulbuches noch keine Reime tönten.

Einmal, in der Stunde der Abenddämmerung – nachdem sie bis an die fern gelegene Mühle spaziert waren und sich unterwegs das Lied eines wandernden Sängers angehört hatten –, wandte sich Berta an den jungen Mann.

»Mein Lieber, Sie sind viel zu ungebildet. Eines Tages werden Sie einen Schnurrbart haben, und irgendwann werden Sie dann heiraten. Bis dahin ist Fräulein Hermina längst unter der Haube und mit dem Säubern ihrer ständig schmutzigen Bengel beschäftigt. Sie müssen sich über die Eroberung neuer Frauen den Kopf zerbrechen. Erzählen Sie mir, was können Sie einer Frau sagen, der Sie gefallen wollen?«

Rezeda zuckte die Achseln.

»Ich will nicht gefallen.«

»Mein Lieber, Sie reden dummes Zeug«, sagte Berta sehr ernst. »Es gibt auf der Erde Männer und Frauen, und das ist nur dazu gut, daß beide den Wunsch haben, einander zu gefallen. Nur deshalb stecken die Frauen die Federn der Vögel an ihre Hüte. Ich werde Ihnen aus meiner Bibliothek ein Buch geben. Daraus werden Sie ein wenig lernen, was das Leben ist. Versprechen Sie mir aber, daß Sie es bestimmt lesen werden!«

»Ich verspreche es«, sagte nach einigem Zögern der heldenmütige Knabe.

Abends reichte Berta Herrn Rezeda durch das Fenster ein dünnes, in Maroquinleder gebundenes Büchlein (zwischen ihren Lippen steckte bei dieser Gelegenheit eine dünne Zigarette mit goldenem Mundstück). Das Buch trug den Titel: *Eugen Onegin*. Tagelang warf der Jüngling nicht einmal einen Blick in das Buch, denn er war zu dieser Zeit mit der Abfassung seines Testaments beschäftigt. Er verfügte über sein mütterliches Erbteil – das nicht existierte. Seine liebsten Hunde, Pferde, Güter, alles hinterließ er dem Mädchen in Késmárk. Schade, daß kein verläßlicher alter Diener bei der Hand war, der sich hätte auf ein Pferd setzen können, um das Schriftstück zuzustellen. Derart wichtige Urkunden durften der unverläßlichen Post nicht anvertraut werden.

Am dritten Tag, auf dem Bett herumliegend, öffnete er das

Buch, und nachdem er aus der Biographie des Dichters (auf den ersten Seiten) erfahren hatte, daß Puschkin in einem Duell vom schönen Gardeoffizier erschossen worden war, begann Herr Rezeda mit großem Interesse das lange Gedicht zu lesen.

Onegin! Vielleicht wäre es nur deshalb gut, wieder ein junger Schüler zu sein, um auf der Bank eines verlassenen Parkes, zwischen eingravierten Herzen und Anfangsbuchstaben verschiedener Namen nochmals *Eugen Onegin* lesen zu können! Nach Moskau zu reisen und dem Ballett zu applaudieren! Tatjanas Brief zu erhalten und am Ufer der Newa spazierenzugehen! Alle sind wir in unserer Jugend Eugen Onegins. Wer ließ über Lenskis verlassenes Grab keine Träne fallen?

Berta hatte richtig gewählt. Die Lektüre des *Onegin* eröffnete Herrn Rezeda plötzlich die Wunder einer neuen Welt: er beschloß, ein Lebensziel zu wählen, Dichter, Journalist, Alexander Puschkin zu werden – und all dies in einer einzigen Nacht, während er mit brennender Stirn und beinahe überquellendem Herzen die zusammenklingenden Zeilen des russischen Dichters las. Am nächsten Tag – sie waren bei ihrem Spaziergang gerade in der Gegend des alten Friedhofes angekommen – ergriff Herr Rezeda mutig und mit feuchtem Blick Bertas Hand, die im gelben Lederhandschuh steckte.

»Tatjana!« sagte er.

Sie streifte über die feuchten Augen des Jünglings.

»Ich freue mich, daß ich Sie erweckt habe, mein Lieber. Aber ›Lernen Sie sich beherrschen künftig . . .‹. Warten Sie ruhig. Abends finden Sie das Buch eines anderen Dichters im Fenster, und Sie werden eine neue, wunderbare Welt kennenlernen.«

»Ich liebe Sie.«

»Sie haben also von Onegin bereits zu lieben gelernt, zu erobern, mutig zu sein, mein Lieber?« antwortete sie lächelnd. »Oh, Sie sind ein großartiger Schüler. Hoffentlich werden Sie für mich einmal auch noch sterben wollen, wie Alfred Musset. Also, am Abend werden Sie das Buch auf seinem Platz finden, und jetzt reden wir nicht weiter über die Sache.«

Das zweite Buch, das Herr Rezeda durch Bertas Liebenswürdigkeit zu lesen bekam, war *Dombey und Sohn* und sein Autor der englische Erzähler Dickens; schöner als er und mit tieferem Blick hat noch niemand England, London, die Jugend und das Altern der Briten beschrieben, den Glanz des Nebels über den Wiesen von

Wales und jene durchsichtigen Schäfchenwolken, die in den Herzen englischer Frauen schweben. Herr Rezeda war nahe daran, die Hand seiner teuren Herrin mit Tränen zu begießen, und das Leben und der Tod des kleinen Dombey wurden während eines Spaziergangs zwischen den Weingärten von Oros gründlich besprochen.

»Sie sind Miss Florentin, gnädige Frau«, flüsterte Herr Rezeda ergriffen.

»Ich danke Ihnen, daß Sie mich für eine Romanheldin halten«, erwiderte Berta heiter, »während man mich in der Stadt nur ›die Modedame‹ nennt.«

Im dritten Buch, das Herr Rezeda las, standen Märchen, und Andersen hieß der Autor. Wenn sie auf ihrem Spaziergang die alte Windmühle passierten, empfanden sie von nun an eine seltsame Ehrfurcht. Aufgeregt betrachteten sie alle alten Regenrinnen, die sie bis dahin nicht einmal bemerkt hatten.

Das vierte Buch enthielt Boccaccios Novellen ... Und der Florentiner trug dann die Schuld daran, daß die schöne Romanze plötzlich unterbrochen wurde.

In einer Nacht – es war Mai – öffnete Herr Rezeda, dem Rat Boccaccios folgend, von außen her das Fenster, das in Bertas Schlafzimmer führte. Auf Zehenspitzen, sich vorwärts tastend, näherte er sich im Zimmer dem Platz, von dem her leises Atmen tönte. Er wußte, wo sich Bertas Schlafstelle befand, spürte bereits den aus dem Bett emporsteigenden Frauengeruch, und wie Teerosen eines Blumenkranzes umgaben die Atemzüge Herrn Rezedas Kopf.

Da erdröhnte in der Dunkelheit eine tiefe Stimme.

»Wer schleicht hier herum?«

Herr Rezeda sprang auf das Fenster zu, warf dabei Tisch und Stühle um, sah im aufflammenden elektrischen Licht den Fluchtweg, doch sah ihn auch der Tierarzt und schickte dem verschwindenden Kavalier aus dem Revolver eine Kugel nach. Heulend flog die Kugel an Herrn Rezedas Ohr vorbei, als hätte eine endlose Saite unter dem Finger des Todes zu tönen begonnen; noch in derselben Nacht packte der Jüngling seine wenigen Sachen zusammen und floh aus der Stadt ... Oxford, Diplomatenlaufbahn, alles, was Herrn Rezedas wohlhabende Eltern mit ihrem Sohn vorhatten, zerrann wie ein Traum. Das war die Geschichte der Jugendzeit des Herrn Rezeda, der von dieser Nacht an nur mehr ein wandernder und ziemlich beschäftigungsloser Dichter war, Journalist in der Provinz und später Untermieter in Buda – nur seine Liebe zur Nacht und seine Neigung zu geheimnisvollen Dingen waren wach und frisch geblieben, obwohl er in der Zwischenzeit sämtliche Bücher gelesen hatte, die dessen würdig waren.

Mit Berta, der Tierarztgattin, korrespondierte Herr Rezeda ungefähr ein Jahr lang. Seine Tage vergingen meistens damit, daß er an Frauen Briefe schrieb, im Zwielicht eines kühlen Untermietzimmers, das eine Bogendecke hatte und einst vielleicht die Zelle eines Kerkers oder eines Klosters gewesen sein mochte. Auf Rokokobeinen stand der Schreibtisch, in die Tinte hatte Herr Rezeda goldenes Pulver gemischt, seinen Namen schrieb er in der Art eines Abtes, und das Wappen eines längst verstorbenen Papstes drückte er in den Siegellack, mit dem er die Kuverts verschloß. Mitunter korrespondierte er mit Damen unter dem Namen des Gardisten Bessenyei und verwendete bei solchen Gelegenheiten einen Gänsekiel zum Schreiben, und rote Initialen malte er aufs Pergament, als er sich einmal Ritter Frankenstein nannte und mit einem Dorffräulein Briefe tauschte; er schrieb wie Onegin an Tatjana; er schrieb wie Sindbad, der Kaufmann aus Tausendundeiner Nacht; der französische König Henri III. war er und schrieb poste restante an »Margit von Navarra« auf ein Postamt in Buda. Zuweilen hatte er nicht einmal ein Mittagessen und zerbrach sich zur selben Zeit den Kopf über schöne Decknamen, mit denen er seine an Frauen adressierten Briefe unterzeichnen konnte. Mit besonderem Erfolg machte er die Unterschrift des Grafen György Zápolya nach, die er in einem alten Dokument gefunden hatte. Lange, lange Briefe wechselte er mit den romantischen Damen des Burgviertels und des Stadtteiles Tabán, ohne nur eine einzige der teuren Frauen persönlich kennenzulernen. Abends oder nachts legte er seine Briefe in offengelassene Fenster, steckte sie unter Toren und Türen durch, dann vertraute er sein Geheimnis der Post an, und niemals wurden die Frauen böse, wenn er im Namen eines Ritters früherer Zeiten die Gefühle seines Herzens beschrieb. Nur mit Izaura gab es Schwierigkeiten, mit einem kleinen Stubenmädchen, denn sie konnte nicht lesen.

Längst hatte Berta den nächtlichen Besuch verziehen – gibt es eine Frau auf dieser Welt, die so etwas nicht verzeihen würde? Sie ließ sich die Briefe ans Postamt der kleinen Stadt schicken, *poste restante*, auf den Namen Zsuzsanna Bornemissza, und schrieb Herrn Rezeda ziemlich oft, daß sie ihm zugeneigt sei wie eine Mutter oder wie eine ältere Schwester, die im alten Schloß irgendwo in Siebenbürgen die Wirtschaft führt, während ihr kleiner Bruder am Hof der Königin Dienst tut. Auch Bücher schickte Berta, in denen manche Stellen, die sie mit besonderem Genuß gelesen hatte, angemerkt waren; ein paar Haare oder blasse Bleistiftzeichen verrieten die Zeilen, von denen die beiden schönen Augen träumerisch aufgeblickt hatten. So machte Herr Rezeda mit Thackeray Bekanntschaft und mit Dostojewski. Unter den Franzosen war Maupassant Bertas Halbgott, während sie unter den Spaniern Cervantes und Pedro Alarcón amüsant fand. E. T. A. Hoffmann und der wunderbare Tschechow trafen in Buda gemeinsam ein, und Tennysons *Königsidyllen* gaben zu einem längeren Briefwechsel Gelegenheit. So erzog und bildete Berta aus der Ferne Herrn Rezeda, bis sie eines Tages die Mitteilung machte, daß sie mit ihrem Mann nach Pest reisen und ihren kleinen Bruder zu Pfingsten, nachmittags, am Hof der Königin besuchen würde. An diesem Tag verließ Herr Rezeda fluchtartig seine Behausung, bis spät in den Abend hinein irrte er in den Budaer Bergen umher, legte sich ins Gras, weinte, komponierte Gedichte, fühlte sich sehr unglücklich, dachte an Selbstmord und betrat in der Nacht auf Zehenspitzen sein Untermietzimmer, das er in seinen Briefen stets als einen wunderbaren Rittersaal beschrieben hatte, in dem er im goldenen Umhang auf und ab zu gehen pflegte, eine purpurrote Mütze auf dem Kopf; eine große Uhr stand in der Ecke und spielte um Mitternacht Kirchenmusik von Haydn, und ein mittelalterliches Kruzifix hing an der Wand über einem alten Betstuhl, wo er für Berta täglich betete ... (War Rezeda aus seinem Zimmer geflohen, weil er sich schämte, oder gehörte er vielleicht zu jenen seltsamen Menschen, die sich vor der Begegnung mit einer innig geliebten Person über alles fürchten?) Eine gelbe Rose lag auf dem Tisch. Ein Gruß von Berta. Und von da an wurden keine Briefe mehr gewechselt.

Es war Sommer, und Herr Rezeda übersiedelte aus dem Burgviertel nach Pest, in die Josefstadt, wo in den Höfen blühende Bäume standen und die Fenster der ebenerdigen Häuser über Nacht nicht geschlossen wurden, so daß unser Held stehenbleiben konnte, um den Atemzügen schlafender Frauen zu lauschen. Junge Näherinnen waren seine Bekannten, und nachmittags besuchte er mitunter das Kaffeehaus, versteckte sich wie ein einsamer Fremder hinter der Zeitung und nannte den Kellner *garçon*. Es gab keine Korrespondenz mit Frauen mehr, Herrn Rezeda kamen keine schönen Decknamen mehr in den Sinn, er hatte keine Rendezvous mit unbekannten Damen unter der Burgbastei und drohte den Fräulein von Buda nicht mehr damit, daß er sie aus ihren stillen Heimen entführen würde. Nach der Bekanntschaft lebendiger Frauen hatte er Sehnsucht und führte die schwindsüchtige kleine Näherin und ihre Freundin, die Midinette, Sonntag nachmittags in eine Konditorei, aber ach, in der Gesellschaft dieser simplen Weiblichkeit fühlte er sich kaum mehr glücklich. Gestalten von dämonischen Frauen, von Orpheumsdamen, Chansonetten und französischen Soubretten schweiften in seinen Träumen herum. Er dachte an Tänzerinnen, die aus Kanada nach Budapest gekommen waren, und eine Zirkusreiterin sah er vor sich, die ihm zulächelte, während ihr Pferd nach dem Rhythmus der Musik durch die Menge tänzelte. Er war mit den Verlockungen der großen Welt beschäftigt, und lange betrachtete er die Plakate des Orpheums. Miss Florence, Somnambulistin oder Señora Frasquita, spanische Tänzerin, unterhielten Herrn Rezeda ganze Abende hindurch, ohne daß er sie jemals auch nur gesehen hätte. Mit Leichtigkeit stellte er die Miss in die Halle eines altertümlichen schottischen Jagdschlosses, zwischen Frauen, die rotblondes Haar hatten, besonders feine Gesichter und glänzende Augen, wobei die Miss ein rotes Reitkostüm trug und eine lange Peitsche in der Hand hielt, wie sie im Zirkus gebraucht wird; die Señora aber erfüllte das Herz unseres einsamen Träumers mit der berückenden Grazie der Frauen von Sevilla und mit dem Feuer der Weine von Jerez. Und bald darauf ist es ihm dann wirklich gelungen, eine Blumenverkäuferin namens Hortense kennenzulernen, der zuliebe er seine Nächte im Orpheum-Café verbrachte, um das jüdische Mädchen in der Morgendämmerung nach Hause begleiten zu können, wobei in menschenleeren Straßen Herr Rezeda den Blumenkorb trug. Von allen wunderbaren Künstlerinnen, nach denen die galanten Gärtner Rosen, Äpfel und Birnen benennen, war Hortense die einzige, die Herrn Rezeda von der großen Welt, von russischen Großfürsten, Zuhältern und verschwenderischen Defraudanten erzählte, wenn sich die beiden gegen Morgen in einem kleinen verlassenen Kaffeehaus niederließen, wo die Frau Kaffee bestellte und Pflaumenschnaps der Mann . . .

»Und was gibt es Neues im Ballett, meine Liebe?« fragte Herr Rezeda die bereits ein wenig verblühte Hortense.

Wiederum verflogen die Monate, wir finden Herrn Rezeda im

kleinen Büro einer illustrierten Zeitung, wo er vor Anbruch des Tages feuchte Bürstenabzüge korrigiert, in einem Verschlag, in dem es nach Blei riecht, unser Held nennt sich Journalist, und da er zuweilen in den Besitz einer Theaterkarte kommt, entbrennt er in Liebe zu einer grüngekleideten Fee, die in der ersten Reihe singt, im Chor. Er besucht das Café New York und wendet sich um Rat an die Cafétiers Gebrüder Hirsch, denn er weiß nicht, ob er Kritiker sein soll oder Poet. Die Herren Hirsch schwärmten damals noch für Literatur – so hat es mein Großvater erzählt, und es klang wie ein Märchen.

So verlief das Leben des Herrn Rezeda bis zur Zeit, in der seine Bekannten aus der Provinz, die beiden Schauspielerinnen, in der Pattantyús-Straße erschienen waren, wo ihnen Herr Rezeda all die schönen Romane und Gedichte vorlas, die ihm Berta geschenkt hatte. Er wohnte nun in der Innenstadt, blieb aber nachts immer noch unter den offenen Fenstern stehen, denn es war möglich, daß eine Frau den Wunsch hatte, zu den Sternen emporzuschauen, zu den Wolken des nächtlichen Himmels, vielleicht zum Mond – aber in den Stunden, in denen Herr Rezeda heimwärts schlenderte, blickte niemand durch die Fenster. In ganz Budapest stand allein er am Ostermorgen am offenen Fenster, um in der Art des Doktor Faust die aufgehende Sonne zu begrüßen, wobei er lautlos Gedichte aufsagte und seine Seele gerne dem Teufel verkauft hätte, doch machte der Teufel kein Angebot.

Die Begegnung in der Konditorei in Buda hatte unter anderem zur Folge, daß Herr Rezeda die großartige Geschichte von Tschertofanow und seinen Freunden niemals zu Ende lesen konnte, und auch die stillen und reinen Nachmittagsstunden waren endgültig dahin, an denen das Läuten der Glocken in den Türmen der Innenstadt die kleine Wohnung beinahe romanhaft mit einem Echo erfüllt hatte und in der Frühlingssonne die Topfblumen im Zimmer stark und immer stärker dufteten, genauso wie die beiden Fräulein. Bereits am frühen Nachmittag machte Szilvia Toilette und ging wie eine selbständige Dame, ohne Begleitung, aus dem Hause, wobei sie ihre Handschuhe erst auf der Stiege zuknüpfte. Fräulein Horváth war wegen der Untreue ihrer Freundin ein paar Tage lang traurig.

»Wohin mag sie nur gegangen sein?« fragte sie Herrn Rezeda, der den Kopf hängenließ, als wäre in der Wohnung gerade jemand gestorben.

Herr Rezeda antwortete nicht, zuckte nur empört und voll seelischem Schmerz die Achseln. Er ging im Zimmer auf und ab und lachte ab und zu, als würde man ihm einen spitzen Dolch ins Herz stechen, wieder und wieder.

»Wohin?« fragte Fräulein Horváth noch einmal.

»Mich fragen Sie, Gnädigste? Sie müßten die Geheimnisse Ihrer Freundin wirklich besser kennen, und andererseits sind auch Gnädigste ein Mitglied des weiblichen Geschlechts, und Frauen werden einander ja verstehen! Strindberg hat wirklich recht: die Frauen sind seltsame kleine Tiere, man darf sie nicht als Menschen betrachten. Ein einziger Wink, ein Zeichen genügt, und sie beginnen zu wanken und überschreiten den Grenzrain der Ehre. Strafe verdienen die Frauen, sie müßten von den Männern bestraft werden, Sklavinnen müßten sie wieder sein und sonst nichts. Wenn es nach mir ginge, müßte man in Pest jede zweite Frau verbrennen ...«

»Wegen Szilvia?« fragte Klára und sah Herrn Rezeda hinterlistig an.

»Wegen Szilvia und wegen der übrigen«, erwiderte heftig Herr Rezeda. »Ist Ihre Freundin vielleicht nicht komisch, nicht lächerlich, meine Liebe? Sie begegnet einem dämlichen Kapellmeister, der nicht einmal weiß, daß er lebt und was es heißt, zu leben, und Szilvia wirft daraufhin ihr ganzes ruhiges und stilles Leben um ... Sie besucht Konditoreien in Buda, wie irgendwelche Pester Dämchen, die unbedingt einen Fehltritt begehen wollen, auf den Soldaten warten oder auf den zerzausten Musikanten und in den Kutschen die Vorhänge vor die Fenster ziehen, wenn sie unter dem Burgberg herumfahren. Liebe ist eine sehr schöne Sache, wäre sie nur nicht mit so vielen lächerlichen linkischen Posen verbunden! Die dichten Schleier, die sich Damen bei ihren Ausflügen nach Buda vor die Gesichter binden, die frische und auf jedem Teil des Körpers parfümierte Wäsche, die neuen Handschuhe – sind sie vielleicht nicht alle nur Mittel der Sünde? Man müßte ein Gesetz beschließen: Wenn eine Pester Dame in neuen Strümpfen über die Brücken geht, dann wird sie unter dem Gellért-Berg auf den Scheiterhaufen gestellt. Ich weiß, bei Gott, gleich hätten die Damen keine Lust mehr, nach Buda in die Konditorei zu gehen, abenteuerlich herumzukutschieren, dumme Soldaten und halbirre Musikanten zu treffen ... Früher hat Szilvia niemals rosa Bänder in ihre Hemden gezogen!«

Verwundert schüttelte Fräulein Horváth den Kopf.

»Woher wissen Sie das, mein Herr?«

»Weil es in der Wohnung überhaupt keine rosa Bänder gegeben hat. Warum tut sie es? Dem dummen Kapellmeister will sie gefallen? Was ist so ein Medve, wer ist das schon? Ein Nichtsnutz, ein Windbeutel, ein Schürzenjäger. Gewiß wartete er auch damals in der Konditorei auf irgendein hysterisches Fräulein, das er mit Musik betäubt und mit Kunst und mit anderen Dingen, die halb wahnsinnige Frauen natürlich verblenden. Liebe Klára, hier muß etwas getan werden, wir können nicht zulassen, daß Szilvia einer närrischen Laune zum Opfer fällt, der schmierigen Stimmung einer Konditorei in Buda, wo süßliche Mozartweisen zu hören sind und aus der Uhr und auf der gelben Tapete Rokokokavaliere und Rokokodamen spazieren, Arm in Arm – und das alles nur, um die kleinen Frauen auf dem Parkett des Lebens zu Fall zu bringen.«

Klára lachte laut, aus voller Kehle.

»Sie sind der komischste Mensch, Herr Rezeda!« rief sie. »Ein Bekannter erzählte mir einmal, daß Sie irgendwann den Glauben Martin Luthers verlassen wollten, um Sohn der katholischen Kirche zu werden, bei welcher Gelegenheit Sie nichts Besseres zu tun hatten, als in das Ordenshaus der Jesuiten zu gehen, in die Mária-Straße, wo es einen hinkenden Gärtner gab, den Sie aufforderten, Ihr Taufpate zu sein. Und jetzt wenden Sie sich wiederum an den hinkenden Gärtner . . . Was gehen mich der Konditor in Buda an oder die Spaziergänge der Szilvia? Sie ist gewiß viel glücklicher als wir beide zusammen. Kann es ein größeres Glück geben, als verliebt und geliebt Arm in Arm spazierenzugehen, an einem schönen Nachmittag im Frühling, in Buda, wo man keine Bekannten trifft? Lauter Mitschuldige sind die alten Häuser und die winkeligen Gassen, und im Tabán-Viertel ist die Kirche auch nachmittags geöffnet, auf dem Altar blühen die Blumen des Frühlings zu Ehren der Jungfrau, der Blumenduft vermischt sich mit dem Weihrauchgeruch, und in der hintersten Bankreihe in der stummen Kirche kann man einander ewige Treue schwören. Vielleicht haben Sie die Dame, die Sie verehrten, noch niemals in eine verlassene kleine Kirche geführt, und so konnten Sie auch nicht sehen, daß alle Marienbilder plötzlich milder schauen und ermutigend und die Heiligen sich mit ihren großen Schnurrbärten aus den dunkel gewordenen Gemälden hervorbeugen, wenn in der hintersten Reihe der junge Mann mit seiner Dame kniet . . . Waren Sie schon in der Kirche?«

»Jawohl!«, antwortete zornig Herr Rezeda. »In der Kapelle des heiligen Rochus, in der dunklen Dämmerung am Beginn des Frühlings, wenn sich das Kirchenschiff mit traurigen Nonnen füllt, die immerfort hüsteln und vielleicht gerade vom Bett eines Sterbenden gekommen sind, für den sie gleich auch ein Gebet sagen. Diese Kapelle habe ich eine Zeitlang besucht, denn auch ich lag im Sterben und wünschte, daß die Nonnen mir die Augen schließen sollen. Warum will Szilvia nicht Nonne werden?«

Fräulein Horváth stand leise auf und legte Herrn Rezeda die Hand auf die Schulter. Sie sah ihm lange ins Gesicht.

»Ich sage Ihnen etwas, Herr Rezeda. Warum grämen wir uns, wir beide? Draußen scheint die Sonne, und es ist Frühling. Sie gehen jetzt auf die Straße hinunter, und ich ziehe mich an, dann machen wir einen Spaziergang, vielleicht nach Buda, wenn Sie wollen. Wenn uns niemand sieht, werde ich mich auf Ihren Arm stützen.«

Herr Rezeda küßte Klára die Hand. Die Schauspielerin streichelte ihm die Wangen, worauf Herr Rezeda spöttisch auflachte.

»Ich bin Ihnen irgendwelche Bekenntnisse schuldig, mein Lieber«, sagte Klára ein wenig gerührt. »Ich bin eine Sünderin. Ich bin in Kalvins Glauben aufgewachsen und kann nicht zu den Jesuiten beichten gehen wie die glücklichen katholischen Frauen. Ich werde Ihnen alles beichten.«

Herr Rezeda wurde blaß.

»Was ist geschehen?«

»Haben Sie keine Angst. Nichts ist geschehen. Haben Sie Rot gern? Ich setze einen roten Hut auf.«

10

Estella

Als sie sich am Frühlingsnachmittag auf den Weg gemacht hatten, um nach Buda zu gehen, trottete Herr Rezeda (der damals mitunter das Gefühl hatte, daß er Henry Esmond sei, Oberst Ihrer Durchlaucht, der Königin Anna, da er gerade den Roman des früheren Londoner Journalisten las, zu Hause in einem Turm, in dem vorher ein wahnsinniger alter Herr gewohnt hatte) wortlos an der Seite von Fräulein Horváth.

Erst auf der Kettenbrücke murmelte er väterlich: »Klára, der Wind weht, passen Sie auf Ihren Hut auf!«

Überhaupt benahm sich Herr Rezeda so, als wäre in seiner Familie ein großes Unglück geschehen. Sein Ziehvater, Freund des großen Oliver Cromwell, wurde mitten in Englands Blumengarten erstochen, seine Ziehmutter – aus der Schilderung des Londoner Journalisten zu schließen, die unvergeßlich schönste Frauengestalt dieser Welt – blickt aus dem Schloß in Wales bekümmert in die Ferne, und leichte Wolken trüben die schönsten Augen des Reiches der Königin oder Fräulein Horváth hat ihren treuen Ritter betrogen, wirklich oder in Gedanken, und man geht jetzt auf die Wiese Seiner Hochwürden Martinovics, um den teuren Toten zu begraben, der Liebe geheißen hat, Freundschaft, Ostermorgen, Sonnenlicht, das durch das Espenlaub sickert und langsam hinabsinkt, Traum in winterlichen Nächten (draußen tobt der Schneesturm um die Helme der alten Türme, mit blauer Flamme brennt der Punsch auf dem mit schönen und alten Romanen und Gedichtbänden überladenen Schreibtisch, irgend jemand sitzt vor dem Feuer, starrt in die Flammen und denkt an eine Frau).

»Auf diesem Weg ist Mihály Táncsics gefahren, der Dichter, als man ihn aus dem Kerker befreite«, sagte beinahe zähneklappernd und mit überlegenem Lächeln Rezeda, als wäre jetzt diese kleine Erinnerung sein wichtigster Gedanke, nicht die schreckliche Furcht, die heulende Angst davor, was Fräulein Horváth erzählen würde, sobald sie die Kettenbrücke verließen und am Fuß des Berges ankämen, der den Namen des heiligen Bischofs trägt. Großer Gott, was für furchtbare Dinge wird sie eingestehen! In französischen Romanen, wie sie in der Mitte des Jahrhunderts in Mode waren, pressen die betrogenen Ehemänner, von dumpfer Verzweiflung erfaßt, die Lippen so zusammen, wenn Madame endlich unter der Last der Beweise zusammenbricht: »Monsieur, ich sage Ihnen alles ...« Du lieber Himmel, sagte sie doch überhaupt nichts! Würde sie nur schamlos lügen, würde sie nur die Sonne vom Himmel herunterlügen, behauptete sie nur, daß Schwarz Weiß sei, alles ... Aber immer noch gingen die beiden über die Brücke, Herr Rezeda blickte in den tief unten langsam fließenden großen Strom, in den sich schon so viele hinunterfallen ließen, um Ruhe zu finden, und dabei wurde gar nicht jeder in der Nähe irgendeines Dorfes am Ufer herausgefischt, manche erreichten das Schwarze Meer, wo zwischen großköpfigen Meeresspinnen und seltsamen Schnecken das kleine Pester Kindermädchen umherschwimmt, nachdem es von der Herrin des Hauses gezüchtigt worden war.

Herr Rezeda sagte langsam und verträumt: »Lustig müssen es die Donaufische haben zwischen Buda und Pest. Das Wasser, das bei der Biegung unter Visegrád so glänzend ist, als sähen sich immer noch Anjou-Könige und -Königinnen im Spiegel an, füllt sich bei Pest mit Leichen, Schmutz, Sünde und Unrat, so daß es sich vielleicht vor sich selber ekeln muß. In ein zerfetztes schwarzes Tuch gehüllt, schwimmt in der Mitte des Stromes die Cholera, zwischen den Pilzen eines halbverrotteten Brettes hat der Scharlach um Platz gebeten, und gerne macht er Station bei kleinen Dörfern, unter Trauerweiden, in der Nähe von Wiesen, auf denen Kinder spielen. Und in den Wellen reisen manchmal typische Pester, die niemals in ihrem Leben in Buda gewesen sind und jetzt trotzdem ungefähr dieselbe Route nehmen wie das Dampfschiff nach Mohács. Eine Mamsell aus einem Kaffeehaus wollte zu ihrem Liebsten gelangen, zum Oberleutnant der Infanterie, der in Komárom stationiert war, und sprang in die Donau. Die Arme, sie ist nie in die Schule gegangen. Sie wußte nicht, wie die Donau fließt. Vielleicht wäre sie gar nicht gestorben, wenn sie gewußt hätte, daß sie im Wasser flußaufwärts niemals in Komárom ankommen kann.«

In diesem Moment verließen sie die Kettenbrücke.

»Machen Sie Schluß mit dem unnützen Schwatzen, Herr Rezeda«, sagte Fräulein Horváth traurig und streng, wie man zu einem übermütigen Kind redet, das gerade seine Mutter verloren hat. »Lassen Sie mich nachdenken, denn ich muß wissen, wo ich beginnen soll, was ich zu leugnen habe und wo ich nicht lügen darf.«

»Königin meines Herzens«, murmelte Herr Rezeda, »es ist völlig überflüssig, sich den Kopf über Lügen zu zerbrechen. Sie können getrost die Wahrheit sagen: wo überall haben Sie mich betrogen, mit wem, wann und wie oft. Ich bin ein kranker Mann, lebensmüde, mit Frauen amüsiere ich mich nur in Gedanken, eine ungesunde Angst hindert mich daran, ihre Kleider zu berühren, obwohl wir in meinen nächtlichen Gedanken jeden Nachmittag raufen, bei Ihnen in der kleinen Wohnung, wir ringen miteinander wie ein junger Bauer mit einer Schnitterin auf dem Dreschplatz. Und in meinen Träumen weht mir Ihr Atem ins Gesicht, Sie beißen mich ins Kinn, Ihr Kreuz wird steif, ›nein, nein, nein‹, rufen Sie hinter dem Zaun der aufeinandergepreßten Zähne, aber in meinen jungen Jahren bin ich ein guter Ringer gewesen ... Ich bin jener kranke Herr, der an seiner Krankheit Freude hat, denn diese Krankheit stammt aus der Zeit, in der er ein Kind gewesen ist und jemanden hoffnungslos geliebt hat.«

Fräulein Horváths Augen blitzten.

»Wir hatten einmal einen Musikanten gehabt, einen blassen Flötenspieler, der sich oft schamlos benommen hat, wenn es ihm seine Notenblätter erlaubten, unten im Orchester, von wo man unter die Röcke der Schauspielerinnen sehen konnte. Gutmütige Kolleginnen, die meistens bereits Mütterrollen spielten, versuchten ihn zu bessern, aber ohne Erfolg: unser guter Direktor mußte ihn schließlich entlassen. Und seitdem er nicht mehr Theatermusiker ist, hat er sich verändert. Er ist ein ordentlicher Mensch. Aber lassen wir die eigentümlichen Verfehlungen der Minderjährigen! Meine Freundinnen in der Schule haben sich Bilder angeschaut und waren dabei sehr glücklich, sie schnitten aus den Zeitungen Buchstaben aus und stellten allerlei Wörter zusammen und trugen in den Strümpfen oder unter dem Mieder Gedichte herum. Mehrere von ihnen sind seither glückliche Familienmütter. Haben Sie keine Angst, Herr Rezeda, einst wird auch aus Ihnen noch ein glücklicher und ruhiger Mann werden.«

»Ich habe keine Angst, meine Herrin, für mich pflege ich mich nicht allzuoft zu fürchten ... Was aber ist mit Ihnen geschehen, woher diese Veränderung, die ich bereits seit längerer Zeit beobachte?«

Sie saßen unter der Statue des Bischofs Gellért auf einer Steinbank. Herr Rezeda starrte auf die Erde, Fräulein Horváth betrachtete nachdenklich das Panorama der Pester Seite.

Estella ist eine Stadt in Navarra, und so hieß auch eine Freundin meiner Jugendzeit, ein Mädchen, das in der ganzen Schauspielschule die schönsten Hüte hatte – begann Fräulein Horváth mit träumerischer Stimme, als wäre es gar nicht ihre eigene Geschichte. – Estella war ein blauäugiges, rothaariges und sehr verdorbenes Geschöpf. Den alten Ujházi biß sie in die Hand, den Márkus fragte sie frech, wo er sein Parfüm kaufe, das nach Heu roch, und sie nannte ihn Herzogin. Sie ist dann auch nicht lange an der Schule geblieben, das Leben riß sie aus unseren vier Wänden heraus, und eine Zeitlang sah ich nicht mehr ihren schönen Hut, ihre feinen Strümpfe und ihre sehr guten Schuhe.

Vor einigen Wochen, zu Mittag, im Frühling, traf ich Estella auf dem Korso. Mein Gott, wie ordinär ist sie geworden! dachte ich zuerst, als ich sie erblickte. Dabei hat sich Estella nicht verändert, sie ist geblieben, was sie in der Schule gewesen ist, eine dämonische Frau; vielleicht hat sich nur meine Art geändert, die Dinge zu betrachten, so wie die Häuser und Bäume, die wir in unserer Kindheit für groß gehalten haben, später, sobald wir Erwachsene sind, aussehen, als hätten sie sich in die Erde verkrochen. Immer noch liebte Estella grüne Kleider und gestreifte Strümpfe. Ihre Füße steckten in Halbschuhen mit breiten Sohlen, wie sie von Engländerinnen getragen werden, wenn sie um die Welt reisen, vor dem Gesicht trug sie einen rostroten Schleier und am kleinen Postillonhut die Flügel einer blauschwarzen Dohle. Sie schüttelte mir männlich die Hand und nannte mich Mylady. In ein Kaffeehaus am Donaukorso traten wir ein, Estella blickte einige alte Herren, die Zeitung lasen, starr an, dann setzten wir uns in eine Ecke, meine Freundin bestellte kaltes Huhn und sah mich plötzlich lachend an.

»Ich bin jetzt eine Engländerin, meine Liebe, denn das ist es, was zur Zeit den Männern in Pest gefällt!«

Ich war es gewohnt, daß meine Kolleginnen freier dachten als ich und daß ihr Lebenswandel moralisch nicht immer einwandfrei war, ich bin ja Schauspielerin gewesen, in der Provinz, mein Herr, die neu engagierten Damen unserer Truppe biß unser alter Direktor in die Schulter. Ich hatte gehört, daß Estella den Weg der Tugend verlassen hatte, und ich weiß selbst nicht, in was für einer Stimmung ich gewesen sein mußte, als ich im Kaffeehaus an der Donau Platz nahm.

»Ich besuche eine Englischlehrerin und weiß mindestens dreihundert englische Wörter«, fuhr Estella fort und bewegte dabei Messer und Gabel sehr fein. »Das Gold der Briten ist das schönste Geld auf der Welt. Die beste Wäsche wird in England erzeugt, und wenn englische Herren nach Pest kommen, schickt Frau Stein immer die Hausmeisterin, um mich zu holen. Ich gebe mich nur mit ausländischen Herren ab; die Pester Männer sind verdorben, dumm, behalten kein Geheimnis für sich und zeigen vor aller Öffentlichkeit auf dem Korso oder in der Váci-Straße auf die Frau, bei der sie Glück gehabt haben. Es genügt, einen einzigen kennenzulernen, und am nächsten Tag weiß bereits ganz Pest über die Farbe deines Strumpfbandes Bescheid. Auch die Deutschen habe ich gern, obwohl sie tolpatschig sind, unsereinen manchmal stundenlang quälen und zu feilschen versuchen; zum Glück ist Frau Stein eine energische Person, die in Geldsachen keinen Witz kennt. Von den Franzosen, die irgendwie nach Pest verschlagen werden, lohnt es sich nicht, zu reden. Sie sind noch größere Schufte als die Pester, und paß gut auf dein Halsband auf, wenn man dich auf der Straße auf französisch anspricht. Solange der alte Onkel Baranyai noch gelebt hat, kamen zu Frau Stein oft auch Herren aus dem Kasino auf Besuch, Grafen und Barone, der Onkel Baranyai brachte sie herbei, und sie durften die dicke Frau Stein ein wenig streicheln. Auch das waren Herren, und ihnen zuliebe habe ich ein paar französische Lieder gelernt, die ich auf dem Klavier begleitete, während man den Champagner kühlte. In den seidenen Frackportemonnaies gab es große Banknoten, und als Fürst T. viel Champagner getrunken hatte, schenkte er mir sein Taschentuch, das mit einer Fürstenkrone bestickt war. (Später hatte ich mit diesem Taschentuch natürlich viel Erfolg bei den israelitischen Herren.) Aber Baranyai wurde vom Schlag getroffen, von den früheren Herren kommt nur mehr Eduárd Alvinczi zu Frau Stein auf Besuch, raucht eine gute Zigarre, hört sich die Geschichten der Frau Stein an, die alle wirklich wahr sind, brummt dabei etwas in seinen Bart, und ihr fällt es schon gar nicht ein, etwas von ihrer Ware anzubieten. Es gibt in Pest keine Frauen! Seufzen die Herren, die früher einmal so lustig waren ...«

Bereits in der Schule hatte Estella viel geplappert, aber seither hat sie das Schwatzen noch besser gelernt. Ihr Beruf bringt das viele Reden mit sich, denn die Männer müssen unterhalten werden. Bestimmt hat sie ein paar Geschichten, die sie nachts im Schlafrock zum besten gibt, ein paar Witze und Anekdoten ... Sie wissen, lieber Freund, daß mein Herz dreimal nacheinander heftig pochte, als Estella jenen bestimmten Namen aussprach, so wie in den stummen Wäldern an der Grenze nachts im Winter in der Dunkelheit die Signalglocke im Bahnwärterhaus dreimal schlägt, wenn das Herannahen des Zuges telegraphisch gemeldet wird. Der Schmerz schnürte mir den Hals zu, die Qual, der Neid und der Zorn. Vielleicht ist es diesem Miststück gelungen, Alvinczi eine langweilige Stunde zu rauben ...! Am liebsten hätte ich der elenden Person ins Gesicht geschlagen.

»Und dich mag Alvinczi auch nicht?« fragte ich mit unterdrückter Stimme.

»Mich mögen alle«, gab sie heiter zurück, und ein seltsames falsches Licht glänzte auf in ihren Augen, woran ich erkannte, daß Estella log. Das Herz tat mir nicht mehr weh.

Estella bestellte Dörrobst, nachdem sie aus der Zigarette, die ein Korkmundstück hatte, einige Züge getan.

»Bist du glücklich?« fragte ich.

»Was ist Glück?«

Sie sah mich an, zuckte die Achseln, dann wandte sie ein wenig betrübt den Kopf zur Seite.

»Manchmal glaube ich, daß ich sehr krank bin«, murmelte sie. »Obwohl meine Knochen früher aus Stahl waren, und Nüsse hätte man knacken können an meinem Busen. Ich muß mich irgendwann behandeln lassen, ich werde nach Dresden reisen, ein berühmter Arzt wohnt dort, wie man sagt ... Aber ich habe erst siebentausend Forint auf der Sparkasse. Wenn ich zehntausend beisammen habe, fahre ich gleich weg, lasse mich behandeln und ruhe mich aus, vielleicht werde ich irgendeinen Deutschen heiraten ... Das heißt, vor Männern ekelt es mich eigentlich sehr.«

»Bist du nicht verliebt?«

»Manchmal ... Ich darf nicht auf mein Herz hören. Mit dreizehn trank ich Gift aus Schwefelhölzern wegen eines bösen Mannes. Davon habe ich genug. Ich stecke nicht den einen Kreuzer zum anderen, daß dann irgendein Schurke kommen soll, um mein bitter erspartes Geld mitzunehmen, zu verspielen oder den Weibern zu geben. Strolche könnte ich ja jeden Tag bekommen, mehr als genug ... Sie sehen, daß ich gute Kleider habe, daß ich anständig bin, denn bereits vor vier Jahren habe ich Frau Stein verboten, mich irgendwelchen Pester Kavalieren vorzustellen, ich hatte nämlich damals die ersten tausend gerade beisammen. Das wäre noch schöner: ausgerechnet diesen Pester Schuften zuliebe werde ich eine Schlampe sein! Und wenn einer seinen Zylinderhut noch so glänzen läßt, er dürfte nicht einmal die Bänder meiner Schuhe zubinden. Auf mich wird niemand im Kaffeehaus oder auf der Straße mit dem Finger zeigen können: ›Hier geht die alte Estella, dann und dann, dort und dort, für soundso viel ...‹ Der Teufel hole all diese großmäuligen und niederträchtigen Männer!«

Endlich schmiß die elegante englische Dame ihre Zigarette zu Boden, so daß alle Kellner hinsahen. Daraufhin zog sie den Schleier vor das Gesicht und sprach ein wenig leiser.

»Richtig: ich bin nicht mehr jung, ich gebe zu, es gehen auf der Straße Schönere und Jüngere herum, denn heutzutage will ja jedes

Dienstmädchen vom Dorf eine Kokette werden. Das Mädchen aus dem Modegeschäft findet es plötzlich langweilig, die Hutschachtel zu schleppen, geht zu Frau Stein, möchte geputzt werden und in Seide gewickelt. Das Tippfräulein braucht ein neues Kleid, nach Büroschluß läuft es zu Frau Stein. Die Ingenieursfrau, die Anwaltsfrau, mit einem goldenen Kreuz am Hals, die junge Ehefrau aus Buda, alle stehen sie früh am Abend in der Küche der Frau Stein herum und haben nur davor Angst, daß der Herr, den sein Weg zufällig vorbeiführt, vielleicht ein Bekannter sein könnte, jemand, von dem sich die Damen auf dem Ball oder im Konzert hofieren lassen, wobei sie hinter ihren Fächern hervorlispeln: ›Tschaikowski! Seine Musik geht mir nahe . . .‹ Aber die meisten sind zu allem entschlossen, denn schon ist der Frühling da, und man braucht das neue Kleid. Die Männer in dieser Stadt arbeiten, stehlen, betrügen, rauben, spielen Karten und tun alles ausschließlich nur, weil die Metzen im Frühling neue Hüte haben müssen. In Pest springen die Männer in die Donau, jagen sich Kugeln in die Köpfe und gehen ins Gefängnis den Frauen zuliebe, und die Armen ahnen nicht einmal, daß die angebetete Dame am Abend in der Küche der Frau Stein steht und hinter dem Vorhang hervorspäht, denn gleich könnte ja ein betrunkener Deutscher mit schwankenden Schritten die Stiege hinaufklettern oder ein kropfiger Fiakerkutscher, der beim Pferderennen in Alag etwas Geld gewonnen hat, oder Croupiers aus den Spielhäusern, die so viel immerhin noch schenken können, daß man damit ein Paar Seidenstrümpfe kauft . . . Ganz Pest ist ein einziges öffentliches Haus, die Hausmeisterin der Frau Stein geht vielleicht sogar in die Kirche, um für den Abend zu ihrer Herrin die gerade angetraute junge Frau einzuladen . . . Soll ich meinetwegen nur alt werden, soll ich nur krank werden, aber meine Ehre verkaufe ich um keinen Preis. Nie hat mich bei Frau Stein ein betrunkener Zigeuner oder ein Taschendieb auch nur berühren dürfen. *Garçon*, einmal Kognak V.S.O.P. Zweimal.«

»Danke«, antworte ich, »ich nehme keinen Alkohol.«

»Du hast es leicht, bist gesund, ich fühle mich nur mehr dann gut, wenn ich ein paar Gläser getrunken habe. Natürlich achte ich sehr darauf, daß die Getränke, die ich konsumiere, einwandfrei, erstklassig und fein sind. Bei mir wird der deutsche Onkel vergeblich sparen wollen, ungarischer Sekt gehört in den Hals eines Kutschers, meine Marken heißen Pomery und Greno. Und auch davon nur *sec*, natürlich. Frau Stein weiß schon, daß man keinen billigen Wein in feine Flaschen gießen kann, wenn ich im Salon bin, an ihrem lockigen Kopf würde ich die Bouteille zerbrechen, denn wenn ich getrunken habe, bin ich manchmal wild.«

»Schrecklich«, sagte ich.

»Ich bin sehr unglücklich«, sagte leise Estella und schwieg eine Weile.

So redete Estella, und vielleicht sprach sie auch noch von anderen Dingen, aber ich kann mich an sie nicht erinnern, oder ich möchte sie nicht sagen.

Später erzählte Estella von ihrer Jugend; die Familie wohnte auf dem Dorf, das Haus hatte ein Stockwerk, aber die Bäume wuchsen über das Dach hinaus, und nachts bellten treue Hunde auf dem Hof. Damals war sie zur Zeit der Abenddämmerung immer traurig, ringsum gab es nur Stille, und trübsinnig wehten die Schatten zwischen den Bäumen. Wenn jemand bei Anbruch der Dämmerung nicht traurig wird, hat er ganz bestimmt kein Herz. Dann reiste Estella nach Pest, und am späten Nachmittag im Herbst lag der schwarze Rauch der Fabriken über der Stadt, als wohnten lauter traurige Leute unten in den Häusern. Aus Nebel und dunklem Dunst waren die Berge, die man in der Ferne sehen konnte, auf dem Bahnhof brannten bereits die Laternen, und noch war Estella unschuldig.

Wir gingen in Buda spazieren, und immer noch sprach Estella davon, wie unglücklich sie sei. Vielleicht redete sie nur deshalb so, weil sie fühlte, daß ich sie sogar zu lieben begann, da mir ihr Klagen behagte. Von da an fiel kein Wort mehr über Männer, über Frau Stein und über die verdorbenen Frauen ...

»In der Nachbarschaft gab es einen königlichen Förster, der öfters erklärte, daß er mich heiraten wolle. Sein Gesicht war so rot wie das Laub in den Wäldern, wenn es am Morgen bereits Rauhreif gibt, und die Zügel der feurigen Pferde, die seinem Schlitten vorgespannt waren, hielt er selbst«, so sprach Estella.

Von ihrem Gebetbuch erzählte sie, von ihrem Tagebuch und von ihrer Erzieherin, die eine Brille getragen hatte.

»Alles Übel kam nur daher, daß meine Mutter meinen Vater nicht geliebt hat!«

Dann erinnerte sie sich an einen Waschtag, an die Weinlese und an ein Hochzeitsfest, bei dem sie Brautjungfer gewesen war und sich einen Kranz kleiner Heckenrosen ins Haar geflochten hatte.

Wir gingen an einem kleinem Café vorüber, wo sich ein altes Paar im Kaffeehausgarten sonnte. Ein stiller kleiner Platz lag unterhalb des Berges, und der Cafétier in der Tür hatte eine abgetragene Samtmütze auf. Estella berührte meinen Ellbogen.

»Schau dir nur die ehrbaren Alten an.«

Das alte Weibchen hatte eine Mantille um die Schultern, sie trug einen kleinen altmodischen Hut und gehäkelte Handschuhe, und in den Händen hielt sie eine Illustrierte aus Wien. Wie manche Beamte im Ruhestand studierte der alte Mann durch runde Augengläser aufmerksam die Abendzeitung. Beide waren schwarz gekleidet, nur der Alte hatte mehr Ringe an den Fingern, als man gewöhnlich trägt, heftig blitzte das tiefrote Feuer eines Rubins, und die kleine Alte trug bessere Schuhe, als es in Buda üblich war. Hohe französische Absätze hatten diese Halbschuhe, und geschickt waren die Maschen um die grauen Strümpfe gebunden.

»Also?« fragte ich Estella, als wir weitergingen.

Meine Freundin schlug die Augen nieder. Das seidene Stiefmütterchen bewegte sich an ihrem Busen.

»Bei denen habe ich angefangen, als ich noch an der Schauspielschule war. Sie wohnten in Pest, in der Aranykéz-Straße, und flink lief Onkel Rókási auf seinen alten Beinen die Stiegen empor, wenn Gäste gekommen waren und er die Mädchen holte. Ein Stutzflügel stand im Salon, auf dem der alte Mann mit zittrigen Händen Walzer spielte, die man beinahe schon vergessen hatte . . . Die Frau mußte später zwei Monate sitzen – bei diesem Geschäft kann so etwas vorkommen –, und daraufhin zogen sich die beiden zurück.«

Wir gingen weiter, und ich mußte daran denken, wie zärtlich der Alte über seine Augengläser auf das alte Weiblein geblickt hatte. Mein Gott, wird mich jemand noch so verliebt ansehen, wenn ich erst alt bin, häßlich bin und in einer kleinen Mantille am Tisch eines Kaffeehauses sitze in Buda?

In einem verlassenen Garten ließen wir uns auf die Bank nieder und saßen lange nebeneinander, ohne etwas zu sagen. Auf einmal begann Estella zu weinen; sie lehnte den Kopf an meine Schulter, und auch mir traten Tränen in die Augen, obwohl ich nicht zu heulen pflege, auch dann nicht, wenn ich Zahnweh habe.

Abends, bevor wir uns trennten, machten wir noch aus, daß mich Estella holen käme, sobald Eduárd Alvinczi die Frau Stein wieder einmal besuchen würde, um laut zu seufzen im Salon: Es gibt in Pest keine Frauen mehr.

Die ganze Nacht träumte ich von Estella, von den alten Leuten in Buda, von dem Weiblein in den Lackschuhen; mit Glocken behängt, lief ein Schlitten durch eine verschneite Landschaft, und in roter Pelzweste, Rauhreif am Schnurrbart, kam Estellas Förster, um mich zu holen.

Dann einmal gegen Abend rief mich ein alter Dienstmann – vielleicht der älteste Pester Dienstmann, der einen weißen Bart hatte wie Abraham – geheimnisvoll auf den Korridor hinaus und drückte mir einen Zettel in die Hand. »Abends um 8, Aranyfácán-Straße 3 III. 1. E.« Als ich mich umsah, war der alte Dienstmann bereits verschwunden, als wäre er nur eine Erscheinung gewesen. Rasch begann ich mich anzuziehen, ich nahm meine besten Strümpfe, lange polierte ich mir die Nägel und zog dann ein Band in mein Hemd, ein lilafarbenes Band.

Woran ich dabei dachte? An nichts.

Ich wollte Eduárd Alvinczi gefallen, denn er sollte nicht mehr sagen können: Es gibt in Pest keine Frauen mehr! Was bis dahin und nachher geschehen würde, darum kümmerte ich mich so wenig, als wären es längst vergangene Dinge, die nun folgen würden. Heute bin ich eine Estella, am Vormittag spaziere ich auf dem Korso, um Bekanntschaften zu machen, und dann weine ich im verlassenen Garten irgendwo in Buda vor mich hin. Was geschieht morgen . . .? Hauptsache, meine Schuhe glänzen.

Vor dem Tor eines grauen Pester Hauses blieb ich stehen, an dem ich vielleicht schon oft vorbeigelaufen war, ohne es anzuschauen. Eine komische Tafel mit den Namen der Wohnparteien hing am Toreingang, und wie oft habe ich solche Tafeln bei plötzlichen Gewittern gelesen. Sie haben mich immer amüsiert. Aber diesmal pochte mir das Herz, als ich den Namen Frau O. Stein entdeckte. Es war mir ein wenig schwindlig, während ich ins Stockwerk hinaufging und auf den Klingelknopf drückte. Eine Minute mußte man warten, und es gab ein Geräusch, als liefen hinter dem Vorhang des Vorzimmers halbangezogene Frauen auf Zehenspitzen in Pantoffeln herum. Eine Stimme rief: »Mama!« Die Tür wurde halb geöffnet, eine stattliche Frau im roten Schlafrock tastete mich mit kalten grauen Augen ab.

»Sie sind es?« fragte sie streng und unfreundlich.

Ich nickte.

»Bitte einzutreten«, sagte sie gleichgültig. »Sie werden warten müssen . . . Aber Estella ist ja da.«

Irgendwoher aus dem Zwielicht des Vorzimmers trat Estella hervor. Sie packte meine Hand mit beiden Händen, Tränen glänzten in ihren Augen.

»Mein Gott, du bist also gekommen?« sagte sie und atmete dabei schwer, als wollte sie gleich ersticken.

In kaltem, befehlendem Ton sagte Frau Stein: »Fräuleins, im Vorzimmer darf man sich nicht aufhalten. Es ist überflüssig, jeden zu treffen, der hier kommt und geht.«

Estella nahm mich am Arm.

»Komm in die Küche.«

In der Küche brannte nur eine Petroleumlampe, dabei habe ich in den übrigen Teilen der Wohnung den Glanz elektrischer Lichter gesehen. Anstelle der roten Teppiche und grünen Tapeten des Vorzimmers gab es hier nackte Wände und einen Steinboden. Die Luft war voll Speisen- und Zwiebelgeruch, in der Ecke wusch ein altes Dienstmädchen Geschirr und fluchte auf slowakisch. Unter dem Fenster, auf einem dreibeinigen Sessel, saß eine Dame in großem Hut und seidenem Kleid. Sie hatte Handschuhe an, und ihr Sonnenschirm war fein; sie musterte mich kalt, dann wandte sie den Kopf wieder ab und blickte unter dem rosa Vorhang auf den dämmrigen Gang hinaus.

Auf einer großen Reisekiste nahmen wir Platz, eng nebeneinander, denn mein Herz klopfte so stark, daß ich glaubte, ich müßte gleich ohnmächtig werden. Estella hielt meine Hand fest, und als ich sie von der Seite her anblickte, sah ich, daß ihre Bluse am Hals aufgeknöpft war, und auch ihr Haar wirkte verdächtig zerzaust. Mein Gott, warum ist dieses Mädchen so struppig? Kälte lief mir über den Rücken, und leise zog ich meine Hand aus Estellas Hand.

Ab und zu warf mir die Dame im großen Hut feindliche Blicke zu. Sie konnte besonders meine Schuhe nicht leiden, die Pepita-Einsätze hatten, und so etwas trugen erst wenige in Pest. Auf Estella sah die Dame spöttisch und beinahe voll Mitleid, wie die anständigen Privatfrauen auf die aufgeputzten Mädchen der Straße zu schauen pflegen. Blondes Haar hatte sie und blaue Augen, ein Gesicht wie die Katzenporträts englischer Zeichner, und leichter Veilchengeruch strömte aus dem schwarzen Seidenkleid. Einen kleinen Spiegel zog sie aus der Handtasche hervor, in der ein Rosenkranz klirrte.

Jetzt ertönten Schritte auf dem Gang, die Dame drehte sich auf dem Sessel rasch um und hob den Vorhang ein wenig. Im Vorzimmer war ein kurzes Klingelzeichen zu hören.

Aufgeregt sprang die Dame auf. Sie zog sich den Rock zurecht, zupfte am Schleier, nahm graziös den Sonnenschirm unter den Arm und betrachtete die geschlossene Tür, wobei sie an uns Schauspielerinnen erinnerte, wenn wir hinter den Kulissen stehen und auf das Stichwort warten.

Dann warf sie plötzlich einen Blick auf meine Schuhe. Wer weiß, ob wir einander jemals treffen würden? Deshalb fragte sie frostig: »Fräulein, wo kaufen Sie Ihre Schuhe?«

Mein Seelenzustand war viel zu gedrückt, als daß ich auf die Frage hätte antworten können. Eine Weile starrte mich die Frau nur an, dann öffnete sich leise die Tür, und eine Stimme sagte beinahe flüsternd: »Blonde Frau!«

Sogleich begann die Dame zu spielen: sie lächelte geheimnisvoll, schüchtern und ergriffen, wie die kleinen Frauen, die verstohlen durch das Tor eines Hotels in Buda schlüpfen, wenn sie sich nach entsprechend langem Flehen endlich entschlossen haben, bei einem Rendezvous doch noch zu erscheinen. Sie hüstelte auch noch, die Niederträchtige. Und mit gekünsteltem Trippeln huschte sie aus der Küche.

»Sehr richtig, daß du der ›blonden Frau‹ nicht geantwortet hast«, sagte jetzt Estella mit schnurrender Stimme neben mir. »Diese Frau ist das gemeinste Weib von ganz Pest, aber sie hat einen gesetzlich angetrauten Mann, und deshalb verachtet sie uns alle. Die Rózsi Kisfuvaros hat schon damit gedroht, daß sie der Schlampe etwas ins Gesicht schüttet. Frau Stein würde lieber sterben, als nur einen Groschen zu verlieren, und die ›blonde Frau‹ pflegt auf der Straße mit einem kleinen Jungen herumzuspazieren.«

»Wo ist der kleine Junge?« fragte ich verblüfft.

»Unten, beim Hausmeister. Er ist mit dem Sohn des Hausmeisters gut befreundet.«

Fluchend schmiß das slowakische Dienstmädchen das Eßzeug in einen Korb. Wir waren still, und ich hörte ganz genau, wie das Herz der Estella klopfte. Vielleicht klopfte mein Herz.

»Fräuleins, Karten spielen kann man auch in der Küche, halten Sie nicht mein Zimmer besetzt!« Man hörte die Stimme der Frau Stein, lachend schob sie zwei struppige Mädchen durch die Tür und gab dabei dem dickeren einen kräftigen Klaps. Mit einem

Schlag saßen wir in der kleinen halbdunklen Küche wie in einer Spinnstube.

Frau Stein hatte eine Zigarette im Mund. Sie stand mitten in der Küche, die Hände in die Hüften gestemmt, schimpfte lachend über das alte Dienstmädchen, mit einer Heiterkeit, die ansteckend war.

»Verdammt noch mal, der Teufel soll Sie holen, alte H . . .! Das ist ja das Geschirr von Mittag, und Sie sind immer noch nicht fertig? Also von nun an werde ich die Sache selber machen. Ich werde Ihnen noch zeigen, was das heißt, abzuwaschen. Aber den Schurken nachzulaufen, darauf verstehen Sie sich!«

Brummend fluchte das alte Weib, und die struppigen Mädchen lachten. Frau Stein ließ ihren mächtigen Körper auf einen kleinen dreibeinigen Sessel nieder und machte aus der Zigarette einen tiefen Zug.

»Ich habe schon geglaubt, der Stuhl wird unter mir zusammenbrechen.«

Die Karten mischte sie gründlich, und die Mädchen hockten an ihrer Seite nieder.

»Wir werden Mariage spielen, fünf Kreuzer ist die Einlage. Hast du fünf Kreuzer, du Kuh?« fragte Frau Stein das dickere der beiden Mädchen.

»Die Mama wird sie mir schon borgen.«

»Fällt mir gerade ein.«

Dann kam das kleine Portemonnaie des dicken Mädchens aus der roten Bluse doch noch zum Vorschein.

Eine Zeitlang spielten sie ernsthaft und überlegt. Ich glaube, keine hat beim Spiel geschwindelt, denn Frau Stein hätte die Schwindlerin ganz bestimmt getötet.

Auf einmal legte Frau Stein die Karten nieder.

»Ich hätte es beinahe vergessen, der alte gnädige Herr muß geweckt werden. Nur auf meinem Diwan kann er schlafen – deshalb kommt er hierher.«

Sie erhob sich, reckte sich dabei, gähnte und warf die Zigarette in die Ecke.

»Mein Gott, ich hasse ja mein Leben so!«

Ein Schatten Traurigkeit huschte über ihr einst schönes Gesicht wie das Bild einer braunen Regenwolke über den Spiegel eines stehenden Wassers. In ihren immer noch feurigen und tiefbraunen Augen erschien »ungarische Melancholie«, wie wir es einst im Theater bei Frau Blaha gesehen hatten.

Eine alte Weise vor sich hin summend, ging sie aus der Küche, und auch aus dem Vorzimmer hörte man noch: »Irdische Verblendung, himmlischer Betrug ...« Als wollte sie mit diesem Lied den alten gnädigen Herrn aufwecken.

Mit einem Käfig aus Messing in der Hand kehrte Frau Stein nach einigen Minuten zurück. Irgendein kleiner Vogel, ein Zeisig oder ein Stieglitz vielleicht, saß still in einer Ecke des Käfigs. Frau Stein hockte nieder und begann leise zu pfeifen. Der kleine Vogel plusterte sich auf und antwortete ihr. Frau Stein hob den Zeigefinger.

»Hören Sie es? Ganz wie die Glöckchen am Karsamstag! Mein lieber Vogel, du!«

Die Tür öffnete sich von selbst, ein flinker und lustiger Rattler lief herein. Einen schwarzen Fleck hatte er auf der Stirn, und seine Augen glänzten so fröhlich, wie die Augen der guten und treuen Hunde glitzern. Er sprang immer wieder über den Käfig und dann über die Frau Stein, närrisch hüpfte er um seine Herrin herum, ganz verrückt vor Freude, beinahe berauscht. Endlich streckte Frau Stein die Hand aus, der Hund küßte sie und legte sich auf den Boden.

»Der junge Herr!« sagte Frau Stein und zeigte auf den Rattler. »Zweihundert Pengő Strafe habe ich bisher zahlen müssen, weil er auf der Straße den Frauen die Röcke herunterriß.«

Eine Zeitlang spielte Frau Stein noch mit ihren Kleinen, man sah ihr an, daß sie sich für nichts auf dieser Welt interessierte als für ihren Vogel und für ihren Hund.

Schritte ertönten auf dem Gang, jemand läutete kurz. Frau Stein eilte ins Vorzimmer und kehrte dann mit geröteten Wangen zurück.

»Fräuleins, ins blaue Zimmer, aber schell! Der Baron Jenő ist da, und er will Eierspeise essen ... Auf der Straße ist er plötzlich hungrig geworden, also ist er zu mir gekommen, um etwas zu essen.«

Estella nahm mich am Arm und führte mich durch eine Nebentür in die Wohnung. Wir hörten noch, wie der Gast etwas vor sich hin murrte, als er in der Küche mit großem Gepolter auf der Reisekiste Platz nahm.

»Du wirst noch sehen, wie viele verrückte Männer es gibt«, sagte Estella. Wir saßen im blauen Zimmer auf kleinen Stühlen. »Beinahe jeder Herr ist ein wenig verrückt. Es gibt welche, die schöne Strümpfe lieben, andere schwärmen für hübsche Schuhe, der dritte will unbedingt geohrfeigt werden, dem vierten muß die Mama die Hände und Füße mit einer starken Schnur zusammenbinden, der fünfte weint seiner Frau nach, und man hat von ihm Geld zu verlangen, weil seine Kinder neue Schuhe brauchen ... Ein sehr reicher und feiner junger Mann, beinahe so schön wie der Prinz Rohan, mag die Frauen nur, wenn ihre Sohlen von Straßendreck strotzen, den schwarzen und hysterischen Dichter wiederum muß man Prinz Bourbon nennen, denn irgendeine Großmutter seiner Großmutter war einmal in Madrid die Geliebte des französischen Königs gewesen ... Traurige junge Männer kommen her, die Liebeskummer haben, sich an der Schulter der Frau Stein ausweinen wollen und die Mama um Rat bitten, denn sie leiden an Schlaflosigkeit und an Herzweh, alte Herren mit gewichstem Schnurrbart haben keinen anderen Wunsch, als daß man sie Jancsi oder Pista nennt und in die Ecke stellt. Ernsthafte Herren schleichen von ihren wunderschönen reichen Frauen hierher und erkundigen sich bei der Mama nach irgendwelchen gefallenen Mädchen, die zerlumpte Röcke tragen. Journalisten kommen und lesen in der Küche Artikel vor, die am nächsten Tag in der Zeitung stehen, vorher aber wollen sie noch schnell die Meinung der gnädigen Frau erfahren. Eine verrückte Welt ist das, die ganze Nacht kommen und gehen die unglücklichen, leidenden Männer, und alle hoffen sie auf das gute Herz der Frau Stein, daß sie die Herren mit einem freundlichen Wort tröste, mit gutem Rat oder mit einem Mädchen. Mein Gott, wie viele schöne, unglückliche Herren gibt es in Pest! Unzählige Schmerzen, Sorgen, traurige Dinge einer großen Stadt werden nachts hierhergebracht, in die Küche der Frau Stein ... Voll Zuversicht zeigen hier die Männer ihre tiefen Wunden, dieselben Männer, die untertags mit erhobenem Kopf auf der Straße herumspazieren. Frischgebackene Verlobte bitten um Anleitungen und alte Ehemänner wollen Zaubermittel haben, die die Liebe erneuern. Geheimnisse werden ausgesprochen, die man sonst nur dem Beichtvater erzählt, in der Kirche der Jesuiten oder vor der wundertätigen Jungfrau von Máriapócs, wo man auf die Knie fällt und die Worte in den Steinboden hineinbeißt. Das große Leben macht hier jeden Tag Visite, und dabei gibt es in der ganzen Wohnung nichts anderes zu lesen als ein jüdisches Gebetbuch und die Abenteuer des Ritters Faublas. Nachts, wenn es still ist und die Damen immerfort nur warten, blättern sie entweder im Gebetbuch oder in den Abenteuern ... Frau Stein läßt ihre große Tochter in einem Wiener Kloster erziehen, während ihr Mann Gastwirt ist, in Kanada. So leben wir hier, meine Liebe.«

Ich nickte, ich war traurig. Sehr still war es im blauen Zimmer, als wäre ich vom Leben, von Budapest sehr weit weg geraten, als würde ich in irgendeinem Märchenhaus sitzen und das alles ringsherum wäre gar nicht wahr, Estella wäre bloß eine seltsame Figur im Puppentheater und die aus Seidenpapier ausgeschnittene Ballerina an der Wand könnte gleich zu tanzen beginnen. Im Zimmer roch es nach Zigaretten, die mit Opium gewürzt waren, Patience-Karten lagen auf einem kleinen vergoldeten Rokokotisch, alte Tikkets von Pferderennen und vergilbte Tanzordnungen hingen vom Luster. Die Figur am Aschenbecher war eine Frau, deren gläserne Augen durch die Schlitze einer schwarzen Gesichtsmaske glitzerten, und zwei Bilder hingen an der Wand. In ihren roten Mänteln amüsierten sich Rokokokavaliere mit ihren schlanken Damen am Tisch eines alten Salons, in kurzen Hosen stand der schwarze Diener dabei und servierte Kaffee. Das Porträt eines alten Mannes hing daneben, der eine Mütze trug und vielleicht Gastwirt sein mochte in einer Dorfschenke.

»Der Vater von Frau Stein!« sagte Estella.

Und neben dem alten Schankwirt war das Bild des Dichters Jókai zu sehen, in Stahl gestochen.

In einem Gewand, dessen Ärmel bis an die Ellbogen aufgekrempelt waren, trat Frau Stein ins Zimmer. Ihr Gesicht brannte vor innerer Hitze, fröhlich glänzten ihre Augen.

»Irgendeinmal, wenn ich euch satt habe, Mädchen, kann ich auf das Gut des Baron Jenő ziehen, als Wirtschafterin. Er hat mich aufgenommen. Rosige Ferkel werde ich großziehen, gelbe kleine Gänse und auch Enten, die kaum noch watscheln können, im Frühling werde ich über das Grün der Wiesen fahren, in einem Wagen, der nicht gefedert ist, und im Winter reicht der Schnee auf dem Hof bis an die Hüften ... Das ist, was ich brauche, ich bin ja ein Mädchen vom Dorf. An der Sajó, in einem verlassenen Gasthaus, hat mein Vater den Wein ausgeschenkt, und wenn es Winter war, heulten am Abend Füchse und Wölfe jenseits des Flusses im Schilf. Fräuleins, Sie müssen noch warten! Estella, zeigen Sie der Dame das Porträtalbum.«

Mit flatterndem roten Schlafrock, unter dem Geklapper der hohen Absätze der Pantoffeln, verschwand die jugendliche Weibsperson wieder.

Aus einer Schublade zog Estella ein in roten Samt gebundenes Album hervor. Es war voller Männerporträts. Junge gab es da und Alte, Zivilisten, Priester und Soldaten, Imre Szirmay und Ede Ujházy, dann Sándor Bródy, dem eine Haarsträhne in die Stirne fiel, so daß er wie ein Romanheld aussah; dann der Erzherzog im Waffenrock eines Obersten, ein kleiner Junge auf einem Holzpferd, Gyula Reviczky, den Kopf in die Hand gestützt, auf dem Bild eines Photographen aus dem Stadtwäldchen der Journalist Lázár mit zwei Mädchen, dann wiederum ein Priester mit goldenem Kreuz und nach ihm schöne Männer aus Pest: Mór Tiller mit großem Bart und der schöne Béla Farkas, Ferenc Kossuth und Vilmos Tarján, die den Frauen meistens gefallen, der Zirkusdirektor Beketow und der Bänkelsänger Karcsi Baumann, Kornél Abrányi mit seinem Löwenhaupt und Onkel Kemény, der alte Journalist (wohl nur als Zeichen der Verehrung ist er in die Reihe der schönen Männer aufgenommen worden, bloß weil er seine Virginia nachts unter den Damen des Orpheums zu rauchen pflegte – dachte Herr Rezeda), liebe Gesichter, wie sie von den Frauen gern angesehen werden: der schöne Szomory und Jenő Ivánfi, Viktor Molnár und Kálmán Gálos, Sándor Hadik und Miksa Márkus, deren Bilder einst im Schaufenster des Photographen Calderoni hingen, bis die Mädchen alle gekauft hatten, als Erinnerung, dann unzählige Frauen, nach alter und nach neuer Mode gekleidet, am Rand mancher Bilder zeigte ein Stück schwarzer Schleier an, daß die Dame gestorben war. Estella blätterte weiter, und auf dem großen Bild, in die Tracht des Miklós Zrínyi gekleidet, hinter dem Geländer eines Erkers, stand Eduárd Alvinczi. Im kleinen Bahnwärterhaus begann die Signalglocke zu läuten.

»Pst!« sagte plötzlich Estella.

Schrilles Lachen, tiefes Stöhnen wie Taubengurren, hysterisches Kreischen war aus dem Zimmer von nebenan zu hören, eine Frauenstimme, die Worte schrie, von Weinen geschüttelt, beinahe erstickend vor Wollust.

»Pepita, das Luder«, sagte Estella gehässig. »Sie simuliert Raserei, um die Männer aufzuregen. Vor ein paar Tagen hat einer meiner Bekannten hier geschlafen, ein englischer Trainer, denn er wartete auf den Morgenzug. Die ganze Nacht hindurch tobte Pepita im Nebenzimmer, der Engländer wurde immer wieder wach und weckte jedesmal auch mich auf. Mindestens zehnmal ist der närrische Engländer aufgewacht. Mein Gott, wie langsam verging die Zeit bis zur Dämmerung.«

Ich sprang auf die Beine. Blind, taumelnd, außer mir rannte ich auf die Tür zu. Ich weiß nicht, wie ich aus dem Haus gekommen bin. Auf der Straße war es bereits dunkel, ein kalter Regen fiel, mein Gesicht war voller Tränen, und ich stieß einen beschwipsten jungen Mann gegen die Brust.

Herr Rezeda hielt während der Erzählung beide Hände des Fräulein Horváth.

Mit feuchten Augen sah er in die Augen des Mädchens, die nun finster waren und trüb.

»Ist es wirklich so geschehen?« fragte er leise.

»Auf mein Ehrenwort!«

Daraufhin küßte Herr Rezeda dem Fräulein die Hand.

II

Plötzliche Sinnesverwirrung

Dienstag, 6 Uhr morgens

Herrin, ich knie nieder und empfehle meine Seele Gott. Geladen liegt die alte Werndl-Waffe auf dem Diwan neben mir, und ich bedaure nur das eine, daß die Pose unschön sein wird, wenn ich mit meiner Zehe auf den Abzug drücke. Nach der Überzeugung alter Autoren und auch nach meinem Urteil werden mir sechs Lot Pulver und zehn Deka Blei helfen können. Ich fahre weg, obwohl ich gerne lebe, so gern, wie es in *Tosca* der Tenor herzerweichend verkündet. (Schade, daß der Sänger zwei linke Beine hatte.) Erinnern Sie sich an Jacques Mannheit in der Rolle des Grafen Almaviva? Damals saßen wir nebeneinander im Zuschauerraum, aber *Tosca* hatte ich allein gehört, irgendeinmal, in einem Winkel des Zuschauerraumes, und damals faßte ich den Entschluß, einst, wenn Gott so will, dieses Lied mir ins Ohr, ins Herz spielen zu lassen, von einem Cellisten, der eine traurige Visage hat – das Licht dämmert bereits über der Engelsburg! – und dann sterben, wenn es wieder Morgen wird. Ich ziehe den Vorhang zur Seite, und durch mein während der Zeit nächtlicher Ruhe verwaistes Fenster (unter dem in der Nacht ja niemand »Ich liebe dich, ich liebe dich, nach dir sehne ich mich, mein alles!« geseufzt hat, während der Mond wie das Zeichen aus einem Märchen über dem alten Dach des Hauses stand, und stumm war mein Balkon, wie in Romanen, die in Sevilla spielen) kommt das Sonnenlicht von Rákos her, voll Freude am Spielen, Wagen fahren und Menschen bewegen sich unten, vier Stockwerke tief, vielleicht denke ich an eine Reise in der Morgendämmerung, ich war mit dem Schnellzug einmal gen Süden gereist oder gen Norden, und die ganze Nacht hindurch amüsierte mich das Klirren der Ketten an den Eisenbahnwaggons, immer wieder schlugen die Ketten aneinander, trennten sich immer wieder, tam-tam, ich versteckte mich auf dem Sofa des Schlafwagens, wie ein Herr, der vor einer Krankheit flüchtet, obwohl vor meinem Fenster eine begehrenswerte zerzauste Rumänin vorbeigegangen war, milchweiß und im Unterrock ... Auf französisch hätte ich sie ansprechen müssen, ich hätte mich vorstellen sollen als Graf von Navarra, über meine kleine heilige Schwester erzählen, die im Begriff war, in Avignon, im Kloster der lieben Schwester, Nonne zu werden, da sie keinen Mann hatte finden können, der ihr seiner Geburt nach ebenbürtig gewesen wäre; von meinen Ahnen hätte ich reden müssen: vom wahnsinnigen Fülöp und von den Räuberhäuptlingen von Szécsény berichten, den hinkenden Lord erwähnen, das Haus in Orléans, dann hinauszeigen auf die geheimnisvollen Berge, auf die seltsamen Täler der Hernád oder auf das Eisenhammerwerk, das im Zwielicht bereits rötlich zu schimmern beginnt; halb verrückt hätte ich werden müssen, von Gedichten und vor Liebe – und ich hätte sie verführen müssen, die schöne Rumänin, die übrigens den Schlafwagenschaffner suchte, der einen Bart à la Henri IV. trug. Regungslos lag ich auf meinem schmalen Bett und dachte fortwährend nur an sie, an die Unbekannte, die einzige, an die Königin meines Herzens ... Andere Frauen kamen in Kleidern aus gelber Seide, jüdische Frauen, die am jungen Dichter vorbeischritten, mit verführerischen Bewegungen, Augen, eigentümlichen Hälsen, wollüstigen Nasen, mit ihren breiten Lippen, die jedesmal, wenn die roten Zungen über sie herstrichen, mit Süße bedeckt wurden, mit Rücken, die auf Liebe warteten und sich schaukelnd hoben ... Ich bereue, Herrin, daß ich das alles niedergeschrieben habe. (Obwohl »Der Tag« diesen meinen letzten Brief vielleicht doch veröffentlichen wird!) Niemand kam mir entgegen: das ist die Wahrheit. Beinahe schon sterbend betrachtete ich die wunderschönen Frauen, die an mir auf der Straße, im Kaffeehaus oder im Theater vorbeizogen. Sie gingen weiter, mit Männern, die dicke Bäuche hatten und schmalzig aussahen, tagsüber in der Andrássy-Straße oder in der Király-Straße in übelriechenden Geschäften herumlaufen, runde Summen verdienen oder Ärzte der Armen sind, während ich mir vergeblich die Hausnummern merkte, unter denen die Paare verschwunden waren. Mitunter war ich nachts am glücklichsten. Das Messer lasse ich ins linke Auge gleiten, so tief es nur geht. Aus meiner Pistole schicke ich die Kugel zwischen beide Augen. Die Schläge meiner harten Fäuste lasse ich auf den Magen und auf die Nase niedersausen. Oder es gibt ein Säbelduell mit dem unbekannten Mann: und bei solchen Gelegenheiten dachte ich mit völliger Sicherheit an meinen Freund aus Kindesjahren, an den polnischen Herzog und Tanzmeister Kázmér A., der die jungen Männer nichts anderes gelehrt hatte, als Schnitte anzubringen, die zwischen die Rippen treffen, Stiche zu führen in den Bauch, bei gleichzeitigem Traversieren, sich Tricks und guter Griffe zu bedienen, die einen Gegner mit durchschnittener Sehne hinterlassen. Einst konnte meine Hand mit dem schlanken Florett genauso leicht umgehen wie mit einer feinen Zigarette, und ich war es gewohnt, über das Zielkorn meiner Pistole die Beine meines Gegners anzuvisieren. Mord, Tod, jemanden umbringen, vielleicht ins Zuchthaus gehen, aufgeknüpft werden, mit einer einzigen Bewegung den Browning einsatzbereit machen, raufen und ringen, Nasen abbeißen, Ohren ausreißen, Zahnreihen auseinanderpressen: das alles erschien mir einst als die Ordnung der Welt. Ich liebte es, wild gewordene Pferde zum Stehen zu bringen, mit den bloßen Händen dem einen oder anderen säbelklirrenden Leutnant entgegenzutreten, mit meinen zehn starken Fingern hätte ich vielleicht einen Stier erwürgen können – und jetzt schreibe ich Ihnen, meine Herrin, Musik aus *Tosca* tönt durch mein wildes Herz, und ich schreibe, daß ich am Morgen sterben werde.

Ich verzeihe jedem, auch meiner Herrin. Ergeben, mit tief gebeugtem Kopf, ungestümen Trieben entflohen, mutlos und nur mehr dem Blei vertrauend, bekenne ich Ihnen, teure Dame: lieben kann ich nicht mehr.

Einst war ich ein Romanheld, jetzt bin ich ein gelangweilter, übelgelaunter, müder Mann. Hätte es vielleicht Frauen gegeben, die ich umarmte . . . ? Nein, Sie waren die einzige, die ich jemals geliebt habe. Vorhin habe ich geweint, Ihretwegen. Gnädigste, es ist ja komisch, daß ich mich vor Ihnen rechtfertige. Was haben Sie mit der ganzen Sache zu tun?

Es ist Morgen. Die Sonne, das Leben, die gnädige Frau und andere törichte Dinge . . . Ich werde Gedichte lesen aus *Onegin*. Das *Ballett* oder den *Frühling*. Gott sei mit Ihnen, Königin!

Fräulein Horváth bekam den Brief gegen Abend. Sie setzte sich in eine Kutsche und ließ sich zu Herrn Rezeda fahren. Der Journalist war zu dieser Zeit bereits vom Rettungswagen abgeholt worden. Eine anständige Wunde hatte die Militärwaffe oberhalb seines Herzens geschlagen. Im Spital war er noch am Leben, eine uralte Nonne saß an seinem Bett, und für die Nacht stellte man den Paravent bereit.

12

Herbst in der Vergänglichkeit

Es war Herbst in Buda, im Tabán-Viertel, in einem alten Haus, in dem früher einmal die Geliebten der Könige gewohnt haben mußten, denn der bereits halb eingestürzte unterirdische Gang diente dem König allein zu dem einen Zweck, seine Geliebte nächtlich besuchen zu können. An manchen Türen war noch das Wappen des Matthias Corvinus zu sehen, und in Stein gemeißelte Raben standen sinnend auch an den Resten mancher zerbröckelnder Marmorblöcke. Aus dem Mauerwerk blicken die uralten Steine hervor, als wären sie neugierig auf das Leben, das sie nun umfließt; in den unterirdischen Gängen spaziert einsam eine Otter, vom Wetterhahn auf dem Dach ist nur ein Hahnenschwanz übriggeblieben: er dreht sich so eigentümlich, grotesk, wie aus einem Kindermärchen, als wollte er den untreu gewordenen Hahn vertreten.

In diesem Haus also nahm Herr Rezeda eine Wohnung, zwei kleine Zimmer. In dem einen fand Fräulein Horváth mit ihren Hutschachteln Platz, in dem anderen konnte Herr Rezeda seine Bücher unterbringen, seinen blauen Frack und seine Hemden, die mit Spitzen verziert waren, denn der romantische Herr ging gern in solchen Hemden herum, und nicht nur auf Bällen. (Fräulein Horváth verstand sich ausgezeichnet auf das Bügeln der spitzengeschmückten Hemden!) Auf dem schmalen Bett schlief Herr Rezeda. Klára bereitete sich das Nachtlager auf dem Boden; unter dem steinernen Kruzifix wurde das alte Nachtlicht angezündet, und die beiden führten nachts bei dem Licht der kleinen Laterne lange Gespräche.

Manchmal hatten sie auch einen Gast, in Gestalt des kleinen Béla Bonifácz, der nach langen Irrfahrten, zu Fuß, mit der Bahn, auf einem Floß auf dem Dnjepr, aus Sibirien heimgekehrt war, zusammen mit den Töchtern der Dideri-Dir. Tuberkulose und die Verehrung Buddhas hatte er von der anderen Hälfte der Erdkugel mit sich gebracht. Während seines Ausfluges war Béla Bonifácz eine Woche lang zwischen Schafen, struppigen kleinen Pferden und buddhistischen Priestern in einem Güterzug herumgereist, in der Gegend der chinesischen Grenze, wo die Kosaken ihre Garnisonen hatten und die Mädchen ungarische Hirtentänze tanzten, um die gelangweilten Offiziere zu amüsieren. Im Güterzug hatte sich Béla bekehrt, er lernte chinesische Gebete, und nachdem er in Buda angekommen war, versuchte er nach besten Kräften, für Buddha neue Anhänger zu finden, in diesem Land, in dem sogar der wirkliche alte liebe Gott von viel zu wenigen Leuten verehrt wird. Die orientalische Gottheit hatte ihren unglückseligen kleinen Verehrer mit wunderbaren Rednergaben bedacht, und dabei war er nie im Leben zerlumpter gewesen als gerade jetzt. Bloß wußte er nun, weshalb er so zerlumpt war.

Es war also Herbst, und nachdenklich läuteten die Glocken in den Türmen des Tabán. Ein alter Essigbaum stand vor dem Haus, der vielleicht noch zur Zeit des Königs Sigismund gepflanzt worden war, und diesen Essigbaum betrachtete Herr Rezeda oft vom Fenster aus. Jeden Tag beobachtete er das Laub, das immer röter wurde, und mit kindlicher Traurigkeit sah er den herabfallenden Blättern nach. Wir finden einen großen Armsessel in der Wohnung. Vielleicht hatten in diesem Armsessel betagte Könige den Märchen gelauscht, die ihre Geliebten erzählten – Frauen können ja so wunderbare Märchen erzählen! Oder hatten darin alte Herzoginnen gesessen, über die Possen und den Klatsch junger Ritter lächelnd, und die Königinmutter wiegte nur den Kopf angesichts der lockeren Sitten, die am Nachbarhof um sich gegriffen hatten. Jetzt saß Herr Rezeda im Armsessel, denn die Schußwunde heilte nur schwer, kaum durfte er sich bewegen, und Fräulein Horváth blickte jedesmal vorwurfsvoll auf Béla Bonifácz, wenn der kleine

Dichter einen Zug aus der Zigarre tat. Er hatte für sich in einer Ecke einen prächtigen Platz gefunden, er saß in einer Kinderwiege, die von den früheren Wohnparteien vergessen worden war. Vielleicht war das Kind gestorben, und so hatten sie die traurige Erinnerung nicht mit sich nehmen wollen. Wochen und Wochen hindurch ließ Béla Bonifácz seine kurzen Beine aus der Wiege baumeln, und mehr als zehn Worte sprach er an einem Tag nicht. Gegen Abend machte er sich dann auf den Weg und ging fort, irgendwohin ... Er schlief in irgendwelchen verlassenen Gärten, wie die Vögel des lieben Gottes, denn die Einladungen, in der Wohnung zu übernachten, nahm er niemals an ...

Eines Tages sagte er aus der Wiege heraus: »Ihr pflegt einander niemals zu küssen? Ich gehe spazieren, küßt euch nur.«

Klára senkte traurig den Kopf und streichelte Herrn Rezedas Gesicht.

»Wenn mein guter Mann genesen sein wird, wenn er wieder gesund ist, dann werden sich meine Lippen nie mehr von seinem Mund trennen. Jetzt aber bin ich nur die Dienstmagd meines Königs.«

Béla Bonifácz liebte Diskussionen nicht. Er ließ weiterhin die Beine baumeln und rauchte den Knaster, zu dem er aus Sparsamkeit trockene Akazienblätter mischte. Mit den stillen Schritten einer heiliggesprochenen mittelalterlichen Nonne ging Fräulein Horváth im Zimmer umher, sie kochte und räumte auf, tratschte mit der Nachbarin auf dem Gang, denn sie wußte, daß sie damit Herrn Rezeda Freude bereitete. Sie unterhält sich, die Liebe ...

Und sie las den Roman in einer illustrierten Zeitung und wartete täglich ungeduldig auf die Fortsetzung.

»Mein Gott, was mag mit dem Grafen Soroksári geschehen sein?« sagte sie manchmal, denn auch das bereitete Herrn Rezeda Freude. Also befaßt sich die Liebe doch nicht nur damit, traurig zu sein ... Immer ging sie in Schuhen herum, die niedrige Absätze hatten, und in Kleidern, die an Schlafröcke erinnerten, sie hatte Stirnfransen und trug ein kleines Kreuz, gab den Töpfen Namen, und mit der Mici, einem sechsjährigen Mädchen aus der Nachbarwohnung, spielte sie einen ganzen Nachmittag lang ... Still lächelte Herr Rezeda, mit halbgeschlossenen Augen. Sie langweilt sich nicht, die Liebe ... Gemeinsam beugten sie sich über eine französische Grammatik, zuweilen warf Herr Bonifácz etwas ein, zwecks guter Aussprache, und eines Tages brachte Klára vom Tabáner Markt einen lustigen kleinen Vogel nach Hause. In einem romantischen Käfig, an dem die zierlichen Türme mit der Laubsäge aus dem Holz geschnitten worden waren, wohnte der kleine Vogel, und wenn die Strahlen der herbstlichen Sonne durch das Laub des Essigbaumes sickerten, erklang aus dem Märchenhäuschen das Pfeifen einer Meise. Klára legte den Finger auf die Lippen, mit einer beinahe überirdischen Glückseligkeit betrachtete sie den kleinen Vogel ... Herr Rezeda schloß die Augen. Mein Gott, es gibt etwas in der Welt, das der Lieben Freude bereitet.

So lebten sie in Buda, im Tabán, im alten Haus, in dem der König Sigismund seine Geliebten versteckt gehalten hatte. Immer röter wurden die Blätter des Essigbaumes und immer lauter die Glokkenschläge über dem Viertel, das allmählich in herbstlicher Stille versank. Béla Bonifácz kroch aus der Wiege.

»Ich werde trotz allem eine Religion gründen!« sagte er und kam am nächsten Tag nicht zur gewohnten Zeit.

Einmal wurden dann die Blätter auf dem Baum des Königs Sigismund vollkommen rot. Fräulein Horváth kaufte an diesem Tag zwei Katzen auf dem Tabáner Markt, einen gestreiften Kater und ein gelbgeflecktes Weibchen. Den Kater legte sie Herrn Rezeda in den Schoß.

»Der gehört Ihnen!« sagte sie mit jenem traurigen Lächeln, mit dem sich gute Mütter über ihre kränklichen Kinder zu neigen pflegen.

Der Gefleckten band sie ein rotes Band um den Hals.

»Fräulein!« sagte sie und lachte, wobei sie Tränen in den Augen hatte.

Herr Rezeda schloß wieder einmal die Augen, während er den gestreiften Kater streichelte, und dachte an den Priester, den man bald würde herbeirufen müssen. Wie schwer wird der Abschied von der lieben Dame fallen. Beinahe in der Art von Menuettschritten schaukelten die Blätter vom Essigbaum des längst verblichenen Königs herab, und über den Dächern der Raizenstadt war der Himmel märchenhaft tief. Die Kamine rauchten so ernsthaft wie in den Märchen von Andersen, und beinahe heimtückisch blinzelten die drachenköpfigen rostigen Regenrinnen mit ihren geflickten Augen ins herbstliche Sonnenlicht, denn irgendwann mußten aus den Bergen die Wolken kommen, die wie Umhänge aussahen, bald mußten sie ihre Pflichten erfüllen. So viele weiße Hunde im Viertel nur zu finden waren, alle liefen sie aufgeregt in den Straßen umher, als müßten sie ihren unaufschiebbaren Obliegenheiten nachkommen. Nur die Raben saßen manchmal voll stumpfer Befürchtungen auf den Simsen, um auf ihren hochliegenden Stationen den Sorgen nachzusinnen. Es ging bereits auf den späten Herbst zu, obwohl die kleine Sonne immer noch über den winkeligen Gassen des Tabán spazierte, wie alte Männer mit Ordenskreuzen und roten Gesichtern, die zu einer früher einmal sehr geliebten Frau gehen, um einen Nachmittag lang über die schöne Vergangenheit zu plaudern.

Die bequeme Equipage der Madame Louise blieb an einem Nachmittag vor dem Haus der ehemaligen königlichen Geliebten stehen. Die Dame trug ein graues Reisekleid und einen kleinen Hut mit einer Feder, und vom Bock sprang Béla Bonifácz herunter. Ein wenig traurig und in Gedanken trat er über die Schwelle seiner Freunde.

»Leider Gottes kann ich mich nicht an Madames Seite zeigen«, murmelte er, als würde er einen unterbrochenen Gedanken fortsetzen, »die Madame ist viel zu vornehm und reich für mich, und in meinen abgetragenen Kleidern darf ich neben ihr keineswegs Platz nehmen. Die Passanten könnten sonst denken, daß mich die ausgefressenen Pferde vor der Kettenbrücke zufällig überfahren haben und daß mich die herzensgute Madame in ihrem Wagen ins Spital transportiert. Ihr aber könnt euch ruhig in die Kutsche setzen, wir fahren nur in die Christinenstadt, zum ›Roten Frosch‹, wo eine Jause veranstaltet wird zu Ehren von Herrn Szilveszter.«

»Ist der gute Alte gestorben?« fragte Herr Rezeda.

»Noch nicht, aber er ist bereits unterwegs. Auf den kleineren Gellért-Berg klettert er, um zwischen den Heckenrosen ein Nikkerchen zu halten, auf einen großen Stein legt er seinen Kopf, und er ist sehr unzufrieden, wenn er ab und zu vom verblühenden Rasen aufsteht. Er träumt jede Nacht von seiner Tochter, der Selbstmörderin, und gegen Abend betrachtet er lange die Sonne, als könnte er sie am nächsten Tag nicht mehr sehen. Gehen wir, wir sollten den alten Herrn unterhalten.«

Die gute Madame trug Sorge dafür, daß der kränkliche Herr Rezeda ein Tuch über die Schultern gelegt bekam und ein anderes über die Knie. Fräulein Horváth setzte sich einen so verbeulten und seltsamen Hut auf, als hätte sie ihn von irgendeiner Budaer Dame ausgeliehen, die im vorigen Jahrhundert gelebt hat. Ihre Handschuhe flickte sie an den Stellen, an denen es nötig war, und ängstlich zog sie die ein wenig ausgetretenen Schuhe unter den Rock zurück. Mit einem Blick musterte die Madame unter ihren langen Wimpern die Schauspielerin, dann seufzte sie leicht und überreichte Klára eine rote Rose.

»Blonden steht das gut!« sagte sie, und ihre Stimme klang, als wollte sie sich entschuldigen.

Der kleine Béla Bonifácz setzte sich wieder auf den Bock, und der graubefrackte Kutscher, der einen grauen Schnurrbart trug und so traurig war, als würde er auf dem Bock eines Totenwagens sitzen, trieb lustlos die breiten Schimmel an. In ihren jungen Jahren ließ die Madame ihre Equipage von den raschesten amerikanischen Pferden ziehen und hatte es gern, wenn auf dem Bock ein Tenor saß, in Pepitahosen; mit der Zeit aber begann ihr Blut stiller zu kreisen, und seither kaufte sie vom Veszprémer Hochstift Pferde, die nicht einmal die ältesten Chorherren einspannen ließen.

Sie fuhren also durch die winkeligen Gassen von Buda, bergauf und bergab, die Schimmel trabten so treuherzig, wie die alten und verläßlichen Beamten ihre Arbeit tun. Regungslos und ernst saß die Madame hinter ihrem dichten blauen Schleier, Herr Rezeda achtete auf die schöne Herbstlandschaft, die zwischen umgestürzten Zäunen und verfallenen Häusern mitunter zu sehen war; im Burgviertel leuchtete das starke Rot eines Daches, als wäre es erst gestern mit neuen Ziegeln belegt worden, mit einer geradezu sensationellen Schärfe hoben sich die Türme aus der dünnflüssigen Luft hervor; über hohen Bergen in der Ferne flogen Vögel, die wie Schriftzeichen aussahen; mit todernstem Vertrauen blickte Fräulein Horváth in das Gesicht ihres Geliebten, in seine Augen und auf seinen Hals, der seltsam dünn war und blaß. Voller Hingabe, jederzeit bereit, das Leben aufzuopfern, mit heiliger Liebe betrachtete sie den Jüngling, der sich vor noch gar nicht langer Zeit ihretwegen eine Kugel hatte ins Herz jagen wollen. Ihre Lippen waren fest aufeinandergepreßt wie bei Schlechtwetter die Blumenblätter, aber ihre Augen, ihre Stirn, ihre geflickten Handschuhe, die Spitzen ihrer ausgetretenen Schuhe sagten immerfort nur: »Mein Gott!«

Durch die Christinenstadt rollte die bequeme Kutsche, langsam drehten sich die Räder, denn zu rasen hätte keinen Sinn mehr gehabt. Manchmal ließ Madame hinter ihrem Schleier ein Wort fallen.

»Sieh mal an!«

Liebespaare schlenderten unter den welken Bäumen, Männer, ernsthafte, bedächtige Herren, Träger von Gehröcken könnte man beinahe sagen – hie und da ein grauer Schnurrbart –, und neben ihnen Pester Dämchen und Mädchen, die unzufrieden und schlecht gelaunt an der Seite ihrer Kavaliere dahinschritten. Manche Frauen sahen starr hinunter auf den Punkt, der von der Spitze ihres Schirmes berührt worden war, andere blickten zu den Bäumen empor, die in der Christinenstadt die Straßen säumen. Sehr oft war die Mode des vorigen Jahres an der Kleidung dieser Damen zu sehen, die nach Buda gekommen waren, um hier zu promenieren, ja, sie sahen im allgemeinen so aus, als suchten sie in den Annoncenteilen der Zeitungen unter dem Kennwort »Verlassenes Weibchen« Bekanntschaften. An der Seite ihrer dicklichen Kavaliere gingen hier die »Blonde Frau aus der Provinz« und »Der erste Schritt« spazieren. Auffallende Kleider trugen sie oder sehr altmodische, und am Arm ihrer Begleiter, die für diese Gelegenheit den Schnurrbart mit großer Entschlossenheit schwarz gefärbt hatten, wiegten sie sich derart geziert, als wären sie noch niemals in Buda gewesen, in der Gegend der Blutwiese, wie es mittels Inseraten vereinbart worden war. Wer geht zum Stelldichein gerade in die Nähe der Blutwiese in Buda? Die Prinzessinnen treffen sich gewiß nicht hier mit ihren Rittern, die Infantinnen lassen ihre Kutschen nicht durch diese Gegend fahren. Sehr jung, ein mit lichterloh lodernder Liebe liebender oder früh gealterter Stutzer, ein von Trockenheit raschelnder Junggeselle, ein schüchterner Familienvater von acht Kindern muß jener sein, der mit seiner Dame nach Buda zur Blutwiese geht, um während des Promenierens sein Herz erleichtern zu können. Sorgfältiger hat an diesem Tag der Barbier die Schnurrbärte gefärbt, und die Frauen haben nach dem Mittagessen welke Spitzenverzierungen gebügelt.

»Die Frau Kapitän!« sagte die Madame. »Seit zehn Jahren sehe ich Sie immer wieder.«

Mäuschenflink trippelte eine kleingewachsene und ausgedörrte Frau im etwas zu kurzen Rock an der Seite eines stattlichen, ernsthaften Herrn. Ihre Augen glänzten so lebendig wie die Augen der Ratten, und freundlich grüßte sie unter der Krempe ihres komischen kleinen Hutes hervor, sobald die Madame die eine behandschuhte Hand kaum merklich von der Wagendecke gehoben hatte. Dann drehten sich die Räder der Kutsche weiter.

Die Madame sah zu den herbstlichen Wolken empor und seufzte leise.

»Ach, jeder Mann in Buda ist ein Wilhelm Tell. Alle treffen sie die Frauen ins Herz.«

Vor einem halb in die Erde versunkenen Gasthof blieb die Equipage stehen. Nicht sehr weit, vielleicht im Hof des Wirtshauses, klingelten Schmiedehämmer. In kleinen Städten oder im Dorf haben die Hämmer so einen Ton; blaue und rote Feuer schimmern von der Werkstatt des Schmiedes durch die Dämmerung, und traurig wartet der alte Schimmel darauf, daß er beschlagen wird.

»Trinken Sie aber nicht viel!« flüsterte die mit dem Glorienschein der Heiligen ausgezeichnete Schauspielerin Herrn Rezeda zu, vielleicht aber hatte sie es nur gedacht. Das letzte Sonnenlicht des spätherbstlichen Nachmittags ließ ihr goldbraunes Haar in der Farbe der Primeln glänzen. Andächtig betrachtete Herr Rezeda die wunderschönen Haare, soweit sie unter dem Hut zu sehen waren. Für solche im letzten Glanz des Herbstes funkelnden Haare wurden einst vielleicht Könige getötet. Vor Päpsten früherer Zeiten knieten Prinzessinnen, und die Haare des Fräulein Horváth fielen ihnen auf die Schultern, während im Fenster eines Schlosses in Avignon der frühe Abend leuchtete . . . Selbstverständlich war es Herr Rezeda, der solche Gedanken hatte, und immer noch klingelten irgendwo in der Nähe melodisch und mit dörflicher Traurigkeit die Hämmer des Schmiedes.

»Wir sind angekommen!« sagte Béla Bonifácz und sprang vom Bock. Würdevoll verließ die Madame ihre Equipage, als wartete sie auf die herbeieilende Dienerschaft. Inzwischen hielt der Kutscher seinen mit Wachsleinen überzogenen Hut in der Hand. Die Herrin sagte zu ihm auf slowakisch: »In einer halben Stunde holst du mich ab, Gevatter.«

(Plötzlich stellte sich heraus, daß die Madame mit der ganzen Dienerschaft ihres Gutes halbwegs verwandt war. Ihre arm gewordenen Verwandten brachte sie in den Hütten unter, in denen früher Leibeigene gewohnt hatten, und tröstete sich damit, daß es wenigstens keine fremden Leute sind, die den Schinken aus dem Kamin stehlen. Während der Sommerzeit, im Dorf, trödelte der alte Kutscher mit seiner Hacke im Weingarten der Herrin herum, er hatte sechs Kinder und schlüpfte erst bei Einbruch der Kälte in seine Livree.)

Im Gasthof ging es bereits lustig zu – wenn man es lustig nennen darf, daß Herr Szilveszter den Hut mit der riesigen Krempe auf das Ohr schob und sich dabei an der breiten Schulter eines dicken Blinden festhielt, als wäre bereits mehr als genug getrunken worden.

»Mein Freund: Bocskai, leider nicht von den echten Bocskais, aber trotzdem ein sehr braver Mensch«, sagte Herr Szilveszter, um seinen Freund vorzustellen.

Einen Augenblick später machte er eine Handbewegung, als streute er Geld unter eine Menschenmenge.

»Bocskai ist der großartigste Mensch von ganz Buda. In seiner Jugend ist er Theatermusikant gewesen, aber er schaute zu oft auf die Bühne, unter die Röcke der Schauspielerinnen, und davon ist er dann blind geworden. Also wurde er Klavierspieler in einem Nachtlokal und ist noch an keinem Tag seines Lebens traurig gewesen. Er hatte in der Hímző-Straße eine sehr gute Stellung gehabt, den größten Herren hat er mit Tanzmusik gedient, die jungen Magnaten sind damals immer in die Hímző-Straße gegangen, um tanzen zu lernen, aber das Schicksal wollte es anders. Mein Freund Bocskai verliebte sich in eine Dame des Hauses, woraufhin er das Nachtlokal verlassen mußte. Er war nämlich eifersüchtig, der Arme ... Jetzt spielt er nur mehr in der Kapás-Gasse Klavier.« Der blinde Mann begleitete seinen Lebenslauf mit zufriedenem Kopfnicken. Eine dicke Messingkette hatte er an der Weste, und in der Krawatte eine Nadel in der Form eines Turbans. Sein Kragen und sein Taschentuch waren rein. Wer mochte nur den Blinden mit solchen Dingen versorgen ...? Seine Hand hielt Bocskai ständig an einem wuchtigen Kelchglas. Wohlgelaunt, wie ein junger Rechtspraktikant, füllte Herr Szilveszter ab und zu das Glas.

»Noch in dieser Nacht gehe ich in die Kapás-Gasse«, versprach er mit glänzenden Augen. »Seit meine arme Frau gestorben ist, habe ich ohnehin nie mehr ein Mädchen umarmt.«

Madame Louise lachte laut.

»Alle sagt ihr das, alte Schurken! Das ist eben eure Art, die Frauen zu verführen. Seit wie lange nicht mehr ... seit zehn Jahren ... seit fünfzehn Jahren ... Nicht zu leugnen, es ist ja interessant, wenn ein Mann zehn Jahre lang wie ein Heiliger gelebt hat.«

Die Madame saß am oberen Ende des Tisches und entfernte aus ihrer Nachbarschaft Béla Bonifácz und seine übelriechenden Zigaretten ziemlich bald.

»Herr Rezeda, Sie rauchen nicht ... Setzen Sie sich neben mich.«

Salami, Zwiebeln, scharfe kleine Paprikaschoten brachte der Gastwirt herbei, roten Wein in grünlichen Krügen und geräucherten Speck, bei dessen Ankunft Herr Szilveszter sogleich die Dienste seines Taschenmessers anbot. Er stieß an mit dem Blinden.

»Genau so ein Leben haben wir einst mit dem armen Sándor Balázs geführt. Im Volkstheater gab es damals noch Schauspielerinnen, die gerne nach Buda herüberkamen, in ein kleines Wirtshaus. Hier hat einmal Frau Blaha gesungen und die zauberhafte Aranka Hegyi, während Lányi das Zimbal schlug. Schriftsteller haben hier gedrahnt, die man heute nicht einmal mehr kennt. Große Gelage haben sie veranstaltet, im Stil des Lisznyai, und nie mußte der Dichter wegen der Liebe traurig sein. Das Mädchen lag nachts auf dem Diwan des Salons und las den Gästen aus Reviczkys Gedichten vor, aber auch die Bürgerfräulein hatten nichts dagegen, daß man sie bat, abends im Dämmerlicht über den Blumentöpfen des offenen Fensters eine weiße Hand hinauszureichen. Die Dichter waren Heilige. Schriftsteller und Schauspieler mußten früher bei den Frauen in den Häusern der Innenstadt keine Miete bezahlen, und das Mädchen mit den braunen Locken hatte einen Gedichtband unter dem Polster liegen. Sogar die Liebe war damals anders gewesen.«

Mit sicherer Bewegung hob der blinde Klavierspieler das Glas an den Mund. Seine Stimme klang nachdenklich und wie aus weiter Ferne.

»Wochentags sind die Bücher auch bei uns in großer Ehre. Szimónia – früher Erzieherin in guten Häusern – setzt sich unter die große Lampe im Salon und liest den Mädchen laut vor. Unlängst hat wegen so eines Buches das ganze Haus geheult. *Briefe, die wir niemals schreiben*. Und Hugó Csergő hat es geschrieben. *Weißes Beilager*, sagte der Dichter, und alle weinten wir still vor uns hin.«

Herr Szilveszter winkte heftig ab.

»Ich kenne das Buch nicht, aber meiner Meinung nach gab es in den Nachtlokalen wirkliche Frauen nur damals, als sie den Gedichtband *Das gefallene Mädchen* von Reviczky auswendig konnten. Und die jungen Schriftsteller schliefen und wohnten jahrelang in der Hímző-Straße, in diesem Märchenschloß. In meinen jungen Jahren bin ich auch ein großer Tänzer gewesen ... Und der berühmten Vilma Czigány habe ich die Lieder des Komitates Pest beigebracht.«

Madame Louise warf einen forschenden Blick auf Herrn Rezeda. »Sagen Sie, junger Herr, was wollen Sie mit diesem unglücklichen Mädchen?«

Herr Rezeda wurde ernst.

»Wenn ich wieder gesund bin, werde ich sie heiraten; sie verdient es, sie ist ein braves Mädchen.«

Trübsinnig lächelte die Madame.

»Wie alt sind Sie, junger Freund?«

»Sechsundzwanzig. Ich werde arbeiten.«

»Was?« fragte verwundert Frau Louise. »Werden Sie vielleicht Gedichte schreiben?«

Der Mann schlug die Augen nieder.

»Ich habe einen alten Freund, der mir versprochen hat, daß er mich bei diesem neuen Blatt ›Die Zeitung‹ unterbringt, als Korrektor. Ödön Gajári pflegt für seine Leute so zu sorgen, als wären alle seine eigenen Brüder.«

»Der Korrektor muß nachts arbeiten, und Sie sehen ein wenig schwindsüchtig aus, Herr Rezeda. Eine junge kleine Witwe würde zurückbleiben und Schulden im Krämerladen.«

Herr Rezeda strich sich über die Stirn.

»Ich habe über Gnädigste immer die Meinung gehabt«, sagte er mit unterdrückter Stimme, »daß Sie eine poetische Veranlagung haben. Und siehe da, Sie sind viel prosaischer, als ich hätte denken können. Vor dem Sterben fürchte ich mich nicht. Es ist völlig gleichgültig, wann man sterben muß, denn irgendwann muß man es ja sowieso. Aber ich möchte noch glücklich sein ... Gnädige Frau, ich habe noch nie im Leben eine Frau wirklich umarmt.«

»Das Fräulein?«

»Mein Gott! Dazu liebe ich sie ja viel zu sehr ... Erst heiraten wir irgendwo in einer alten kleinen Kirche, bitten einen heiligen alten Priester, daß er unsere Liebe segne, ein zittriger Mesner wird als Zeuge hinter uns stehen, und der hinkende Glöckner wünscht uns in der Tür der kleinen Kirche viel Glück. Wenn wir Geld haben, lassen wir von einem sachkundigen Meister auf der Orgel Lohengrins Hochzeitsmarsch spielen. Die braunen Augen der wunderschönen Frau, die mich mit einem Silberblick ansehen; die unruhigen Füße und die weißen Hände, in denen die Leidenschaft wohnt ... Voller Geheimnisse ist die Dame, voller Versprechen, und ich habe den Wunsch, die Körperteile ihrer Anmut kennenzulernen ... Aus schwarzen Rahmen sehen die dunklen Heiligengesichter von den Wänden, segnend lächelt vom Altar Unsere Liebe

Frau, und ihr Kopf ist mit Lilien bekränzt. Seit meinem versuchten Selbstmord bin ich religiös, gnädige Frau. Dem lieben Gott zu vertrauen, habe ich gelernt.«

Die Madame runzelte die Stirn.

»Auch ich bin gläubig. Und ebenfalls seit meinem Selbstmord. Vorher ... in meiner verrückten, verschwenderischen Jugend, die voll Musik gewesen ist, habe ich in meinem Herzen niemals das Gebet gehört. Ich betete laut und schnell, und es war eine Pflicht. Heutzutage bleibe ich manchmal inmitten meiner täglichen Beschäftigungen stehen, ich denke nach, mein Herz füllt sich mit warmer, beglückender Andacht. Ich bin bereits fünfzig. Jeden Tag bereite ich meinen Besuch beim lieben Gott vor. In meinem Dorf ließ ich eine Kapelle bauen, und die alten Gold- und Silbermünzen, die ich in jungen Jahren von Grafen und Königen zur Erinnerung bekommen habe, ließ ich einschmelzen in das Erz der kleinen Glocke, die in der Nähe meines Gutes alle Leute zum Gebet ruft. Louis Pommery, Fils & C° Suc^r^ in Reims läßt längst nicht mehr für meinen Gaumen den blonden Wein in jene großartigen Bouteillen füllen, deren Inhalt ich einst einem Botschafter namens Battenberg zuliebe in meine Badewanne geleert habe, und von der ganzen Musik mag ich nur mehr Haydn.«

Die Madame schälte eine Orange, während sie sprach, und reichte eine Scheibe Herrn Rezeda.

»Mein kleiner Freund, kein gottesgläubiger Mensch darf das Leben eines anderen Menschen zugrunde richten. Lassen Sie das Fräulein laufen. Aus Güte hat sie nach Ihrem Selbstmord Ihre Pflege auf sich genommen – aber das Leben besteht nicht aus lauter Krankenpflege. Es könnte noch die Zeit kommen, in der das Fräulein keinen Skandal schlagen wird bei Frau Stein, die ich übrigens noch aus ihrer Jugend kenne, aus dem alten Somossy-Orpheum.«

»Gnädige Frau wissen davon?« fragte Herr Rezeda, und er wurde weiß.

Die Madame streute Zucker auf ihre Orange.

»Ich weiß ungefähr alles, was in der Stadt vor sich geht. Früher hatte ich den Beruf, schön zu sein, dumm zu sein und zuzulassen, daß sich die Männer meinetwegen monatelang quälten, bevor ich ihnen nachgab. Jetzt bin ich Dame, gebildet und belesen wie die erste Hofdame, und vielleicht kenne ich auch die Menschen ... Meine alten Herren, die mich besuchen und für mein bequemes

Leben sorgen, würden sich bei mir gewiß langweilen, könnte ich immer nur Sarcey oder Ernő Salgó zitieren, wo man ja doch über die Dame der gestrigen Theatervorstellung irgendeine Meinung haben soll . . . Die alten Herren liegen auf dem Diwan herum, und da sie ihre Lebensfunktion nur mehr dadurch beweisen können, daß sie jeden Abend im Kasino dinieren, möchten sie manchmal dies und jenes aus dem Leben erfahren, das sich jenseits der Wände, irgendwo ferne, abspielt. Ich muß wissen, daß Frida Gombaszögi die schönste Frau von ganz Pest ist und daß Emma Márkus einen Tigerpelz trägt. Was tut und woran denkt der elegante Graf Csekonics? Und wo hält sich gerade Szemere auf? Alte Frauen, die mir die Nachricht aus der Stadt zukommen lassen, versehe ich mit Almosen, während meine früheren Freundinnen, sofern sie sich aus den Kämpfen des Lebens noch nicht zurückgezogen haben, zu mir eilen und mich um Rat bitten. Und auf diese Weise habe ich auch erfahren, daß das Fräulein in der Wohnung der Frau Stein, geborene Fáni Svarcz, den großartigen Alvinczi zu treffen wünschte, von einem unangenehmen Vorfall aber gestört wurde und sich daraufhin plötzlich entfernte . . . Aber meine Kutsche ist bereits da, und ich wünsche den Herren einen lustigen Abend.«

Nicht allzu lange nachdem sich die Madame feierlich entfernt hatte, ereignete sich noch etwas, das als kleine Erinnerung an die Jubiläumsjause des Herrn Szilveszter den Anwesenden im Gedächtnis blieb.

Am Tischende sackte Béla Bonifácz plötzlich zusammen und spie Blut. Ein Arzt kam aus der Nachbarschaft, später erschien auch der Rettungswagen.

»Die schlechte Ernährung und die alte Tuberkulose«, sagte der Rettungsarzt zu Fräulein Horváth. Der Vorfall hatte sie sehr erschreckt.

Dann fuhr der Wagen ab, zum Heiligen-Johannis-Spital, und nahm Béla Bonifácz mit, der bereits auf den Polstern des Wagens so schön ausgestreckt lag wie ein lieber und braver Toter. Eine Woche später falteten ihm die guten Pflegerinnen auch die beiden Hände über der Brust zusammen.

Ein sechsjähriges Mädchen, das kaum größer war als ein Kürbiskern, kam, um den Klavierspieler zu holen. Sie nahm den Blinden an der Hand und führte ihn wie jeden Tag in die Kapás-Gasse, ins Nachtlokal, wo die Elfenbeintasten schon auf seine Finger warteten.

»Servus«, rief ihm Herr Szilveszter nach. »Einmal, wenn ich noch lebe, komme ich dich besuchen.«

Die Gaslichter wurden angezündet, und Herr Szilveszter lehnte seine Stirn in die Hand. Minutenlang blieb er so sitzen, nur seine Brust bewegte sich heftig. Dann nahm er die Hand von der Stirn weg, und seine Augen waren voll Tränen. »Küßt einander«, sagte er plötzlich.

Herr Rezeda und Fräulein Horváth gehorchten. Leise und sanft küßten sie einander, wie Kinder.

Herr Szilveszter hob den Zeigefinger.

»Die alten Menschen sind gute Menschen«, sagte er mit ein wenig wirrer Stimme. »Sie pflegen kaum jemanden mehr liebzugewinnen, aber wenn sie jemanden mögen, dann denken sie oft an ihn, insgeheim. Wir Alten mischen uns gern in die Angelegenheiten unserer jungen Freunde. Herr Rezeda, mein kleiner Kumpan, deine Liebste verläßt dich heute abend.«

Vor Herrn Rezedas erschrockenem Blick schlug Fräulein Horváth die Augen nieder.

»Diese Zusammenkunft ist euer Abschied gewesen. Ihr trennt euch voneinander, weil wir es so für gut und richtig halten, Béla Bonifácz, Frau Louise, alle, die wir alt sind. Auf dem Südbahnhof steht bereits das Gepäck des Fräuleins, und in einer Stunde fährt der Zug ab, der die Gnädigste zu einer Theatertruppe bringen soll, in die Provinz. Die Lokomotive wird für die Abfahrt der Herzogin bereits geheizt«, sagte Herr Szilveszter mit ernster Stimme.

Herr Rezeda benahm sich heldenhaft, bloß konnte er eine Zeitlang nicht sprechen.

»Gehst du wirklich weg?« fragte er dann plötzlich.

Mit niedergeschlagenen Augen saß die Schauspielerin auf dem abgenützten Gartenstuhl des alten Gasthofes. Ihre Lippen zitterten ein bißchen. Sie griff nach Herrn Rezedas Hand.

»Dir wagte ich es nicht zu sagen, denn damals warst du noch krank . . . Ich möchte sehr gerne wieder Theater spielen.«

»Gehst du weg?«

»Ich gehe weg, weil es sein muß.«

Herr Rezeda drückte der Schauspielerin die Hand.

»Lebe wohl!«

Viel weinten sie noch vor sich hin, zu dritt, leise, an diesem Abend. Meistens kamen Herrn Szilveszter zuerst die Tränen, Herr Rezeda setzte das Weinen fort, und Klára vergrub ihr Gesicht in die Hand, während sie schluchzte. Beim Weinen wurde eines ihrer Augen kleiner als das andere. Sie schielte ein wenig. Am schönsten sind die Frauen, wenn sie schielen.

Dann küßten sie einander noch einmal.

Stark preßte die Schauspielerin ihre Lippen an Herrn Rezedas Mund. Ihr heißes Gesicht, das feucht war von Tränen, legte sie fest an sein Gesicht.

»Einmal, wenn ich im Leben jemandem noch gehören werde, dann werde ich nur dir gehören«, sagte sie leise. »Ich schwöre es bei meiner toten Mutter.«

»Lebe wohl!« sagte Herr Rezeda düster.

In dieser Nacht standen am Himmel über dem Tabán haufenweise die Sterne. Auch kühl war es nicht, in der Dunkelheit war der Sommer zurückgekehrt. Herr Rezeda stand bis Mitternacht hinter dem Fenster des alten Hauses, sah immerfort zu den Sternen empor und sagte unzählige Male lautlos: »Lebe wohl! Morgen lasse ich den Priester kommen.«

Am Himmel, in dunkler Höhe, schrien Wildgänse. Irgendwo, fern, in einem raizischen Wirtshaus im Tabán, wurde leise Tamburin gespielt. Der unglückselige Jüngling durchwühlte seine Habseligkeiten und zog einen alten Ring hervor, den einst, nach der Überlieferung, eine Anjou-Königin an ihrem feinen Finger zu betrachten pflegte. Ein Türkisstein war im Ring, der Stein der Treue. Herr Rezeda faßte den Entschluß, den Ring der Schauspielerin zu schicken.

Herbstliche Reise
in der roten Postkutsche

Prolog

Als ich das letzte Mal in der roten Postkutsche eine Reise machte, hatte ich mein dreißigstes Lebensjahr noch kaum vollendet, und der Kalender hatte jeden Tag Palmsonntag gezeigt. Donnernd strömten die reinen Wasser der Flüsse auf Städte zu, in denen blaue Türme standen, und mit gewichstem Schnurrbart stand über dem Brückengewölbe der steinerne Heilige, vielleicht der heilige Nepomuk. Goldtaler hatte ich in meinem Portemonnaie, auf denen nicht der kahle Schädel von Franz Joseph zu sehen war, sondern das Bild einer Frau, die lange Wimpern hatte und eine orientalische Nase.

In der Ferne wurde immerfort musiziert, als feierte man dauernd Hochzeit auf dem Horizont, in einem märchenhaften kleinen Haus, wohin der Wagen fuhr.

Altweibersommer flog durch die Luft, und es war ein später Tag im Oktober, als ich wieder einmal die rote Postkutsche bestieg; nur von weitem folgte ich dem rötlichen Rudel, dem ich früher, wenn es gelang, vorangaloppiert war durch eine Landschaft, die vielleicht geglänzt hatte im dunklen Gold herabfallender Blätter.

Und während der Reise hielt ich immer wieder lange Rast in den Gasthöfen an der Landstraße, denn niemand wartete auf mich am Rand der Stadt unter dem Kruzifix; auch meine ungeduldige Phantasie zeichnete keinen bunten Rasen geheimer Seligkeiten, keinen mit wohlriechendem Reispuder bestreuten Fußpfad verborgener Freuden, auf dem ich nach den Spuren von Frauenfüßen hätte suchen können.

Nahe der Straßen, die zu großen Marktflecken führen und auf denen die Leiterwagen einander überholen, gibt es manchmal glückliche und verträumte Fußpfade, aber diesmal schmiegte sich an die Landstraße kein gewundener kleiner Weg, den ich hätte betreten können, wenn ich von dem Wettrennen mit den schnellen Fuhrwerken des Lebens genug hatte.

Ziellos und ohne Hoffnung war die herbstliche Reise in der roten Postkutsche.

Das erste Mal war es nicht so gewesen, damals wußte ich genau, daß ich irgendwo ankommen würde, als ich neben dem gleichmütigen Kutscher auf dem Bock Platz nahm, von wo aus alles zu sehen war, was sich nur unterwegs zu bemerken lohnte: die verschiedensten Reisenden, die Halbirren, die dahinjagten, ohne stehenzubleiben, und, ohne Atem zu schöpfen, immerfort die Beine bewegten, Beine, die in Hosen steckten, beinahe so eng und bunt wie die, die von Narren getragen worden waren im Mittelalter; und ich sah Seiltänzer, die zu Krüppeln geworden waren und den Leierkasten drehten, um die Aufmerksamkeit auf sich zu lenken und das Publikum, das auf den Markt eilte und wieder wegging, zum Spenden aufzufordern.

Bei der zweiten Fahrt zog ich mich in das Innere der Kutsche zurück, denn ich kannte Babylon bereits, und außerdem war ich mir darüber im klaren, daß selbst die Tänzerinnen nicht immer auf der Bühne tanzen, sondern sich mitunter zu Hause, in einem kleinen Stundenhotel, weinend herumwälzen, und daß sich die Gräfinnen, wenn niemand hinsieht, kratzen. Verlassen hat mich bereits der junge heilige Ladislaus, der furchtlose König, dem ich einmal gelobt hatte, alle Kumanenmädchen zu beschützen; wenn man Frauen in der Vorstadt, in Angyalföld, mit dem Seil schlug, schüttelte in mir nur mehr ein alter sanfter kleiner Herr den Kopf. Anstelle einer nackten Klinge hielt meine Hand ein Tagebuch, das in cordobanisches Rot gebunden war, und ich notierte alle Ungerechtigkeiten und Verkehrtheiten, die ich im Leben meiner Mitmenschen sah, wie es einst X getan hat, der gefallene Dichter im alten Pest, der nur noch davon lebte, daß er Tagebuch führte, was den Leuten keineswegs behagen mochte. Nur die Damen kümmerten sich nicht mehr darum, was er über sie in seinen Memoiren wohl schrieb, denn sie vertrauten ihm nicht weiter ihre Geheimnisse an, ihre Seufzer, die der Verewigung wohl würdig gewesen wären; und ihre selbstvergessen ausgesprochenen Worte und ihre Wäschestücke überließen sie ihm nicht mehr zur Erinnerung ... X, der gefallene Dichter, wurde von seinen Kerkermeistern, dem Alter und der Armut, mühelos gefangengehalten, nur durch das vergitterte Fenster konnte er den hochmütigen Wucherern des Marktes spöttische Worte zurufen und den Geldfälschern, die ihre Hüte mit Federn schmückten.

Während der zweiten Reise der roten Postkutsche spielte also Franz Liszt nicht auf dem Klavier, dagegen blies der Wind alter Friedhöfe kühl an den Kreuzwegen. Ich wagte es nicht, mich über den Brunnen zu beugen, um Wasser zu schöpfen, denn ich hätte im Wasserspiegel mein Gesicht erblicken können. Die kahlen herbstlichen Zweige haben den stolzen Zylinderhut des Postkutschers weggerissen, und es war zu befürchten, daß die Räder den Dienst quittieren würden. Es ist Herbst, Trübsinn und Lebensüberdruß gähnen über eine unendlich weite Landschaft; über dem blassen Gebüsch am Straßengraben rennt der Schatten mit der roten Postkutsche um die Wette, bis er endgültig verschwindet. Der Reisende schickt von einem nächtlichen Quartier aus seinen letzten Brief ab, nachdem er den Rest seines Wachses als Siegellack verwendet und dem bäuerlichen Diener Feder und Tinte geschenkt hatte. Die abenteuerliche Postkutsche, Zeugin vieler schöner Reisen, der Wagen, der Frauen zum Lächeln und zum Weinen gebracht, Kranke eingeschläfert und Kinder amüsiert hat, wird in die Ecke des Hofes gestoßen. Einen alten Kaufmann verschlägt es in die Gegend, er kauft den wertlosen Plunder, und einmal wird dann jemand auf Grund der müden Räder erraten, daß in der Equipage einst Maria Theresia gereist war.

Einmal verbrachte ich den Winter im »Matschakerhof«, in dem schon mein Großvater abzusteigen pflegte, wenn er in Wien zu tun hatte.

Es war angenehm, im alten Gasthof dem Summen des Winterwindes zu lauschen und dem seltsamen Pianissimo des Schneefalles zuzuhören. Große Flammen flackerten im Ofen, eine Klingelschnur und die halbabgebrannte Kerze ergänzten das mit grünem Rips bezogene Mobiliar. Ein Tabaksieb war immer zur Hand, und ich rauchte meine Pfeife so still und nachdenklich vor dem Feuer, als wäre ich mein eigener Großvater. Ich hatte ausgezeichnete Pantoffeln aus Saffianleder, und eine meiner wichtigsten Unterhaltungen bestand darin, das Ende der langen Krawatte an der Türklinke festzubinden, bis sie nach dem notwendigen Drehen meinen Kragen eng umschlungen hielt.

An manchen Tagen besuchte mich ein verlogener kleiner alter Herr, dem man in der Stadt kein Wort glaubte und der sich deshalb meistens mit Fremden unterhielt. Morvai war früher einmal Schreiber in der Ungarischen Hofkanzlei gewesen, das Amt wurde aufgelöst, so lungerte er beschäftigungslos in Wien herum und verpfändete seine kleine Pension in verschiedenen gemütlichen und gastlichen Bierhäusern, in denen er am oberen Ende des Tisches sitzen durfte, da er ja ein Mann vom Hof war. Im Vorbeigehen am »Matschakerhof« roch Morvai nicht nur den Dunst von Gulasch, sondern auch den Geruch des neuen Gastes, der gerade aus Ungarn angekommen war. Ein nützlicher Freund war der Alte, denn er kannte alle Wirtshäuser und Museen der Stadt; zahlreichen alten Damen küßte er die Hand, während er durch die Innenstadt ging, hübschen Frauen salutierte er, indem er die Hand an den Zylinder hob; den dicken Obern klopfte er auf den Rücken, und die Schankburschen nannte er beim Vornamen; er mochte die Durchhäuser und blieb gerne stehen, um mit den achtbaren und mürrischen Portiers zu plaudern, die bei solchen Gelegenheiten breit lächelten, als hätten sie ihn seit Jahren nicht gesehen.

An einem Winterabend, an dem ich bereits die zehnte Pfeife rauchte, in hartnäckige Düsterkeit gehüllt, die jedes Lächeln erstickte, stellte sich Herr Morvai ein, tat gewohnheitsmäßig so, als wäre er sehr aufgeregt, und erzählte, daß der Wanderbursche gerade dabei sei, auf den Stephansturm emporzuklettern.

Später glaubte ich aber zu bemerken, daß er überhaupt nichts gesagt hatte und daß seine gewohnte Lüge nur aus dem dickflüssigen Pfeifenrauch gekommen war.

Langsam und fremdartig, mit lautlosen Schritten ging er durch das Zimmer, einem Schatten gleich verschwand seine Gestalt in der Dunkelheit, die nur von den Gaslichtern der Straßenbeleuchtung etwas gemildert wurde. Ich dachte, er hätte auf dem krummbeinigen Kanapee Platz genommen, und kümmerte mich nicht weiter um ihn. Entschlossen zog ich an meiner Meerschaumpfeife, da ich unlängst in einem deutschen Buch gelesen hatte, daß das Rauchen die großen Schmerzen mildern könnte.

Das uralte Zimmer im Gasthof füllte sich mit Rauch, wie irgendeine Höhle, in der Zwerge ihre Bärte flechten. Wie aus großer Entfernung leuchtete die Glut aus dem Kachelofen, als hätte sich ein Vorhang zwischen mir und dem Zimmer niedergelassen, und hinter dem Nebel begann Herr Morvai leise zu hüsteln.

»Ich wollte nur erzählen«, sagte er sehr ferne, »daß ich heute gegen Abend in Mödling, im Untermietzimmer, in dem ich seit dreißig Jahren wohne, gestorben bin, ohne ein Testament zu machen.«

Noch aus früheren Zeiten wußte ich, daß der ehemalige Konzipient sich nicht ohne Nutzen auch mit Spiritismus befaßte. Aus alten Damen, die sich langweilten, und aus vermögenden Bürgern brachte er an verschiedenen Punkten der Stadt kleine Gesellschaften zusammen. Einmal bin ich im Extrazimmer des »Roten Apfels« bei einer Zusammenkunft der Spiritisten erschienen, die dann jeder von uns in beschwipstem Zustand verließ. Zuweilen verschaffte sich Herr Morvai seine kleinen Darlehen durch Vermittlung der Geister.

Also legte ich auf seine Worte nur wenig Gewicht. Gewiß wird auch sein Sterben als Vorwand für die Zusammenkunft einer gemütlichen und komischen Abendgesellschaft dienen.

»Ein großes Geheimnis lastet auf meiner Seele«, sagte er wieder mit klagender Stimme, »und dieses Geheimnis wird mich im Jenseits nicht ruhen lassen. Ich weiß, daß ich meinen Platz nicht werde finden können, in der Nähe von Wirtshäusern und unter Gasthofschildern werde ich darauf warten, daß sich meine alte Gesellschaft wieder an mich erinnert. Und auch danach wird mein Schicksal elend sein. Der Silberforint, mit dem ich so viele Finten begangen habe, rächt sich an mir.«

Der arme Alte, dachte ich inmitten des Rauches meiner Pfeife, er hat mehr als nötig getrunken, und jetzt wird er von seinem Gewissen geplagt.

Später berührte jemand meine Schulter. Ich weiß ganz bestimmt, daß es nicht Herr Morvai gewesen sein konnte, denn er saß viel zu weit, um so etwas tun zu können.

»Ich bin es gewesen«, sagte irgendwoher aus dem Kamin oder vom Dach die klagende Stimme von vorher. »Meine Zeit läuft bald ab. Ich bitte Sie, mein Herr, folgen Sie mir, ich muß mein Geheimnis endlich loswerden.«

Ungern verließ ich meinen Platz. Ich glaubte, der pensionierte Hofkanzlist wollte an mir einen seiner kindlichen Späße versuchen, mit denen er die Hausmeister in den Vorstädten zu unterhalten pflegte. Die Tür öffnete sich aber langsam, und ein grauer Schatten huschte fort, dessen Form an Morvais Gestalt erinnerte. Ich nahm meinen Pelz und folgte meinem Besucher durch das halbdunkle Stiegenhaus.

Draußen ließ ein Schneesturm die Gasflammen unruhig flakkern. Ein dicker weißer Teppich bedeckte die Straße in der Innenstadt, und lautlos rollte ein schwarzer Wagen dahin. Die Gestalt des Konzipienten hatte ich endgültig aus den Augen verloren, bloß seinen Fußspuren konnte ich folgen im Schnee der verlassenen Straßen. Erst vor der Kirche der Kapuziner bemerkte ich wieder meinen Gast. Licht sickerte durch die Kirchentür, als würde drinnen ein Dieb herumschleichen. Morvais kalte Hand berührte die meine.

»Folgen Sie mir!«

Wir stiegen die Treppen zur Krypta hinunter.

Drei Ordensbrüder standen unten, vor einem kupfernen Sarkophag, dessen Deckel an die Wand gelehnt worden war; sie hatten sich ihre Kapuzen tief in die Gesichter gezogen und leuchteten mit Fackeln. Maurerwerkzeuge, Hämmer, Stricke lagen auf den Steinplatten.

»Schauen Sie! Der Sarg ist leer!« sagte der unsichtbar gewordene Kanzlist, der fortwährend um mich streifte wie ein kalter Winterhauch.

Ich ging in die Nähe des Sarges, blieb seitwärts stehen und versuchte, die Aufschrift zu entziffern. Im unruhigen Licht der Fakkeln, halb im vibrierenden Schatten, sah ich ineinander verschlungene Buchstaben auf dem kupfernen Sarg:

Rudolph . . .

In der nächsten Minute stieß mich eine unsichtbare Hand mit eiserner Kraft auf die Stiege zu. Einen Augenblick sah ich noch, wie sich die stummen Ordensbrüder mit ihren Fackeln über den leeren Sarg beugten, dann fand ich mich im kalten Luftzug der Straße wieder. Nasser Schnee fiel mir auf den Kragen. Ich passierte eine dunkle Gasse und gelangte zum Stephansturm. Der Zeiger am beleuchteten Zifferblatt der Uhr stand auf X. Hier konnte ich mich bereits orientieren und ging mit großen unruhigen Schritten heimwärts in den »Matschakerhof«. Ich lief die Treppen empor und hatte dabei das Gefühl, als wollte sich jemand an meinem Pelzmantel festklammern. Kalt und dunkel war mein Zimmer. Fremdartiger Kryptengeruch schwebte um mein Gesicht. Erst nachdem ich die zweite Pfeife ausgeraucht hatte, konnte ich meine Gedanken ein wenig ordnen.

Am nächsten Tag bekam ich Post aus Ungarn, längst erwartete Briefe, liebe Nachrichten, teure Mitteilungen, die mich auch wichtigere Dinge vergessen machten als jene abendliche Träumerei im Armsessel.

Ich war dabei, abzureisen, als mir ein gemeinsamer Bekannter auf der Straße zuwinkte, um dann mit gleichgültiger Stimme mitzuteilen: »Unser versoffener alter Freund Morvai ist gestorben.«

»Wann?« fragte ich, und vielleicht wurde ich dabei ein wenig blaß.

»In Mödling, Freitag nachmittag um fünf.«

Er war also bereits tot gewesen, als er mich besucht hatte.

Ich spürte im Hals den bitteren Geschmack von Tabakrauch, erschrocken betrachtete ich das dunkle Stiegenhaus und in meinem Zimmer das grüne Kanapee.

Das maßlose Rauchen macht krank, dachte ich, um mich zu trösten.

Aber ich blieb nicht mehr lange im »Matschakerhof«.

Nach diesen wenigen seltsamen und möglicherweise wirren Notizen wird der stille Leser vielleicht schon ahnen, mit welchem Ziel die rote Postkutsche im späten Herbst wieder abgefahren war. In diesem Jahr, in Wien, sind mir die alten Visionen wieder in den Sinn gekommen und mit ihnen auch die vergangenen Jahrzehnte. Dabei würden ja der Reisende und sein Wagen ein wenig Rast bereits reichlich verdienen.

Aus meinem Tagebuch

(Der grüne Jäger) Einmal überraschte mich der Winter in den Bergen von Máramaros, in einem gottverlassenen Dorf, in dem die armen Ruthenen in Unwissenheit wie im Mittelalter lebten. Mit dem Pfarrer gingen wir auf die Jagd in den weit ausgedehnten Waldungen der königlichen Kammer. In einem unbewohnten Jagdhaus verbrachten wir die Nacht zwischen hohen Bergen, wir machten Feuer und schwiegen miteinander, während die Flammen seltsame Bilder und Schatten auf die Mauer warfen.

Wohin verschwinden wohl diese launischen Schattenbilder, die mitunter Wolken zeigen, die, vom Winde emporgeschleudert, über den Himmel jagen, und ein anderes Mal wiederum Symbole menschlicher Leidenschaften sein könnten. Gebilde aus Rauch? Ich habe früher einmal gelernt, daß in der Natur nichts verlorengeht. Und der Schatten eines Menschen oder des flackernden Feuers verschwindet trotzdem spurlos in kurzer Zeit.

Gibt es vielleicht irgendwo ein Land, in dem die Schatten weiterleben? Im sonnenklaren Licht des Lebens treten die Schatten hervor, flüchten schwebend über den sommerlich goldenen Rasen; kaum werden sie dann von den Menschen verlassen, nehmen sie den Wanderstab in die Hand und gehen bedächtig irgendwohin, um ihr eigenes Leben fortzusetzen. Der Schatten des Mondes, der Schatten des Turmes auf der langen Dorfstraße und die dahindösenden Schattenbilder der Bäume, sie alle entwischen in jene ferne Provinz. Nur die seltsamen Schatten langsam fallender Schneeflocken rieseln dort aus dem Himmel, und bloß die launischen Formen der Flammen spenden vielleicht Wärme; über die Felder laufen kleine Hasen, die auf die Welt gekommen waren, als ein Vater seinen Kindern zuliebe die Hände gehoben hatte, um die Finger zu verschränken und auf der Wand eine Schattenfigur erscheinen zu lassen; nur der Tod meidet diese Provinz, denn er wirft keinen Schatten auf die Wände der Häuser, wenn er durch die Straßen schlendert. Gewiß leben auch die Figuren, die im Jagdhaus um uns gesessen hatten, im Schattenland weiter. Auch das flackernde Licht der Flammen ist von der Wand verschwunden, um ihnen nachzuwandern.

Gegen Abend leuchtete nur mehr glühende Asche im kleinen

Zimmer, und dennoch erschien an der Wand des Jagdhauses ein mächtiger Schatten. Er zeigte die Gestalt eines Mannes, der ein Gewehr trug. Er hatte breite Schultern, ein Ranzen hing an seiner Seite, und er starrte uns regungslos an.

Der Pfarrer verschränkte die beiden Hände am Hinterkopf und sagte dann ruhig: »Der grüne Jäger steht auf der Lauer.«

... Ringsum die stumme Wildnis von Máramaros; der Urwald in seinem winterlichen Gewand, alte Bäume knarren manchmal im Frost, und auf der Erde liegt der Schnee, wie in Polargebieten, wo er von Menschenfüßen nie berührt wird. Die Eichen und Tannen sind Könige früherer Zeiten, Herrn, die irgendeinmal hier gejagt hatten, und die jungen Bäume haben in ihrer Rinde die Abbildungen der Gesichter bewahrt; die Baumstämme waren nach dem Muster lebendiger Körper gewachsen, wie auch die Menschen ihre Könige nachzuahmen versuchen; manche Eichen haben einen Bart, wie ihn der heilige Stephan getragen hatte, und die alten Tannen heben mit der Hoffart der Árpáden-Könige die zottigen Köpfe; der Bär, der über den Abhang trottet, hat vielleicht mit Andreas, dem Jerusalemfahrer, gerungen; die schnellen Hirsche sind noch vor den Pfeilen jener ersten Ungarn geflohen, die hier eingedrungen waren; ins Eis des zugefrorenen Gebirgsbaches wurde ein Loch gehackt, und Kronprinz Rudolph schöpfte Wasser mit seinem Becher, denn er jagte in der Gegend beinahe ebensoviel wie die früheren Könige.

Hinter seinem Kopf läßt der alte Pfarrer seine Hände ruhen, halb schläft er, murmelt, seufzt, betet. Später wird er unruhig, steht ächzend auf, prüft die geschlossene Tür und wirft schwerfällig ein Holzscheit ins Feuer. Nach langer Zeit erst schlägt die launische Flamme empor, um mit gespreizten, glänzenden Fingern den düsteren Schatten des grünen Jägers von der weißen Wand zu wischen. Der Pfarrer freut sich über das Feuer. In dieser Gegend leben einfache Leute; Feuer und Wasser sind noch nahe Verwandte, wie sie es im Leben des Urmenschen gewesen sind. Die Flamme auf dem Herd ist genauso begehrenswert wie der Kuß eines Mädchens.

»Als ich jung war, ließen mich die Herren manchmal hinaufholen, und wenn sich im Wald ein bösartiger Bär versteckt hielt, mußte ich den Treibern Mut zureden. Immer gab es große Trinkereien, aus Humpen goß man mir den kalten Wein in den Hals, ein

Fräulein mit Stirnfransen hat mir einmal das Haar geflochten, und mein Bart wurde mit Wachs an den Tisch gestempelt, wenn ich einschlief.«

Später begann es draußen zu schneien. Trüb war die weiße Landschaft, als hätte sich ein riesiger Heger die Pfeife angezündet und paffte nun den Rauch über die Gegend. Einen lebendigen zukkenden Vorhang zog der Schneefall über die weiße Wand, und der Schatten entfernte sich allmählich, je dichter der Schnee trieb.

»Zum Glück holt uns am Morgen der Schlitten ab«, seufzte der Pfarrer.

Die Wipfel der weißen Tannen waren noch rot, als wir uns in dem steifen, aus zwei Balken gezimmerten Schlitten auf den Weg machten. Immer wieder rutschte der Schlitten an den Rand des Bergweges, zwischendurch konnte aber der Pfarrer einige Worte reden.

»Fräulein Csengeri müßte man fragen, mein Herr, jetzt darf sie bereits sprechen, denn sie ist eine alte Frau. Die Tochter eines kleinen verarmten Adeligen hatte mehr geträumt als die älteste Trauerweide. Einmal wurde sie zu Hause eine Woche lang nicht gesehen. Mit den Herren Jägern hatte sie sich amüsiert, in der Hütte. Die Grafen haben sie dann belohnt, zwölf Hemden hat sie bekommen. Und einen Mann.«

Beinahe wären wir jetzt aus dem Schlitten geschleudert worden, denn der Weg stürzte in steilen Windungen bergab. Frostiger Jasminduft schwebte in der Luft, und rosafarben waren vielleicht sogar die Dunstwolken vor dem Mund. Es fällt einem schwer, in solchen Gegenden endgültig zu sterben, und sei es auch im Winter.

»Blond war sie, und kleine Wellen hatte sie im Haar, ihre dummen blauen Augen sahen aus, als würden sie in die Zukunft blikken können, aber heute trägt sie natürlich schon einen Barchentunterrock, denn so ist das Leben«, fuhr der Pfarrer fort. »Bei ihrer Hochzeit wartete sie immerfort darauf, daß die Grafen in ihren hohen Jagdwagen angerollt kommen würden. Ein Wanderer ging in der Nacht des Hochzeitsfestes durch das Dorf. Ibolya war fest überzeugt davon, daß er ein umherirrender Prinz war. So verrückt ist sie gewesen. Wenn sie einen Hornstoß hörte, lauschte sie wie ein Jagdhund. Besser, man redet gar nicht über die Sache.«

»Mein Gott, was für ein König wäre aus ihm geworden!«

Wir waren an einer Wegkreuzung angekommen, wo die Blechfigur des Christus ihre Arme der traurigen Welt so trübsinnig entgegenhob, als wartete er auf einen Wandermusikanten, der zu ihm kommen würde, um Linderung, Tod, Ruhe zu finden.

Jetzt raste polternd und rasselnd, unter ohrenbetäubendem Getöse ein Schlitten vorbei, von Rossen gezogen, die besser waren als die Pferde der Bauern. Irgendeinmal mochte die Seite des Schlittens rot und weiß bemalt gewesen sein. In einer seltsamen Art, städtisch und vornehm, hielt der verhutzelte Kutscher die Zügel in den Händen.

Ein breitschultriger blasser Herr mit grauem Vollbart und ergrautem Haar saß in einem abgenutzten Pelz aus Katzenfell auf dem Herrschaftssitz und blickte melancholisch vor sich hin. Die Hände hatte er in die Taschen des Wildkatzenmantels versenkt, und es schien so, als befehle er dem Kutscher, schneller zu fahren. Eine rostige Doppelbüchse ragte über den Sitz.

Der Pfarrer packte mich an der Schulter und zeigte nach dem dahinjagenden Schlitten.

»Diesen Mann nennt das Volk – den grünen Jäger.«

Lange blickte ich dem Reisenden nach.

Er erinnerte an einen Kreisarzt, der seine Dörfer besucht.

Erster Teil

Jugend, lebe wohl!

I

Die rote Postkutsche fährt los

Eduárd Alvinczi wurde 1830 geboren, im kalvinistischen Glauben, so steht es über ihn geschrieben im Buch, in dem die Namen der Ordensritter vom Goldenen Sporn aufgezeichnet werden; dabei war Eduárd Alvinczi bereits längst hundert Jahre alt, ja, wenn man manchen schmeichlerischen Speichelleckern glauben konnte, hatte er bereits sein hundertzwanzigstes Lebensjahr vollendet, was in der Geschichte der Menschen genauso selten ist wie ein weißer Rabe.

Seiner äußeren Erscheinung nach erinnerte Alvinczi an jene asiatischen Greise, die zusammen mit ihrem Stamm in Zelten wohnen, auf den Weiden leben und die niemals endgültig alt werden. Knochig sind sie, braun, von der Sonne ausgedörrt, vom Wind abgehärtet und vom Sturm gegerbt, wie die Tatarenkhane alter Zeiten, die immer noch im Sattel zu sitzen pflegen, wenn sie endgültig einschlummern. Unter wandernden Zigeunern sind solche ausgetrockneten knochigen alten Männer zu finden, die sich nicht ändern, immer gesund bleiben und über die Rauheiten der Witterung nur lachen.

Alvinczi sah also seit ungefähr fünfzig Jahren immer gleich aus. Er war braun wie der Rauch und ruhig wie ein Hirte auf der Weide.

Nie beeilte er sich, stets aß er langsam und bedächtig, unter der Frackweste trug er einen Hosenriemen, und seinen Muskeln nach hätte er ruhig einen Ringkampf austragen können; er rauchte seine Zigarre so gleichmütig in seinem Zimmer, wie jemand, der bereits alles weiß, was es im Leben zu wissen lohnt; aus dem gleichen Grund mochte er nur Leute von vornehmer Abstammung oder Menschen, die eine edle Seele hatten, und Aufrichtigkeit liebte er über alles.

Vielleicht wußte niemand mit Sicherheit den Tag und das Jahr, in dem Alvinczi geboren wurde. (Angeblich war ein alter Lakai, der das Geheimnis kannte, im Irrenhaus gestorben.) Vielleicht wirkte E. Alvinczi auf diese Weise noch geheimnisvoller als ohnehin, denn eine gewisse Rätselhaftigkeit hatte seine Gestalt immer schon umgeben. Es wäre aber auch möglich, daß der reiche und vornehme hochherrschaftliche Herr – der die Leute um sich daran gewöhnt hatte, daß er jeden belohnte, der ihm guten Morgen wünschte, dieser Mann, der bemüht war, für jeden Dienst und jedem ein Trinkgeld zuzuwerfen – seinen Geburtstag aus gewissen Gründen der Sparsamkeit verheimlichte. Am Namenstag des Ede konnte man sich in dem Gasthof, wohin sich Alvinczi zurückgezogen hatte, ohnehin kaum bewegen, und vom Morgen bis zum Abend brachte der Portier immerfort Telegramme. Gegen Abend nahm Alvinczi das große Buch hervor, in dem die Namen seiner Freunde und Bekannten samt manchen seltsamen Beobachtungen aufgezeichnet waren, ähnlich jenem anderen Tagebuch, das die Namen von Rennpferden enthielt, die auf dem Wiener oder Budapester Rasen ständig liefen. An Hand der umfangreichen Bücher konnte Alvinczi nicht nur die Natur der Pferde studieren, sondern auch das Wesen der Menschen, die am Ede-Tag ihre Ergebenheit und ihre Glückwünsche übermittelten. Eduárd Alvinczi war es, der in Ungarn und Österreich die meisten Speichellecker gezüchtet hat. Ganze Armeen hätte er von den Müßiggängern aufstellen können, die sich mit der Hilfe seiner reichlichen Geschenke an ein arbeitsscheues Leben gewöhnt haben. Unzählige hungrige Augen begleiteten seine Schritte, und in die Hunderte ging die Zahl der Tagediebe, die jede Gelegenheit ergriffen, um Alvinczi guten Tag zu sagen. Aus demselben Grund pflegte er, der Legende nach, seinen Geburtstag allein, ein Kristallglas in der Hand, hinter verschlossenen Türen zu feiern; »zum Henker!« rief er und lachte im stillen über seine Verehrer, die den Tag nicht kannten, an dem sie einen Vorwand gehabt hätten, ihre Hände nach Geschenken auszustrecken.

Der Wiener Gasthof, in dem Alvinczi logierte, hatte wöchentlich öfters nach Gulasch zu duften, denn an solchen Tagen wurde die Tafel für die Freunde des betagten Herrn gedeckt.

Die Frauen liebte er auf seine Art und Weise. Niemals wäre er wegen irgendeiner Frau früher aufgestanden als sonst, doch waren seine geheimnisvollen Abenteuer durchsichtig wie Glas. Er mochte vielleicht ein, zwei Frauen, grillenhafte Schauspielerinnen, jüdische Damen, die sich nach Vornehmheit sehnten, und dabei hätte er für ein Lächeln einer österreichischen Erzherzogin sein Vermögen liebend gerne hingegeben. Das heißt, sein Vermögen hätte er vielleicht doch nicht verschenkt. Dieser Mensch, der mehrere Millionen Kronen als Trinkgelder verteilt hatte, kannte den Wert des Geldes ganz genau. Mit Geschenken, kalt und vornehm, näherte er sich den Frauen, keiner von ihnen sagte er, daß er sie liebte, aber insgeheim sehnte er sich nach ihnen so heftig wie ein junger Rechtspraktikant. In längst vergangenen Jahren hatte er viel an den Spieltischen und auf dem grünen Rasen gestanden, hatte abenteuerliche Spekulationen durchgeführt, bis er in Besitz seines beinahe fürstlichen Vermögens gekommen war. Während dieser seltsamen Laufbahn hatte er seinen Gesichtsausdruck beherrschen gelernt. Die gekünstelte Ruhe großer Kartenspieler und Hasardeure lag auf seiner Stirn, und diese Pose war ihm schließlich zur Natur geworden. Das Lachen hatte er verlernt, niemals spiegelte sich Überraschung in seinen Augen, herablassend streckte er die Hand nach dem Glück aus, doch wunderte er sich auch dann nicht, wenn ihm ein Unglück zustieß. Karten, Rennpferde und die Börse, lauter Dinge, die ihn gewiß viel beschäftigten, schienen in seinem Leben untergeordnete Rollen zu spielen, so als befaßte er sich mit all den unnützen Angelegenheiten nur, um sich die Zeit zu vertreiben. Stets spielte er mit den Karten und den schönen Frauen derart herablassend und gleichmütig, als müßte er mit alten Herzoginnen während einer langweiligen Abendgesellschaft im lauen Salon eines alten Aristokratenhauses ein paar Spiele Whist absolvieren. Während den Karten diese kühle Behandlung überaus imponierte, so daß sie Alvinczi, nachdem er sie gleichgültig gemischt hatte, gerne dienten, empfanden die schönen und verwöhnten Damen (für die er insgeheim vielleicht gerne gestorben wäre) entschiedene Abneigung angesichts seiner eigentümlichen Höflichkeit, komischen Ehrfurcht und seines sanften Benehmens, das so großzügig war, als müßte jemand fortwährend mit Kindern umgehen, denen er alles verzieh. Auf einem Feld, auf dem selbst die Abenteurer mit den leersten Taschen getrost nach den schönsten Rosen greifen dürfen, wurde Alvinczi vom Glück in keiner Weise begünstigt. (Nur einige alte verarmte Gräfinnen beteten für ihn aus vollem Herzen, denn niemand mehr schenkte ihnen kleine Aufmerksamkeiten außer E. Alvinczi.)

Also betrachtete er während seines langen Lebens stets mit etwas teuflischem Lächeln jene Männer, die den Frauen liederliche und stumpfsinnige Komplimente machten, die Damen zum Tanz begleiteten (er selbst tanzte nur selten und immer allein) und am frühen Morgen im Prater umherritten, in der Hoffnung, irgendeine Frau käme gerade vorüber. Selbst wenn er irgendwann unter den Fenstern eines verschlossenen Palastes stehengeblieben wäre, im Mondlicht und voller Unruhe, hätte er sich diese Schwäche niemals eingestanden.

Aus diesem Grund kümmerte er sich nicht mehr darum, daß ihn seine Verehrer für hundertzwanzig Jahre alt hielten, daß man ihn im Gasthof »der alte Herr« nannte und daß die Frauen der Meinung waren, er wäre weise und besonnen, ihn nach Rat fragten, ihre Liebesaffären nicht verheimlichten und mitunter überraschende Fragen stellten: Er möge doch sagen, was für ein Mensch der junge X oder Y denn sei . . . Und dabei dachte er selbst in seinem hundertzwanzigsten Lebensjahr noch derart schmachtend an eine böhmische Gräfin oder an eine Dame, die er im Theater gesehen hatte, daß er oft gezwungen war, seinen anheimelnden Gasthof und das liebe Wien zu verlassen und nach Budapest zu gehen, wo er dann mit dem andauernden Öffnen seiner Geldbörse mehr als genug zu tun hatte.

Seine Stadt war Wien, obwohl er früher die ganze Welt bereist hatte. Aber weder vor den kühlen Kaminen schottischer Jagdschlösser noch inmitten der glitzernden Pracht der Halsbänder an der französischen Riviera, weder in Paris noch im Komitat Zemplén konnte er Wiens tausendjährige Mauern vergessen, die winkeligen Gassen der Innenstadt, die kleinen Plätze, die nach Bierschenken rochen, die schmalen Fassaden und weißen Fensterrahmen der Häuser und die seltsame herrschaftliche Eleganz der Passanten, die – mit der Pester Welt verglichen – so erlesen wirkte wie die Wohnzimmer der Habsburger neben den Palästen Pester Millionäre.

Vielleicht wußte er selbst nicht mit völliger Sicherheit, weshalb er Wien derart schwärmerisch verbunden war, daß er beinahe sein ganzes Leben in dieser Stadt verbrachte, in der Gegend der Hofburg und unter den Arkaden der großen Oper, auf dem fast moosbedeckten Pflaster des Josefsplatzes und vor den Geschäften am Graben. Zur hellen Mittagsstunde, wenn die Sonne schien, auf dem Ring der Schnee unter den Sohlen knirschte und die Bäume in ihren Pelzen milde strahlten, wie die Frauen, die in der Allee spazierengingen, passierte er in der Art eines fremden Reisenden das Burgtor, um nachzusehen, wie es Franz Joseph ging, was wohl die Burggendarmen vor ihren Wachthäusern und die kolossalen Statuen trieben und wessen Equipage es war, die vor dem Eingang zum kaiserlichen Militärkabinett wartete. Obwohl er sich zur Sippschaft des rebellischen Fürsten Ferenc Rákóczi zählte, schritt er stets mit einer gewissen Andacht an den erzenen Rittern vorüber, und still schlenderte er durch das Siegestor. Er war durchaus kein rührseliger Herr, trotzdem blieb er vor einem älteren Haus der Innenstadt sinnend stehen, und wenn er in irgendeinem Fenster den Käfig eines Kanarienvogels erblickte, mußte er sich an eine sanftmütige Wienerin erinnern, die im Mai draußen in Meidling getanzt hatte, in einem weißen Rock, während sie den Winter hindurch im alten Laden eines Goldschmiedes mit weißen Händen alte Schmuckstücke verkaufte, die einst von Herzögen getragen worden waren.

Er freute sich über das Wiener Leben wie ein Romanheld oder wie Karcsi Ráth, der wegen einer Liebe endgültig nach Wien gezogen war. Er freute sich über das glänzende Bier im »Spatenbräu« und den Kavalierspitz bei »Meißl und Schadn«; bei Riedl am Stephansturm gibt es den besten Kaffee, und Frau Sacher bietet ihren Gästen die schönsten Früchte. Einen großen Bogen machte er nur um Gasthöfe, in denen Pester oder die sogenannten Ungarn in Wien abzusteigen pflegten. Das »Bristol« und das »Grand Hotel« haben unseren Helden nie gesehen. Er kannte da die Pester bereits sehr genau, und auch sie kannten ihn. Längst hatten sie sich von Tisch und Bett getrennt. (Manchmal fuhr Alvinczi nach Pest, um der ungeliebten Bewohnerschaft beim Pferderennen das Geld abzunehmen.) Er kannte die Lokale, in denen sich die Nachfahren der alten Volkssänger produzierten, er mochte die Zylinderhüte der Fiakerkutscher und das Weinhaus, das man von der Rotenturmstraße erreichen konnte, und jenseits des Kanals kamen gegen Abend fesche Mädchen aus den Büros und den Läden. Des Gemüsemarktes berauschender Geruch und der abendliche Glanz der Geschäfte, das Glitzern der Frauenschuhe und das Wiegen plissierter schottischer Röcke, gemütliche Bäcker und im Sonnenlicht der breiten Ringstraße die fröhlich dahinfahrenden Kutscher . . . Und die Habsburger, die Erzherzoginnen, die den Wiener Frauentyp verkörpern, die bürgerlichen Erzherzöge, die in dieser Stadt Herren sein können, wie es sich kein zweites Herrscherhaus auf der Welt erlauben kann – all das erfüllte Alvinczi mit Andacht, denn nur eine einzige Sache machte auf ihn Eindruck: das große Herrenleben.

Vom Spiel trennte er sich so wie von einer kleinen Näherin, er ging nicht zum Stelldichein. Leider konnte er mit den Frauen, nach denen er sich sehnte, nicht das gleiche tun, denn sie versprachen ihm kein Rendezvous. Er wurde notgedrungen zu einem angesehenen, allgemein bekannten und verehrten alten Herrn, und dabei wäre es ihm viel lieber gewesen, wenn sich ein betrogenes Mädchen irgendwo in der Vorstadt seinetwegen vergiftet hätte. Er verachtete die Frauenhelden so sehr, daß er im Mund einen bitteren Geschmack spürte, wenn er an sie nur dachte, zugleich wäre er aber bereit gewesen, in Mariazell eine Messe lesen zu lassen, hätte er nur von einer unbekannten Frau einen echten Liebesbrief bekommen. Er wurde zum alten Tatarenkhan, der mit steifem und bewegungslosem Gesicht am Tanzplatz vorüberschreitet, auf dem sich die jungen Weiber des Stammes halbnackt im Kreise drehen. Sogar darauf achtete er, daß ihn Anton, der alte Dienstmann, niemals pfeifen hörte. Die Habsburger in der Hofburg konnten sich nicht strenger an die spanische Etikette halten, als unweit der kaiserlichen Residenz ein ungarischer Herr vom Goldenen Sporn darüber wachte, daß er dem Klatsch und der Rederei keinerlei Stoff liefern möge.

Dabei war in der Innenstadt allgemein bekannt, daß er auf der Straße beinahe sämtliche karierten Röcke bemerkte und daß er seine diesbezüglichen Interessen nur geheimhielt. Man wußte, daß er aus seiner Kutsche hinausspähte, alle Passanten kannte, sich freute, wenn er zufällig den Vornamen einer dicken Schönen zu hören bekam, ja daß er den Frauen gegenüber die gleiche Art hartnäckiger Kuruzenfeindschaft hegte wie gegen Franz Joseph, auf den Alvinczi nur böse war, weil sich der alte Herr mit ihm nicht angefreundet hatte. Käme der Alte einmal in den Gasthof, um mit Alvinczi zu Mittag zu essen, so wäre die Lage gleich anders. Aber Franz Joseph verkehrte zu dieser Zeit nur mehr im Familienkreis, zudem war er noch viel hochmütiger als Alvinczi, denn er glaubte, Europas allererster Kavalier zu sein.

So kam es dann, daß der Freundeskreis des reichen Alvinczi größtenteils aus jenen Wiener Herren bestand, die auf Franz Joseph aus gewissen Gründen ebenfalls »böse« waren. Ihr Alter, ihre

Armut, zum Großteil ihre beträchtlichen Schulden hätten ihnen nahegelegt, die reine Luft eines Dorfaufenthaltes zu genießen, doch machten sie keinen Schritt vom Wiener Glacis, da sie dem Kaiser grollten und leidenschaftlich und gierig jeden Klatsch zusammentrugen, der vom Hof kam, so als würde es ausschließlich von ihnen selbst abhängen, ob sie an den Ereignissen des Hoflebens teilnähmen oder nicht.

Im roten Garibaldi-Hemd saß also Alvinczi in seinen Zimmern, vergaß Spiel und Frauen und fragte jeden Tag, was wohl der Kaiser in der Hofburg trieb. (Wenn der harte und düstere Herr nur ein wenig höflich war, fragte er vielleicht genauso nach Alvinczi.) Dann kontrollierte er die verschiedenen Unternehmungen des Kaisers und hörte sich kopfschüttelnd die neuen Nachrichten an. Einmal erfuhr er, daß der Kaiser von einem quälenden Husten aus dem Schlaf gerissen würde. Obwohl zwischen den beiden Männern, wie schon gesagt, kein gutes Verhältnis bestand, bat Alvinczi dringend um das Urteil der berühmtesten Professoren über die Krankheit des Franz Joseph.

Wie der Herbstwind die Blätter über die Wiener Straßen treibt, so flogen Fetzen des Klatsches durch die Stadt, und auf diese Weise kam ein anderes Mal Alvinczi in den Besitz einer seltsamen Nachricht.

Es ging darum, daß eine gewisse Hofschauspielerin, von der man allgemein erzählte, sie sei eine persönliche Bekannte von Franz Joseph, in Geldschwierigkeiten geraten war.

Entrüstet schüttelte Alvinczi den Kopf, während seine Freunde, die dem Kaiser ohnehin grollten, nicht mehr in aller Ruhe Kaffee trinken konnten. Nachmittags brachten sie Alvinczi die verschiedensten Nachrichten aus der Stadt, und sein Gesicht verfinsterte sich zusehends.

»Der Kaiser läßt seine Bekannte zwar nicht hungern, aber Franz Joseph hat keine Ahnung vom Wert des Geldes. Unlängst hat er der sehr ehrenwerten Dame ein fürstlich teures Porzellanservice geschenkt, aber für ein Gestell, auf dem man das Porzellan unterbringen konnte, hat er nicht gesorgt. Die Kaiser kennen nicht die kleinen Sorgen des Bürgerlebens. Woher soll der Kaiser von Österreich wissen, daß sich die Rechnungen beim Fleischhauer mit der Zeit ganz hübsch ansammeln?« sagte Graf K., dem die Tränen kamen, wenn er auf der Wiener Straße eine Hofkutsche erblickte.

Ein eisgrauer alter Herr, der in der Gegend des Hofburgtheaters die Schauspieler und die Schauspielerinnen voll Ergriffenheit zu beobachten pflegte, konnte mit genaueren Einzelheiten dienen.

»Es dreht sich um lächerliche zehntausend Forint. Wegen dieser Summe müssen die Möbel der hochverehrten Künstlerin versteigert werden. Der Tag ist schon festgesetzt. Natürlich wagt es niemand, den Kaiser von der Angelegenheit zu unterrichten. Wer sollte auch so taktlos sein? Am allerwenigsten kann die betreffende teure Dame etwas sagen. So könnte sich wirklich der in der Geschichte bisher beispiellose Vorfall ereignen, daß die Möbel der Künstlerin versteigert werden.«

Alvinczi betrachtete die Spitzen seiner Pantoffeln, dann heftete er seinen Blick auf die Zeiger der antiken Uhr. Die anwesenden alten Freunde wußten, was dieses Zeichen bedeutete, und gingen fort.

Später, in der Abenddämmerung, verließ Alvinczi geheimnisvoll den alten Gasthof. Graf Kinsky, der Eduárd Alvinczi am besten kannte, lungerte gewohnheitsmäßig in der Gegend des Gasthofes herum. Und er sagte zu B., einem pensionierten Offizier des Hofes: »Eduárd hat zehntausend Forint in der Tasche. Und er bringt sie der Katharina S., um ihr aus einer Verlegenheit zu helfen.«

Mehr sprachen die beiden darüber nicht, dennoch überraschte einige Tage später niemanden in Wien die Nachricht, daß der Kaiser mittels der Polizeibehörde Eduárd Alvinczi aus der Stadt wies, wie man es mit unbequemen Fremden zu tun pflegt.

»Die rote Postkutsche soll vorfahren«, verfügte Eduárd Alvinczi im alten Gasthof und war genauso ruhig wie immer im Leben. Nach Ungarn reiste er wie stets im Wagen, denn die Bahn wurde von Händlern und anderen Roßtäuschern benützt.

»Leb wohl, Liebe, Wien, unberührte Erzherzogin und meine teure Jugend«, sagte Alvinczi, und in seinem Bart zeigte sich ein schmaler grauer Streifen, der vorher nicht zu sehen gewesen war. Der Kalender zeigte den Tag der heiligen Genoveva, und ein strenger Winter herrschte in jenem Jahr.

2
Die weiße Dame

Im Jahre 190*, im Monat von Christi Geburt, verlor auf Fürsprache der Heiligen Jungfrau ein Bewohner von Buda namens Kázmér Rezeda endgültig sein krankes Herz, dessentwegen er zeit seines Lebens so viele Unannehmlichkeiten hatte, daß er sich wunderte, nicht schon längst gestorben zu sein.

In diesem Jahr war, nach vielen Dezennien, wieder einmal der alte ungarische Winter ins Land gekommen. Im Ungarn von einst war der Winter die Zeit des Rastens, der Ruhe und der sanften Freuden gewesen. In dieser Jahreszeit machten sich im Jenseits die pausbäckigen Seelen in kleinen Unterhosen auf den Weg, um bis zum Herbst in Ungarn anzukommen. Gutmütig war der Winter, wie ein alter Mann; reichlich fiel der tänzelnde Schnee aus seinem weißen Bart, und nach Majoran roch der Rauch, der gegen den Himmel stieg. Dieser Winter früherer Zeiten war es also, der im Land Quartier genommen hatte, und bald gab es in Pest keinen Straßenverkehr mehr. In der Gegend der Burg von Buda hingegen wurde der Schnee von fleißig werkenden Händen weggeräumt, denn der König hielt sich gerade in Budapest auf.

Abends machte Herr Rezeda lange Spaziergänge durch die schneebedeckten Straßen. Das Licht der Lampen, das durch die Fenster auf den Schnee fiel, machte ihm Freude. Sein Herz, über dem er ein Frauenporträt trug, pochte still und zufrieden; es klang wie das leise Schnurren des Schneefalls. Herrn Rezeda gefielen auch die Töne der Glocken. Vor den Zäunen stand er lange und betrachtete seinen Schatten auf dem lilafarbenen Schnee. Er verbrachte die Tage im Halbschlaf. Die Frau, die er liebte, eine Pester Künstlerin, konnte er nicht treffen, aber nicht einmal deshalb fühlte er sich unglücklich.

In dieser Zeit nun geschah es, daß in einer Nacht in der Burg von Buda die »Weiße Dame« erschien, von der die alten Diener des Hofes so viele Märchen zu erzählen wußten, in einer Gastwirtschaft, die in Wien, nahe dem Tor der Hofburg, ein wenig ratlos herumstand und »Kulmbacher Bierhaus« hieß. Das Erscheinen der Weißen Dame war schon deshalb etwas Außergewöhnliches, weil sie die Wiener Burg noch niemals verlassen hatte und nun den Habsburgern das erste Mal nach Buda gefolgt war.

Genau und umständlich ist der Besuch der Weißen Dame im Tagebuch einer gewissen Pesterin namens Madame Louise geschildert; der Schreiber dieser Zeilen hat dort über das Ereignis gelesen. Am besten, wir zitieren aus Gründen der Authentizität die einschlägigen Teile wortwörtlich.

Für den Abend um acht hat Seine Majestät die Liszka zu sich beordert, um sich ihr Singen anzuhören. Wegen des harten winterlichen Wetters spannte Sándor drei Pferde vor seinen Wagen, denn auf den Straßen lag meterhoher Schnee. Ich zog mir den Tigerpelz an, außerdem sorgte ich für die gewohnten Wärmeflaschen. Der Wagen blieb bei der Blutwiese stehen, unterhalb der Burgtreppe, Liszka nahm ihre weiße Schleppe in die Hand, und ich küßte die Kleine auf die Stirn.

»Benimm dich tapfer, liebe Freundin.«

Liszka ging schnell die Stiegen hinauf, ich saß in der Ecke des Wagens und nickte ein; aus den Moskauer Flaschen strömte gleichmäßige Wärme. Wie gewöhnlich, erschien mir im Traum Großpapa in seiner roten Honvéd-Mütze und schrieb mit Kreide verschiedene Lotterienummern auf die Wand. Ich erwachte, denn um den geschlossenen Wagen herum summte der Schnee, und wir rührten uns nicht vom Fleck, als wären wir vom Schnee bereits begraben worden. Irgendwo, sehr weit hinter der Blutwiese, glänzte ein Gaslicht, und es war so beunruhigend still, daß ich mich zu fürchten begann und aus meiner kurzen Weste die Uhr hervorzog, die ich vom Schah von Persien bekommen habe. Im Dämmerlicht sah ich nur so viel, daß die Zeiger übereinanderlagen. Jetzt begann irgendwo, weit weg, eine Glocke zu schlagen. Ich zählte die Schläge. Es war Mitternacht.

Ich fuhr zusammen, und plötzlich lief ein eisiger Schauer durch meine Glieder, obwohl die Flaschen einwandfrei funktionierten. Allmächtiger Gott, was ist mit mir geschehen, was ist der Liszka zugestoßen?

Es dauerte lange, bis es mir gelang, die Tür des Fiakers zu öffnen. Der Schnee lag bis zur Wagenmitte, die Tür wollte nicht nachgeben. Ich versank bis zu den Knien im Schnee, der im Lichtkreis der Laterne rosa war.

»Sándor«, rief ich den Kutscher erst von links und dann von

rechts. Niemand antwortete, nur das Handpferd hob den Kopf und schüttelte sich ein paarmal unter der Decke.

Eine fatale Lage, dachte ich, und meine berühmte Kaltblütigkeit ließ mich da beinahe im Stich. Einmal, in einer Winternacht, bin ich allein auf einem Weg geritten, in der Heide; vergeblich hatte ich auf dem Gehöft, von jeder menschlichen Siedlung entfernt, nach meinem teuren Geliebten gesucht; Elemér war nicht da, ich war sehr traurig, im Sattel hin und her gerüttelt, trug ich mein Herz nach Hause, es tat weh, mein Mund war durstig und bitter, weil er ungeküßt geblieben war, es wäre mir am liebsten gewesen, wenn mir ein Unglück passiert wäre ... Ungefähr so fühlte ich mich nachts auf der Blutwiese, dabei ist es bereits zwanzig Jahre her, daß ich von Elemér in aller Stille Abschied genommen habe.

Eine fatale Lage war es also, muß ich nochmals sagen, denn ich war in gewisser Hinsicht verantwortlich für meine Freundin, die vor Seiner Majestät singen durfte, was wieder einmal der brave A. A. erwirkt hatte, dem ich so viel Dankbarkeit schulde. Ich selbst möchte nicht mehr schön und jugendlich sein, obwohl ich die Liebe keineswegs verachte, wie meine alten Freunde glauben, die fest überzeugt sind, daß ich den ganzen Tag vor dem Ofen sitze. O nein, lieber Krúdy, der Sie einmal diese Blätter lesen werden, um meinen Lebensroman zu verfassen. Die Liebe war in diesen Jahren immer noch eine bezaubernde Sache, so daß ich meine Verlobten monatlich wechselte ... Aber die Liszka hatte ich aufrichtig lieb, durch ihre edle, opferbereite Freundschaft habe ich den lieben »Bimi« kennengelernt, der mir beinahe ein Jahr lang jeden Abend Gedichte vorlas.

Ziellos trippelte und trappelte ich auf der Blutwiese im Schnee herum. Ich hatte Angst vor Mördern und vor Räubern, eine Weissagung fiel mir ein, noch aus der Kindheit; es hieß, ich würde nicht im Bett sterben, und die Nacht war so still wie ein Friedhof.

Wieviel Zeit mochte vergangen sein?

Oben auf der Burgtreppe zitterte eine Gasflamme, wie ein Gewissen, das nicht schlafen kann. Eine schlanke Männergestalt und ein blasses, lebensmüdes Gesicht erschienen im Lichtkreis der Laterne, dann hörte man Schritte, die über die Stiegen immer näher kamen.

Fast im ersten Augenblick erkannte ich Kázmér Rezeda, einen überspannten Dichterling, einen Herrn, der, glaube ich, ein verkommenes Leben führte; mehrmals habe ich ihn während der letzten zehn Jahre in Buda gesehen, und immer war er voller Kränklichkeiten, unglücklicher Liebe. Niemals bemerkte er, daß ich Beine habe wie ein Hirsch, und König Milan hat vor ihnen gekniet. Nicht einmal danach hat sich dieser Trunkenbold erkundigt, welche männlichen Mitglieder des Herrscherhauses mich geliebt haben. Ein Taugenichts war er, gewiß wird er noch im Straßengraben enden.

Aber jetzt freute ich mich wahnsinnig darüber, daß er kam. Vor einigen Jahren, gegen Weihnachten, ging ich mit Kázmér, den ich seither völlig vergessen hatte, Arm in Arm spazieren, in der Gegend der Hundevilla, auf einer schneebedeckten Wiese; wie prächtig war es, sich in den Schnee zu setzen und allerlei Figuren zu zeichnen; sehr rot war die Sonne, die sich auf die zugefrorene Donau niederließ . . .

Vielleicht war Herr Rezeda betrunken, denn ich habe gehört, daß er so etwas zu tun pflegt. Ängstlich sprach ich ihn vom Wagen aus an.

»Herr Rezeda, was treiben Sie hier, wo sich die Füchse gute Nacht sagen?«

Er musterte mich gelangweilt und war nicht im mindesten erstaunt.

»In der Burg soll angeblich irgendeine Weiße Dame umgehen, und ich wollte ihr mit ein paar Freunden von den Gärten her auflauern. Mein Freund Gráciász schwor immerfort, er hätte hinter dem Fenster in einem Gang eine Weiße Frau gesehen.«

(Ich wußte bereits, daß diese Weiße Dame niemand anderer sein konnte als meine Freundin Liszka.)

»Und Sie, haben Sie die Weiße Dame nicht gesehen?«

Er winkte ab und brummte unter dem schneebedeckten Schnurrbart: »Unsinn . . . Ich gehe auf die andere Seite der Blutwiese, um einen heißen Grog zu trinken.«

Ich faltete die Hände und riß die Augen möglichst weit auf.

»Herr Rezeda, Sie sind ein Ritter, Sie können die flehentliche Bitte einer Frau nicht zurückweisen.«

»Einer Frau . . . ?« murmelte er gallig, aber ich kümmerte mich nicht um die freche Bemerkung. Ich konnte nicht länger allein bleiben zu dieser späten Stunde, am Ende hätte ich bestimmt weinen müssen.

»Ich warte hier auf jemanden – auf eine Dame. Mein Kutscher ist verschwunden, lassen Sie mich nicht allein.«

»Ich verstehe nichts vom Wagenlenken«, antwortete er zynisch.

»Die Pferde können Sie mir überlassen, mein Herr, den Fiaker werde ich schon lenken können. Aber, verstehen Sie, mein Herr, die Nacht ist düster und macht einem angst, ich kann nicht allein bleiben.«

Herr Rezeda dachte eine Zeitlang nach.

»Ich befürchte, die ›Goldene Kugel‹ macht zu, wo man in ganz Buda den besten Grog bekommt.«

So sprach mein seltsamer Bekannter, blieb aber trotzdem auf seinem Platz. Eine Zigarre kramte er aus seiner Tasche hervor, das Ende der Zigarre biß er ab, daß es nur so knallte, machte Feuer und blies den Rauch langsam in die Luft.

»Also auf wen warten Sie?« fragte er phlegmatisch.

»Meine Freundin Liszka B. war für den Abend in die Burg geladen, um vor Seiner Majestät ein paar ungarische Lieder zu singen ...«

»Ist die Liszka B. in der Burg?«

Danach sagte er allerlei beleidigende Worte über meine Freundin, und ich wagte es gar nicht, zu widersprechen; dieser Narr ist noch imstande, in die Liszka verliebt zu sein, die in ganz Budapest die edelste Dame ist. Er stampfte im Schnee und fuchtelte drohend mit den Armen.

»Das ist ganz bestimmt Ihr Werk, Madame. Irgendeinem Mann vom Hof hat die Künstlerin gefallen, und darauf haben Sie die Dame in die Burg geschmuggelt.«

Mein Tagebuch ist nicht dazu da, um die Ausbrüche eines tobenden Halbnarren aufzuzeichnen. Ich empfand eine gewisse Genugtuung darüber, daß die Männer immer noch so verliebt sind, wie es in den Romanen steht. Siehe da, was für überraschende Gefühle selbst dieser zynische Rezeda in seinem Zunderherz nachts auf der Blutwiese herumschleppte! Das Leben ist voller Wunder. Ich weiß gar nicht, wie ich mich einmal später werde damit abfinden können, daß auch ich sterben muß!

So gut es ging, versuchte ich, den zügellosen und leidenschaftlichen Herrn zu beruhigen, der mich am Ende mit weinerlicher Stimme allerlei nannte, was ich kaum gewohnt bin.

Endlich erschien auf der Stiege die Liszka im Pelz und mit weißer Schleppe und hinter ihr unser Kutscher, Sándor. Voll stürmischer Freude lief ich ihr entgegen.

»Meine Liebe, dieser Wegelagerer ...«

Herr Rezeda zog den Hut, neigte den Kopf tief, und seine Wangen waren weiß wie Papier, als er vor der Liszka den Wagenschlag öffnete. Wie ein guter Lakai sah er aus oder wie jemand, der unglücklich verliebt ist.

Im Wagen stürzte sich die Liszka weinend an meine Brust.

»Ich habe ein unerhörtes Abenteuer gehabt«, keuchte sie. »Nach dem Konzert habe ich mich im Schloß verirrt, durch dunkle Zimmer und Gänge bin ich gelaufen, in denen es mäuschenstill war, vor meinem eigenen Spiegelbild bin ich erschrocken, von meinen Schritten in Ohnmacht gefallen, ich glaubte schon, ich komme aus dem Schloß nie wieder lebendig heraus, denn schrecklich hat die Wache auf den Gängen gepoltert, und die Familienbilder griffen mir ins Haar ...«

Die Liszka war in dieser Minute wirklich wunderschön, das muß man zugeben. Lachend und weinend sprachen ihre großen feuchten Augen, von ihren klingelnden Lippen wirbelten die Worte hervor wie kleine Feen in goldenen Schuhen, und ihre Schulter blendete.

»Wer war dieser halbirre Mann vorhin?« fragte Liszka.

»Du Elende, alle Männer mußt du bemerken, die dir über den Weg laufen!« sagte ich lachend.

»Wie der Henker ist er dagestanden, ich habe schon gefürchtet, er wird mich beißen ...«

»Sprechen wir über ernstere Dinge«, sagte ich. »Wieviel hast du bekommen?«

»Hundert Forint, weil die Majestät den Wert des Geldes nicht kennt.«

»Er wird ihn schon kennen.«

Daraufhin kamen wir glücklich zu Hause an. Wir tranken Tee und machten Pläne für die Zukunft.

Es sollte mich gar nicht wundern, wenn ich am Morgen in der »Eintracht« lesen würde, daß man in Buda auf der Blutwiese einen aufgehängten Mann gefunden hat.

Der Hunderter des Königs roch nach Tabak, er hat den Schein bestimmt aus seinem Zigarettenetui hervorgezogen, hinter den schwarzen Virginia-Zigarren.

Ich glaube, die Liszka verheimlicht irgend etwas. Hoffentlich wird sie morgen alles gestehen.

Und jetzt gute Nacht, du arme, vielgeprüfte Frau, weiße Kameliendame. Kommt irgendeinmal noch der Ritter, der die Stimme deines Herzens verstehen wird?

Das Tagebuch der Madame Louise beschäftigt sich nicht weiter mit dem Abenteuer in Buda. Ein gewisser Hilfsnotar erscheint am Horizont, der einen Schnurrbart trägt, mit einem Enterich gewisse Ähnlichkeit hat und vom Dorf ins Haus der Madame jede Woche Eier, Butter, Topfen und andere ähnliche bäuerliche Geschenke bringt. Aus einer sehr guten Familie stammt er, doch ist sein Vermögen durch ein unheilvolles Schicksal vernichtet worden, sein Haar schmiert er mit stark duftendem Öl, und er verspricht, die Landwirtschaft der Madame in Ordnung zu bringen.

3

Ein Held unserer Zeit

In diesen Jahren wohnte Herr Rezeda noch in Buda, in einem ziemlich alten Haus, dessen von Rauch verdunkelte Gewölbe, abgenützte Stufen und zugige Gänge ihn immer wieder an Verschwörer erinnerten, die in Radmänteln umhergehen, um Lampen verbergen zu können, geheime Losungsworte murmeln, Gesichtsmasken tragen und sich verschwören – der Legende nach hatte einst Martinovics, der rote Abt, im Stockwerk gewohnt.

Herr Rezeda schlenderte zu dieser Zeit bereits seinem vierzigsten Lebensjahr entgegen, aber immer noch hatte er genügend Muße, über unnütze Dinge nachzusinnen, träge ins Feuer zu starren und die Tage auf gewissenlose Weise mit Nichtstun zu verbringen, denn er war fest überzeugt davon, daß er bereits vor geraumer Zeit in die Erde hätte wandern müssen, um sechs Fuß tief zu liegen – eventuell im Graben des alten Militärfriedhofes von Buda –, und daß jeder Tag ein unerwartetes Geschenk war, mit dem ihn das Schicksal überraschte. Dabei war in Ungarn der Spleen bereits ebenso aus der Mode gekommen wie die weiße Leinenmütze à la Stanley. Aber Herr Rezeda hat sich ja nicht von den Freuden des Lebens verabschiedet, weil es die Mode oder sein Empfinden so wollten, sondern aus gut erwogenen Überlegungen.

Vierzig Jahre alt war, wie gesagt, der ehemalige Journalist, sein

Haar wurde allmählich weiß, wie es die Natur wollte, und aus seinen trüben Augen waren auch die schönen Erinnerungen an die Vergangenheit fortgezogen. Sein Blick blitzte nicht einmal dann auf, wenn der Weg in Pest oder in den Gegenden von Buda an Häusern vorbeiführte, wo gewisse Glückseligkeiten, Überraschungen und trügerische Freuden zu finden waren wie welke Blumensträuße. Denn Herr Rezeda wußte da bereits, daß die Minute vergänglich ist und daß der geheimnisvolle Reisende, der in seinem ledernen Sack Flitterkram zwischen den Menschen umherträgt, den Wagen der Freuden nur verläßt, um seinen Durst zu stillen. Der Bote brachte Herrn Rezeda verschiedene Puppen, und er spielte mit ihnen, besah sich zuweilen ohne irgendeinen Grund das Sägemehl, mit dem die Puppen ausgestopft waren, ein anderes Mal wiederum begrub er sie bei lebendigem Leib, denn er hatte von der Freude genug. Und so wußte er natürlich selber nicht, welche Frau ihm Glück bringen konnte, während er lange Nachmittage damit verbrachte, daß er in seinem Zimmer herumsaß und auf die Stimme eines geisteskranken alten Mannes lauschte, der in der Nachbarwohnung Gebete sang. »Bin ich wahnsinnig?« fragte sich Herr Rezeda gegen Abend in der Stille, nachdem der Irre zu Bett gebracht worden war. Traumverloren ging er auf der Straße umher und dachte mit einer gewissen stillen Neugierde daran, ob er vielleicht wirklich geistesgestört sei. Die Angelegenheit beunruhigte ihn nicht im geringsten und machte ihn auch nicht traurig. Lieber fand er sich mit dem Unabänderlichen ab. Nur selten, wie aus weiter Ferne, dachte er, daß er sein Leiden irgendeinmal wird behandeln lassen. Nachdem aber seine Tante mütterlicherseits, eine gewisse romantische Dame – mit der er in seinen jungen Jahren ein Liebesverhältnis gehabt hatte –, gestorben war und Herrn Rezeda durch ihren Letzten Willen mit einem Monatsgeld bedacht hatte, zog er aus der Nachbarschaft des wahnsinnigen Alten fort. »Ich tue es nicht meinetwegen«, meinte er mit einem lustvoll traurigen Lächeln vor dem Spiegel, »sondern für die Frauen, die mich unter Umständen besuchen kommen.« Dabei kam zu dieser Zeit niemand mehr zu Herrn Rezeda auf Besuch. Jedenfalls ließ er sich einen neuen Anzug schneidern und teilte den plötzlichen Aufschwung seiner materiellen Lage dem alten Budaer Gastwirt mit, bei dem man ein Menschenleben hindurch auf Kredit essen und trinken konnte, wenn der Gast nicht randalierte und nach der Art frommer Christenmenschen am Freitag Fisch bestellte. Gráciász hieß der Wirt, und alle seine Vorfahren waren mit dem Ausschank von Wein beschäftigt gewesen. Jahre hindurch saß Herr Rezeda an der Seite des Gastwirtes, auch wenn Gráciász schläfrig geworden war, notierte Lotterienummern und politisierte nach dem Geschmack des Hauses. Er hatte vor, irgendeinmal ein Auge auf die dicke Wirtin zu werfen, dann ging er langsam nach Hause, las die Geschichte der englischen Literatur, oder er vertiefte sich so sehr in Darwin, vielleicht auch in Kant, daß das Feuer seiner Pfeife das Bettzeug in Brand steckte. Mitunter sah ihn der Morgen am Schreibtisch, an dem er zur eigenen Unterhaltung Gedichte und kleine Geschichten kritzelte. Obwohl er aus seiner Jugend mit der Druckerschwärze persönlich bekannt war, versteckte er voll Scham seine Werke. »Wozu die Veröffentlichung?« notierte er einmal auf die Rückseite eines Gedichtes. »Nur um den Pestern etwas zu geben, worüber sie lachen können?« (Manisch, wie einsame Menschen nun einmal sind, glaubte er nämlich immer noch, daß es in Pest Leute gebe, die sich an ihn erinnerten.) Einmal zeigte er Gráciász ein Gedicht, denn sie waren gerade von einer Weinkost gekommen. Der biedere Mann erwiderte danach den Händedruck des Herrn Rezeda lange nicht, döste brummend vor sich hin, und unzählige Lotterienummern mußte der Gast auf die Tischplatte notieren, bis er seinen Freund glauben machen konnte, daß alles nur ein Traum gewesen war. (In dieser Nacht ging er voll Unruhe, die langstielige Pfeife in der Hand, auf und ab und wußte nicht, was anfangen. »Werde ich wirklich jedem, mit dem mich das Leben zusammenbringt, etwas vortäuschen müssen?« fragte er vorwurfsvoll, denn Gráciász war so gutmütig wie ein Büffel.)

Was sein Aussehen betraf, unterschied sich Herr Rezeda in keiner Weise von den Junggesellen, die in dieser Großstadt unbekannt und unbemerkt vor sich hin leben, nachts im Kaffeehaus alle Zeitungen lesen, der Wäscherin die Cour machen, wenn diese die reine Wäsche abliefert, obwohl es eine Viertelstunde weiter auch eine echte kleine Dame gäbe, die den Einsamen erhören würde; die schönen Tänzerinnen haben solche Männer längst vergessen, unerreichbar glauben sie das Damenpublikum der Váci-Straße, nachdenklich wiegen sie den Kopf wegen Liebesdramen und denken nachts in ihren Betten still darüber nach, daß sie einmal auf demselben Fleck sterben werden, und die Welt wird sich weiterdrehen. Im Geschrei und in der alles verdauenden Eintönigkeit der Großstadt verschwinden sie, die stummen Angler des Lebens, die vom

Ufer aus verblüfft feststellen, daß andere ihr Leben und ihre Ehre der Unsicherheit trügerischer Boote anvertrauen, daß die verwegenen Schwimmer unermüdlich mit den Wellen kämpfen und daß oben in der Höhe die Unternehmer mit einem derartigen Optimismus ihre Kunststücke auf dem Trapez vorführen, als hätte sich noch nie jemand den Hals gebrochen. Sie, diese liebenswürdigen Kiebitze des Lebens, begleiten die erschöpfende Arbeit der Hasardeure mit leiser Bewunderung, und immer sind sie die letzten, die die neue Mode erfahren. Familienmitglieder von Schneidern, Schustern und Gastwirten sind sie, an ein Konzert erinnern sie sich lange, und das übliche Weihnachtsgeschenk kaufen sie bereits Anfang Dezember. Andererseits sind sie in der Stadt vielleicht nur verstreut worden, um sich unter vergeßlichen, die Gegenwart verschlingenden Menschen an die Vergangenheit zu erinnern, Jahreszahlen und unvergeßliche Szenen genau zu kennen. Mit verzeihlicher sanfter Schlauheit halten sie sich den Ringstraßen fern, in denen Automobile lärmen, in kleinen Seitengassen fühlen sie sich wohl, sie nehmen die noch Älteren ernst und küssen die Hände der Frauen mit feuchten Mündern, obwohl in den Zeitungen zu lesen war, daß es Bazillen gibt. Wenn du, Bruder, einen Mann mit grauem Haar siehst, in einer kleinen Gasse von Buda, der gestreifte Hosen trägt, einen Cutaway, eine blaue Krawatte mit weißen Tupfen, einen Zylinder älterer Mode und in der Hand einen Spazierstock mit silbernem Griff, dann mußt du nicht gleich daran denken, daß der Herr im Tabán seine gelben Schuhe wegen eines Liebesabenteuers abnützt: er ist hier zu Hause, und auf dem Kanapee seines kleinen Zimmers blättert er die Illustrierten durch, die er beim Buchhändler bestellt hat, überprüft an Hand seines Lexikons mehr als einmal die Richtigkeit des Zeitungsartikels, zieht die Uhr auf, bevor er zu Bett geht, und besucht zweimal in der Woche das Dampfbad Budas.

Das ist Herr Rezeda, der Held unserer Zeit und unseres Romans, nachdem er in seinen jungen Jahren vom Wein und von der Liebe viel mehr berauscht war als die Einwohnerschaft eines kleineren deutschen Königreiches, wobei er mit vierzig Jahren darauf bedacht ist, daß seine Hände und Nägel sauber sind. Er besitzt eine Hutbürste, kauft nur zaudernd eine neue Krawatte, seinen Wäscheschrank kannst du dir jederzeit ansehen, über das Bündel alter Briefe streift er ein Gummiband, unter Umständen steckt er sich täglich eine frische Nelke ins Knopfloch, aber es kommt ihm nicht einmal mehr in den Sinn, wegen einer sinneberückenden Frau das Polster weichzubeißen oder sich umzubringen. Er glaubt den Trübsinn nicht zu kennen, obwohl die Traurigkeit mit gekrümmtem Schweif schnurrend an seiner Seite schreitet wie eine gestreifte Katze an der Schürze ihrer Herrin.

Eines Tages bekam Rezeda einen Brief mit silbernem Stempel.

»Der irre Alvinczi ist schon wieder einmal in Pest«, brummte er. »Da wird man in der Stadt etwas zum Lachen haben.«

4

Die Geschichte der schönen Damen von Buda

Irma Krónprinc war die Tochter eines Budaer Weinhauers, und oft genug hatte sich die Familie, die hoch hinauswollte, wegen des alten Mannes zu schämen, wenn er vor dem Tor seines Hauses erschien, im Wams, mit der Hacke auf der Schulter, und sich den Schweiß von der Stirn wischte, während seine Frau und seine Tochter in einem schnellen und schmucken Fiaker von der Stefánia-Straße nach Buda heimwärts sausten. In Anwesenheit des Kutschers vermieden sie nach Möglichkeit, in die Richtung der Steinbank zu blicken, auf der Ferdinánd Krónprinc saß, und erst nachdem die Mietsdroschke abgefahren war, griffen sie von rechts und links nach dem alten Mann, um ihn mit Küssen zu überschütten. Der Weinhauer hatte den ganzen Tag hindurch im Garten gearbeitet; müde und gleichgültig erduldete er die Liebesausbrüche seiner Gattin und seiner Tochter. Die Seidenkleider, Hüte, feinen Schuhe schien er überhaupt nicht zu bemerken, die berühmten Reiherfedern der Frau Krónprinc interessierten ihn ebensowenig wie die modischen Toiletten seiner Tochter, er wollte bloß zu Abend essen und wartete deshalb auf seine Familie. Ein rotbackiger und schweigsamer Budaer Bürger war er, aus einer Sippe, deren Großväter auch schon Weinhauer gewesen waren. In diesem weltlichen Leben liebte und verehrte er nichts außer den Wein, den er in so hohem Ansehen hielt, daß er ihn nicht einmal sich selber gerne gönnte; an Feiertagen trank er eine Flasche Adlerberger und war bei solchen Gelegenheiten mit seinem Schicksal ziemlich zufrieden, obwohl er Herrn Kerkápoly den Gellertberger Gerebelten und Aladár Andrássy den Hegyalja-Wein neidete.

Das Gesicht des Ferdinánd Krónprinc hatte die Farbe eines Karmesintuches, und strohgelb war sein Haar, wie das der Angelsachsen, die in Wäldern gewohnt und Normannen erschreckt hatten. Von einem hellen Gelb war der Bart des Mannes, obwohl er sein sechzigstes Lebensjahr weit hinter sich hatte. In der Tasche seines Wamses fehlten nie jene kleinen grünen Fläschchen, in denen er die verschiedenen Weinmuster hielt. Er besaß echten Adlerberger Wein, den er im Sonnenschein oder im Schatten geheimnisvoll und langwierig prüfte, wie ein Maler die Farbeffekte betrachtet. Daheim trug er ebenso eine lange Lederschürze wie draußen im Keller, und griesgrämig ging er den Besuchern des Hauses aus dem Weg. Er hämmerte an Fässern, reparierte Weingefäße auf dem Hof, untersuchte Siebe und Weinheber; so als tönte das Klavier auf einem anderen Planeten, als würde Irma in einem fernen Erdteil singen.

Einmal, in der Dämmerung eines herbstlichen Morgens, stand er früher als sonst auf; noch ließ die feuchte Nacht ihre nassen Finger über dem Hof hängen, aber lebhafter Lärm tönte aus dem Haus. Nicht ohne Grund ist aber Ferdinánd Krónprinc an diesem Tag früher aufgestanden. Er hatte draußen im Weingarten, im Keller, unaufschiebbaren Obliegenheiten nachzukommen, und für diese brauchte er gewisse Fläschchen, die im oberen Haus in einem Schrank ihren Platz hatten. An anderen Tagen hätte er sich den erleuchteten, vom Lärm der Gäste widerhallenden Zimmern keineswegs genähert. Aber um Flaschen zu holen, wäre er selbst in die Hölle gegangen. Ein wenig unsicher schritt er durch den geheizten Gang, dessen Fenster aus buntem Glas waren; unter den Palmen, am Rand der Töpfe, lagen halbgerauchte Zigarren und Zigaretten herum. Überall gab es große Unordnung. Ferdinánd Krónprinc bemerkte auf einem Tischchen eine umgefallene Weinflasche und halbgeleerte Gläser. Er beroch und kostete den übriggebliebenen Wein. Er machte ein ärgerliches Gesicht. In seinem Haus wurde nicht sein eigener Wein getrunken. Er schlürfte den Wein, einen Augenblick lang prüfte er ihn auf der Zunge, ließ ihn im Mund zwischen den Backen hin und her rollen, dann spuckte er das Getränk aus. Der Wein war gepanscht. Daraufhin kamen ihm seine Obligenheiten in den Sinn, das unaufschiebbare Fläschchen, und er legte die Hand auf die Klinke, die rot glänzte an der weißen Tür.

Das erste Zimmer war ein Salon, mit hellem Rips bezogen. Frau Krónprinc, geborene Vilma Krómy, Sproß einer Patrizierfamilie der Wasserstadt, saß in tief ausgeschnittenem Kleid, mit zerzaustem Haar und ganz weiß vom Reispuder, auf dem Kanapee in vertraulicher Nähe eines Kavaliers, der sein Haar mit schweren Ölen beschmiert hatte und eine alte Redingote trug, wie sie bei solchen Gelegenheiten vielleicht bereits seit Generationen im Kreis der etwas ärmlicheren Kavaliere von Buda getragen wurde. Möglicherweise gibt es irgendwo in Buda eine Redingote, die dem ursprünglichen Besitzer zu eng geworden war, und seither borgen sich das Kleidungsstück die jüngeren Kavaliere gegenseitig aus, bevor sie zu einem Stelldichein oder in eine Abendgesellschaft gehen. Ferdinánd Krónprinc kümmerte sich nicht sehr viel um den ziemlich interessanten Zufall; irgendeinmal hatte er vom alten Böttchergesellen, der am Berge die Fässer in Ordnung hielt, etwas über glänzende Gesellschaften gehört, die im Krónprincschen Haus in der Wasserstadt gegeben werden, zu denen jedermann eingeladen ist außer dem Hausherrn. Er hätte zwar gern danach gefragt, wieso der Jüngling mit dem gewichsten Haar und der flatternden Krawatte das Vertrauen der Frau Krónprinc hatte gewinnen können, doch machte die Redingote mit ihren langen Flügeln auch auf den Weinhauer genauso Eindruck wie auf die Frauen der Wasserstadt. Vielleicht war der Betreffende ein Beamter im Stadthaus oder Lehrer in der Schule.

Er ging also mit seinem gelben Bart schnell zwischen den beripsten Möbeln durch. Dieses Mobiliar hatte zu der Mitgift seiner Frau gehört; eine große Sache war das in den damaligen Zeiten, denn die Mädchen der Wasserstadt bekamen äußerst selten eine Salongarnitur als Mitgift. Eine Krómy-Tochter war aber bereits damals eine Ausnahme gewesen. In früheren Jahren, als sich Ferdinánd Krónprinc noch nicht ganz der Weinkunde gewidmet hatte, wurde darüber geredet, daß Frau Vilma ihre Möbel mit sich nehmen könnte, wenn sie sich einmal scheiden lassen würden.

Das dritte Zimmer des Hauses war wiederum ein Salon. Den kannte Ferdinánd Krónprinc beinahe überhaupt nicht mehr, denn dieses Mobiliar war gerade in jener Zeit ins Haus geschafft worden, in der er anfing, in der Lederschürze herumzugehen, und das selbst Sonntag nachmittags. Das war Irmas Salon, und die Einrichtung war in Pest gekauft worden, in einem Laden in der Kerepesi-Straße. Im Salon stand der Flügel; am Flügel saß Irma im weißen

Seidenkleid, ihre Haare fielen ihr, von einem Band zusammengehalten, wie Schlangen über die weißen Schultern; bei ihren weißen Schuhen lag ein pomadisierter Jüngling auf den Knien, der haargenau dieselbe Redingote trug wie der erste. Ferdinánd Krónprinc hielt sich die Hände vor die Augen und schwankte ein wenig auf dem Teppich. Er ließ den Kopf hängen und murmelte kaum hörbar: »Das gehört sich wirklich nicht.«

Er ging aus dem Haus, ohne nach rechts oder nach links zu sehen: als hätte er sich gefürchtet, noch irgendwelche furchtbaren Dinge zu erblicken. Und nie wieder saß er mit geschulterter Hacke und schwitzender Stirn auf der Steinbank vor dem Haus in Buda, um die Familie zum Abendessen zu erwarten. Er blieb draußen auf dem Berg im Preßhaus und betrat nie mehr die Wasserstadt.

So beginnt die Geschichte der Damen Krónprinc, die man nicht viel später in der Gesellschaft von Pester Kavalieren, Herren und Betrügern, Hochstaplern und Tölpeln sehen konnte, in den Konditoreien der Hauptstadt, beim Turf und im Theater. Sie gehörten zu jenen zahlreichen Damen der Hauptstadt, denen man täglich begegnen kann, auf der Straße, in modischen Restaurants und bei der Regatta.

Ihre Kavaliere wechselten sie oft. Frau Krónprinc beteuerte vor aller Öffentlichkeit, daß sie nur so lange leben wolle, bis sie ihre Tochter verheiratet hatte. Dabei wies Irma anfangs in jeder Woche einem anderen Bräutigam die Tür, wogegen später die Szene der Trennung nicht mehr so gut gelang, obwohl Irma Krónprinc so gut Trennung spielen konnte wie eine Schauspielerin.

»Sei nicht traurig, Mama, es kommt jemand, ich fühle es, der uns wirklich verdient.«

Frau Krónprinc, geborene Vilma K., Sproß der Patrizierfamilie aus der Wasserstadt, war ja gar nicht traurig, solange es im gastlichen Haus und in der Gesellschaft der Damen reichlich Kavaliere und Hofierer gab. Entschlossen ergriff sie jede Gelegenheit, um die Zahl ihrer Bekanntschaften »mit den Dons und den Granden« zu vermehren. Stets lauschte sie so verwundert wie ein Schulmädchen den Komplimenten. Wenn man ihr Liebe gestand, glaubte sie es immer. Hatte sie gerade einen guten Tag, so fühlte sie sich jünger als ihre ein wenig blasierte Tochter. Obwohl sie ein Mädchen von Buda war, besuchte sie bereits seit Jahren nicht mehr die Wallfahrt nach Máriaremete, und seit jener Szene am frühen Morgen brach sie auch alle Verbindungen mit ihren Bekannten ab, was in Buda vielleicht noch niemals vorgekommen war.

»Wir müssen in Pest unser Glück finden, mein Kind«, pflegte sie zu sagen.

Aus demselben Grund gingen die beiden tagsüber nicht aus; seit langer Zeit haben die Kirchen die beiden Damen nicht gesehen, und erst nach Torschluß kehrten sie nach Hause zurück, in die Wasserstadt, denn zu dieser Zeit trafen sie sicherlich keinen Bekannten.

Kázmér Rezeda, Bewohner von Buda, schlich lange Zeit hindurch um die Damen Krónprinc herum, denn solange er die Menschen noch nicht kannte, war er ihr strenger Sittenrichter gewesen. Außerdem verletzte es seine Eitelkeit, daß in den ersten Zeiten, in denen die Damen dabei waren, in Buda und im Wirtshaus des Gráciász »einen gewissen Ruf« zu erlangen, ihre Namen immer nur in Verbindung mit allerlei »nichtswürdigen« unbedeutenden jungen Männern genannt wurden. Dem Gráciász erklärte er zwischen zwei Gläsern Wein, wie es um die Angelegenheit bestellt war.

»Mein Freund, es wäre eine ganz andere Sache, wenn ich gegen einen Mann meines Ranges und Ansehens antreten müßte. Nehmen wir an, man könnte einen Grafen oder einen Minister aus dem Sattel heben. In diesem Fall würde sich Rezeda dem Turnier ganz gewiß stellen. Die armen jungen Männer von Buda interessieren mich aber nicht, und deshalb dulde ich, daß die Krónprinc-Damen im ganzen Stadtteil die größten Hüte tragen. Ich werde mich um sie wirklich nicht kümmern.«

Gráciász aber, der einzige Freund von Herrn Rezeda, ließ die Dinge nicht dabei bewenden. Wie die sehr guten Leute meistens sind, war der Budaer Gastwirt, der ein reines Herz hatte, gewaltsam, wenn es um seine Wünsche und Absichten ging.

»Ich verstehe nicht, warum mein Freund zulassen sollte, daß die schönen Krónprinc-Damen vor den Männern von Buda weggeangelt werden, und zwar durch allerlei Pester Schurken. Man sollte ja letzten Endes auch für Buda etwas tun. Wenn es um eine Dame von tadellosem Ruf ginge, um eine heilige Frau oder um ein unreifes Mädchen, das fleißig in die Kirche geht: dann wäre Gráciász der erste, der seinem Freund Rezeda von diesem Unternehmen abraten würde. Tun wir den Frauen nichts an, solange sie unschuldig und gut sind. Aber das geht doch nicht, daß diese beiden Weiber von Buda täglich in die Váci-Straße fahren. Man muß etwas tun, mein Freund Rezeda. Dem armen Ferdinánd Krónprinc ist ohnehin schon alles eins.«

»Mit einem einzigen Zauberwort könnte ich den Pester Ausflügen der Krónprinc-Damen ein Ende machen«, prahlte Herr Rezeda, weil er gewohnt war, vor Gráciász in übernatürlicher Gestalt zu erscheinen.

Gráciász, der einfache Gastwirt in Buda, der schon wegen des Verschwindens von Ferdinánd Krónprinc manches Mal schlaflose Stunden gehabt hatte im Bett unter dem Gewölbe, unter dem bereits hundert Jahre vor ihm betagte Budaer Bürger gelegen hatten, von der Krönung eines neuen Königs oder von den Frauen ihrer Jugendzeit träumten oder die Pfingsten vor sich gesehen hatten, auf einem Berg, die gelbe Weinlese und die Füße junger Frauen, die reife Trauben treten, wie eben die Träume der einfachen Leute sind, Gráciász also dachte mit offenen Augen über die Ereignisse in Buda nach. Man konnte die Dinge betrachten, wie man wollte: letzten Endes waren die Männer von Buda ja beschämt worden. Gewiß lachte man in Pest über die Geschichte der Familie Krónprinc und über das moralische Buda, wo sich die Frauen und Mädchen sonst mit kaum jemandem in ein Gespräch einlassen, außer mit Eingeborenen. Die Raizenstadt heiratete für sich und Alt-Buda genauso, die Mädchen des Tabán blieben nach Möglichkeit daheim im alten Stadtteil, nur aus der Christinenstadt konnte man die Frauen in weit entfernte Gegenden entführen, denn die Leute, die da wohnten, waren gar keine rechten Bürger von Buda, es gab viele Einwanderer unter ihnen. Dem ehrlichen Gráciász kamen während dieser schlaflos verbrachten Stunden so seltsame Gedanken, daß er sich vor ihnen selbst am Morgen noch fürchten mußte. Zum Beispiel dachte er nachts mit voller Überzeugung, daß die Ehre von Buda, die verlorengegangen war, nur vom herrlichen Kázmér Rezeda gerettet werden könnte. Diesem außergewöhnlichen Menschen gelang ja alles. Er ist gescheit, ruhig, weise, überlegen, und sprechen kann er wie ein Priester. Wenn Herr Rezeda die untreuen Krónprinc-Damen bearbeiten könnte, würde er sie vielleicht noch so weit bringen, daß sie die bereits halb verlorene Familienehre wiederherstellten: Ferdinánd Krónprinc könnte wieder erscheinen, mit der Hacke auf der Schulter, und – was am wichtigsten ist – die Damen würden den Stadtteil nicht mehr verlassen, um Buda in Pest zu kompromittieren. Das waren die Gedanken eines alten, ehrlichen Bürgers, der in seinem reinen Alter nichts so sehr wünschte als Ordnung in der eigenen Seele, in den Geschäften und auch in der Stadt. Mit einem Rosenkranz fuhr der Betreffende an einem Sonntag mit der fahrplanmäßigen Kutsche nach Máriaremete. Er beichtete und empfing die heilige Kommunion. Zwischen den Bettlern am Wegrand verteilte er einige blanke Taler. Am Montag in der Früh erschien er im Krónprinc-Haus, eine große Flasche Wein unter dem Arm.

Seit langer Zeit ist hier kein Gast mehr gewesen. Die Damen kamen nur nach Hause, um zu schlafen. Irma fuhr manchmal am Vormittag in die Stadt, nachmittags in irgendein Kaffeehaus, oder sie traf ihre Mutter beim Konditor – Gott weiß, wie die Tage vergingen.

Das Haar des Gráciász war so weiß wie das der Kirchenväter. Sein ganzes Benehmen zeigte gewöhnlich Zufriedenheit und Ruhe, er sah aus wie die Leute, die dem nächsten Tag ruhig entgegensehen können, die Steuern bezahlt und alle Schulden geordnet haben, und ihre Außenstände sind in einem Buch aufgeschrieben, in dem am Silvesternachmittag die letzte Zeile unterstrichen werden kann. Jetzt aber drehte der gutmütige Herr unruhig seinen Hals im weichen Kragen, denn das erste Mal in seinem Leben war er dabei, eine Sache zu erledigen, von deren Richtigkeit er nicht völlig überzeugt war.

Frau Krónprinc hatte die Friseuse, die aus Pest mit dem Omnibus herüberzufahren pflegte, bereits entlassen. Eine stattliche Frau war die Gattin des Weinhauers, vierzig oder fünfzig Jahre alt, mit großen, mandelförmigen blauen Augen, wie sie manchmal im Gesicht einer Maria Magdalena zu sehen sind auf den dunklen Fresken alter Kirchen, aus Zeiten, in denen der wandernde Maler seinem Publikum noch verständliche Bilder gegönnt hatte. Ein eigentümliches Schmachten lag in ihrem Blick; verlassene Frauen haben solche Augen, träumerische Bürgerfrauen, denn ein betrunkener Fürst hatte ihnen einmal, noch in ihrer Mädchenzeit, ein unvergeßliches Kompliment gemacht, hatte die Unerfahrenheit der beinahe noch Halbwüchsigen ausgenützt, sie in einer seltsamen Weise umarmt, sie gestreichelt, geküßt während der Mitternachtsmette, und nicht einmal dazu war die unbewanderte Jungfer gekommen, laut aufzuschreien, sich gegen den überraschenden Angriff zu wehren, plötzlich war alles vorüber gewesen, nur Schlittengeklirr klang aus dem Schneetreiben herein. Und langsam vergeht das Leben, alle Komplimente galten seither der

Küche oder den Kindern, und immer verschwommener tritt das Erinnerungsbild aus dem Gedächtnis hervor. Ein schmucker und schneidiger Recke war der Fürst gewesen, und einen Bart hatte er gehabt, der so weich war wie Federgras. Weihnachtsabend ... Familie und Dienerschaft gehen gemeinsam zur Mitternachtsmette ... nirgends sind Schlittenglocken zu hören ... das dunkle Gewölbe, in dem der Anschlag geschehen ist, steht seither leer. Blond geworden ist das Haar der Vilma Krónprinc, das ursprünglich braun war, blond und weiß ist es geworden mit der Zeit, denn Reispuder und Farben bekämpften einander auf den vom vielen Kämmen brüchig gewordenen Haaren. Die Träume einer Vierzigjährigen waren straff unter den Haarspangen versteckt, pflichtbewußt lag das Haar über den Ohren, als wäre es vor der Messe mit feuchter Bürste geglättet worden, aber über der gewölbten Stirn lauerten leichte Locken, deren zierliche Schatten gelegentlich auf das Gesicht fielen, auf die fleischige, gerade Nase und auf die hochgewölbten Augenbrauen. So weiß, gesund und voll war dieses Gesicht, daß es als Beispiel reifer bürgerlicher Schönheit hätte dienen können. In der reinen Luft der Berge und nach gründlichem Waschen pflegen die Hausfrauen in Buda auf diese Weise aufzublühen, bevor die abenteuerlich schleichenden Männerblicke von den schönen Gesichtern endgültig Abschied nehmen.

Und dennoch hatte diese Frauengestalt auch etwas Besonderes und Fremdartiges an sich. Keineswegs hätte man sie sich am Marmortisch eines Fleischerladens vorstellen können, hinter den Dunstwolken der Schinken und den grinsenden Schweineköpfen. Vilma Krónprinc hatte einen Gang, ein Benehmen, eine gewisse melancholische Kopfhaltung und mitunter ein bestimmtes Zittern um den Mund, die ein Bild entstehen ließen, auf dem ein traurig dahinwelkender schütterer Wald zu sehen war, und mit Blättern war die Landstraße bestreut, auf der eine Frau ging; hohe Absätze haben ihre starken Schuhe, schüchtern und ihrem Schicksal ergeben, sucht sie die Fußspuren eines nichtsnutzigen Mannes, der sie bei der nächsten Gelegenheit verprügeln wird, sie nach Hause jagen, hinter ihr den Wagenschlag zuwerfen wird, während auf einer Bank, nicht einmal allzu weit entfernt, eine magere, unsaubere Dirne sitzt. – Diese Frau wird niemals glücklich werden.

Frau Krónprinc trug einen Seidenschlafrock, der Falten warf, oberhalb der Pantoffeln blickten nackte Fußknöchel und der rote Barchent des Unterrocks hervor.

»Ich bringe ein wenig Wein, den ich noch vom alten Ferdinánd gekauft habe. Ich weiß, seitdem der Alte weggezogen ist, trinken Sie sowieso nicht mehr von Ihrem eigenen Wein«, sagte Gráciász, nachdem er, gegen seine Gewohnheit, der Frau die dickliche Hand geküßt hatte.

Lange ließ sie ihre Hand unter dem Schnurrbart des Budaer Gastwirtes. Noch bereitete ihr ein Handkuß Vergnügen.

»Der arme Ferdinánd, sein Fortbleiben schmerzt mich wirklich sehr«, sagte Frau Krónprinc vornehm, wie sie es in einem Pester Kaffeehausgarten gelernt hatte, dann wurde sie aber von Budaer Güte befallen. »Mein armer guter Mann, in Stücke reißen würde ich meine Seidenfetzen, käme er noch einmal nach Hause, nicht einmal in die Nähe von Pest würde ich gehen, könnten wir nur wieder gemeinsam zu Abend essen. Ich weiß, daß mich die Leute verachten, meine Familie verstößt mich, mit dem Finger zeigt man auf mich in der Wasserstadt. Aber über meine Tochter soll niemand etwas Böses sagen, denn ich bringe ihn um. Nie hätte ich geglaubt, daß Ferdinánd zu uns so streng sein könnte, so grausam. Ich bin eine Märtyrerin.«

»Vilma, ich bin dir nicht böse. Was du tust, ist deine Sache. In Angelegenheiten von Frauen habe ich mich nie eingemischt. Meine alte Ehehälfte, Fruzsina, hätte es sich auch verbeten, daß ich meine Nase überall hineinstecke.«

Das war sehr richtig gesagt. Sogleich bat Frau Vilma den Gast, Platz zu nehmen. Mehr als das erlesenste Pester Kompliment schmeichelte ihr, daß Gráciász sie in ihrem »Martyrium« mit Fruzsina verglichen hatte, von der in ganz Buda bekannt war, daß sie das Haus jahraus und jahrein nicht verläßt, ständig Pantoffeln trägt und vor Jahren das letzte Mal ein neues Kleid bekommen hat. Zu Ostern geht sie in die Kirche, und damit ist das Abenteuern auch schon zu Ende.

»Wir in Buda«, begann Herr Gráciász, »haben deinen Mann, den Ferdinánd, schon längst aufgegeben. Zeit seines Lebens war er ein Rappelkopf gewesen. Schwerhörig ist er wohl auch, denn er versteht die Menschensprache nicht. Nur die alten Flaschen und Fässer hat er gern. Die Elstern und die Goldamseln oben im Weingarten sind seine einzigen Freunde. Man erzählt sich, er kennt ein muffiges Kellerloch, in dem er sein Geld vergräbt.«

Vom dackelbeinigen Stuhl, auf dem sie saß, beugte sich Frau Vilma energisch vor.

»Das Geld meines Kindes?«

Gráciász wurde rot. Er war verlegen, denn diesen Satz über das Geld hatte er nur so geträumt, als er nachdachte, wie er anstelle des alten Krónprinc sein Unglück rächen würde ...

»Um das Geld ist es nicht schade, und es geht auch nicht verloren, aber seine Ehre soll man nicht einer schwankenden Brücke anvertrauen«, sagte er ernst. »Ich weiß, Vilma, was und wer euch fehlt. Ein ehrlicher, anständiger guter Freund, ein edler Ritter ohne Tadel fehlt in diesem Haus, der euch manchmal unterhalten und ein anderes Mal wiederum beschützen könnte. Ein Herr, der nicht einmal den Teufel fürchtet und dabei so viel Zartgefühl hat wie ein Page.«

(Woher Gráciász, der biedere Bürger, solche Worte nahm? Zur Genüge hatte er ja Herrn Rezeda zugehört, wenn er sich mitunter eins hinter die Binde gegossen hatte, in Hitze kam, mit dem Schicksal haderte und schöne Reden schwang.)

»Das ist es, was mir mein Budaer Herz zuflüstert. Wozu müßt ihr euch in Pester Gesellschaften vergnügen und bei Pester Konzerten, wenn Kázmér Rezeda in der Wasserstadt wohnt?«

»Ist das der aufgeregte Herr, der jede Nacht ans Fenster klopft?« fragte Frau Vilma.

»Du bist närrisch, Vilma, du kommst anscheinend nie mehr zu Verstand. Kázmér Rezeda pflegt nicht an Fenster zu klopfen; er ist ein Herr, den man nur schätzen und verehren darf. Er könnte beinahe der Seelsorger dieses Viertels sein, wenn er sich für gewöhnliche irdische Dinge interessierte. Mit wissenschaftlichen Büchern und mit den Weisen der Welt pflegt er sich in der Nacht zu unterhalten, nicht um Häuser herumzuschleichen, in denen Frauen wohnen. Jede Woche geht er nach Pest zu Hochwürden János Hock, um über Theosophie zu plaudern.«

»Wieder einmal hält jemand um die Hand meiner Tochter an.«

»Ein großer Irrtum«, antwortete ehrwürdig Gráciász und erhob sich. »Mein Freund pflegt niemals um die Hände der Mädchen anzuhalten. Noch nie hat er den Wunsch geäußert, sich zu vermählen; die beste Partie von ganz Buda würde ich ihm verschaffen, und selbst wenn ich mir die Füße wund laufen müßte. Obwohl es freilich auch möglich wäre, daß er hoffnungslos verliebt ist. Es gibt Männer, die ihr Geheimnis zehn und zwanzig Jahre mit sich tragen, wie in einem tiefen Brunnen, und sich niemals verraten. Das sind jene Männer, die sich mit den Gefühlen ihres Herzens niemals brüsten, wie ein ehrlicher Christenmensch über seine Gottesfurcht schweigt. Sie bleiben stumm, sie sterben, ohne jemals zu verraten, woran sie ein Leben lang gedacht haben. Kázmér Rezeda ist ebenso einer aus diesem Menschenschlag wie ich; er verachtet die Männer, die ihre Zärtlichkeit und ihre Schwäche jemals einer Frau anvertrauen. Ein anständiger Mann macht niemals Liebeserklärungen.«

Nachdenklich hörte sich Vilma den Budaer Bürger an, und im Schatten ihrer Nase lächelte dabei ihr Mund. Während der letzten Jahre hatten ihr alle Männer Liebeserklärungen gemacht, im Kaffeehausgarten und im Speisesaal des Hotels, in der Kirche der Franziskaner und in Alag, auf dem grünen Rasen, in den kleinen Anzeigen des »Pester Anzeigers« und schriftlich auf dem Theaterzettel, im Parterre ... Oft blieb sie verwundert vor dem breiten Spiegel stehen, der immer schon zu den Schätzen der Familie Krómy gehört hatte, und fragte sich, was an ihr so Besonderes sein mochte, das die Männer ermutigte, ihre heiligsten Gefühle sogleich zu verkünden, irgendeine Gabe der Natur vielleicht, die gefiel und gewiß sehr gewinnend sein mußte und die Männer jedenfalls erregte – wie die Frauen vor dem Spiegel eben nachzudenken pflegen. Ihr Haar vielleicht, das einmal flachsfarben war und ein andres Mal pariserblond. Farben verwendete sie keineswegs, viel zu moralisch war sie, um ihre Haare zu färben. Diese dichte und unverwüstliche Haarkrone hatte trotzdem die seltsame Eigenschaft, frei von äußeren Einwirkungen ihre Farbe zu wechseln: wenn Frau Vilma einen sehr glücklichen Tag hatte, dann waren ihre Haare pariserblond. Und an ihrem Hals gab es winzige, krause Haare, die samtweich waren, wie der Flaum eines jungen Vogels. (In ihrer Mädchenzeit hatte sie auch einen kleinen Schnurrbart gehabt, aber der ist irgendwie abhanden gekommen.)

Oder waren es ihre Füße, die den Männern die Sinne verwirrten? Füße von normaler Größe waren sie, mit welchen Frauen herumzugehen pflegen, die siebzig oder achtzig Kilo wiegen. Die Absätze waren natürlich ein wenig nach außen gebogen, und an den Knöpfen spannte sich das Schuhleder. Davon mußten die Männer doch wirklich nicht den Verstand verlieren.

Was würde wohl dieser außergewöhnliche Herr Rezeda sagen, wenn sie auch mit ihm spazierenginge, in den Bergen von Buda, in tiefen Tälern, auf dem kühlen Rasen der Wiesen und auf einem verträumten Fußweg, der sich zwischen Maisfeldern schlängelt, die geheimnisvoll rascheln und seufzen, auf den Schauplätzen all der unvergeßlichen Erinnerungen ihres Lebens, denn damals, einmal, auf dem Stamm eines gefällten Baumes sitzend, in einem bestimmten dichten Gebüsch am Waldrand, hatte sie zum erstenmal die vielen Lügen eines Herrn gehört; sehr glücklich war sie gewesen und sehr aufgeregt, von weit weg, aus dem Wirtshaus »Zum Eberkopf«, konnte man das Spiel irgendwelcher Tonkünstler hören, und der Rock jener sehr jungen Frau war mit Kränzchen aus Vergißmeinnicht bestickt ... Niemals hatte sie dieses Sommerkleid und die hirschledernen Schuhe weggeworfen, denn wirklich und schmachtend hatte sie damals geliebt, wie eine tönende Flöte. Und jetzt glaubte sie plötzlich, daß sie einem gewissen Kázmér Rezeda zuliebe das alte Kleid und die alten Schuhe wieder anziehen würde, und auch den gefällten Baum sah sie vor sich. Sie seufzte, drückte Gráciász die Hand (als wäre es bereits die Hand des Herrn Rezeda gewesen) und sagte dann, von der Wärme ihrer Stimme selbst überrascht: »Herr Rezeda ist bei uns stets ein gern gesehener Gast, denn ich habe Sie verstanden, mein guter alter Freund.«

Eilig verabschiedete sie sich, um ihr Gesicht, ihr Haar, ihre Hände im Spiegel gründlich betrachten zu können: sie wollte wissen, ob sie vorhin schön gewesen und mit welchen Eindrücken der gute alte Gráciász wohl fortgegangen war.

Den Agnes-Tag hatte Kázmér Rezeda ausgewählt, um bei den Damen das erste Mal zu Abend zu essen, denn an einem Agnes-Tag hatte sich der denkwürdige Vorfall ereignet, daß er in die zugefrorene Donau gefallen war und dann, obwohl bereits unterhalb der Eisschicht, das Ufer dennoch, wenn auch mühsam, erreicht hatte. (Überhaupt hatte er glückliche und unglückliche Tage. An manchen Jahrestagen wagte er nicht, sein Zimmer zu verlassen, wand sich einen Rosenkranz um die Hände, umgab sich mit Reliquien und hielt seine Tür verschlossen; ein anderes Mal plauderte er mit einem ausgestopften Wolf, den er in einer Ecke seines Zimmers hielt und vor dem weibliche Besucher des abergläubischen Herrn erschraken, solange es noch solche gab.)

Gráciász begleitete ihn zum Tor des langen ebenerdigen Hauses und zog höflich an der Klingel. Dreimal zog er am Knopf und lauschte dann aufmerksam auf das Tönen des Glöckchens, das er irgendwo im Haus in Bewegung gesetzt hatte.

Über den Schultern von Herrn Rezeda lag ein leichter und kurzer Umhang, wie er in Pest von den vornehmen Kavalieren über dem Frack getragen wird. Die Spitzen seiner Lackschuhe erinnerten an die Schnauze des Störs, goldene Metallknöpfe zierten den braunen Frack, der an der Taille Falten zu schlagen hatte, aus Pepitastoff war die Hose, und krause Spitzen schmückten das Hemd. Ein rubinfarbener Fuchskopf steckte in der Krawatte, und das Kinn war in Pest rasiert worden, in der Kishíd-Gasse, zur Zeit der Abenddämmerung.

(Diese kleine Eitelkeit hätte er freilich nicht einmal sich selbst einzugestehen gewagt. Er war unter dem Vorwand nach Pest hinübergeschlendert, die Barbiere von Buda verstünden sich nicht aufs Rasieren, obwohl er sonst auf dem Szentháromság-Platz im Sessel eines Friseurs so behaglich schlief wie ein wollüstiger Greis, dem auch das tägliche Rasieren einen gewissen Genuß bereitet, und er freute sich, wenn der weißhaarige Friseur manchmal mit Entenschritten auf den Hof hinauslief, während man mit aufgerissenen Augen zum oberen Stockwerk emporstarren konnte, auf die Fußknöchel eines fremden Mädchens.)

Das Tor wurde geöffnet. Ermutigend beklopfte Gráciász Herrn Rezedas Rücken.

»Vergessen Sie, edler Freund, die Geschichte des polnischen Weinhändlers nicht, die den Frauen immer zu gefallen pflegt«, brummte er.

Das festlich gekleidete Dienstmädchen, das die schiefgetretenen Schuhe seiner Herrin trug, öffnete begeistert das Tor. Während es Herrn Rezeda über die Stiege führte, hielt es die Talgkerze hoch. Der erfahrene Kavalier sah sich auf dem Hof um. Aus der Umgebung der mit Stroh umhüllten Rosenstöcke war der Schnee weggefegt worden. Hier wurde ein Gast erwartet.

Bevor wir aber mit Gráciász weitergehen, der vor den Fenstern nur wenige Male auf und ab spazierte, oder bevor wir bei Herrn Rezeda bleiben, hören wir uns das Zaubermärchen an, dessen Wirkung auf die Frauen, nach der Meinung eines biederen Bürgers von Buda, nicht ausbleiben konnte.

Die Geschichte des Weinhändlers

Es lebte einmal in der Zips, im Städtchen Podolin, ein Händler namens Lutriczky, der gleichsam ein Verbindungsglied war zwischen den durstigen Schlünden der polnischen Herren und der ungarischen Hegyalja. Man könnte auch sagen, Lutriczky war der Weinheber, mit dessen Hilfe sich der Adel von Krakau mit dem Wein von Tokaj und Mád vollsog.

Lutriczky war ein gutgelaunter junger Mann, kaum über Fünfzig, und durch die häufigen und langwierigen Reisen derart ausgetrocknet wie das Leder von Pferderiemen. Seine rötliche und mit Sommersprossen bedeckte Visage und sein breiter Mund waren in jedem Gasthof bekannt. An der großen Landstraße, die über die Grenze führt, gab es kaum ein Frauenzimmer, von dem der verhexte Lutriczky keinen Kuß bekommen oder gestohlen hätte, denn außer den Weinen der Hegyalja liebte er nur die Frauen. In seinem großen, für mehrere Generationen geschneiderten Umhang, in seinen fünfzig Jahre alten Stiefeln und in seiner spitzen Otternfellmütze hatte er während seiner Reisen mit jedermann Bekanntschaft geschlossen. In Eperjes war er sogar mit dem Turmwächter gut Freund, obwohl dieser den Turm niemals verließ. Geld hatte Lutriczky immer reichlich, leicht sprudelten ihm die freundlichen, verlogenen, schmeichlerischen Worte von den Lippen, und nicht einmal jene Frauen verfluchten ihn, die er verlassen hatte. Ein glücklicher Kerl war dieser Lutriczky.

Es geschah, daß Lutriczky vom allzu reichlichen Genuß des Weines von Tokaj und Mád an beiden Beinen gelähmt wurde. Solche geheimnisvollen Dinge kommen im Leben vor. Die Doktoren schüttelten den Kopf, Lutriczky fluchte, schoß mit dem Gewehr ins Heiligenbild, vor dem er früher seine Andacht verrichtet hatte, wenn ihm wegen der vielen Sünden der Schlaf versagt geblieben war. Nichts nutzte. Lutriczky fuhr in seinem Wagen weiterhin über die große Landstraße. Er ließ den Kopf nur hängen, wenn ein junges Dienstmädchen am Brunnen eines Gasthofes am Wegrand singend die Wäsche wusch. Denn er konnte dem Mädchen nicht mehr nachsteigen.

Auf diese Weise flossen also die Tage des Lutriczky freudlos dahin, denn auf gutes Zureden des Doktors hatte er auch mit dem Weintrinken aufgehört. Natürlich begann auch das Geschäft schlecht zu gehen, da Lutriczky weder mit dem Verkäufer noch mit dem Käufer tanzen konnte. Die alten Adeligen von Krakau sahen ihn mit Augen an, über denen scheinbar Spinnengewebe lag.

»Am Ende werden auch wir noch hinken.« Und sie wagten nicht mehr, den Wein des Lutriczky in den Mund zu nehmen.

Die Weinhauer von Tokaj und Mád gaben dem gelähmten Kaufmann nur ungern Kredit. Wer weiß, wie lange der verkrüppelte

Mensch noch leben mag? Und nachher werden sie lange laufen können, bis sie ihr Geld bekommen. Eine Zeitlang tröstete Lutriczky die Zweifelnden.

»Ich bin der verläßlichste Kaufmann in ganz Ungarn, denn ich kann meinen Gläubigern nicht davonrennen.«

Jetzt tat es Lutriczky manchmal schon leid, daß er seinerzeit, als er noch unter den Frauenzimmern zweier Länder hätte wählen können, nicht geheiratet hatte. Wenigstens hätte er jemanden, mit dem er an den langen Winterabenden schimpfen könnte! Wenn man allein ist, hat man auch vom Fluchen bald genug.

Von seiner Verkrüppelung bedrückt, tat Lutriczky verschiedene Gelöbnisse. Jetzt ließ er seinen Wagen nicht mehr nur vor Gasthöfen halten, die betaute Fenster hatten und nach Schweinsgulasch rochen, sondern auch vor alten Kirchen, deren Tore dunkel waren und voll von Nebel. Vom Wagensitz winkte er dem Jesuskind und den Heiligen zu. Einem Marienbild am Wegrand versprach er, daß er den Frauen nie mehr etwas antun würde, könnte er nur noch einmal auf die Beine springen.

»Allen, die ich gehabt hatte, sogar der Ältesten, kaufe ich rote Opanken!« gelobte Lutriczky. »So weit sie heute auch wohnen mögen, ich gehe ihnen nach und bitte sie um Verzeihung, wenn ich sie durch etwas verletzt habe. Meine unehelichen Kinder werde ich großziehen. Den Mädchen, die meinetwegen nicht unter die Haube gekommen sind, gebe ich Mitgift. Den alten Weibern verschaffe ich Liebhaber.«

Die vielen Beteuerungen waren dann schließlich doch nicht wirkungslos geblieben. Eine alte Dame in Krakau erbarmte sich des Weinhändlers, der unter dem Jagellonenturm hockte, und gab ihm von ihrem Zaubergras, das sie sonst nur für die Mitglieder ihrer Familie aufbewahrt hielt. Lutriczky nahm ein Bad und begann dann allmählich zu gehen. Er warf die alten Stiefel weg und kaufte rote. Unter dem Umhang trug er einen Dolman mit goldenen Schnüren. Aus dem feinsten Flachs der Zips ließ er sich Hemden schneidern. Denn er hatte viele Unterlassungen einzuholen. Während seiner dreijährigen Krankheit waren an der großen Landstraße haufenweise schöne Mädchen aufgewachsen, aus vielen Jungfern sind schöne Frauen geworden, anderen Weibspersonen wiederum schnurrte die Langeweile an der Seite, und die wurde immer schon am besten vom geschwätzigen Lutriczky vertrieben.

Es fiel ihm nicht einmal ein, nur eines seiner Gelöbnisse einzuhalten. Der Weinhandel nahm neuen Aufschwung, denn Lutriczky brachte auch den ältesten Weinhauer zum Tanzen, und seine Käufer verführte er wie ein Engel.

Dem Weibervolk, das zum Aberglauben neigt, gefiel das Geschwätz des Lutriczky prächtig. Entlang der großen Landstraße, die über die Grenze führt, sagte der Weinhändler jeder Frau und jedem Mädchen die gleiche Lüge: daß gerade ihr Kuß und ihre Umarmung es gewesen waren, denen er seine frühere Gesundheit, seine flink tanzenden Beine, seine roten Stiefel und seinen guten Appetit verdankte.

Es geschah, daß Lutriczky eines Tages vor der alten Kirche, vor der er seinen Kopf früher tief in den Pelzkragen gezogen und das Jesukind und die Heiligen angefleht hatte, in betrunkenem Zustand aus dem Reisewagen fiel. Die wild gewordenen Pferde jagten über ihn dahin, auch das Wagenrad hatte ihn berührt, und als Lutriczky die Augen wieder auftat, rollte seine Kutsche bereits irgendwo fern auf der Landstraße, die in die Berge führt. Und was sah er? Daß seine Beine in den roten Stiefeln, allein, ohne Rumpf und ohne Kopf, über die Landstraße liefen, der Kutsche nach.

Von diesem Tag an sah niemand mehr den Lutriczky, aber seine Beine in den blauen Pluderhosen und den roten Stiefeln tauchten mitunter auch noch nach hundert Jahren auf der großen Landstraße auf und liefen eilig die Meilen zwischen Krakau und Tokaj. Wer mochte wohl die Beine des Lutriczky antreiben, daß sie niemals zur Ruhe kommen konnten? Es gibt in der Welt solche rätselhaften Dinge. Die Fuhrleute bekreuzigten sich, wenn sie die geheimnisvollen Beine sahen. Die jungen Frauen aber und die Mädchen entlang der großen Landstraße waren plötzlich ernüchtert, wenn ihnen Reisende später schöne Lügen in die Ohren flüsterten.

»Die Beine des Lutriczky kommen.«

Da gab es keine Liebe mehr, keine Späße, kein Schäkern. Die kecken, unternehmungslustigen Reisenden wurden von der jungen Wirtin sogar vor die Tür gesetzt.

Das war die Geschichte des Weinhändlers.

Herr Rezeda maß dem Märchen zwar nicht so viel Bedeutung bei wie Herr Gráciász, als er aber am Ende des Abendessens den Krónprinc-Damen die Geschichte des Weinhändlers erzählt hatte, machte er wirklich die Erfahrung, daß die beiden Budaer Damen nachdenklich wurden; sogar einen ängstlichen Blick warf Frau Vilma auf das vergitterte Fenster; vielleicht klangen draußen Schritte auf dem Pflaster, es mochte auch sein, daß die herrenlosen Beine des Lutriczky vorübergingen . . . !

Bedächtig schälte Irma eine Orange. Ein paar Scheiben reichte sie auf ihrer Handfläche Herrn Rezeda.

»Bitte, Herr Rezeda. Nicht wahr, das Märchen will nur darstellen, daß die Männer auch noch nach ihrem Tod den Frauen nachsteigen.«

»Wahrscheinlich. Denn es gibt Frauen, die man nicht vergessen kann«, meinte Herr Rezeda.

»Ist jeder Mann ein wenig wahnsinnig?« fragte Irma und sah den Gast aufmerksam an.

Melancholisch schüttelte Herr Rezeda den Kopf. Er antwortete nicht gleich. Er war dabei, Irma gründlich in die Augen zu schauen.

Die Gestalt der Irma war aus nur zwei Farben zusammengestellt, aus Schwarz und aus Weiß. Sie trug ein eng anliegendes schwarzes Kleid, weil ihr das gut stand und weil sie ihrem Vater nachtrauerte. Irgendwo, irgendeinmal hatte sie gelernt, sich resigniert zu benehmen. Sie kümmerte sich nicht um die Menschen, denn sie sprachen schlecht von ihr.

Sie hatte so lange Wimpern, daß sie auf ihr Gesicht Schatten warfen, und dadurch sah sie trübsinnig aus. Einen kleinen weißen Fleck hatte sie an der Stirn, wie ein Stern. Ihre Mutter erzählte, daß Irma gezeichnet ist, denn sie ist besser als die übrigen Frauen. Sie hatte sehr dichtes schwarzes Haar und einen sehr weißen Hals, der sich sanft bog. Manchmal wurde sie von den Männern mit einer Pester Schauspielerin verglichen, aber das gefiel ihr nicht sehr. »Wie ein Judenmädchen schaue ich aus«, sagte sie verbittert, und aus diesem Grund trug sie am Hals ein goldenes Kreuz. Ihre anmutigen Schultern, sehr wohlgeformten Hände und ihr Kinn, an dem es ein Grübchen gab, waren selbst für den wachen Deuter dieser Zeichen nicht sehr vielsagend. Dennoch zeugten ihre Erscheinung, ihre kleine Gestalt, ihre unbedeutende Figur davon, daß sich unter diesem alltäglichen Aussehen Rätsel, Verhängnisse, ja sogar schicksalsschwere Geheimnisse verbargen. Wenn sie die Wimpern hob, zeigte sich ein weißes Aufblitzen an ihrem Gesicht, ein Blick schoß aus den geheimnisvollen Augen, wie Energie, die zu Taten jederzeit bereit ist. Verwegenheit und Rührseligkeit, kindliche

Zärtlichkeit und die Durchführung eines Mordes, langes Weinen und ein lebendiges, stechendes, verletzendes Aufhorchen immer wieder, unzufriedene Traurigkeit und tödliche Lüge lagen in ihren Augen, deren Pupillen sich einander in den Minuten der Selbstvergessenheit oder bei vertieftem Nachdenken kaum bemerkbar näherten. Der flüchtige Blick hätte nichts anderes sehen können, als daß die Krónprinc manchmal schielte, und bei solchen Gelegenheiten konnte man von dem Mädchen annehmen, daß es in seiner Schlafkammer nachts ein Messer in die Photographie eines Mannes stößt. Es schien, als beobachte das starre linke Auge die unbekannten Landschaften der Zukunft, vorsichtig warte es darauf, daß man den Vorhang hochziehen möge, der Mund ist dabei bereits voll Lügen, Entschuldigungen und theatralischen Worten. Irgendeiner wird aus einer unbekannten Welt kommen (vielleicht werden es die herrenlosen Beine des Lutriczky sein), der dann wortreich, schlagfertig und überzeugend zu erzählen hat, was bis zum heutigen Tag geschehen ist, bis zu ihrem zwanzigsten Geburtstag, denn schon im zwölften Lebensjahr hatte sie Liebesbriefe geschrieben, allerdings an einen Herrn mit grauem Schnurrbart, der Beamter der staatlichen Druckerei gewesen ist. An einem langen Abend wird dieses linke Auge mit dem durchdringenden Blick noch eine große Rolle spielen, denn ein Gesicht und eine ratlose Seele muß es beobachten, an einem Wendepunkt des Lebens, der niederschmetternd ist und erhebend zugleich. (Irma dachte nämlich niemals daran, aus ihrer Vergangenheit irgend etwas zu verschweigen. An ihre Abenteuer erinnerte sie sich genau. Ein einziges Mal hatte sie sich geschämt: als der Mann nicht zum Stelldichein gekommen war. Damals hatte sie Rache geschworen und entschieden, daß sie jenem Herrn, den sie bei sich nur Windbeutel nannte, die größten Unannehmlichkeiten bereiten würde, die man einem in diesem Leben nur zufügen kann. Ihrem zukünftigen Mann würde sie dann einmal die Geschichte erzählen, mit der Bitte, bei der Rache ein wenig mitzuhelfen.)

Im rechten Auge wohnte die Traurigkeit, wie in seiner Hütte der Eremit. Hier huschten die Erinnerungen und die Verbitterungen wie kleine Wolken vorüber, die Enttäuschungen und die durchweinten Nächte. Der zwanzigjährige Lebensüberdruß, das zarte Verblühen mancher Hoffnungen der Seele, der zwecklose Schmerz über die Vergangenheit, Stunden, die nicht wiedergutzumachen sind, die unschuldige Jugend, die verlorengegangen ist wie ein Kartenverlust: alle saßen sie in der trüben Dunkelheit des rechten Auges, wie kleine Kobolde, die sich mit ihren winzigen krummen Armen an langen Wimpern festhalten und nachts ihre Wachtposten verlassen, ihre Bogen niederlegen, mit denen sie sonst den Faltern der selbstvergessenen Freude nachjagen ... Während des Traumes durchstreifen sie in ihrer seltsamen Zwergentracht das weite Feld der Stirn, schaukeln im offenen Haar und lassen die Beine von den rötlichen Ohrmuscheln baumeln ... In durchträumten Nächten, in denen sie nichts zu tun haben, denn drinnen hat sich der Sandmann mit breiten Sohlen auf die Seele gestellt, und im Blutstrom der Adern schwimmen die Blumen des Frühlings dahin, so daß am Morgen der alabasterfarbene Körper frisch und verjüngt aus dem Bett springen kann. Die leidenschaftliche Phantasie, dieser wagemutige Akrobat, vollführt in der Nähe der Nachtlampen gefallener und unschuldiger Engel die tollkühnsten Trapezakte, während in den Gräsern, Blumen, Bäumen und menschlichen Körpern die Säfte der Morgendämmerung zu fließen beginnen, wie es die Natur geheimnisvoll gebietet.

Im rechten Auge saß die Selbstvergessenheit und die verborgene Sehnsucht, Irmas Weiblichkeit wohnte da, ihre junge Liebe und lüsterne Neugier; das linke Auge glänzte aber wie ein kaltes Messer, beobachtete sorgfältig jede Regung des Lebens und der Welt, lag wie ein Luchs auf der Lauer und überwachte im Lichtschein der Lampe die ehrlichen oder verlogenen Gesichtszüge des gegenübersitzenden Mannes genau.

Herr Rezeda wußte, daß er vor seinem Untersuchungsrichter saß (Frau Vilma hatte sich in den Mann gewohnheitsmäßig auf den ersten Blick verliebt und glaubte im Poltern der geheimnisvollen Beine des Lutriczky das Klopfen jener anderen Schritte zu hören, mit denen Herr Rezeda in der Gegend des Hauses herumstreifen würde), und aus diesem Grund benahm er sich derart resigniert und frostig, als wüßte er im vorhinein, daß seine Verhaftung ohnehin bevorstand.

(Bereits im ersten Augenblick spürte er jenen seltsamen Duft des Mädchenkörpers, der Hände und der Haare, den, wie er glaubte, allein er an gewissen Frauen bemerkte. Dieser aus Sehnsucht, Traum und Phantasiebildern gemischte Duft schwebte den Frauen genauso nach wie ihr bläulicher Schatten auf dem Schnee einer Promenade. Derselbe Duft umgab mitunter sogar einen weiblichen Namen, wenn ihn Herr Rezeda in seinem Zimmer laut aussprach, auf Leben und Tod so sehr verliebt, daß er sich unter der Last der Gefühle beinahe krümmen mußte. Er hatte geglaubt, die kaum erträglichen, fast physischen Schmerzen, das viele Schimpfen mit sich selbst, die Ohrfeigen, die er sich, vor dem Spiegel stehend, selbst versetzt hatte, hätten ihre Wirkung getan und er hätte die Liebe seines Lebens vergessen, eine Frau, die niemand außer ihm für verführerisch hielt. Jetzt stand die vergessene Frau wieder vor ihm: verjüngt und mädchenhaft. Bis zu diesem Abend war er ein mittelalterlicher Held gewesen, der zwischen steinernen Särgen wandelte; es gab in der Stadt keine Frau, auf die er nicht irgendeinmal eifersüchtig gewesen wäre, wie der Ritter Bayard, der niemals geliebt hatte; er hielt jene Bewegungen der Frauen in Evidenz, die er gleichsam aus der objektiven Entfernung des Lebens erspäht hatte, abends in Buda durch nachlässig verhängte Fenster, wenn die Frauen das Gefühl hatten, daß man sie nicht sah. Abgestumpft und regungslos im Herzen, wie jemand, dem sein eigenes Unglück eine gewisse Freude bereitet und der kein größeres Vergnügen kennt als Krankheit und Schmerz, hatte Herr Rezeda bis zu diesem Abend die Dächer betrachtet und all die Lügen unter ihnen, die verschleierten Wahrheiten. Jetzt bemerkte er plötzlich eine unbändige Sehnsucht, aus der gewohnten Einsamkeit unter die Menschen zurückzukehren, sich mit den heiteren und trübsinnigen Angelegenheiten des Lebens zu beschäftigen und vielleicht sogar eine gewisse unerwartete Seligkeit zu finden durch eine Stimme, die zu duften beginnt ... Er spürte ein Zittern in der Gegend der Augen und ein Dröhnen in der Brust, als stürzte eine Schneemasse vom Dach ... Irmas längliche Füße, ihre schlanke Taille und die schmalen Schultern waren nur noch unverhoffte und beinahe sichere Zeichen dafür, daß er jener Frau der Vergangenheit begegnet war, die über ihn Macht hatte, ihn mit einer einzigen Bewegung des kleinen Fingers zu Boden werfen kann, ihn so lange demütigt und erniedrigt, bis er endlich irgendwo in der Vorstadt weinend den Tod erflehen würde.)

»Die Männer sind ein wenig wahnsinnig, nicht wahr?« wiederholte Irma die Frage, und im rechten Auge, das sich auch aufs Lügen gut verstand, erschienen Andacht, Wißbegier und Demut, als blickte eine Schülerin auf ihren Meister.

Herr Rezeda winkte ab, wie jemand, der gerade in einem niedrigen Karren zum Schafott gebracht wird und unterwegs einem flüchtigen Bekannten begegnet, der sich nach seinem Wohlergehen erkundigt.

In der Raizenkirche hatten die Glocken schon Mitternacht geschlagen, als Herr Kázmér Rezeda in seinem kleinen Seidenumhang das Gasthaus des Gráciász betrat.

»Der verdammte Lutriczky!« begann er. »Auf dem ganzen Weg liefen mir seine herrenlosen Beine in den roten Stiefeln durch den Schnee voran.«

Zufrieden streichelte der alte Gráciász den Käfig seines ältesten Wirtshausgastes, eines Hähers.

»Ich habe es ja gewußt.«

Nachdenklich saß Kázmér Rezeda vor seinem Wein. Als er später insgeheim zum Krónprinc-Haus zurückschlich und im knirschenden Schnee ein paarmal auf und ab ging, bemerkte er Licht hinter einem Fenster. Er stellte sich auf die Zehen und fand es sehr natürlich, daß drinnen ein kleines Licht brannte, vor einem Heiligenbild, das am Abend noch nicht auf diesem Platz gestanden hatte.

Wer mochte es angezündet haben? Die Mutter oder die Tochter? Mit langsamen Schritten ging Herr Rezeda heimwärts, blieb ab und zu stehen, kümmerte sich aber nicht im geringsten um die schlecht verhängten Fenster, an denen er früher niemals hätte gleichgültig vorbeigehen können.

»Auch damals hatte man ein Nachtlicht angezündet, als das größte Unglück meines Lebens begann«, brummte er. »Zum Glück habe ich ohnehin nicht mehr viel Zeit übrig, ich werde das Unerträgliche ertragen.«

Er warf Kants Buch zu Boden und starrte bis zum frühen Morgen auf das Gewölbe.

5

Unterwegs. Im »Weißen Pferd«

In P. war am Abend die rote Postkutsche angekommen, in der sich Eduárd Alvinczi auf den Weg gemacht hatte, um der Stadt Wien nicht einmal mehr den Rücken zu zeigen; seine schmerzlichen, unerfüllten Ambitionen waren verschwunden wie Schriftzeichen von einer abgewischten Schiefertafel. Dieser Mensch konnte derart wollen, daß er zuerst sich selbst besiegte.

»Nichts kann mir zustoßen, solange ich mir denke, was ich will, und anderen Leuten kein Wort glaube«, pflegte er zu sagen, hochmütig wie ein Fürst, der sich mit seinen Schätzen brüstet.

An nichts glaubte er mehr, jedem mißtraute er, und das Leben hielt er für einen Schwindel, für eine Komödie der Possenreißer, die er verachtete. Von den Leuten hatte er eine derart niedrige Meinung, daß er sich über sie nicht einmal ein Urteil bildete, denn auch dazu waren sie viel zu unwürdig.

»Gelegentlich ist jeder Mensch ein Schurke, und es gibt keine Frau, für die ich die Hand ins Feuer legen könnte«, sagte er immer wieder, und seine alten Freunde stimmten ihm zu.

Auch die Reise verlief in dieser Art.

Bis Pozsony begleitete ihn ein kleingewachsener, lebhafter, mit einem Bart à la Henri IV. geschmückter Ritter, Mortimer, ein Fechtmeister unklarer Abstammung, halb Pole und halb Franzose, der wie ein Croupier aussah und in der Umgebung von Eduárd Alvinczi die Körperpflege zu beaufsichtigen hatte. Täglich ließen sie ein paarmal die Florette aneinanderklirren; fechten konnte Alvinczi wie ein Raubritter: die Aufmerksamkeit und Wachsamkeit der Augen wurde mit Ballspiel aufrechterhalten, das man in einem verdunkelten Zimmer übte; anschließend lief man auf allen vieren herum, um die Elastizität der Glieder zu steigern; am Ende hob Alvinczi den mit ungarischem Weizen gefüllten Sack, der in einer Ecke lehnte, und warf ihn auf die Schulter, um, wenn irgendwann nötig, auch als Sackträger sein Brot verdienen zu können.

Unterwegs wurde im Wagen ein paarmal Ball gespielt, wobei der Ritter Mortimer natürlich auf dem kleinen Sitz saß. Danach nahm Alvinczi die Streitschrift des István Széchenyi hervor (jene mit dem Titel *Die Welt*) und schrieb gewohnheitsgemäß einige Anmerkungen an den Rand des Buches. István Széchenyi war der letzte zeitgenössische Autor, dessen Werke es verdienten, daß man sie las. Die Dichtkunst endete bei Berzsenyi; Sándor Petrovics, dieser hochnäsige und unerzogene raizische Bauer, der sich Petőfi genannt hatte, konnte schon wegen seiner niedrigen Abstammung nicht zu Alvinczis Dichteridealen zählen.

Als Eduárd das Buch einmal niederlegte, hielt es Mortimer für seine Pflicht, den Herrn zu unterhalten.

»Schade, daß sich auf der Landstraße so viele Leute herumtreiben, die Wölfe wagen sich nicht aus den Bergen herunter. Ein paar gute Schüsse unterwegs würden nicht schaden.«

Alvinczi schloß die Augen.

»Ja«, antwortete er müde, »die Zivilisation ist schuld daran, daß die edlen wilden Tiere der Natur allmählich aussterben. Ein Gesetz müßte erlassen werden, wie man es in Afrika, in den englischen Kolonien, getan hat, um die Löwen zu schützen; dieses Gesetz müßte verhindern, daß in Ungarn die wilden Tiere, die Bären und Wölfe, endgültig ausgerottet werden. In meiner Kindheit pirschten die echten Jäger in den Wäldern der Mátra noch nach Luchsen. Ich werde Károly Lovik sagen, daß er darüber in der ›Jägerzeitung‹ einen Artikel schreiben soll. Vergessen Sie nicht, ein Telegramm zu schicken, Mortimer.«

Müde ließ Alvinczi die Lider zufallen; an diesem Tag hatte er für das Allgemeinwohl bereits genug getan; würde jedermann seiner Pflicht nachkommen und täglich ein, zwei Stunden über das Schicksal des Vaterlandes sinnen, so müßte man um die Sache Ungarns nicht bangen.

In Pozsony pflegte Alvinczi seit Menschengedenken im alten Gasthof zum »Weißen Pferd« abzusteigen. Daß in der Stadt inzwischen neue, moderne Hotels erbaut worden waren, nahm er nicht zur Kenntnis. Er hatte es sehr gern, in die Höfe einfahren zu lassen, und er freute sich, wenn er vom offenen Korridor seinen Kutscher und seinen Pferdeknecht jederzeit aus der Gegend der Stallungen herbeirufen konnte.

Das »Weiße Pferd« war bereits schwarz vom Alter; als es einmal neu verputzt werden sollte, verkündete Alvinczi feierlich, daß er in diesem Fall den Gasthof nicht mehr besuchen würde. Im Toreingang brannte eine große Petroleumlampe in der viereckigen Laterne, mit roter Frakturschrift hatte man auf das Glas gemalt:

Restaurant

Der Geruch von Bier und Gulasch brachte in Alvinczis ermattete Nerven neues Leben. Ein Herr mit kurzem weißem Bart, in roter Weste, Pepitahosen und in einem braunen Umhang, der aussah, als wäre er aus dem Tuch der Großmama gearbeitet worden, wartete unter der Laterne auf Eduárd Alvinczi. Es war Szilveszter, Alvinczis Geheimsekretär für Ungarn, der seinem Herrn entgegengereist war mit der Eisenbahn, doch war es nicht ratsam, diesen Umstand zu erwähnen.

In Pozsony schmeckten die Abende nach Mittelalter. Viel Schnee lag in der Stadt, und im Toreingang des »Pferdes« standen Gespenster herum, die aus alten Anekdoten herausgetreten waren.

Der echte Szilveszter, Alvinczis früherer Geheimsekretär, war eigentlich bereits vor ein paar Jahren gestorben, in Buda auf dem kleineren Schwabenberg, wo er seinen müden und närrischen Kopf auf einen flachen Sandstein gelegt hatte. Während seiner langen Dienstzeit hatte er aber im vorhinein für seinen Nachfolger gesorgt, in Person eines Kreisnotars aus dem Komitat Zemplén, den Szilveszter jahrelang unterrichtet, erzogen und geformt hatte, bis ihm der Notar auch äußerlich ähnlich geworden war, denn der Wechsel der Geheimsekretäre durfte im Leben des Herrn keinerlei Stockung verursachen. Der neue Szilveszter ahmte den alten Szilveszter tatsächlich derart lebensnah nach (sogar seine Handschrift hatte er gelernt, die Buchstaben, die klein waren wie Flöhe, und insgeheim verfaßte er auch Gedichte), daß sich Alvinczi in seiner alten Überzeugung zu Recht bestärkt sah, wonach die Menschen, die in seinem Dienst standen, ebenso ewig leben würden wie er selbst.

Vom rotbewesteten Geheimsekretär drei Schritte entfernt (wie die spanische Etikette es auch bei den Habsburgern befahl) stand ein Herr, der einem Weinfaß ziemlich ähnlich sah, einen stacheligen Bart, graue Pantalons und einen ebensolchen Salonmantel trug, beide nach ungarischem Geschmack geschnitten; er machte ein so ergriffenes, gerührtes Gesicht, wie es die Advokaten und Abgeordneten in der Provinz zu tun pflegen, wenn sie auf gewisse Einnahmen hoffen können. Dieser Herr war nur unter dem Namen Aldzsi bekannt. Vielleicht hatte er irgendeinmal auch noch einen anderen Namen gehabt, doch ist der mit der Zeit in Vergessenheit geraten. Der Rechtsberater Alvinczis war dieser Herr, seine Manteltaschen quollen über von Prozeßakten, als würde er ein ganzes Archiv mitführen. Zerknüllt und gelb waren bereits die Papiere, wie die Schriftstücke der unverbesserlichen Prozeßführer zu sein pflegen. Manche Prozesse schleppten sich bereits seit dreißig Jahren fort, aber Alvinczi gab nicht nach. Aldzsi war es, der die Akten aufbewahrte. Hätte er sie nur für eine Minute liegenlassen, so wären sie vom Gegner sogleich gestohlen worden – das wenigstens war Aldzsis Überzeugung. »Ich jedenfalls würde das gleiche tun«, sagte er und sprach die Worte derart genußvoll aus, als wäre ihm das bloße Reden eine unermeßliche Wonne. Von Aldzsi war es nicht anzunehmen, daß er ein Anhänger der Philosophie Spencers oder Schopenhauers war. Seiner Meinung nach waren alle Übel einzig und allein darauf zurückzuführen, daß es in Ungarn zu viele Leute gab, die schreiben und lesen konnten.

Die Reihe der Wartenden wurde von Frau Enyingi geschlossen, einer weißhaarigen, weißgekleideten verhutzelten Frau, die mit ihren schwarzen Augen Alvinczi abzuwiegen schien, als dieser aus dem Wagen stieg, wie man auf dem Markt das Gewicht einer Henne oder einer Gans abschätzt. Eine berühmte Köchin war Frau Enyingi. Alvinczi hatte sie einmal aus dem »Pferd« auch nach London mitgenommen, wo man sie seinetwegen angestellt hatte. Ihr forschender Blick las aus Alvinczis Zügen das Ausmaß seines Appetits, sie nickte und war dabei, sich nach getaner Pflicht zurückzuziehen, doch winkte ihr Alvinczi mit dem Ärmel seines Pelzes gnädig zu.

»Wie steht es mit der Gesundheit?«

Frau Enyingi küßte Alvinczis Handschuh.

»Oh, ich muß mich nur mehr mit dem Geruch der Speisen begnügen. Mein Magen macht mir viel zu schaffen.«

Sie knickste wie ein vornehmes Fräulein. (Ach, einst hatte Frau Enyingi in Szatmár die Schule der heiligen Schwestern besucht.)

»In einer kleinen Viertelstunde kocht das Ferkelklein in der Suppe, guter gnädiger Herr.«

»Hoffentlich haben Sie die Leber nicht vergessen«, bemerkte Alvinczi wichtigtuerisch.

Anstelle einer Antwort hob Frau Enyingi den Blick gegen den Himmel. Wie konnte man nur so etwas von ihr annehmen!

Hier, im »Pferd«, im Kreis seiner ungarischen Untertanen, fühlte sich Alvinczi wie ein König, der nach einer langen Reise aus dem Ausland wieder in sein Reich zurückgekehrt war. Diener in Zirkuslivreen hielten die Kerzen auf der schmalen Stiege (»Service: à 100 Forint«, notierte Herr Krausz, der Oberkellner des »Pferdes«). Alvinczi, »ein Junggeselle immerhin«, duldete keine weibliche Dienerschaft um sich, nur in seiner Abwesenheit durften die Stubenmädchen sein Zimmer betreten.

Aldzsi überreichte einen Briefumschlag mit derartiger Aufmerksamkeit, wie es die Notare beim Aushändigen der wichtigsten Akten zu tun pflegen.

»Die Zichy-Expedition hatte es aus Asien gebracht, aus dem

Land, in dem die Urahnen Eurer Exzellenz einmal Fürsten gewesen sind«, sagte Aldzsi mit dröhnender Stimme, als wäre er ein alter Chorherr in Veszprém und stände gerade vor dem Altar.

Alvinczi nahm von dem gelblichbraunen Sand ein wenig zwischen die Finger. Lange betrachtete er die Sandkörner.

»Heilige Erde!« sagte er und gab den Umschlag an Szilveszter weiter, damit der Geheimsekretär das Kuvert bei den Reliquien unterbringen möge.

»Wer ist jetzt der Palatin in Buda?« fragte er gähnend, während er die drei Pelzmäntel, einen nach dem andern, ablegte.

»Bánffy, Herr, Bánffy aus Siebenbürgen«, antwortete Szilveszter und versuchte, wenigstens einen Pelz dienstbereit zwischen die Hände zu bekommen, aber Alvinczi wehrte sich hartnäckig.

»Ich habe es nicht gern, wenn du dich wie ein Lakai benimmst, Szilveszter«, brummte er, aber der Sekretär ließ nicht nach: beim Ablegen der mit Tierfellen reichlich gefütterten Filzstiefel konnte er eine gewisse Rolle spielen. (Alvinczi hatte seinen Widerstand gähnend aufgegeben.)

»Hoffentlich werde ich mich mit dem Palatin vertragen ...«

Aldzsi zog hinter dem Flügel seines Mantels die fleischige, behaarte Hand hervor, mit der er Alvinczis Gegner erwürgen würde.

»Zudringlicher Kerl ...«

»Diese Siebenbürgen«, brummte Alvinczi, aber er sprach den Satz nicht zu Ende; es war immerhin möglich, daß sich der Palatin Spione hielt ...

»Und der alte Graf Tisza, lebt er noch?«

»Mausetot«, verkündete Herr Szilveszter.

Andächtig verbesserte Aldzsi den jungen Sekretär.

»Er ist selig entschlafen.«

»Wir standen nicht schlecht miteinander«, brummte Alvinczi.

Dann zog er einen seltsam geschnittenen Frack an, wie er von den Pariser Kavalieren unter dem Direktorium getragen worden war. Ein paar Tropfen Parfüm – es duftete nach Heu – streute er auf das Futter und tauchte zwei Finger in die Waschschüssel. Feierlich und langsam bewegte er sich im gewölbten Zimmer, das seit zwei Tagen mit Buchenwurzeln geheizt wurde und mit knorrigen Ästen, die tosend brannten und dabei mitunter so laut knackten, als stünde im Kachelofen eine Kanone.

»Vielleicht könnten wir zur Abendtafel gehen«, meinte Alvinczi und legte sich einen Zobelpelz über die Schultern.

Wieder traten die Zirkusdiener aus den Mauern des »Weißen Pferdes« hervor und hielten regungslos ihre Kerzen.

Immer wieder blieb Alvinczi auf der Stiege stehen, als wollte er seinem treuen Sekretär etwas sagen, aber jedesmal überlegte er es sich.

Im Extrazimmer war mit altem Eßzeug gedeckt worden (wiederum konnte Herr Krausz notieren: »Service: à . . .«), Vergißmeinnicht zeigte das Blumenmuster des Porzellans, und Damastservietten lagen auf der Tafel, an deren Mitte sich Alvinczi niederließ, während rechts und links von ihm die Herren Szilveszter und Aldzsi Platz nahmen und Mortimer auf der anderen Seite des Tisches gegenüber saß, um die Elastizität von Alvinczis Muskeln ständig beaufsichtigen zu können.

Noch zwei Gedecke gab es auf der Tafel.

In Pozsony, im »Pferd«, wurde stets auch für zwei abwesende Personen gedeckt; die Zeremonie diente dem Andenken zweier Damen, die vor kurzer Zeit (vor zwei Jahrzehnten) bei einem Gelage Alvinczis anwesend waren. Zwei Gräfinnen aus Pozsony, zwei Zugvögel, waren die unvergeßlichen Gäste. Wir werden später noch auf sie zurückkommen. Jetzt schlich Frau Enyingi ins Zimmer, wobei sie sich dauernd entschuldigte – auch das gehörte zu den Seltsamkeiten des Aufenthaltes in Pozsony.

»Auch polnische Suppe habe ich gekocht, wie zur Zeit der Gräfin Izabella«, flüsterte sie andächtig.

Alvinczi nickte gerührt; weißhaarige Kellner, denen die vielen Schicksalsschläge anzusehen waren, brachten in weißen Glacéhandschuhen die mit Tulpen bemalte irdene Schüssel.

Vorher schenkte Alvinczi eines der vielen kleinen Kristallgläser voll. Die fünfbuttige Auslese in der alten Flasche stammte aus Mád, aus den Weinkellern von Franz Joseph.

»Ein Glas für das Vaterland«, sagte Alvinczi und leerte das Gläschen auf einen Zug.

Nach der Suppe servierte man Bier in altdeutschen Krügen, obwohl niemand davon kostete. (Damals trank ein echter ungarischer Herr noch kein Bier.)

Die Aufsicht über die Gläser wurde nun von einem Husaren übernommen, der hinter den Rücken der Herren in roten Hosen und im goldverzierten Waffenrock umherging, wobei seine Sporen leise klirrten. Von dem Wein des Badacsony schenkte er ein, von dem Gold von Szedernye und von dem schweren Szamorodni;

Mouton Rothschild und das Blut des Papstes setzten die Reihe fort, bis in den Kristallgläsern endlich der blasse säuerliche Schaum des doppelten Pomery glitzerte. Aber vergessen wir auch die Speisen nicht, zu denen Alvinczi seinen Gästen die verschiedenen Getränke nach der genauen Etikette hatte reichen lassen.

Aldzsi, der oberste Aufseher aller Alvinczischen Prozesse, war früher Advokat im Komitat Zemplén gewesen und hatte an den Tafeln verschiedener Herrenhäuser seinen Mund und seinen von Speise und Trank glänzenden Schnurrbart oft genug abgewischt; kaum war nun die irdene Schüssel herbeigetragen worden, ließ der stämmige Herr ein dumpfes Murmeln hören.

»Ferkel«, sagte er. »Ferkelchen«.

Weitere Bemerkungen machte er nicht, denn sogleich steckte er die Nase in den Teller. Mit Zitronensaft und Rahm war die Suppe gewürzt worden, in denen die Stelzchen, der Schwanz, die Leber und Milz eines Ferkels zur allgemeinen Ergötzung herumschwammen. Fachkundige Leute hätten feststellen können, daß die so sehr wichtige Speise, die in der ungarischen Küche einst eine geradezu fürstliche Rolle gespielt hatte, völlig makellos war. Seit den Reisen des Alvinczi haben sich die Zeiten leider geändert, die Suppe hat in den ungarischen Küchen immer mehr an Bedeutung verloren, die Hausfrauen sparen. Es ist nicht mehr modisch, auf dem Wege einer mit eigenen Händen aus dem Fleisch des Lendenstückes zubereiteten Gulaschsuppe manche zarte Zuneigungen einzugestehen. Und dabei wäre es früher unvorstellbar gewesen, ein auch nur einigermaßen bedeutendes Abendessen in Ungarn ohne Suppe anzufangen. Es gab unvergeßliche Suppen, die aus dem Fleisch von Hühnern, Schweinen und Rindern zubereitet wurden, und aus fernen Städten ließ man die Suppenköchinnen herbeiholen. Eine eigene Wissenschaft war es, das richtige Quantum an Knochen, Grünzeug und Gewürzen zu treffen. Die beste Suppe des Landes wurde für Franz Joseph gekocht, die zweitbeste für Alvinczi.

Die weithin erkenntlichen Schüsseln der Fische erschienen jetzt am Horizont.

Aldzsi war noch damit beschäftigt, sich die Reste der Suppe vom Schnurrbart zu wischen, einen kleinen Knochen wieder auf den Löffel zu nehmen und an einem in Paprika getunkten Stückchen Weißbrot zu knabbern, als der Fisch überraschend auftauchte. Es war ein kalter Aal.

Der Rechtsberater schnitt ein besorgtes Gesicht.

»Wurde der flüssige Aspik auch wirklich fortwährend gerührt, als man ihn auf den Fisch goß?«

Der Aal schwieg, denn er war gefroren.

Betrübt schüttelte Aldzsi den Kopf, als er sich über den Fisch hermachte. Allmählich wurden aber die Augen des Advokaten immer runder, und er murmelte zufrieden. Dann sagte er leise, wie zu sich selbst: »Der Fisch will schwimmen.«

Daraufhin überreichte der Husar ein Glas voll Wein, der mit Sodawasser verdünnt war; der Rechtsberater leerte es mit einem Zug. (Aldzsi hatte das Privileg, während der Mahlzeiten immer den gleichen Sandwein zu trinken, mit Sodawasser vermischt, denn nach Meinung des Advokaten war das der Kehle und manchen anderen inneren Teilen am bekömmlichsten. Der hellgrüne Wein wurde in Flaschen serviert, in denen ursprünglich das heilende Wasser der Quelle von Parád abgefüllt worden war. Auf den Sandwein verzichtete Aldzsi nur zugunsten des französischen Champagners.)

Jetzt stand ein Käsepudding auf dem Tisch.

Einen gewaltigen Zahnstocher hatte der Rechtsgelehrte im Mund. Immer kaufte er die Zahnstocher persönlich, da er jene aus weichem Tannenholz nicht ausstehen konnte; ein Anhänger des Hartholzes war er, und wie einen Speer stieß er es sich zwischen die mächtigen Zähne. Stets hatte er in der hinteren Tasche seines Salonmantels ein Päckchen Zahnstocher, eine Schachtel voll magenstärkendem Pulver und ein Stück Seidenpapier, denn nur mit Seidenpapier konnte er sich die Nase schneuzen.

In der Art eines Untersuchungsrichters donnerte er den Pudding an: »Beschuldigter, warst du auch wirklich eine Stunde lang eingesperrt?«

Frau Enyingi, die mitunter insgeheim hereinspähte, um zu sehen, ob den Herren auch alles schmeckte, rief aus ihrem Versteck: »Ich selbst habe das Dünsten überwacht.«

»Dann ist es in Ordnung«, erwiderte Aldzsi.

Alvinczi warf in die Richtung des Versteckes einen rügenden Blick. Die Dienerschaft hatte Respekt zu wahren.

»Köchinnen gehören in die Küche«, murmelte er.

Nach der Käsespeise trank der Advokat gleich zwei Gläser vom gehörig gekühlten Wein, während Alvinczi seinen Durst mit einem kleinen Schluck Roten stillte, der in Avignon gewachsen war und aus den Kellereien eines Lords stammte.

Jetzt flog ein Fasan herbei, der roten Wein schwitzte und zwischen gerösteten Kastanien lag, die groß waren wie Eier.

»Ein Vogel!« nörgelte Aldzsi. »Ein Vogel ist keine ernste Sache.«

Nach dem Fasan zerkaute der Rechtsberater beinahe seinen Zahnstocher.

Auf dem Gebiet des Essens kannte er keinen Spaß.

Endlich erschien aber der König des Mahles, der Nierenbraten in Butterteig, wie er früher von einer vollkommenen Köchin zubereitet worden war, für den Kronprinzen Rudolph anläßlich der Jagd in Görgény. Man sah geradezu im breiten Sonnenlicht der Tiefebene die weißen gemästeten Rinder, die in offenen Waggons nach Wien transportiert werden; in Pozsony bleibt der Zug für eine Minute stehen, in dem auch ein Liebhaber des Kavalierspitzes von Pest nach Wien fährt, um auf der Kärntnerstraße im ersten Stock eines Hauses das beste Rindfleisch der ganzen Monarchie zu vertilgen.

»Das ist etwas für Männer«, rief der Rechtsgelehrte und schärfte selbstvergessen das Messer am Tellerrand. »Ich weiß nur nicht, ob man den Teig auch wirklich dreimal gewalkt hat!«

Dann begutachtete er die Salate – den Fasan hatte er nicht genügend gewürdigt, um ihn mit Salat zu begleiten. Lebhaft begrüßte Aldzsi den mit Mayonnaise begossenen Bohnensalat, nickte dem grünen Häuptelsalat zu, der mit Estragon vermischt war, während er hinsichtlich der mit Kraut gefüllten Paprikaschoten nur die müde Frage stellte, ob sie auch wirklich zweimal abgebrüht worden waren.

Danach stieß Aldzsi ein Unfall zu, wie ihn der Advokat beim Abendessen gewöhnlich zu erleiden hatte.

Er bemerkte jene eingelegten Paprikaschoten am Ende des Tisches, die kaum größer waren als eine Erdnuß und von innerem Feuer beinahe zu brennen schienen. Der Advokat kannte im vorhinein die Folgen seiner Tat, trotzdem steckte er sich den kleinsten Paprika schnell und entschlossen in den Mund. Bald hörte man verzweifeltes Schnaufen und Keuchen von dem Teil des Tisches, an dem Aldzsi Platz genommen hatte. Seine Augen waren voll Tränen, sein Gesicht war verzerrt, minutenlang wälzte er sich wortlos und in schmerzlicher Qual auf dem Stuhl, wie das Opfer und der glückliche Märtyrer von Frau Enyingis Kochkunst. Womit er für sein Teil das Abendessen eigentlich auch beendete. Einige Krapfen schob er sich noch in den Mund, denn Faschingszeit zeigte der Kalender, und eine gewisse Art Schafkäse kostete er noch, wegen seines ungezogenen Benehmens mit dem Paprika traurig geworden. Indessen füllte Alvinczi seinen gewaltigen Kelch mit französischem Wein und gestattete auch, daß jeder Anwesende sein Glas leise an den Pokal stieß.

»Auf die schönen Frauen«, sagte er ungewöhnlich lebhaft.

So tat er immer, seit fünfzig Jahren.

Zum schwarzen Kaffee und zu den verschiedenen Focking- und Bols-Schnäpsen gesellten sich noch diverse englische Produkte, nebst Cherry Brandy, ungarischem Weichsellikör und Marillenschnaps aus Kecskemét, und damit war die Zusammenkunft zu Ende.

Am nächsten Tag, gegen Mittag, ließ Alvinczi die rote Postkutsche vorfahren und besuchte vor seiner Abreise aus Pozsony noch jene denkwürdigen Gräfinnen, die in der Szentvár-Straße wohnten, in einem altertümlichen gelben Haus.

6

Der Briefwechsel des Herrn Rezeda mit den unbekannten Gräfinnen in Pozsony

Bevor wir das in französischer Manier überdachte Haus betreten wollen, das ein Adeliger früherer Zeiten – Ortvay – zu Ehren von Maria Theresia hatte errichten lassen, als die Königin jeden Samstag ihre in Pozsony lebende Tochter besuchte, um mit ihr in die Kirche zu gehen oder Schulen zu inspizieren, müssen wir über die Besitzer des alten Bauwerkes einige Worte vorausschicken.

Zur Zeit unserer Geschichte gehörte das Haus den beiden Gräfinnen Zöldvári.

Die Gräfinnen Evelin Zöldvári und Izabella Zöldvári, Sprosse einer verarmten Familie aus dem Oberland, schrieben am zwanzigsten Juni des Jahres 18** in ihr Tagebuch, daß eine von ihnen voraussichtlich Selbstmord begehen würde (Evelin wirft sich vor den Wiener Zug, Izabella hingegen greift nach dem Strick) oder daß sich die Unglücklichere der beiden nach Graz zurückziehen würde, in das Kloster, das den Namen der Unbefleckten Jungfrau trägt, wo die unverheiratet gebliebenen Töchter des österreichischen Adels ihre Herzen mit Spinnengewebe bedecken und mit der Zeit genesen. Der Entschluß stammt aus den Tagen, in denen Eduárd Alvinczi den beiden Gräfinnen den Hof gemacht hatte, wobei der edle Herr selbst nicht wußte, welches der beiden Fräulein er lieben sollte. Zuweilen schien es so, daß Evelin (die ältere) den Sieg endgültig davontrug und Alvinczi nur um Erlaubnis ansuchte, sich entfernen zu dürfen, um dann den Frack anzulegen oder die große ungarische Gala, wie es sich gehörte, wenn ein Herr um die Hand eines Fräuleins anhielt, und lange blickte Evelin durch die Spitzenvorhänge des französisch überdachten Hauses nach dem Mann, der sich entfernte; ein anderes Mal war es Izabella (die jüngere), die unter reichlichem Tränenvergießen in irgendeiner stillen nächtlichen Stunde ihrer Schwester die Worte beichtete, die Eduárd am Nachmittag in einem lichten Wald am Stadtrand von Pozsony ausgesprochen hatte. Einen einzigen Winter hielt sich Alvinczi in Pozsony auf und besuchte damals die beiden Fräulein jeden Tag, zeremoniell waren seine Ankunft und sein Weggehen, vormittags trug er eine lilafarbene Krawatte und ebensolche Strümpfe (die Farbe Evelins), während nachmittags das Perlgrau vorherrschte, die Lieblingsfarbe der anspruchslosen und stillen Izabella, die an eine Lehrerin erinnerte. Ernst, berufsmäßig und meistens bewegungslos wie ein Gemälde saß Alvinczi im Salon des Zöldvári-Hauses. Das Gespräch drehte sich beinahe jedesmal um dasselbe Thema – man plauderte über einen Kirchenbau, dem zuliebe damals auf den Bällen im Zeichen der Wohltätigkeit die christlichen und die jüdischen Damen des Komitats Pozsony mit dem gleichen Eifer tanzten; Alvinczi gedachte eines jüdischen Gebetshauses, das zwischen Nizza und Monte Carlo zu finden ist, in dem er Hilfe gesucht und eine Spende hinterlegt hatte, als sein Glück wieder einmal in tiefen Schlummer versunken war ... Außer diesem Gotteshaus kannte der Herr noch eine weißgetünchte kalvinistische Kirche auf dem Dorf, in der er Psalmen gesungen hatte in jungen Jahren. Er redete ernst und bedächtig, als wüßte er mit Sicherheit, daß die Damen seine Worte nicht vergessen, sondern in ihr Gedächtnis sogar einprägen würden.

Um fünf Uhr erhob er sich seufzend.

»Ob wir eine Votivkirche bauen oder nicht: diese Nation muß zugrunde gehen«, sagte er und saß nach einigen Minuten bereits in seiner Postkutsche, mit der er in der Krönungsstadt beträchtliches Aufsehen erregte.

Danach zog Frühlingswetter ins Land, es wurde März (die Zöldvári-Damen erhofften vom Frühling vieles), anstelle von Alvinczis Brief traf ein Schreiben des Herrn Szilveszter ein (noch des ersten), der den edlen Damen mitteilte, daß sich sein guter großer Herr nach England verfügt hatte, wo die frischen Fohlen im Sonnenlicht der Rennplätze das erste Mal umherliefen. Mit schmerzenden Herzen beantworteten die Zöldvári-Frauen den Brief des Herrn Szilveszter, doch hegten sie die Hoffnung, daß ihr ausgezeichneter Freund die alte Stadt Pozsony in Kürze besuchen würde. Woraufhin Herr Szilveszter seine Absicht sogleich der Post anvertraute, wonach er die gleichen Hoffnungen habe wie die Damen. Diese wandten sich wenige Tage später wiederum an Herrn Szilveszter in Buda (ihr einziger Freund hielt sich ja in einem fernen Land auf, und so war es nicht ungehörig, wenn sie dem Freund ihres Freundes ihr Vertrauen schenkten), um in der Angelegenheit eines Kirchenbaues um Rat zu bitten, von der ein allwissender Herr wie Herr Szilveszter wahrscheinlich mehr verstand als zwei Frauen, die einsam lebten, von den Menschen entfernt. Herr Szilveszter antwortete einwandfrei.

So geschah es, daß zwischen Pozsony und Buda eine Korrespondenz begann. Anfangs spärlich, dann – nach ein, zwei Jahren – wurden täglich zwischen den Zöldvári-Damen und Alvinczis treuem Sekretär Briefe gewechselt. Die Briefe Szilveszters berichteten hauptsächlich darüber, was sein außergewöhnlicher Herr wieder einmal gesagt hatte, bereits um zehn war er wach gewesen, nach Verrichten seiner Gebete hatte er Speck gegessen und anschließend Liptauer Topfen, aber nur sehr wenig. Die Gräfinnen Zöldvári schrieben über sich selbst äußerst wortkarg, sie beschäftigten sich in ihren Briefen viel mehr mit öffentlichen Angelegenheiten, mit dem fortgeschrittenen Plan des Kirchenbaues und mit dem Verfall des Ungartums. Ein anderes Mal wiederum ließ politische Leidenschaft ihre eckigen Schriftzüge glühen. Izabella Z. billigte die Art, in der Bánffy die nationalen Minderheiten behandelte, während sich Herr Szilveszter auf den Standpunkt der äußeren Linken festlegte. Wie es unsere großen Damen von Adel früher getan hatten, wollten auch die Damen Zöldvári die Wahl ihres Abgeordneten mitbestimmen. (Alvinczi versprach, daß er das Wahlrecht der Frauen in sein Programm aufnehmen würde, sobald er auf die öffentlichen Angelegenheiten des Landes wieder Einfluß hatte.)

Als Herr Szilveszter (der erste) seinen Tod nahen fühlte, weihte er Herrn Rezeda in die Geheimnisse der Korrespondenz ein. (Das geschah in Buda, im »Roten Frosch«.)

»Sollte ich sterben ... Die teuren Damen überleben mich ganz gewiß ... bitte, setze für mich diesen Briefwechsel fort ... Du darfst natürlich nicht verraten, daß ich schon gestorben bin«, sagte der rotbewestete Szilveszter.

Rezeda fand, daß es ein Auftrag nach seinem Geschmack war.

Als die rote Postkutsche vor dem Haus mit dem französischen Dach hielt, küßte Eduárd Alvinczi das kleine Silberkreuz, das er an einer fein gearbeiteten Kette an der Brust trug. Die wundersame Wirkung des Kreuzes hatte ihn noch niemals enttäuscht.

Und tatsächlich: dieselben Damen, die er vor zwanzig Jahren verlassen hatte, saßen immer noch im Salon des alten Hauses. Nichts hatte sich hier geändert, seitdem Alvinczi den Winter in Pozsony verbracht hatte. (Das Silberkreuz hatte eine zauberhafte Macht. Es war angeblich von Sigismund getragen worden, dem König von Ungarn und Polen, der in Buda dreihundert Jahre lang geherrscht hatte [der Geschichtsschreibung, die von Menschen betrieben wird, ist hier ein Irrtum unterlaufen] und sogar noch während seines Dahinsterbens so jugendlich gewesen war, daß er nicht nur im Wagen von Prag nach Nagyvárd reisen, sondern unterwegs auch noch seine untreu gewordene Frau, Barbara von Cilli, zurückerobern konnte, um mit ihr dann im Burgkastell von Znaim einige hübsche Stunden zu verbringen. Der vorsichtige römische Kaiser, der bis zu seinem dreihundertsten Lebensjahr den feingliedrigen Kettenpanzer, unter dem er das wunderwirkende Kreuz der Jugend versteckt hielt, nicht einmal in weiblicher Gesellschaft abgelegt hatte, war in der Burg von Znaim den hexerischen Winkelzügen der Cilli-Tochter erlegen. Als Gefangene war Barbara ins Kastell geschleppt worden, mit Mühe hatte sie den letzten nächtlichen Empfang beim König erwirken können, bei dem sie dann dem Leben Sigismunds ein Ende gesetzt hatte. Sie hatte nämlich mit verschiedenen Praktiken erreicht, daß der langlebige Herr seinen Kettenpanzer endlich auszog. – Alvinczi würde die gleiche Unvorsichtigkeit niemals begehen.)

Wie vor zwanzig Jahren reckte sich der russische Windhund namens Iwan im geheizten Gang, und trippelnd kam die kleine weißhaarige Wirtschafterin, Frau Karlócai, zur Glastür, um sie zu öffnen, denn das Klingeln war ein Zeichen dafür, daß jemand zu Besuch kam, der liebevoll um sich blicken und nichts von all den Veränderungen bemerken würde, die im Haus während der zwanzig Jahre vor sich gegangen waren.

Es gibt in den Herzen der Menschen eine gewisse Liebe oder, wenn es manche vielleicht leichter verstehen: eine unverwelkbare Verliebtheit, die manche Leute, wenn sie einmal in einem verdunkelten Zimmer in den Silberlöffel gestarrt haben, ein Leben lang unter Hypnose hält. Manche Erinnerungen, ein Mann oder eine Frau, eine Landschaft oder ein Raum, der Klang eines Tonlaufes oder ein Kuß: sie alle mögen als Träume der Hypnose im menschlichen Herzen aufbewahrt bleiben. Noch so entfernt mögen manche Erinnerungen sein, sie sterben nicht, schlafen nur in ihrem Schafpelz. Doch erwachen sie jäh und quicklebendig, wenn die Schritte durch den kühlen Toreingang von den alten, aus früheren Jahren bekannten Kobolden des Widerhalls begrüßt werden, die sich in den Mauern, in den Kanälen, in den Gewölben versteckt haben. Wer einst in einem Park mit Blicken, Worten, körperlichen Berührungen oder mit Gedanken stark hypnotisiert worden war, dem genügt es, die alte Bank zu sehen, um das vergangene Glück oder Unglück wieder zu spüren ... Die Jahre dazwischen geraten plötzlich in Bewegung, wie Vorhänge öffnen sie sich, und hinter ihnen ist das alte Schauspiel zu sehen, die Komödianten treten in den alten Rollen auf, einen wehenden Kaiserbart hat der Dirigent, während die Schauspielerin die Augen verdreht (als hätte sie zwanzig Jahre lang hinter dem heruntergelassenen Vorhang fortwährend dasselbe getan), der Possenreißer setzt seinen Text bei dem Wort fort, bei dem er einst zum Schweigen gebracht worden war; vergeblich versteckt der Trommler seinen roten Kopf unter der Rampe, er war es gewesen, der den Schauspielerinnen die Buketts emporgereicht hatte ... Nach Ansicht eines meiner Freunde gibt es im hohen Alter, als er nur noch großväterliche Küsse auf die Frauenstirnen hauchte, gewisse Häuser, aus denen tönendes Uhrenschlagen klingt; und jedesmal, wenn er nachmittags um vier an solchen Häusern vorbeiging, flutete eine Blutwelle durch sein Herz, und seine Phantasie füllte sich mit weiblichen Düften, obwohl er damals die Frauen längst vergessen hatte. Er öffnete das

Tor des Hauses, eine siebzehnjährige wunderschöne Jungfer drehte ihr Spinnrad vor dem Ofen, erwartete ihn mit einem glückseligen Lächeln, das er kannte, wie man den Ritter empfängt, der aus dem Heiligen Land gerade zurückgekehrt ist. »Henrik!« sagte sie mit polsterwarmer Stimme, und mein Bekannter hieß in der Tat Henrik. Als er sich vor der Spinnerin auf die Knie warf, bemerkte er, daß er einen blauen Frack und weiße Hosen trug, wie in den dreißiger Jahren, in denen er in Pest ein Salonlöwe gewesen war. Der alternde Herr zwickte sich in die Hand, aber es war kein Traum, obwohl er erst vorhin mit einem hundertjährigen zentnerschweren Mann im »Jagdhorn« Pikett gespielt hatte. Der Kater in der Ecke, der groß war wie ein Kalb, hatte sich plötzlich in eine kleine weiße Katze verwandelt, wo vorher eine rostige Laterne hing, brannten nun rosafarbene Wachskerzen, und die Zeiger der Uhr auf dem Kamin liefen rückwärts, schnell, als wären sie irre geworden, während der aus Kork geschnitzte Frater, der die Stunden zu verkünden hatte, fortwährend aus seinem Haus lief und sich immer wieder zurückzog. Dann wurde es im Zimmer für einen Augenblick still, die wunderschöne Jungfer ließ ihren dunkelblonden, krausen, wohlriechenden Kopf am Herzn meines Freundes ruhen. Später fiel winterliche Dunkelheit vor die Fenster, auf deren Gesimsen bläuliche Schneekissen lagen, und eine alte häßliche Soldatenschlampe nannte meinen Freund ein Schwein, obwohl er nie im Leben getrunken hatte, nicht einmal einen Schluck.

Alvinczi legte im alten Haus die Hand auf die glänzende Klinke, und selbst an den älteren Türen, in den entfernteren Vierteln der Stadt, begannen sich die Uhrzeiger plötzlich rückwärts zu drehen.

»Wie geht es Ihnen, meine seelenverwandten Damen, liebe Evelin, und Ihnen, nicht alltägliche Izabella?« begann Eduárd Alvinczi, als hätte er erst gestern im Zöldvári-Haus Visite gemacht.

»Das Fundament unserer Kirche, die zu Ehren der Tochter Ludwigs des Großen, der heiligen Hedwig, errichtet werden soll, ist auch seither gewachsen, dank der Spende des israelitischen Frauenvereins von Pest«, antwortete Evelin.

»Die zwölf adeligen Damen sind bereits zusammengetreten, die das Besticken des Altartuches und der Meßgewänder übernehmen werden, aber immer heiraten dann zwei oder drei«, seufzte Izabella. »Obwohl einem alten Brauch nach nur unverheiratete Frauen das Recht haben, kirchliche Gewänder zu berühren, die dann unter den Fingern der Jungfrauen zu duften beginnen.«

»Nehmen Sie Platz bei uns, lieber Verwandter.«

Mit einer hoheitsvollen Geste zeigte Evelin auf den umfangreichen Armsessel, in dessen Polster das prächtige Wappen der Fürsten Schwarzenberg gestickt war, um auch auf diese Weise die Verwandtschaft anzuzeigen, die zwischen den Zöldvári-Damen und dieser Familie des österreichischen Hochadels bestand. (Vielleicht war auch dieses fürstliche Wappen eine Erklärung dafür, daß Alvinczi in jenem Winter dem Hause treu geblieben war.)

Die beiden Zöldvári-Damen nahmen nebeneinander Platz, Alvinczi gegenüber. Der seltsame Herr hatte es gern, wenn sie so saßen, denn sie hatten dabei seiner Meinung nach große Ähnlichkeit mit zwei Erzherzoginnen, die aus dem Schaufenster des Hofphotographen das Publikum des Pozsonyer Korsos betrachteten. (Während die Zöldvári-Damen erklärten, Alvinczi wäre ein Doppelgänger Heinrich des Voglers, dessen Porträt im British Museum zu sehen ist.)

»Also, meine Damen, Komtesse Evelin und Komtesse Izabella, haben Sie irgendeinen Wunsch? Ich komme jetzt nämlich eigens deshalb nach Ungarn, um meine Sünden wiedergutzumachen, meinen versäumten vaterländischen Pflichten nachzukommen, mich mit meinen Feinden zu versöhnen und meine Schulden zu bezahlen, wenn ich solche hätte«, so sprach Alvinczi mit gefalteten Händen. Er hatte muskulöse, kurze Finger, die mehr für das Säbelschwingen geschaffen waren als zum Streicheln von Menschen. Manchmal erinnerten diese Finger einer sehr weißen, sehnigen Hand an Sperberkrallen, ein anderes Mal wiederum, als geballte Faust, auch an einen Hammer, mit dem man dem Schicksal wie einem widerspenstigen Pferd auf das Haupt schlagen konnte. Jetzt waren die beiden Hände sanft gefaltet, wie die Hände von Toten, die nichts mehr wollen.

»Unsere Kirche«, sagte mit niedergeschlagenen Augen und verlegen Evelin, nachdem sie Izabella angeblickt hatte.

»Die Meßgewänder«, flüsterte Izabella, und ihre Nasenflügel, die so fein waren wie die eines Kaninchens, zitterten.

Alvinczi nickte zustimmend.

»Mein Rechtsberater fährt in diesen Tagen mit mir. Unterwegs werde ich mein Testament diktieren, denn dann lebe ich länger. Und außer den frommen Wünschen haben Sie kein Begehren?«

Evelin blickte auf ihre kupferroten Hausschuhe.

»Keines.«

Izabella antwortete nicht, sie warf nur einen langen, mißtrauischen, vorwurfsvollen Blick auf den prächtigen Herrn.

»Dann wäre also alles in Ordnung«, murmelte Alvinczi seinem Bart zu.

Regungslos, mit zurückgehaltenem Atem, wie es Alvinczi liebte, saßen die Zöldvári-Damen nebeneinander und erinnerten von der Seite gesehen an jenes Bild.

Sie waren eher blond als braun. So oft hatten die Greise der Familie während der letzten fünfzig Jahre, in der Zeit, in der das Vermögen verflossen war, erzählt, daß sie durch die Fürsten Schwarzenberg auch mit den Habsburgern verwandt waren, so häufig hatten die beiden Frauen die Porträts der Habsburger-Herzoginnen studiert und von fernen Schlössern geträumt, in denen Verwandte wohnten, nachdem sie gezwungen waren, ihre Burgen zu verlassen, daß die beiden Komtessen durch das langwierige Schmachten allmählich wirklich eine gewisse Ähnlichkeit mit den Erzherzoginnen gewonnen haben. In jenem längst vergangenen Winter hatte Alvinczi nachmittags versonnen ins Schneetreiben geblickt, die Fassaden der Häuser gegenüber betrachtet und dabei die hohen und schmalen Häuser Wiens und die vom Alter gezeichneten Höfe und weißen Fensterrahmen der Hofburg gesehen, wobei er sich vorgestellt hatte, daß er mit den Habsburger-Herzoginnen Immaculata und Annunciata im Salon saß, während die Zöldvári-Damen in großem Ernst schwiegen. Der Spaß hatte Alvinczi ziemlich viel Geld gekostet, und dabei hatte er mit den Damen nicht einmal einen innigen Händedruck gewechselt. (Er dachte wohl an die Damen in der Art, in der man an diejenigen Frauen denkt, die man als erste geliebt hatte und deren Bilder mit der Zeit unendlich edel erscheinen.) Der Rechtsberater schickte im Namen von Alvinczi in jedem Vierteljahr beachtliche Geldsummen mit der Post. Anfangs protestierten die Zöldvári-Damen schamhaft gegen die Almosen, woraufhin Alvinczi kategorisch erklärte, daß er mit dem Geld eine alte Schuld begleiche, die er dem seligen Grafen Zöldvári hätte zurückzahlen sollen, der in Tata über die Rennplätze die Aufsicht führte und in der Gegend mit seinen Windhunden oft auf die Hetzjagd ging, wenn auf der Familientafel das Wildbret gerade fehlte.

»Leben Sie nur das Leben der Heiligen«, schrieb Alvinczi in seinem letzten Brief vor beinahe zwanzig Jahren, »sammeln Sie für die Kirche der Hedwig und sorgen Sie für die kirchlichen Gewänder, ich werde meine Schuld allmählich begleichen, wenn mich das Glück nicht im Stich läßt. Aus demselben Grund bitte ich Sie, daß Sie im März, an meinem Namenstag, kurz für mich beten mögen, da ich nur selten zum Beten komme. Das übrige schreibt Ihnen mein treuer Sekretär Szilveszter. Der Ihnen ewig zum Dank Verpflichtete: Eduárd.«

Dieser Brief war das einzige Vermögen der Zöldvári-Damen, der in mageren Zeiten den Geldbeutel jener Leute immer zu öffnen wußte, die sich mit Geldverleihen befaßten. Deshalb auch wurden am Ede-Tag stets einige feine Handarbeiten dem ferne weilenden Alvinczi nachgeschickt, die Eduárd zornig wegwarf. Er mochte Dankbarkeit nicht. Dankbarkeit und Rache entsprachen seiner Ansicht nach denselben Gefühlen.

Und die Zöldvári-Frauen führten wirklich ein Leben wie Heiligenbilder, die man ins Gebetbuch klebt. So sehr schwärmten sie für Eduárd Alvinczi, daß sie seine Anordnung zwanzig Jahre hindurch einhielten: sie lebten in seliger Keuschheit. Dabei gab es anfangs noch einige gelangweilte Offiziere, Professoren und Priester, die sehr oft und mit gewissen Hintergedanken die Szentvár-Straße besuchten. Der einstige Szilveszter, wäre er noch am Leben, könnte an Hand der Briefe der Zöldvári-Damen von manchen seltsamen Abenteuern berichten. Ein Artilleriehauptmann hatte einmal den Mut, gegen Abend im Haus zu erscheinen und seine Gefühle Evelin gegenüber kundzutun. (Evelin sah die ganze Zeit hindurch auf Alvinczis Porträt, das an der Wand hing und den Herrn in grüner Nationaltracht zeigte.) Nur nach einer sehr energischen Aufforderung verließ der aufgeregte Hauptmann das Haus. Am nächsten Tag legten die Damen ihren Schmuck an (der zufällig gerade daheim war), suchten den Obergespan auf und klagten über die Beleidigung. Der Soldat wurde eingesperrt, dann nach Bosnien versetzt. Im Offizierskorps erklärte man den Fall damit, daß der Hauptmann P. an jenem Tag auf dem Übungsplatz von seinem Pferd geworfen worden und gerade auf den Kopf gefallen sei. Sein Diener habe ihn heimgetragen und zu Bett gebracht. Unter den eisigen Umschlägen lag der Artillerist eine Weile ruhig, später bat er mit ersterbender Stimme um syrmischen Pflaumenschnaps. Seine bangenden Kameraden versuchten P. anfangs mit Kognak und mit einigen Likören irrezuführen, denn der Pflaumenschnaps war gerade nicht griffbereit. P. trank die Liköre, schüttelte aber den Kopf immer hartnäckiger.

»Wenn ihr mir keinen syrmischen Pflaumenschnaps gebt, wird meine Sache noch ein böses Ende nehmen, das fühle ich«, wiederholte er.

Der Tierarzt des Regiments kannte einen alten Kaufmann, der sich von den Geschäften zurückgezogen hatte und syrmischen Pflaumenschnaps besaß. Also machte sich ein Oberlautnant auf den Weg und kehrte triumphierend mit dem Geschenk des Kaufmanns zurück.

Der Hauptmann behielt recht. Gegen Abend warf er den Verband vom Kopf, und nachdem er den letzten Schluck ausgetrunken hatte, stand er auf und zog sich an, als hätte er bloß bei Palugyai eine Billardpartie verloren oder nicht einmal das. Er spazierte auf dem Korso, wo die Laternen bereits brannten. Dabei erblickte er vor dem Schaufenster der Papierhandlung Evelin Zöldvári, die modisches Briefpapier aus England betrachtete und nicht entscheiden konnte, ob sie für Izabella, ihre jüngere Schwester, das Papier mit der Fuchsjagd oder das mit dem Rüdenkopf kaufen sollte. Es war ein Abend im Februar, und geradezu schaumig paradierte das Briefpapier hinter dem mit Rauhreif beschlagenen Fenster der Auslage. – Den weiteren Ablauf der Geschichte kennen wir bereits. Jahre hindurch machte Herr Szilveszter die Zöldvári-Fräulein darauf aufmerksam, daß sie ihn augenblicklich verständigen sollten, sobald der Hauptmann in der Stadt wieder auftauchen würde.

So verflogen die Jahre. In Anbetung eines Mannes, der sich irgendwo in der Ferne aufhielt, verging allmählich die Jugend. Evelins Haar wurde immer blonder, und ihre mandelförmigen Augen versteckten sich immer mehr hinter Spinnengewebe. Die Spur der Krallen eines kleinen Vogels zeigte sich an ihrer Stirn, so als wäre sie einmal an jener Stelle geküßt worden. Ihr Gesicht duftete jeden Tag mehr nach kaltem Wasser; von ihren Lippen war die Hitze unter die dunkle Bluse gerutscht, wo sie niemand mehr finden konnte; jährlich verlor ihre Frisur an Abenteuerlichkeit; die Lokken, die über ihrer Stirn, neben ihren Ohren und an ihrem Hals ein unabhängiges Leben geführt hatten, vergaßen die Keckheit der Kindheit, hatten die Schule des Lebens besucht, waren an Ordnung gewöhnt worden und schmiegten sich kühl ans übrige Haar. Und ihre Hände, auf die Evelin früher so stolz war, wie es die Weiber sonst nur auf ihre Diamanten sind, wurden binnen eines Jahres dürr, Runzeln waren an ihnen entstanden, denn allzu oft hatte sie das Kleingeld zählen müssen gegen Ende des Vierteljahres; nur viermal im Jahr beschäftigten sich diese Hände mit nagelneuen Banknoten, die mit Engelsköpfen geschmückt waren und von Evelins Berührung geradezu zu duften begannen.

Izabella folgte in allem dem Beispiel ihrer älteren Schwester.

Nachdem Alvinczi den Vorschlag machte, die Damen möchten wie an jenen Winternachmittagen eine Gavotte tanzen, zog Evelin an der mit einem Landschaftsbild von Versailles geschmückten Uhr, die auf dem Tischlein leise zu musizieren begann. Die antiken Möbel verließen ihre Plätze auf dem hellgrauen Teppich, und die verschwommenen Photographien der alten Zöldváris (Bilder, die aussahen, als wären sie aus dem Jenseits geschickt worden) sowie das Porträt Alvinczis in grüner Nationaltracht beugten sich vor, als die Fräulein einander frohen Herzens, pflichtbewußt und dienstbereit umfaßten. Natürlich trugen sie weite Röcke und kleideten sich auch sonst so, daß Alvinczi seine Jugend nie vergessen möge, daß er glauben könne, die Mode wäre dieselbe wie vor zwanzig Jahren. Die weiten Röcke flatterten und flüsterten während des Tanzes, an den weißbestrumpften feinen Beinen waren die Strumpfbänder so gefühlvoll gebunden, wie es in den Stammbüchern beschrieben ist, in die weiße Seide waren sehr klein und in Gold die Buchstaben E. A. gestickt, während die Schuhschnallen und die hohen Absätze den Schuhen der Maria Theresia nachgeformt worden waren, in denen die Königin im Jahre 1742 auf dem Hofball getanzt hatte. Die süßliche Musik, das von Emaillebildern mancher Medaillons bekannte starre und rosafarbene Lächeln auf den Gesichtern der Zöldvári-Damen, die lautlosen Takte des Tanzes und das Zwielicht: alles diente Eduárd Alvinczi dazu, die Zahl seiner Jahre zu vergessen, wie es alte Kavaliere tun, die sich manchmal mit Erinnerungsstücken und Kunstwerken des vergangenen Jahrhunderts umgeben, um wenigstens zwischen ihren eigenen vier Wänden die Zeit zum Stehen zu bringen. Sobald ein Herr ein gewisses Alter erreicht hat, sind Erinnerungen beglückender als die Wirklichkeit. Der gesunde und unbändige Blick mag erlöschen, aber der liebgewordene Schmerz und die verzehrenden Erlebnisse bleiben einem erhalten, niemand kann sie zurückfordern, wie irgendein Gebetbuch, das man als Zeichen zarter Gefühle erhalten hat.

Sobald der Tanz beendet war, erhob sich Alvinczi und bat um Erlaubnis, seine Ergebenheit auszudrücken. Zuerst küßte er den

Damen die Hände, hauchte dann jeder einen Kuß auf die Stirn und preßte sanft die Mieder der Evelin und der Izabella an sich. (Vor zwanzig Jahren hatte er bei einer ähnlichen Gelegenheit Evelin in die Schulter gebissen und der Izabella ein Wort zugeflüstert, der Art, daß sie es nicht einmal ihrer Schwester jemals hätte bekennen können.)

»Also haben die Komtessen keine besonderen Wünsche?« fragte er und stand dabei in der Mitte des Zimmers, als wollte er sich sogleich verabschieden.

In dieser Minute öffnete sich die Tür des Nebenzimmers, und eine junge Dame erschien, mit einer brennenden Kerze in der Hand.

»Mária«, riefen gleichzeitig, einigermaßen entrüstet, die Zöldvári-Damen.

Verwirrt blieb die junge Dame, die man Mária genannt hatte, in der Tür stehen. Die rote Flamme der Kerze, die sie in der Hand hielt, zitterte und zuckte, doch genügte das Licht, um das wunderbar weiße Gesicht zu beleuchten, das, von innerem Glanz erhellt, zu strahlen schien. Die weiße Schürze des Mädchens, sein dunkelblaues Kleid und schwarzes Haar zwangen Alvinczi, die trägen und bleischweren Lider für einen Augenblick zu heben, danach schaute er wieder zu Boden.

Dann lief das Mädchen davon, als hätte es soeben einen schweren Fehler begangen.

»Wer ist dieses jüdische Mädchen?« fragte Alvinczi nach einiger Zeit.

»Unsere Verwandte, wir lassen sie die Schule der Nonnen besuchen; wir haben sie zu uns genommen, denn sie hat niemanden in Pozsony«, antwortete Evelin, und sogar im Zwielicht sah man, daß sie rot geworden war.

»Ein sehr dienstbereites Kind«, entschuldigte sich Izabella. »Sicherlich wollte sie nur die Kerzen anzünden.«

Schweigend sah Alvinczi vor sich hin.

»Ihr Name?« fragte er fünf Minuten später.

»Mária Vecsera«, erwiderte Evelin lächelnd.

»Genauso mochte in ihrer Mädchenzeit die wirkliche Vecsera ausgesehen haben.«

Nach geraumer Zeit murmelte Alvinczi etwas und tat dabei so, als würde er sich nun wirklich auf den Weg machen.

»Eigenartig ... Als gäbe es heuer keinen Fasching«, brummte er.

Evelin berührte jetzt mit der Fingerspitze Alvinczis Arm.

»Noch eine Minute bitten wir um Ihre Geduld, lieber Verwandter. Wir müssen uns beschweren wegen Ihres alten Sekretärs, Herrn Szilveszter, der uns lange Zeit hindurch als ein Muster der Verläßlichkeit und Ritterlichkeit bekannt war.«

Alvinczis Gesicht verfinsterte sich.

»Also?« brummte er.

Evelin eilte aus dem Zimmer. In der nächsten Minute kehrte sie mit einem Armleuchter zurück. Auf Zehenspitzen schritt sie über den Teppich, sie stellte den Armleuchter auf den Tisch. Das Bündel quadratischer Briefe, das sie in der Hand hielt, war mit einem lilafarbenen Band zusammengeschnürt.

»Die letzten Briefe Ihres Geheimsekretärs sind es, mein Herr, deren Sinn wir nicht begreifen können.«

Mit einer gelangweilten Bewegung schob Alvinczi das Bündel zur Seite.

»Was steht darin?«

Evelin blickte Alvinczi starr und tief in die Augen.

»Beleidigungen.«

»Das ist nicht gut möglich«, erwiderte Alvinczi ruhig. »Meine Leute pflegen eine Frau nicht zu beleidigen.«

Evelin zog auf gut Glück einen Brief hervor.

»Lies, Izabella, du kannst besser betonen.«

Izabella beugte sich vor und breitete sorgfältig den Brief aus, der mit einer golden glitzernden Tinte geschrieben war; Kirchenfürsten pflegen solche Tinte zu benützen, wenn sie ihren Namen unter ein Schriftstück setzen. Für einen Augenblick sah die Zöldvári-Dame auf die Buchstaben und berührte währenddessen mit dem Zeigefinger ihre Lippen.

»Ehrwürdige Gräfin.

Meine gnädige Beschützerin!«

(Alvinczi nickte zustimmend.)

»Seitdem ich meinen letzten Brief geschrieben hatte, fiel bei uns Schnee, und wenn die Kälte weiter andauern sollte, werden wir alsbald zu Fuß über die Donau von Pest nach Buda gehen, so prophezeien es die Alten . . .

. . . Und immer noch kann ich sie nicht vergessen, mein schönster Traum, meine Gräfin, obwohl bereits mehrere Tage vergangen sind seit der Stunde, in der ich dem Küster der raizischen Kirche ein halbes Pfund Gold versprochen habe, wenn er bewirken könne, daß Pater Nicefor (von dessen wirkungsvollen Fürbitten vielleicht auch meine Gräfin schon gehört hat) für mein Heil ein paar Gebete gen Himmel sende. Denn mein heißer Wunsch ist es: Sie zu vergessen, Gräfin, da ich fühle, daß ich in einem brennenden Haus liege und das Feuer bereits an meiner Tür brandet. Anscheinend betet für mich selbst der Pater vergebens.

Ihre beiden Augen, diese dunklen Brunnen, beobachten den Fußpfad meines Lebens, der zwischen Lauben führt und verlassene Gärten; durch ellenbreite Mauern blicken diese Augen in mich, forschen, betrachten, spähen mir nach, was ich auch tun möge in meinem Alleinsein. Wenn ich den Kopf senke, höre ich plötzlich Ihre Stimme, die an jene Laute erinnert, die Frauen nur einmal im Leben ausstoßen, in ihrem ersten besinnungslosen Glück, doch sprechen Sie, Gräfin, immer mit so einer Stimme. Niemals hätte ich früher gedacht, daß die Haare ein eigenes Leben führen könnten, wie seltsame Verwandte im Schloß des menschlichen Körpers. Schöne Cousinen, wohlgeformte Witwen, heiß atmende Schwägerinnen sind die Haare an Ihrem Körper, Gräfin. Im Schneetreiben suche ich nach Ihrer feinen Gestalt. Es ist mir, als würde ich sie oft in der Ferne entschwinden sehen: und ich eile der Erscheinung nach, denn vielleicht sind Sie es gewesen, vielleicht sind Sie gekommen, um ein Zeichen zu geben, mir einladend zuzuwinken, mit Ihren Blicken mich zu beruhigen, und ich renne dann Ihnen nach, schnell, wie die herrenlosen rotbestiefelten Beine des Lutriczky . . . Was soll das sein, wenn nicht die erste Liebe, meine Gräfin, Sie, mein teurer Falke . . . ?«

Alvinczi lachte lautlos.

»Und die Unterschrift?«

»Bloß: ›Szilveszter‹«, erwiderte Izabella und reichte Alvinczi erwartungsvoll den Brief.

Der Tatarenkhan schob das Papier leise von sich, gähnte oder seufzte.

»Hätte das irgendein Student an diese kleine schwarzäugige Jüdin geschrieben, dann könnte ich den Unsinn noch verstehen. Ich werde Szilveszter jedenfalls gründlich den Kopf waschen.«

Danach verabschiedete sich Alvinczi von seinen Pozsonyer Freundinnen etwas wärmer als sonst. (Vielleicht hatte er schon lange keinen Liebesbrief zu lesen bekommen.) Wiederum küßte er die Damen auf das Haar.

»Wie gut das riecht«, brummte er.

Nachdem die rote Postkutsche vor dem Haus vorbeigebraust war, verließen die Zöldvári-Damen ihre Wachtposten hinter den Vorhängen. Getrennt marschierten sie auf ihre Zimmer, und beide spritzten sich anständige Portionen Morphium in die Arme. Und da fühlten sie sich ziemlich glücklich.

Am Abend, auf der Landstraße, von berittenen Fackelträgern begleitet, sauste die rote Postkutsche eilig dahin. Alvinczi hatte es gern, auch nachts zu fahren, wenn die Landstraßen leer waren. Fürstlich wickelte er sich in seine Pelze und Felle. Als er Aldzsi vom Brief des falschen Szilveszter oder besser gesagt des Herrn Rezeda Mitteilung machte, schüttelte der Rechtsberater ernsthaft den Kopf. Auf dem kleinen Sitz saß der stämmige Mann Alvinczi gegenüber.

»Erpressung ist das, guter großer Herr. Auf gut ungarisch nennt man es Erpressung, was der einstige alte Szilveszter treibt. Ich bitte um Erlaubnis, aus meiner Zeit als Anwalt in Zivil- und Strafsachen die Geschichte des Domkapellmeisters zu erzählen, die dem Fall des Szilveszter beinahe in jeder Hinsicht ähnlich ist.«

Mit einem faulen Nicken erteilte Alvinczi die Erlaubnis, worauf Aldzsi, um die Reise zu würzen, folgendes berichtete:

Die Geschichte des Kapellmeisters

Es lebte einmal ein Kapellmeister namens Alajos Z. in Veszprém, wo die Chorherren auf dem Berg wohnen, in reichen, verschlossenen Häusern, die nach Weihrauch und Majoran riechen, und wo die Bewohnerschaft sich am Sonntag an Singmessen ergötzt, bei denen einst eine goldblonde mollige Dame das Solo sang, ein gewisses Fräulein Frakáti.

Alajos war ein blonder, verträumter Herr, der eine Brille trug, sich Sohn der heiligen Cäcilie nannte, reifen und betagten Damen Musikunterricht gab, von denen er als Honorar auch Schmuckstücke entgegennahm, während er nachts wie ein Schlafwandler im Feuerwehrturm auf und ab ging, von wo man in das Burgviertel sehen konnte, in den Hof jenes kleinen Hauses, das Fräulein Frakáti mit ihrer verwitweten Mutter gemeinsam bewohnte.

Auf diese Weise litt Alajos unaussprechliche Schmerzen (immer wieder war die Rede davon, daß er die schwärmerischen alten Damen endgültig verlassen würde, um zu den Füßen der heiligen Cäcilie zu pilgern, als Kirchenorganist, in eine Provinz, die nicht von dieser Welt ist), denn vom Erker des Feuerwehrturmes aus hörte man sogar die Abschiedsworte, die laternenschwingende Besucher der Frakáti sagten, auf dem Hof, von wo man das Wasser in eine Tiefe von zweihundert Metern schütten konnte, denn der Berg war an diesem Fleck plötzlich zu Ende. Alajos plante oft, daß er all diese laternenschwingenden geheimnisvollen nächtlichen Männer, die das Fräulein zur Winterszeit in Zobelpelzen und in eisenbeschlagenen Stiefeln besuchten, einfach in die Tiefe mit sich reißen würde, wie es der heldenhafte Dugonics mit dem Türken getan hatte, doch wollte sich Alajos vorher eine Gesichtsmaske anlegen, da er sonst hätte befürchten müssen, mit der Obrigkeit noch Scherereien zu bekommen.

Die Schwärmerinnen des Alajos versuchten zwar, den Kapellmeister zu trösten, aber nicht einmal Ohrgehänge konnten mehr den heiligen Mann erfreuen, der seine Einkünfte jetzt so zu verachten begann, daß er seine Gelder in einem Pester Bankhaus deponierte, denn Veszprém lag nahe am Bakony, und dort gab es Räuber. Vergeblich ließen die schönsten alten Frauen ihre Blicke an ihm haften, während er auf dem Chor die Singmesse dirigierte; mit durchgeistigten Gesichtern beugten sich die Geigenspieler über ihre Instrumente, der Salonmantel des Cellisten zitterte vor Erregung, und der Paukenschläger handhabte seine Keule mit derartiger Hingabe, als beobachtete der heilige Petrus durch den Lüftungsschacht alles, was sich auf dem Chor ereignete; in ihrem hellblau besetzten weißen Kleid, auf dem der Straßenkot keinerlei Spuren hinterließ, sang die Frakáti wie ein wohlgenährter Engel das Solo, wobei sich an ihrem Hals und um ihren Mund Falten bildeten und Grübchen, so daß Alajos beinahe die Notenblätter vertauschte. Durch die Spalten der Holztreppe beobachteten die Glöcknerjungen die Frakáti, während sie die Stiege emporging, und meldeten dann dem Kapellmeister, daß die Dame seines Herzens einen flammendroten Unterrock trug.

Schließlich fand die Frakáti die Leiden des Alajos so rührend, daß sie nach einer mit Musik untermalten Litanei zu Pfingsten, im Nieselregen, während sie sich unter dem bequemen Schirm des Alajos aus dem Dom nach Hause begleiten ließ und das volle Haar so süß duftete, daß der Kapellmeister zu weinen begann, folgendes mitteilte:

Der Kapellmeister sollte zur Kenntnis nehmen, daß sie, die Frakáti, ein ehrenhaftes Mädchen sei, das sich von den Schmeicheleien der Männer nicht täuschen ließe. Jedermann kenne außerdem das Haus, in dem sie wohne; häßliche Mißverständnisse könnten noch entstehen, wenn Alajos nachts aus dem Haustor treten würde. Aus demselben Grund schlüge sie, die Frakáti, vor, daß man einander in einer anderen Stadt treffen sollte, in Budapest zum Beispiel, wo man in der Menschenmenge spurlos verschwinden könne.

In seiner Freude schenkte der Kapellmeister der Frakáti eine echte Perle, die er von einer seiner Schülerinnen bekommen hatte. Ein paar Tage später verschwand er dann aus der Stadt, nachdem er um Urlaub gebeten hatte, um bei dem Begräbnis eines seiner Großväter erscheinen zu dürfen.

Am nächsten Sonntag schmuggelte er mit glückseliger Geheimnistuerei einen kleinen Zettel der Frakáti in die Hand, nachdem diese ihre Darbietung beendet hatte.

»Árok-Straße 90. Im Toreingang rechts.«

Das stand auf dem Papier. Die Frakáti lächelte und ließ sich von einem alten Schuldirektor nach Hause begleiten, der in der Stadt über jeden Verdacht erhaben war, obwohl die Frakáti genau wußte, daß sich in der Tasche des Direktors Nacktphotos verbargen.

Danach ist wieder jemand gestorben, und Alajos Z., erster Kapellmeister in Veszprém, bat um Urlaub, der ihm auch bewilligt wurde. Folgen wir also dem Herrn, denn wir werden zu Augenzeugen sehr interessanter Begebenheiten.

... Alajos wartete in kniender Haltung, doch hatte die Frakáti nicht einmal Zeit, ihren Reisemantel abzulegen, im Hause Árok-Straße 90, im Toreingang rechts, in Budapest, als jemand an der Tür stark zu klopfen begann.

Die Frakáti ließ sich auf einen Stuhl fallen.

»Retten Sie mich!« sprach sie, während sie in Ohnmacht fiel.

»Ich werde Sie retten«, antwortete Alajos, der sich in jener Sekunde mutig fühlte wie Siegfried.

Er steckte den Kopf durch den Türspalt. Ein breitschultriger Mann mit rötlichem Schnurrbart und Doppelkinn stand in einem Mantel aus gewürfeltem Stoff auf der Schwelle.

»Wer ist da? Was wollen Sie?« fragte ängstlich und kleinlaut der Kapellmeister.

Der Mann mit dem Doppelkinn ließ ein mächtiges Lachen hören.

»Gar nicht übel! Man wird in der eigenen Wohnung gefragt,

was man in der eigenen Wohnung zu suchen hat«, sagte er und drängte sich durch die Türöffnung. Überrascht sah er um sich, höflich begrüßte er die Frakáti, dann erklärte er, daß er der Hausfrau gleich morgen kündigen würde.

»Vorher aber ...«, sagte er, und seine Augen wurden blutunterlaufen.

Eine Schublade des Kastens zog er heraus, schaute hinein, dann richtete er seinen Blick auf die Frakáti.

»Hier fehlt Geld«, sagte er trocken.

Erschrocken lehnte Alajos an der Wand.

»Wieviel?« fragte er und brach dabei fast zusammen.

Ruhig spielte der Fremde mit seinen Schlüsseln. In gemessenem, offiziellem Ton sprach er, während er die Schublade wieder zuwarf.

»Die fehlende Summe werde ich auf der Polizei nennen. Meine Dame, haben Sie die Güte, Ihren Mantel zu nehmen.«

Alajos legte da ein unvergeßliches Benehmen an den Tag.

»Zurück. Nicht einen Schritt«, rief er, als sich der Fremde der Frakáti näherte. »Diese Dame steht unter meinem Schutz.«

Der Mann mit dem rötlichen Schnurrbart hielt den in Veszprém damals gewiß einmaligen grünen Seidenmantel der Frakáti in der Hand und machte zum erstenmal eine geheimnisvolle Bemerkung.

»Das hat sie sowieso nicht vom eigenen Geld gekauft!«

»Ich bezahle Ihren Schaden. Entfernen Sie sich«, rief Alajos.

Der Fremde vergrub daraufhin seine Hände in den Manteltaschen.

»Ich habe die Ehre, mein Herr, mitzuteilen, daß Sie nicht wissen, mit wem Sie es zu tun haben. Ich bin der Börsenmakler Vad. Ich habe in der Gegend der Börse ein Büro. Nur auf Ihr unglückseliges, leichtgläubiges Opfer, auf diese feine Dame, nehme ich Rücksicht, wenn ich Sie nicht dem erstbesten Wachmann übergebe. Haben Sie die Güte und folgen Sie mir in mein Büro. Dort werde ich aus meinen Büchern feststellen können, welche Geldsumme in diesem Kasten gelegen hat, die Sie mir zurückerstatten müssen.«

Verzweifelt rang Alajos die Hände.

»Ich bin unschuldig.«

»Dasselbe hat auch Pál Spanga gesagt, als ihm der Scharfrichter den Strick um den Hals zusammenzog«, erwiderte Vad, warf einen Blick in den Spiegel und setzte sich den enormen Hut auf.

»Aber Sie, Dame, deren Namen ich nicht auszusprechen wage,

Sie glauben ja an meine Unschuld, nicht wahr?« fragte Alajos Z. und wandte sich, in Tränen, der Frakáti zu.

Die Frakáti hatte die Beine übereinandergeschlagen, heftete den Blick auf die abgetragenen Schuhe des Alajos Z. und gab keine Antwort.

»Meine Kinderchen, das könnt ihr ein anderes Mal erledigen. Jetzt gehen wir in mein Büro.«

Nachdem sie auf die Straße getreten waren, zeigte Vad sein Gebiß.

»Daß sich mir der Herr aber ja nicht aus dem Staub macht! Dann ist der Wachmann gleich da!« sagte er und hielt mit der einen Hand Alajos Z. fest, während er den anderen Arm auf die Schulter der Frakáti legte.

Sie gingen an der Donau entlang. Oft ließ Vad den Arm des Alajos Z. los, um den breitkrempigen Hut zu lüften, aber viele Leute, die er herzlich begrüßte, schienen ihn gar nicht zu kennen. Manche, die von Vad freundlich begrüßt wurden, erwiderten den Gruß überhaupt nicht, sondern besahen sich statt dessen die Donau. Es war Mittag, von Buda klang Glockengeläute.

In der Gegend der Börse bogen sie in eine enge, schmutzige Gasse, von der Gasse in ein finsteres Haus, in dessen Toreingang stinkende Ölfässer lagen, Kisten und mit Matten umhüllte Pakete. Ständig floß Regenwasser durch den Hof, in roter Hausmütze stand der Hausmeister vor seiner Tür und maß Vad und seine Genossen feindselig.

An einer unsauberen Glastür, auf einer Blechtafel, standen zwei Worte:

BÜRO VAD

Der Mann im großen Hut öffnete die Tür und drängte die Frakáti und den Kapellmeister in den Raum. Dann schloß er von außen die Tür ab.

»Komme gleich!« stand auf dem Stück Karton, das auf der Innenseite der Glastür hing. Anstatt etwas zu sagen, zeigte Vad auf die Tafel.

»Was haben Sie getan, Sie Unglücklicher?« fragte die Frakáti, nachdem sie allein geblieben waren. »Wohin haben Sie mich gelockt? In eine Falle, in ein Netz, in die Verdammnis, in die Schande, in die Schmach?«

Der Domkapellmeister warf sich auf die Knie und beteuerte so überzeugend seine Unschuld, daß ihn sogar die hartherzigen Richter der alten Fortuna freigesprochen hätten. Die Frakáti blickte aber nur zu Boden.

»Womit werden Sie mich entschädigen, sollte ich nochmals Veszprém betreten?«

»Mein Vermögen gehört Ihnen«, antwortete verzweifelt Alajos Z., warf sich auf den Boden und versuchte, den Saum des Rockes der Frakáti (die blaue Schnur) zu küssen.

»Wir werden sehen«, sagte die Kirchensängerin. »Denn angesichts meiner vornehmen Bekanntschaften kann ich Sie gewiß nicht heiraten.«

Der Domkapellmeister Z., der den Frauen öfters gelangweilt die Tür gezeigt hatte, auch wenn sie damit drohten, ihr Haar mit Petroleum zu übergießen und dann ein Streichholz anzuzünden, schlug jetzt immer wieder seine Stirn auf den Boden des schmutzigen Büros. Doch Vad kam wieder. Man mußte sich wie ein Mann benehmen.

Mit einem fremden Herrn war der Träger des enormen Hutes zurückgekehrt. Einen glänzenden Zylinder hatte der Fremde, und eine gelbe Wildledertasche hielt er unter dem Arm. Ein lächelnder, reinlicher, gutrasierter junger Mann war er, drei Goldzähne hatte er vorn, und er reichte seine Handschuhe Alajos Z.

»Habe die Ehre. Doktor Szivi.«

Verwirrt, aber pflichtbewußt, wie es von einem Mann des Domes zu erwarten war, nannte Alajos Z. seinen Namen und drückte Doktor Szivi die Hand.

»Bitte stellen Sie mich auch der Dame vor«, sagte der Doktor und besah sich die Frakáti beifällig von Kopf bis Fuß, woraufhin sich die Sängerin das rosafarbene Hütchen zurechtrückte.

Vad lehnte sich an sein Schreibpult.

»Der Herr Doktor ist mein Rechtsberater. Ich betätige mich geschäftlich nicht gern, wenn kein Anwalt dabei ist. Deshalb ließ ich ihn herbitten. Sehen wir also den Fehlbetrag.«

Aus der Westentasche zog er eine goldgefaßte Brille hervor, die er sich mit beiden Händen vor die Augen schob. Er klappte ein längliches Buch auf, nahm eine Feder und murmelte etwas auf deutsch, so daß Alajos Z. nichts verstand.

»Da haben wir es!« rief Vad triumphierend und nahm sich die Brille von der Nase, wobei er gutmütig lächelte. »Tausendzweihundertvierzig Forint sind in der gewissen Schublade gewesen.«

Heldenhaft vernahm Alajos Z. den Kanonenschuß.

»Gehen wir auf die Bank«, flüsterte er und betrachtete längere Zeit den Boden.

Vad schien sich an seinen Ziffern zu ergötzen.

»Ich bin ein korrekter Kaufmann. Ich habe es gern, wenn meine Angelegenheiten genau und ordentlich geregelt werden. Ich will nicht, daß einmal getätigte Abschlüsse durch spätere Komplikationen vielleicht Störung erleiden. Deshalb bat ich den Herrn Anwalt hierher, der das Geschehene schriftlich festhalten wird . . .«

Verblüfft blickte der Domkapellmeister auf die Visage von Vad, der immer noch höflich lächelte, wie es gute Kaufleute fortwährend zu tun pflegen.

»Den Kasten . . . ?«

Vad nickte schweigend.

»Sie sind ein Henker«, antwortete Alajos Z., da ihm nichts anderes einfiel. Und außerdem empfand er es als überaus störend, daß er von alldem, was der junge Mann zur Frakáti sagte, nichts hören konnte, denn die beiden unterhielten sich sehr leise, nur das Aufblitzen der Goldzähne war zu sehen.

Durch das Fenster betrachtete Vad den schmutzigen Hof so hingebungsvoll, als würde er die an die Mauer gelehnte Leiter das erste Mal sehen.

»Das ist keine noble Behandlung«, sagte im Flüsterton Alajos Z.

Vad drehte sich um. Er maß den Kapellmeister vom Scheitel bis zur Sohle.

»Hören Sie, Sie werden mir nichts von nobler Behandlung reden, denn gleich erzähle ich dem Anwalt alles. Bisher habe ich Gnade walten lassen, aber wenn Sie noch ein Wort sagen, rufe ich die Polizei.«

Doktor Szivi horchte auf und schickte über die Schulter einen mitleidigen Blick dem Musikanten zu.

»Warum heiratet denn so ein rechtschaffener Mann nicht?« fragte er und redete dann über die auffallend hübschen Ohren der Frakáti weiter.

Alajos Z. brach zusammen.

»Meine Ehre«, sagte er und begann laut zu weinen.

»Sehen Sie, das ist schon ganz anders gesagt«, meinte Vad. »Gerade Ihre Ehre will ich Ihnen belassen. Sie geben vor dem Herrn

Anwalt zu, daß Sie mir tausendzweihundertvierzig, sage und schreibe, eintausendzweihundertundvierzig Forint schulden und daß Sie bereit sind, Ihre Schulden zu bezahlen. Sind Sie bereit?«

»Ich bin bereit.«

Doktor Szivi unterbrach den angefangenen Satz, erhob sich und begann am Schreibtisch so geschwind etwas zu kritzeln, daß Alajos Z. dem Auf und Ab der Feder unmöglich folgen konnte.

»Unterschreiben«, sagte der Anwalt.

Nachdem er die Unterschrift hatte, setzte er sich den Hut auf und murmelte gelangweilt: »Guten Tag.« Damit ging er sogleich, ohne die Frakáti noch einmal auch nur anzublicken.

Vad faltete das Papier zusammen.

»Mein Kindlein, vorher haben Sie etwas von irgendeiner Bank geredet... Also die ist jetzt geschlossen, denn ehrliche Leute sitzen mittags beim Essen. Gehen wir auch dorthin, wohin die ehrlichen Leute zu gehen pflegen, gleich hierher, ins ›Holzwarth‹.«

Wieder nahm er Alajos Z. und die Frakáti an den Armen. Im »Holzwarth« saßen bereits sehr viele Leute, alle redeten laut, die Teller klirrten, und die Kellner in ihren schmutzigen Fräcken rannten, als wäre jetzt die allerletzte Gelegenheit, in Pest zu Mittag zu essen.

»Hier pflegt das Rindfleisch sehr anständig zu sein«, sprach Vad, nachdem er mit der Serviette, die ihm vom Kragen hing, den Teller ausgewischt und das Besteck abgerieben hatte. »Ich bin da schon ein alter Wirtshausgast. (Was sollte ein Junggeselle auch tun?« sagte er zur Frakáti.) »Jedoch, bei meiner Ehre«, und er hob jetzt die Stimme, »das Rindfleisch im ›Holzwarth‹ ist einmalig in ganz Pest. Pali, mein Herz, Paul, mein Freund, Beinfleisch sollen Sie bringen, mit Grünzeug und Essigkren, selbstverständlich in Suppe und heiß serviert. Wie steht es mit dem Bier?« fragte er einen kleinen Jungen.

Danach widmete Vad seine ganze Aufmerksamkeit den Freuden des Essens. Nur nach sorgfältigem Salzen wälzte er das Fleisch in der Sauce. Rüben und Kohlrüben schluckte er in mächtigen Bissen. Mit Brot stopfte er sich den Mund voll, griff nach der Zeitung, die auf dem Stuhl lag, und ließ den Blick seiner hervorquellenden Augen über die Spalten gleiten.

»Eine Frechheit«, sagte er kaum hörbar. »Ein Skandal.«

Dann drehte er den Knochen nach allen Seiten. Daraufhin legte er das Besteck nieder und begann die Fleischreste vom Knochen zu nagen. Er schluckte noch ein paar Löffel Suppe, stocherte im zurückgebliebenen Grünzeug, endlich wischte er mit Brot die letzten Tropfen Sauce aus der Schüssel.

»Das war gut«, sprach er rülpsend und hob das Bierkrügel an den Mund, wobei sich seine Augen derart drehten, als müßte er mit jemandem raufen.

»Ich glaube, wir können auf die Bank gehen«, sagte er und versuchte, die Brotkrümchen zu einer Masse zusammenzukneten, wie es der Töpfer mit dem Ton macht.

Danach gingen sie auf die Bank, wo der vorsichtige Domkapellmeister sein erspartes Geld hielt.

Durch die Stäbe des Gitters wurden nagelneue Scheine hinausgereicht, die Vad unglaublich flink unter seiner Weste verschwinden ließ.

Traurig blickte Alajos Z. dem Geld nach. Seine Augen wurden feucht.

Vad holte tief Atem.

Als sie wieder auf der Straße waren, griff er nach der Hand des Kapellmeisters und begann sie zu schütteln.

»Einen Rat kann ich Ihnen geben, mein Freund«, flüsterte er Alajos Z. ins Ohr, daß die Passanten es ja nicht hören konnten. »Kaufen Sie Winterweizen.«

Das ist die Geschichte des Domkapellmeisters, der nicht sehr viel später laufend das Weite suchte, da ihn die Frakáti gefragt hatte, was nun eigentlich mit ihr geschehen solle.

Der Kapellmeister rannte, und nie wieder wurde er in Veszprém gesehen.

Alvinczi öffnete die Augen.

»Ein lehrreicher Prozeß«, brummte er. »Interessanter ist aber, daß dieses Mädchen in Pozsony Mária Vecsera heißt. Sie wissen ja, Rudolph, der Prinz von Wales . . . Und so weiter.«

Treuherzig nickte der Rechtsberater.

»Ich weiß es, guter großer Herr.«

Zweiter Teil

Schöne Träume, armer Tatar

7

Kázmér fällt in die Hände der Frauen

Kázmér Rezeda ließ sich zu dieser Zeit täglich zweimal rasieren, frühmorgens, um sich irgendwie die Zeit zu vertreiben und den neuesten Klatsch der Wasserstadt zu hören, vom alten Friseurgesellen, der einen Schnurrbart hatte wie ein Polizeikommissar; und später dann, gegen Abend, in Pest, in der Kishíd-Gasse, wo er die Zeitungen durchblätterte, sich das Haar mit wohlriechendem Wasser waschen ließ und mehrmals beinahe soweit war, das Haar färben zu lassen; er bat auch darum, man möge die auffallenden dürren weißen Haare aus seinem Schnurrbart entfernen.

Bereits seit acht Tagen verbrachte er seine Nächte in einem Armstuhl sitzend, denn sobald er sich zu Bett legte, fühlte er sich unendlich verlassen und lebensmüde; stets kreiste ihm der Gedanke im Kopf, daß man mit einem guten Pistolenschuß die verdächtige Bilanz des Lebens erledigen könnte und damit auch das alte Nierenleiden und das gedemütigte Herz, das der trübsinnige Herr, entgegen all seinen Gelöbnissen, wieder auf die Kirchenschwelle gelegt hatte, damit die Frauen, unterwegs zur Beichte, darauftreten, die Mädchen es verspotten, die Weiber es mit ihren Nägeln zerkratzen, die alten Hexen es bespucken konnten.

Im Armstuhl, in dem er saß – eine Hirschlederweste trug er und Pantoffeln aus Saffianleder –, war die langstielige Pfeife sein einziger Freund, der so ruhige und bedächtige Ratschläge gab wie ein Ferenc Deák auf dem Dorf vor dem Bienenhaus. Das ganze Leben ist nicht so viel wert, daß man seinetwegen debattiere. Ganz gewiß schleppt das Greisenalter ein Reisigbündel auf den Friedhof zu, auch wenn die Jugend noch so feurig war. Die rosige Haut der Knie wird abgenützt, schütter wird das Haar, und wie ein müder Jagdhund streckt sich die Leidenschaft auf ihr armseliges Lager aus. Sicher tragen eines Tages die gelangweilten schwarzen Lakaien einen Sarg die Treppe hinunter, und es bleibt uns nicht einmal so viel Zeit, um vor der Grube zu erschrecken, in der wohl nur die erste Nacht unangenehm sein mag, wenn der Scheintote zu sich kommt. Solange wir uns von den Geschehnissen unserer Umgebung fernhalten, ist es aber ohnehin völlig gleichgültig, ob wir am Leben sind. Der Abwesende wird ganz gewiß betrogen, hintergangen, vergessen, sein Name wird ausgetilgt, und jemand anderer wird auf sein Polster gelegt. Einen größeren Narren gibt es gar nicht als den Mann, der sich einbildet, daß die Angebetete nur in seinen Armen selbstvergessen geseufzt hat. Wären die Männer untereinander nicht so verschwiegen, würde man oft erfahren, daß sich manche Frauen mit dem Aussprechen der immer gleichen zwei, drei Worte (zur richtigen Zeit) durch ihr ganzes Liebesleben hindurchgeschwindelt haben. Kázmér erinnerte sich an eine Frau, die ihn in der Dunkelheit immer Henrik nannte, denn auf diese Weise konnte sie ihr Gewissen beruhigen. (Wieviel Henriks mochte die Teure wohl gehabt haben?)

Diese Dinge wirkten aber nur im Armstuhl wie Arzneien, während Herr Kázmér Rezeda die Überlegenheit eines Tafelrichters augenblicklich verlor, sobald er daran dachte, wie viele Liebhaber vor ihm Irma wohl gehabt hätte, oder wenn er sich vorstellte, daß sie gegenwärtig jemanden küßte im dämmrigen Zimmer und dabei kaum verständliche Worte von sich gab ... Da begann sich Herr Kázmér Rezeda gleich zu beeilen, zum stillen Pfeiferauchen hatte er keine Geduld mehr.

Ein anderes Mal wiederum untersuchte er den Fall mit kalter Ruhe, so als wäre es gar nicht er selbst, dem das alles geschah.

»Sehen wir nur! Es lebt in Buda ein gelangweilter Junggeselle, der lernt eines Tages ein Bürgermädchen mit Silberblick kennen. Er verliebt sich in sie, unbedingt, da er nichts anderes zu tun hat. Was ist das? Ist das eine Tragödie? Macht das etwas? Wem schadet es oder wem nützt es? Man muß das Fräulein erobern. Ich nehme es nach Pest mit, zu meinen langjährigen vornehmen Freunden und Freundinnen. Sie wird schon klein beigeben, wenn sie erst bemerkt, daß man in dieser Welt auch außerhalb von Buda leben kann. Sie verführen wie ein Abenteurer im Abteil eines Eisenbahnwaggons und niemals wieder auf derselben Linie reisen! Ihre unwissende Seele vergiften, ihr die Büchse der Geheimnisse öffnen, ihr das Leben zeigen und die Menschen, ihr die Verzweiflung beibringen und den Trost, daß sich die Zahl der klugen Frauen vermehre. Sich in ihre Träume stehlen, in ihre Gedanken, abends im Bett heiser flüstern und sich dann in der Morgensonne so steif zeigen wie eine Photographie ... Und dann alles langweilig finden und wegfahren. Nicht wahr, das wäre das Leben?« fragte sich Kázmér Rezeda an nüchternen Nachmittagen, wenn über Buda ein kalter Wind wehte und auf der Donau Eistafeln dahinschwammen wie gefrorene Tote aus dem Komitat Pozsony.

Nachts aber verließ er ohne jeden Grund die Wohnung, in deren Fenster der rötliche Zweig einer Stechpalme lag, wie er in England das Weihnachtsfest verschönert, während rings um die roten Beeren Sardinenbüchsen Platz fanden, Forellen in Öl, geräuchertes Fleisch, in Papier gewickelt, und verschiedene Weinflaschen, denen die ungastliche Kälte des Winters nicht zu schaden vermag: seinen bequemen Armstuhl verließ Kázmér Rezeda, die Philosophie und die weisen Bücher – wie ein heimatloser Wanderer schlich er in den Straßen von Buda umher und hatte bei seinen Spaziergängen keine andere Freude als die, mit seinem Stock an die blechernen Schilder der Läden zu klopfen. Auf die verhängten Fenster der Häuser warf er scheele Blicke: glückliche Familien leben dort drinnen, mit Hühnersuppe genährte Gatten umarmen ihre weißhäutigen, wohlriechenden Frauen, die Kinder träumen von Engeln, die alten Weiber auf der Schwelle sehen Katzen im Traum, Friede herrscht und Sicherheit, gesegnete Stille, die von der verglimmenden Asche beinahe andächtig beleuchtet wird; wer nicht schlafen kann, findet eine fühlende Seele, die Klagen lauscht; von liebenden Händen wird das Polster des Kranken gewendet; beglückend ist das leise Geräusch der Uhr, deren Zeiger dem hoffnungsvollen Morgen entgegeneilen; dann stehen die Frauen geräuschlos auf und waschen sich gründlich die Hände; ein frisches, duftendes Tischtuch breiten sie aus zum Frühstück, und die Kinder und die Männer erwachen so glückselig, als wäre ihre Nachtruhe federleicht gewesen, in Ordnung sind ihre Gehirne, Herzen und Mägen, nicht einmal ihre Münder sind bitter, und sie freuen sich an der schäumenden Seife, dem wohlriechenden Kaffee, dem gelben Tee, dem knusprigen Speck, dem saftigen Schinken und dem hausgebrannten Schnaps ... Bereits glattgebürstet schmiegt sich das Haar den Frauen an die Köpfe, und der frohe bürgerliche Tag beginnt, für den der Abend ein Fest sein wird wie für das Jahr die Weihnacht.

Kázmér Rezeda gab dem Blechschild des Bäckerladens einen derartigen Schlag, daß die ganze Straße widerhallte.

»Ich habe mich verirrt!« wiederholte er verzweifelt. »Ich habe mich verirrt. Was soll aus mir werden?«

»Ein Bürger, ein ehrlicher, braver Bürger, achtzig Jahre kannst du leben, wenn du auf dich achtgibst, auf deine Nieren, dein Herz, deine Leber!« antwortete er sogleich sich selbst.

Und das dauerte so an, bis in einer besonders frostigen Nacht, gegen Ende Januar, als er wieder einmal mit der reinsten Nüchternheit festgestellt hatte, daß ihm nie mehr gelingen würde, etwas wiedergutzumachen und in Ordnung zu bringen, daß er das Spiel mit dem Leben endgültig verloren hätte und daß nichts anderes helfen könne als ein Sprung von der Kettenbrücke in den dunklen Strom – bis also in einer Nacht im Krónprinc-Haus, um das Kázmér Rezeda am häufigsten schlich, ein Fenster aufging.

»Wozu frieren?« fragte eine Stimme aus dem Hochparterre.

Es war Frau Krónprinc, oder wie Kázmér sie bei sich nannte: Mütterchen Vilma.

Das weißgerahmte Fenster in der gelben Mauer schaukelte und schwebte, wie das Fenster des Himmels.

Seufzend trat Kázmér Rezeda näher.

»Meine Nächte sind schlaflos«, murmelte er mit einer derart schmerzlichen Stimme, daß es ihn selber verblüffte.

»Unser armer Freund!« erwiderte voll Wärme, leise und in erstickenden Tönen das Mütterchen Vilma, als befürchtete es, daß man die Worte in der ganzen Wasserstadt hören könnte.

»Ewig habe ich Katzenjammer vom Leben«, erklärte, nun bereits in etwas besserer Stimmung, Herr Rezeda. »Ich habe mir den Magen und das Herz und die Nieren verdorben. Ständig bin ich krank. Und so stellt es sich heraus, daß auch ich nur ein sentimentaler, schwacher Kerl bin, obwohl ich gedacht habe, ich sei hart wie der Teufel. Reichen Sie die Hand herunter, meine teure Mutter Vilma. Sobald ich Ihre Hand geküßt habe, werde ich vielleicht ruhiger sein.«

Hilfsbereit, wie man einem Kranken die Arznei zureicht, streckte die gute Frau Krónprinc ihren vom Schlafgewand umhüllten Arm hinaus. Rezeda hauchte einen Kuß auf die Stelle, an der der Pulsschlag sanft und milde seine Aufgaben erledigte. Die Hand strich Herrn Rezeda über das Gesicht und die Wimpern.

»Gehen Sie nach Hause und legen Sie sich zu Bett, Kázmér, und denken Sie daran, daß ich es gewesen bin, die Sie darum gebeten hat, ich, die Sie liebt«, summte die nächtliche Frauenstimme. »Strecken Sie sich aus, drehen Sie sich zur Wand, legen Sie ein Seidentuch auf Ihren Kopf und einen kalten Umschlag auf Ihr Herz. Ich bitte Sie darum, daß Sie sich beruhigen und daß Sie hoffen, denn alles kann sich noch zum Guten wenden.«

»Zum Guten wenden?« wiederholte Kázmér Rezeda.

»Sie sind ein gebildeter, liebenswürdiger, starker Mensch. Warum richten Sie sich absichtlich zugrunde? Die Liebe der Frauen kann Ihnen Ihre Gesundheit nicht zurückgeben, sie kann höchstens Ihre Leiden lindern.«

»Ich fürchte mich, zu leben.«

»Kommen Sie öfter zu uns, immer . . . Morgen erwarten wir Sie zum Mittagessen. Und auch übermorgen, wenn Sie wollen.«

Herr Rezeda ließ den Kopf sinken.

»Küssen Sie für mich Ihre schlafende Tochter, Mütterchen Vilma.«

»Ich werde es tun«, antwortete nach einem warmen Händedruck Frau Krónprinc, und das Fenster wurde geschlossen.

Still trottete Kázmér heimwärts, verursachte unterwegs keinerlei Lärm und verbrachte die Nacht nach langer Zeit das erste Mal im Bett.

»Für das Leben eines Lebzelters bin ich geboren«, meinte er im Halbschlaf, »und nicht für das Leben eines Abenteurers.«

Im Schlaf lag er auf seiner rechten Seite, wie der Löwe.

Niemals noch war sein Atem so rein gewesen wie am nächsten Morgen. Frisch, mit einer gewissen zustimmenden Fröhlichkeit sprang er aus dem Bett, wunderlicherweise tat ihm das Herz nicht weh, und auch seine Nieren schmerzten nicht. Sorgfältig zog er sich an und beschäftigte sich mit seiner Krawatte länger als sonst. Er besaß eine alte Krawattennadel, die er das letzte Mal in seiner Jugend getragen hatte, zur Zeit, in der er sich von der Frau, die ihm von allen die liebste war, noch nicht hatte verabschieden müssen. Er nahm die aus zwölf Türkisen zusammengesetzte Nadel hervor und sah sie am Fenster lange an. Es fiel ihm ein, wie glücklich er gewesen war, als er über das Leben noch nicht mehr gewußt hatte als die Tatsache, daß eine Frau den Namen K.R. in ihre Strumpfbänder gestickt hatte. (Wie töricht ist es, vom Leben mehr zu wissen!) Jetzt steckte er sich die Nadel an, als wäre sie ein Abzeichen des Glücks. Die beiden waren ja einander ähnlich: Irma war das Ebenbild jener Frau früherer Zeiten, als wären dazwischen gar nicht zehn Jahre vergangen.

Irma saß vor dem Fenster.

Zwischen winterlichen Topfblumen glänzten ihre wunderbaren Augen im breiten Mittagslicht des Januarius. Sie war so frisch und elastisch, als hätte sie im Wasser der Donau gebadet. Über den geheizten Gang lief sie Herrn Rezeda entgegen und schmiegte sich beinahe an seine Schulter.

»Warum haben Sie kein Vertrauen zu uns? Was fehlt Ihnen? Haben Sie irgendein Leid? Wir betrachten Sie als guten Freund und tun alles, um die Wolke von Ihrem Herzen wegzuscheuchen.«

»Eine schlechte Laune ist es gewesen, die vorübergeht wie Schüttelfrost. Am anderen Tag sieht man, daß es sich nicht lohnt, wegen des Lebens so viel zu leiden. Jetzt ist bereits alles in Ordnung. Ich freue mich, daß ich Sie wieder einmal sehe, meine kleine Freundin«, antwortete Herr Rezeda und schlug dabei die Hände wie ein guter Onkel zusammen.

»Es gab Zeiten, in denen ich sehr schlimme Nächte hatte«, sprach Irma Krónprinc. »Immer hat jemand nachts das Wasser aus der Karaffe getrunken, die neben meinem Bett stand, und ich wurde von Tag zu Tag dünner und blasser. Ich werde Ihnen einmal erzählen, was mit mir vor ein paar Jahren passiert ist. Jetzt gehen wir zu Tisch. Meine Mutter wartet schon.«

Am Tag der Bekehrung Pauli hatte es noch niemals einen derart sonnigen Mittag gegeben. Die Fenster des langen, ebenerdigen gelben Hauses glitzerten, die hellgrauen Teppiche schienen zu leuchten, und die Möbel glänzten, denn man hatte sie sehr lange geputzt. Zwei Engel schwebten durch den weißen Schirm der Hängelampe, und Blumenduft strömte aus den Servietten. Dickflüssig, wie Öl, war die Bouillon; gesondert wurde die Schüssel mit dem Wurzelwerk gebracht; der Laib Weißbrot hatte einen guten Geruch und der kalte Rindsbraten war für den Appetit eines Postkutschers berechnet, der ein rotes Gesicht hatte und von frühmorgens bis spätabends seine Pferde antrieb. Gefülltes Kraut und Rippenfleisch folgten; die Rippchen zergingen im Mund; um die Knochen wäre es schade gewesen, denn auch sie konnte man zerkauen, und die Krautblätter waren grün und hart, als wären sie an diesem Morgen aus dem Garten gebracht worden. Eiskalt stand ein gelber leichter Wein in den niedrigen Gläsern, und die Messer waren so scharf, daß man sich mit ihnen hätte rasieren können. Es war die Tafel eines wohlhabenden Bürgerhauses, in dem die Kammer voll Speisen steht und die Köchin nicht verlegen wird, wenn am Tisch mehr Gäste sitzen, als man erwartet hatte.

Hier fühlte sich »Mütterchen Vilma« wohl, am oberen Ende des Tisches, in weißer Bluse und in rotem Rock, den ein gelber Ledergürtel an der Taille festhielt. Mit ihren vollen weißen Händen, die stets rein waren, daß sie nur so glänzten, legte sie gute Stücke auf den Teller des Herrn Rezeda; wohlgelaunt wischte sie sich die Mundwinkel ab, bevor sie mit ihrem Glas anstieß, und zeigte nach dem schwarzen Kaffee den Diwan im Nachbarzimmer – mit bestickten Polstern –, auf dem sich zwecks »Siesta« Herr Rezeda kurz niederlegen konnte. Das »Journal« und ein Päckchen Prinzessas-Zigaretten hatte sie auf einem kleinen Tisch bereitgelegt.

Nachdem sich die weiße Flügeltür hinter ihm geschlossen hatte im freundlichen Haus, begann Kázmér nachzudenken. Einen derart lieblichen Tag hatte er schon lange nicht erlebt. Auch körperlich fühlte er sich einwandfrei. Sein Herz arbeitete ruhig, wie auf dem Dorf. Sein Kreuz ruhte sanft auf einem kleinen seidenen Polster.

Was die teuren Damen wohl treiben mögen? dachte er, so als hätte er das Haus bereits seit vielen Jahren besucht und als wäre er mit den Bewohnern des Heimes über die Ecke verwandt.

(Mutter und Tochter hatten ein vertrauliches Gespräch im Badezimmer des Hauses, wo sie sich nach dem Mittagessen immer zu treffen pflegten, um über die Ereignisse des Tages leise Worte zu wechseln.)

»Glaubst du, es wird etwas daraus?« fragte Mütterchen Vilma.

Irma rieb ihre Hände mit Seife.

»Vielleicht käme Vater zurück, wenn er ihn kennenlernte ...«

»Immer: dein Vater! Laß endlich den Alten, der kommt vom Adlersberg nie mehr zurück. Dort fühlt er sich wohl. Er könnte die Einsamkeit nicht mehr für das Leben eintauschen.«

»Ich glaube, ich habe ihn unlängst in der Gegend gesehen. Lange stand er an der Ecke, vor dem ›Löwen‹, und betrachtete das Haus ...«

»Das war der Caspar Gráciácz, der Freund des Rezeda. Auch ich habe den Alten im Dämmerlicht beobachtet«, erwiderte Mütterchen Vilma.

»Es hatte stark geschneit, und es war bereits dunkel geworden. Möglicherweise habe ich mich geirrt«, antwortete Irma seufzend.

Mütterchen Vilma weilte nicht gern beim traurigen Thema. Sie kehrte zum Ausgangspunkt zurück.

»Was glaubst du ...? Was will dieser liebenswürdige Mensch von uns?«

»Vielleicht ist er verliebt in dich, Mama ... Oder in mich ...?«

Mütterchen Vilma streichelte ihrer Tochter den Kopf.

»Dich liebt er. Ich weiß es. Er hat mich ja in der vergangenen Nacht gebeten, dich an seiner Stelle zu küssen, während du schläfst.«

»Das könnte auch Höflichkeit sein. Es wäre mir gar nicht lieb, wenn er sich in mich vernarrte. Solche sentimentalen Männer können sich bei mir sehr leicht die Finger verbrennen.«

»Irma, um Gottes willen!«

»Du weißt ganz genau, Mama, daß so ein sanfter, gefühlvoller, verträumter Mann nicht zu mir paßt; binnen vierundzwanzig Stunden würde er ja in den Brunnen springen, hätte ich nur einen einzigen verrückten Tag. Was soll ich mit einem Menschen anfangen, der sich gleich darüber beklagt, daß ihm das Herz weh tut? Anfangs, als er noch den Abenteurer spielte, den Raubritter, den Schuft, den zu allem bereiten Erpresser, hat er mich noch einigermaßen interessiert. Ich habe gewalttätige, böse Männer gern, die mich am Hals packen und mich zu ihren Füßen zwingen. Wenn ich jemandem mein Herz gebe, dann will ich in ihm den Herrn sehen, den Gott, er muß mehr sein, als ich bin. Und sollte es ihm jemals einfallen, vor mir niederzuknien, würde ich ihm einen Tritt geben. Heute schon tut er mir leid, der Arme, mit schwerem Kopf und blutendem Herzen wird er in der Stadt herumlaufen, fremden Leuten sein Leid klagen, durch seine Tränen wird er die Wagen nicht bemerken, wenn sie sich nähern, die Kutscher werden aufpassen müssen, um ihn nicht zu überfahren. Vielleicht wird er sich totsaufen, vielleicht heiratet er in seiner Wut die Kassierin der ›Goldenen Kugel‹. Schade um ihn.«

Mit kaltem Wasser spülte sich Irma das Gesicht, während sie so redete, dann rieb sie es mit einem groben Handtuch ab.

Leise und überzeugt wiegte Mütterchen Vilma den Kopf.

»Und ich sage dir, meine Tochter, daß dieser Rezeda ein sehr gefährlicher Abenteurer ist, mit dem wir vorsichtig und behutsam umgehen müssen. Das ist keiner, der bei mir um deine Hand anhält; der stiehlt dich.«

»Der?« rief Irma spöttisch. »Willst du sehen, wie er meinen

Rocksaum küßt? Der ist ja ein Bürger, der setzt sich nachmittags in die Konditorei, um zu jausnen, und kennt alle Mehlspeisen, Cremes und Torten beim Namen. Eierlikör trinkt er, und dazu raucht er Zigaretten, die für Frauen gemacht werden. Romane liest er nur, um den Bürgerfrauen schöne Märchen vorlügen zu können. Einen Ziegenbart müßte er tragen und meckern. Gewiß war sein Vater ein Schneider gewesen: man sieht es ihm beim Sitzen ja an.«

Das vertrauliche Gespräch war zu Ende.

Die Krónprinc-Damen nahmen im Salon ihre Plätze ein. Irma setzte sich ans Klavier. Mütterchen Vilma las bereits seit Jahren (wenn Gäste kamen) einen Roman, der »Ivanhoe« hieß.

Verwundert öffnete Kázmér die Augen. Für einen Augenblick betrachtete er den Spitzenvorhang genauso mißtrauisch wie in seinen jungen Jahren, als er in fremden Häusern übernachtet hatte und nur nach den verschiedenen häuslichen Tönen hatte beurteilen können, wo er sich eigentlich befand. (Mitunter spielte eine Drehorgel im Hof, der mächtige Leierkasten polterte erst im Toreingang, und gewöhnlich ließen die Besitzer der Drehorgel drei Lieder ertönen. Ein anderes Mal sang ein Blinder traurige ungarische Liebeslieder, wobei er sich mit dem Rücken an den Brunnenrand lehnte und auf dem Pflaster des Hofes rechts und links in Papier gewickeltes Geld aufschlug. Kleine Zigeunerkinder musizierten mit quietschenden Fiedeln, und der brennende Blick ihrer schwarzen Augen drang in die Küche ein, während in einer leeren Wohnung der Maler sein eigenes Singen genoß. So war das alles in der Dalszinház-Straße gewesen, wo sich Herr Rezeda im Haus Nummer 17 ein wenig mit der Erziehung der Kinder einer ins Ausland durchgebrannten Chantant-Sängerin beschäftigt hatte, jung war er damals gewesen und gelangweilt.)

Draußen spielte jemand leise und elegisch Klavier, als wollte er mit kaum hörbaren Melodien die Träume eines Schlafenden untermalen.

Moskovszki, dachte Kázmér und freute sich darüber, daß er die Melodie erkannt hatte. Ich bin also doch in einem ehrbaren Haus.

Irma schlug vor, gemeinsam spazierenzugehen.

»Draußen gibt es einen Schneesturm. Da kann ich einfach nicht im Zimmer bleiben.«

Rezeda gab seine Zustimmung.

»Ich werde Sie, mein Herr, in Straßen führen in Buda, wo Sie noch niemals gewesen sind. Ich pflege allein herumzustreifen. Es gibt eine Laterne auf dem Berg, die immer ich anzuzünden pflege, zur größten Verwunderung des Laternenanzünders.«

Mutter Vilma setzte sich auf die Mitte des Diwans.

»Zum Abendessen muß man wieder zu Hause sein, Kázmér«, sagte sie sanft und strich Herrn Rezeda über den Kopf. »Haben Sie kaltes Ferkel gerne und dazu Gurkensalat mit Knoblauch?«

Irma, die sich in die Dinge des Haushalts sonst nicht einmischte, hob jetzt ihren dunklen Blick.

»Nach dem fetten Mittagessen könntest du Herrn Rezeda lieber ein wenig trockenen Schinken anbieten, Mama.«

»Wir machen einen Zwiebelrostbraten«, widersprach Mutter Vilma.

Bevor sich die Damen wegen des Abendessens in die Haare gerieten, machte Herr Rezeda den Vorschlag, Irma möge sich auf den Spaziergang vorbereiten. Eine kleine Astrachanmütze setzte sich Irma auf, keck zur Seite geschoben, dann schlüpfte sie geschwind in ihren kleinen Pelz, den sie erst auf der Straße zuknöpfte. Sie bogen in ein schmales Gäßchen ein, das sich krumm über den Abhang emporwand und in dem die Häuser so klein waren wie im Märchen. In Hüfthöhe waren hier die Fenster, und aus einem blickte ein altes Weiblein hinaus ins wirbelnde Schneetreiben. Halb blind blinzelten ihre hundertjährigen Augen; und die große Nase, das häßliche Gesicht, das blaue Tuch erinnerten mehr an die Zeichnung in einem Buch als an die Wirklichkeit. Früher einmal, als die Häuser hier noch größer waren, hatten Müllerburschen ans Fenster geklopft; von der Donau waren sie emporgeklettert, um ein junges Mädchen zu besuchen.

»Erlauben Sie mir, daß ich Ihren Arm nehme«, summte Herr Rezeda, wie bereits so oft in seinem Leben.

»Nehmen Sie ihn nur, bei Spaziergängen durch Buda ist das so üblich. Die Pesterinnen, wenn sie nach Buda abenteuern kommen, benehmen sich hier viel verworfener als zu Hause, in ihrer Stadt. Alle glauben, sie täten etwas Neues, Seltenes, Beispielloses, wenn sie mit ihren Kavalieren durch verlassene Gassen schlendern. Oft habe ich sie erwischt, als sie neben dem herabgelassenen Vorhang aus der Kutsche spähten oder durch die Tür eines stummen, geheimnisvollen Häuschens schlüpften. Über das Raizenbad könnte man ein ganzes Buch schreiben, mein Herr.«

»Sie sind sehr streng, liebe Irma.«

»Ich darf es sein«, sagte sie ruhig. »Ich habe schon einem Kind das Leben geschenkt.«

Unter der Krempe ihrer Mütze blinzelte sie zu Herrn Rezeda empor, aber sogleich bereute sie die Komödie. Gleichmütig, mit aneinandergepreßten Lippen ging sie an der Seite des Mannes und betrachtete einigermaßen resigniert den Boden, auf dem der Schnee immer weißer wurde.

»Und das Kind?« fragte Herr Rezeda kaum hörbar, obwohl er sehr gleichgültig wirken wollte. (Um seinen Hals hatte man langsam die Schlinge zusammengezogen, und seine Nieren waren von hinterlistigen Schmerzen befallen worden, die ihn bald auf den Schnee werfen würden.)

Irma blickte auf eine halbverfallene rote Backsteinmauer.

Kázmér Rezeda machte so lange Schritte wie noch nie. Tonlos betete er darum, daß dieser schreckliche Nachmittag so schnell wie nur möglich vorbei sein möge. Dann könnte er in die Schenke des Gráciász flüchten, um nie wieder herauszukommen. Weshalb hätte er auf die Menschen neugierig sein sollen, nach alldem? Was hätten ihm die Frauen noch sagen können? Wo hätte er eine Stimme gefunden, die es verdiente, daß man ihr zuhörte? Siehe da, ein guter, biederer Bürger wollte er sein, Schluß machen wollte er mit dem leichtsinnigen Leben, mit der liederlichen Abenteurerlaufbahn, mit Zynismus und Lebensverachtung. Ein Mensch wollte er sein, wie es die anderen waren in Buda, abends zu Bett gehen, andächtig beten, nachts von Gedanken frei schlafen, denn am Schicksal konnte man ohnehin nichts ändern. Er näherte sich allmählich seinem vierzigsten Lebensjahr und glaubte bereits, das Leben restlos zu kennen. Neu und überraschend könnte für ihn nur der alltägliche, gewöhnliche, geistlose Lebenswandel sein, das fette, schmalzige, gezuckerte und mit dem Hausarzt besprochene Leben der Bürger ...

Sie kletterten auf den Bergrücken hinauf, wo neben dem Fußpfad ein schmales Gitter lief, denn hier hätte ein Betrunkener leicht in die Tiefe stürzen können. Weit unten fielen die schneebedeckten Dächer und tiefen Höfe des Tabán allmählich in ihren abendlichen Schlaf, als würden sie hinwegschwimmen während der Nacht, irgendwohin, ins Zaubermärchen. In einem Haus, das klein war wie eine halbe Nuß, summte leise eine Nähmaschine, und aus einer engen Gasse bellte ein kleiner schwarzer Hund zum Mond empor, der neben dem Turmhelm glänzte, gelb wie der Knopf einer Uniform. Irma zündete ein Streichholz an und brachte fachkundig die Petroleumlampe zum Brennen, die über dem Steilhang an einer Holzsäule hing.

»Geben Sie Ihr Ehrenwort, daß Sie vorhin die Wahrheit gesprochen haben«, sagte Herr Rezeda.

Einen unheilverkündenden Blick ließ das Mädchen zwischen den langen, geheimnisvollen Wimpern aufblitzen.

»Ich habe die Wahrheit gesagt«, erwiderte sie einfach.

»Also, irgendwann einmal«, fuhr Herr Rezeda mit brüchiger Stimme fort, »wenn Sie mich sehr lieben werden, schenken Sie mir Ihr ganzes Vertrauen und erzählen mir, wie das außergewöhnliche Ereignis passiert ist, nicht wahr?«

»Ich werde es erzählen ... Ich werde das ganze halbe Jahr erzählen, als ich immer böse Nächte hatte! Und immer hat jemand aus der Karaffe das Wasser ausgetrunken. Das Kind ist es gewesen. Aber das habe ich lange nicht gewußt.«

Die Arme hinter dem Rücken verschränkt, stand Irma auf dem Fußpfad, auf dem Berg, sah ins winterliche Blau und nickte. Schon hatten sich die Schatten in der Luft auf den Weg gemacht, um über dem Turm der Raizenkirche zusammenzutreffen und ihre undurchsichtigen schwarzen Umhänge über Buda auszubreiten. Schütterer war der Schneefall geworden, wie nach einer gewissen Zeit die Küsse seltener werden. Pflaumenblauer Rauch schwebte über den Kaminen. In großen Stiefeln und im Schafpelz, den Schnurrbart mit Rauhreif bedeckt, wanderte durch den Schnee ein einsamer Mann, als wollte er jemanden mit sich nehmen, noch an diesem Abend, aus einem kleinen Haus. Vielleicht kam er, um einen hüstelnden Alten zu holen oder ein schwindsüchtiges Fräulein.

»Im Winter läßt sich dieser Mann in der Stadt kaum blicken«, murmelte Irma. »Die Krankheiten frieren ein, wie Hasen, die man nach der Jagd im offenen Gang aufgehängt hat. Im Frühling sieht man ihn dann um so öfter. Man sagt, er ist der Totengräber vom Budaer Friedhof.«

»Mag sein, daß er kommt, um mich zu holen, ich bin reif für die Sense«, brummte Herr Rezeda.

Irma Krónprinc öffnete den Pelz und atmete die frische Winterluft tief ein. Ihre Wangen wurden rot, wie die Fenster eines Hauses zu leuchten beginnen, wenn irgendwo drinnen ein Feuer ausbricht.

»Was für eine Feigheit ist es, über den Tod zu reden!« rief sie, als deklamierte sie vor unbekannten Personen, vor den schlafenden Hütten am Abhang, obwohl in den kleinen Häusern viele Leute auf den Tod wie auf einen Haupttreffer warteten. »Ein kleiner dunkler Winkel ist der Tod, wo unartige Kinder in der Ecke stehen müssen, weil das Leben das so will. Selbst eine Katze könnte ich nicht aus meinem Zimmer jagen, wenn ich daran denken müßte, daß sie dann sterben wird, denn der Tod ist weniger ekelhaft als erniedrigend, ein kleines, unbedeutendes, belangloses, beschämendes Ereignis ist er, aus dem nur die Leute eine so große Affäre machen ... Im Wagen des Todes zu sitzen, das ist beinahe so beschämend, als wäre es der Arrestantenwagen der Polizei. Man muß leben! Mit rotem Gesicht, im Sonnenschein, im Schneesturm, im stillen Zimmer, im tiefen Keller: immerfort nur leben; essen, Liebe treiben, gute Gedanken haben und gesund einschlafen.«

»Wo haben Sie das gelernt?« fragte geringschätzig Herr Rezeda.

»Ich habe viel in den Mond geschaut, und die Sterne sind meine guten Bekannten«, antwortete leichthin Irma Krónprinc. »Wenn ich mich am unglücklichsten fühlte, in langen Nächten, setzte ich mich hinter ein Fenster, das auf den Hof ging, und sah bis zum Morgen auf den Sternenhimmel. Was für wunderbare Reisen ich gemacht habe: Sindbad, der Seefahrer, ist im Märchen eine Schnecke gewesen und ist über ein Blatt gekrochen. Den Morgenstern, den Mond, die funkelnden Planeten fragte ich bestimmt nicht, wie die Novizinnen fragen: Warum lebe ich? Ich blickte lange in die Lichter und wurde dann immer ruhig. Ich bin darauf gekommen, daß man vom Leben nicht so viel Aufhebens machen soll, wie es die Dichter tun. Diese falschen Friseurgehilfen – oder vielleicht arme, kleine, naß gewordene Vögel – sehen in jedem Nadelstich einen Anlaß, um nach den Geheimnissen von Leben und Tod zu forschen. Ich lese gern an verregneten Nachmittagen, wenn ich nicht spazierengehen kann, in die Berge oder unter Menschen. Aber ständig nur so zu denken wie Sándor Endrődi, das wäre vielleicht doch ein wenig auffallend.«

Nach der Art der Budaer Kavaliere setzte Herr Rezeda das Hofieren fort (denn am liebsten hätte er Grobheiten gesagt.)

»Wer sind Ihre Lieblingsschriftsteller?«

»Ich sage Ihnen etwas, was Sie mir vielleicht nicht einmal gleich glauben werden. Ich schaue nie den Namen des Schriftstellers an, der das Buch geschrieben hat. Warum sollte ich mein Gedächtnis mit überflüssigen Dingen vollstopfen? Entweder unterhalten mich die Bücher, oder ich werfe sie weg. An Sándor Endrődi erinnere ich mich nur, weil ein Herr im ›Grünen Faß‹ ein Gedicht aufgesagt hat, als ich noch ein kleines Mädchen war. Das geschah an einem Sonntagabend, und ich saß mit meinen Eltern am Nebentisch. Von da an ließ ich am nationalen Feiertag immer das Haus beflaggen, denn das Gedicht, das der Dichter vorgetragen hat, war sehr schön patriotisch gewesen. Immer wehten bei uns am fünfzehnten März die Nationalfarben. Aber sonst sind die Dichter wie Schneemänner. Sie zerschmelzen im Sonnenschein des echten Lebens. Oder sie sind so wie Herr Zeitung, der Schneider, der in einer Kiste reiste, nur um aufzufallen ...«

»Kalte Seele«, murmelte Herr Rezeda. »Gäbe es keine Dichter auf dieser Welt, dann müßte man sich ekeln, wenn sich eine Frau die Schuhe auszieht! Die Dichter sind es ja, die allerlei betäubende Lügen erzählen, singen und weinen, über die Haare der Frauen, über ihre Schultern, ihre Sohlen und Strümpfe.«

»Und dabei badet keinesfalls jede«, bemerkte Irma trocken.

Herr Rezeda gab nicht nach.

»Die Seelen, die Gedanken, die seltsamen Gefühle der Frauen sind für die Dichter lauter Herrlichkeiten. Von Generation zu Generation hämmern sie es den Leuten in die Ohren, daß es edel und zweckmäßig ist, für eine Frau zu sterben. Und daß man das Leben nur dann richtig sehen kann, wenn in seiner Mitte eine Frau steht. Ihre Laune sei Schicksal; ihr Wunsch: unabwendbarer Befehl; ihr Seufzer: eine Pilgerfahrt ins Heilige Land, um den wundertätigen Ölzweig zu holen; ihr Weinen: Mord; und ihre Umarmung: Verdammnis oder Himmelreich ... Gerne singt ein Dichter davon, daß, für eine Frau im Kerker zu sitzen, die edelste Tat sei. Die Begierde der Dichter erinnert an die durstige Sinnlichkeit der Blinden.«

Irma Krónprinc senkte den Kopf und drückte Kázmér still den Arm.

»Am glücklichsten sind die leichtgläubigen Männer, zu denen auch Sie gehören, mein teurer Freund. Man könnte auch sagen, daß manche Männer ihren Kinderschuhen niemals entwachsen. Also, ich sage Ihnen jetzt, daß mich unter allen Büchern die Geschichte des kroatischen Räubers Friedrich von der Trenk am meisten gerührt hat, und unter allen Gemälden schienen mir jene Bilder die schönsten zu sein, die ich an Kerkermauern gesehen habe, mit Kreide und mit Ruß gezeichnet. Ich werde zum Beispiel eine mit Kohle beschmierte Frauenfigur nie vergessen, aus dem Zuchthaus von Vác, die ein Kind wie einen Maiskolben in der Hand hielt. Mein liebstes Vergnügen ist es gewesen, Zuchthäuser zu besuchen. Seither liebe ich das Leben. Frei leben, im Schnee waten, den Regen in den Kragen fließen lassen und Nebel beißen.«

Kázmér Rezeda sah das Mädchen feindselig an.

»Wer war der Vater des Kindes?« fragte er nach langem Schweigen.

»Interessiert Sie das? Ein Budaer Arzt«, erwiderte Irma schroff.

»Und?«

Es war bereits beinahe völlig dunkel geworden; Dunstschwaden pflaumenblauer Schatten krochen die winkligen Gassen empor, als entfernten sich nachts die menschlichen Sünden aus der Stadt.

»Und?« wiederholte Herr Rezeda, und seine Zähne klapperten ein wenig.

Irma Krónprinc wandte das Gesicht ab, als wäre es gar nicht sie gewesen, die sprach, sondern eine Stimme aus der Dunkelheit der Berge, vielleicht vom Wolfsfeld.

»Zu Hause sagte ich, daß ich nach Rohics reise, ins Bad, und ging dann abends in seine Wohnung, um auf das Ereignis zu warten. Ich hatte niemanden neben mir – nur ihn. Ich träumte einmal, daß er es gewesen ist, der das Kind erwürgt hat, das ich dann in einer Hutschachtel nach Hause brachte und im Garten vergrub.«

Kázmér lehnte sich an eine Mauer.

»Mein Gott«, flüsterte er.

»Und jetzt, wenn Sie Lust haben, gehen wir zu meiner Mutter nachtmahlen.«

»Wir können gehen«, erwiderte Rezeda und richtete sich auf.

Nachts, bevor das Tor hinter ihm hätte zugesperrt werden sollen, ließ Kázmér Rezeda sein aus Hirschgeweih geschnitztes Taschenmesser zwischen die Schwelle und das Tor fallen. Zweimal drehte sich der Schlüssel in der Hand des schwäbischen Dienstmädchens, das Schloß knallte, und das Tor blieb geöffnet. Nach einer Viertelstunde stand Kázmér bereits im Mondlicht auf dem Hof.

Der Schnee leuchtete, und der Mond glänzte. Taghell war es im Hof des Krónprinc-Hauses.

Beinahe verzaubert von alldem, was er am Abend gehört hatte, stand Kázmér Rezeda mitten im Hof neben den Resten des Brunnens: einem Marmorbecken und einem Eisenrohr. Mit Augen, die rotgebrannt waren vor Schmerz, sah er um sich, als suchte er nach jenem geheimnisvollen kleinen Grabhügel. Irgendwann hatte er alte Friedhöfe gesehen, in Mauern eingelassene Krypten, damals waren die Kirchenschwellen noch mit Topfblumen geschmückt gewesen. Sein Blick suchte nach etwas Ähnlichem im Hof.

Auf einmal knirschte der Schnee hinter seinem Rücken, und zwei heiße Arme legten sich um seinen Hals.

»Mein Einziger, mein Närrischer, mein Traum, meine Sehnsucht«, begann Irma Krónprinc, und ihre Stimme war warm wie ein Schwalbennest. »Ich wußte, daß du kommen würdest, und hättest du über das Dach hereinklettern müssen.«

Rezeda zitterte wie ein Espenblatt.

Eng hielten die beiden Arme seinen Hals, und Feenzauber und Sehnsucht seufzten aus der Mädchenstimme.

»Nicht ein Wort ist wahr davon, was ich dir erzählt habe. Ich wollte dich nur auf die Probe stellen. Dein Leiden hat mich selig gemacht. Ich will wissen, ob du mich wirklich liebst.«

Mitten im Hof lag ein Schneehaufen, auf den der Mond senkrecht hinuntersah. Dorthin stellte Herr Rezeda das Mädchen, um es besser sehen zu können. Wie eine Frau aus der Heiligen Schrift hatte sich Irma in das leichte Nachtgewand gehüllt. Ihr blasses Gesicht erinnerte an das Bild der Maria Magdalena in einer alten Kirche. Das Mädchen breitete die Arme aus und blickte auf den mit leichtem Wolkenrauch geschmückten Himmel. (Der aussah, als rauchte der Mond eine Pfeife.)

»Ich schwöre, ich bin rein wie eine Lilie.«

Ihre Knie knickten ein, und Irma Krónprinc setzte sich auf den Schneehaufen.

Herr Rezeda kniete sich zu ihr und küßte ihre Lippen oft und oft, als küßte er die Ewigkeit.

Nachdem das Mädchen verschwunden war, küßte er den Schnee an ihrem leeren Platz. Der Schnee war warm, und er duftete nach Maiglöckchen.

8

Stammbücher sind in Pest nicht mehr Mode

Kázmér Rezeda begleitete danach Irma Krónprinc öfters bei ihren Spaziergängen.

Auf dem Teich im Stadtwäldchen lief Irma Schlittschuh, wie eine Gestalt aus leichter Seide. Herr Rezeda saß in der Nachbarschaft des Kohlenofens am Ufer und zeichnete mit seinem Spazierstock allerlei Figuren in den Schnee. Meistens waren es Galgen und Schlüssel. Die Militärkapelle blies den Walzer aus *Rip van Winkle*. Die Dame R.P. war die beste Walzertänzerin auf dem Eis, ihr, der weißen Kameliendame, hatte ein junger Komponist sein Opus *Eiskönigin* gewidmet, und ihretwegen schlugen sich im Kasino die jungen Grafen mit Sektflaschen die Köpfe ein. (Forsche nicht, aufmerksamer Leser, heutzutage nach dieser romantischen »gefallenen Dame« von Pest – der Ausdruck »eine Frau, die auf die schiefe Bahn geraten ist« hatte damals noch den gleichen Zauber wie das Heliotrop-Parfüm –, sie ist gegenwärtig an den Armstuhl gefesselt, ordnet ihr Tagebuch und verscheucht die Langeweile mit dem Patiencespiel, das »der große Napoleon« heißt.) Was die Herren betrifft, betätigten sich zu jener Zeit mehrere namhafte französische Quadrilleveranstalter in der ungarischen Hauptstadt, dirigierten nachts unter den Lüstern der Redoute den Tanz der Pester Damen, während dieselben Franzosen nachmittags auf dem Eislaufplatz im Stadtwäldchen in kurzem Onegin-Pelz, engen Rentierlederhosen oder in Pluderhosen und Lackstiefeln verschiedene Schlittschuhtänze aufführten. (An Gedeon werden sich noch mehrere ältere Damen erinnern, nicht wahr? Später kamen dann neue Sterne, aber auch die wurden von der »Eislauf-Familie« schnell vergessen.)

Schon ist der Sacher-Junge – den man, nach dem Namen seiner Mutter, Bárczy nennt – Bürgermeisterkandidat, aber Pest riecht immer noch altertümlich, anmutig und romantisch. Genügend Leute sind noch unter den Einwohnern am Leben, die die Andrássy-Straße bei ihrem alten Namen Sugár-Straße nennen, wo zwischen Misthaufen und verlassenen Gründen Kara Baschi, Zauberer aus dem Orient, das alte Pest unterhalten hat; seit 1877 friert die Donau nicht zu, und die Budaer bleiben im Winter zu

Hause, noch ist das »Bellevue« in Mode, und Somossy heißt ein Orpheum, zu dem Mädchen aus dem Nachtlokal des Onkel Danzer »hinunterkommen«. Doch hält die neue Welt bereits ihren Einzug, vergessen sind die alten Zeiten, und das Erscheinen auf dem Korso in der Váci-Straße ist eine lebenswichtige Aufgabe; hier wird der Klatsch des Tages gelüftet, und die Frauen führen ihre neuen Hüte vor, die Mädchen ihre Verlobten, die leichtblütigeren Damen ihre neuen Kavaliere. Die Herren tragen kaum mehr die Mode des István Károly, breite Stulpen und Halbschuhe, die Gamaschen hingegen verbreiten sich ziemlich schnell, vornehmlich in hellen Farben; Graf Pál Szapáry geht auch im dichtesten Schneetreiben in Cutaway und Seidenstrümpfen spazieren; aber auch die Gestalt des weißhaarigen Salamon Alapi, der niemals einen Wintermantel trägt, erscheint noch täglich auf dem Múzeum-Ring. Die schönen Frauen (die bereits seit langer Zeit so genannt werden) strahlen noch vor Freude, wenn man sie mit der Gattin des Generals Fornyik oder mit der Königin Elisabeth vergleicht (besonders seitdem Lajos Márk sein Bild *Ein Blatt ließ die Zitterespe fallen* fertiggestellt hat), während die Jüngeren bereits für Sári Fedák schwärmen. Noch ertönen in den Frauenträumen die Namen von Monaszterly und Kuzmik, während sich die Herren Császár und Szirmay allmählich zurückziehen. Stammbücher sind nicht mehr Mode, die Papierwarenhändler bieten ihren Käufern Londoner Erzeugnisse an, in der Gegend des Kasinos wird bunter schottischer Stoff getragen, und selbst die zimperlichsten Damen wünschen sich Parfüms, die nach Stall duften. Die rote Nelke des Andor Péchy ist im Welken begriffen, englische Tänzerinnen produzieren sich im Orpheum auf den Brettern der Cecília Carola, viele schwärmen für Miß Mary Halton, und verbittert, wie es einem Manne ziemt, der Konkurs gemacht hat, zerbricht sich Adolf Friedmann den Kopf über die Möglichkeiten, ein neues Leben zu beginnen. Die wohlgenährten und an ihren Pepitabeinkleidern erkenntlichen Fiakerkutscher von Blaskovics und Lazarovics sterben nach und nach aus, eines Tages beißt auch Károly Munczy ins Gras, nachdem er im Wintergarten jahrelang modische kleine französische Lieder gespielt hat.

Eine fremdartige neue Welt entsteht in Pest, jedermann riecht nach Industrie und Handel, eine Schar phantastischer Makler ist aus dem Asphalt gewachsen, man schlägt sich auf die Brust und nennt den Schwindel: Arbeit; eine Menge neuer Straßenlampen werden angezündet, und selbst der ärmste Mann besitzt ein Telefon. Die Goldminen des Langermann werden bereits vergessen, Kunváris Thalheimer Grubenaktien haben ihre abenteuerliche Reise noch nicht begonnen. Unter Haas und Deutsch bebt die Erde, Zeitungsunternehmen, Häuser, Industriefirmen wanken, bis ein verbitterter Förster aus Máramaros, namens Császár, den Chef einer millionenschweren Firma, die beinahe staatliche Privilegien genießt, mit einem Pistolenschuß ins Jenseits befördert, woraufhin der Krach endgültig und mit Windeseile ausbricht und von den Millionären der alten Welt Hotzspach und Weißenbacher mit sich reißt. Götzenbilder stürzen auf diese Weise und machen neuen Pester Gottheiten Platz. Auch der junge Baron Schoßberger zeigt sich zu dieser Zeit auf der Börse, um dann sein ganzes Vermögen dem Makler Blum auszubezahlen. In der Mária-Valéria-Straße steht Mór Kobrák noch auf dem Höhepunkt seiner Herrlichkeit. Ákos Hirtenstein zieht hingegen nach Paris, um das Geld reichsdeutscher Bürger an der dortigen Börse in Umlauf zu bringen. Zwischen Zeitungen und auch zwischen anderen geschäftlichen Unternehmen beginnt ein Wettbewerb in beinahe amerikanischem Stil. Vierteljährlich wechseln die Kaffeehäuser ihre Besitzer. Ein Mensch wird sehr ernstlich reich, indem er binnen eines Jahres vier Kaffeehäuser kauft und wieder verkauft. Noch versuchen die Genossenschaften, ihren Klienten die letzte Haut über die Ohren zu ziehen, doch ist das Todesurteil bereits unterwegs. Der Name Simon Krausz wird auf der Börse wieder häufiger erwähnt, und schwärmerisch reden die Börsianer, diese nicht im geringsten konservativen Leute, über seine Erfolge. Goldschmidt läßt sich den Schnurrbart wegrasieren, um ein Yankee zu sein, und französische Nonnen eilen fluchtartig nach Ungarn, um die Ungläubigkeit zu bezwingen. Die politischen Leidenschaften bringen die Leute bis zur Weißglut, vom Ministerpräsidenten angefangen, zerbricht sich jeder nur darüber den Kopf, wie er reich werden könnte. »Geschäft!«, wie ein Trompetenstoß klingt dieses Wort. Man muß viel Geld verdienen! In den Kaffeehäusern wird deshalb nach Gold gegraben. Die Nervenheilanstalt wird vergrößert, Viktor Kecskeméti stiehlt die halbe Million, und Surányi übernimmt eine Zeitung und führt sie zu Größe. Schon lange ist Ungerleider dabei, im Kaffeehaus in der Krály-Straße seine Gäste mit den Schattenbildern der Laterna magica zu amüsieren. Thekla aus dem Orpheum heiratet, und in der Magyar-Straße beginnt man mit dem Bau jenes denkwürdigen Hauses öffentlicher Freuden. Karolin Turf verschwindet aus Pest, da sie in der Stadt kaum mehr Bekannte hat. Oszkár Fodor macht mit seinem Orpheumunternehmen Bankrott. Auch Vidor ist schon mit dem Laden des Trommelrevolvers beschäftigt, mit dessen Hilfe er die Bilanz seines mißglückten Theaterunternehmens ausgleichen wird.

Eine öde, klagende, verzweifelte, unzufriedene, am Rande des Bankrotts stehende Stadt ist das. Jeder möchte ein Géza Somoskői sein, während der Meister selbst im Ausland umherirrt. Die Leute ertrinken beinahe in Schulden, und niemand hat Kredit. Bargeld ist unendlich wertvoll. Die geschäftlichen Spekulationen haben kaum ein anderes Ziel, als Bargeld zu gewinnen, dessen Kurs wundervoll steigt.

»Was wird aus uns? Alle gehen wir zugrunde!« seufzen die Leute.

»Die heutigen schlechten Zustände im Geschäftsleben müssen die stärksten Firmen ins Wanken bringen!« stellen die Nationalökonomen fest.

Obwohl man von keinem ausgesprochenen Börsenkrach reden kann, hat jeder das Gefühl, daß es nicht so weitergehen könne, denn das Leben sei hoffnungslos und unerträglich geworden. Über die Selbstmörder wundert man sich kaum. Sogar die Wucherer beginnen in Pest auszusterben. Mit Bedauern reden Hartmann und Lefkovics über die mittellosen Kavaliere.

Hinter offenen Fenstern sozusagen geht das Pester Leben vor sich. Von jedem Einwohner ist bekannt, wieviel Kronen er besitzt, wie hohe Monatsgelder die Mätressen, was für Geschenke die Künstlerinnen, wie große Darlehen die Freunde, welche Art von Beute die Spieler und wieviel Haushaltsgeld die Gattinnen bekommen. Nur noch mit der Provinz sind die Pester Informationsbüros beschäftigt; die allwissenden Pester glauben allen Ernstes, daß sie die gescheitesten Leute der ganzen Welt sind, die selbst davon Kenntnis haben, was der Herr X oder die Dame X während einer Liebeserklärung gesagt haben. Nachts im Kaffeehaus wird das Gesellschaftsspiel »Bar Kochba« betrieben; es besteht darin, daß die Unternehmungslustigen ein Wort herausfinden müssen, das sich die anderen gedacht haben. Wie aus den Ergebnissen ersichtlich, sind Szomaházy und Doktor Jellinek die Champions, die aus ihrem Stammcafé zu Gastspielen geschleppt werden. (Sz. hat angeblich mit Hilfe verschiedener Kreuzfragen auch dieses Wort erraten können: Gerstenschleimsuppe.)

In der Hauptstadt bleibt kein Mensch bei seinem eigentlichen Beruf. Frühere Beschäftigungen werden aufgegeben, vagen Versuchen zuliebe, auf neuen Wegen vorwärtszukommen. Die Passanten möchten Provision dafür, daß sie die Ringstraße bevölkern. In den Vergnügungslokalen, die der berühmte Lantos gegründet hat, berechnen die weiblichen Angestellten für jedes Wort, das sie mit dem zufällig hereingestolperten Gast wechseln, einen Extrapreis. (»Wie geht es, Fräulein?« – kostet ein Abendessen. »Aus welcher Gegend sind Sie, Fräulein?« – »Aus derselben wie Sie, Herr Schlawiner« – ist zehn Forint wert.) Die weiblichen Handelsverteter in Liebessachen vergeuden ihre Zeit ebensowenig wie die gewöhnlichen Handelsvertreter. Es gibt in der Stadt niemanden mehr, der ziellos, aus Verehrung oder aus Gründen der Verwandtschaft grüßen würde. Selbst die Gastwirte und die Oberkellner überfliegen die Zeche zuerst und »verkaufen« ihren Gruß erst nachher. Ein gewisser Verbrecherjargon kommt in Mode, eingeführt von einem jungen Mann namens Louis Horváth, nachdem er von seinen Streifzügen durch das Ausland heimgekehrt ist. »Zaster« heißt das Geld, in der Stadt will jeder »ein Windhund« sein, und die vornehme Dame erwartet es von ihrem Kavalier geradezu, daß er sie in die Geheimnisse der Ganovensprache einführe, da sich in der Leopoldstadt die Damen anders gar nicht mehr verständigen könnten. Sándor Nádas beginnt mit der Herausgabe des »Pester Kuriers« und stiftet mit seinen Entlarvungen ziemlich viel Verwirrung; schlaflos warten mitunter die »windigen Männer« und »windigen Frauen« auf das Erscheinen der Pester »Fackel«. György Dungyerszky trinkt im Café Báthory einen gewissen grünlichen Wein und verliert dabei eine größere Summe, während Szemere im Wiener Jockey-Club mit einem polnischen Grafen ein siegreiches Match zu Ende ficht, in dem es um Millionen geht. Der Sacher-Junge setzt seine früheren Tätigkeiten fort: er gründet neue Schulen in Pest; verwegen wie ein Hasardeur, der die Spielbank zu sprengen bereit ist, führt er die Hauptstadt auf ein herrschaftliches Leben zu und macht dabei so viele Schulden wie Leute, die nur darauf warten, daß sie endlich die Kongo-Aktien des belgischen Königs erben, doch werden die Schritte des leichtsinnigen Bürgermeisters von Glück begleitet, und emsig bemühen sich die schönsten Frauenhände der Stadt, um seine Stirn glatt zu erhalten. Er spielt Klavier, singt, tanzt, hält Trinksprüche, begleitet Schauspielerinnen nach Hause, schickt Blumensträuße, vergißt [auf] Geburtstage nicht, hat eine Vorliebe für Trauungen, legt gute Bücher in schöne Einbände, spielt Fußball und schwingt Reden bei den Banketts der vorstädtischen Lehrer – und währenddessen wird in seinen Händen alles, was mit dem Aufschwung der Stadt zusammenhängt, zum Wert. Nur an eine einzige Ehre hat er während seiner Laufbahn nicht gedacht: Er war nicht Mitglied der freiwilligen Feuerwehr.

Es ist möglich, daß das verzweifelte, an das Wettrennen amerikanischer Eisenbahnlinien erinnernde Tempo des Pester Lebens vom neuen Bürgermeister und vom Zeitgeist diktiert wird. Die Leute schlafen täglich drei, vier Stunden. Das nächtliche Leben, ob rosarot, ob mit Tätigkeit gefüllt, dauert bis zum Morgen. Die berufsmäßigen Nachtvögel können sich gar nicht damit abfinden, daß in der Früh das Kaffeehaus aufgeräumt wird, während die fleißigsten Frühaufsteher in der »Siebenbürger Weinstube« frühstücken, wo sie ihre Klienten vorfinden, bevor diese noch zu Bett gegangen wären. Die naiven Fremden und die neidischen Österreicher behaupten, daß Budapest, was das Drahn betrifft, die erste Stadt auf dem Kontinent sei und daß es auf dem Gebiet der Verkommenheit Paris und Bukarest hinter sich lasse; und dabei wollte hier jedermann bloß verdienen, wenn er drahrte, mit Damen der Nacht herumsaß, bis zum Morgen immer nur die Geschäfte überdachte, den Marmortisch mit Ziffern vollschrieb, zum Frühstück Bohnensuppe aß und das Dampfbad besuchte. So war eben das Leben in der Stadt, und die klugen Leute paßten sich den Gewohnheiten an. Manche Geschäftsleute waren nur um Mitternacht in ihren Läden zu finden. Der denkwürdige Möbelfabrikant, der Freund der Magnaten-Elza, hat im Wintergarten einen »reservierten Tisch«, berühmte Rechtsanwälte sitzen bis nachts um eins im Café, die Redakteure und die Herren aus der Leopoldstadt gehen erst in der Morgendämmerung die Dalszinház-Straße entlang. Ein guter Vertreter oder ein ordentlicher Geschäftsmann notiert sich anstelle der Telefonnummer den Namen des Lokals, in dem sich eine Kundschaft zu nächtlicher Stunde aufzuhalten pflegt. Noch nach ein Uhr erscheinen im Orpheum die nüchternsten und ehrwürdigsten Leute, um ihre Besprechungen fortzusetzen und hastig einen heißen Tee zu trinken, während Elek Vörös gefühlvolle Opernarien spielt für einen Kavalier aus der Provinz, der, nach den

Bräuchen seiner Heimat, seit abends um acht betrunken ist. Bekannte Gesellschaften wandern von einem Café ins andere, wobei sie außer Eiern und schwarzem Kaffee nichts konsumieren. Sie rauchen Prinzessas-Zigaretten, geben dem Kellner zwei Kreuzer Trinkgeld und gehen nüchterner nach Hause, als sie gekommen sind. Im Kaffeehaus der sogenannten leichtfertigen Frauen auf der Andrássy-Straße reden junge Männer, die stechende Blicke haben, über Literatur, Musik, Malerei, Bankgründung, Geschäftsunternehmen, und lange Zeit muß vergehen, bis dann endlich ein Feldwebel der Honvéd-Kapelle hereinstolpert, nachdem er im »Gambrinus« von Frauen unter Alkoholdruck gesetzt wurde.

Die »Zugschuhträger« bestellten beim Kellner nie etwas anderes als frisches Wasser. Nüchtern und geschäftig ist das Leben in der Stadt, vielleicht, weil nur wenig Leute genügend Kleingeld besitzen. Das nach Pariser Muster eingerichtete Kabarett geht beinahe zugrunde, da man für ein Getränk fünfzig Kreuzer verlangt.

Pest erinnert an eine vornehme Mätresse, die von ihrem Gönner verlassen wurde und nun langsam verkommt. Immer spärlicher rieselt der Kredit. Wer weiß, wohin das fiebrige, besinnungslose Leben noch führen wird! (Von der männlichen Bewohnerschaft lassen sich zuerst meistens jene den Schnurrbart abrasieren, die eine längere Kerkerstrafe erlitten haben oder vom Turf und von der Börse ausgeschlossen wurden und nun ohne Schnurrbart, gleichsam unbekannt, an den unvergeßlichen Plätzen des Geldverdienens zu erscheinen wünschen. Aber die Zeit naht bereits, in der die Stadt von Männern bevölkert wird, die Visagen haben wie früher nur die Schauspieler, als wäre das Verschwinden des Schnurrbarts die Grenzlinie, an der Pest begonnen hat, zum heutigen Pest zu werden.)

Vom Eislaufplatz im Stadtwäldchen ging Herr Rezeda mit Fräulein Krónprinc auf dem Heimweg nach Buda meistens die Andrássy-Straße entlang. Im Stadtwäldchen hielten sie einander an den Händen – Irma hatte sehr feine Hirschlederhandschuhe, entblößte manchmal die rechte Hand, und neben einem blutroten Rubin und einem wild funkelnden Brillanten suchte sich der Mund des Herrn Rezeda einen Platz, als hätte es auf der Welt nur diese eine weibliche Hand gegeben –, während sie an anderen Tagen in eine Seitengasse einbogen und unter einem verlassenen Toreingang kurz verschwanden, da Herr Rezeda hartnäckig behauptete, daß sich die Masche an Irmas Schuhband gelöst hätte und daß er ihr daher unbedingt helfen müsse.

Herr Rezeda kannte beinahe jeden in der Stadt, doch grüßte er, aus Prinzip, niemanden.

»In Pest wohnen so viele Schurken«, murmelte er zu seiner Freundin, »daß man ein Gott sein müßte, um die ehrlichen Menschen zu erkennen. Der selige Räuberschreck, Ráday, könnte auf der Andrássy-Straße einen guten Fang machen. Manchmal scheint es, als gäbe es in der Stadt keinen einzigen ehrlichen Menschen. Budapest ist die Stadt der Hochstapler, der Schwindler, der Wichtigtuer, der Schacherer und der falschen Zeugen. Wenn ich mich in der Tramway umblicke, muß ich mich schämen. Gehen wir deshalb lieber zu Fuß. Ein Glück, daß die Leute nicht verschwiegen sind. Sie streiten laut auf der Straße, wie die Zigeuner; es genügt ein schiefer Blick, und schon erfinden sie über die anderen die schönsten Verleumdungen. Wenn alles wahr wäre, was hier die Einwohner voneinander erzählen, müßte man die ganze Stadt ins Zuchthaus sperren.«

»Auch in Buda sind die Leute nicht besser«, meinte Irma.

»Aber schamhafter ... Wissen Sie, wie die Pester sind? Wie der Zigeunerdieb, der vom Gericht mangels Beweisen freigesprochen wird und sich jetzt mit seinen guten Beziehungen zur Obrigkeit brüstet. Hier trägt jeder den Kopf hoch, denn er glaubt, sein Nachbar wäre ein noch größerer Schuft als er selbst. Die armen, närrischen, leichtgläubigen Frauen werden von den hiesigen Männern ohne Bedenken verraten. Die Kerle nennen sogar das Haus, in dem sie ihre Dame getroffen haben. Natürlich verdient diese Art von Frauen, diese kranken Hündinnen, auch nicht allzuviel Rücksicht. Sie lieben es, sich in Verruf zu bringen. Sie setzen sich in den Salon und beklagen sich schamlos über die Untreue ihrer Kavaliere. Sie verderben, ermutigen, drängen einander gegenseitig. Das schlechte Beispiel ist so ansteckend! Eine anständige Frau ist in der Stadt beinahe ein weißer Rabe.«

»Den man nie findet!«

»So ist es. Aber alle, die sich bei den Premieren, in den Restaurants, in den Konditoreien herumwälzen, sind derart verworfen, daß es in der ganzen Stadt keinen Mann gibt, der sie vor dem Scheiterhaufen retten könnte, würde diese rechtschaffene Einrichtung noch bestehen. Obwohl: die mit Reiherfedern geschmückten

Stolzen, die Weiber mit nichtssagenden Gesichtern und Schleppkleidern, die hochmütigen Luxusdamen, die Zimperlichen mit ihren ewigen Ziereréien, die Heuchlerischen, die Larmoyanten, die Langweiligen und die alles Verachtenden – sie alle sehen ohne Kleider so aus, daß den Männern vor dem weiblichen Geschlecht die Lust vergehen könnte. Daß es die Männer in Pest immer noch nicht satt bekommen haben, ihre Freundinnen, ihre Herzensdamen, ihre geheimen Bekanntschaften zu wechseln! Beinahe jede Modedame ist ja durch die Hände sämtlicher Männer gegangen, die sich ein wenig Mühe machten, denn man muß nur nachmittags vom Kanapee aufstehen, sich zehn Worte einpauken und gewalttätig oder demütig sein.«

»Glauben Sie ...«

»Früher habe ich oft genug versucht, um die bekannten mondänen Damen von Pest herumzuschleichen, bis ich sie dann so gut kannte wie die eigene Tasche. Ich glaubte schon beinahe zu wissen, wann sie die Wahrheit sagten und wann sie irgendein Leid hatten wegen Schuhen, Neid, Eitelkeit oder irgendwelcher Angelegenheiten des Herzens; wann sie zu Hause allein weinen würden mit zornigen, theatralischen oder ehrlichen Tränen und wann sie auflachen würden in der Dunkelheit, sobald man sie allein ließ; wann sie sich während langer Spaziergänge in Buda die Fersen wund reiben, die sie vor dem Schlafengehen daheim lange betrachten würden, und welche Freundin es ist, an der sie sich rächen wollen, wenn sie ohne Grund einen Mann anlachen und ihm auf der anderen Seite der Margaretenbrücke ein Rendezvous geben sollte; wann bereitet ihnen die Liebe wirklich Vergnügen, und wann nützen sie das Vertrauen und die Schwäche der Männer für ihre kleinlichen Ziele ... Aber das sind nur Allgemeinheiten.«

»Und lieben diese Frauen niemals?«

»Das könnte ich nicht sagen. Sie lieben und leiden, aber bei weitem nicht so sehr, wie sie es sich einreden wollen. Die Liebe ist in ihren Herzen ungefähr dieselbe Art von Sehnsucht wie der Wunsch nach einem neuen Hut; meine Freundin hat bereits einen neuen Frühjahrshut, und wir schreiben kaum erst April ... Und wieviel wird deshalb um die neuen Hüte gekämpft! Die Memoiren einer Pester Hutmacherin wären eine sehr interessante Lektüre. Beinahe so wichtig wie der Hut ist in unserer Zeit die mit Spitzen versehene Wäsche, obwohl die Pester Damen von Welt in ihrer Mädchenzeit zu Hause noch lange Barchentunterröcke getragen haben. Rot ist dieser Unterrock gewesen, und unten war er mit Dreiecken gesäumt, die blaue Ränder hatten; mit einer Schnur mußte man ihn an der jungfräulichen Taille befestigen, und die Strumpfbänder aus Gummi wurden fadenscheinig, als die Schenkel ein wenig fetter zu werden begannen. Oft wird das Mieder gestopft, bevor man ein neues kauft, in der Király-Straße bekommt man das beste Fischbein, und das Leinenhemd ist entweder ganz kurz oder sehr lang, je nachdem, in welchem Bezirk die Jungfer auf die Welt gekommen ist. Die Frauen der Josefstadt erleben ihre Jugend in zwei Unterröcken, einem schwarzen und einem roten, während in der Innenstadt der Barchentunterrock bereits zu Pfingsten abgelegt wird, denn der Körper braucht im Sommer frische Luft. So standen die Dinge in der Zeit, in der Rezeda noch jung war.«

»Und heutzutage?« fragte Irma lachend.

»Inzwischen wurde in Pest sehr viel gebaut, die Steinmetzmeister waren gute Freunde des Bürgermeisters, ständig war die Straße voll Staub und Schmutz, man mischte allerorts Mörtel, brach Steine, und wenn die Frauen spazierengingen, wurden ihre Kleider voll Staub. Es stellte sich heraus, daß man ein Trikot in verstaubtem Zustand nicht wochenlang tragen kann. Der Barchent wiederum trocknete nach dem Waschen nur schwer. So sind die leichteren Stoffe in Mode gekommen, die Knöpfe, die neuartigen Mieder, die geschlossenen Unterkleider, die dünnen Hemden, die vielerlei Unterröcke, die Seidenstrümpfe; dabei achten die Lehrerinnen in den Schulen immer noch bloß auf die Reinheit der Hände. Bis es so weit kam, daß die Fräulein mit den Barchentunterröcken heirateten, trugen die Damen der Halbwelt auch wochentags bereits mit Spitzen verzierte Höschen, wie man sie früher nur auf der Bühne gesehen hatte, und heutzutage hat es jene Frau am besten, deren Unterrock am lautesten raschelt. Anstelle des Schuhknarrens reden heute die Röcke und erregen manchmal Aufsehen. Bei Regen wagt nur jene den Rock zu heben, die etwas zu zeigen hat. Ich kann mich an eine kleine Frau erinnern, die an regnerischen Tagen immer auf der Andrássy-Straße spazierenging, denn sie besaß ein einziges Höschen mit Spitzensaum. Die eine junge Frau erfuhr die Änderungen von der anderen. Und oft geschah der erste Fehltritt nur deshalb, weil man jemandem die neue Wäsche zeigen mußte.«

»Und die Liebe?« wiederholte abermals Irma Krónprinc, denn sie war hartnäckig wie die meisten Mädchen aus der Wasserstadt.

»Sie schläft, wie tagsüber die Wildkatze, möglicherweise wacht sie nachts auf.«

»Und die Selbstmorde aus Liebeskummer?«

Herr Rezeda blieb stehen, um auf die Frage gründlich antworten zu können, als die rote Postkutsche unter großem Peitschenknallen und Getöse vorbeiraste. Steif, wie ein toter spanischer König, saß Alvinczi in der Kutsche, doch bemerkte er auch mit geschlossenen Augen Herrn Rezeda am Rand des Gehsteiges in Gesellschaft einer Dame. (Immer schon interessierte sich Alvinczi für die Frauen, die der abenteuerliche Rezeda aus dem Boden von Budapest ausgrub: mitunter lockte er aus den entferntesten Vorstädten neue Mädchen in die Stadt, die er dann allein ließ, damit sie sich verirrten. Ein anderes Mal ging er bis zum vierten Stock einem jungen Mädchen nach, das eine Hutschachtel trug. Dann wiederum schlich er um die Musikschule herum, und einmal wartete er in der Gegend von Kelenföld, im Sturm, auf der Landstraße, auf eine kleine Kindergärtnerin. Der matte Alvinczi wußte genau, daß sich Herr Rezeda niemals mit wertlosen Frauenspersonen beschäftigte und um die alltäglichen Weiber einen so großen Bogen schlug wie der Fuchs um das Falleisen. Herr Rezeda hatte freilich ebensoviel Vernunft wie das Chamäleon, er konnte seine Farbe ändern und rückte vor der Öffentlichkeit nur mit Frauen aus, die ihn bereits langweilten, wie der Kavalier im Durchhaus seine alten, zerfetzten Schuhe fallen läßt, nachdem er im Laden neue gekauft hat. Die wirklichen Frauen hielt er unter Verschluß, und insgeheim brachte er ihnen Futter, in seiner Tasche.)

Alvinczi blies in eine Trillerpfeife, woraufhin die vier Eisenschimmel mit klirrendem Geschirr, die Beine in die Luft gehoben, stehenblieben. Der Pferdetreiber, der das Gewand eines Fiakerkutschers vom Gizella-Platz gegen die Tracht eines Pandurs vertauscht hatte, riß sich den mit blauem Band geschmückten runden Hut vom Kopf, während er die rechte Hand vom Bock tief nach unten ausstreckte, um die Tür der roten Postkutsche zu öffnen.

Währenddessen erschrak Herr Rezeda auf dem Gehsteig so sehr, daß er Fräulein Krónprinc hinter sich stellte und seinen Mantel, der weit war, wie man ihn auf dem Dorf trägt, öffnete.

Alvinczi näherte sich mit faulen Schritten, wie ein Leopard.

»Steig in den Omnibus nach Buda«, sagte Herr Rezeda, als könnte er in der letzten Minute noch verschiedene Vorkehrungen treffen, aber Irma blieb auf ihrem Platz stehen, ja sie beobachtete mit unleugbarem Interesse den gelangweilten Herrn, der bis dahin vom Boden noch nicht aufgeblickt hatte. Beinahe mit geschlossenen Augen fragte Alvinczi: »Was gibt es Neues, mein lieber Herr und Freund? Wie dient die Gesundheit? Was treiben unsere Pester Freunde?« So sprach er und ließ die Worte träge vor seinem Mund schweben, während er sich, die Zobelpelzmütze lüftend, vor der Dame tief verbeugte.

Er öffnete die Augen, die so schwarz waren wie in der Tiefebene die Nacht.

9

Eine trübsinnige Soiree

Im Singtheater wurde *Don Giovanni* gegeben, mit Fräulein Komáromy, und Alvinczi ließ sich mit seiner Begleitung in zwei Parterrelogen nieder. (Im allgemeinen besuchte er das Theater nur, wenn in der Nachbarloge jemand saß, ein Herr oder eine Dame, mit denen er etwas zu besprechen hatte; während er allein auf seinem Sessel hockte und scheinbar schlief, gab es in der Nachbarschaft ein lustiges Treiben: seine Freunde und Verehrer umtanzten beinahe die Dame, die für den Abend eingeladen worden war. Alvinczi war ein Herr; von seinen Bediensteten ließ er seine Geliebte hofieren. Die Hofmacher bezahlte er, faßte die Dame schließlich am Arm und nahm ihr den Eid ab, daß sie nicht im Traum daran gedacht hätte, ihn zu betrügen. Verdammnis und einen Dolchstoß stellte er in Aussicht, und er zahlte mit klingendem Gold.)

In der Parterreloge nahm Herr Rezeda Platz mit der Familie Krónprinc, da sie nach der Vorstellung alle Alvinczis Gäste waren in einem reservierten Saal des Kasinos, in dem der Tatarenkhan, wie er sagte, einer gesellschaftlichen Aktion größeren Ausmaßes auf die Beine helfen wollte.

Herr Rezeda war seit Jahren nicht mehr in der Oper gewesen, seit der Zeit, in der er nach Buda gezogen war, denn nach der Vorstellung mußte er eine der Brücken passieren, und er war überzeugt davon, daß ihn der Wind, der ständig über der Donau wehte, eines Tages am Hut packen, emporheben und davontragen würde. Er hatte das Gefühl, sein Frack sei ein wenig altmodisch, wie die

Kleidungsstücke jener weitläufig verwandten Vettern, die bei dem Hochzeitsmahl im Nebenzimmer schmausen und mit gierigen Augen darauf warten, daß sie die Braut herzhaft abküssen können, bevor sie ihre Hochzeitsreise beginnt; sie selbst wissen auch nicht genau, wieweit sie mit der Familie des Hauses verwandt sind, doch nehmen sie gern teil an der Hochzeit, wo die Brautjungfern nach Perkal und Rosenwasser riechen, die Beine und Füße in neuen Strümpfen und Schuhen stecken; bereits seit Tagen zwirbelt der Brautführer ständig seinen Schnurrbart, und die Brautmutter küßt selbst den Baum am Wegrand gern: an solchen Orten wird kein Mann verprügelt, sollte er im allgemeinen Wirrwarr noch so freimütig mit den Frauen schäkern.

Herr Rezeda wußte mit Sicherheit, daß Alvinczi die »Feministen-Soiree« nur veranstaltete, um ihm Fräulein Krónprinc zu entreißen, doch war er im Leben bereits größeren Gefahren begegnet. Warum auch sollten sich die Frauen nicht einmal vergnügen, wenn sie sich seit Tagen, ja seit Wochen gut benahmen, ständig in Buda saßen und sämtliche Handarbeiten beendet haben? Es schadet nie, die weibliche Treue auf die Probe zu stellen – dachte er, obwohl er vor nicht sehr langer Zeit bei ähnlichen Versuchen noch zusammengezuckt wäre. Vertrauen wir den Frauen ohne Probe, denn nur Gold hält dem Königswasser stand. Nie sollen wir versuchen zu erfahren, was sie denken und was sie tun, wenn sie allein sind; nehmen wir an, sie denken nur an das neue Kleid und kratzen die Stelle, schaufeln der verflossenen Liebe ein Grab, oder sie sinnen über Männer, die weit weg sind.

Die Krónprinc-Damen erschienen in nagelneuen Kleidern; bereits während des Mittagessens hatten sie mit dem Anziehen begonnen und Herrn Rezeda am Tisch allein gelassen, mit dem guten Rat, er sollte die Mehlspeise unbedingt kosten. (Mütterchen Vilma machte sich im nachhinein noch Vorwürfe, weil sie nicht für schwarzen Kaffee gesorgt hatte, obwohl das schwäbische Dienstmädchen, das immerfort die Briefe in Herrn Rezedas Wohnung trug, den ehrenwerten Mann gern auf den Händen getragen hätte.)

Die Pester Friseure und Fiaker waren gleichzeitig angekommen. Die gelb-blauen Pferdedecken hatte man nachmittags in der Wasserstadt mehrmals gesichtet, doch empörte sich niemand darüber, daß die Krónprinc-Damen ihr Geld wiederum nach Pest trugen; die Sache geschah mit Einverständnis des weisen Herrn Rezeda, und also war sie in Ordnung. (Aus dem Ansehen, das Gráciász in Buda genoß, war viel auf Herrn Rezeda übergegangen. Man hätte ihm bei der lokalen Sparkasse, nur auf Grund dieser Freundschaft, gern ein Konto eröffnet.)

Der hellblaue, mit schwarzen Quasten umsäumte spanische Rock des Fräulein Komáromy verschwand endgültig hinter dem flatternden Vorhang, woraufhin Aldzsi – Algernon Vendéghegyi mit vollem Namen – in der Parterreloge mit Stentorstimme folgendes sagte: »Richtung auf das weiße Zimmer des Kasinos.«

Die Zahnstocher lugten aus der Tasche seiner weißen Weste hervor, und in der Tasche lag auch ein Jagdmesser, das mit einem Löffel kombiniert war. Magenstärkende Mittel gab es im Frack und Hoffnungen, Erwartungen, Pläne, wie im Busen eines dörflichen Herrn, der mit dem Schlitten zum Sautanz fährt.

»Meine Damen«, sagte Herr Rezeda.

Fräulein Krónprinc fiel etwas ein.

»Mama«, begann sie mit ernster Stimme. »Ich bitte dich, iß nicht viel. Eine dicke alte Frau ist ein ungustiöser Anblick. In Pest denkt man gleich an etwas Schlimmes, wenn man eine junge Frau in Gesellschaft einer dicken Alten sieht.«

Mütterchen Vilma nickte mit finsterem Gesicht und hielt sich, um sich zu schützen, am Arm des Herrn Rezeda fest, der ihr insgeheim die Hand drückte.

»Unsere Tochter hat heute ihre Grillen«, flüsterte Kázmér entschuldigend.

»Aber sie ist sehr schön«, wisperte Mütterchen Vilma.

Irma Krónprinc glänzte wahrhaftig an diesem Abend, sie war schön geworden, wie Schauspielerinnen vor dem großen Auftritt. Das krause Haar über ihrer Stirn schien zu leben, und feucht, träumerisch und nachdenklich war ihr Blick, wie der Blick einer Braut. Die Schleppe ihres weißen Kleides hob sie derart gewandt und anmutig wie eine Gräfin. Ihre Schultern waren zart wie der erste Schnee auf einem Johannisbeerstrauch. Das dichte Haar an ihrem nackten Hals duckte sich zum Teil, und zum Teil kräuselte es sich, wie an einem frühen Morgen: sachte war sie aus einem lieben Traum erwacht, und mit der Handfläche hatte sie über ihr Haar gestrichen, das im Traum blond gewesen war. Ihre weißbeschuhten Füße lugten unter dem Rock hervor wie die Vorderbeine eines Foxterriers. Aufmerksam sahen diese beiden Füße an diesem Abend um sich, und sie hatten Lampenfieber. Wohin werden sie wohl gehen, in welche Richtung, in die glänzende, inbrünstig herbeigesehnte große Welt vielleicht?

Die Damen aus Pozsony erschienen bei der »Feministen-Soiree« in schwarzen Spitzenkleidern. Pfirsichfarben war das kleine Mädchen Vecsera. Im weißen Saal, bevor man sich an den Tisch setzte, behielt Herr Szilveszter alle drei Damen genauso schützend im Auge wie im Zug, in dem er sie bis hierher begleitet hatte auf Befehl seines Herrn. An der linken Hälfte ihres Busens trugen die Gräfinnen ein gewisses kreuzförmiges Abzeichen, das an den Sternenkreuzorden erinnerte, doch war es bloß das Abzeichen eines hochadeligen Wohltätigkeitsvereins, das nebst dem Kirchenbau ebenfalls eine Idee der Zöldvári-Damen gewesen war.

Die aufmerksamen Leser dieses Romanes kennen wohl alle Mitglieder der Gesellschaft außer dem schweigsamen Herrn, der einen Jägeranzug trug und einen Vollbart und den Alvinczi jedem nur unter dem Namen Henrik vorstellte, wobei er jedesmal flüsternd hinzufügte, daß der englische Herr erst heute abend aus dem Hochgebirge von Máramaros, wo er nach Wölfen jagte, angekommen sei, wobei sein Gepäck unterwegs eine gewisse Verspätung erlitten hätte.

Herr Rezeda betrachtete den stummen Sohn Albions.

»Was für ein komischer Vogel soll das wieder sein?« fragte er seinen Freund, den falsche Szilveszter.

»Eine steinreiche und verschrobene Herrschaft, ein Freund unseres wohlgeborenen Herrn. Er ist sicherlich ein Lord. Als er seine Besuchskarte hereinschickte, hatte er ihr die Visitenkarte des Prinzen von Wales beigelegt.«

Mißgelaunt zuckte Herr Rezeda die Achseln.

»Ich soll die Raizenkirche nie wiedersehen, wenn der da nicht auch so eine Art Schwindler ist, wie der geheimnisvolle Engländer, für den Graf Elemér gebürgt hatte, um dann beinahe sein ganzes Vermögen zu verlieren.«

Alvinczi hielt etwas später Cercle im Saal und berührte nachher Herrn Rezedas Arm.

»Nach dem Mahl möchte ich mit Ihnen, mein Herr und Freund, ein paar vertrauliche Worte wechseln.«

Hinterlistig blickte Rezeda auf die in schwarze Steine gefaßten Brillanten an Alvinczis Hemd.

»Wie Sie befehlen, hoher Herr.«

»Dieser Engländer ...«, begann Alvinczi, doch legte er sich sogleich die Hand auf den Mund, schritt dann sichtlich unruhig und erregt weiter, um Izabella Zöldvári zu Tisch zu führen, während Szilveszter seinen Arm der anderen Zöldvári-Dame bot, mit der gleichen Grandezza wie sein Herr. Dahinter folgten Frau Krónprinc an der Seite von Herrn Rezeda, Irma mit Aldszi Vendéghegyi und Fräulein Vecsera mit dem ernsthaften Engländer.

Der Lakai öffnete die Flügeltür des Nebenzimmers, aus dem sehr saubere und frisch gebügelte Kellner die ersten Gänge des Festessens hereinbrachten.

»Auf das Vaterland!« sagte gewohnheitsmäßig Alvinczi und trank einen Fingerhut voll Wein, der aus Mád stammte, aus den Kellern des Königs.

»Aufs Vaterland«, wiederholte Alvinczi, nachdem er das Glas wieder hingestellt hatte, dann wandte er sich zu Herrn Rezeda und sagte mit Nachdruck: »Mit jedem Tag gibt es weniger Leute in Ungarn, die das *Lied aus Fót* noch singen würden. Die nationalen Ideale verkommen.«

Kázmér nickte bekräftigend, wie stets.

Während des Mahles geschah dann auch nichts Besonderes mehr, bloß die Speisen wurden vertilgt. Eigenhändig schnitt Alvinczi das Wild in Scheiben; mit Pilz gefüllter Fisch wurde serviert, und in Aldzsis Hals blieb eine fingergroße Gräte stecken, die er sich unter lebhafter Anteilnahme der ganzen Gesellschaft mit zwei Fingern aus dem Schlund zog, wonach sich sein sonst so heiteres Gemüt endgültig verfinsterte, so daß er immer nur auf das Tischtuch sah und den Inhalt der vollen Teller seufzend in den Magen hinabbeförderte; steif und feierlich, wie auf einem Familienbildnis, saßen die Zöldvári-Fräulein, und in der zeremoniösesten Art erinnerten sie Alvinczi an ein Mittagessen, das sie vor sehr langer Zeit im Komitat Trencsén gekocht hätten; Szilveszter teilte seiner Nachbarin, Frau Krónprinc, mehrmals mit, daß er kein Freund feierlicher Mahle sei, am liebsten im Miakitsschen »Blauen Bock« speiste, seit dem Selbstmord seiner Tochter selbst dort nur im Schankraum, in Gesellschaft einfacher Leute, Fiakerkutscher, geschäftiger Provinzler, weißhaariger Pester Dienstmänner (die vor dreißig Jahren seinen Frack ins Versatzamt getragen hatten) und anderer ehrlicher Menschen, unter denen auch der Hausmeister des Nationaltheaters oft sein rotes Gesicht zeigte – ja, in Gesellschaft solcher Männer, deren Bekanntschaft der wirkliche Szilveszter erblich hinterlassen hatte, hörte man den Gesprächen gerne zu. Gerade unlängst war Alvinczis Geheimsekretär vom rotbackigen Hausmeister des Nationaltheaters und dessen Freunden nach Rákosszentmihály eingeladen worden, wo diese immer noch wie auf dem Dorf hausenden Pester ein Ziegenrennen veranstalten wollten.

»Wegen meines hohen Alters kann ich leider nicht mehr so weit aus der Stadt hinaus, obwohl man mich sogar zum Obmann hatte machen wollen«, brummte Herr Szilveszter.

Ebenfalls bei Miakits pflegten die Freunde des wirklichen, toten Herrn Szilveszter gegen Mittag zu erscheinen, oder sie kamen von der Kerepesi-Straße nur für einen Sprung, um ein Bier zu trinken oder einen Witz zu erzählen: Graf Béla Kreith, dann László Seffer, Béla Pongrátz, Adorján Szeles und noch weitere treffliche Söhne der Heimat, die seinerzeit auch über die Sprengung des Hentzi-Denkmals im »Blauen Bock« beraten hatten.

Zur Linken der Frau Krónprinc hatte Kázmér Rezeda Platz genommen, der sich nach besten Kräften bemühte, Mütterchen Vilma von allem das Feinste anzubieten und sie beim Essen zu ermutigen. Eine kleine Rede schwang der Budaer Herr im Interesse des Truthahns, ohne den man sich ein Abendessen im Fasching nicht hätte vorstellen können, »obwohl er, kalt und zum Gabelfrühstück serviert, eine Speise für Könige sei«. Ab und zu ließ Irma den Silberblick auf ihrer Mutter ruhen, und ein Ausdruck milder Verachtung lag jedesmal in ihren Augen, wenn sich Rezeda mit dem Beladen des Tellers seiner Nachbarin beschäftigte; schließlich siegte Kázmérs rednerisches Talent, das er sich bei den Jesuiten in Kalocsa angeeignet hatte, als er von seinen Eltern zum Ordensbruder bestimmt worden war, denn sämtliche weibliche Mitglieder der Verwandtschaft hatte er als seine Verlobten betrachtet. Mütterchen Vilma schlug die Augen nieder und versuchte, ihren Appetit so leise und unbemerkt völlig zu stillen, wie es manche Frauen zu tun pflegen, die angeblich bereits in der Küche vom Speisedunst derart satt werden, daß sie bei Tisch unmöglich noch etwas essen können.

Auf Wunsch Izabella Zöldváris, die die Rolle der Hausfrau übernommen hatte, saß Irma Krónprinc an Alvinczis Seite.

An diesem Abend gab es auf Irmas Stirn eine Falte (die sich mitunter auch in späteren Jahren zeigte); durchsichtig und wachsam war ihre Nase, als witterte sie ständig irgend etwas; scheinbar träumerisch war ihr Blick, aber manchmal zuckten im dunklen

Spiegel ihrer Auge Blitze, wie Lichtsignale, mit denen Marsmenschen den Erdbewohnern Zeichen geben wollen. Im schwarzen Glanz des gekrausten Haares sah Herr Rezeda die glitzernden Linien einer geheimnisvollen, kabbalistischen Zauberschrift, wie er es einmal schon gesehen hatte über der edlen Stirn jener Frau, für die er sich viel häufiger hatte umbringen wollen, als er anderen Frauen zuliebe am Leben gehangen hatte. Die sanfte, kindliche, aufmerksame Art, in der Irma den Kopf nach vorne neigte, wenn Alvinczi etwas zu ihr sagte, dann ihr langer und scheinbar so selbstvergessener Seitenblick zu Herrn Rezeda hin, während ihr Nachbar irgend etwas gründlich und bedächtig auseinandersetzte; das Umdrehen des Rubinringes auf dem sehr weißen, zarten Finger (der dazu geschaffen schien, einen Mann durch bloße Berührung bis aufs Äußerste zu beunruhigen), was als Zaubermittel galt, das vor der Wirkung männlicher Schmeicheleien beschützen konnte: alles erinnerte Herrn Rezeda an jene andere Frau, und die Ähnlichkeit erregte ihn so sehr, wie ein Traum, in dem die Wirklichkeit beinahe zu erkennen ist und den man dennoch nicht entziffern kann. Und die Falte auf der Stirn, genau an der gleichen Stelle, an der auch jene andere eine kleine Falte hatte, bedeutete bange Aufmerksamkeit, die eine Frau »zur Heiligen« machte (wie Herr Rezeda jene Verflossene bei sich nannte), zu einer Heiligen, die das wenige Kleingeld sorgfältig einteilt, über die bedrückenden Mühen und Kämpfe des Herrn Rezeda nachdenkt und den richtigen Ausweg immer findet.

»Du unaussprechbar wertvolles, von göttlichen Goldschmieden erträumtes, aus Fleisch und Knochen geschaffenes Juwel!« flüsterte Kázmér seiner Nußpalatschinke zu, woraufhin Mütterchen Vilma durchgeistigt ihre Serviette fragte: »Sie lieben sie wirklich so sehr?«

Kázmér machte einen großen Schluck und dachte jetzt, ohne es zu bemerken, so stark an jene andere, daß er über dem Sektkelch ganz entschieden den Duft eines Morgens spürte, den Geruch eines Polsters, auf dem jene Frau nachts geruht hatte. Wie gut wäre es, ein Gespenst zu sein, durch das Schlüsselloch zu schlüpfen, in das Zimmer, in dem sie, auf dem Rücken liegend, die Knie hochgezogen, schläft, so spät in der Nacht! Dachte Kázmér.

Selbst an Alvinczis Seite erfaßte Irma durch den natürlichen Instinkt der Frauen, daß im Herzen ihres Liebsten etwas nicht in Ordnung war, woraufhin sie mit ihrer Schuhsohle unter dem Tisch

Kázmérs Knie ein wenig streichelte. Von da an sehnte sich Herr Rezeda nicht weiter nach der unsicheren Laufbahn eines Gespenstes.

Worüber sprach Alvinczi mit Irma?

Irgendwie, völlig unverständlicherweise, hatte er ein Thema entdeckt, das sogar in Alvinczis launischer Gedankenwelt eine Sensation war. Um die Frauenfrage, um den Feminismus drehte sich das Gespräch. Alvinczi betonte mehrmals, welch ein treuer Anhänger der Bewegung der Frauen er sei, denn die Frauen seien in der Regel vernünftiger als die Männer. Alle ihre Forderungen müßten erfüllt werden; gleich hätte das Land eine bessere Ordnung, sobald die Frauen regierten.

Plötzlich rief Irma Krónprinc: »Nichts soll man ihnen geben. Nichts, nichts . . .«

»Sie sah in dieser Minute aus wie Kleopatra, die Königin der Ägypter«, bemerkte einmal später Herr Rezeda.

Mister H. und Fräulein Vecsera saßen wortlos nebeneinander. Ruhig ließ der vollbärtige Jäger den Blick seiner grauen Augen auf der Schülerin der Pozsonyer Schwestern ruhen. Und auch das Fräulein benahm sich so still, als gehörte es gar nicht zur Gesellschaft, als würde es an der gemeinsamen Tafel eines ausländischen Hotels sitzen, zwischen unbekannten Leuten.

»Von diesen Pflaumen dort möchte ich«, sagte sie am Ende des Mahles auf englisch.

Lord H. streckte die Hand nach der silbernen Schüssel aus und bot Mária V. die wunderbaren Zwetschgen an.

Zwei nahm das Mädchen auf seinen Teller. Dann legte es die eine mit flüchtigem Lächeln auf den Teller des englischen Herrn. Über das blasse, von vielen Schicksalsprüfungen gezeichnete Gesicht des Lord H. flackerte ein rotes Licht, wie der flammende Rauch des bengalischen Feuers, das bald erlischt und die Landschaft in noch tieferer Dunkelheit als zuvor zurückläßt.

Bevor die Mahlzeit zu Ende ging, hatte sich noch ein Vorfall minderer Wichtigkeit ereignet, Herr Szilveszter verspürte nämlich bereits bei dem mit Pilz gefüllten Fisch einen ungewöhnlichen Durst, blinzelte einige Male dem Husaren zu, der für Wein zu sorgen hatte, und ließ dem Mundschenk schließlich eine mit dem Bilde Kossuths geschmückte Banknote in die Hand gleiten.

Nach dem Braten wiederholte Herr Szilveszter das Blinzeln, rieb geheimnisvoll die Spitzen des Zeigefingers und Daumens aneinander und nickte vielsagend. Als Folge dieser Zeremonie fiel ihm nach den Palatschinken plötzlich ein, den Sternenhimmel zu betrachten, da er unter allen Umständen ein Lied summen müsse, das er von einem Oberrichter aus dem Komitat Zemplén, einem gewissen József Barthos, gelernt hatte; der Frau Krónprinc könne er verraten, daß das Lied sehr kurz sei, einer gläsernen Equipage und eines Stuhlrichters werde darin Erwähnung getan. Danach folgte den Worten die Tat, und der alte Herr Szilveszter erschien erst zum schwarzen Kaffee, den er zufrieden zu sich nahm, wie jemand, der seine Sache anständig erledigt hat.

»Es ist gar nicht gut, alles zu bemerken!« brummte er vor sich hin, so als hätte sich jemand nach seinem Verbleib erkundigt.

Der geschichtlichen Treue zuliebe notieren wir noch, daß Herr Vendéghegyi plötzlich entdeckte, daß er die ganze Zeit kein Wort gesprochen hatte, doch seine Stummheit unerwarteterweise völlig richtig fand und der Käserinde mißtrauisch zunickte, womit wir über Alvinczis Gelage alles erzählt haben.

Der schwarze Kaffee und die Liköre wurden im Nebenzimmer serviert. Hier lagen außerdem auf ihren Tischen jene märchenhaften Zigarrenkistchen, für deren Echtheit in manchen Fällen der Präsident von Kuba mit seiner Unterschrift bürgte.

Gelangweilt biß Herr Rezeda in eine rot-gold umgürtete schwarze Stange, als ihn Alvinczi zum vertraulichen Gespräch bat, woraufhin sich die beiden Herren in eine Ecke zurückzogen, in der eine Flasche Marillenschnaps auf dem Tischchen stand, welchen Schnaps Kázmér als Arznei zu trinken gewohnt war. Heute war er kränklicher als sonst und stürzte drei Gläschen Medizin in seinen unruhigen Magen hinunter, bevor noch Alvinczi hätte den Mund auftun können.

»Zum Teufel, jetzt merke ich erst, der ist ja aus Kecskemét«, murmelte Herr Rezeda mit der nötigen Überraschung. »Das ist der Schnaps, der dieselbe Wirkung hat wie die Fußspuren unserer Geliebten im frischen Schnee, im Garten, wenn die Liebe das letzte Mal das geheime Häuschen verläßt und das kleine Gittertor klirrend ins Schloß fällt, so als würde man irgendwo, sehr weit weg, eine Tür zumachen.«

»Lassen wir die Narrheiten, verehrter Herr Freund«, erwiderte Alvinczi, während er ein wenig tiefer rutschte und die Beine in seiner etwas zu weit geschnittenen Hose übereinanderschlug, so daß die matten Knöpfelschuhe ins Licht rückten. (Seiner Ansicht nach trugen nur leichtsinnige Frauen und Schauspieler Lackschuhe.) »Lassen wir die Narrheiten«, wiederholte Alvinczi, Seiner Majestät Ritter des Goldenen Sporns und Gutsbesitzer in Ober-Ungarn, »denn ernst ist das Leben, wie ein Lammfellkragen.«

Rezeda schüttelte den Kopf und trank noch ein Gläschen. (Manchmal liebte er es, Alvinczi zu widersprechen, da sonst niemand da war, der mit dem großen Herrn hätte debattieren können.)

»Das Leben ist ein außergewöhnliches Ereignis. Man muß so leben, wie der heilige Augustinus gelebt hat. Ein anständiger Mann verbringt seine Jugend als Wegelagerer, verführt Frauen und raubt Ohrgehänge, und wenn seine Knochen dann zusammenknicken, versucht er, unter die Heiligen zu kommen. Mein Ideal ist der heilige Augustinus. Nur darüber bin ich mir nicht im klaren, ob ich noch jung bin oder nicht.«

Hochmütig maß Alvinczi Herrn Rezeda.

»Sie ›trauriges Schwein‹, wie der französische Schriftsteller genannt wurde von seinen Zeitgenossen ... Was wollen Sie immer mit den Frauen? Schauen Sie mich an ... Bereits seit langem ekelt es mich vor ihnen, mit ein, zwei Ausnahmen. Besonders hasse ich die Frauen, die in andere Männer verliebt sind. Die meisten Frauen muß man am Ende bezahlen und nachher vergessen. Sehr selten sind die Frauen, deren Umarmung, die Wärme ihrer Arme, die seltsamen Ermutigungen ihrer Knie und ihre summende Stimme bei der Liebe bis zum Ende unseres Lebens unvergeßlich bleiben. Und von welcher Frau können wir es annehmen, und zwar berechtigt, daß sie nur uns allein ihre Gunst geschenkt hat, daß sie unter dem Nachtlicht vor dem Heiligenbild nur für uns gebetet hat, damit sie uns wieder zur Liebe erwecken könne auf dem Eisbärenfell, auf dem wir schlafen wollen? Summt ihre Stimme nur für uns? Kenne nur ich das geheimnisvolle Wachsen ihres Haares, die Krummheit ihrer Beine oder das Muttermal an ihrer Taille unter dem Mieder? Nein, mein lieber Herr Freund, mißverstehen wir die Frauen nur nicht. Sie denken über sich, über ihr Leben, über ihre Reize weniger nach, als wir glauben. Ich war immer schon der Meinung, daß es eine große Herablassung sei, wenn ich irgendeine Frau eines Wortes würdigte, und wäre es auch die schönste gewesen. Sie sollen mich nur ruhig mit geballter Faust hassen: um so mehr werden sie mich lieben, wenn es mir einfiele, sie zu erobern.«

Der hundertjährige, wie Pergament vertrocknete, wie altes Pferdeleder knarrende Alvinczi begann nach der kurzen Rede gewohnheitsgemäß lautlos zu lachen und murmelte ein paarmal »Zum Henker!« in seinen Bart. Er blickte sich um in der Gesellschaft und traf auf die schmachtenden, schwärmerischen Blicke der Zöldvári-Damen, die in Alvinczis Gesellschaft immer zutiefst gerührt waren.

Er beugte sich näher zu Kázmér.

»Ich habe Szilveszter schon zehn Viktoria-Taler versprochen, wenn er eine der beiden sentimentalen Frauen verführt. Warum sollen sie ihre Unschuld ins Jenseits mitnehmen? Wem soll das irgend etwas nützen? Lieben sollen sie. Enttäuschungen haben, weinen, genauso wie die übrigen Frauen. Bei Ihnen verdopple ich den ausgesetzten Preis, verehrter Herr Freund.«

»Wenn ich mich einmal langweilen werde, könnte ich der Älteren vielleicht den Rücken beklopfen, um zu sehen, ob ihrer Lunge nichts fehlt. Es gefällt mir, daß sie welk ist wie die Primel im Herbst.«

»Und vergessen Sie dann die Einzelheiten nicht, mein Herr Freund. Jetzt werden Sie reichlich Gelegenheit haben, mit den Damen beisammen zu sein. Ich plane eine größere Reise. In der Wagenfabrik Glattfelder habe ich bereits die zweite rote Postkutsche bestellt. Ich lade die ganze Gesellschaft ins Oberland ein, in mein Schloß, in dem bereits der Fürst Ferenc Rákóczi gewohnt hat und wo die Linden siebenhundert Jahre alt sind. Diesen Winter verbringen wir auf Medveháza mit Jagen.«

Herr Rezeda blies eine große Rauchwolke gegen die Decke und blickte den Ringen nach.

»Der fremden Herrschaft zuliebe?« fragte er leise.

Unruhig blickte Alvinczi um sich, besorgt darüber, daß man ihnen zuhören könnte. Traurig saß die Gesellschaft herum. Zuweilen versuchte Algernon Vendéghegyi, irgendeine Zigeuner- oder Judenanekdote zu Ende zu erzählen, aber immer hatte er die Hälfte vergessen. »Es wird mir später schon einfallen!« brummte er und blieb Herrn Szilveszter den Schluß ungefähr eines Dutzends Histörchen schuldig, obwohl dieser dem Rechtsberater andächtig zuhörte. Mister H. und Fräulein Vecsera betrachteten eine Herbstlandschaft von Lászó Mednyánszky an der Wand, Baumkronen und Blätter, die so gelb waren, daß sie der Betrachter hätte angreifen wollen wie ein Kind. Der herbstliche Weg erstreckte sich in die Unendlichkeit, eine neblige Bergkuppe ragte im Hintergrund empor wie eine nordöstliche Mär. Der geheimnisvolle grüne Jäger pflegt durch diese Landschaft zu streichen; zur Zeit der Abenddämmerung erscheint er dann auf dem Berg und bläst ins Horn, um mit dem langgezogenen, dumpfen Ton seine Hunde zurückzurufen. Mister H. bemerkte beiläufig, daß ihm der Ort, den der ungarische Meister verewigt hatte, bekannt war, und Fräulein Vecsera nickte wortlos, während Irma Krónprinc jedes Gläschen, das Herr Rezeda als Magenstärkung leerte, mit kaltem Haß betrachtete.

Alvinczi sprach leise.

»Ich bin in den Besitz eines höchst bedeutungsvollen Geheimnisses geraten, das unter meinen Wiener Freunden große Überraschung und Verblüffung auslösen könnte. Vielleicht bin ich zufällig im Mittelpunkt des interessantesten Abenteuers dieses Jahrhunderts, das sich nun zum Ende neigt. Ich wage die Sache gar nicht zu glauben, so unwahrscheinlich ist das Ganze. Würde ich es ihnen sagen, verehrter Herr Freund, so könnte ich Ihre bürgerliche Ruhe noch stören.«

Herr Rezeda bekräftigte daraufhin unzählige Male, daß man ihn mit nichts verwirren könne, von Büffeln hätte er sich die Nerven ausgeliehen, und feuerte man an seinem Ohr eine Pistole ab, er würde nicht einmal zusammenzucken. Wegwerfend winkte er mit der Hand.

»Sechs Meter tief habe ich einmal in einem zugefrorenen Fluß gelegen und mich nur darüber geärgert, daß ich nicht wußte, was für ein Tag es war. Als mich die auf dem Ufer herumstreifenden Blaufärber mit den Piken aus dem Loch zogen, ist es mir eingefallen: es war Mittwoch.«

»Ein Geheimnis, ein Staatsgeheimnis«, seufzte Alvinczi unruhig. »Jemand ist gestorben und ist jetzt zurückgekehrt. Jemand wurde beweint, in zwei Ländern betrauert, und angeblich lebt er leibhaftig in der Welt. Jemand, von dem man geglaubt hat, daß sein Name nur noch in den Legenden, in Märchen ausgesprochen wird, führt im Hochgebirge ein geheimes, verborgenes Leben. Jemand existiert, der nicht existiert. Er hat eine Stimme, obwohl er tot ist. Seine Augen sehen, obwohl man ihn in einen Sarg gesperrt hat. Sein Herz pocht laut, obwohl die Ärzte seinen Leichnam einbalsamiert haben. Prinz Árgirus ist mit dem Großen Wagen zurückgekehrt, er lehnt an einem Baum und horcht in der sternhellen Nacht auf die stillen Stimmen der Hirten, die über ihn Märchen erzählen, während sie ihre Herden bewachen . . . Ein schwerwiegendes Geheimnis ist das, verehrter Herr Freund«, flüsterte Eduárd Alvinczi.

Kázmér Rezeda heftete den starren Blick auf Alvinczi und sagte mit Nachdruck und sehr langsam: »Wenn Sie der Ansicht sind, hoher Herr, daß ich kein verlassener Heidebrunnen bin, in dem man ein Geheimnis verborgen halten kann, dann wird es besser sein, wenn Sie schweigen.«

Alvinczi schnalzte mit den Fingern.

»Zum Henker! Anscheinend kann ich über die Angelegenheit noch nicht reden. Man muß nachdenken und gewisse Feststellungen treffen. Mit der Zeit werden Sie mein Geheimnis ja ohnehin erfahren, verehrter Herr Freund. Jetzt möchte ich Sie nur darum bitten, daß Sie in Ihrem Kalender einen Tag mit einem Kreis anmerken, wie es die Frauen zu tun pflegen, den Tag unserer Abreise nämlich. Die Wagen werden an Faustens Tag abfahren.«

Herr Rezeda nickte und spendete sich als Belohnung für sein gleichgültiges Benehmen ein Gläschen Marillenschnaps, während sich Herr Alvinczi neben Irma Krónprinc niederließ und mit durchdringendem Blick über die Haltung der Frauen während der Französischen Revolution erzählte, welche Dinge er von einem Marquis erfahren hatte, der einen Spitzbart trug, seit den achtziger Jahren in Wien lebte und das Gerücht kursieren ließ, er sei so alt, daß er in seiner Kindheit noch König Ludwig XVI. auf den Knien hatte reiten lassen.

»Die Franzosen lügen beinahe so gut wie die Spanier, obwohl sie dazu keinen besonderen Grund haben. Und dabei tragen sie Bärte wie die orientalischen Herren«, schloß Alvinczi den lehrreichen Vortrag, nachdem der große Herr sich beiläufig noch danach erkundigte, ob Fräulein Krónprinc vielleicht insgeheim auf der Bühne aufgetreten sei? Denn es schien ihm, als hätte er ihr charakteristisches Gesicht in Wien oder Budapest bereits gesehen.

Das Fest endete nach Mitternacht, nachdem Alvinczi alle Anwesenden feierlich zur Winterreise nach Ober-Ungarn eingeladen hatte. Die Gäste stimmten einhellig zu, und K. R. nahm letzten Abschied vom Kecskeméter Schnaps.

Zu Fuß gingen sie nach Buda hinüber.

Erst auf der Kettenbrücke begann Herr Rezeda zu sprechen, so als wäre er bis dahin mit geheimen Gedanken beschäftigt gewesen.

»Irma, hören Sie. Wir gehen jetzt über eine Brücke, hier muß man die Wahrheit reden. Sagen Sie mir aufrichtig: hat der Tatarenfürst viel Schlimmes über mich erzählt?«

Zerstreut schüttelte Fräulein Krónprinc den Kopf.

»Er hat sich verdammt viel mit Ihnen beschäftigt«, brummte Herr Rezeda weiter. »Ich habe es nicht gern, wenn der Hausherr einen seiner Gäste zu sehr auszeichnet. Ein wirklicher Herr widmet sich dem einen Gast nicht weniger als dem anderen. Schon von jeher ist Alvinczi so ungezogen und närrisch gewesen. Wissen Sie, was er sich denkt? Daß er János Kárpáthy sei, aus dem Roman *Ein ungarischer Nabob*. Er ist wahnwitzig und überspannt. Zum Teufel, was will er denn im Winter in den Bergen?«

Während der Eifersuchtsszene ging Frau Krónprinc ein paar Schritte voraus. Irma versuchte, Herrn Rezeda zu beruhigen, indem sie den Handschuh still von der rechten Hand zog, Herrn Rezeda berührte und sich die Männerhand lange an die Taille preßte. Dabei seufzte sie. Am kleinen Pelz gab es eine Tasche, in die Kázmérs Hand flink hineinkroch, und danach wechselten die beiden bis zum Haustor nur noch ein paar leise Worte, die wir vergeblich aufzeichnen würden, der Leser könnte sie ohnehin nicht verstehen.

(Wer konnte wissen, was dieses Wort des Herrn Rezeda bedeuten mochte: »Lotosblume«?

Oder die Erinnerungen des Fräulein Krónprinc an Bimi?

Wer mochte dieser Bimi gewesen sein? Ein Mensch, oder ein Affe? Oder bloß ein seltsames Wort, dessen Bedeutung nur zwei Leute kannten? Eine Erinnerung, oder das leise Schallen eines Kusses?

Wie richtig hat es das Schicksal gefügt, daß Brieftaschen und Taschentücher, Strumpfbänder und seidene Uhranhängsel, in die Frauen allerlei geheimnisvolle Namen zu sticken pflegen, mit der Zeit verschlissen werden, verlorengehen, verschwinden. Wer würde sich als Großvater nicht darüber schämen, daß er von einer Frau einst ihr Wachhund genannt worden war?)

Nachts ging Kázmér Rezeda öfter um das Krónprinc-Haus herum, als die Schicklichkeit erlaubt.

Im Zimmer der Frauen brannte lange das Licht; sie plauderten. Er beschloß, die Augen offenzuhalten.

10
Der Winter

Im Winter plagte sich Herr Rezeda besonders gern mit den Frauen. Wie vor so vielen Jahren fand ihn das winterliche Wetter auch diesmal auf seinem Platz, an der Seite einer Frau, und wenn es schneite, konnte Herr Rezeda den Duft des Persianermantels seiner Dame genausogut spüren wie den Wintergeruch. Eine Woche blieb bis zum Tag, der den Namen des Faust trug, und bis dahin besuchte Frau Krónprinc von morgens bis abends die Pester Geschäfte, damit die Damen tadellos vorbereitet abreisen konnten – für Irmas kleine Füße waren kaum passende Schneeschuhe zu finden, und Gráciász durchstreifte für Herrn K.R. ganz Pest, bis er geeignete Feuersteine und Zunder bekam, zum eventuellen Anzünden einer Zigarre – und währenddessen besuchten Irma und Rezeda nochmals jene Orte, an denen sie glücklich gewesen waren, in den Bergen, in kleinen Gassen, in versteckten kleinen Wirtshäusern, als wollten sie von den Erinnerungen an ihre Liebe endgültig Abschied nehmen.

Der Schlitten brachte nun nicht nur immerfort Wein aus dem Keller des Herrn Gráciász vom Berg, und die feurigen Pferde konnten ihre Schellen schütteln, soviel sie nur wollten. Die Donau war zugefroren, und der altertümliche Budaer Schlitten, in dem die Ahnen des Herrn Gráciász weit gereist waren, als sie dem König Wein geliefert hatten, glitt in der Gegend von Lágymányos, bei der Hundevilla, aufs Eis. So zimperlich, mit seiner Jugend und Kraft so sehr prahlend, hob das Handpferd die Beine, wie beim Tanzen ein junges Mädchen, dem noch niemand etwas Häßliches gesagt hat. Das Deichselpferd trabte so treuherzig wie ein verläßlicher Freund. Als es gegen Abend zu dunkeln begann und an den Ufern die Lichter aufflammten, fiel Herrn Rezeda, auf dem Eis der Donau dahinjagend, seine Jugendlektüre ein, *Eugen Onegin*, und er sah sich auf der Newa oder in Moskau vielleicht. Puschkins Gedichte flüsterte er Irma ins Ohr, während sich das Mädchen wie eine Winde an ihn schmiegte. Sich anzuschmiegen, nahe zu sein, Kázmér von ihren Fersen bis ans Haar mit allem zu berühren: Irma konnte das so gut wie keine zweite in der Stadt. Kaum waren unter den langen Wimpern die Augen zu sehen, denn das Mädchen hielt die Lider halb geschlossen und gab auf jede Weise zu verstehen, daß es in Herrn K. R. einen Gott sah. Schön war die Liebe.

Ich glaube nicht, daß ein Rudel Wölfe, das unterhalb von Pest plötzlich herbeigerannt wäre, daß ein hinterlistiges Loch im Eis der Donau oder irgendwelche Wegelagerer in Wildkatzenpelzen Irma Krónprinc hätten bezwingen können. Vor allen Gefahren hätte der Arm des Herrn Rezeda das Mädchen gerettet, das nun mit derartiger Ergebenheit liebte, wie der alte Goldschmied seinen seltenen Edelstein liebt in der letzten Nacht, denn am nächsten Morgen würde ihn der Kunde, ein glücklicher Raubritter, holen.

Jene Tage der Liebe sind unvergeßlich, an denen keiner der beiden Liebenden wirklich weiß, was um ihn herum geschieht. Die schwarzen Zeiger der Uhren drehen sich so schnell wie die Flügel der Windmühlen am Horizont. Nur aus der Ferne sind die Menschen zu sehen, so wie sie sich durch die Bleiringe des Fensters eines mittelalterlichen Kastells dem Bibliothekar zeigen, der sein Leben zwischen Kodizes verbringt; irgendwo gibt es einen Jahrmarkt, und auf der Landstraße, die sich sachte windet, strömen Menschen herbei. Bettler in bunten Fetzen und üppige Herren in prächtigen Gewändern; Ölverkäufer und Weinhändler auf Karren; in Equipagen ruhend, mit rotgefärbten Gesichtern, dicke Frauen, die den Blick ihrer vor Begierde vernebelten Augen starr auf den schmächtigen Seiltänzer richten werden, und in ihren Mundwinkeln erscheint dabei Schaum; Roßtäuscher in Samthosen und roten Westen füllen fluchend Schnaps in die Mäuler ihrer elenden Pferde; einen Brotlaib trägt der weißhaarige, heimtükkisch vor sich hin blickende Marktdieb auf dem Rücken, während der junge Taschenaufschlitzer in bunten Hosen, hager dahinwehend, mit dem Federschmuck seines Hutes spielend, die Landstraße entlangschreitet; vor keck rasselnden, lärmenden Soldaten schlagen junge Frauen die Augen nieder, während sie an Dinge denken, für die sie der Frater zu zahllosen Vaterunsern verurteilen würde, und auch das wäre viel zuwenig.

Das ist die Art, in der die Verliebten manchmal das Leben sehen, fern von sich selbst, und dabei fällt ihnen gar nicht auf, daß hinter ihren Rücken die Straßenbengel Eselsohren zeigen; daß aus der Kirchenmauer ein Toter die Hand hervorgestreckt hat und dabei ist, der Dame ins Haar zu greifen; während im Wirtshaus am zinkbeschlagenen Schanktisch die Zechbrüder mit roten Nasen und zerzausten Haaren in ihre Kannen lachen, aus vollem Hals, und die teure Frau mit aller Gründlichkeit verleumden.

Herr Rezeda und Irma strichen während dieser Wintertage selbstvergessen umher, Arm in Arm, so als würden sie nie mehr ins wirkliche Leben zurückkehren; als würden sie für immer fernbleiben all den Redereien und Gedanken der Leute, fern den Sautänzen und den Begräbnissen.

Nie mehr werden sie zurückkehren auf das Budaer Standesamt, auch nicht in die Sakristei, in die Burghauptmannschaft oder auf den Fischmarkt. Entschwunden sind sie zum großen Maskenball, an dem die Auserwählten des Lebens in Kostümen erscheinen dürfen, die ihren Geliebten am meisten gefallen. Weit hinter sich gelassen haben sie den Lärm der Menschen, »wie den blassen Morgen, dessen Hintergedanken der Südwind tönend verkündet, wenn er im Laub seine hohle Flöte bläst«. Wie Schwäne flogen sie der Unendlichkeit entgegen. Liebe, du taube, alte Närrin.

Nachdem die beiden ihre glücklichen Tage in den Bergen verbracht hatten und sich vollgesogen hatten mit dem Geruch des Winters, nachdem sie jausen gegangen waren in kleine Wirtshäuser am Abhang, wo Herr Rezeda einst schon herumgekommen war, vor Jahren (doch hatte er damals, den schmalen Fußpfad emporkletternd, auf die Absätze einer anderen Frau gespäht – und nun, siehe da, war er wieder dabei, die alte Romanze nochmals zu spielen, nicht einmal das geröstete Brot in der »Trompete« hatte er aus den Programm vergessen), in kleinen Extrazimmern, aus denen man die schwindsüchtige Wirtin erst gestern zu Grabe getragen hatte und wo der Wein und der Diwan und auch der Tisch, auf dem der Sarg gestanden hatte, nach Wachskerzen rochen: besuchten sie eines Nachmittags den Friedhof, in dem irgendeine Tante von Irma auf das Trompetenzeichen der Engel wartete, eine Tote, von der sich das Mädchen unter allen Umständen verabschieden wollte, bevor es Buda für längere Zeit verließ. (»Sie ist es gewesen, die mich erzogen hat, als ich ein Kind war, und jeden Abend hat sie die Karten gelegt, um mein Schicksal zu erfahren. Wenn ich in meinem kleinen Bett lag und hustete, hat sie die ganze Nacht ins Feuer geschaut«, sagte Irma, und Herr Rezeda hatte gegen die tote Tante nichts einzuwenden.)

Seit einem Jahrzehnt hauste die alte Dame bereits auf dem Wolffeld, und während der feurige Schlitten bis ans Tor des Friedhofs jagte, verglich Herr K. R. sein Glück mit einem Schloß, das sich auf einem Entenfuß dreht (wie im Märchen), einem Kastell, in dem Tag und Nacht musiziert wird, Feen in roten Beinkleidern singen und der in spitzen, weichen Schuhen umherwehende Zeremonienmeister jeden fragt, wie lange er zu leben wünsche.

»Solange du mich liebst«, erwiderte Irma und blickte Herrn Rezeda ruhig und entschlossen in die Augen. »Und darauf wird gar nichts mehr folgen. Ich will immer bei dir bleiben. Wenn ich dich nur eine Stunde nicht sehe, kann ich ja an nichts anders denken als daran: wohin magst du wohl gerade gehen, auf wen magst du wohl deinen Blick heften, in welchen Gegenden schlendern wohl deine Gedanken wie gelangweilte Wanderer . . . Und wenn meine Mutter manchmal deinen Namen ausspricht, umarme ich sie mit so viel Liebe, wie ich es noch nie im Leben getan habe. Wenn es das nicht mehr gibt, dann werde ich keinen anderen Wunsch haben, als zur Tante zu ziehen.«

Schnee bedeckte den Friedhof, und unter den verschneiten Hügeln war das Leben scheinbar stehengeblieben wie ein Zug im Schneesturm. An diesem stillen, hellgrauen, wolkenlosen Nachmittag konnte man sich kaum vorstellen, daß hier zur Mitternacht die langjährigen Feinde aus der Kacsa-Straße wieder zu raufen beginnen würden, die Schneider zu nähen, die Seiler rücklings umherzugehen und die Geldfälscher die Flamme zu blasen auf ihren kleinen Herden.

Sie waren am Grabhügel angekommen, der so weiß war wie die Erinnerung an die längst Verstorbenen. Eine verrostete kleine Tafel am eisernen Kreuz in Frakturschrift bewahrte den Namen der Elisabeth Krómy, auf deren Grabhügel sich die beiden im verlassenen Friedhof niederließen.

»Sie ist eine sehr schöne Frau gewesen . . . Und viel hat sie geliebt und gelitten . . . Einen unehelichen Sohn hat sie gehabt; manchmal ist der Pepi zu uns ins Haus gekommen, und ich habe den Pepi immer gründlich betrachtet, denn ich wollte wissen, ob er mir ähnlich sieht. Er war mir nicht ähnlich. Er war ein kleiner Junge mit wäßrigen Augen und mit Bürstenhaar, bestimmt ist er Schneider geworden. Ich begann der Tante ähnlicher zu werden. Schon als kleines Mädchen brachte ich meine kurzen Locken mit ihrem Kamm in Ordnung, denn vielleicht würde dann mein Haar genauso wachsen wie ihres, und sie hatte eine romantische, träumerische und rührende Frisur, wie ich sie seither nur auf alten Holzschnitten gesehen habe, und immer stand der Name einer Königin unter dem Bild. Die Tante küßte mir das Haar genauso, wie Sie es manchmal tun, Kázmér.«

»Dein Haar! Am dunklen Firmament meines Lebens Linderung spendende Locken!« antwortete Herr Rezeda, denn stets verwendete er theatralische Ausdrücke, wenn er etwas wollte.

Die Tante ließ den Rosenkranz, mit dem ihre Hände aneinandergeschnürt waren, gewiß nicht fallen, denn die Toten verstehen sich aufs Verzeihen.

Nachher gingen sie ins Wirtshaus »Zur letzten Station«, in dem die Totengräber herumzulungern pflegen, wenn sie nichts zu tun haben. Mitunter kommt der schneebedeckte Mesner mit der entsprechenden Nachricht von Buda, woraufhin die schweigsamen Männer sich über den vom Wein feuchten Schnurrbart streichen.

Herr Rezeda bestellte von der weithin berühmten geräucherten Wurst und dazu den Wein, der die Trauergemeinde aufzumuntern pflegte, nachdem der Tote auf dem richtigen Platz abgeladen worden war.

In der Ecke fingerte ein blinder Musikant an seinem dicken Glas, einer jener zufriedenen alten Männer, die überzeugt sind, daß das Dasein völlig in Ordnung sei, wenn sie auf die Rechnung der Gäste ein paar Gläser trinken dürfen und am Ende des Gelages von den trauernden Hinterbliebenen nicht einmal verprügelt werden.

Der Blinde fühlte, daß Gäste gekommen waren. Er strich mit dem Stück Harz über die Saiten und ließ sein Instrument sowie seine Stimme ertönen, die wie eine Orgel klang:

»Burg Buda, die Gassen schweigen,
Blauer Samt liegt auf den Steinen.«

Irma Krónprinc beugte sich vor und lauschte dem Gesang des Blinden.

»Ich habe dieses Lied bereits gehört. In meiner Kindheit, in einem Wirtshaus, und ich habe neben meinem Vater gesessen«, flüsterte sie.

»Burg Buda, im weißen Häuschen,
Wein bringt dieses blonde Täubchen . . .«

Herr Rezeda stützte das Kinn in die Hand und sagte leise: »Wegen dieses Liedes haben sie im März das Haus beflaggt, mein Kind. Es ist von Endrődi.«

Dritter Teil

Das Leben jagt dahin

11

Faustens Namenstag

Bevor Eduárd Alvinczi mit seiner roten Postkutsche ins winterliche Ober-Ungarn abgefahren wäre, wandte er sich selbstverständlich an eine Wahrsagerin, die sich auf das Kartenlesen verstand und bereits seit dreißig Jahren das Vertrauen des Tatarenkhans genoß. Diese Wahrsagerin wohnte in der äußeren Franzstadt, die Hausmeisterinnen und Näherinnen der Gegend kamen in ihre Ordination, doch saßen manchmal, gegen Abend, auch geheimnisvolle Damen im völlig verdunkelten Wartezimmer, in das nur Licht fiel, wenn der kleine weiße Hund der Wahrsagerin bis zur Klinke sprang und die Tür von innen öffnete. Die in rätselhafte Abenteuer verwickelten Damen verließen mitunter betäubt und erschüttert das Haus und gingen dann ein, zwei Tage in sich. Nach dreimaligem Abheben des Kartenpaketes begann die Wahrsagerin (nachdem sie die Handschuhe der Besucherin betrachtet hatte) meistens so: »Sogar zwei Männer gibt es in der nächsten Umgebung der Dame.«

Und gewöhnlich traf sie die Wahrheit.

Listigerweise nahm Alvinczi den Umhang des Herrn Szilveszter um die Schultern, jenen, der aus Großmamas Tuch geschneidert worden war kurz nach der Revolution, er setzte sich außerdem einen runden spanischen Hut auf, wie ihn die Toreadores tragen in Sevilla. Humpelnd näherte er sich der vorstädtischen Straße und saß dann so geduldig zwischen den Hausmeisterinnen wie ein Krämer, der Bankrott gemacht hat. Doch wurde er bereits vom weißen Hund erkannt, während Frau Kalvázi die Hände vor die Augen hob, um die Identität des alten Bekannten ja nicht zu entdecken.

Wie auf Befehl zeigten die Karten die Zukunft. Alvinczi würde eine Reise tun, Glück und Frauen würden seinen Weg begleiten.

Außerdem verbrachte Alvinczi einen Nachmittag damit, daß er Herrn Szilveszter sein Testament diktierte; mit verschränkten Armen stand er vor dem weißen Ofen, und fleißig knisterte der Gänsekiel des Geheimsekretärs auf dem Bogen, der in der Papiermühle zu Diósgyőr erzeugt worden war.

»Dir hinterlasse ich natürlich eine meiner alten Pfeifen«, sagte Alvinczi, nachdem er mit seinen Anordnungen fertig war. »Ich möchte nicht, daß dir mein Tod Freude bereitet.«

Danach fastete er einen ganzen Tag, berief den griechisch-orthodoxen Priester zu sich, der einen gewaltigen Bart hatte wie nur irgendwer in der Stadt, und ließ sich segnen; in Hirschleder, in verschiedene Bündel verpackte er alle seine Fetische, die kleinen japanischen, indischen und aus anderen Teilen Asiens stammenden Götzenbilder, den Strick des Pitéli und die Nabelschnur eines in der Gebärmutter gestorbenen Kindes, Hufeisennägel und eine Haarsträhne seiner Mutter, das Hemd einer verkommenen Frau, die ihn jedesmal betrogen hatte, bevor sie ihn liebte (lange her), und die Pantoffeln des wandernden Forschers Csoma-Kőrösi, die er von einem Antiquitätenhändler für viel Geld erstanden hatte. Den weißen, mit dem Muster englischer Banknoten versehenen Zahlschein des S.M. v. Rothschild stellte er auf einen größeren Geldbetrag aus und ließ das Bankhaus Malvieux und Kompagnon wissen, daß er die Hälfte der Summe, nach den entsprechenden Abzügen, in britischem Gold zu erhalten wünsche. Der Bankbeamte und der Diener legten in Pergament gewickelte, schlanke Säulen auf seinen Schreibtisch. Daraufhin gab er im Blumenladen auf dem Serviten-Platz die Anweisung, daß man ihm täglich einen Korb Veilchen nach Medveháza schicken möge. Schließlich wusch er sich die Hände und ging rücklings aus dem Zimmer, um bis zum letzten Augenblick das harte Feldbett zu sehen, auf dem er in Pantoffeln zu sitzen und herumzuliegen pflegte. Bevor er endgültig aus dem Haus ging, erkundigte er sich beim alten Portier des Gasthofes »Zum Greif«, ob der heutige Tag wirklich Faustens Namenstag sei, und stieg dann, von Dienern, von gelbgestiefelten Vorreitern, von rotlivrierten Lakaien und von Lohndienern, die Schürzen trugen, umringt, vorsichtig in die rote Postkutsche. Karolin Turf, die vom Ereignis auf irgendeine Weise erfahren hatte, überreichte noch im letzten Augenblick einen Kamelienstrauß. Ferner rannte die in alle Geheimnisse eingeweihte Hausmeisterin der Madame Louise außer Atem herbei mit dem indischen Tuch ihrer Herrin, das Herrn Alvinczi einmal bereits bis nach Sankt Petersburg begleitet hatte.

Da die Abreise völlig geheim erfolgte, hatten Aldzsi Vendéghegyi, Herr Szilveszter und Mister H. ihre Plätze in der roten Postkutsche bereits früher eingenommen und begrüßten Alvinczi mit stummem Nicken, während dieser sich langwierig in seine Pelze und Tücher hüllte, nachdem er sich am Handgelenk die Holzperlen des Rosenkranzes zurechtgerückt hatte. Im verschneiten, mit Stroh bestreuten Hof des »Greifes«, in der Ecke, stand die rote Postkutsche, beladen mit Gepäck; in roter Zirkustracht, in Reitstiefeln wartete der polnische Fechtmeister auf das Zeichen, daß man abfahren könne. Alvinczi zuckte mit den Augenbrauen, worauf sich der Pole in seinen bereitgehaltenen Wolfspelzmantel warf und wie ein Gummiball auf den hohen Bock sprang, da er um Erlaubnis gebeten hatte, bis an die Grenze von Pest die sechs Pferde der roten Postkutsche selbst antreiben zu dürfen. Die Vorreiter schwangen sich in die Sättel, und hinter dem Eisengeländer des Ganges im Stockwerk blies jemand ins Posthorn. Polternd und dröhnend raste die Postkutsche durch den Toreingang des »Greifes«. Der polnische Florettmeister schob sich die schwarze Samtmütze in die Stirn, kreuzhohl saß er in der Höhe und klammerte sich an die Zügel.

Unterwegs, an der Stadtgrenze, bei einer verlassenen Schenke an der Straße nach Vác, schlossen sich Alvinczis Wagen noch zwei rote Postkutschen an, nachdem die Kutscher einander mit erhobener Hand Zeichen gegeben hatten. In ruhigem Trab fuhren die drei Equipagen hintereinander dahin. Auf einer Brücke, an einer Wegbiegung, zog Alvinczi den Ledervorhang des hinteren Fensters beiseite. Zufrieden stellte er fest, daß die Kutschen treu seinen Spuren folgten.

Herr Rezeda, der im Wagen der Krónprinc-Damen Platz bekommen hatte, schimpfte gallig wegen des frühen Aufstehens.

»Ich habe noch niemals erlebt, daß sich jemand schon am Vormittag begraben lassen wollte. Nie soll ich die Raizenkirche wiedersehen, wenn dieser Alvinczi nicht verrückt ist.«

Doch in diesem Fall redete der vielseitige Freund und Ritter vergeblich zu den Krónprinc-Damen. Die Frauen waren entzückt vom Sonnenschein, der so sanft war wie der erste Spaziergang eines von langer Krankheit genesenden Menschen; sie weideten sich am Anblick der Schneefelder, die sich an beiden Seiten der Straße so eintönig dahinstreckten wie das ruhige, von Gewissensbissen freie Leben; die verschneiten Kruzifixe am Wegrand rührten Mütterchen Vilma zu Tränen, während sich Herr K.R. bei einer Dorfkirche vor der Statue der Jungfrau Maria die spitze Lammfellmütze vom Kopf riß.

»Unter allen Heiligen ist es nur diese Frau, an die ich glaube«, brummte er.

Dann sahen sie einen struppigen uralten Hasen auf drei Beinen über die Felder laufen, wie im Märchen. Kristallweiß standen kahle Bäume in der Ferne umher, wie erfrorene Wanderer, die, von einem Bann getroffen, das Kommen und Gehen auf der Landstraße bis zum Frühling regungslos beobachten müssen. Unter kleinen Brücken schliefen unsichtbare Gewässer, tief wie das Vergessen. Und die Krähen, die so ruhig dahinflogen, als beaufsichtigten sie den Weg, gaben mitunter Laute von sich wie Zolleinnehmer, wenn sie nach einem fremden Wagen rufen, damit er halten möge. Die falschen Dörfer der Pester Umgebung blieben zurück, mit ihren böse dreinblickenden Bewohnern, mit ihren neuerbauten, von Sorgen umwobenen Häusern, mit ihren Fenstern, die an die Augen von unzufriedenen, verschlampten, ein Lotterleben herbeiwünschenden Vorstadtfrauen erinnern. Ein Hund mit gestutzten Ohren, aus Pest abgeschoben und nur mit schwarzem Kaffee ernährt, bellte den Kutschern lange nach, wie ein ehrgeiziger und hilfloser armer Beamter, der seine Obrigkeit verleumdet; dann kam ein blaubemalter Leiterwagen aus Nagymaros entgegen, den der Pole mit einem geschickten Winkelzug in den Straßengraben stürzte, bevor der Schwabe hätte ausweichen können. Der gute Mann suchte nach Steinen im Schnee, doch konnte er sein Vorhaben nicht mehr ausführen, denn die Postkutschen jagten dahin.

Gegen Mittag war die Gesellschaft vor dem Hotel »Curia« in Vác angekommen. Hoffnungslos schlief die Bischofsstadt im Nebel, der auf den Dächern lag, und das Klirren irgendwelcher Ketten im Zuchthaus klang so, als gingen die Gefangenen unter der Erde umher. Während Herr Szilveszter mit der Bestellung des Mittagessens beschäftigt war, spazierte die Gesellschaft über den Korso. In den menschenleeren, nach Wagenöl riechenden Straßen schlenderte hie und da ein Kavallerieoffizier mit gelangweilten Sporen; Priester gingen so tragisch dahin wie das verfehlte Leben; und Mädchen mit bemalten Gesichtern lachten kreischend, wie eine verlassene Braut über das Hochzeitskleid ihrer siegreichen Nebenbuhlerin.

Herr Rezeda brummte so heimtückisch, wie der vergessene Tabak auf einem ledernen Tabaksieb rasselt.

»Die schönen Vácerinnen sind jetzt natürlich in Pest. Sie haben viel einzukaufen. Es wundert mich nur, daß sich hier so wenige Ehedramen abspielen, wenn die Frauen oft in neuen Hüten aus dem Pester Abendzug steigen.«

Alvinczi, der sich während seiner Reisen stets verjüngte, wie der ehemalige Besitzer des Calderoni-Ladens (der nur hinter dem Ladentisch ein Greis war), bemerkte voll Begeisterung: »Die schönen Frauen von Vác sind genauso wie in Pest die wilden Tauben. Sie fliegen in die rußige Stadt und bringen Waldgeruch, Grillenzirpen und dörfliche Unterröcke mit. Sie reden von Liebe im Paléczen-Dialekt und vergessen Geranien in den Zimmern ihrer Liebhaber. Nach langem Überlegen kaufen sie sich einen Schleier und grübeln oft über Vác. Mit gereinigter Seele, voll Sehnsucht und glücklich kehren sie mit dem Abendzug nach Hause zurück wie die Vögel in ihre Nester.«

Herr K.R. war galliger als in Budapest, denn seiner Ansicht nach war er nur aufs Land gefahren, damit er sich durch Umgang mit der unverdorbenen Moral bessern möge.

»Meiner Erinnerung nach machen die Frauen in der Provinz aus den Liebesereignissen, aus den Abenteuern und geheimen Begegnungen keine aufgebauschten Tragödien, wie es zum Beispiel die verdorbenen Pesterinnen tun. Vielleicht stehen die Provinzdamen der Natur näher, in der die Liebe so selbstverständlich ihren Lauf nimmt, wie der Sonntag auf den Samstag folgt. Nur die jungen Mädchen erhängen sich auf dem Dachboden, während sich die reiferen Damen damit abfinden: ›Letzten Endes bin ich ja eine Frau!‹ Und dieser Umstand kann mit vielem versöhnen. In meiner Jugend hatte ich einen Busenfreund, der in Pest jedesmal, wenn er in ein trautes Heim eingedrungen war, große Krawalle verursachte, denn er unternahm alles, um die Frauen um ihren nüchternen Verstand zu bringen, und bereitete derart viele Scherereien, daß man noch jahrelang über ihn sprach, obwohl er längst verschwunden war. Also dieser Abenteurer kam einmal in die Provinz und brachte so viele schöne Lügen mit, daß sie nicht einmal in der Kiste eines von Markt zu Markt fahrenden Stiefelmachers hätten Platz haben können. Und keine Frau bekam einen Herzanfall seinetwegen, niemand spähte ihm in den Seitengassen nach, ohne Skandal wurde er selbst in den Häusern vergessen, wo man ihn eine Zeitlang, einen Tag oder eine Stunde geliebt hatte: nicht einmal jene gewisse Dame erinnerte sich seiner am nächsten Tag, die ihn unter dem Weihnachtsbaum geliebt hatte, wobei die Lämmchen und die kleinen Trommeln und die Holzpferdchen von den Schuhabsätzen umgeworfen worden waren. Nein, mein Freund verursachte keine Tragödien. Man liebte ihn, dann nahm man ihn beim Kragen und setzte ihn auf die Straße.«

Alvinczi nickte beifällig, während Irma die Lippen aufwarf.

»Erinnerungen«, sagte sie trocken, »jede Erinnerung ist falsch. Es gibt keine größeren Narren als die Männer, die in der Schublade des Schreibtisches Frauenpantoffeln aufbewahren. Die vergangene Liebe ist nicht einmal soviel wert wie die verflossene Herrlichkeit zahnloser alter Komödianten. Wie ekelhaft ist es, wenn sich ein Mann mit runzliger Visage, der kaum mehr gehen kann, damit brüstet, daß er früher einmal von Frauen geliebt wurde . . . Von den Frauen! Der Teufel sollte alle solche Frauen holen.«

Für zwei Uhr war das Mittagessen im »Curia« bestellt worden, und Herr Vendéghegyi überprüfte persönlich die Tafel, da Herr Szilveszter überraschend mit einem Stubenmädchen des Hotels Bekanntschaft geschlossen hatte und – von der Reise, von der Luftveränderung, von der fremden Stadt erhitzt – über alle Gänge des Hotels dem Stubenmädchen folgte. (Er verrechnete dafür Herrn Alvinczi später zwei englische Pfund.)

Die gelangweilten Husarenoffiziere waren bereits abmarschiert vom langen Tisch, der unter dem Porträt Franz Josephs stand, auch die Junggesellen hatten, einer nach dem anderen, ihre Plätze geräumt, nur am Ecktisch saß ein einziger Herr, der sogleich aufstand, nachdem er Herrn Rezeda erblickt hatte. Ein ergrauter ältlicher Mensch war er, ein Sechziger, mit erkaltetem Blick, mit einem Gesicht, das wie aus einem Stammbuch hervorblickte, und aus Latten schienen seine Glieder zusammengefügt zu sein, wie die des Solymosi, der im Volkstheater Komiker war. Der aus einem dörflichen Familienalbum entflohene Kavalier umarmte Herrn K. R., als wäre er der Geldbriefträger gewesen, und sagte ein paar begeisterte Worte: danach schien er sich aber seiner Rolle entsonnen zu haben, fiel in tiefer Traurigkeit auf seinen Sessel zurück und beschäftigte sich wieder damit, daß er in der Art der Märtyrer die Grammeln von den Topfenfleckerln pickte.

»Welchen Ihrer verkommenen Freunde haben Sie gerade entdeckt?« fragte Irma Herrn K.R., nachdem er am langen Tisch Platz genommen hatte.

Kázmér zwinkerte geheimnisvoll.

»Ich erzähle es beim schwarzen Kaffee . . . Dieser Mensch ist ein Unikum.«

Irma ließ ihren Silberblick voll Verachtung über die verschlissene Redingote und die abgenützten Manschetten des Kavaliers gleiten, der weiterhin in seiner Ecke saß.

»Ich sehe, daß er sich nicht nach der Londoner Mode kleidet.«

Herr K.R. machte nur eine breite Handbewegung und schob sich eilig die Serviette unter den Kragen, um die Gesellschaft, die bereits in Leberknödelsuppe löffelte, einzuholen.

»Auch Sie benehmen sich bereits wie ein Ehemann«, sagte Irma leise, und Herr Rezeda bereitete es einen physischen Genuß, daß ihn seine Liebste ein wenig zurechtwies.

(Er trug in seiner Westentasche nur deshalb rote ausgedörrte, wie Vitriol ätzende Szegediner Paprikaschoten, mit denen er die Speisen würzte, weil Fräulein Krónprinc diese Gewohnheit unerträglich fand. Die schwarze Virginia nahm er nach dem Mittagessen als besondere Delikatesse nur deshalb hervor, weil Irma dagegen heftig protestierte. In den schwarzen Kaffee goß er Kognak, weil seine Angebetete bei solchen Gelegenheiten blaß wurde und fragte, ob Kázmér sie vorzeitig zur Witwe machen wollte. Ach, Herr Rezeda verachtete neben den von Ovid verkündeten und den übrigen antiken Wonnen der Liebe keineswegs die bürgerlichen, bangen Freuden des Verliebtseins, und es war bloß eine Frage von Tagen, daß ihn Fräulein Krónprinc bewegen würde, das von Professor Jäger erfundene Hemd anzuziehen. »Gar so jung sind Sie ja nicht mehr, Kázmér«, würde sie sagen. Und Herr K.R. hatte mitunter in der Tat bereits ein Schwindelgefühl wie ein alt gewordener Seiltänzer.)

Nachdem das Mittagessen beendet worden war, flüsterte Rezeda Herrn Alvinczi einige Worte ins Ohr, woraufhin der Tatarenkhan in die Ecke des verschlissenen Kavaliers hinüberstarrte und dann die Achseln zuckte. Kázmér nahm den aus Latten zusammengefügten Herrn am Arm und führte ihn zum Tisch.

»Herr Botfi, Staatsgefangener und Opfer der Frauen, mit dem ich im staatlichen Zuchthaus von Vác vier Wochen lang zusammen war«, sprach feierlich Herr Rezeda.

Botfi legte sich die Hand auf die Brust, ließ den Fuß im Halbkreis zurückgleiten und versuchte dann, seine Manschetten unter den Ärmeln zu verbergen. In dieser Minute hätte man wahrhaft glauben können, daß er aus einem alten Kleiderschrank hervorgetreten sei, in dem er, auf einem Haken hängend, auf die bauchrednerischen Darbietungen gewartet hatte. Gedankenverloren nickte er den Damen zu, als hätte er sagen wollen, daß sie jung und frisch geblieben wären und nur ihn allein hätte das traurige Schicksal des Alters getroffen.

»Das Opfer der Frauen«, wiederholte Herr Rezeda, und alle sahen sich daraufhin den Fremden an, der die Blicke so ernst erwiderte wie ein alter Soldat, der es hinnimmt, daß man an seinem Waffenrock die Medaillen betastet. Nicht lange danach trug er die folgende lehrreiche Lebensgeschichte vor, mit einer Stimme wie ein Bauchredner, und dabei zuckten seine Wimpern ebensowenig wie die von Wachsfiguren oder von gewerbsmäßigen Liebesgöttinnen, die in einem Tonfall, wie für die Schule eingelernt, die wundersamsten Worte sagen.

Die Geschichte des Staatsgefangenen

Leopold Botfi, Sproß eines Komitats an der Theiß, Krakeeler in Budapest, wurde durch Beschluß des königlichen Gerichtshofes zu einer »Gesamtstrafe« von zwei Jahren Staatsgefängnis verurteilt, wegen verschiedener unüberlegter Zweikämpfe in seiner Jugendzeit, bei denen er als aktiver oder als passiver Teil stets eine der Hauptrollen gespielt hatte. Die Pfiffigkeit der Anwälte und die Überlastung der Gerichte machten es möglich, daß Botfi für seine Jugendsünden erst zu büßen hatte, als seine Haare grau zu werden begannen und er niemals versäumte, am Morgen gemächlich in die Pantoffeln zu schlüpfen.

Einige Leute werden sich noch an das ebenerdige gelbe Haus erinnern, das an der Straßenseite nur ein einziges Fenster hatte, hinter dem der Wachtmeister hauste, und ein starkes, niedriges Tor, das Tag und Nacht geschlossen war. Hinter dem Tor befand sich, von hohen Steinmauern umgeben, ein ziemlich geräumiger Hof, im Sommer mit duftenden Rosenstöcken und wilden Trauben geschmückt, während im Winter derselbe Platz, auf dem die Staatsgefangenen mit roten Nasen, stampfend, Lieder aus der *Fledermaus* pfeifend, ihren täglichen Spaziergang verrichteten, öd war und traurig. Vielleicht steht heutzutage noch das stille Haus in der

Nachbarschaft des Zuchthauses am Donauufer, um selbst ungebildete Einwohner an die Zeile des Dichters zu erinnern: »Kleine Hütte an der großen Donau ...« Einst hatte dieses Haus unter den ungarischen Kavalieren hoch in Mode gestanden; im alten Ungarn hätte sich kaum jemand Herr nennen können, wenn er in Vác oder in Szeged nicht wenigstens zwei, drei Tage verbracht hatte. Hierher zogen sich die Kavaliere zurück wie in irgendein Sanatorium. Dem Morgen des Wohnungswechsels gingen gewöhnlich große Zechgelage voran. Die Kaffeehäuser von Vác und die übrigen Vergnügungslokale der Stadt konnten immer erfahren, wenn ein neuer Sträfling ins Staatsgefängnis zog, denn bevor er seinen Platz in der Zelle einnahm, verabschiedete er sich vom Leben und von der Freiheit nach der Art einrückender Soldaten, mit der Hilfe einer Zigeunerkapelle. Ein herrschaftliches und ehrbares Haus des alten ungarischen Kavalierlebens war das Staatsgefängnis gewesen, als Zeichen von Ruhm und Tugend galt es beinahe, wenn man sich dorthin für ein, zwei Wochen zurückzog, als wäre man an einen seltsamen, aber nicht unangenehmen Ort verbannt worden wegen eines längst vergangenen heldenhaften Duells, dessen Anlaß selbstverständlich eine Frau war.

Botfi hatte sich für zwei Frauen geschlagen. Leider war keine der beiden Königin von Ungarn gewesen, wie Maria Theresia, die aus der Kampflust der ungarischen Herren einen gewissen Nutzen hatte ziehen können.

Wildkatzenaugen hatte die eine, Augen wie eine Büffelkuh die andere Dame, für die Botfi rostige Säbel klirren ließ, Wunden schlug und bekam, bis er endlich, an einem Wintermorgen, in Vác eintraf und sich mit seinen Papieren beim Gefängnisdirektor meldete. Der Direktor fand die Papiere in Ordnung und ließ den Wachtmeister kommen. Ein würdiger alter Mann war der Wachtmeister, unbewaffnet, mit einem dünnen Schnurrbart und in gutgebügelten Hosen, ein braver Soldat, der sich im fortwährenden Umgang mit den Kavalieren an so feine Umgangsformen gewöhnt hatte wie ein Oberkellner. Einen Backenbart hatte er, und in der Art eines freundlichen Zeremonienmeisters schritt er an Herrn Botfis Seite dahin.

»Wie geht es Ihrem verehrten Herrn Vater?« fragte an einer Ecke des Gefängnisgebäudes der Wachtmeister.

»Woher kennt Er meinen Vater?«

Der Wachtmeister winkte nur still.

»Er ist dagewesen, zweimal sogar, im großen Gebäude, zuerst auf fünf Jahre, das zweite Mal auf sieben, und immer hat er rechtzeitig die bedingte Entlassung bekommen, denn ein stiller Herr ist er gewesen, mit gutem Betragen. In ganz Ungarn konnte niemand schönere Banknoten machen als er.«

Botfi wußte, daß sein Vater in Vác niemals herumgekommen war, wollte aber Respekt wahren und protestierte nicht. Draußen im Leben imponieren gewaltsame, mutige Menschen, innerhalb der Mauern des Zuchthauses sind es die Leute mit sanftem Benehmen.

»Wir werden hoffentlich gute Freunde sein. Auch mit Ihrem Vater bin ich ja gut ausgekommen«, fügte der Wachtmeister hinzu, und Botfi fragte voll Vertrauen: »Wann wird man mich wohl begnadigen?«

»Vielleicht nach einem Jahr, aber nach achtzehn Monaten ganz bestimmt«, antwortete der Wachtmeister und öffnete vor Botfi das in wuchtigen Stein eingelassene Tor des Staatsgefängnisses.

Danach schlief Botfi drei Tage und drei Nächte hindurch in seinem Zimmer auf dem feldmäßigen Strohsack, und ein Sträfling, der tagsüber Ausgang genoß und seit zwanzig Jahren im Zuchthaus lebte, heizte den kleinen Eisenofen, wobei er den Rauch der Zigarre, mit der ihn Botfi beschenkt hatte, durch die offene Ofentür ins Feuer blies.

»Ich fürchte nur«, brummte das schwarze, verhutzelte Männchen, vor dem Ofen hockend, »daß man mich noch in diesem Jahr entlassen könnte. Wohin werde ich gehen? Was werde ich anfangen? Auf seine alten Tage wird man aus dem Haus gejagt wie ein schlechter Diener.«

Doch da ertönte die Glocke im Hof, und der zu lebenslänglicher Haft verurteilte, tagsüber bedingt auf freien Fuß gesetzte Mörder mußte für Botfi aus dem Hotel »Curia« das Mittagessen bringen.

Zu dieser Zeit hatte das gelbe Haus vier Bewohner.

Ein namenloser rumänischer Priester war der eine, der Botfi in seiner Zelle brummend empfing, als dieser seine Anstandsvisite machte, bei welcher Gelegenheit er graue Hosen und Cutaway trug, wie es sich in der Provinz gehört, während der zur Bedienung des neuen Insassen bestellte alte Mörder vor der Tür stand wie ein Lakai.

Mit dem Popen, der wegen Majestätsbeleidigung hierhergekommen war, hatte Botfi kein Glück. (Der alte Mörder hatte von vornherein angedeutet, daß im Kopf des Priesters etwas nicht in Ordnung sei.) Die beiden anderen Gefangenen schlossen dagegen bald Freundschaft mit dem neuen Insassen. Várkonyi, der »Bauernkönig«, wohnte bereits das zweite Jahr im Haus, nachdem er den Bauern die Aufteilung des Bodens versprochen hatte. Ein großes Stück von einem Mann war er, mit breiten Schultern, und seine Laune folgte, nach der Art der Landwirte, stets dem Wetter. Vom täglichen zweistündigen Spaziergang hätte er niemals auch nur eine Minute versäumt, denn frische Luft schätzte er über alles. Er atmete die reine Winterluft derart gierig ein wie ein Nilpferd, das nach längerem Verweilen unter Wasser den Kopf hochstößt.

»Heute gibt es Csongráder Wetter!« sagte er an trockenen, kalten Tagen.

An feuchten Vormittagen, wenn es schneite, dachte er wiederum an Vásárhely.

»Dort gibt es ewig Feuchtigkeit, denn der hundertjährige Wahrsager wird von den Gemüsegärtnern bestochen.«

Neben dem Bodenverteiler ging ein schmächtiger, lebhafter und immer zufriedener junger Mann mit kleinen, flinken Schritten auf dem verschneiten Hof umher; er trug einen Sommeranzug, einen sehr dünnen Überzieher und eine alte Melone, zwischen den Zähnen hielt er eine Tonpfeife, sein Gesicht hatte die Farbe von Hobelspänen, und das Zuchthausleben hielt er für die natürlichste Sache der Welt, denn er versuchte es bereits zum dritten Mal. Damals begannen die neuen Ideen im dunklen Ungarn Fackeln zu zünden, Jakob Weltner, der Redner sozialistischer Volksversammlungen, wurde vom Gericht nach jedem Auftritt ins Kittchen gesteckt. Der Verurteilte war der Ansicht, daß dies sehr in Ordnung sei.

»Ich habe wenigstens genügend Zeit zum Lesen, zum Lernen, vorher bin ich ja ein armer Tischler gewesen. Alles, was ich im Leben brauchen werde, muß ich jetzt lernen. In Pozsony ist es schlimmer gewesen, denn dort wurde die Zelle nicht beleuchtet«, sagte Herr Weltner und schnitt wohlgelaunt den Tabak und die Bücher der deutschen sozialistischen Apostel. Als Zeichen seines guten Willens schenkte er Botfi das Buch Bebels, das den Titel trug: *Die Frau und der Sozialismus*.

Ohne einen Laut der Ungeduld warteten der geistige Enkel des Bauernführers György Dózsa und der Aufwiegler der Pester Fabrikarbeiter auf den nächsten Tag. György Dózsa richtete sich eine gepflegte Speisekammer ein, während Weltner einmal zu einem Teekocher kam, und in ganz Ungarn fühlte sich niemand so zufrieden wie er.

Botfi dachte währenddessen, daß er wahnsinnig werden würde, und zwar abends um sechs Uhr, wenn der Wachtmeister an die Tür klopfte, seinen Backenbart durch die Türspalte schob, eine gute Nacht wünschte und dann den Schlüssel im Schloß zweimal umdrehte. So traurig war Botfi wie die hoffnungslosen Gefangenen der Burgverliese. Bereits seit einer Woche saß er im Staatsgefängnis und hatte schon ganz ernstlich die Schnur vorbereitet, mit der er sich während der Nacht aufknüpfen würde.

Was wißt ihr, glückliche, unerfahrene Menschen, was der Kerker bedeutet.

Wer es gründlich versucht hat, redet nur wenig darüber, wie man seine größten Sünden auch niemals gesteht. In der Einöde der Erniedrigung und der Bitternis wird die Seele den Ereignissen der Außenwelt gegenüber mit jedem Tag stumpfer. Allmählich vergaß Botfi während des ersten Monats jeden, den er jenseits der zwei Klafter breiten Mauer hinter sich gelassen hatte, denn er konnte sich denken, daß man auch ihn verloren gab. Aus einem seltsamen Blickwinkel begann er das Leben zu betrachten. Was er bis dahin getan hatte, das schien ihm von hier, aus der Zelle gesehen, nur schlecht. Ganz anders hätte man leben, umhergehen, reden, handeln sollen, als man es in der Vergangenheit, in der Erinnerung getan hatte. Eine ätzende Unzufriedenheit schnürte ihm die Kehle zusammen, so als streckte jede Nacht ein Gespenst seine Hand vom Plafond herunter und tastete nach seinem Hals. Der Zynismus, der ihn bis dahin vor den äußeren Einwirkungen beschützt hatte, war aus seiner Zelle geflohen wie eine untreue Katze. Alles, was zur Vergangenheit gehörte, tat ihm weh; selbst die nebligste Erinnerung beschämte ihn tief; er vergrub den Kopf im Polster, wenn er daran dachte, daß er leben konnte ohne Empfindsamkeit, ohne in sich zu gehen, leben wie jene unglückseligen jungen Männer, die in Pest zu dieser Zeit Kálmán Réső-Ensel, den kraftstrotzenden Grundbesitzer aus dem Stadtwäldchen, für ihren Führer hielten. Jede Nacht schlemmten und zechten sie in Gesellschaft von zweifelhaften Frauen, Wucherern und Zigeunermusikanten bis zur Frühe; ihr Leben war ewiger Rausch, aus dem sie meistens erst im Kerker oder auf dem Sterbebett erwachten. Gehegte Hoffnungen von Familien, andächtige Gedanken junger Frauen, Gebete alter Mütter verkamen im »Parisien« benannten Vergnügungslokal, und dieser Vorhölle entrann kaum jemand lebendig; die Tänzerinnen, die Kellner, die Musikanten starben den Gästen nach, als wäre das unterirdische Etablissement gezeichnet gewesen. Die Gladiatorenkämpfe haben in unserer Zeit bereits wieder den Reiz der Neuigkeit, während Ensels Gesellschaft ihre Kraft fast nächtlich mit Fleischhauern und mit berühmt starken Kutschern maß, und in den Kaffeehäusern der äußeren Kerepesi-Straße floß das Blut manchmal in Bächen. Es waren furchtbare Zeiten. Aus guten Häusern stammende junge Männer, die die Universität absolviert haben, brüllten wie mittelalterliche Viehtreiber. (Diese Prachtbande des Réső-Ensel war nur eine in die Theresienstadt verlegte Filiale der Terroristenrunde des Café Fiume. Die Helden des »Parisien« waren Abkömmlinge des Ferkó Kossa, Karcsi Ráth, Jancsi Vidacs, Jenő Kauser, Pista Parányi, Onkel Blau, Jóska Barthos und der übrigen berühmten Radaupatrioten und gewalttätigen Ungartumverbreiter aus der »Blauen Katze«. Sie begannen manchmal ohne jeden Anlaß eine Rauferei, denn so etwas gehörte zum Respekt. Die Krakeeler früherer Zeiten liebten es, Politik in die Schlägerei zu mischen, österreichische Offiziere mit dem Kossuth-Lied zu unterhalten, aus der Provinz neu aufgetauchte Krakeeler Mores zu lehren. Gewaltige Saufereien, die manchmal zwei, drei Tage dauerten, gingen der endgültigen, abschließenden Schlägerei voran, nach der vom Schlachtfeld jedermann nach Hause ging, um sich für das bevorstehende Duell auszuschlafen.

Ein unpoetisches, trauriges Kapitel der alten Kavalierswelt war das, in der man die krummen Säbel sonst nur Frauen zuliebe hatte schleifen lassen.)

Nach einem Monat, Mittwoch nachmittags, am Besuchstag, zog ein Zuchthausbeamter, in Gesellschaft einer Dame mit lila Hutschleier und lila Umhang, an der Glocke des Wachtmeisters und fragte nach dem Staatsgefangenen Leopold Botfi.

Botfi steckte den Kopf durch die Türspalte. Er fuhr zusammen. Die Wildkatze war gekommen, und ihr Parfüm konnte man bereits von weitem riechen. Die Frau mit den lilafarbenen Augen führte Heliotrop bei sich, in einer kleinen Flasche, die sie über ihrer Handfläche mehrmals umkippte. Sie kokettierte augenscheinlich mit dem Leutnant der Kerkerwache, der ihr beim Transport eines weißen, aus Schilf geflochtenen Korbes behilflich war.

Wildkatze wartete im »Gesellschaftsraum« auf den Staatsgefangenen.

Damals verfügte die Zuchthausordnung, daß der alte Wachtmeister Zeitung zu lesen habe, während sich der Staatsgefangene mit seinem Besucher unterhielt. Nur in sehr außergewöhnlichen Fällen ging der Wachtmeister auf den glasbedeckten Gang hinaus, um nach dem Wetter zu sehen. In so einem Augenblick warf sich Wildkatze unserem Freund Leopold an den Hals.

»Du verdienst es gar nicht, daß ich dich so sehr liebe, du Schurke!« rief sie mit so wilder Leidenschaft, als wären sie zu Hause.

Botfi nickte gebrochen, wie ein Mensch, der in jedem Fall auf dem Stroh des Kerkers verrotten wird. Später setzte sich ihm aber Wildkatze auf den Schoß, spielte mit seinem Haar und schaute ihm so tief in die Augen, als blickte sie in einen Teich. Dabei murmelte sie Worte, die nur sie beide verstanden, woraufhin die Stunde plötzlich und unbemerkt verflogen war. Várkonyi, der Staatsgefangene und Bodenverteiler, begann auf dem verschneiten Hof zu hüsteln, gleichzeitig räusperte sich der Wachtmeister auf dem Gang, und beide klopften an die Fenster. Der Leutnant übernahm am Tor die Lilaäugige wieder (die Wildkatze kam, wie Leopold Botfi erst nach Jahren erfuhr, zu spät zum nächsten Pester Zug und fuhr erst mit dem Abendexpreß), Botfi blieb in seiner Zelle allein, mit der Erinnerung an eine parfümierte Umarmung und an Küsse, die nach Mandeln geschmeckt hatten, in Gesellschaft von ein paar Flaschen Kompott und mit einem von Wildkatze komponierten und zu Papier gebrachten Gebet, das ihn in Sorge und Bedrängnis trösten würde. Der Sozialistenführer erbarmte sich Herrn Botfis, der seit der Begegnung mit der Lilaäugigen beinahe den Verstand verloren hatte, und begann mit dem unglücklichen Gefährten eine Partie Pikett. (Mit Karten wurde das Zuchthaus zur Zeit des seligen Wahrmann-Jungen ausgestattet, als die Staatsgefangenen noch mit Hilfe einer Leiter die Vácer »Rote Laterne« besuchten, um Walzer zu tanzen, bis jemand den Hahnenschrei vergaß und erst in den Vormittagsstunden am gelben Haus klingelte. »Wohin hat man die Leiter geräumt?« fragte er zornig. Und seither sind die nächtlichen Ausflüge der Staatsgefangenen aus der Mode gekommen.)

Am Samstag lotste ein Wachbeamter die Büffeläugige aus dem

Büro zum Glückskerl. Einen Kleiderkorb trug sie auf dem Kopf, dessen Inhalt Herrn Botfi ungefähr für den ganzen Winter mit Essen versorgte. Es gab da Speck, Rippenfleisch, verschiedene Würste, unter ihnen auch Blutwurst (die der verhutzelte kleine Raubmörder auf dem Eisenofen briet, mit großer Sachlichkeit, als wäre er zeit seines Lebens Koch gewesen. »Nie habe ich gekocht, gnädiger Herr, ich hatte ja eine Frau. Nur im Zuchthaus habe ich mir abends vorgestellt, was man zum Nachtmahl kochen müßte – wäre ich draußen.«) Preßkopf, Mortadella, Truthahn, in großen Dosen Forellen und allerlei Fische in Öl, Krebse und zwei Dutzend Austern (die Herr B. im zivilen Leben gern hatte), in Moos versteckte Weinbouteillen, verschiedene Arten von Senf (Várkonyi, der György Dózsa, stellte sie während seiner langen Gefangenschaft eigenhändig her), gebeizter kalter Rinderschinken, wie er nur von Fuhrmännern gegessen wird, die sich noch bei Dunkelheit, am frühen Morgen, auf den Weg machen, außerdem noch harte Eier und Ferkelschlegel, der den armen Gefangenen an die unschuldigen Ostern seiner Kindheit erinnerte.

Lange saß die Büffeläugige im Gesellschaftszimmer, ohne etwas zu sagen. In ihrer Halbtrauer erinnerte sie an eine Dame aus der Provinz, die ihrem Schwager seit drei Monaten nachtrauert. Ihr Stoffrock und ihre Winterschuhe, ihr Fuchspelz, ihr Filzhut und ihre korallenen Ohrgehänge brachten Botfi während des Besuches jene tänzerischen Halbschuhe und runzelig gewordenen Seidenstrümpfe in Erinnerung, die am Mittwoch Wildkatze im selben Zimmer getragen hatte.

Leise strich sich die Büffeläugige das gutmütige blonde Haar hinter die Ohren, wie es Frauen zu tun pflegen, die ihr Haar nur aus Zerstreutheit richten.

»Haben Sie viel gelitten?« fragte sie kaum hörbar.

Botfi winkte ab.

»Nicht der Rede wert. Ich lerne Englisch.«

Der Wachtmeister zog sich zwecks Pfeiferauchens auf den Gang zurück, aber die Büffeläugige ergriff die sich bietende Gelegenheit nicht. Bloß mit ihren behandschuhten Händen preßte sie Botfi die Hand und sagte, und es klang wie ein Schwur: »Ich werde Sie nie vergessen, denn in meinem ganzen Leben ist zu mir niemand so gut gewesen wie Sie.«

Botfi starrte auf den Boden und antwortete mit sündig gleichmütiger Stimme: »Die Gefangenschaft ist lang, ungewöhnlich lang. Ich werde mich nicht wundern, wenn mich alle, die draußen sind, vergessen.«

Der Frau in Halbtrauer füllten sich die Augen mit Tränen, als ginge sie im Friedhof zwischen Kindergräbern spazieren.

»Plärren Sie nicht«, sagte Leopold Botfi mit dem Ernst eines Sträflings. »In den Häusern wurden schon so viele salzige Tränen vergossen, daß die Donau davon über die Ufer treten würde, und trotzdem hat seine Freiheit noch niemand früher zurückbekommen, als es aufgeschrieben steht im Büro.«

Die Büffeläugige lernte danach den »tagsüber bedingt auf freien Fuß gesetzten« kleinen Raubmörder als Botfis Pfleger kennen und drückte ihm ein paar Taler in die Hand. Das verhutzelte Männchen stellte sich auf die Zehen und formte einen Trichter aus den Händen.

»Zigarren und Wein: das ist das Losungswort«, flüsterte er und ging, um den Ofen zu heizen.

Das Erscheinen der guten Frau hatte im Staatsgefängnis eine außerordentliche Wirkung. Der Wachtmeister mit dem Backenbart erlaubte Botfi, seinen Besuch über den Hof bis zum Tor zu begleiten. Die Büffeläugige blickte dann noch so schmerzlich zurück, daß Leopold die Augen niederschlug. Die ganze Nacht hindurch konnte er kein Auge zutun. Er beschloß, über die Gutherzigkeit der Frauen ein Buch zu schreiben. Gegen Morgen aß er eine Dose Krebse auf und schrieb etwa folgendes auf die getünchte Wand des Kerkers (obwohl er reichlich Papier hatte):

»Die Güte der Frauen, die das Männerleben von der Wiege bis zur Bahre begleitet, ist eine genauso seltsame Erscheinung wie die allmächtige Gnade der Natur, die im Winter die Hasen mit Pelz versieht und die Meisen mit Essen. Man kann nicht wissen, warum die Frauen so gut sind, man kann sie nur mit überschäumendem Herzen, mit ergriffenen Gedanken umgeben, wie jene wohltätigen Götzenbilder, die den Westindischen Inseln Regen und Wind bringen. Wenn ich einmal meine Sünden beichten werde auf dem Sterbebett, werde ich nach einer alten Nonne verlangen, und sie wird mir Mut geben, um alles erzählen zu können, was mit mir und den Frauen geschehen ist. Sie, eine Frau, wird mir die Absolution erteilen . . . Das Programm meines Lebens und meiner Freiheit: apostolischer Lebenswandel und Verkündung des Wortes über die unendliche Güte der Frauen . . .«

Vielleicht hätte der Sträfling seine Notizen auch weiter fortgesetzt, doch begann der Wind im langen Ofenrohr zu summen, und Kälte strömte aus der Wand, als seufzten eingemauerte Gefangene. Außerdem fiel ihm die nach Opium schmeckende Stimme der Wildkatze ein, dieser Hauch, der wie ein Nachtfalter um seine Ohren geschwebt war: »Leopold!«

(Wobei sie diesen Namen nur deshalb mit so großer Kunstfertigkeit aussprechen konnte, weil auch ihr vorheriger Liebhaber, ein Fischhändler, Leopold geheißen hatte.)

Wildkatze kam danach nie mehr nach Vác, obwohl sich der arme Gefangene mit ihr in seinen Träumen selbstverständlich noch mehr beschäftigte, als es die alten Weiber mit der Lotterie tun. In seiner Phantasie zeichnete er die Szene immer wieder und immer anders, wie er sich benehmen müßte, wenn Wildkatze noch einmal erschiene: hochmütig wäre er, wie es einem Herrn geziemt, der in seinem Selbstgefühl tödlich verletzt wurde, oder demütig, wie in Zeiten der Dürre der Kniende über einer kühlen Quelle; er würde ihr mit dem Umbringen drohen, oder er würde sie schwören lassen, daß sie von nun an die verzweifelte Klage eines gequälten Herzens erhören würde. (Aber Wildkatze hielt es endgültig mit der Vorsicht.)

Die Büffeläugige besuchte Herrn Botfi noch ein paarmal, doch benahm sich der Staatsgefangene bei jeder Begegnung so grob und hochnäsig, daß die gute und schöne Frau immer verweinte Augen hatte, wenn sie wegging, und nach dem Besuch noch tagelang unglücklich war. Einmal verbat ihr dann Leopold endlich, daß sie ihn besuche. Die gute Frau verheimlichte ihre Tränen, verabschiedete sich vom Staatsgefangenen und deponierte für Herrn Botfi eine größere Summe bei der Kerkerverwaltung, die bei seiner Freilassung auf den von jedem vergessenen Sträfling warten sollte. Wer weiß, wohin, in welche Gegenden die gute Frau geflohen ist, über die Leopold B. einst hatte ein Buch schreiben wollen.

Von da an war der Staatsgefangene wegen zweier Frauen traurig. Seine Zuchthausgefährten erzählten den neu angekommenen Gefangenen, daß er das Opfer einer gewissen büffeläugigen Frau war, die ihn im Elend des Kerkers endgültig verlassen hatte; Leopold nickte zaghaft und nahm für sich, als Opfer der Frauen, viel Nachsicht in Anspruch. Am Sonntag wollte er in die Gefängniskirche geführt werden, in der die Bewohner des Kerkers, in verschiedenen Stockwerken hinter langen Eisengittern, die heilige Messe hören und, von der Orgel begleitet, so bitterlich singen, daß sich bei diesen unbeschreiblichen Tönen menschlichen Schmerzes selbst die unglücklichste Seele beruhigt.

Als der Tag der Freiheit schlug, beschloß Leopold Botfi, daß er in die große Welt nie mehr zurückkehren würde, denn in der Stadt war das Opfer der Frauen freundlich empfangen worden. Er übernahm ein kleines Amt, verkaufte sein Erbe; die eine oder andere unerfahrene Frau läßt ihren Blick mitunter auf ihm ruhen, während ihm die Männer gutwillig auf die Schulter klopfen. Er hält gute Freundschaft mit dem Seelsorger des Gefängnisses, ministriert im Gefängnis sonntags bei der Messe und besucht oft die Staatsgefangenen am Mittwoch oder am Samstag, bei welcher Gelegenheit er seine Abenteuer im ebenerdigen gelben Haus erzählt. In winterlichen Zeiten hat er eine Vorliebe für kalte Getränke, und während der Jagd zieht er manches Mal ein kleines Porträt aus der Brieftasche. Das Porträt der Wildkatze.

»Dieser Frau zuliebe verzeihe ich dem ganzen weiblichen Geschlecht«, sagt er ernst.

Nachdem sich Eduárd Alvinczi die lehrreiche Geschichte angehört hatte, verfügte er, daß die Kutschen vorfahren sollten.

In seinen gestreiften Hosen, im abgenützten Frack blickte Leopold den Postkutschen lange nach. Er hoffte, daß sich sein Ruhm bald im ganzen Land verbreiten würde.

12

Das Leben jagt dahin ...

Lockig wie Schafwolle hing der Schnee von den Tannen am Abhang, der Himmel war perlmuttgrau, und von irgendeinem unsichtbaren Ort her wehte lind ein lauer Wind, der Schneeschmelze verkündete, als hätte ein Nachmittagsgeist die schneebedeckte Erde schon begnadigt, während seine Beisitzer noch Strenge walten ließen. In Ungvár, im Restaurant »Zur Krone«, nahm die Reisegesellschaft das letzte Mittagessen zu sich, nachdem sie vorher das berühmte Bierhaus besichtigt hatte, wohin in Ungvár jeder Fremde geschleppt wird, da man dort das frischeste Bier bekommt; dann, nach dem Mittagmahl, ließen sich unsere Reisenden in der Özvegyischen Konditorei nieder, um die alten Kartenspieler in Augenschein zu nehmen, die hier mit der Überzeugung eines langen Lebens Klabrias spielten, während die Kiebitze fachmännisch über den Wandel des Glücks debattierten. Es sah ganz so aus, als kümmerte sich in dieser fleißigen Handelsstadt jedermann allein um die Klabrias-Partie der Özvegyischen Konditorei.

Herr Eduárd Alvinczi wurde in diesem Lokal von einem Edelmann früherer Zeiten, dem alten Herrn Berzenczey, aufgesucht, der in Begleitung von Professor Sirokai gekommen war, um den Tatarenkhan zur Besichtigung der Keller von Ungvár einzuladen.

»Ich glaube, wir sind lange genug auf der Reise, um uns eine kleine Unterbrechung zu gönnen und vor der Ankunft in Medveháza auszuruhen«, meinte Herr Alvinczi, und die Gesellschaft stimmte zu, besonders Herr Rezeda, der unterwegs die Erbauer mehrerer Hotels, in denen man hatte übernachten müssen, mit reinem Gewissen ermordet hätte. (Die Gasthöfe der ungarischen Provinz sind so öde wie die Güterwagen der Eisenbahn. Als hätte man sie nur erbaut, um die Geschicklichkeit des hereinstolpernden Gastes auf die Probe zu stellen: Wird es ihm wohl gelingen, in der Morgendämmerung oder gegen Abend vor dem pockennarbigen Lohndiener mit der Räubervisage, vor der ausgemusterten, Kindermördern behilflichen, Dienstboten verschachernden »Zimmerfrau«, vor dem Portier, der ein Meuchelmörder sein könnte, Reißaus zu nehmen, ohne Trinkgeld gegeben zu haben? Ein ewiger, heimtückischer Kampf zwischen Gästen und Bediensteten ist hier im Gange. Es ist ständig kalt, das Bett ist derart unsauber, als hätte man in ihm erst eine Nacht vorher einen ungewaschenen Roßtäuscher erwürgt. Altes Zeitungspapier liegt in den Schränken, und aus den Fenstern sieht man auf eine traurige Straße, in der die Kinder niemals lachen und Erwachsene umhergehen, die man nur anblicken muß, um sich zu fragen, wozu diese Leute eigentlich auf die Welt gekommen sind.)

Herr Rezeda warf einen lebhaften, vielsagenden Blick auf Irma Krónprinc und machte sie auf den tiefen Schnee aufmerksam, der die Stadt beinahe begraben hatte.

»Und in der Gegend der Keller! Wie muß es erst dort aussehen!« fügte er großartig hinzu. »Jeden Winter ersticken ein paar Wanderkomödianten, wenn sie sich im Keller besaufen.«

Die Damen Zöldvári entdeckten eine kleine Konditorei. (Wie

aus einer romantischen Erzählung.) Hier werden sie mit Fräulein Vecsera und Mister H. den Nachmittag verbringen, um ihre Aufmerksamkeit den großäugigen orientalischen Damen des Städtchens zu widmen, die modische Hüte tragen wie die Pesterinnen und alle Ereignisse aus Kunst und Literatur früher erfahren als die Leute in Pest. Gierig blättern sie am Ladentisch des alten Buchhändlers in den neuesten Büchern und Notenheften. Eine Dame, die von Zacconi oder vom Autor der *Silbernen Ziege* kein Autogramm besitzt, kann gewiß nicht als elegant gelten. In dunklen Zimmern spielen sie Bach auf dem Flügel, während draußen ein Schneesturm tobt, wie er nur in den nordöstlichen Karpaten bekannt ist, zudem lebt Tihamér Margittay im Städtchen, der Maler, der sich auf dem Höhepunkt seiner Laufbahn zurückgezogen hatte, um auf der Straße die Frauen mit überschwenglicher Höflichkeit grüßen zu können. Man glaubt hier, genauso wie in Nagyvárad, man lebe in einem kleinen Paris, und mit großstädtischer Elastizität straffen sich die Muskeln der Beine unter den mit Monogrammen gezierten Strumpfbändern der feinen Damen. Paris! Pest! Glänzend leuchtende Laternen!

Der alte György Berzenczey (der sich brüstete, Eduárd Alvinczi noch aus dessen Kindheit zu kennen, aus dem Komitat Zemplén) war ein seltsamer Mensch, den der Tod vergessen hatte mitzunehmen, denn nachts saß der greise Edelmann immer vor einer Weinflasche, wobei er für den umherstreifenden oder ans Fenster klopfenden Tod stets ein leeres Glas bereithielt. Dünne Beine hatte der Alte und eine Wespentaille; auf dem Kopf trug er einen Hut, der so klein war wie der Punkt über dem Buchstaben i, und mit verschiedenen Salben war ihm der Schnurrbart an die Lippe geklebt. Ein spitzer Adamsapfel war am langen dünnen Hals des außergewöhnlichen Mannes zu sehen, und Herr Rezeda freute sich im vorhinein auf die komischen Sprünge, die der ansehnliche Knoten gewiß vollführen würde, sobald der Wein erst durch die Kehle rann. Der Schlüssel des Sankt-Peter-Domes kann nicht eindrucksvoller sein als der Kellerschlüssel, den der alte Herr in seiner Hand baumeln ließ, während er mit seiner Linken auf die Kellertüren zeigte, die inmitten heller Fassaden am Bergabhang dämmerten, und dabei dem schweigsamen Herrn Alvinczi sowie seinen treuen Vasallen, Szilveszter und Aldzsi Vendéghegyi, die Geschichten der verschiedenen Kellerbesitzer erzählte. Jeder Weinbauer hatte eine eigene Geschichte, so wie er ein eigenes Lied gehabt hatte und sogar einen eigenen Zigeuner in längst vergangenen Zeiten. Doch wachten die Winzer auch über ihre Gäste eifersüchtig. Wenn der eine oder andere alte Gast nicht in den Keller kam, sondern zu Hause blieb, zeichneten sie über seinem leeren Platz neben dem Faß ein Kreuz in die Luft: bald würde die Todesnachricht eintreffen.

Herr Professor Sirokai war ein breitschultriger alter Mann, dessen Stimme so tief klang wie das Dröhnen einer Sturmtrommel. In der Schule unterrichtete er die Jungen in Literatur und hütete dabei das Ungartum des Gymnasiums im Grenzland wie ein Wachtposten, der noch in der Zeit der Landnahme der Ungarn hiergelassen worden war. Den Korb mit dem Proviant trug er.

Herr Rezeda und seine Verlobte, Fräulein Krónprinc, blieben zurück; besonders K. R. weigerte sich, mit der Gesellschaft Schritt zu halten, nachdem der Schnee am Abhang, zwischen den stummen Kellern, schon bis an die Knie reichte.

»Bist du eifersüchtig?« fragte Herr Rezeda. »Ich weiß, daß es eine Dummheit ist, und doch erzähle ich dir, daß ich vor zehn, zwölf Jahren in dieser Gegend einmal bereits herumgekommen bin, im Winter, mit der Naiven des hiesigen Theaters, deren Namen ich bereits vergessen habe.«

Irma Krónprinc sah etwas schielend auf Kázmér R.

»Haben Sie ihren Namen wirklich vergessen?«

»Wenn Sie es mir verzeihen: sie hieß Irma.«

Irma zog die Zobelmütze bis an die Augenbrauen.

»Ich bin nicht böse. Es gab Zeiten, in denen man über die Irmas sogar Walzer geschrieben hat.«

»Nur ein einziges Mal habe ich sie gesehen«, fuhr Herr Rezeda mit träumerischer Stimme fort. »An dieser Stelle muß es gewesen sein, wenn meine Erinnerung nicht täuscht.«

Er zeigte auf einen Kellereingang, dessen Fassade rußig war und aus unbehauenen Steinen gebaut; Schlösser, groß wie Kinderköpfe, hingen an der Tür, über der die altertümlichen Ziffern 1755 verkündeten.

Fräulein Krónprinc betrachtete den Keller wie irgendeine Sehenswürdigkeit. Nachdem es ihnen gelungen war, sich von der Gesellschaft zu trennen, biß sie dann K. R. in die Lippe.

»Hat sie es verstanden, dich so zu küssen?« fragte sie mit beinahe heiserer Stimme, und ihre Augen blitzten hinterlistig auf.

Ihre außergewöhnlich muskulösen Arme schlang sie, wie die

Winde, um den Hals des Kázmér R., so daß der Ritter nach Atem rang.

»Hat sie es verstanden, dich so zu umarmen?«

Dann warf sie mit einem Griff, wie ihn die Ringer verwenden und wie ihn Irma bereits öfters ausprobiert hatte, das Knie auf die Schulter von K.R. und verdrehte den Hals des Mannes so geschickt, daß er sogleich in den Schnee fiel. Fräulein Krónprinc kniete sich daraufhin rasch auf die Brust von K.R., und es sah aus, als rauften zwei gutgelaunte Backfische im Schlafsaal des Klosters, während die Schwester vom Bäcker das Stephanie-Kipferl übernahm.

Stumm und entschlossen war der Kampf im tiefen Schnee. Schließlich wurde Herr Rezeda von seinem mit Katzenfell gefütterten Pelzrock befreit, warf die Pelzmütze ab und zwang Fräulein Krónprinc mit einem unerlaubten Griff (wobei er an Irmas Mittelfinger in der Gegend des Nagels einen gewissen Druck anwandte) in die Knie.

»Gehorche!« rief er, wie er in seiner Jugend die jungen Schnitterinnen auf dem Weizenfeld angeschrien hatte, als seine Knochen und Muskeln knarrten wie die eines Hirsches und er nicht einmal vor dem Würgen zurückschreckte, um sein Ziel zu erreichen.

Gewiß war ein gutes Stück Zeit vergangen seit den Tagen, in denen die Frauen von ein, zwei Dörfern und von stillen einsamen Gehöften vor ihm nicht sicher sein konnten, denn irgendwo in der Nähe der Zäune hatte er auf der Lauer gelegen, wie im Frühling die Wölfe auf Hündinnen warten, und mit Wagenleisten und Deichseln hatten ihn die Männer verfolgt, wenn sie ihn nachts irgendwo entdeckten: Herr Rezeda hatte den alten Mannesmut noch nicht völlig vergessen, obwohl sein Haar an manchen Stellen bereits weiß war wie der Schnee. Er kämpfte mit Irma so gierig, wie ein zu allem entschlossener Landstreicher (ein alter Landstreicher) mit dem jungen Mädchen ringt, das in den Wald gegangen war, um nach Beeren zu suchen. (Das Mädchen wand sich, zappelte mit den Beinen und stieß mit den Fersen wie mit Dolchen zu. Sein Kreuz bäumte sich auf wie der Schaum auf den Wellen des Meeres.) Endlich warf ihm Irma Krónprinc eine Handvoll Schnee ins Gesicht.

»Zum Teufel ...!«

Sie sprang auf die Beine und musterte Herrn Rezeda voller Verachtung.

»Was glauben Sie eigentlich von mir, elendiger Mann?«

Einen Augenblick hatte Herr Rezeda die Absicht, Fräulein Krónprinc am Hals zu packen, wie er es vor zehn Jahren getan hätte, um sie zu zwingen, sich für ihre Unfolgsamkeit zu entschuldigen, Hände, Gesicht, Handschuhe und Pelzrock mit den Lippen zu berühren und schließlich Liebe zu schwören – aber Kázmér Rezeda fand die Sache schon langweilig ... Er begann zu pfeifen, wie ein Bäckerbursche, der, vor Kälte zitternd, in der Morgendämmerung mit seinem Korb hinkend dahingeht.

»Einmal habe ich einen Sterbenden gesehen, der im Schnee lag«, sagte er und klopfte gleichmütig den Schnee von Irmas Mantel. »Wenn seine ausgetretenen Stiefel nicht täuschten, muß er wohl ein Roßtäuscher gewesen sein; röchelnd lag er am Wegrand, spuckte schäumendes Blut, öffnete und schloß die Augen immer wieder. Mir fiel damals ein, daß ich einmal in eine ähnliche Lage kommen könnte, wenn aus mir nicht bereits zu Lebzeiten ein Heiliger wird. Wann mochte wohl der heilige Augustinus mit dem anständigen Leben begonnen haben?«

»Sie werden sich nie bessern«, erwiderte Irma beleidigt. (Sie hätte selbst nicht gedacht, daß die Balgerei ein derart ödes Ende nehmen würde.) »Es gibt Leute, die dazu bestimmt sind, noch auf ihre alten Tage Aushängeschilder zu sein im Wirtshaus ›Zum Löwen‹ oder in der ›Kleinen Redoute‹. Verkommen, zerlumpt und asthmatisch werden Sie einmal in der Nähe des Schanktisches herumsitzen, ihr einziger Freund, Herr Gráciász, ist da nicht mehr am Leben, und mit falschem Weltschmerz schreiben Sie Ihren Namen auf den Tisch.«

»Ich werde es nicht tun, das verspreche ich Ihnen«, sagte mit sehr trockener Stimme Herr K. R.

Irmas Gesicht verfinsterte sich ein wenig.

»Was soll denn aus Ihnen werden? Arbeiten können Sie mit vierzig nicht mehr. Stolz sind Sie wie ein Charakterdarsteller, zu stolz, um eine reiche Frau zu heiraten und sich aushalten zu lassen. Mit einem unerwarteten Glücksfall können Sie nicht rechnen, denn Ihr Füllhorn haben Sie bereits insofern geleert, als Sie überhaupt solange am Leben bleiben konnten.«

»Jeder neue Tag ist eine Wohltat Gottes und ein Wunder«, anwortete andächtig Kázmér Rezeda. »Das Leben jagt dahin, wie der Postbote dahinrast, nachdem er seine guten und schlechten Nachrichten übergeben hat.«

»Und wenn auch ich Sie verlasse . . . ?«

Irma hob den Silberblick vom Schnee; in ihren Augen blitzte beinahe Haß.

Herr Rezeda faltete die Hände zum Gebet und zuckte die Achseln.

»Und wenn auch wir Sie eines Tages verlassen?« fuhr Fräulein Krónprinc leidenschaftlich fort. »Ich gebe Ihnen einen Tritt, und Sie sehen mich nie wieder. Ich gehe Ihnen aus dem Weg, und Sie dürfen nicht mehr in meine Nähe. Wir treffen einander nicht, es bleibt uns nichts anderes übrig, als einander zu vergessen . . .«

»Seit langer Zeit denke ich daran, daß ich auf meine alten Tage in ein Kloster eintreten werde. Ich kenne den Abt von Tihany. Hoch über dem Balaton und über Märchenwelten ragt das alte Kloster kühn empor, in dem die ältesten Ordensbrüder wohnen. Elf sind sie an der Zahl und alle zusammen meistens tausend Jahre alt. Einen guten Platz werde ich dort haben«, antwortete sanft K.R.

»Was glauben Sie? Braucht der Abt vielleicht so einen Taugenichts?«

»Die Öfen werde ich heizen und Holz hacken; den Wein werde ich aus dem Keller hinauftragen . . .«

Das Mädchen begann vor lauter Zorn zu lachen, so heftig, daß ihm die Tränen über die Wangen liefen.

»Nehmen Sie mich an der Hand!« rief es und stapfte rennend den Abhang empor, auf die dämmrige Kellertür zu, durch die bereits zaudernde Lichter sickerten, so als wären die beiden an der Schmiede des Teufels angekommen.

Herr Professor Sirokai hieß gerade in dieser Minute den Zigeunerprimás Lányi mit seinem ganzen Orchester im Berzenczey-Keller zu erscheinen, indem der Wachtposten des Ungartums einen Mann, der keinen Hut hatte und keine Schuhe, in die Stadt hinunterschickte, denn im Zustand völliger Zufriedenheit waren solche Menschen im einstigen Ungarn vorzufinden, und Baßgeigenträger nannte man sie in den beleuchteten Städten. (Woher waren diese Leute in das einstige Ungarn gekommen, um bei den Zigeunermusikanten Bedienstete zu werden? Nicht einmal im Roman *Ungarische Geheimnisse* aus der Feder von Ignác Nagy steht davon etwas geschrieben. Herren, die zugrunde gegangen waren, wählten öfters diesen Beruf, um mit dem weltlichen Leben ganz und gar Schluß zu machen und eine gewisse Ruhe zu finden. Ein sonderlicher Herr K. lebt noch in der Erinnerung, der sich in ein Zigeunermädchen verliebt hatte und in der Holló-Straße hinter den Musikanten die Baßgeige oder das Zimbal schleppte, bloß um die Zigeunerprinzessin, die schön war wie ein Panther, ab und zu sehen zu können. Dann wieder vernarrten sich die Herren in den Fiedelbogen und in die vier Saiten so sehr, daß sie, nachdem sie alles verloren hatten, auch weiterhin in einer Ecke des Wirtshauses saßen, in schäbigen Pepitahosen und in Lackschuhen, die keine Sohlen hatten, und der Musik lauschten, leise sangen, bei den Tönen mancher Lieder längst vergangene Dinge sahen, als hätte das schöne Leben niemals aufgehört; auf einmal packten sie das Zimbal auf den Rücken, nachdem sich die Kunde verbreitet hatte, daß im Café Schelm unerwarteterweise und in angeheitertem Zustand X oder Y, Schwärmer der ungarischen Tonkunst, eingetroffen war. Die Österreichisch-Ungarische Bank zog die alten Tausender, die gelb waren und in deren runden Feldern sich die dicksten und schönsten jüdischen Damen des Landes trafen, nur deshalb aus dem Verkehr, weil man alle diese Noten nach Debrecen trug, um sie dort dem Zigeunerprimás auf die Stirn zu kleben. Ein Baßgeigenträger war es, der mir in meiner Jugendzeit mitgeteilt hatte, daß man den Frauen nicht glauben dürfe – nachdem er sein Instrument dreißig Jahre hindurch ergeben und mit einem gewissen Vergnügen von einem Ständchen zum anderen geschleppt hatte.)

Im Keller ging es bereits lustig zu.

Im flackernden Licht der Öllampe – das so launisch war wie die Mägen älterer Weintrinker – sah man verschiedene Figuren, die von früheren Gästen auf die Kellermauern gezeichnet worden waren, mit Ruß, mit Blut, mit Wein, mit einer Besessenheit, die im nächsten Augenblick endgültig verdampfte: Kuruzen, die Pfeifen rauchten, Frauen, die einbeinige alte Männer liebkosten, hatten auf den Wänden Platz genommen und benahmen sich so ruhig wie die Mumien in den Pyramiden. Es gab kaum einen Keller im Berg, wo Ferenc Rákóczi II. oder wenigstens sein Heerführer Bercsényi ihre Namen nicht auf die unbehauenen Steine des Gemäuers geschrieben hätten, mit halbverbrannten Holzscheiten, denn zu dieser Zeit stand das Autogramm, wie es auch vom Brigadier Ocskay an den Mauern Wiens angebracht worden war, hoch in Mode. (Im Keller der Berzenczeys hatten echte polnische Könige ihre Unterschriften hinterlassen, Herren, die gekommen waren, um Wein, Mädchenküsse und Kremnitzer Dukaten zu stehlen.)

Herr Eduárd Alvinczi besichtigte die geschichtlichen Mauern natürlich mit tiefer Ergriffenheit und betrachtete unter all den Aufschriften besonders eine aufmerksam.

Die Aufschrift hatte folgenden Wortlaut:

Hic fuit Szemere de genere Huba.

»Ist vielleicht mein Cousin Miklós in dieser Gegend herumgekommen?« fragte er ein wenig gerührt und rückte sich unwillkürlich die Mütze zurecht. (Diesen Herrn hätte er nachahmen wollen.)

Herr Professor Sirokai antwortete mit allwissendem Ernst: »Der Verfasser dieser Aufschrift war Miklós, der Dichter, aus der Sippe der Szemere, der Petőfi aus der Ferne liebte, aus der Nähe aber nicht recht mochte, denn seiner Ansicht nach ziemte es einem Dichter nicht, derart glänzende Stiefel zu tragen, wie es Petőfi getan hat.«

Alvinczi nickte beiläufig.

»Ohne Zweifel hat mein Vetter recht.«

Andererseits kamen noch die Namen Lilla, Trilla und Muttilein im Stammbuch des Kellers auf der rußigen Wand zum Vorschein. Im Baß, von dem er glaubte, daß es Flüstern sei (damit man ihn unten in der Stadt nicht hören sollte), bemerkte Herr Professor Sirokai: »Mein junger Freund György war Mieter eines Sperrsitzes im lokalen Theater, und die kleinen Divas haben bei ihm einen gewissen Schutz genossen«, sagte er mit einem geschichtlichen Gesichtsausdruck, als enträtselte er eine Aufschrift aus der Zeit des Königs Sigismund.

(Der bewußte György, der alte Herr Berzenczey, schlug die Augen nieder.)

Nicht viel später danach saßen sie um das alte Faß herum, auf das sie die Öllampe gestellt hatten. Auf Holzböcken und verschiedenen Balken, auf ausgemusterten Fässern, die die Erinnerung an längst dahingegangene Zechbrüder wachhielten, hatte die Gesellschaft Platz gefunden. Herr Vendéghegyi setzte sich auf das Gestell, von dem der Hausherr erst vor kurzem das sehr wuchtige und endgültig undurchsichtig gewordene Weinglas weggenommen hatte, Szilveszter entdeckte den mit einem Federwerk versehenen Hut eines Wanderschauspielers und setzte sich das versehentlich zurückgelassene Gut des Komödianten auf den Kopf, während Eduárd Alvinczi einen einzigen Knopf seines Wieselpelzes aufknöpfte. György Berzenczey verschwand in der Dunkelheit des

Kellers, kehrte dann mit einer schwarzen Flasche zurück und schenkte derart besorgt in das Glas ein, als verabreiche er eine Arznei nach Rezept.

»Ich kann es empfehlen. Besonders auf nüchternen Magen!« brummte er unter seinem an die Lippe geklebten Schnurrbart wie ein Zauberer.

Fräulein Krónprinc leerte das verdächtige Glas bis zur Neige.

Herr Szilveszter war gewohnheitsgemäß mit allem zufrieden, während Algernon Vendéghegyi in der Nische das Wort an eine von Spinnengewebe bedeckte, altertümliche Bouteille richtete, der er die Vorteile eines gewissen Erlauer Weines erklärte, der rot ist und säuerlich und in Ungarn nicht seinesgleichen hat.

»Auf die schönen Frauen!« sagte Eduárd Alvinczi, und sein theatralischer Blick traf unerwartet auf die flammenden Augen des Fräulein Krónprinc.

Der betagte Mann wurde rot, dann rückte er an seinem Körper den Pelz zurecht, wonach er dem Mädchen wiederum einen hinterlistigen Blick zuwarf. Ein paar Minuten saß er wortlos und starrte vor sich hin, bis ihn Irma ansprach, mit fremdartiger Stimme: »Wie traurig ist es, daß die Männer in einem gewissen Alter die Handschuhe der Frauen nicht mehr aufheben!«

Beleidigt und verwirrt blickte Eduárd Alvinczi um sich, doch kümmerte sich im Keller zu dieser Stunde niemand um das weibliche Geschlecht, denn die Aufmerksamkeit richtete sich auf die Schweinshaxen, kleinen Zwiebeln, Radieschen und penetrant riechenden Käsesorten, die Professor Sirokai auf einem Faß ausgebreitet hatte. Das Brot war trocken und hart, denn frisch gebackener Teig füllt den Magen zu rasch. Schmale Klappmesser, aus Hirschhorn hervorspringende Klingen, Jagddolche wanderten aus den Taschen hervor. Mit einer Stimme, die von der Reise und von den pflichtgemäßen Höflichkeiten müde war, wiederholte Alvinczi, wie in einem Bühnenstück: »Die Handschuhe der Frauen ...«

»Die sie fallen lassen«, erwiderte eine unbekannte, fremde Frauenstimme, als hätte einer der Namen auf der Wand zu sprechen begonnen, irgendeine verflossene Trilla.

»Nicht kneifen, zugreifen!« sprach Herr Professor Sirokai, seine Speisevorräte anbietend.

Herr K.R. schnitt die ganze Zeit hindurch ein so schadenfrohes Gesicht wie der Kreuzritter, der vor dem Ritt ins Heilige Land seine Dienerschaft entmannt und den Keuschheitsgürtel seiner Gemahlin mit einem Schloß versehen hatte. Er begann mit dem arglosen Herrn Professor Sirokai ein langwieriges Gespräch über die Frage, wo in Ungvár die besten Schinken zu bekommen wären, er wolle nämlich einen auf dem Postweg seinem Onkel zusenden, der unter Umständen eine ansehnliche Erbschaft hinterlassen würde.

»Der Wein ist ein böser Feind der Liebe«, fuhr die Stimme von vorher fort, als würde jemand hinter den Kulissen sprechen, dessen wirkliches Gesicht wir nie erblicken.

»Zum Schluß trinken wir auf das Vaterland«, sprach Eduárd Alvinczi und stellte das Glas nieder.

Langsam erhob er sich, wie ein gichtiger Greis, doch hatte sich sein Gesicht wunderbar verjüngt, als wäre im Keller der seligen Kuruzen eine Zauberei geschehen. Rot und träumerisch war dieses Gesicht, wie die Melodie eines Liedes aus der Zeit des Fürsten Rákóczi. Seine Stirn und seine Lippen waren von derselben Farbe, wie sie auf den Bildern der Urahnen in den Gesichtern der Helden zu sehen ist, die geflochtenes Haar haben und harte Blicke und nachts aus den Rahmen hinuntersteigen, um in die Träume ihrer Enkelinnen, der jungen Frauen, zu blicken, während diese auf ihren Wirbelsäulen liegen und schlafen.

Er erhob sich, wie ein Gespenst, und umarmte mit unsichtbaren Armen Fräulein Krónprinc.

Der Zauber, der aus der schwarzen Arzneiflasche tröpfelte, hielt die Gesellschaft einige Sekunden noch in Bann.

Herr K. R. fuhr plötzlich zusammen, hob den Kopf, suchte Irma.

Irma saß hinter seinem Rücken auf einem Faß, betrachtete im Handspiegel ihr Gesicht und wischte sich mit einem Tüchlein Reispuder über die Nase. Das Mädchen lächelte so herausfordernd wie eine Dame in ihrem Boudoir, wenn sie sich an den eigenen Reizen gar nicht satt sehen kann und daran denkt, was für Komplimente wohl die Männer machen würden über die Spitzen ihres Rockes und über die Masche ihres Strumpfbandes.

»Ich habe dich betrogen«, sagte Fräulein Krónprinc wie nebenbei und betupfte mit Reispuder ihr Kinn, als sie bemerkte, daß Herr Rezeda sie mit roten Augen ansah, wie ein Stier.

Lányis Kapelle trat in derselben Minute ein.

Einer nach dem anderen schlüpften die Musikanten durch die Kellertür, und mit aufgerissenen runden Augen sahen sie um sich, als hätte man sie zeit ihres Lebens noch niemals zum Musizieren gerufen. Die Dorfzigeuner sind alle gleich, man kann sie voneinander kaum unterscheiden. Lányis Orchester galt als städtisch; im Sommer weckte es die Gäste in Szobráncfürdő zwischen wohlriechenden Tannenwäldern und herzerfrischenden Bergen mit dem Habsburgermarsch. Der zweite Geiger war auf seine kleinkrempige dunkelgelbe Melone stolz, genauso wie der Flötenspieler auf seinen mit Perlmuttknöpfen verzierten hellen Mantel, der in der Stadt einmalig war; der Primás trug einen Cutaway und Pepitahosen; die Krawatte des Zimbalspielers war durch einen Ring gezogen; selbst jener hemdlose Mann, der die Baßgeige – seit Jahren – dahinschleppte, trug am Handgelenk Manschetten; ein sehr elegantes Orchester war Lányis Kapelle gewesen. Der Raubtiergeruch der Musikanten wurde in der Atmosphäre des Kellers bald spürbar. Herr Kázmér Rezeda hielt im Wettkampf eine Zeitlang durch, da er an einer durchdringend stinkenden Zigarre nagte. Er floh etwas später aus der Nähe des Fasses, als Herr Szilveszter mit seinem kaum verständlichen Trinkspruch begann.

Eine andächtige Winternacht lag über den Bergen. So still war es jenseits der Kellertür, daß man mitunter hören konnte, wie von den Tannen eine Handvoll Schnee hinunterglitt, als würde irgendwo unter den Bäumen die Leiche eines Wanderburschen liegen, die man bis zum Morgen begraben müßte. Tiefe Dunkelheiten hatten sich in der nächtlichen Landschaft aufgetan, als male die Winternacht schwarz auf schwarz: hie und da hatte sie einen Pinselstrich vergessen, und die Dunkelheit war etwas heller geblieben. Das sind die Stunden, in denen man fühlt, wie das Leben im Jenseits sein würde; vielleicht wird man am Wegrand stehen in Gestalt eines verschneiten Kruzifixes, oder man wird sich in ein von Spinnengeweben bedecktes Fenster verwandeln in der Wand eines verlassenen Stalles, in dem höchstens irgendeine der Sünde anheimgefallene Magd ihre Leibesfrucht in die Welt setzt.

Herr Rezeda beschäftigte sich manchmal gern mit den Dingen, die nach dem Tod kommen würden; in seinem Testament machte er den Vorschlag, man möge sein Herz durchstechen, zu welchem Zweck jede Hutnadel geeignet sei.

Jemand berührte seine Schulter.

Herr Rezeda drehte sich nicht einmal um und sagte: »Ich möchte nur wissen, was Sie mit diesem alten, nach einer Gruft riechenden Mann eigentlich wollen.«

Fräulein Krónprinc klappte den Kragen ihres Pelzes hoch.

»Es ist albern«, sagte sie fröstelnd. »Manchmal kokettiere ich ohne jeden Grund. Ich habe böses Blut. Verprügeln müßte mich jemand, wenn ich schlimm bin.«

»Das werde ich nicht tun«, sagte Herr K. R. leise und ernst. »Ich habe anderes zu tun . . . Oder besser gesagt: nichts habe ich zu tun. Ich bereue es, daß ich mich auf diese verrückte Reise eingelassen habe.«

Das Mädchen berührte Rezedas Schultern mit beiden Händen.

»Kázmér! Verzeihen Sie mir!«

K. R. nickte gerührt.

»Ich – bin nicht böse . . . Das letzte Mal bin ich vor fünfzehn Jahren auf eine Frau böse gewesen, und ich werde mich ewig schämen dafür.«

»Verachten Sie mich?«

»Wie kindisch ist diese Frage! Kein Mensch hat das Recht, einen anderen zu verachten! Leute, die am fleißigsten zu verachten pflegen, sind gewöhnlich selbst die schamlosesten Sünder.«

»Sagen Sie etwas, das mich beruhigt.«

Herr K. R. dachte nach, als würde er sich über eine Erklärung von großer Wichtigkeit den Kopf zerbrechen. Er runzelte die Stirn, endlich trug er folgendes vor: »Einmal, als mir noch jedes Mittel recht war, mit dem ich Ihre Sinne verwirren konnte, als ich Sie noch mit Blicken beobachtete, wie man durch eine Glaswand einen Skorpion betrachtet, habe ich Ihnen japanische Bilder gezeigt, stilisierte Szenen aus der Liebe, auf Seidenpapier gedruckt. Erinnern Sie sich an die seltsamen Pflanzen, die Menschen darstellten während der Umarmung? An die eigentümlichen Tiere, die Menschenköpfe hatten? An die Blumen mit langen Staubgefäßen und an die sonderbaren Kelche der weiblichen Kirschblüten? Also, diese kleinen Bilder sind mir eingefallen, als Sie den verschrobenen alten Mann geküßt haben.«

»Reden Sie über etwas anderes. Was haben Sie gefühlt?« fragte Irma mit Flötenstimme, als würden ihr die schmerzlichen Worte, die nun folgen sollten, bereits im vorhinein Vergnügen bereiten.

Herr K. R. atmete die Winternacht tief ein, als schickte er sich an, eine Regenrinne zu erklettern, da auf ihn oben ein Fenster wartete.

»Meine Damenbekanntschaften nahmen bisher immer das gleiche Ende: ich vergaß sie. Ich hatte Glück. Nie wurde ich überholt. Ein rätselhafter Spürsinn oder ein Traum, aus dem ich mit einem

Schmerzensschrei erwachte, ein anderes Mal ein kaum merkbares Zeichen an der Stirn der angebeteten Frau, irgend etwas verständigte mich immer rechtzeitig davon, daß es Zeit war, meine Siebensachen zu packen und aus der Gegend zu verduften. Oft spürte ich – vielleicht von der wetterkundigen Gicht meines Herzens alarmiert – den nahenden Frost, wenn meine Angebetete noch selber nicht ganz sicher wußte, daß ihr Turteln falsch und ihre Sehnsucht nur mehr Gewohnheit waren und daß sie vor dem Rendezvous derart gelangweilt Toilette machte, als ginge sie zu einer Versammlung des Frauenvereins. Mitunter vergaß sie bereits die resedafarbene kleine Masche an den Strumpfbändern sowie das Morgen- und Abendgebet für mein Seelenheil. Zerstreut kam sie die Straße entlang, zuweilen verspätete sie sich sogar um eine Stunde und flog nicht mehr, nach Atem ringend, die Stiegen empor. Unter dem Gewölbe eines alten Hauses, in dem die Mauern jeden Laut widerhallen ließen, mußte meine Dame nur durch das Tor treten, und ich hörte oft schon am Klang ihrer Schritte, welcher Laune sie sein würde, sobald sie ihre in Gedichten besungene kleine Hand auf die Klinke legte; ob sie tänzelnd und flink hereinwehen oder ob sie stehenbleiben würde, als hätte sie ihren Besuch bereut; ob sie die Wahrheit sagen würde oder lügen; ob sie früh weggehen oder lange bleiben, sogar den Wäscheschrank noch in Ordnung bringen und erst gehen würde, wenn man bereits Licht machen muß. Im alten Haus meldeten mir die Schritte auch, wie oft noch der Pfau oder der kleine graue Spatz kommen würden. Zum letzten Mal! Das wußte ich immer genau. Und von da an gab ich kein Lebenszeichen mehr von mir. Wie oft haben sich die Frauen gewundert, als ich mich ohne Abschied aus der Gegend trollte. Sie verstanden die Sache nicht genau, sie glaubten, es sei ein Mißverständnis, wir würden einander wieder treffen, sie würden einem die Hand drücken und, als gäben sie ein Trinkgeld, ein paar Worte fallenlassen, Erinnerungen, von denen man wahnsinnig wird, hübsche Ausdrücke, und der Ritter bliebe dann weiterhin auf seiner Warte. Nie bin ich zum letzten Rendezvous gegangen, immer hatte ich gräßliche Angst vor Frauen, die in der Geschichte ihrer Liebe noch zu Lebzeiten wie in irgendwelchen Memoiren blättern. ›Wie schön war es doch, nicht wahr? – Es war an einem Mittwoch!‹ sagten sie, und ich begann insgeheim zu packen, wie ein Wanderschauspieler. Und so vergaß ich sie dann, eine nach der anderen, bevor sie hätten merken können, daß ich mit dem einen Fuß schon in den Zug gestiegen war. In guter Stunde sei gesagt, nur aus Affektiertheit habe ich nachher wegen ein, zwei Frauen gelitten, denn die Männer sind genau solche Phantasten wie die Frauen. Sie haben eine Vorliebe für interessante, nicht alltägliche Gefühle.«

»Sie haben also niemals geliebt!« bemerkte Fräulein Krónprinc.

»Immer, auf Leben und Tod.«

»Ich glaube, ich könnte Sie niemals vergessen«, fuhr Irma mit träumerischer Stimme fort.

»Sie werden mich vergessen.«

»Wie wird mein Leben sein ohne Sie?«

Herr K.R. drehte die Handteller nach außen, wie ein Jude.

Irma zischte.

»Irgend etwas sagt mir, daß Sie meinetwegen noch viel leiden werden.«

»Ich fliehe zu Gott, und er hilft immer.«

Die Augen des Mädchens leuchteten in der Dunkelheit, und wie ein für sein Recht ringender Engel der Legende ließ sie ihre Schultergelenke knarren, als sie sich Herrn Rezeda an die Brust schmiegte.

»Du kannst weggehen. Aber küsse mich ein letztes Mal.«

Die Winternacht belauschte die beiden wie ein alter Geheimpolizist, der sich im Schlupfwinkel der Falschspieler schlafend gestellt hat. Im Keller knallte ein Reif an irgendeinem alten Faß, der Schnee begann zu frieren, und mit einem seufzenden Flattern, wie Krähenflügel schlagen, ließ sich die Kälte nieder.

»Mandelgeschmack hat dein Mund«, sagte leise Herr K.R. »Als erfrischten sich deine Lippen auf geheimnisvolle Weise nach jedem Kuß, und nie wird diese Frische dann zu Müdigkeit, immer nur zum guten Geruch.«

»Deine Knie leuchten wie Sterne im Wald.«

»Woher hat dein Haar diesen betäubenden Weibergeruch, wenn du den ganzen Nachmittag an der frischen Luft warst?«

(Am Abhang nahe Ungvár blieb in der Februarnacht im Schnee ein Zeichen zurück, das an die Hieroglyphen der Pyramiden erinnerte.)

Danach erschien Herr Rezeda wieder im Keller.

Herr Eduárd Alvinczi, der würdig wie ein Kuruzenfürst auf dem Faß saß, winkte ihn zu sich.

Er umarmte K.R. mit unendlicher Zärtlichkeit, wie ein Vater den Sohn.

»Mein Sohn, ich habe für dich Sorge getragen in meinem Testament«, sagte er mit glänzenden, feuchten Augen. »Du bist ein braver Junge. Man sollte das Fräulein nicht traurig machen. Liebe sie, sie verdient es.«

K.R. zuckte zynisch die Achseln und warf auf Fräulein Krónprinc keinen Blick mehr.

In Hochzeitslaune bestellte danach Herr Alvinczi beim Zigeunerprimás ein paar stille, schwermütig langsame ungarische Lieder, wobei er die Musikstücke von Lavotta und Csermák nicht überging, und der Zigeuner, von der guten Stimmung ermutigt, flüsterte jedem zu, daß Lányi, der Zimbalspieler des Volkstheaters, sein Bruder sei. Das Gesicht des herzkranken Bratschisten verwandelte sich während des Spiels, der Urgroßvater der Kapelle, der die Baßgeige bediente, hatte sich nach der Art alter Männer rasch einen angesoffen, schlug aber mit dem Bogen trotzdem immer im richtigen Augenblick auf die Saiten. (Gewöhnlich müssen ältere Musikanten schon sehr betrunken sein, um die Töne zu verwechseln.)

Blau leuchtende Landschaften am Balaton; Weinberge im Traumlicht; einsames Flötenspiel vor einem Kelterhaus; eine unbändige braunhaarige Dame, mit schmachtenden Augen, im weiten Rock jener Zeit; ein zu allem entschlossener, verwegener Kavalier; berückende Romantik strömte bei den Tönen alter Weisen durch den Keller ... Es klang, als schwärmte der untersetzte Tafelrichter Sándor Kisfaludy (inmitten lockiger Strähnen glänzte seine steilgewölbte kahle Schädeldecke), schwärmte, wie es nur Dichter können, die beim weiblichen Geschlecht, in der Welt der Abenteuer kein Glück haben und krampfhaft an der einen hängen, an der Spenderin aller Hoffnungen. Dann wiederum blinkte hinter einem Baumstamm der Radmantel eines spöttischen Abenteurers des vorigen Jahrhunderts hervor, und unter dem Fenster der reichen Kaufmannstochter sprach er höhnisch aus seinem Versteck: »Nicht daß ihr mir das Ständchen vergeßt, denn das Fräulein schwärmt für Melodei ...«

Während des Leichenschmauses hatte Kázmér Rezeda das Gefühl, als hätte er am Nachmittag durch den Schlitz am Postwagen der Bahn einen Brief geworfen, wäre dann auf dem glitschigen Boden ausgerutscht und unter einen Waggon gefallen, der Zug hätte sich in Bewegung gesetzt, und nun läge der Herr, der einst K.R. geheißen hatte, mit dem Kreuz auf der Schiene, während das glänzende Rad eines Güterwaggons unaufhaltsam näher rollte. Die Haare standen ihm zu Berg, und er fühlte sich sehr erleichtert, als Eduárd Alvinczi das Zeichen zum Aufbruch gab, bevor noch Herr Szilveszter das Zimbal hätte zerschlagen können.

Das Leben jagt dahin, dachte Herr K.R. und schlug ein Kreuz über die seltsamen Erlebnisse des Abends, denn er wollte sie vergessen. (Vor zehn Jahren hätte er sich noch in der gleichen Nacht erschossen.)

Vierter Teil

Der Ungar ist nicht glücklich

13

Ein seltsamer Gast

»Gibt es Bären? Und Wölfe?« fragte Eduárd Alvinczi das krumme, verhutzelte, grüngekleidete Männchen, das die Mütze in den Händen hielt, als wäre es auf Befehl des Fürsten der Kobolde aus den Waldungen herbeigekommen, die das Jagdschloß von Medveháza mit einer üppig wuchernden Wildnis umschlossen.

»Die russischen Bauern wagen sich nicht einmal tagsüber aus den Häusern. Die Leute sind abergläubisch. Sie erzählen, daß die Wolfsrudel auch bei Tageslicht durch die Dörfer traben. Sie schnüffeln um die Wirtshäuser herum und schlagen mit den Köpfen an die Türen. Erst unlängst wurden in der Kirche zwei Wölfe erschossen.«

»Man schließe die Kirchen«, antwortete Alvinczi und entließ huldvoll den Jäger.

Das Jagdschloß blickte selbstverständlich auf eine geschichtliche Vergangenheit zurück. Heruntergekommene Herren, die sich mit dem Kauf und Verkauf von Gütern beschäftigten, hatten mehr als ein Jahrzehnt nach einem geeigneten Kastell gesucht. Selbst József Barthos, Oberstuhlrichter im Ruhestand aus den oberen Komitaten, der geglaubt hatte, bereits alles zu wissen, was die in den nordwestlichen Gebieten beheimateten Juden und Herren überhaupt wissen können, war verblüfft, als er von den Bedingungen erfuhr. Im Zeitalter des Fürsten Rákóczi soll das Schloß erbaut worden sein, und der Urwald, der es umgibt, muß bereits zur Zeit der Landnahme auf seinem Platz gestanden haben, die Quelle der Theiß soll in der Gegend entspringen, und in den Kaminen müssen ein paar Gespenster, womöglich Kuruzen, hocken, um an eintönigen Abenden den Hausherrn zu unterhalten. Eine Bibliothek muß vorhanden sein, eine Bildergalerie, eine Anzahl alter Betten, in denen auch eine Königin oder ein König die Nacht in aller Ruhe verbringen könnte, sowie ein Balkon, von dem aus der Sonnenuntergang zu sehen ist, und zwar so, als würde die Sonnenscheibe das letzte Mal allmählich hinter den Bergen verschwinden, wie das Leben beim roten Wein langsam dahinsickert. Und irgendwo in der Nähe des Schlosses muß es ein Echo geben, das eine Zeile von Vörösmarty korrekt aufsagen könnte. Unberührt müssen die Vogelnester sein und unverdorben das einfache Volk. Die Makler in Ungarn machen gegen gutes Entgelt auch das Unmögliche möglich. Sie fahndeten nach einem Grafen, der gerade in Geldschwierigkeiten geraten war, jagten ihm nach, von Station zu Station, summten ihm sanft in die Ohren, versprachen die Sterne vom Himmel; Fábián, der Altmeister aller Makler, ließ sich, wer weiß, zum wievielten Mal, wieder taufen, denn Juden wird das Gut nicht verkauft, auch eine Frau setzte sich in Bewegung, auf deren Schenkel ein indischer Ring tätowiert war: endlich kam das Geschäft mit dem in Schulden beinahe ertrinkenden Grafen zustande, und das Rákóczische Gut wurde Eduárd Alvinczis Besitztum, obwohl der große Herr vom Kampf der Makler kaum etwas wußte. Im Winter wie im Sommer hatte dann hier die Großmama gewohnt, solange die alte Dame noch lebte. Alvinczi begnügte sich mit dem Gedanken, daß er irgendwo eine Wildnis hatte, in der jede einzelne Eichel, die von den hundertjährigen Bäumen fiel, ihm gehörte.

So trübsinnig saßen die Krähen auf den schneebedeckten Ästen wie die ewig währende Erinnerung; sterben auch Krähen irgendeinmal? Flink, wie Libellen, wechselten die Elstern ihre Plätze, und auch hier erregten die unruhigen Vögel einiges Aufsehen. Die Meise, in ihrer Rothschild-Kappe, ließ ein paar Töne hören, in der Hoffnung, irgendwoher eine Antwort zu bekommen. Auf Fußwegen, die in klafterhohen Schnee gegraben worden waren, gingen manchmal herrschaftliche Knechte in großen Stiefeln und in blauen Schürzen, als wäre ihnen das ewige Herumliegen langweilig geworden.

Und jeden Ofen konnte man einzeln besichtigen. Manche wurden von außen, vom Gang aus, geheizt, bei welcher Gelegenheit die aus der Wildnis herbeigeschleppten Holzscheite wie Kanonen krachten. Barfuß verkehrte der Heizer, damit er die Herrschaften nicht störte. Auch seine Mütze ließ er am Ende des Ganges auf einem Haufen schneebedeckter Holzscheite zurück, denn die Wände waren von den herausfordernden Ebenbildern längst verstorbener Herren bedeckt und von Priestern, die spitze Nasen und rote Mützen hatten und mit ihren Gebetbüchern dem Heizer eins über den Schädel hauten, wenn sich dieser in die Gegend der Weinkeller verirrte. Die wirklichen Herrschaften hatten Flaggen aus dem Mund hängen, auf denen lateinische Worte standen.

Mit derartiger Feierlichkeit machten die Lakaien Feuer in den offenen Kaminen, als wäre das Heizen von Öfen eine eigene Wissenschaft. Zu zweit kamen sie, am ganzen Körper in Wildleder gekleidet, und auf einem kleinen Schlitten schafften sie das Holz herbei. Auch der Hofmeister, der klein war wie eine Dörrpflaume, mischte sich manchmal ein. Möglicherweise wollte er damit bloß seine Anwesenheit kundtun.

Herr Rezeda, der Fräulein Irma Krónprinc seit drei Tagen nicht mehr gesehen hatte (seitdem das Mädchen aus ihrem roten Kleid geschlüpft war, das wie die Wintersonne glühte), bekam plötzlich großes Herzweh in der Bibliothek, wohin er sich zurückgezogen hatte, wie ein Flüchtling, zwischen alte Bibeln und Alchimistenbücher, während in der Umgebung des Schlosses immer wieder das Jagdhorn ertönte. Er legte den Kopf auf ein Meßbuch, das groß war wie ein Polster – und in dem K.R. die Initialen und die sonderbaren Buchstaben, deren Anblick die Priester das Geheimnisvolle ihrer Zeremonien gewiß hatte fühlen lassen, wie ein Kind bewunderte –, wurde vom Schlaf befallen und erwachte davon, daß in dem von außen geheizten Ofen der Heizer polterte, die wappengeschmückte niedrige Tür, die so stark war, als beschütze sie eine Schatzkammer, langsam aufging und der seltsame Fremde, Mister H., in die Bibliothek trat.

Während der Reise benahm sich der englische Herr derart gleichgültig, daß er seinen Mund nicht ein einziges Mal öffnete. Teilnahmslos, apathisch hatte er in einem Winkel der roten Postkutsche gesessen. Die Elastizität, mit der er manchmal aus der Kutsche stieg, war die Elastizität von Marionetten. Seine steifen Schultern, die an die Schultern von Offizieren erinnerten, sein wohlüberlegtes, entschlossenes Dahinschreiten, das zerstreute Wiegen des Oberkörpers, das nachdenkliche Emporheben des Kopfes und der nach Soldatenart stets zugeknöpfte Mantel: all dies gehörte zu einem Reisenden, für den nichts auf der Welt so selbstverständlich ist, als daß nach dem Suezkanal Indien kommt und Budapest nach Wien.

Jene Art von Spleen, den der Bewohner des Festlandes Melancholie nennen würde, war seinen Bewegungen nicht anzumerken (welcher Spleen gegen die Mitte des vorigen Jahrhunderts für Engländer, die sich auf den Kontinent verirrt hatten, so charakteristisch war wie die Gicht – deren Auftreten heute noch mit einem Familienmahl gefeiert wird, in England, als Zeichen eines langen Lebens –, bis dann der Sohn der Kaiserin Victoria, Edward von Wales, der Welt das Betrachten jenes blütigen Typs abgewöhnte, der sich aus Lebensüberdruß Kugeln in den Schädel jagte, der in hoffnungsloser Liebe der Seiltänzerin des Zirkus nachreiste, um dabeizusein, wenn sie vom Trapez fiel, der einer Wette zuliebe in den Vesuv sprang; die Nachkommen jener Bierbrauerburschen, die sich an Hahnenkämpfen ergötzt hatten, genossen zur Zeit des Prinzen Pariser Pasteten, Wiener Tafelspitz und Pester »Scholet« und setzten dabei fleißig Fett an, bis sie gelb wurden wie Kapaune; nur Dichter, Schauspieler und liederliche Frauen ahmen selbst auf ihre alten Tage die Karikatur ihrer Jugend nach, anständige Leute ändern sich mit der Zeit und der Witterung; die ungarischen Herren fuhren so gern mit dem Orient-Expreß auf Visite, wie die moskowitischen Großfürsten die kaukasischen Magnaten besuchten; auf die Zeit des Stubenhockens und häuslichen Nichtstuns folgte das von Jagd, Kartenspiel und Zechgelagen laute ungarische Gästeleben), der Spleen war also aus der Mode gekommen; Mister H. benahm sich so verträumt wie ein Mensch aus dem Jenseits. War er aus einem schäbigen Bild getreten, aus der Dunkelheit irgendeiner Kirche, wo die Frauen ihre ehrlichsten Gebete sprechen, war er aus der stumpfen Menschenmenge gekommen, in der Bärenführer und Schwertschlucker an der Seite von Bürgern dahingehen? Oder war er ein Scheintoter aus einer Krypta, der, nachdem er seine Nägel abgenagt hatte, vor dem letzten Atemzug noch den Weg aus dem Sarg fand und sich draußen über nichts mehr wunderte, das heißt, er wunderte sich über alles?

Herr Rezeda schlief im Turm der Bibliothek, so hoch über den Regalen, daß man von dort oben mit den Bibeln und den Kodizes, die eiserne Spangen hatten und schlaue Schlösser, eine ganze Schar von Teufeln hätte erschlagen können: deshalb auch hatte er sich vielleicht gerade diesen Platz ausgesucht, von dem aus der Kranz der Berge zu sehen war, das Grenzland der Legenden; der sagenhafte Weiße Hirsch war hier vorbeigerannt, und an der Tür einer Mühle im Tal hatten bei zitternder Nacht mit kecken Pelzen geschmückte Ritter angepocht, die von einer Jagdgesellschaft verschwundener Zeiten zurückgeblieben waren; während andererseits die Versuchung, dieser wirr dreinblickende, wie ein Hengst wiehernde Ziegenbock, keinen Mut hatte, die enge Wendeltreppe emporzupoltern. Herr K.R. saß auf einer Bibel, die dem Himmel (aus der Inschrift zu schließen) zu derart vielen unschuldigen Mädchenseelen verholfen hatte, daß man mit ihrer Engelshaut das Buch hätte einbinden können.

Den Kopf auf die Arme gelegt, betrachtete er den englischen Herrn, der sich im hellen Bibliothekssaal in einem Armsessel niederließ, auf dem ein Pantherfell lag und dessen Lehne so hoch war, daß er selbst einem orientalischen Fürsten als nächtliche Ruhestätte hätte dienen können. Ein in Saffianleder gebundenes Buch lag auf der Armlehne des Sessels (das Leder des Einbandes stammte von den sternengeschmückten Pantoffeln einer »Haremsdame Fatime« – so war es wenigstens auf der Innenseite zu lesen, doch hatte der einstige Bibliothekar, ein verschrobener Mensch, der das Kollegium von Patak, noch als Student, vorzeitig hatte verlassen müssen, in seine geliebten Bücher nicht immer die Wahrheit notiert, was nicht ungesühnt blieb, denn in einem Winter, als er zu tief in die Kanne geglotzt hatte, wurde er von den Wölfen verzehrt), Mister H. nahm das Buch in die Hand und begann darin zu blättern. Die Märchen aus Tausendundeiner Nacht waren in das Pantoffelleder gebunden, von Vörösmarty übersetzt.

Die Flammen des Kamins und das Sonnenlicht des winterlichen Nachmittags ließen die blonden, bereits etwas schütteren Locken und den Rundbart des Engländers golden glänzen. Mit halb geschlossenen Augen dachte Herr K.R. darüber nach, ob er das Ebenbild dieses Gesichtes wohl irgendwann gesehen hatte. Er wußte bestimmt, daß ihm das blondumrahmte, blauäugige, bleiche, selbst aus der Nähe betrachtet irgendwie fern schwebende Gesicht bekannt war, dessen Züge so tief schliefen wie die eines Porträts auf einer Jubiläumsmedaille, die man unter dem Brückenpfeiler begraben hatte.

K.R. kramte tiefer in seiner Erinnerung, wobei an seiner Stirn ein paar Runzeln entstanden, deren Form an fliegende Kraniche erinnerte, während sein Zeigefinger über die ausgebreitete Landkarte zurückgelassener Jahre ahnungsvoll wanderte, als suchte er ein kleines Dorf. An einer Stadt kam der Finger dann zur Ruhe.

Wien! – sagte die Erinnerung.

Nun fand sich das herumtappende Gedächtnis schon etwas leichter zurecht.

Er sah sich: im rosafarbenen Winter oder im feuchten Frühling schlenderte er zwischen den Mietshäusern der Innenstadt, die schlanke Fassaden haben und weiße Fensterrahmen. Im lila Frack, in weißen Hosen und in hochhackigen Schuhen baumelt im Wind ein mit Stroh ausgestopfter Kavalier an einem Laternenpfahl, an dem Herr K. R. während eines Faschings seinen Rivalen unterbringen wollte. Wie alte Stammbücher, vergilbt, öffnen sich die Nebengassen, und in den dunklen Fenstern wachen kaum wahrnehmbare Geistergestalten, bleich, wie Figuren in einem altertümlichen Photoalbum, die vom einst cremefarbenen Glanzpapier beinahe schon verschwunden sind. Er wußte nicht mehr, wie die Straße hieß, aber an den Malvenduft konnte er sich erinnern; ein zusammengefaltetes Stückchen Papier hing an einem blonden Frauenhaar von der Jalousie, und eine Tageszeit und eine Stunde war mit zitternder Hand aufs Papier geschrieben. In anderen Gassen stand er nachdenklich unter einem Tor und versuchte aus den Vertiefungen des abgenützten Steins herauszulesen, welche wohl vom Bäcker der Kaisersemmeln und welche von den Pariser Absätzen der Gräfin herrühren mochten. Für diese in Stein geprägten Fußspuren interessierte er sich Jahre hindurch, er beschnüffelte sie wie ein Polizeihund. Es war zur Zeit der Kaiserin Maria Theresia, daß die Frauen zum erstenmal hohe Absätze trugen. Die ersten Spuren der Abnützung zeigten sich im Stein, als die Damen mit ihren weißbestrumpften Beinen häufig ungarischen Leibgardisten nacheilten. Die Urgroßmutter ging in der Innenstadt denselben Weg wie ihre Enkelin; vielleicht berührten all die leblosen und die aufgeregten, bis an die Fingerspitzen vor Sehnsucht, Fruchtbarkeit und wundersamer Lebendigkeit zitternden Hände immer dieselben Klinken; am Stiegenabsatz seufzten Großmama und Enkelin, und die beiden Seufzer blinzelten einander in der Höhe zu, wie eine alte und eine junge Spinne einander ansehen, bevor die alte die junge verschlingt; schäbige helle Strohhüte flogen dahin, während im Sturmwind die armen Frauen mit ausgebreiteten Armen greifend nach ihrer Jugend haschten, und rührend war es, wie sie stundenlang in den Spiegel starrten, verzweifelt das Rosarot ihrer Wangen suchten, bis die Enkelin ihre Ahnin rasch in die Kammer sperrte, denn von unten her ertönte bereits das Schuhknarren eines neuen Ritters. In die Vergangenheit vertieft, stand Herr Rezeda in den alten Gassen der Innenstadt, natürlich bedauerte er sehr, daß er in der Zeit, in der im Stein die ersten Vertiefungen entstanden waren, nicht hatte anwesend sein können, und wenn er sich vor der Strafe nicht gefürchtet hätte, so wäre er bereits längst in die Krypta irgendeiner fürstlichen Familie eingebrochen, um die von Bildern und Amuletten bekannte perlmuttfarbene Dame, die Prinzessin S., in ihrem Sarg zu stören, wie er in der Bibliothek einmal insgeheim in den Rokoko-Rock der Königin M. A. ein Loch gebohrt hatte. Dann erblickte er oben auf dem Dach einen Mann, der gleichgültig über der ganzen Stadt Wien stand, die Dachziegel reparierte und das unten wimmelnde, wirre Leben nicht einmal eines Blickes würdigte. Er rauchte Pfeife, dann goß er Wasser vom Dach hinunter. Die romantischen Vertiefungen wurden voll Wasser, und die zimperlichen Damen, die Gestalten der Erinnerung, warfen vor Schreck ihre mit schaumigen Spitzen geschmückten Röcke hoch.

Jetzt erschien vor dem sinnenden Herrn Rezeda ein neues Bild: das Tor der Hofburg, das so geräumig ist, daß das Schicksal ganzer Nationen selbst auf Heuwagen hereingefahren werden könnte, und dem Tor gegenüber ein Haus aus dem vorigen Jahrhundert, im Barockstil, wie die meisten Wiener Bauten, und von Pietro Metastasio errichtet. Im Haus eine Bilderhandlung, in deren Schaufenster die im Konditorgeschmack der lokalen Maler glänzenden Porträts der vornehmen Damen und Herren erscheinen. Damen der Familie Schwarzenberg, Fürstenberg, Kaunitz machen die Passanten unruhig, lange gafft ein Student in die Auslage, neben ihm auch der Ungar, der seine vierschrötige Tiefebene vergißt, und die Prinzessinnen erfahren nie, daß auf Grund der Ähnlichkeit ein Bürgermädchen sein Glück gemacht hat.

Herr K. R. erinnerte sich genau.

In diesem Bildergeschäft hatte er Mister H. das erste Mal gesehen. Damals trug er hellgrüne Handschuhe und den weißen Waffenrock eines Obersts. Ein goldener Streifen glänzte an seiner zinnoberroten Hose, und ein hellgraues Band hatte er an der Brust. Er hieß Franz Joseph, und im Jahre 1859 war er von einem akademischen Maler gepinselt worden.

Als Herr Rezeda zu dieser Entdeckung gelangte, beugte er sich noch tiefer über das Meßbuch und hielt sogar den Atem an. Nach und nach betrachtete er die längliche Hand des fremden Herrn, an der die Finger nach hinten gebogen waren und mehr zum Streicheln von Frauenhaar und zum Umgang mit der Feder geschaffen zu sein schienen als zum Zügelhalten; gewiß kennt diese Hand manche hauchleichten Griffe an der Geige, die man auch Frauenkörper nennt, die edelsten Männerhände sind es ja auch, die sich auf die Grausamkeit am besten verstehen. Hatten diese Hände wohl jemals einen Hals zusammengepreßt? Leise, wie Schleier, glätteten sich unter der Berührung der Hand die Märchen aus Tausendundeiner Nacht.

Danach nahm Herr Rezeda die Füße in Augenschein. Sie waren ähnlich geformt wie die Hände. Länglich waren sie, und schon die Ahnen dieser Füße hatten bei blutigen Turnieren und unermüdlichen Jagden ihre gestreckte Gestalt erlangt. Schon die kleinen, beinahe weiblichen Ohren zeugten von außergewöhnlicher Abstammung; die Ohrläppchen waren angewachsen, lange hatte es in der Familie keinen Sklaven gegeben, der einen Ohrring getragen hätte, und auch wegen der Augenkrankheit hatte man keine Ohrläppchen durchbohren müssen. Wie ein Marmorsims schwoll die Stirne hervor, und im schütteren Haar war die Spur einer tiefen Wunde zu sehen, die vernarbte Stelle eines Blitzschlages oder eines Säbelhiebes. Die Lippen waren von keinen Gruben umgeben, in denen sie hätten verschwinden können; nur Stille saß auf diesen Lippen, wie auf den Statuen im Friedhof. War das vielleicht jener Mann, der sich in die tiefsten Waldungen zurückzog, wenn er mit sich selbst Zwiesprache halten wollte? Vielleicht wäre er gar nicht mehr er selbst gewesen, hätte er den Mund nicht nur den kaum hörbar fallengelassenen Worten zuliebe aufgetan, sondern auch, um irgendwelche Mitteilungen zu machen. Diesem Mund waren das Befehlen und das ziellose Plaudern gleich langweilig. Doch zog er ohne den Ausdruck von Verachtung durch die Gegend, denn selbst das Verachten des Lebens ist ermüdend.

Die Tür ging auf.

»Kleiner Vogel!« sagte Mister H. in ungarischer Sprache.

Barhaupt, das Haar zu einem Kranz geflochten, in weißer Bluse und im schwarzen Rock stand das Fräulein Vecsera auf der Schwelle. Einer Erscheinung sah sie ähnlich, so seltsam leuchteten die feuchten, wehmütigen Augen und die sehr weißen Wangen. Der frische Geruch von Gebirgsbächen strömte von ihren Schultern. Auf den Halbschuhen saßen zwei Falter, sie waren es gewesen, die das Mädchen hierhergetragen hatten.

Eine Zeichenmappe hielt sie unterm Arm.

Sie ließ sich auf einen Schemel nieder und arbeitete geschickt und behende an einer Skizze weiter, an einem Porträt von Mister H.

»Die ›Erinnerung‹ wird morgen fertig«, sagte Mária V., nachdem sie eine Zeitlang stumm gezeichnet hatte.

Mister H. erhob sich, blickte lächelnd auf die Zeichnung, dann verließen die beiden die Bibliothek.

Herr K.R. klappte das alte Meßbuch zusammen.

»Was sagst du zu der kleinen Schlange?« fragte er.

Doch gab das Buch keine Antwort.

Rezeda beschloß, die Augen offenzuhalten, wie er es meistens zu tun pflegte, wenn er etwas zu spät erfahren hatte.

Dabei war Herr K.R. zu dieser Zeit mit seinem eigenen Kummer noch ziemlich beschäftigt, obwohl die Traumbücher, die der frühere Besitzer des Jagdschlosses offensichtlich mit großer Leidenschaft aus allen Teilen des Landes zusammengetragen hatte, zu diesem Gegenstand keine nennenswerte Eröffnung machen konnten. Töricht war der Glaube des verträumten Herrn, er hätte in den Liebesqualen bereits eine derartige Übung wie der im Frack stets Arzneien mitführende Magenkranke mit seinem Leiden. Die Heilpraktiken müssen nach jedem Schlangenbiß neu angefangen werden, und nie kann der Kranke sicher wissen, ob er völlig genesen wird. (Nur Madame Louise, des Herrn K.R. weise Freundin, war sich ihrer Sache so sicher, daß sie inmitten der größten Qualen, während sie denkwürdige Kleidungsstücke und Photographien mit der Schere in Fetzen schnitt und Geschenke im Mörser zerstampfte, im Kalender den Tag im vorhinein anmerkte, an dem sie den Tod nicht mehr herbeiwünschen würde; im Zustand verzweifelter Raserei traf sie ihre Verfügungen überlegt wie ein Feuerwehrkommandant in einem brennenden Haus.) Herr K.R. konnte sich bereits in mehrfacher Ausgabe mit hängendem Haupt im großen Standspiegel entgegenkommen sehen. Mit N. war es ihm so ergangen, mit B. und auch mit Mumu. Er hatte sich an das Balkongeländer gelehnt, und meerfarben und gekräuselt war die Landschaft gewesen, wie der Rock, den die teure Dame zum letztenmal getragen hatte . . . Und nie war es ihm gelungen, in den Magen der teuren Dame hineinzuschauen, was als gutes Mittel gegen Träumerei gilt. Er schaute nur ins Traumbuch, in dem Betrüger mit spitzen Mützen den Vergessenheit suchenden Mädchen Schnurrbartwichse aus Tiszafüred und den Burschen Dienerinnen in Krinolinen aus der »Roten Laterne« empfahlen. Csépcsanaki, Herausgeber eines Kalenders im vorigen Jahrhundert, machte die an Herzweh leidenden Kavaliere auf die Vorteile von engen Stiefeln und auf das »Geschenk des Himmels«, auf die Reize der schönen Schäferin Hermine aufmerksam.

Fräulein Krónprinc beteiligte sich seit drei Tagen an der herrschaftlichen Jagd; auf Schlitten, auf dem Pferderücken und auf dem Rücken des Treibers zog sie durch den klafterhohen Schnee der Wildnis, wie eine Pester Dame, die Frohsinn, Dörflichkeit und Natur mit dem Löffel aß und selbst die Erklärungen des Herrn Vendéghegyi wirklich glaubte, wonach jeder Angehörige der »Gentry« ein Adeliger sei, der keinen anderen Beruf habe, als die Juden zu verfolgen und die Herrensitten auszuüben. »Ach, die Herren der Gentry!« seufzte Fräulein Krónprinc.

(Wie sich die Pester Fräulein die Gentry vorstellen: daß diese in Ledermäntel gekleideten, unwissenden und mit einem falschen Adelsprädikat geschmückten, verkommenen Kavaliere außer dem Schwelgen in herrschaftlichen Freuden nichts zu tun haben. Und dabei sind jene Leute, die sich in Ungarn zu diesem das Englische aufgeblasen nachahmenden, nicht vorhandenen Stand zählen und sich selbst »Gentry« nennen, entweder Steuerbeamte oder Roßtäuscher. In unserem Land hatte es einst einen Adel gegeben – als der Edelmann dieselben Rechte hatte wie der König –, dann folgte die historische Klasse dem Aufruf eines Rechtsanwaltes aus dem Komitat Zemplén, namens Kossuth, legte ihren Auftrag zurück, und seither werden Adelige nur vom König ernannt. Die englische Gentry, die soliden, wohlhabenden, reinblütigen, verläßlichen und in London zumeist im eigenen Haus absteigenden Herren aus der Provinz, die ihren Wohnsitz das letzte Mal während des Kampfes zwischen der weißen und der roten Rose gewechselt hatten, diese Gentry gibt es in Ungarn nicht. Halb verkommene Herren gibt es hier, die Testamente, Wechsel, Schuldbriefe fälschen, ihre nationale Obliegenheit ist das Schimpfen über die Juden im Bierhaus, ihre Unwissenheit besteht aus dem Zeugnis einer unteren Klasse eines Gymnasiums in der Provinz, ihre Bildung begnügt sich mit der Kenntnis des Duellkodexes, ihr Nichtstun beruht auf der Philosophie eines Klempners in Cinkota, und sie enden bestenfalls in Amerika, im Elend und inmitten von Betrügereien. Diese ehrlose und gemeine Klasse war es, die sich am fleißigsten auf die Brust klopfte und behauptete, direkter Abkömmling jener ruhmreichen Sippschaft zu sein, wie sie der ungarische Adel einst gewesen war. Die wirkliche Gesellschaft der ungarischen Provinz, die mit historischer Ergriffenheit darangeht, Sünden der Vergangenheit zu tilgen, arbeitet am Aufbau einer Zukunft und ist dem Ungartum noch mehr verbunden als dem Glauben: das sparsame und stille, sich weder mit Tugenden noch mit Fehlern brüstende, dagegen ohne viel Lärm, wie der Biber tätige Ungartum der Provinz, das Familienehre wahrt, herrenhafte Nobilität und edelsteinharten Anstand: dieser Menschenschlag hat sich niemals Gentry genannt, da dieses Wort nur auf dem Inselland eine Bedeutung hat. Hier gehörten eher Béla Papp, der Mörder aus dem Komitat Szatmár, und Adolf Kuhlhanek, der Heiratsschwindler, zur Gentry. Von Pester Kellnern und von Bordellbesitzern hochgeachtete Kavaliere.)

In breit lächelnder Laune ging die Jagd in den Waldungen von Medveháza vor sich. Die Jäger griffen viel öfter zum Horn als zur Flinte. Abends wurde über die nachlässigen Treiber Gericht gehalten. Die sonst untätigen, zum Lakaiendienst herangezogenen Bauernburschen teilten die angemessenen Stockschläge mit großem Eifer aus. Kein einziger Treiber meldete sich, um den seit Lichtmeß in der Höhle schlafenden Bären so lange zu reizen, bis er herauskommen würde. Einige schäbige, bis an die Knochen abgemagerte Wölfe flüchteten vor dem Knall der Waffen ins Tal. Algernon Vendéghegyi war der einzige, der jeden Tag einen Wolf sah, und oft sogar einen Luchs. Herr Szilveszter schoß auf Krähen. Während Eduárd Alvinczi nicht einmal eine Waffe lud. Fräulein Krónprinc ritt wie eine Zirkuskünstlerin. Mitunter stürmte sie mit dem Schlitten zu Tal, und ihr Haar, ihr Rock, ihre gute Laune flatterten ihr nach. Die einst träumerische Dame hatte sich wundersam verändert. An der freien Luft war sie lärmend und unruhig, wie ein Vogel, der seiner Gefangenschaft entflohen ist. Berauscht war sie, von der Luft des Winters, vom Wald, von den treuen Dienern, von den summenden Öfen des Schlosses.

»Kein Wunder, daß die Gräfinnen so schön und gesund sind«, sagte sie. »Sport verjüngt.«

Starr und in seinen Pelzen beinahe bewegungslos, nickte Alvinczi der feurigen Dame zu. Er bangte um sie, wenn sich das Mädchen zu tief in den Wald wagte. Der trockene kleine Oberjäger hatte Mühe genug, den Spuren des Fräulein Krónprinc stets folgen zu können.

Eines Tages fand auch Mister H. das Nichtstun langweilig, er nahm eine Waffe auf die Schulter und schweifte in Gesellschaft eines Bauernjungen auf abenteuerlichen Wegen in der Wildnis umher.

Nachmittags kehrte der Bursche ins Schloß zurück. Mister H. hatte in der Nähe des Jagdschlosses »Zum Klappmesser« einen großen Bären zur Strecke gebracht. Die Gesellschaft sprang auf Schlitten, die aus Baumstämmen gezimmert waren, und in großer Fröhlichkeit machten sich die von dickem Fell bedeckten Bauernpferdchen auf den Weg zum »Klappmesser«. Herr Rezeda hatte neben dem Kutscher Platz genommen und hielt, dem dringlichen Rat Alvinczis folgend, eine Militärwaffe auf dem Schoß, denn die Gefährten der Bären pflegen zurückzukommen.

Herr Alvinczi, die Herren Szilveszter und Vendéghegyi beluden sich mit Waffen und mit Feldflaschen. Herr Szilveszter schnallte sich auch einen Ebertöter um, einen Dolch, den er vorher auf seine Wirksamkeit geprüft hatte: er ließ sich auf das eine Knie nieder und stemmte den Griff des Dolches an seine Kniescheibe; es gab kein Raubtier, das dieser Waffe entfliehen konnte. Die bis an die Zähne bewaffneten Jäger hätten mit einem Rudel von Wölfen den Kampf aufnehmen können. Mit schußbereitem Gewehr saß der alte kleine Oberjäger auf dem Bock. Fräulein Krónprinc war zu Hause geblieben.

»Ich mag den fremden Herrn nicht«, sagte sie lustlos.

Indessen waren die Damen Zöldvári vor Aufregung außer sich und konnten sich keineswegs so ernst benehmen, wie es die Gelegenheit gebot. Alle Viertelstunden gingen sie in den Turm des Jagdschlosses, von wo aus sie die stummen Wälder durch den Feldstecher beobachteten. Fräulein Vecsera saß über ihrer Stickerei und hob kein einziges Mal den Kopf. Zuweilen blieb sie allein, denn die Zöldvári-Damen eilten wieder einmal in den Turm, da Izabella das Ohr geklingelt hatte: ein Marienbild zog sie aus dem Busen hervor, wie es bei Prüfungen verteilt wird, faltete die Hände und sagte etwas zur goldigen sanften Frau. Schritte erklangen im Gang. Das Marienbild glitt auf seinen Platz zurück. Izabella blieb nur so viel Zeit, ein Kreuz zu schlagen, schon ging Fräulein Krónprinc in Reitertracht, in Lackstiefeln durch den von Sonnenschein überfluteten Saal, und ihre silbernen Sporen klingelten.

»Hätten Sie keine Lust, Mária, der Gesellschaft entgegenzureiten?« fragte sie gelangweilt.

Fräulein Vecsera schüttelte sanft den Kopf und vertiefte sich in ihre Stickerei.

Schon begann sich die Abenddämmerung niederzulassen, so als sausten immer dunklere Räder über die Abhänge, um in den Wäldern zusammenzutreffen. Die Ofenheizer schleppten mit verdoppeltem Eifer Holz herbei, Burschen in blauen Schürzen rollten ein Faß aus dem Keller, aufgeregt begann man in der Küche mit dem Kochen des Nachtmahls, und auch die sonst niemals benützten Lampen wurden angezündet. In Begleitung unbändiger Hunde und schreiender Bauern lösten sich dann fackelschwingende Reiter aus der Dunkelheit des Waldes, noch schneller liefen die Schlitten, und die Damen Zöldvári rannten auf den Hof.

Der mächtige Bär wurde auf Bretter gelegt.

Wie ein schlafendes Kind, mit ausgestreckten Beinen, lag der getötete Riese des Waldes. Traurig, auf alles verzichtend, fiel sein großer, närrischer Kopf zurück. Gewiß hatte er es bereut, daß er aus seinem Schlupfwinkel hervorgekommen war.

Alle standen um ihn herum und betrachteten ihn verwundert.

»Ich werde die Sohlen zubereiten, denn darauf verstehe ich mich«, erklärte Izabella Zöldvári.

»Wohin hat er die Kugel bekommen?« erkundigte sich Frau Krónprinc, die ihr tagelanges Kopfweh eingestellt hatte.

Herr Szilveszter gab bekannt, daß er über den Bären ein Gedicht schreiben würde.

Algernon Vendéghegyi erwähnte die Jägersitte, wonach man anläßlich des Triumphes Mister H. mit dem Ladestock ein paar feierliche Schläge geben müßte, aber Herr Alvinczi brachte ihn zum Schweigen.

Mária V. besah das braune Tier lange, ohne etwas zu sagen. Dann streichelte sie das dicke Fell des Bären.

»Armer Petz!« sagte sie kaum hörbar.

»Das Bärenfell gehört dem Fräulein«, sprach Mister H. und lüftete den Hut.

Verwirrt und argwöhnisch flüsterten miteinander am nächsten Tag die Zöldvári-Damen, sobald sich Fräulein Vecsera in ihre Stickarbeit vertieft hatte. Sie beruhigten sich dann auch so lange nicht, bis Mária V. in ihrer Gegenwart Mister H. mitteilte, daß sie das Geschenk nicht annehmen könnte, da sie es in keiner Weise verdient hätte. Der Fremde nickte sanft.

»Dann soll er in den Wald zurückgehen!« brummte er.

Während der nächsten Nacht verschwand der Bär aus dem Schuppen, in dem er auf das Häuten gewartet hatte und auf das Sezieren.

Untätig saß der englische Herr im Bibliothekszimmer, aber Mária öffnete die Tür nicht, obwohl sich Herr Rezeda hinter den meterhohen alten Büchern endgültig versteckt hatte.

Beim Mittagsmahl und beim Abendessen diente Lányis Kapelle mit Musik. Abends zogen sich die Damen wie zu einem Ball an, und alles war sehr vornehm. Herr Alvinczi tauchte abwechslungshalber den Schenkel eines im ganzen aufgetischten Ebers in einen älteren Medoc aus Bordeaux und ließ Schäferlieder aufspielen, bei welcher Gelegenheit Bakai, der Dudelsackpfeifer, seinen Mann stand. Mit der Treue alter Menschen hing Herr Szilveszter an einem beglückend weichen westfälischen Schinken, den er in der Speisekammer entdeckt hatte; während Aldzsi Vendéghegyi täglich einer längst verstorbenen Köchin gedachte, die den Magen ihrer Gäste so gut kannte wie ein Arzt und mit ihren Speisen alle in derart gute Stimmung brachte, als hätten am Tisch lauter Hochzeitsreisende Platz genommen. Der fremde Herr schrieb den Titel seines Lieblingsliedes auf ein Stückchen Papier (noch heute wird es von einem alten Zigeuner aufbewahrt). »Als ich eine Mutter hatte ...«, so begann das Lied. Und die Tage flossen so langweilig dahin, daß Herr Rezeda beschloß, jene Laubsägearbeit fortzusetzen, die er in einem Zimmer des Schlosses angefangen hatte.

14

Verschiedene rätselhafte Angelegenheiten

Der englische Herr besuchte die Bauern der Umgebung und ließ auf Tischen, Fensterbrettern, Türschwellen seltsame Geldstücke liegen.

Einen Taler brachte ein erschrockener russischer Bauer aufs Schloß. Vielleicht hatte die fremde Herrschaft das Geld verloren, und am Ende wird dafür noch der Finder bezahlen müssen. Herr Alvinczi, der Hausherr, hörte sich die unbeholfene Erzählung des Bauern an, aus der hervorging, daß der fremde Herr auch schon ein paar Kranke geheilt hatte im Dorf, das sich im Tal erstreckte. Er sah die Kranken an und gab ihnen den Befehl, gesund zu werden. Sein grünlichgrauer Blick ließ die Alten zusammenschaudern, aber die Kinder und die Hunde suchten die Nähe seines Umhanges. Als der fremde Herr eines Abends, nach Heilung der Kranken, am schäbigen kleinen Dorffriedhof vorbeiging, sah man Lichter über den Gräbern schweben. Danach wurde es auf dem Friedhof wieder dunkel. Cservenka, der einbeinige Soldat des Dorfes, der die Arbeiten des Totengräbers zu erledigen pflegte, wenn in Medveháza gerade jemand gestorben war, schwor hoch und heilig, daß er unter den Toten des Friedhofes eine gewisse Unruhe feststellen müsse, seitdem der fremde Herr im Dorf erschienen sei. Erst unlängst, in einer Mondnacht, hatte sich der vor drei Jahren begrabene Schmied auf seinen Grabhügel gesetzt und war drauf und dran, aus dem Friedhof zu flüchten (zum Glück waren seine Beine das Gehen nicht mehr gewohnt).

Nachdem Herr Alvinczi die Nachrichten aus dem Dorf erfahren hatte, schlüpfte er bis an die Ohren in seinen Pelz. Mit einem Auge besah er prüfend den Goldtaler, als hielte er irgendein verhextes Geldstück in der Hand. Es war ein mit dem Porträt der Kaiserin Victoria geschmücktes gutes Goldpfund. Massiv, verläßlich, wohlklingend, wie die englischen Gelder zu sein pflegen.

Danach erfanden die Bauern auch noch das Märchen, daß es nichts nütze, den Taler beim Bandlkrämer in Ungvár loszuwerden. Als sie vom Wochenmarkt heimkehrten, lag das Goldstück wieder zu Hause, am Tischrand oder auf der Schwelle, wohin es der fremde Herr geworfen hatte.

Im Sonnenlicht eines Mittags machte Irma Krónprinc von einem Fenster aus, das auf den Hof ging, die Entdeckung, daß der fremde Herr auf dem Schnee keinen Schatten warf. Mister H. stand neben dem riesenhaften Schneemann, den die Bediensteten im Hof gebaut hatten; auch eine schäbige Heiduckenmütze hatten sie ihm auf den Kopf gesetzt, die der Schneemann abnahm, als der fremde Herr an ihm vorüberging. Im Sonnenschein warf der Schneemann einen seiner Größe entsprechenden Schatten auf den Schnee, während die Gestalt des Mister H. schattenlos über den Hof dahinschritt. Der fremde Herr ging auf das Dorf zu, hinunter ins Tal. Als er am Wald angelangt war, pfiff er, woraufhin der bereits bekannte mächtige Bär mit glänzenden Augen aus der Wildnis trottete und seinen großen struppigen Kopf an den Fersen des fremden Herrn rieb.

Ein anderes Mal – das hatte wiederum Frau Krónprinc erzählt, später, in Buda, und das Aufwartefräulein in der Konditorei nächst der Matthias-Kirche hatte es gehört –, zur Zeit der Abenddämmerung in Medveháza, liefen zwei Beine in roten Hosen und

Lackstiefeln, ohne Kopf und Oberkörper, die Landstraße hinauf und überbrachten dem fremden Herrn einen Brief. Vielleicht streifte der verteufelte Lutriczky durch die Gegend. Beim ersten Anblick der goldbetreßten Beinkleidung war Frau Krónprinc fest überzeugt davon, daß Lutriczky ihr sogar hierher nachgestiegen sei, und machte sich auf das Schlimmste gefaßt.

Eine Kapelle stand am Kreuzweg, ein kleiner Bau mit gewölbter Decke, in dem sich das einfache Volk vor einem auf Holz gemalten Marienbild bekreuzigte.

Wie eine Erinnerung aus dem Jenseits stand das kleine Gebäude in der schneebedeckten Landschaft, von himmlischen Reisenden zurückgelassen, nachdem sie eine Nacht in der Gegend verbracht hatten. Dick waren die Mauern, und im unbehauenen Stein gab es keine Sprünge. Reste wohlriechender sommerlicher Zweige und Kränze erinnerten an andächtige Bitten, die seither gewiß schon in Erfüllung gegangen waren. Ein Wanderbursche hatte seine Bundschuhe der ruhevollen Maria dargeboten, arme Weiblein hatten ihr winzige grüne Kreuzer gebracht, eine in alten Zeiten vorbeireisende Dame hatte ihren Schmetterlingshandschuh geopfert; wenn der Kantor zufällig vorüberkam, sang er irgendeine neblige Melodie; und den aus Amerika zurückgekehrten Bauern wurde das Herz weich. Gewiß hatte der wandernde Maler, der einst mit trüben Augen, mit zitternder Hand die Linien und die Farben aufs Holz auftrug, in seinen jungen Jahren viel von schwarzhaarigen Frauen geträumt. Die biblische Frau war schlank und ihr Gesicht goldrot, der blaue Umhang hielt ihre Hand versteckt, obwohl viele nach ihr suchten.

Fräulein Vecsera verschwand manchmal gegen Mittag aus dem Schloß; die Schlittschuhe in der Hand, eilte sie zum Fluß, der die Landstraße in vielen Windungen begleitete wie eine Schlange aus Glas.

Braunes und durchsichtiges Eis bedeckte den Fluß, zischend glitt auf ihm der Stahl. Zwischen schneebedecktem Schlehdorn und altväterlich sinnenden Tannen konnte man auf einem von Moos und trockenen Blättern bedeckten Fußpfad vom Fluß zur Kapelle gelangen. Die Ballerina, die auf dem Eis einem Traumbild gleich vorwärts geflogen war, ging auf den Schlittschuhen schwerfällig den Pfad entlang.

(Herr Kázmér Rezeda wachte hinter dem Schlehengebüsch, gespannt wie eine Wildkatze.)

Unter dem Gewölbe der Kapelle trat Mister H. hervor und reichte dem Mädchen die Hand.

Andächtig und lange sah er dem Mädchen ins Gesicht, er hielt Mária V. an beiden Händen, und in den sonst so gleichmütigen Zügen zeigte sich tiefe Ergriffenheit.

Es war, als hätten sich die beiden schon sehr lange vor dieser Begegnung kennengelernt, ohne nur mit einem Wort das Vergangene zu erwähnen. Es ist zerfallen, wie das Blumenblatt; zu einer Wolke ist es geworden, im Westen, wo die Sonne untergeht; zu einem Stern in einer fernen Himmelslandschaft; zum Gebet, das nur mehr Staub ist auf einer Kirchenlaterne. Vergangenheit: eine Stimme von gestern. Vorvergangenheit: ein Händedruck von vorgestern. Ferne, teure Erinnerungen, Blicke, die sich nie mehr wiederholen können.

»Ich gehe heute weg von hier, denn meine Zeit ist abgelaufen. Aber irgendeinmal werde ich zu dir noch zurückkehren, Mária«, so sprach der seltsame Fremde und beugte sich nahe zu den geschlossenen Augen des Mädchens, deren Wimpern nicht zitterten; bewegungslos war das kleine weiße Gesicht, wie die Gesichter der Toten.

»Nehmen Sie mich mit«, sagte Fräulein Vecsera.

»Wohin ich gehe, dorthin kannst du nicht mitkommen. Ich gehe in die andere Welt zurück, woher ich gekommen bin, um dich zu sehen. Schon immer hast du so in meiner Erinnerung gelebt: jung, lieb, herzbeglückend. Als Lied, das keine Töne hat. Als Name, der nicht aus Buchstaben besteht. Als ein Traum, der körperlos ist. Ich kenne dich seit der Zeit, in der ich das erste Mal in dieser Gegend war und mit den ungarischen Herren den Becher leerte, wie König László, der Kumane. Du bist es schon damals gewesen: die Saite meiner Seele, die Auserwählte meines Herzens, die ich durch Bestimmung treffen mußte, solange ich noch lebte und litt. Das Horn schallte im Wald, und wir liebten einander bereits in Zeiten, an die du dich nicht einmal erinnern kannst. Genau so ist dein Haar gewesen, dein Gesicht, genau so waren deine Augen, deine Beine. An der Stirn hattest du einen Stern. Ich habe dich sehr geliebt und bin zurückgekehrt zu dir.«

»Nehmen Sie mich mit«, wiederholte Mária und hob die Wimpern.

Der blonde Mann im Jägeranzug lächelte still.

»Würde ich deine Stirn berühren, würde ich deine Augen schließen, würde ich dir aufs Herz hauchen, wärest du tot, wie ich es bin.«

»Ich werde ohnehin sterben, wenn ich Sie nicht mehr sehen kann.«

»Wir, Tote, lieben nur die Lebenden, weil sie noch leiden, wenn wir die Qual und die Unruhe längst nicht mehr kennen. Wir haben Mitleid mit ihnen und ebnen ihnen den Weg. Hast du in deinen Träumen noch keine Stimmen gehört? Das sind die Stimmen der Toten, die um die Träume herumsitzen und sich in ihren schönen, sonderbaren Kleidern zeigen, mit ihren von Leiden und Falten freien Gesichtern, federleichten Gesten, mit ihren Füßen, die den Boden nicht mehr berühren. Wie arm sind die, die leben! Wie schwer schlafen sie ein!«

»Ich werde nie mehr träumen.«

»Du hast noch sehr viele Träume, Mária. Hinter deinen beiden Augen, in der Dunkelheit, leben unsichtbar die Träume, wie die Geister in der Heide. Zwischen deinen Haarsträhnen wohnen kleine Schatten, die noch wachsen müssen, um zu wirklichen Träumen zu werden. Zwischen deinen Fingern sind unsichtbare Rosenblätter, die noch niederrieseln müssen, bevor du am Ende deines Weges ankommst. In deine Ohren haben sich kleine Geiger mancher Melodien niedergelassen, und ihre Musik mußt du noch bis zum letzten Takt anhören. Und hinter dem Zaun deiner Zähne leben die Töne noch, wie die Atemzüge, und sie müssen noch zum Leben erwachen, gleich den Samen der Blumen.«

»Muß ich lange leben, um dich einzuholen?«

»Weit ist der Gasthof noch, von dem die Gäste nicht mehr weiterfahren. Kehre, mein kleines Mädchen, zu den Nonnen zurück, und irgendwann werde ich auf dich wieder warten, in Pozsony, in einer alten Gasse, wenn du mit deinen Schulbüchern eilig durch den Schneefall gehst. Ich trete hervor, und du erkennst mich. Wir nehmen einander an der Hand und glauben zwischen den altertümlichen gelben Häusern für eine Minute oder für eine Stunde, daß wir einander lieben und daß wir auf das Leben ein Recht haben.«

»Warum verlassen Sie mich?«

»Ich muß gehen ... Länger kann ich nicht mehr bleiben. Ich segne dich, Mária.«

Das Mädchen kniete nieder und faltete die Hände.

Der fremde Herr schlug erst über das Mädchen ein Kreuz, dann bekreuzigte er sich selbst. Still streichelte er Márias Haar. Das Mädchen kniete mit geschlossenen Augen, zum Sterben bereit. Als sie wieder zur Besinnung kam und aufblickte, streichelte ihr nur noch der Südwind das Gesicht.

Lange kniete das Mädchen vor dem Marienbild am Wegrand, beriet sich gründlich mit ihrer Schwester und beruhigte sich dann offensichtlich.

Nachdenklich machte sie sich dann auf den Weg zum Schloß, nachdem sie die Schlittschuhe abgeschnallt hatte. Sie neigte den Kopf, und ihre runden kleinen Schultern zogen sich zusammen. Ihre Schritte wurden immer langsamer. Man sah ihr an, daß sie das Erlebnis nur schwer ertragen konnte.

(Herr Rezeda hatte zu dieser Zeit das Schreiben eines Tagebuches bereits eingestellt, nachdem er vorher während der letzten fünf Jahre alle Küsse, alle Stunden, alle Frauen genau eingetragen hatte, die Orte und die Adressen, Straßen, Hausnummern, Enttäuschungen, Lügen, die man im nachhinein abscheulich fand, niemals erfüllte Versprechungen, leichtfertige Falschheiten, Knöpfe, Röcke und Hüte. »Ein unglückliches Leben«: das stand auf dem Tagebuch, und es war vollgeschrieben mit Weisheiten, wie sie von verblühten Männern gedacht werden, die in Sanatorien leben und die Frauen endgültig losgeworden sind; bevor sie sich vom irdischen Dasein verabschieden, sehen sie ein, zwei Tage lang die Schweinerei, die ihnen auf dieser Welt widerfahren war, so klar, daß sie sich dann zufrieden zur Wand drehen. Zu dieser Zeit glaubte sich K.R. vom schmerzhaften Leben bereits derart entfernt, daß er die Aufzeichnung lehrreicher Begebenheiten versäumte. Er glaubte, daß ihm in diesem Leben nichts mehr zustoßen könnte, da er sich von den Segeln der Windmühlen fernhielt, still in einem Graben saß und für sich die Schalmei blies. Er beschloß aber, über die Angelegenheit des Fräulein Vecsera manche Aufzeichnungen zu machen, die er nach seinem Tod dem Nationalmuseum hinterlassen würde; sollen die Wissenschaftler nur ruhig ihre Köpfe wiegen.)

Herr Eduárd Alvinczi erhob sich während des Mittagmahles feierlich vom fürstlichen Armsessel. (Herr Szilveszter stellte sich mit seinem Glas hinter ihn, um als erster anstoßen zu können und zur richtigen Zeit ein Zeichen zu geben, auf das die Zigeuner einen Tusch zu fiedeln hatten. Algernon Vendéghegyi nahm sich die Serviette aus dem Kragen und lehnte sich in seinem Stuhl zurück, nachdem er ein paarmal »Hört!« gerufen hatte.)

»Ich kann die Gelegenheit nicht versäumen«, begann Alvinczi

mit zittriger Stimme, nachdem er seinen Blick über die Gesellschaft hatte schweifen lassen, »mein Glas auf die Gesundheit der schönen Frauen zu leeren. Ich zitiere bei dieser Gelegenheit unseren edlen Landsmann Miklós Szemere: Trinken wir, Herren, denn der Ungar ist nicht glücklich.«

Ins Klatschen und ins Gläserklirren drang das Murren der Baßgeige, und das Zimbal erzitterte.

Der Platz des fremden Herrn am Tisch war leer. Seine Abwesenheit fiel niemandem auf, da er auch andere Male dem Mittagstisch ferngeblieben war, ohne vorher etwas zu sagen.

Nachmittags suchte Herr Szilveszter mit dem Ernst eines Hofmeisters jeden Gast einzeln auf. Gerührt meldete er: »Der Abschiedstrinkspruch ist erklungen. Die schönen Tage auf Medveháza sind zu Ende. Am Morgen fahren die Postkutschen nach Ungarn zurück.«

Fräulein Irma Krónprinc suchte bis zum Abend vergeblich Herrn Kázmér Rezeda, um ihr nächstes Programm mit ihm zu besprechen. Der unzuverlässige junge Mann hatte sich in ein Zimmer eingeschlossen und kaute unter seinem ergrauten Schnurrbart an einem Federkiel. Eine schwarze Seidenkappe hatte er sich auf den Kopf gesetzt, nachdem er beschlossen hatte, die Feder der Schriftsteller wieder zu ergreifen. Er schrieb mit winzigen Buchstaben, wie er es in seiner Jugend bei Béla Tóth und Imre Gáspár gesehen hatte, die beinahe aufgehört hatten, ein fühlendes und alltäglich menschliches Leben zu leben, sondern nur mehr Schriftsteller waren, die krumme Finger hatten und sich mit einer furchtbaren Ordnungsliebe über das Papier beugten. Und es ließ sie völlig gleichgültig, ob draußen Frühling war oder Winter. (Eine Zeitlang wollte jeder Schriftsteller ein Honoré de Balzac sein, auch in der Lebensform.)

Das Werk, zu dessen Ausarbeitung sich Herr Kázmér Rezeda angeschickt hatte, trug den Titel: »Das Erscheinen des Kronprinzen Rudolph in Nordungarn.«

15
Die Karten der Madame Louise

Pest roch zu dieser Jahreszeit, Anfang Frühling, bereits beinahe so schlecht wie im Sommer. Aus den Toreingängen muffiger alter Häuser strömte abgestandene Winterluft; die Fenster wurden geöffnet, und der Dunst von Krankenzimmern schlug einem entgegen. Alte Menschen schlüpften hervor, die man den Winter über niemals hatte sehen können; auf den Horngriff eines Stockes gestützt und in Kleidern, die vom vielen Tragen grün geworden waren, trödelten sie im Sonnenlicht herum, das die Gassen der Innenstadt kühl und feucht werden ließ. Wie ein Wegelagerer war der Bierhausgeruch; Gerüche alter Keller, finsterer Gewölbe, wunderlich geschlossener Höfe und verdächtiger Stiegenhäuser krochen wie Hirschkäfer hervor und verbreiteten sich in der Stadt. Es war, als lüftete man im vierten Bezirk niemals, außer an einem Frühlingstag nach dem Mittagessen, wenn bereits jeder gespeist und sich zu einem Nickerchen hingelegt hatte.

Lebensüberdrüssig hockte an der Ecke der alte Dienstmann auf seinem Schemel, Achter spritzte der Besitzer der Pfandleihanstalt auf den Steinboden seines Lokals, und die auf Liebeskorrespondenz wartende Dame las – noch im schlampigen Schlafrock und mit nackten Füßen, die in Pantoffeln steckten – die Romanfortsetzung im Journal.

Früher einmal war Pest nach dem Mittagessen für ein, zwei Stunden immer eingeschlafen; ruhige Menschen hatten hier gelebt; nur die Handwerker, die Damenschneider und die Miederwarenhersteller spielten, zu ihren Läden unterwegs, eine Kegelpartie in der »Krone«. Andor Péchy döste noch im »Nest«, während Fridolin, der bucklige Zuhälter, die ihren schwarzen Kaffee hastig schlürfenden Schlawiner keines Blickes würdigte. Nach dem Mittagessen eilten nur Leute durch die Straßen, die sich Geld leihen wollten. Die Herren im Hotel »National« standen erst spätnachmittags auf, besprachen die Affären der vergangenen Nacht, oder sie trafen Vorkehrungen für neuerliche Zweikämpfe.

Innerhalb des Stadtgebietes gähnte ein ganzer Haufen von Herren, die alle von den Schwierigkeiten, den trunkenen Trieben und Kartengewinnen anderer *gentlemen* zu leben wünschten. In den geheimen Kartenhöhlen begann das Leben gegen Abend, in den Nebengassen wurden die Türen glänzend eingerichteter Wohnungen auf Losungsworte geöffnet; die Roulettebank des Elek Bodh, der Naschi-Waschi-Tisch des »kleinen Doktors«, die Färbelpartie des Károly Somossy am Nachmittag, dann in der Gegend der Theresienstadt die Bank des »Slió« lockten die geldlosen Müßiggänger der Stadt in die Nähe des Glücksrades. Sárkány, der Gutsherr, war noch mit einem Vierergespann nach Budapest gefahren und verlor zwischen dem Kaiserbad und dem »Weißen Pferd« auf der Pferdebahn zehntausend Forint im geistvollen Spiel, das »Kopf oder Adler« genannt wird. Aus seiner Wohnung ließ sich Doktor Dick seine in der letzten Woche getragenen Socken ins Innenstädtische Kasino bringen, denn sein Glück war in diesen Socken versteckt. Im Gartencafé auf dem Elisabethplatz hielt Manó Lányi die Bank, und bereits zur Zeit des Polizeipräsidenten Thaisz hatte man gewußt, womit man die Polizei und den alten Szvoboda, den Reporter der deutschen Zeitung, zum Schweigen bringen könne. Im »Tiger«, im »Europa«, im »König Stephan« – in diesen längst entschwundenen Hotels – warteten liebenswürdige Leute aus der Provinz einzig und allein darauf, daß sie ihr Geld los wurden. Von den Kriminellen pflegte man meistens Spanga, Pitéli und Berec, den Dieb der Postkiste, Menyhért Farkas, den Lotterieverkäufer aus Temesvár, und später Kecskeméti als treffliche Männer zu erwähnen; der Bankraub am Hirschplatz und der andere in Neu-Pest waren den Bewohnern noch unbekannt, und Papakoszta, der mit dem Anbohren der sicheren Wertheim-Schränke begonnen hatte, genoß das größte Ansehen. Schlaflos warteten die ausgehaltenen Frauen und die Gattinnen auf die Ergebnisse der nächtlichen Kartenpartien, während in der Rostély-Straße im »Folies Caprice«, in der Hajós-Gasse bei »Herzmann« oder im »Imperial« die Künstlerinnen der Nacht ungeduldig wachten und dabei miteinander Karten spielten; erwartungsvoll schwieg die Kapelle; mit Hilfe einer Zeichensprache verständigten sich die Kellner mit den vorfahrenden Fiakerkutschern; in »Ármins Keller«, im »Dobler-Basar« und im Café Ferenczi (an den Ort der nächtlichen Liebe, oder im Café Elipsz, wo die Liebe tagsüber ihre Treffpunkte hatte) war Onkel Blau jede Nacht wach, wie ein Oberinspektor der Mitternächte, und er wußte genau, was in den verschiedenen Teilen der Stadt, in denen die bessere Gesellschaft zu verkehren pflegte, vorfiel (während aus dem Nationalkasino die Kartenschlachten und Zechgelage der Madame Louise in die Innenstadt gemeldet wurden) – bis die Morgendämmerung gekommen war und selbst die aufregendsten Kartenpartien beendet wurden. Es schien, als wäre an manchen Kartenschlachten, in denen sich die Gegner jeden Tag mit erneuten Kräften maßen, die ganze Stadt interessiert. In Säcken brachten die Provinzler und die Wiener das zum Verspielen bestimmte Geld nach Pest, vom Kartentisch fiel manchmal ein Hunderter oder ein Tausender zu Boden, und man kümmerte sich kaum darum.

Auf den ersten oberflächlichen Blick wirkte Pest in diesen Jahren so, als wollte hier niemand von seiner Arbeit leben; jeder in der Stadt zerbricht sich den Kopf nur darüber, wie man die reichen Leute rupfen könnte; es wimmelt von Turf-Spielern und von fleißigen Anhängern der Lotterie, die den Anleitungen eines Wunderkindes namens Móric Frankl folgen und nicht nur einmal den Terno gewinnen; Benedek Göndöcs, der Abteipropst von Békésgyula, läßt aus einem Fenster der Képíró-Gasse seinen Tschibuk ins Haus der Rézi Luft hängen, in das er als Gast hineingestolpert war; das Witzblatt »Zyankali« bringt die Namen aller Falschspieler der Stadt; Eduárd, der Portier des Hotels »Kontinental«, weist Wiener Vagabunden zum erstenmal die Tür; Lajos Gály erscheint mit den Wechseln des Khedive von Ägypten im kleinen Wirtshaus in der Aranykéz-Gasse; die rothaarige Millionärstochter badet Imre Szirmai in Champagner; die »Tag« betitelte Zeitung beginnt zu erscheinen, und in der zu allem bereiten Stadt ist eine gewisse Angst zu bemerken; im alten schönen Freudenschlößchen in der Magyar-Straße tönt im Spiegelzimmer bis Mittag Musik; Herr Österreicher läßt sich scheiden und nimmt eine schwarzhaarige Kellnerin zur Frau; die Künstlerin des einstigen deutschen Theaters in der Gyapjú-Straße erscheint auch als Generalin Forinyák auf der Terrasse des »Bellevue«; Cecília Carola verschwindet aus Pest, und die schönen Frauen werden zu alten Weibern; Makler schreien schrill, und in lächelnder Stille arbeitet der Handel mit Frauen; es zählt zu den wichtigsten Umständen des Aufstiegs im Leben, ob jemand dieses oder jenes Kaffeehaus besucht und wieviel Kredit man bei seinem Schneider bekommt. Trauriges, hochstaplerisches, hohlköpfiges Ungarn, das vom Schnitt der Hosen und vom Mischen der Karten leben wollte. Die großen Schwindler des Zeitalters waren immerhin ehrenwerter, denn sie arbeiteten sogar ein wenig, damit ihre Unternehmungen gelangen.

Sehr verständlich ist es, daß in der Innenstadt nach dem Mittagessen jedermann schläft; die jungen Herren mit den aufgekrempelten Hosenbeinen sowie die Damen mit den dicken Fingern lassen ihre Gesichtszüge ausruhen; der Dienstmann rennt höchstens, um geborgtes Geld zu holen, die Büglerin mit dem weißen Busen singt träumerisch in ihrem kleinen Laden, die Bäcker und die Krämer schlummern, kahl gewordene Anwälte zerbrechen sich den Kopf über die Akten des Tarnóczy-Bankrotts; Károly Eötvös und Géza Polónyi singen dem Prozeß der schönen Frau Brunkala nach, und im freundlichen kleinen Wirtshaus wird auch die letzte Portion Gemüse mit »Auflage« verzehrt, die zwanzig Kreuzer kostet.

Der Ungar alter Zeiten hatte in der Innenstadt schon seit den Zeiten des Notars von Peleske kein leichtes Leben gehabt, obwohl es lange zurücklag, daß der zornige Herr aus dem Gedicht des Grafen Gvadányi nach Pest gekommen war, um die Bevölkerung Ungartum zu lehren. Die Innenstadt war noch vor fünfundzwanzig Jahren ein stockdeutsches Nest, in der Hatvani-Straße verstand der Kaufmann den Juristen nicht, der aus der Provinz gekommen war und auf ungarisch zum Nationalfeiertag eine Kokarde kaufen wollte; in der Váci-Straße hatten alle Läden deutsche Namen; im »Zrínyi« waren die jungen Rechtspraktikanten und die Falschspieler bereits ausgestorben, und der Ungar wunderte sich kaum mehr, wenn der *kellner* im »Jagdhorn« oder in der »Königin von England« nicht Ungarisch konnte. Die alte Innenstadt war dem Deutschtum eine feste Burg; Gott schenke unseren alten Stadtvätern die ewige Ruhe, aber sie hatten ihre Plage, wenn sie zwischen den Kiefern ungarische Worte mampften. Die Presse war mit dem Pogrom von Eszlár und mit dem alten Grafen Tisza beschäftigt, das ungarische Gefühl war in der Stadt eingeschlafen, bis sich nach der Janszky-Demonstration auf einmal alles änderte. Plötzlich lief ein unerwartet starker Strom ungarischer Gesinnung durch die Stadt, die Juden und Verhovay sind vergessen; die Jugend beginnt im Kecskeméti-Haus zu lärmen, laut agitiert die Presse für das Ungarisieren der Namen, und Doktor Hugó Feleky reißt in der Innenstadt das erste deutsche Schild herunter.

Die Stadt wird von irgendeinem seltsamen Fieber ergriffen, das sich von Tag zu Tag, von Jahr zu Jahr steigert, wie eine zweite Revolution, die ohne einen Fünfzehnten März und ohne schäbige Schießwaffen vollbracht wird, von der Jugend, von der Presse, vom gutmütigen Terror. Ungarisieren wir uns! Das ist die Parole der Zeit. Sobald in der Stadt eine Demonstration oder irgendein Lärm gegen das Deutschtum entsteht, läuft Lajos Csávolszky in der Redaktion der »Eintracht« verzückt, kurze sanguinische Schreie ausstoßend, auf seinen krummen Beinen herum; neue Zeitungen werden gegründet, die kein anderes Ziel haben als das gewaltsame Ungarisieren; den Kellnern wird die deutsche Zeitung aus den Händen geschlagen, und wie ein Nationalheld zieht jeder Radaubruder umher, der im Orpheum österreichische Offiziere insultiert und wegen des Kossuth-Liedes oder auf Grund eines deutschen Wortes einen Skandal veranstaltet hat. Eine blutige, gewalttätige, sich an Drohungen beinahe ergötzende Zeit des Pester Ungartums ist das. Die Presse hetzt mit blutunterlaufenen Augen, alltäglich sind die Krawalle zwischen den *spiszbürgern* der Innenstadt und den begeisterten Jünglingen, deren Kämpfe meistens ohne Eingriff der Obrigkeit beendet werden; Lajos Halász, der in Nagyvárad wegen des Kossuth-Liedes degradiert wurde, hat ein gewonnenes Spiel; auch Cecília Carola entfaltet auf der Bühne des Orpheums bei der letzten Quadrille des *Frauenbataillons* die Trikolore; das ganze Land klatscht, als die Sprengung des Hentzi-Denkmals versucht wird. Die Zeit naht, in der die Vereinigung der Universitätsstudenten einen jüdischen jungen Mann zu ihrem Vizepräsidenten wählt, einen gewissen Vilmos Weiszfeld, der unter dem Zeichen (V. V.) im »Pester Anzeiger« fleißig seine demokratischen Leitartikel schreibt. Dann ungarisiert er seinen Namen feierlich auf Vázsonyi.

Doch bis wir so weit gekommen waren, arbeiteten in Pest die Patrioten mit voller Kraft.

Man könnte dieses längst entschwundene Zeitalter von Pest auch die Zeit der Tischgesellschaften nennen. Diese Sitte deutscher Herkunft wurde in den Kneipen der Innenstadt einst von den *spiszern* gepflegt; ihre Insignien hatten wir noch gesehen, die Geldbörse und die verschiedenen Gegenstände der Zeremonie. Es wurde viel getrunken, man sang feierlich die Lieder zu Ende; gut und billig war in der Innenstadt der Wein, bis Mitternacht konnte jedermann seine Portion austrinken.

Also die ernsteren Patrioten, die für das Ungartum nicht im Orpheum und auch nicht auf der Straße kämpften, versammelten sich in Tischgesellschaften. So etwas war eine gefällige, geschmackvolle und bequeme Sache. Rasch war sie in der Stadt volkstümlich geworden. Die deutschen Bürger bemerkten plötzlich, daß man sie aus ihren eigenen Wirtshäusern, heimischen Ekken und unter ihren von sich selbst mit Tabakrauch gefüllten Gewölben mit dem Kossuth-Lied, mit ungarischen Trinksprüchen, mit patriotischem, schallendem Lärm in ihre Häuser schickte. In der »Uhr« oder im »Hopfen« kann man kaum mehr ein deutsches Wort sagen, denn schon erdröhnt irgendwoher eine rechthaberische Stimme: »Auf ungarisch!«

In der »Pfeife«, in der »Kleinen Krone«, in der »Stadt Buda«, der »Spieluhr«, bei Csalányi, bei Szikszay, im einstigen Wirtshaus Vörösmartys, im »Hopfen«, im »Weinstock«, überall in der ganzen Innenstadt treiben entflammte Professoren, Anwälte, Journalisten, Dichter untereinander ihre Späße, doch schreien sie selbst den mit seinem schneebedeckten Bauchladen eintretenden Gottscheeberer an: »Auf ungarisch, zum Teufel!«

(Zur selben Zeit nahm das Komödientheater deutsche Schauspieler unter Vertrag, die vom ungarischen Publikum beinahe mit Brachialgewalt von der Bühne des Keglevich vertrieben wurden; Miklós Bartha hatte die Demonstration organisiert, in deren Verlauf der Polizeipräsident Sajó einen Herrn in grauem Zylinder und den Journalisten Neszményi siebzehnmal aus dem Theater führte.)

Das erfolgreiche Wirken der Patrioten der Innenstadt strahlte bis in die Gegend der erst halberbauten Ringstraße aus, wo selbst Polizisten nur mit Lampen bewaffnet zu verkehren wagten. In der Josefstadt, in der Theresienstadt wurden nacheinander vaterländische Ausschüsse gegründet, wie im revolutionären Paris des Carlyle. (Oft steckten sich auch die Damen Kokarden an die Brust, und die Frau des achtundvierziger Generals János Damjanich war die Führerin mehrerer Vereine.) In der Theresienstadt war es das Restaurant »Hühnerkorb«, in dem der gewalttätige, fordernde Appell, die Devise früherer Zeiten zum erstenmal ertönte: »Auf ungarisch!«

Der Wirt, die *kellner*, die *weinburschen*, die Schankjungen und die Gäste sahen sich entsetzt um. Der Stadtteil der Theresia ist noch so stockdeutsch, daß die hier beheimateten Hunde den Mond germanisch anbellen. Man kennt in diesem Bezirk höchstens noch die Gaunersprache, ungarisch hat hier das letzte Mal bei der Feier der Scheibenschießer ein angeheiterter Rechtspraktikant gesprochen. Die auf deutsch verfaßten Zettel, die Adressen von Untermietzimmern verkünden, beginnt man seit einiger Zeit von den Wänden zu reißen, die Ladenschilder wirft man zu Boden, in den Geschäften und Wirtshäusern erdröhnt die Parole, die rasch allgemein bekannt wird.

Der fürchterliche Lärm der Patrioten des »Hühnerkorbes« zerreißt die Stille des in Dunkelheit versunkenen Viertels. Erschrokken ziehen sich die Bürger ihre Schlafmützen über die Ohren, genau wie vor einem Menschenalter, als hier das letzte Mal Jusstudenten an den Klingeln gezerrt haben. József Márkus, der spätere Oberbürgermeister, singt den deutschen Stammgästen des »Hühnerkorbes« ungarische Lieder vor, der alte Imre Baintner erfindet jene Art von Gespritztem, der dann den Namen »Spaß« erhält, Lajos Örley, József Dezsényi, Vilmos Sümegi, Gyula Takács sitzen um den Tisch und nehmen nicht nur einmal täglich an der Arbeit der Ungarisierung teil.

(Der historischen Treue zuliebe muß die Tischgesellschaft des Fürsten notiert werden, die vor dem Krieg die letzte Form der alten, zu jedem Spaß bereiten, aber einem heiligen Ziel dienenden Tischgesellschaften gewesen ist. Die Tischgesellschaft des Fürsten mußte sich für das Ungartum nicht mehr schlagen, man hatte bloß die Reliquien der Erinnerungen an die Vergangenheit zu hüten . . . Arpád Feszty, der Maler, saß am oberen Ende des Tisches im alten »Vampetics«, Miklós Bartha, Lajos Holló und die übrigen namhaften ungarischen Politiker sind hier zu Gast gewesen, um die nationalen Sorgen am weißen Tisch zu besprechen und sich manchmal von den Freundesstimmen trösten zu lassen.)

Durch die menschenleere Innenstadt eilte mit langen Schritten Herr Kázmér Rezeda und zog an der altmodischen Klingel eines einstöckigen barocken Schlößchens, dessen Fenster im Erdgeschoß mit spitzengesäumter Seide verhängt waren, und das Haus wirkte so still, als verbrächten seine Bewohner den Frühling irgendwo im Süden. In Stoffpantoffeln kam die hübsche Hausmeisterin und nuschelte irgend etwas, das ein Gruß sein konnte.

»Was macht die Herrin?«

»Was sie zu dieser Zeit zu tun pflegt: sie schlägt die Karten auf.«

In den Stunden des frühen Nachmittags, in denen sie ungefähr sicher sein konnte, daß sie niemand behelligen würde, legte Madame Louise Karten im Salon, für sich selbst, für das kleine Kind, das sie adoptiert hatte, für Graf Elemér, für Jankovich, für Szemere, für König Milan und für den Schah von Persien, und für alle hob sie ab und betrachtete in den Karten den Lauf ihrer Leben. Der Tag war ein Mittwoch, und das war für das Kartenlegen besonders günstig.

»Na, Sie alter Tunichtgut!« rief sie mit schallendem Lachen, als Herr Rezeda seinen Kopf durch den Türspalt steckte. »Kommen Sie nur, der Weg ist frei. Meine alten Grafen sitzen noch beim Dejeuner. Der Goldene Bauer wird als erster kommen, weil er früh schläfrig wird. Den tu ich dann in den kleinen Salon. Dort kann er schlafen. Und wir sprechen uns einmal aus. Seit der geheimnisvollen Winternacht, in der Sie mich ermorden wollten, haben wir einander ohnehin nicht gesehen.«

Madame Louise lachte aus vollem Hals, zeigte ihre gesunden Zähne (sie hatte noch alle) und richtete sich im Kartenlegestuhl auf, um Herrn K.R. gründlich in Augenschein nehmen zu können. Sogar die Hand hob sie an die Augen und betrachtete eingehend ihren Gast.

»Man sagt, du sitzt auf dem Rock irgendeines Fräuleins, das vielleicht ein wenig schielt. Und daß du eifersüchtig bist wie ein Türke. Zum Teufel, du läßt die Nase hängen wie der König von Serbien, als ihn Natália Kecskó davongejagt hatte und er herkam, um Wasser zu trinken.«

Herr K.R. nahm ruhig Platz, bat das Stubenmädchen um schwarzen Kaffee, zündete sich eine Zigarette an und wartete, bis sich die Madame nach dem langen Lachen gründlich ausgehustet hatte.

»Ich habe versagt, meine Teure. Meine Tätigkeit um die Damen ist beendet!«

»Man hat dich also wieder einmal betrogen.«

Herr Rezeda wurde rot.

»Das habe ich nicht gesagt.«

Die Madame lachte und winkte ab.

»Ich kenne euch. Wenn sich jenes gewisse Weib, das ihr Dame, Göttin, mein Leben zu nennen pflegt, naturgemäß zu langweilen beginnt und ihren Blick auch auf den Westenknöpfen anderer Männer ruhen läßt, wenn sie lügt und zerstreut ist, ihren Hut vor dem Spiegel so langwierig aufprobiert, als wäret ihr gar nicht im Zimmer, und wenn sich ihr Blick manchmal träumerisch auf unsichtbare Punkte richtet, dann legt ihr Männer, obwohl ihr das ganze Leben lang auf verbotenen Wegen wandelt, den Finger an die Nase. Aha, da ist etwas los, wir müssen uns vom ganzen weiblichen Geschlecht trennen, bevor die Schande da ist, sagt ihr sehr weise ... Wie viele kommen her, selbst aus entfernten Teilen der Stadt, sogar von Buda noch und vom Dorf, deren Wunden auf den ersten Blick tödlich erscheinen; kaum daß sie herauftaumeln können, und der Lauf der Pistole blinkt ihnen aus der Tasche«, fuhr Madame Louise nachdenklich fort. »›Louise, ich langweile mich, Louise, ich bin krank, Louise, ich kann nicht schlafen.‹ Damit beginnen sie, und oft reden sie über das Wetter, wobei ihr Herz bereits laut pocht, denn sie wollen den Verlauf einer Schlacht erzählen, die sie mit einer Frau ausgetragen haben, und ihre Wunden zeigen. Sie lachen, sie sind zynisch, stimmen meinen komischen Späßen bei und bitten mich darum, daß ich sie leichtfertigen Frauen vorstelle, die man nicht heiraten muß. Und mir tun alle diese Männer im stillen nur leid ... Wohin hat dich die Stute getreten? Wo hat sie dich getroffen? An deiner Eitelkeit oder an deinem Herzen?«

»An meiner Jugend!« antwortete Kázmér Rezeda.

Madame Louise lächelte so sanft wie eine alte Frau, die sämtliche Narrheiten des Lebens bereits hinter sich hat und ihre Ansichten über die wichtigsten Dinge nur mehr ihrer Strickerei erzählt.

»An deiner Jugend hat sie dich verletzt, mein Sohn? Wir Frauen aus früheren Zeiten glauben, daß es bei den Männern keine Jugend gibt, es gibt sie höchstens bei den Frauen. Wobei ich bemerken muß, daß sich die jungen Frauen viel böswilliger benehmen können als die erfahrenen Frauen, die den Schmerz kennen. Diese gierigen Jungen – wissen Sie, lieber Herr Rezeda – machen das Leben immer unerträglicher. Kaum sind sie aus dem Ei geschlüpft, sie haben sich noch nicht einmal richtig in der Welt umgesehen, der Dreck steckt ihnen manchmal noch unter den Nägeln, ihre Hände und ihre Wäsche riechen noch nach Armut, mit dem Hausmeister sind sie noch gut Freund, und Sonntag nachmittags sitzen sie im Kreise ihrer Anverwandten beim Konditor oder im Kaffeehaus, und schon wollen sie leben, gierig, durstig, unverschämt, erpresserisch und drohend. Sie wundern sich gar nicht, wenn ein Graf sie anspricht oder auch ich, die ich seit vierzig Jahren zwischen ungarischen Magnaten lebe und öfters das Glück habe, mit den älteren Gräfinnen zu plaudern, wenn das Benehmen ihrer Söhne oder Gatten, die mein Haus besuchen, irgendwelche Befürchtungen aufkommen läßt. Die selige Gräfin Krisztina hat mich in ihr

Schloß rufen lassen und sprach zu mir: ›Louise, mein Seelchen, ich habe gehört, daß Sie ein gutes und vernünftiges Geschöpf sind, Sie verstehen, daß eine Mutter um ihren Sohn bangt, ich wollte Sie kennenlernen.‹ Ich küßte der Gräfin die Hand und werde niemals vergessen, mit welcher Zufriedenheit sie meine nicht alltägliche Bildung, meinen scharfen Verstand und die edlen Züge meiner Seele zur Kenntnis nahm. Heutzutage möchte jede zu allem bereite Choristin gleich ins Schloß ziehen. Ich muß schon sagen, die Welt ist sehr unverschämt geworden, seit jener Zeit, da ich auf dem Serviten-Platz Blumen verkauft und immer nur aufrichtig und wirklich geliebt habe. Nur den alten Frauen sollst du glauben, mein sauer gewordener Freund.«

Herr Rezeda verschränkte die Finger.

»Noch vor kurzem habe ich mir ja eingebildet, daß ich in ganz Pest der älteste Mann sei, daß ich von den Geheimnissen der Damenwelt bereits alles wüßte, sogar das, was sich die Frauen denken, während sie sich vor dem Spiegel die Taille schnüren.«

Madame Louise war in gemütlicher Laune.

»Keiner von uns weiß etwas«, antwortete sie.

Das adoptierte Kind kroch indessen wie ein Hündchen aus dem Nebenzimmer, eine kleine rote Mütze hatte es auf dem Kopf, und es trug ein blaues Hemd wie die Bauernkinder.

»Tunyi!« rief Madame Louise, außer sich vor Freude. »Der da wird meine Ländereien erben, auf dem Dorf. Ich erziehe ihn zum Bauern. Diese kleine Seele wird durch mich glücklich werden. Ich habe ja ungefähr jeden glücklich gemacht, den ich geliebt habe. Mein erster Adoptivsohn, den ich großgezogen habe, ist bereits ein Kaufmann, mit Schnurrbart, und Ehemann. Ich paßte auf seine Moral auf. Er ist ein anständiger junger Mann geworden. So lange möchte ich noch leben, daß ich sehen kann, wie auch aus Tunyi ein Mann wird. Er soll draußen beim einsamen Gehöft hinter dem Pflug einhergehen und fröhlich singen. Mein Herz ist so erschaffen, mein Freund Rezeda, daß es ohne Liebe nicht einmal einen Tag lang leben könnte.«

Herr K. R. nickte mehrmals und beinahe traurig.

Madame Louise nahm das Kind auf den Schoß.

»Willst du dir vielleicht Geld ausborgen, du trauriger Ritter? Oft wenden sich meine alten Freunde in einer augenblicklichen finanziellen Verlegenheit an mich. Eine unangenehme Sache, aber letzten Endes lebt man ja in der Gesellschaft.«

»Schon vorhin habe ich bemerkt, daß Sie mich nur unterhalten wollen, damit ich nicht den Mut finden soll, die schwere Frage auszusprechen«, antwortete Herr Rezeda. »Aber diesmal hat Sie Ihr Scharfsinn getrogen, Madame. In Geldsachen bin ich so korrekt geworden wie die Österreichisch-ungarische Bank.«

Madame berührte Herrn K. R. an der Hand und lachte.

»Verzeihe mir, ich habe mich in den Menschen oft getäuscht. Getäuscht? Ich habe mich schlecht ausgedrückt. Schon immer wußte ich, wie sie sind und daß sie mir allerlei Lügen nur auftischten, weil ich schön war, jung und vornehm. Meine Erscheinung hat ihren Augen geschmeichelt, ihrer Eitelkeit und manchmal auch ihrer Sehnsucht; vielleicht haben mich viele wirklich geliebt. Wenigstens an der Wand scheinen die vielen träumerischen, im Barbierladen frisch frisierten, theatralischen Kavaliere, die Photographien, mit denen mich die Männer beschenkt haben, zu sagen, daß sie vor dem Rohr des Photographen an mich gedacht haben, alle meine todesmütigen Ritter. Ich habe sie nie betrogen: vielleicht haben sie mich deswegen geliebt ... Sie haben mich mit ihren seltenen Golddukaten beschenkt und mit ihren Gefühlen, die noch seltener sind als Gold. Dann, auf einmal – sehr plötzlich ist diese Sache gekommen, ich habe ihretwegen auch noch geheult wie über irgendeine unangenehme Überraschung – begannen die Männer ihre Gelder zurückzunehmen.

Einem kleinen serbischen Journalisten hielt ich damals eine Wohnung in einem Stundenhotel, während er tagsüber hier sitzen mußte, in irgendeiner Ecke, damit ich jemanden habe, mit dem ich Mittag essen, Karten spielen und dem ich meine schlechte Laune an den Kopf werfen kann. Ich schwöre ... Nicht wahr, wie seltsam klingt das aus meinem Mund? Ich schwöre noch einmal, kein Wort ist wahr davon, was du dir denkst ... Gerade deshalb habe ich mich ja so geärgert ... Hätte ich wenigstens einem Herrn all die Hosen, Bouteillen und Zigarren gekauft, den ich nur einigermaßen erträglich fand, wäre die Angelegenheit ganz in Ordnung gewesen. Madame ist alt geworden, Madame langweilt sich, Madame kann nachts manchmal nicht schlafen ... Und so weiter. Von so etwas habe ich schon gehört. Aber der Serbe roch wie ein abgenützter Pfeifenstocher. Er hatte eine Laune wie ein trunksüchtiger Hausmeister. Meine Schwiegermutter, mein Mörder und mein Sekretär ist er gewesen. Kavaliere aus der Provinz begannen um das Haus zu schleichen, hübsche Männer mit gefärbten

Schnurrbärten, mit Enterichfedern am Hut, jede Woche hielt irgendeiner um meine Hand an ... Iwan Iljitsch biß alle aus dem Haus, wie ein Hausfreund, der seine alten Rechte eifersüchtig hütet. Er erforschte ihre Schulden, die Morde, die in ihren Familien vorgekommen waren, und die Messer, mit denen man ihnen auf dem Dorf die Hälse durchschneiden würde. Er nannte mich alles: eine alte Närrin, ein verwirrtes Luder, das selbst in seiner sicheren Behausung, in der Gesellschaft eines treuen alten Freundes keine Ruhe gibt. Jeder, der mich heiraten wollte, war ein Schuft ...

Einmal warf ich ihm den silbernen Kranich, der die Visitenkarten hält, an den Kopf. Sie sind der Schuft, sagte ich ihm, Sie sind der erste Mann, dem ich Hosen gekauft habe. Also benehmen Sie sich wenigstens anständig. Er ging weg und spazierte monatelang auf dem Gehsteig vor dem Haus auf und ab, schrieb in der Nacht Briefe im nahen Kaffeehaus und versprach, sich aufzuknüpfen. Statt dessen ist er aber zurückgekehrt, ausgehungert, erschöpft, in Lumpen, schnupperte in der Küche, fragte meine Dienstboten aus, hetzte meine alte Hausmeisterin auf mich, öffnete meine Briefe und beschimpfte alles, was auf den Tisch kam. Ich und meine alten Dienstboten begannen uns schon zu fürchten, jeden Tag sprachen wir voll Angst davon, wen er unter uns als ersten verprügeln würde ... als mir der Teufel einen Provinznotar auf den Weg warf.

Draußen habe ich ihn getroffen, beim alten Irren, am Ende des Auwinkels, zu dem ich manchmal hinausging, denn der alte Irre spielte für mich auf einem Flügel, der keine Saiten hatte, und sang dazu mit brüchiger Stimme, bot mir im Winter kaltes Kompott an und versprach mir, daß er mich heilen würde, sollte ich einmal krank sein.

Ein Witwer in grünem Hut, mit gelbem Schnurrbart war der Notar, er sah anständig aus und kam zum Eremiten, um sich Kräuter zu holen, denn manchmal tat ihm, wenn das Wetter umschlug, das Kreuz weh.

Ich habe ihm den Grund niemals verraten, aber wir trafen einander immer nur bei dem Eremiten, bis ich dann den Notar besser kennengelernt hatte und wir uns in Buda, im ›Roten Frosch‹, verlobten.

Iwan Iljitsch wußte von nichts.

In dieser Zeit wollte er den Hausmeister vor die Tür setzen, der einmal grob gewesen ist.

Am nächsten Tag stellt sich der Notar ein, ich mache ihn mit

Iwan Iljitsch bekannt und sage, der Herr aus der Provinz sei mein Verlobter.

Iwan Iljitsch wurde grün, nahm seinen Hut, und ich habe ihn nie wieder gesehen.

So habe ich geheiratet, Herr Rezeda. Es kostete mich eines meiner Güter, damit ich mich vom Notar endgültig scheiden lassen konnte, der mich am Tag unserer Hochzeit verprügelte.«

Während die lehrreiche Geschichte vorgetragen wurde, schwieg Herr Rezeda, und bei den geeigneten Stellen nickte er.

»Wäre es nicht besser gewesen, Iwan Iljitsch zu behalten?« fragte er leise.

»Zum Teufel!« fuhr die Madame auf. »Er ist es ja gewesen, dieser Schuft, der mich dreißigtausend Forint gekostet hat. Nur um ihn zu ärgern, habe ich geheiratet. Ich konnte ihm niemals verzeihen, daß er der erste Mann war, dem ich die Hosen bezahlt habe. In die Glocke meines Dorfes habe ich mein Gold und Silber gießen lassen. Die bekommt kein niederträchtiger Mann mehr.«

Herr Rezeda nickte ein paarmal zustimmend.

Eine Minute sann Madame noch über den Fall nach.

»Allein Iwan Iljitsch ist an allem schuld. Wenn er sich nicht so hinterlistig benimmt, dann kann der Notar niemals seine Hosenriemen ablegen, um auf mich einzuschlagen, auf mich, in deren Salon die ersten Kavaliere von Pest zu Gast waren! ... Aber schließlich und endlich, wen hätte ich heiraten sollen ...? Im Pester Komitat bin ich geboren ... Ich kann ja nicht nach Siebenbürgen heiraten.«

Wieder nickte ein paarmal Herr Rezeda, worauf ihn Madame, fast beleidigt, mit schwarzen Augen musterte.

»Und was hast du für Sorgen?«

Herr K.R. winkte seinen Schuhabsätzen mit den Augenbrauen zu.

»Mir«, begann er, »ist das gleiche Unglück zugestoßen wie vor langer Zeit, als ich mir (heute jährt sich der Tag zum zehnten Mal) aus dem gleichen Grund mit einer Soldatenwaffe in die Brust geschossen habe. Jetzt kommt mir der Tod nicht einmal mehr in den Sinn, denn ich bin anscheinend zu einem Greis geworden. Verliebt habe ich mich, und entliebt habe ich mich ... Ein bißchen hundsgemein hat mich die Dame behandelt.«

»Nimm Rache«, rief Madame, und heftig blitzten ihre Augen. »Ich bin immer schon ein treues und gutes Geschöpf gewesen. Die liederlichen Frauen habe ich gehaßt – und dabei ist mir in Pest kaum etwas anderes unter die Augen gekommen.«

»Ich bin bereits ein alter Mann«, erwiderte leise Kázmér Rezeda.

Danach erzählte er kurz und mit niedergeschlagenen Augen seine Liebesgeschichte, die Reise nach Medveháza, die jähe Liebe des Eduárd Alvinczi . . .

Madame Louise machte während der Schilderungen ein immer gleichgültigeres Gesicht, obwohl sie Feuer und Flamme war, wenn es um Liebesklatsch ging. Sie nahm ihre Karten hervor und begann sie zu mischen.

»Ich kenne den Fall«, antwortete sie, ein Gähnen unterdrükkend. »Unlängst ist Herr Alvinczi dagewesen. Er hat sich auf den Diwan gelegt und alles gebeichtet, was mit ihm seit seinem letzten Besuch geschehen war. Ich erklärte ihm, daß er niemals alt werden würde und daß er heute genauso jung sei wie vor dreißig Jahren, als ich vor ihm durch ein Fenster im Erdgeschoß im bloßen Hemd geflohen bin: umbringen wollte er mich, der Narr, aus Eifersucht oder weiß der Teufel warum. Und einen Korb Südfrüchte, Ananas, hatte er geschickt, nachdem er gegangen war.«

Herr K.R. brummte etwas vor sich hin.

»Und was die Dame betrifft«, fuhr Madame in leisem Erzählton fort, »ich gebe ihr nicht ein halbes Jahr, und sie wird in meinem Salon erscheinen, um mich zu bitten, daß ich sie in die vornehme Welt einführen möge. Ich soll ein Abendessen geben und X oder Y einladen, einen Grafen oder einen Prinzen, einen Kirchenfürsten oder einen Theaterkritiker. Immer geschieht das so, wenn jemand an den Begriff *High Life* mit großen Anfangsbuchstaben zu denken pflegt. Vornehme Welt! Mein Gott, wie verlockend ist sie, aus der Ferne gesehen. Ein Schloß, ein russischer Pelz, eine gute Kutsche, eine Loge in der Oper, ein seltsames Parfüm, Grafen mit Schlangengestalt und männliche Mitglieder der Familie Festetich, die seit Jahrhunderten den gleichen Bart tragen!

Die rothaarige Millionärstochter war bereit, für einen Grafen ihre Haarpracht herzugeben. Briefe erhielt ich von ehrbaren Damen, die sich langweilten und meine Freundschaft erflehten, damit sie einen wirklichen König kennenlernen könnten. Fräulein aus guten Häusern flüsterten mit meiner Hausmeisterin, und die Künstlerinnen des Volkstheaters warfen sich mir an den Hals, wenn ich ab und zu ins Theater ging. Wahnsinnig sind die Frauen, mein Sohn Rezeda. Deine Dame wird sich noch einige Jahre nach Medveháza sehnen, nach dem vornehmen Leben, sie wird Herrn Szilveszter und Vendéghegyi zum Abendessen locken, Hüte wird sie tragen wie die Gräfinnen, und vielleicht wird sie in der Innenstadt eine Wohnung mieten, um dem Kasino nahe zu sein. Einmal wird sie dann irgend jemanden heiraten. Ich habe mich niemals in die Angelegenheiten anderer Frauen gemischt, genug hatte ich mit meinem eigenen Herzen zu tun gehabt. Ihr eigenes Leben war es, das die weiße Kameliendame zugrunde gerichtet hat, für mich selbst werde ich mich vor Gottes Richterstuhl schon zu verantworten wissen. Leichtfertig war ich, jung war ich, verliebt war ich. Frag die alten Männer. Alle, die mich gekannt haben, werden dir sagen: ›Ein gutes Weib ist die Lujza gewesen, Gott soll sie segnen, wo sie auch sein mag.‹ – Du bist ein Dichter, mein Sohn, starre nur in die Sterne. Es gibt einen Stern, der Mädchenauge heißt. Es gibt einen Stern, der Schöne Frau genannt wird, es gibt den Tanz der Feen und die Große Nixe. Dort suche herum, auf dem Firmament. Aber auch das Wirtshaus hat einen Stern.«

»Die Medizin, die mein Leid heilen könnte, haben Sie immer noch nicht genannt, Herrin«, murmelte Herr Rezeda.

Die Madame bot ihrem Gast das Kartenpaket zum Abheben.

»Fahre irgendwohin. Zu irgendeiner Frau«, antwortete sie beiläufig. Dann vertiefte sie sich in ihre Karten.

Nach einigen Minuten Schweigen schlug sie die Augen auf.

»Weißt du, Daß es auf der Welt einen Krieg geben wird? Schon seit einem halben Jahr kündigen meine Karten und meine Sterne den Krieg an. Schon immer hatte ich mich auf meinen Aberglauben verlassen können. Über dem Gellért-Berg bestaunt das Pester Volk den nach Halley benannten Kometen, aber niemandem kommt es in den Sinn, daß das Erscheinen dieses Sternes mit dem Schweif seit dem Beginn der Welt immer schon Krieg bedeutete. Meine Bäume im Dorf rauschen im Sommer eigentümlich um mein Haus herum und sprechen zu mir oft in einer beinahe verständlichen Sprache. Im Friedhof, wo das Grab meines Großvaters liegt, ertönen rebellische Stimmen über den Grabhügeln der Toten, die ich in der Kindheit noch gekannt hatte. Der verlassene alte Brunnen hatte rotes Wasser, und auf dem Dachboden geistert wieder das Gespenst mit der Lanze, das seit Königgrätz keinen Schritt aus dem Kamin getan hat. Bemerkst du nicht, daß sich der Himmel über der Heide gegen Abend anders verfärbt als früher?

Die Feldtiere sind ernster und stiller. Das abendliche Hundegebell im Dorf hat nicht dieselbe beruhigende Wirkung wie früher; wild heulen die Hunde, als witterten sie einen Teufel im Mond. Die Pferde im Stall beißen zu, und auf den Gesichtern von Bauern, die im besten Alter sind, und auch auf den Stirnen der Jungen sehe ich das Zeichen des Todes geschrieben. Die Alten beeilen sich zu sterben, schon geht es auf den Frühling zu, der Sommer ist traurig wie der Herbst, und die Zugvögel, diese pünktlichen Uhren früherer Zeiten, sind unordentlich und unzuverlässig. Irgendeine sehr große Sache kommt auf uns zu. Das alte ungarische Leben ist zu Ende, mein Täubchen. Nur das eine tröstet mich, daß die Welt und hauptsächlich dieses Land das unheilvolle Schicksal auch verdienen.«

Madame strich über ihre Karten, die schon ganz rund waren, so oft waren sie zu Rate gezogen worden. Für teures Geld hatte sie Madame Louise gekauft, denn angeblich hatten mit den Figuren schon die Hände von Napoleon und der Königin von Neapel gespielt.

»Es kommt Krieg! Deshalb stehen links und rechts von dir der Sensenmann und der Soldat. Vielleicht wird aus dir noch ein Soldat.«

Verächtlich musterte Kázmér Rezeda die berühmten Karten.

»Ein alter Soldat«, brummte er.

Madame war beleidigt, sie packte ihre Karten zusammen und versteckte sie in der Schublade.

»Róza!« klang aus dem Nebenzimmer durch die geschlossene Tür eine schläfrige, heisere, alte Stimme.

»Er ist schon da, mein Goldener Bauer. Der alte Narr nennt mich Róza, weil er den Namen Louise nicht aussprechen kann.«

Herr Rezeda erhob sich.

»Also . . .«

»Ja. Fahre weg. Wenn du irgendeine Frau kennst, aus alten Zeiten, auf die du niemals eifersüchtig gewesen bist: sie mag eine gute Medizin sein.«

»Könnte ich vielleicht Liszka B. vorfinden, die Nachtigall des Franz Joseph und die Weiße Dame der Burg von Buda, deren Bildnis ich im Herzen trage?« fragte mit niedergeschlagenen Augen K.R.

»Also deshalb bist du zu mir gekommen. Hier wirst du sie nicht mehr finden können, denn sie hat gelogen, und meine Grafen hat sie verführen wollen, wie es einer guten Freundin geziemt.«

»Róza!« sprach die Stimme von vorher.

»Er kann nicht einschlafen, solange ich ihm nicht aus der Zeitung vorlese.«

Madame Louise packt vom Ecktischchen eine alte, vergilbte Zeitung. Es war die »Sonntagszeitung« aus dem Jahr 1857.

»Schauen wir nur, ob darin etwas über Hahnenkämpfe und über alte Bäume steht«, murmelte Frau Louise und schob sich Augengläser auf die Nase.

16

Das Rasten der roten Postkutsche

Mit Rauhreif bedeckt, wandert die Frühlingssonne über das Himmelsgewölbe, der Widder trottet auf die Schneefelder des Weltalls hinaus, nachts fallen kalte kleine Sterne aus der Höhe, blau und weiß sind in Buda die Dächer, einsam wacht ein Fenster in der Wasserstadt: Herr Kázmér Rezeda vernichtet seine Korrespondenz, als lauerten unten an der Straßenecke in ihren Samtwämsen die Sbirren, um mit allen Mitteln die mit Monogramm versehenen Papiere zu ergattern, auf denen Frauen über dahingeschwundene Narrheiten und über vergessene Träume schrieben, über Begegnungen und über Gelübde. Eines Nachts gab Herr K.R. all die Schwüre dem Feuer zurück. Der Schreiber dieses Romans ist die Erklärung schuldig, daß Herr Rezeda dabei nicht eine Spur jener Ergriffenheit empfand, die ein Schablongentleman hätte spüren können. Nur in der Phantasie der Dichter und der alten Frauen sind die kahlen Junggesellen wehleidig. Von der Wand kratzte er mit einem Klappmesser die Namen, die er im Laufe der Jahre dorthin geschrieben hatte, mit Ruß, mit blutigem Finger oder mit dem Bleistift zwischen den Zähnen. Fräulein Krónprinc wollte er am kommenden Morgen treffen, aber selbst darüber, was er zu Irma, mit der er unleugbar glücklich gewesen war, in der Minute des Abschiedes sagen würde, dachte er nicht mehr richtig nach. Irgend etwas wird mir schon einfallen! sagte er zu sich und blies, gegen seine Gewohnheit, die Kerzen aus, um in der Dunkelheit des Budaer Hauses so tief und gründlich zu schlafen wie ein Toter im Grab. Und in seinen Träumen neigte sich eine unbekannte, dicke, braunhaarige Frau mit weiblicher Neugierde über seinen Mund. So rötlich waren die Brüste und die Arme der Braunhaarigen wie die Blätter eines Essigbaumes nach dem ersten Reif. Säuerlich und frisch war ihr Atem wie der Geschmack französischen Champagners. Ihre Stimme turtelte wie die einer Mutter, die ihrem Sohn über die Verliebtheit seines Vaters erzählt. Rund war sie, wie die Erdkugel im Studierzimmer, in dem Herr Rezeda in seiner Kindheit über die Erschaffung der Welt gelernt hatte, denn es war davon die Rede gewesen, daß er den Dienern Gottes beitreten würde, da er weibisch sei und zu befürchten war, er würde sich im Umgang mit dem Florett nicht auszeichnen. Die Erdkugel drehte sich um ihre Achse. Herr K. R. atmete tief und blickte dem Traum nach, der sich wie der Schleier einer reisenden Dame immer mehr entfernte. Er sah noch die nackten Unterschenkel der dicken Frau, die gerade über die Schwelle getreten war, wo sie plötzlich zu wachsen begann wie Alice im Wunderland. Er sprang auf und tauchte den Kopf in kaltes Wasser. Draußen glänzte das Sonnenlicht, als finge auf der Welt an diesem Tag das Leben an. Er dachte über den Traum ein wenig nach, aber der Gedanke war nicht größer als ein Stückchen Speck, das auf der Spitze eines Taschenmessers gerade Platz hat.

»Würde mir mein Glaube die Glücksspiele nicht verbieten, dann müßte ich heute in der Linzer kleinen Lotterie auf ein paar Nummern setzen.«

Der Speck krachte wie das jungfräuliche Eis auf einer Achse, das Brot hatte den gleichen Duft wie die Hände seiner Mutter, der rote Saft der Adlerberger Reben strömte ihm wie neues Leben spendendes, kühles Blut durch die Kehle. Er zog sich einen schwarzen Anzug an und nahm den Spazierstock mit dem Elfenbeingriff in die Hand, der früher einem venezianischen Doktor gehört hatte. Heiter, mit wachem Hirn trat er auf die frühlingshelle Straße, wie an einem Ostersonntag.

Auf dem Serpentinenweg des Gellért-Berges, wo in den Morgenstunden mit der Pünktlichkeit eines Uhrwerkes tadellose Herren verkehren, pensionierte Offiziere, die ein makelloses Leben führen, wohlhabende Junggesellen, die sich gegen Fettleibigkeit wehren, betagte Kavaliere, die sich nach einem langen Leben sehnen, kam Herrn Kázmér Rezeda eine schlanke Dame entgegen, in einem Pelz, der ihr bis an die Fersen reichte, in einem Pariser Hütchen, das mit einer einzigen Fasanenfeder und mit einem lila

Schleier geschmückt war; wie eine Romanheldin sah die Dame aus, und ihre Hände steckten in einem Zobelmuff.

»Oh, Sie noble Vision!« sagte K.R. heiter und lüftete in Studentenlaune seinen Hut, so als hätte er das Zucken um die Lippen der Dame gar nicht bemerkt.

»Ich wollte sprechen mit Ihnen, vielleicht zum letzten Mal. Beide verdienen wir es, nicht wahr, daß wir ruhig, ohne Leiden und ohne Mißverständnisse auseinandergehen«, sprach Irma Krónprinc, und so schön und edel war sie an diesem Morgen, wie jene vornehme Dame, nach deren Bekanntschaft sich die armen Dichter sehnen. (Die Antilopenhandschuhe hatten einen so guten Geruch, daß K.R. die kleine Hand für eine Minute in der seinen vergaß, bis sich Irma ihm zärtlich, aber entschlossen entzog.)

»Von Gráciász, den ich auf Ihren Rat zu meinem Vater, meinem Vormund, zum Verwalter meines Vermögens erwählt habe, da mein armer Vater oben auf dem Adlerberg kaum jemals noch gesund wird, von Gráciász höre ich in aller Stille, daß sein Freund dabei sei, wegzureisen, weit weg, und vielleicht kehrt er nie wieder nach Buda zurück.«

»Einen Teil meiner schwer beweglichen Habseligkeiten habe ich schon einlagern lassen bei einem Spediteur.«

»Warum haben Sie es nicht zu uns geschickt? Auf unserem Dachboden hätten wir Ihre Bücher, Möbel, die Bilder, die Ihnen lieb sind, aufbewahren können. Sogar bei Gráciász wären Ihre Sachen besser aufgehoben.«

»Genug Sorgen habe ich meinen Freunden in meinem bisherigen Leben bereitet«, antwortete K.R. leise. »Ich bin zu einem anderen Menschen geworden. Ich achte das Leben und meine Mitmenschen. Früher fühlte ich zum Beispiel immer Schadenfreude, wenn ich daran dachte, wie es weitergehen würde, wenn ich einmal gestorben bin. Wer würde wohl den Sarg bezahlen, den Kantor, den Glöckner, den Totengräber und die anderen, die von den Trinkgeldern des Todes leben? Der arme alte Gráciász hätte meinetwegen viel herumlaufen müssen, um die nötigen Papiere zusammenzutragen; wie erleichtert wäre er gewesen, wenn er sich an einem stillen Nachmittag im Herbst an meinem Grab nach all der Mühe endlich hätte niederlassen können. Nunmehr habe ich meine Schäflein ins Trockene gebracht. Ich bin dem Veteranenverein beigetreten, der hinter meinem Sarg den Marsch des Erzherzogs Albrecht spielen wird, die Hausmeister aus dem Tabán und aus der Wasserstadt werden auf meinem Begräbnis Soldaten spielen, und wenn der Zug vorbeimarschiert, werden die Passanten glauben, daß ein Obmann gestorben sei.«

»Haben Sie vielleicht Sorgen?« fragte schamhaft Fräulein Krónprinc. »An Ihren Freund Gráciász können Sie sich mit vollem Vertrauen wenden. Ich weiß, Sie können ihm Ihre Lage eröffnen, der Sie ausweichen wollen, wenn Sie von hier wegfahren. Meiner Mutter würde es zur Beruhigung gereichen, wenn Sie in der Wasserstadt verbleiben könnten. Gráciász ist schon ein alter Mann, er versteht das Leben nicht mehr recht. Und wir haben keine Freunde.«

Kázmér Rezeda hatte feuchte Augen, als er Irma die Hand küßte.

»Ich kenne Ihre Güte, liebe Irma. – Alle sind sie Schufte, die über die Frauen schimpfen. Ich habe in meinem ganzen Leben die Erfahrung gemacht, daß die Frauen zu mir in unverständlicher und beinahe geheimnisvoller Weise gut waren. Wie edel, entsagend, selbstaufopfernd und vorsorglich sind sie gewesen! Freilich, ich bin auch kaum in die Fallen böser Frauen geraten, so viel hat für mich meine heilige Mutter bei der Maria mit vielem Beten erreichen können. Die Frauen am Pfad meines Lebens waren segensreich wie die Obstbäume im Herbst. Äpfel, Birnen, goldene Trauben fielen von den Ästen auf meinen Hut. Dann wiederum streiften Frauen die Falten von meiner Stirn, wie die Melodien, die aus ihren guten Herzen tönten. Kleine Weihnachtsbäume sind es gewesen, die mit ihren Lichtern Liebe und Verständnis und Familiengefühl ausstrahlten. Wenn sie, aus der Ferne gesehen, Schatten warfen, die wie Galgen aussahen, an denen ich meine Hoffnungslosigkeiten, Ziellosigkeiten beenden würde, stellte es sich, sobald ich dann dem Hügel zaghaft näher trat, heraus, daß das Bild bloß der böse Zauber einer Hexe war, Flieder blühte am Baum, und ein rauschender Bach floß unter den Zweigen dahin, dessen Wasser mein Herz heilte. Beschützende Baumkronen sind es gewesen, unter denen ich mich oft ausruhen konnte. Gutherzige Brunnen sind sie gewesen, in deren Spiegel ich das Ebenbild meines Gesichtes veredelt und verschönt erblickte. Südwinde sind sie gewesen, die von meinem Herzen die Hummeln des Schmerzes verscheuchten. Meine Geliebten sind zugleich auch meine Mütter gewesen. Würde ich meine Jugend wieder beginnen, könnte ich keinen lieberen Weg entlanggehen. – Aber jetzt quälen mich keine Sorgen, und es bedrückt mich nichts. Es ist Frühling. Ich möchte herumzigeunern.«

»Ziehen Sie weit weg von uns?« fragte nach einigem Schweigen Irma, während sie mit ihrem Silberblick zum aufgetauten Boden niedersah. Ihre Beine, die an die Vorderfüße eines Foxterriers erinnerten, schritten verträumt dahin, und nachsinnend bewegten sich die Füße in den kleinen, mit grauen Einsätzen geschmückten Schuhen.

»Ich zieh nicht weiter als der Wind.«

»Werde ich Sie manchmal sehen?«

»Wenn Sie die Augen schließen.«

»Ihre Stimme hören?«

»Wenn Sie sich die Hände auf die Ohren pressen und darauf lauschen, wie Ihr Herz in der Einsamkeit pocht.«

»Ihnen die Hand drücken?«

Herr Rezeda antwortete nicht.

»Irgendwann einmal ... Vielleicht werde ich einmal noch zwischen die alten Häuser von Buda zurückkehren, wo ich glücklich oder unglücklich, aber jung gewesen bin.«

»Wenn mir etwas zustoßen sollte, wenn mich das Glück verlassen würde, wenn in meinem Herzen Schlangen wohnten und in meinen Träumen Ungeheuer hausten: werde ich von Ihnen dann das Wort hören können, das mich von meinen Qualen befreien würde?«

Kázmér Rezeda hob den Kopf. Sein Blick war ruhig, heiter und wach.

»Dieses Wort kann ich Ihnen bereits jetzt verraten. Es ist ein Name. Vielleicht werden Sie ihn nutzen können. Es gab einen wandernden Mönch in Indien, und er hieß Buddha.«

Fräulein Krónprinc wiegte hoffnungslos den Kopf.

»Ihr Männer seid voller Aberglauben, fixen Ideen, guten und schlechten Idealen, die in den bitteren Heimsuchungen des Lebens Pfähle sind am Ufer, um die man Taue wirft. Politik, Wissenschaft, Dichtung, Sammeln und Spielen: alle sind nur Wahnideen, beschützende Mauern, hinter die sich die Männer vor den Leiden des alltäglichen Lebens zurückziehen. Aber wir armen Frauen kommen und gehen im Leben mit zarten, offenen, man könnte auch sagen, mit nackten Herzen. Der einzige Ort, an dem wir heilende Salbe finden für unsere Leiden, ist die Kirche.«

»Buddha hat gerade jene Religion gegründet, die von den Leiden befreit«, antwortete Herr Rezeda.

Leise, beinahe um Nachsicht bittend, fuhr Irma Krónprinc fort: »Ich möchte noch leben, im Monat Mai werde ich einundzwanzig«, sagte sie verschämt.

Herr K.R. nahm das Mädchen sanft am Arm und zog es neben sich auf eine Bank am Wegrand.

»Vor zehn Jahren habe ich einen Selbstmord versucht, denn ich war damals noch nicht dreißig Jahre alt. In einem alten Haus des Königs Matthias Corvinus wartete ich auf Genesung, im Tabán, und die Frau, derentwegen ich die Tat begangen hatte, war bei mir.

Manchmal hatten wir auch einen Gast, in Person des kleinen Béla Bonifácz, der nach langen Irrfahrten zu Fuß, mit der Bahn, auf einem Floß auf dem Dnjepr aus Sibirien heimgekehrt war, zusammen mit den Töchtern der Dideri-Dir. Tuberkulose und die Verehrung Buddhas hatte er von der anderen Hälfte der Erdkugel mitgebracht. Während seines Ausfluges war Béla Bonifácz eine Woche lang zwischen Schafen, struppigen kleinen Pferden und buddhistischen Priestern in einem Güterzug herumgereist, in der Gegend der chinesischen Grenze, wo die Kosaken ihre Garnisonen hatten und die Mädchen ungarische Hirtentänze tanzten, um die gelangweilten Offiziere zu amüsieren. Im Güterzug hatte sich Béla bekehrt, er lernte chinesische Gebete, und nachdem er in Buda angekommen war, versuchte er nach besten Kräften, für Buddha neue Anhänger zu finden, in diesem Land, in dem sogar der wirkliche alte liebe Gott von viel zu wenigen Leuten verehrt wird. Die orientalische Gottheit hatte ihren unglückseligen kleinen Verehrer mit wunderbaren Rednergaben bedacht, und dabei war er nie im Leben zerlumpter gewesen als gerade jetzt. Bloß wußte er nun, weshalb er so zerlumpt war.

Doch bin ich in jener Zeit noch jung gewesen«, fuhr Kázmér Rezeda sinnend fort, »und hielt die Lehren meines kleinen Freundes für nicht sehr wichtig; seinen schönen trübseligen Rückzug vom Leben, das Herumsitzen mit gekreuzten Beinen, mit aufrechtem Rücken und wach emporgehobenem Kopf in irgendeiner verlassenen Höhle oder unter einem einsamen Baum in den Budaer Bergen. Und wie oft hatte er mich dabei gefragt, warum ich meine Qualen nicht loswerden wolle, der Begierde entfliehen, meinen Körper verachten und den achtfältigen Weg beschreiten, an dessen Ende das Nirwana liegt, wo die Flamme erlischt! Ich sah da nur meine Liebste an und schüttelte den Kopf. Ich war noch nicht dreißig, und es war mir eine Freude, daß ich jener unglückliche Herr sei, der nichts mehr besitzt und nur mehr sein eigenes Unglück amüsant findet.

Seither sind zehn Jahre vergangen, und die Belehrungen meines zerlumpten kleinen Freundes habe ich nicht vergessen, beschwöre sie immer öfter aus der Erinnerung, lese an stillen Nachmittagen Bücher vom denkwürdigen Gautama Buddha, dem indischen Priester, der sein ganzes Leben lang nur ein einziges Mal gelächelt hat, als er seinem Schwiegervater begegnet war, der ihm wegen seines weiberlosen, vertieften, glücklichen Lebenswandels Vorwürfe machte. Mit jedem Jahr wird in mir der Gedanke stärker, daß ich meinen Qualen nur durch Buddha entrinnen könnte, daß ich mit meinem ziellosen, nutzlosen, trägen, leidenschaftlichen und sinnlichen Leben nur Schluß machen kann, wenn ich den achtfältigen Weg beschreite, den ein Weiser, der vor zweitausendfünfhundert Jahren in einer von Sand und Dschungel begrabenen Stadt, in der indischen Stadt Lumbini, geboren wurde, als den Weg der Glückseligkeit bezeichnet hat. Heitere Wachsamkeit, Zufriedenheit, Stille, Ruhe, ewiger Friede sind mit dem Glauben an diese Religion verbunden. Güte und Freigebigkeit, die Befreiung von irdischen Gefühlen, ewige Reinheit und ein körperloses Leben ist mein Lohn, wenn ich ihm folge. Leiden werde ich nicht mehr, wenn ich mir vorstelle, daß es hier nur Körper gibt, nur Gefühle gibt, nur Gedanken gibt, nur Erscheinungen gibt, die entstehen und vergehen und mich gleichgültig lassen, denn ich stehe über allem. Ich sitze unter einem Baum in einem Wald und denke mir, was ich nur will. Ich denke mir nur Gutes, Schönes, nur Dinge, die bar jeder Qual sind, und kümmere mich nicht darum, was die Leute überall auf der Welt denken mögen. ›Hinreißend ist, Bruder, der Wald Gosingam, herrlich ist die Mondnacht, die Bäume stehen in voller Blüte, du könntest glauben, Düfte des Himmels umschweben dich.‹ Und ich bin in mich gegangen und genesen; innerlich war ich bereits ein buddhistischer Mönch, ein verkleideter Bikkhu, als ich Sie kennenlernte, Irma, und Ihnen zuliebe noch einmal in das alltägliche Leben zurückgekehrt bin.

Ich wußte, daß auf mich hier große Leiden warten würden, Heimsuchungen und Grübeleien, ich habe das unverwelkbare Leben aufs Spiel gesetzt, das mir meine Religion verspricht, machte Schritte auf das Altern und auf den Tod zu, die ich als Mönch niemals in ihrer Schrecklichkeit kennengelernt hätte, nur in ihrer

Güte und Schönheit. Ihrem Silberblick zuliebe bin ich aus dem buddhistischen Paradies, aus meinem Nirwana zurückgekehrt.

Ich bin da gewesen.

Bis ich eines Tages jenen einsamen Baum am Schwabenberg aufsuchte, unter dem ich zum erstenmal mit gekreuzten Beinen, mit aufrechtem Rücken und mit wachen Gedanken gesessen, wo ich mich dem indischen Gott geweiht hatte: und mein für das Alltagsleben wundersamer, gleichmütiger und erhellter Verstand kehrte zurück. Der Gott der Weisen und der Alten, der viele Qualen erleidende und der von Täuschungen betrogene, Gautama Buddha, hauchte aus dem indischen Wald auf mich. Das Leben schmerzt nicht weiter, meine Tochter. Ich ging den achtfältigen Weg entlang und fahre heute ins Paradies.«

»Sind Sie zum Buddhisten geworden?« fragte Irma überrascht.

»Schon immer bin ich es gewesen, nur habe ich es nicht gewußt. Die meisten Männer werden mit dem Herannahen ihres vierzigsten Lebensjahres zu Buddhisten. Du sollst keine Unzucht treiben! – sagt das dritte Gebot meines Glaubensbekenntnisses. Nur die wahnwitzigen Alten halten sich nicht an diese Regel.«

Eine harte, verwegene Falte war auf der Stirn von Irma Krónprinc entstanden, zwischen den Augen. Entschlossen erhob sie sich von ihrem Platz. Sie fingerte an ihren Handschuhen, dann sah sie mit feuchten, zornigen Augen Herrn Rezeda unvergeßlich ins Gesicht.

»Ich wußte immer schon, daß Sie ein gescheiter Mensch sind«, sagte Fräulein Krónprinc mit unterdrückter Stimme. »Aber daran habe ich niemals gedacht, daß Sie mir auf Grund religiöser Überzeugungen den Laufpaß geben würden.«

In ihrem bis an die Fersen reichenden Pelz, leise, den Kopf ein wenig vorgeneigt, nachdenklich ging Irma Krónprinc auf dem Serpentinenweg. Ihre Schultern waren sehr schmal, sie sah aus, als litte sie zuweilen an Schwindsucht, und sie hatte einen kurzen Hals: und so begehrenswert war sie wie das Weib im Paradies. Herr K.R. tröstete sich mit einem Ausspruch von Buddha: »Wer die Begierde unterjocht hat, die schwer zu besiegen ist, von dem rinnen alle Schmerzen ab, gleichwie auf einem leicht geneigten Lotosblatte die Wassertropfen herabgleiten.«

In der Kurve des Serpentinenweges blickte Irma zurück. Herr Rezeda saß da bereits mit gekreuzten Beinen unter dem Lindenbaum, der mit bläulichen Schatten vom Herannahen des Frühlings zeugte. Und da es gerade Morgen war, faltete Herr K.R. die Hände über dem Kopf und verneigte sich gegen die sechs Himmelsrichtungen: er ehrte den Osten, den Süden, den Westen, den Norden, den Nadir und den Zenit. In Pest und in Buda läuteten die Glocken, als stimmten die Turmwächter ihre Instrumente für ein großes Konzert. Gewiß wird nachmittags ein Reicher zu Grabe getragen.

Auf der Erde, die nach Frühling roch, saß glückselig der Buddhist, mit erhobenem Haupt.

Schlußwort

In Hietzing verbrachte ich einmal den Mai, und unter Kirchenfahnen näherten sich die Damen des Sternkreuzordens von Schönbrunn her, sie hielten ihren jährlichen Pilgerzug zur Hietzinger Kapelle, wie es von Maria Theresia zur Sitte gemacht worden war. Kirchliche Lieder singend, zogen die vornehmen Damen beider Länder im Sonnenschein auf dem von grünen Bäumen gesäumten Weg dahin. An ihren Kleidern steckte das Abzeichen, und Andacht lag auf ihren Gesichtern; wenn mein Gedächtnis nicht täuscht, ging die Erzherzogin Maria Josepha dem Zug voran, der sich so langsam bewegte wie die Schar der Bäuerinnen im Wallfahrtsort Máriapócs. In der Nähe von Kirchen benehmen sich alle Frauen gleich. Inbrünstig neigten die Prinzessinnen und Gräfinnen die Köpfe, und Andacht blühte in ihren Herzen.

Aus der Nachbarschaft eines Fliederbusches betrachtete ich die Gruppe der Sternkreuzfrauen; die Gesichter mancher ungarischen Gräfinnen erkannte ich nach den Porträts.

Außer dem Hofpfarrer im Chorhemd ging noch ein Mann im Zug, den Hut in den Händen. Eduárd Alvinczi war dieser Herr, der langsam und ergriffen dahinschritt, als hätte er sein ganzes Leben lang Pilgerzüge besucht.

Die ungewöhnliche, wohlriechende Truppe zog vorbei. Weit entfernt sangen die Prinzessinnen, wie die Engel des Himmels. Schäfchenwolken gleich wehten die Fahnen. Es war ein gesegneter Mai. Nicht lange danach las ich in einer Wiener Zeitung, daß Eduárd Alvinczi in der vornehmen Wiener Gesellschaft, die er wegen Franz Josephs Zorn hatte missen müssen, wieder erscheinen durfte.

Von da an war Eduárd mit Franz Joseph nicht mehr böse.

In Pest, im Monat des Widders, A.D. 1917

Gyula Krúdy

Nachwort

Gyula Krúdy (1878-1933) ist neben Dezsö Kosztolányi der bedeutendste ungarische Prosaschriftsteller des zwanzigsten Jahrhunderts. Väterlicherseits stammte er vom Kleinadel ab, der in der Revolution von 1848 eine bedeutende Rolle gespielt und seine feudalen Rechte freiwillig aufgegeben hatte. Diese Tatsache ist untrennbar davon, daß die Zeitbetrachtung in den Werken Krúdys – so auch in dem Roman *Die rote Postkutsche* – im allgemeinen rückwärtsgewandt ist: die Vergangenheit – die erfundene, erschaffene Vergangenheit –, »damals noch« und »einst« sind wertvoller als die Gegenwart. Der Ton des Werkes kann als elegisch bezeichnet werden; mindestens zehn der zwölf Kapitel spielen im Frühjahr, das letzte Kapitel aber heißt »Herbst in der Vergänglichkeit«.

Krúdy wird gewöhnlich mit westeuropäischen Schriftstellern verglichen, die am Anfang des zwanzigsten Jahrhunderts der Zeit besondere Aufmerksamkeit schenkten. Im Text des Romans *Die rote Postkutsche* spielt neben der inneren Zeit, die zu den einzelnen Personen gehört, die stete Wiederkehr der Jahreszeiten eine entscheidende Rolle. Die Worte »wie« oder sogar »als ob« kommen häufig vor. Die Sprache Krúdys ist stark metaphorisch, und das reiche Innenleben seiner Helden ist in Zeit und Raum weit entfernt von ihrem recht unergiebigen äußeren Leben. Als die Hauptperson, Eduárd Alvinczi, sich eine Havannazigarre ansteckt, sieht man in der Rauchwolke »spanische Plantagen mit breiten Hüten, grünende Tabakfelder und Negerinnen« und daß »aus dem Hafen ein Dreimaster ausläuft, die Segel vom Wind gebläht, und dahinschwebt auf die weiten Meere, mit blauverschnörkelten Zigarrenkisten«. Dem Tonfall der Erzählung drückt der Konditional, »die Irrealität halbgeträumter Träume«, den Stempel auf.

Ein bedeutender ungarischer Dichter des Jahrhundertbeginns, Endre Ady (1877-1919), würdigte in *Nyugat* (zu deutsch: Westen), der führenden Zeitschrift der modernen ungarischen Literatur und Kunst, *Die rote Postkutsche*. In seiner auch aus heutiger Sicht bedeutenden Kritik machte er darauf aufmerksam, daß dieses Buch zwar auch als Lebensbild des Budapest der Jahrhundertwende gelesen werden könne, doch »voller provinzieller Erinnerungen« sei, die ungarische Hauptstadt also aus der Perspektive der Provinz darstelle. Krúdy wurde in Ostungarn, in Nyiregyháza geboren und begann dort seine Laufbahn als Schriftsteller – sein erstes Werk erschien, als er vierzehn war –, er zog jedoch 1896 nach Budapest und lebte von da an in der sich rasant entwickelnden Metropole.

Ady meinte, *Die rote Postkutsche* sei einerseits ein »Symbol der Erinnerung«, und weist andererseits auf die »Einsamkeit« der Figuren hin, der Roman handele also von Menschen, deren »gesellschaftlicher Rang unklar« sei und die »ständig zwischen Tagesgage und Gott schwebten«. Für die zeitgenössische Aufnahme des Romans ist bezeichnend, daß Ady sich nicht sicher war, ob man *Die rote Postkutsche* als Roman bezeichnen könne: »Hier passierte schon wieder ein prächtiger Vorstoß gegen die Regeln des Genres, es wurde ein Roman geschrieben, der durchaus kein Roman ist.« Er machte auch darauf aufmerksam, daß in Krúdys Werk neben »erfundenen« Personen auch viele Vertreter des öffentlichen Lebens des frühen zwanzigsten Jahrhunderts beim Namen genannt werden. Der Leser findet Hinweise auf eine ganze Reihe von Politikern, Schauspielern und Schriftstellern – im sechsten Kapitel wird zum Beispiel erwähnt, daß Dideri-Dir, die Dichterin mit dem lustigen Namen, aus Siebenbürgen auf Besuch nach Budapest kam, weil sie sich in Endre Ady verlieben wollte.

Ady stellte das Werk Krúdys in Zusammenhang mit dem Genre des lyrischen Romans, weil das hauptstädtische Lebensbild dem Tonfall der »Nicht-Realität« untergeordnet ist – wohinter sich »die tiefste Lebens- und Selbstsicht« verberge. Für Zeitgenossen mag der autobiographische Charakter des Buches auch deshalb offensichtlich gewesen sein, da sie sich noch gut daran erinnerten, daß der Name einer der Hauptpersonen, Kázmér Rezeda, mit Krúdys Schriftstellerpseudonym identisch war.

Zum erstenmal erschien *Die rote Postkutsche* 1913 in der Zeitschrift *A Hét* (Die Woche) und im gleichen Jahr auch in Buchform. In einem Brief an den Chefredakteur des Wochenblattes behauptete der Autor, Gegenstand seines Werkes sei »der Budapester Markt, aus dem Fenster von jemandem beobachtet«. Im letzten Friedensjahr vermittelte Krúdy sozusagen einen Befund vom Leben der zweitgrößten Stadt der Österreichisch-Ungarischen Monarchie. Dieses Lebensbild hat jedoch nichts mit Naturalismus zu tun. Der Titel des achten Kapitels – »Die Träume und die Karten« – weist eindeutig darauf hin, was die Nachwelt mit der durch

Freud und Wittgenstein geprägten Kultur verknüpfen kann. Krúdy war sehr beeindruckt von Freuds 1900 erschienener Traumdeutung – 1920 gab er unter dem Titel »Álmoskönyv« (Traumbuch) auch selbst ein Werk heraus, das gleichzeitig als eine Art Hommage und heitere belletristische Parodie betrachtet werden kann –, und von dem Zusammenhang zwischen Spiel, Sprache und Dichtung war er seine ganze Laufbahn hindurch wie besessen.

Die rote Postkutsche beginnt mit einem Zitat aus *Eugen Onegin*, und auch am Anfang des neunten Kapitels steht ein Zitat aus diesem lyrischen Roman. Krúdys Helden fühlen sich verwandt mit den Nihilisten Turgenjews, mit den überflüssigen Menschen Puschkins, Lermontows und Gontscharows, und einer von ihnen trägt den Namen Ivan Iljitsch. Der ungarische Schriftsteller ließ sich vor allem von der russischen Literatur zur Erneuerung der prosaischen Erzählung anregen, und er betonte den stark literarischen Charakter seines Werkes. Die junge Frau eines Tierarztes, eine gewisse Berta, gibt Kázmér Rezeda Bücher, damit der junge Dichter daraus das Leben lerne, und Rezeda betrachtet die Welt zunächst aus der Perspektive von *Onegin, Dombey and Son* und später aus den Märchen von Andersen und den Novellen von Boccaccio. Je umfangreicher die Lektüre wird, desto mehr zersplittert seine Vision von der menschlichen Existenz.

Die Geschichte handelt von Schauspielern und Schriftstellern, dies bedeutet, daß die Charaktere in Rollen zerfallen bzw. sich in den möglichen Welten der Literatur bewegen. Die von Endre Ady erwähnte Irrealität ist darauf zurückzuführen, daß der größte Teil des Romans von je einer Romanfigur erzählt wird, in betont subjektivem Ton, voller Vorurteile, und die Mehrheit der Helden nicht den eigenen Namen trägt, eine Rolle spielt, sich eine Maske vors Gesicht hält. Im Haus jener Dame, die meistens als »Madame Louise« erwähnt wird, trägt jeder Besucher ein Pseudonym und der »wahre Name, den nur die Dame kannte, wurde niemals genannt, weder vor der Dienerschaft noch vor den Gästen«. Über Eduárd Alvinczi, den Fahrgast der im Titel erwähnten Postkutsche, erfährt der Leser recht wenig: auffallend ist weniger seine Anwesenheit als seine Abwesenheit, und sein Charakter wie auch seine Wertordnung stehen im Widerspruch zu der Epoche, in der er lebt. Seine janusköpfige Existenz wird von der Operettenschauspielerin Szilvia Fátyol – die nach eigenem Bekunden nichts erwartet und an nichts glaubt – als »Unmöglichkeit« bezeichnet.

Die Persönlichkeit ist nicht eins mit sich selbst, und es mangelt ihr an Kontinuität. Alvinczi lebt in der Vergangenheit; Kázmér Rezeda lacht mit dem einen Auge und weint mit dem anderen; Madame Louise ist die »letzte Frau in Budapest«, die »aus den Blättern eines romantischen Romans ausgeschnitten« war. Sie sieht – wie sie selbst sagt – keinen Zusammenhang zwischen den verschiedenen Etappen ihres Lebens: einst war sie schön und dumm, jetzt ist sie alt und weise. Da keiner einen eindeutigen Platz in der Gesellschaft einnimmt, gibt es keinen einschätzbaren Charakter. Frau Stein, geborene Fani Svarcz, unterhält in Budapest ein Freudenhaus, ihr Mann ist Gastwirt in Kanada, und ihre Tochter wird in einem Wiener Kloster erzogen.

Krúdy stellt nicht nur die Identität der Figuren, sondern auch die des Erzählers in Frage. Wer spricht da eigentlich in der *Roten Postkutsche*? Der ungenannte Erzähler unterbricht die Geschichte ständig mit eigenen Reflexionen, und ihm fallen laufend andere ins Wort. Die zwanzigjährige Szilvia Fátyol erinnert sich an ihre Liebesgeschichten; die Vergangenheit und Lebensführung von Eduárd Alvinczi werden von Kázmér Rezeda, dem Redakteur der *Laterne*, dargestellt. Über Fräulein Lotti Stümmer, der Graf von Monte Christo alias Eduárd Alvinczi den Namen Clarence Montmorency verleiht, spricht der Besitzer der Roten Postkutsche persönlich; Vilma Srottis mit dem Pseudonym Lujza Péczely berichtet ihren Gästen über den Selbstmordversuch der Madame Louise oder Donna Juana vor zehn Jahren, Frau Urbanics, die Tante von Szilvia Fátyol, eine die Wahrsagerin aufsuchende reiche kroatische Witwe, legt das Chaos ihres Lebens selbst dar; das Geständnis von Estella, der »verderbten Person«, wird von der Dramenschauspielerin Klára Horváth zitiert; das kürzeste, elfte Kapitel enthält den Brief Kázmér Rezedas an Fräulein Horváth; und im zwölften erzählt Alvinczis Sekretär Szilveszter die Geschichte des alten Poeten Herrn Bocskai, der »in seiner Jugend Theatermusikant gewesen, aber er schaute zu oft auf die Bühne, unter die Röcke der Schauspielerinnen, und davon ist er dann blind geworden«. Ein Teil dieser Geschichten ist ineinander verkeilt – die Worte des ungenannten Erzählers werden zum Beispiel von Rezeda, seine Darstellungen wiederum von Alvinczi unterbrochen.

Krúdys Humor läßt sich schwer definieren, wobei die Quintessenz seiner Kunst gerade darin steckt. Alvinczi, der »Fürst«, dessen Vorfahren im neunten Jahrhundert mit den landnehmenden

Ungarn von Osten gekommen waren, macht sich Sorgen, weil »in Indien die Ernte schlecht« gewesen sein soll. Neben mehrfachen Klammern wird die Linie der Erzählung von inneren Wiederholungen gebrochen. Alvinczi verlobt sich mit der Schauspielschülerin Lotti Stümmer und bittet den alten Dichter Szilveszter, auf das Mädchen aufzupassen, erteilt einem pensionierten Flottenkapitän die Anweisung, über das Verhalten Szilveszters einen Bericht zu schreiben, beauftragt seinen Diener János Kerék, die Tätigkeit des Kapitäns zu beobachten, und engagiert Madame Louise, um herauszubekommen, womit sich János Kerék eigentlich beschäftigt.

Die einzige ordnende Kraft in der chaotischen Welt der *Roten Postkutsche* ist die Wiederholung. Deshalb besteht keine Möglichkeit zur Entfaltung, Alvinczi verlobt sich mit Fräulein Clarence, aber es ist offensichtlich, daß diese Beziehung niemals in eine Ehe münden wird. Dem letzten Kapitel zufolge lebt Kázmér Rezeda, der allmählich von seinem Selbstmordversuch genest, mit Klára Horváth zusammen. Géza Bonifác, der den Nihilismus gegen den Buddhismus eingetauscht hat, stirbt an Tuberkulose. Fräulein Horváth nimmt Abschied von Kázmér Rezeda und kehrt zurück in die Provinz, um ihr Leben als Provinzschauspielerin fortzusetzen, das sie während ihres Aufenthaltes in der Hauptstadt unterbrochen hatte. Die Alten – die fünfzigjährige Madame Louise, Szilveszter und der selige Béla Bonifácz – halten diese Lösung nämlich für »gut und richtig«.

Ein Jahr vor Ausbruch des Ersten Weltkrieges führte *Die rote Postkutsche* dem Leser eine Welt vor, die den zielgerichteten Fortschritt leugnete, die Vergangenheit für höherrangig als die Gegenwart darstellte und die Gegenwart mit einem chaotischen Zustand gleichsetzte, aus der keinerlei Entfaltung möglich war. In Kenntnis der späteren Jahrzehnte des zwanzigsten Jahrhunderts kann diese Interpretation der Welt sogar als vorausschauend bezeichnet werden. Indem er das innere Geschehen und die Intertextualität akzentierte und die Identität der menschlichen Persönlichkeit wie auch die geradlinige Entwicklung des Erzählens leugnete, erhob sich Krúdy in die Reihe der Erneuerer des Romans.

Mihály Szegedy-Maszak

Aus dem Ungarischen von Angelika Máté

Inhalt

Die rote Postkutsche

Herbstliche Reise in der roten Postkutsche